DATE D'EXPIRATION

TIM POWERS

Les Voies d'Anubis	*J'ai lu*	2011/5
Sur des mers plus ignorées...	*J'ai lu*	2371/4
Le palais du Déviant	*J'ai lu*	2610/4
Le poids de son regard	*J'ai lu*	2874/6
Poker d'âmes	*J'ai lu*	3602/9
Date d'expiration	*J'ai lu*	4154/8

TIM POWERS

DATE D'EXPIRATION

TRADUIT DE L'ANGLAIS
PAR ISABELLE ST. MARTIN

ÉDITIONS J'AI LU

Collection créée et dirigée
par Jacques Sadoul

Pour Brendan et Regina Powers,
mes extraordinaires amis et parents.

Titre original :

EXPIRATION DATE
Published in agreement with Baror International, Inc., N. Y.

LIVRE PREMIER

Ouvre ta boîte, Pandore

TRENTON, NEW JERSEY. — Thomas A. Edison, l'inventeur de l'ampoule électrique, dont une ville du New Jersey et une université portent le nom, s'est vu décerner un diplôme, soixante et un ans après sa mort.
En effet, l'institut universitaire Thomas Edison vient de lui conférer le titre de licencié ès sciences pour l'ensemble de ses découvertes.

The Associated Press
Lundi 26 octobre 1992

1

— Mais je n'ai nulle envie d'aller chez les fous, fit remarquer Alice.
— Oh ! vous ne sauriez faire autrement, dit le Chat. Ici, tout le monde est fou. Je suis fou. Vous êtes folle.
— Comment savez-vous que je suis folle ?
— Il faut croire, répondit le Chat, que vous l'êtes ; sinon vous ne seriez pas venue ici.

Alice au pays des merveilles
Lewis CARROLL

De sa prime enfance, vers quatre ou cinq ans, il gardait le souvenir du salon toujours obscur comme une crypte, des rideaux tirés pour masquer les grandes baies vitrées ; et puis il y avait ces lourds meubles de bois sombre comme dans les églises, incrustés de feuilles, de raisins et de griffes.

Maintenant, les rideaux avaient disparu, si bien que, de son fauteuil, Kootie voyait la pelouse, plus ocre que verte dans la lumière de cette fin d'après-midi, où s'étiraient les ombres longues des sycomores. On avait également refait les peintures du living, en blanc ; et puis il n'y avait pour ainsi dire plus de meubles, à part des fauteuils de bois blanc et une table basse en verre.

Le manteau de la cheminée aussi avait été repeint en blanc, mais le vieux buste noir de Dante s'y trouvait toujours, ultime témoignage du goût de ses parents en matière d'ameublement, avant… Dante Ali Guéri, comme il croyait alors devoir l'appeler.

Kootie se pencha pour allumer le lampadaire. Sur sa gauche, son sac à dos de nylon bleu gisait contre la porte d'entrée, mais lui ne sentait que les yeux de

Dante qui le toisaient, brillants comme deux olives noires. Il se leva pour se diriger vers la cheminée.

Il savait qu'il n'avait pas la permission de toucher le Dante. Il l'avait toujours su sans que cette interdiction le gênât outre mesure. Il avait onze ans, maintenant, et ne croyait plus que cette tête et ces épaules noires représentaient la partie visible de tout un corps encastré dans la cheminée de brique ; dernièrement, il s'était rendu compte que les bruissements qui le réveillaient la nuit ne provenaient que de la brise dans les branches devant la fenêtre de sa chambre, non des marmonnements de Dante, tout seul dans le living obscur. Pourtant, il n'était toujours pas très rassuré devant ce méchant buste, avec son air narquois et ses joues creuses, et cette patine qui laissait à penser que des générations de paumes l'avaient tour à tour caressé.

Kootie tendit la main pour lui toucher le nez.

Rien ne se passa. C'était un nez froid et luisant. Kootie descendit sous le menton et passa l'autre main derrière la tête pour la soulever et venir la déposer par terre, devant le foyer.

Il s'assit en tailleur en songeant à Sydney Greenstreet, dans *Le Faucon maltais*, quand il transpirait à grosses gouttes au moment de gratter avec un canif la statuette noire de l'oiseau ; Kootie n'avait pas la moindre idée de ce qui pouvait se trouver dans le Dante et s'avisa que le mieux serait de le casser. Il venait de remarquer la base dépourvue de peinture, comprenant ainsi que ce n'était que du plâtre.

Seulement, s'il le détériorait, il commettrait une faute irréparable.

Il avait emballé chemises, chaussettes, sous-vêtements, survêtements, ainsi qu'un blouson et une casquette de base-ball dans son sac à dos, et il emportait en poche presque trois cents dollars en billets de vingt, ainsi que son couteau suisse. Pourtant, il ne se sentirait pas tenu de s'enfuir tant qu'il n'aurait pas brisé le buste de Dante.

Le briser et emporter ce qu'il trouverait à l'intérieur.

Il espérait que ce serait de l'or... des doublons ou de ces petites barres qui ressemblaient à des dominos.

Il s'avisa que, même si le buste n'était qu'un bloc de plâtre massif, tout aussi inutile, finalement, que l'oiseau de Greenstreet, il se devait de le briser. Ce Dante figurait le... drapeau, l'emblème, le totem de tout ce que ses parents avaient tenté d'inculquer à Kootie.

D'un index tremblant, il poussa le buste en arrière. La tête tomba sur la pierre mais continua de regarder le plafond sans se casser.

Aussi soulagé que déçu, Kootie poussa un soupir.

Fichus trucs de momie ! songea-t-il. Toutes ces histoires de méditation, et ce grand tunnel avec la fameuse lumière blanche au bout... Ses parents possédaient beaucoup d'images qui représentaient de telles scènes, les pyramides et le *Livre de Toth*, et la réincarnation et les messages de ces « vieilles âmes » qu'on appelait Mahatmas.

Les Mahatmas étaient morts mais ils étaient censés revenir vous dire comment devenir un mort aussi parfait qu'eux. Seulement c'étaient des lâches... Kootie n'en avait jamais vu un seul, même après avoir passé des heures assis à tâcher de se vider l'esprit ; jusqu'à ses parents qui disaient les avoir seulement aperçus. A les entendre, ces vieux spectres se faufilaient par la porte de la cuisine dès qu'on essayait de les regarder. En somme, on ne pouvait déduire leur existence que d'après les objets qu'ils remettaient en place, les livres dans leurs rayonnages, les tasses dans la cuisine. Quand on laissait une poignée de monnaie sur le buffet, on s'apercevait qu'ils avaient rangé les pièces par piles. Quelquefois dans l'ordre des dates.

A peu près à l'âge où ses petits camarades s'apercevaient que le Père Noël n'existait pas, Kootie avait cessé de croire aux Mahatmas et *tutti quanti* ; par la suite, il avait reçu un choc en apprenant à l'école qu'un bonhomme avait vraiment existé qui s'appelait le Mahatma Gandhi, mais un copain, qui avait vu le film *Gandhi*, lui avait expliqué qu'il s'agissait d'un type comme tout le monde, un politicien en Inde, maigre et chauve, qui portait des couches toute la journée.

Kootie n'avait pas le droit d'aller au cinéma, ni de regarder la télé ou de manger de la viande, encore que, là, il s'arrangeât souvent pour s'offrir des Big Mac au McDonald's du coin. Après, il devait mâcher du chewing-gum pour chasser l'odeur.

Quand il serait grand, il voulait devenir astronome, mais ses parents refuseraient de l'envoyer à l'université. Il n'était même pas certain de pouvoir aller au lycée. Ses parents lui avaient dit qu'il était un *chela*, comme eux, et que son devoir, dans la vie, consistait à... enfin, c'était difficile d'expliquer... à se dépatouiller avec ces morts, à être leur « Krishnamurti »... à répandre leur message dans le monde. A se tenir prêt pour traverser le grand tunnel du trépas.

En attendant, pas de ciné, pas de télé, pas de viande et, quand il serait plus grand, il ne devrait pas se marier ni jamais faire l'amour... pas à cause du sida mais parce que les Mahatmas n'aimaient pas ça. Enfin, ils n'aimeraient sûrement pas, parce qu'ils étaient morts et qu'ils devaient porter des couches et passer leur temps à ranger les tasses des gens. Zut !

Mais le pire que ses parents lui aient jamais fait remontait au jour de sa naissance. Ils lui avaient donné le nom d'un de ces Mahatmas, un macchabée qui devait s'en aller et s'appelait Koot Hoomie. Quand on était un gamin et qu'on s'appelait Koot Hoomie Parganas, automatiquement, on se retrouvait affublé du surnom de Kootie, le morbac... A l'école, on ne manquait pas d'obèses ou de bègues qui se faisaient sans arrêt charrier par les copains, pourtant, il aurait mille fois échangé sa place contre la leur pour pouvoir s'appeler Steve, Jim ou Bill.

Kootie souleva le Dante des deux mains et le précipita au sol. *Clonk !* Mais le buste ne se cassa toujours pas.

Il était persuadé que ses parents vénéraient ce bibelot. Parfois, après qu'on l'eut envoyé se coucher, alors qu'il était censé dormir, il s'était glissé jusqu'à la porte du living pour les voir tous les deux prosternés devant, à marmotter des paroles inintelligibles. A certaines époques de l'année, Noël, par exemple, et Halloween, dont on n'était justement qu'à une semaine, sa mère tricotait de petits bonnets et un cache-nez pour Dante. Elle en fabriquait chaque fois des neufs, sans réutiliser les autres, bien qu'elle les conservât tous.

Ses parents avaient toujours (nerveusement, il l'avait bien remarqué) affirmé que le précédent propriétaire de la maison se nommait Don Tay (ou, parfois, *Om* Tay), ce qui expliquait pourquoi les ivrognes et les fous qui appelaient parfois au téléphone semblaient demander qu'on leur passe la statue.

Terminator 2. La maison de Peewee. Les Mario Brothers et Tetrus sur le Nintendo. Les Big Mac et quelques furtives Marlboro. L'université finalement et, sans doute, même ses études secondaires. L'astronomie. Les amis. Tout ça d'un côté.

Les rajma, les khatte chhole, les masoor dal, les moong dal, les chana dal, toutes des variétés de haricots cuits, de l'autre côté. Ainsi que les Mahatmas et l'apprentissage d'un nouvel ordre théosophique (plutôt que d'aller à l'université). Et pas de petite amie.

Comme s'il allait pouvoir s'en passer !

T'es pas heureux parce que Melvin en passant t'a refilé ses morbacs ? Mais nous, *on en a un dans la* classe, *de Morbac.*

Il serrait les dents à s'en faire mal ; les paupières crispées, pleines de larmes, il souleva le Dante par-dessus sa tête et le jeta par terre de toutes ses forces.

Dans un craquement étouffé, le buste éclata en mille morceaux farineux qui se répandirent jusque sur la moquette brun clair.

Kootie rouvrit les yeux et resta sans respirer quelques secondes, le temps que s'apaisent les battements de son cœur. Il ne voyait que les fragments épars tout autour de lui. Enfin, il reprit son souffle et se pencha.

A première vue, il semblait n'y avoir que des bouts de plâtre acérés ; mais, quand il en eut écarté quelques-uns d'une main tremblante, il découvrit un objet rectangulaire, une sorte de brique, comme deux jeux de cartes collés ensemble. Il le souleva. C'était lourd et, pourtant, il lui sembla que la surface s'affaissait quelque peu au contact de ses doigts, libérant une bouffée de poussière blanche.

Non sans un regard par-dessus son épaule vers la porte d'entrée, Kootie s'imagina ce que serait la réaction de ses parents s'ils entraient à cet instant. Pas de doute, ils deviendraient complètement fous.

En hâte, il tira sur la substance souple qui renfermait l'objet, en déplia une partie et se rendit compte, quand il découvrit la face interne de l'enveloppe, qu'il s'agissait d'une sorte de mouchoir de soie imprimée, raidi par le plâtre.

Ensuite, il lui fut facile de se débarrasser de tout le tissu pour dégager une petite brique de verre, à la surface ridée mais douce et brillante, dont les profondeurs transparentes tenaient du quartz fumé.

Kootie l'offrit à la lumière de la fenêtre et l'air se mit à vibrer, comme si un gigantesque gong résonnait d'un seul coup dans le ciel, secouant toute la terre de sa puissance, sur une note subsonique, trop grave pour être perçue par l'oreille humaine.

Toute la journée, le vent chaud du Santa Ana avait achevé de dessécher les monts San Bernardino, emportant vers l'ouest son souffle brûlant à travers les petites villes semi-désertiques de Fontana et d'Upland pour venir se jeter dans le bassin de Los Angeles où il balayait la brume, dégageant enfin aux yeux des habitants les monts Wilson et Baldy qui se découpaient avec une incroyable netteté sur l'aveuglant azur du ciel.

Les palmiers s'agitaient et se courbaient sur les anciennes rues résidentielles, envoyant leurs feuilles séchées tomber sur les voitures garées le long des trottoirs ; des tuiles rouges, détachées par le soleil et les pluies de l'été, rebondissaient sur les gouttières pour aller s'écraser dans les allées de béton séparées en leur centre par une bande de gazon. Les corbeaux qui tentaient de voler à contre-courant ponctuaient de leurs croassements le grondement incessant du vent.

Du côté des échangeurs de l'autoroute, au carrefour de Golden State, Santa Monica et Hollywood Boulevards, le vent chaud n'avait cessé de secouer les gros autobus qui ronronnaient sur l'asphalte ramolli par la chaleur, et l'odeur habituelle où se mêlaient le diesel, l'ozone et les relents d'ordures fleurant vaguement la fraise, faisait place, ce jour-là, à l'arôme singulier de la sauge lointaine et de la roche cuite au soleil du désert Mohave.

Un court moment, dans le soleil couchant qui rougissait les silhouettes des arbres et des citernes sur les collines de Santa Monica, un nombre inhabituel de voitures firent des embardées sur l'autoroute ou changèrent brusquement de direction en pleine ville pour aller heurter des panneaux ou d'autres véhicules ; nombre de sans-abri d'East Los Angeles, Florence et Inglewood se cachèrent derrière leur caddie en appelant à l'aide Dieu ou le FBI ou le diable ou quelque autre inaccessible divinité. Pendant quelques instants, sur Mullholland Drive, toutes les voitures qui se dirigeaient vers l'ouest se dispersèrent, à droite et à gauche, comme si elles se mettaient à tanguer sur le même air de rock.

Dans l'arrière-cour d'un immeuble branlant de Long Beach, un gros bonhomme torse nu tressaillit et lâcha d'un coup le chariot déglingué qu'il traînait vers un garage ouvert, et le réfrigérateur qu'il emportait avec lui heurta le trottoir et lui tomba sur le pied ; ses hurlements et ses jurons attirèrent une grosse dame. Quand elle l'eut aidé à se libérer, il l'implora de courir lui faire couler un bain bien froid.

A Broadway, les néons allaient et venaient dans le ciel qui s'obscurcissait, affichant des noms souvent en coréen ou en japonais, quand ce n'était pas en espagnol. Dans la foule pressée, nombreux furent ceux qui levèrent un regard anxieux vers le ciel sans étoiles.

Sur le trottoir, devant l'enseigne du vieux cinéma Million Dollar, un homme en blouson de nylon dépenaillé et treillis délavé venait d'étouffer un cri et heurtait de plein fouet un lampadaire à l'ancienne.

Son bras gauche, qu'il avait senti si froid toute la journée malgré la chaleur qui le faisait transpirer à grosses gouttes, avait repris sa température normale et, comme animé d'une vie propre, pointait en direction de l'ouest. De sa main droite crasseuse, il repoussa la visière de sa casquette de base-ball et loucha dans cette direction, sur le mur du cinéma, comme s'il pouvait voir à travers, à des kilomètres à l'horizon, au-delà d'Hollywood, vers Beverly Hills, à la recherche… d'une chose surgie de nulle part, dans un gigantesque nuage de fumée, d'un phare brusquement allumé quelque part du côté du soleil couchant.

— Fais-toi une vie, murmura-t-il pour lui-même. Bon Dieu, fais-toi une vie !

Il se détacha du lampadaire pour se mêler à la foule, le bras toujours tendu droit devant lui. Mais les gens qui le croisaient ne le regardèrent même pas et quand, à l'arrêt de la Troisième Rue, il grimpa dans un bus, il dut se frayer un chemin dans le couloir bondé.

Et presque toute la nuit, les grillons se turent dans les arrière-cours et les vestibules des immeubles de bureaux fermés et dans l'herbe des terre-pleins, comme si un même bruit de pas les avait tous figés.

2

...quand elle jeta un coup d'œil dans leur direction, le Laquais-Poisson était parti, et l'autre, assis par terre près de la porte, tenait son regard stupidement fixé sur le ciel.

Alice au pays des merveilles
Lewis CARROLL

Dans la quiète obscurité de Loma Vista Drive, Kootie avait repris péniblement la direction de la maison. Il marchait beaucoup plus lentement que quelques minutes auparavant sur Sunset Boulevard et, maintenant qu'il avait récupéré son souffle, il se rendait compte qu'il boitait et que son côté le faisait souffrir plus que jamais. Certainement ce coup de poing qui avait dû lui casser une côte.

Demain c'était la journée des ordures : toutes les poubelles de plastique vert étaient de sortie au bord des trottoirs. Les maisons de ses voisins, qu'il avait toujours comparées avec mépris aux restaurants japonais des années 50, se cachaient heureusement derrière les arbres mais il savait que, au-delà des panneaux de pelouse avertissant que les propriétaires étaient armés, elles étaient certainement toutes plongées dans le noir, à cette heure. L'aube ne devait plus être loin.

Il s'appuya contre une poubelle pour tâcher de calmer les lourds battements de son cœur et d'apaiser le froid de son ventre qui lui faisait trembler les mains. Il raconterait que des cambrioleurs l'avaient enlevé parce qu'il les avait surpris et qu'il pourrait les reconnaître lors d'une séance d'identification ; ils s'étaient affolés, emparés de lui et enfuis sans avoir rien fait d'autre que casser le Dante. Kootie avait réussi à s'échapper... après une bagarre qui expliquerait pourquoi il se retrouvait l'œil au beurre noir et les côtes certainement cassées.

Il tâchait de se convaincre de cette histoire de cambrioleurs, qu'il devrait sans doute répéter aux policiers... il tâchait de se représenter ces improbables voleurs, ce qu'ils avaient pu dire, à quoi ressemblait leur voiture mais, au bout d'un instant, il dut s'avouer, horrifié, que tout cela sonnait terriblement enfantin, comme le «concerto» qu'il avait composé au piano l'année précédente, qui, sur le coup, lui avait paru au moins de la veine de Tchaïkovski mais, par la suite, s'était avéré confus et emphatique.

Seulement un gosse ne faisait pas la différence. Comme s'il était daltonien ou préférait Frazetta à ces vieux tableaux tout en taches avec des meules de foin et des Français dans des barques.

Une grande personne aurait certainement vu tout de suite que Lumpy et Daryl n'étaient pas des types sympas. *Ça va, Koot, mon pote, installe-toi dans mon garage, en dessous. C'est pas terrible, mais il y a un lit et un réfrigérateur. Et tu travailleras pour moi à dépecer des voitures.*

Ça pouvait coller.

Et puis *poum* derrière une benne et des mains de fer qui lui faisaient les poches pendant qu'on lui arrachait son sac à dos et que tous ses vêtements volaient sur la chaussée. Peu après, Kootie se retrouvait seul dans la ruelle, reniflant et hoquetant aussi doucement qu'il le pouvait, tout en récupérant ses vêtements qu'il fourrait dans le sac à dos déchiré.

La brique de verre avait glissé sous la benne et il dut presque se mettre à plat ventre, la joue contre le sol, pour la récupérer.

Au moins pourrait-il la rendre. Parce que ses parents devaient à tout prix la reprendre. Il se fichait de la punition qu'il encourrait pourvu qu'il puisse vite regagner sa chambre, son lit. La nuit dernière, il avait rêvé qu'il entrait à l'université et recevait un «AN», qui devait correspondre à une notation proche de l'« ânerie ». Ce rêve l'avait (bêtement) incité à mettre enfin son (bête) projet à exécution.

Il souhaitait ne plus jamais rêver.

Il se détacha de sa poubelle et repartit en boitant, passant de la vive lumière d'un impassible réverbère à l'autre. Au lit, et baisser de rideau jusqu'à demain matin, songeait-il pitoyablement. Ils doivent croire que j'ai passé la nuit chez Courtney, et... Non. Le Dante avait déjà dû donner l'alarme. L'idéal serait de monter se coucher en douce. On verrait demain pour les explications.

Le bord du trottoir devant sa maison était vide, pas de poubelle. Voilà qui n'augurait rien de bon. Son père et sa mère devaient être trop furieux pour avoir pensé à sortir les ordures. Mais qui sait ? Ils étaient peut-être sortis avec la voiture, à sa recherche. A ce moment-là, il pourrait...

Non. En s'engageant sur le ciment blanc du bateau, il aperçut la Mercedes qui se détachait sur l'éclairage de la cuisine ; et les feuilles du pêcher, à droite de la maison, paraissaient jaunes à la lumière de sa chambre.

Merde ! songea-t-il dans une ultime bravade. Merde, merde, et merde ! Je me fiche de ce qu'ils vont dire ! Au moins il n'y a pas de voiture de police garée devant l'entrée. Pas encore.

Sur la pointe des pieds, il traversa la pelouse, contourna le garage pour arriver à hauteur de la buanderie, largement ouverte et qui illuminait tout le côté de la maison. D'un mouvement rapide, il passa une tête à l'intérieur.

Les cubes brillants des machines à laver et à sécher, les boîtes multicolores de lessive et d'assouplissant lui parurent tellement familiers, anodins, qu'il dut en ravaler ses larmes. Il pénétra dans la pièce et, à pas de loup, se glissa dans la cuisine.

De là, il apercevait le living. Deux personnes élégamment vêtues se tenaient devant la cheminée, un homme et une femme. Il lui fallut un certain temps pour reconnaître son père et sa mère.

Son père... en smoking noir ! Sa mère dans une

large robe blanche pleine de dentelle au col et aux poignets. Ils se tenaient là, debout, à regarder chacun dans une direction différente.

Kootie restait tellement estomaqué qu'il en oublia d'avoir envie de pleurer. Ils n'avaient tout de même pas adopté cet accoutrement pour l'accueillir! Son père arborait une drôle de tête, on aurait dit qu'il sortait de chez le coiffeur, et... et puis ses cheveux étaient noirs, maintenant, plus grisonnants du tout.

Kootie retint son souffle en posant le pied sur la moquette brun clair.

— Maman? lança-t-il doucement.

Sa mère paraissait beaucoup plus mince dans cette nouvelle robe et il remarqua, stupéfait, qu'elle avait les yeux maquillés. Elle regardait paisiblement le plafond.

— Maman, répéta Kootie un peu plus fort.

Bizarrement, il n'avait pas envie de parler sur un ton normal.

Son père se tourna vers la cuisine... et continua de tourner pour finir par poser les yeux sur une chaise, à côté de l'entrée.

— Pardon, gémit l'enfant, effaré par cette grotesque punition. Dites-moi quelque chose. Il est tombé tout seul et s'est cassé, alors je me suis enfui. J'ai pris le machin en verre qui se trouvait à l'intérieur.

Sa mère tendit deux mains gantées de blanc et Kootie se précipita en sanglotant... mais elle se détourna et ses mains se posèrent sur ses hanches, comme si elle dansait lentement. Kootie s'arrêta net, épouvanté.

— Arrête! cria-t-il d'une voix aiguë. Fais pas ça!

— Ça veut dire quoi, ces conneries? lança une grosse voix dans l'entrée.

Kootie entendit tomber quelque chose de très lourd et des pas pesants marteler le carrelage. Il vit alors apparaître une espèce de clochard qui le fixait d'un regard fou. La grosse figure moustachue du bonhomme mangeait presque ses petits yeux qui achevaient de disparaître sous une infecte casquette de base-ball. Il cligna des paupières devant le spectacle des parents de Kootie qui se mouvaient toujours au ralenti mais revint vite sur le gamin.

— Viens ici, toi! ordonna-t-il en entrant dans le living.

Il tendait la main droite... parce que la gauche, tout le bras gauche avait disparu pour ne laisser place qu'à une manche repliée.

Kootie bondit sur le côté et atterrit sur le marbre de l'atrium vert qui le fit déraper. Il se rattrapa de justesse tout en apercevant nettement les deux silhouettes assises dans des fauteuils devant un mur de treillage, mais ne cessa de courir; il les avait vues clairement, pourtant il heurta de plein fouet la porte du jardin. Elle s'ouvrit d'un coup et il déboucha, complètement déséquilibré, sur la pelouse sombre, tellement vite qu'il eut l'impression de dégringoler du premier étage.

Ses mains et ses pieds se posèrent sur les planches de la palissade qu'il escalada en hâte pour se retrouver au milieu du lierre, dans une nuit noire, se relevant avant de seulement comprendre qu'il était tombé. Il sauta une autre barrière et détala dans une rue déserte.

Ses yeux devaient le guider en pilotage automatique, car, cette fois, il garda son équilibre ; mais lui ne voyait que les deux silhouettes dans leurs fauteuils, scotchées par le cou, les poignets et les chevilles... sa mère trop grosse et son père grisonnant, bouche bée, édentés, les orbites vides et sanguinolentes, les doigts crispés, morts.

3

— … Regardez donc sur la route et dites-moi si l'un ou l'autre d'entre eux ne revient pas. Eh bien, qui voyez-vous ?
— Personne, répondit Alice.
— Je donnerais cher pour avoir des yeux comme les vôtres, fit observer, d'un ton irrité, le monarque. Etre capable de voir Personne, l'Irréel en personne ! Et à une telle distance, par-dessus le marché ! Vrai, tout ce dont je suis capable, pour ma part, c'est de voir, parfois, quelqu'un de bien réel !

A travers le miroir
Lewis CARROLL

Pete Sullivan ouvrit les yeux après avoir perçu l'éclair mais il resta plusieurs secondes à regarder un morceau de ciel à travers la fenêtre bâchée de la camionnette sans entendre le moindre coup de tonnerre. Il s'assit dans son lit étroit en se demandant s'il ne fallait pas considérer des éclairs silencieux derrière les paupières comme le signe avant-coureur d'une attaque cérébrale. D'ailleurs, il avait été très agité toute la soirée, et il avait disputé une terrible partie de billard, au bar du coin, après le travail.

La menace d'une attaque imminente ne l'effrayait pas outre mesure ; il en conclut qu'il n'y avait jamais cru. Balançant ses pieds nus sur la carpette du plancher, il se leva. Voilà des années qu'il avait remplacé le plafond de la camionnette par un toit de camping qui en augmentait la hauteur de soixante-quinze centimètres, si bien qu'il pouvait se dresser de toute sa taille. Il se pencha au-dessus du petit lavabo et scruta la nuit de l'Arizona.

Une monstrueuse masse de cumulus s'amoncelait au-dessus du Tonto Basin et l'un des nuages s'éclaira fugitivement de l'intérieur ; peu après, une fourche éblouissante illumina l'est, au-dessus des pics du Mogollon Rim.

Sullivan attendit, mais toujours pas de tonnerre.

A travers la toile, la brise apportait des bouffées de soir d'automne qui lui rappelèrent son enfance en Californie, un parfum de roche mouillée par la pluie venu brusquement rafraîchir l'odeur de renfermé des vieux vêtements et du propane. Il enfila un jean et des chaussettes, sortit ses chaussures noires à bouts ferrés et ouvrit la porte.

Dehors, au fond du parking du O'Hara's, il entendait le raffut du bar projeté par la porte arrière grande ouverte, Garth Brooks dans le juke-box, le cliquetis des queues de billard et le brouhaha des bavardages et des verres qui se heurtaient.

Il n'avait pas franchi deux pas, le nez levé vers le ciel à la recherche d'improbables étoiles, quand un break Honda lui lança d'une voix sépulcrale :

— *Attention ! Vous êtes trop près de ce véhicule. Eloignez-vous.*

Sullivan recula.

— *Merci*, dit la voiture.

A peine aimable, par-dessus le marché.

Sullivan retourna vers sa camionnette pour y chercher des cigarettes et un briquet. Quand il reposa le pied sur le gravier, la Honda se tint tranquille jusqu'à ce qu'il allumât son briquet ; alors, de nouveau, la voiture le prévint qu'il était trop près.

Il inhala un peu de fumée qu'il recracha dans la brise légère.

— Trop près de quoi ? demanda-t-il.

— *Eloignez-vous*, dit la voiture.

— De quel véhicule ? De vous ou d'un autre par ici ? On ferait peut-être mieux de s'éloigner tous les deux.

— *Attention !* répétait l'engin en même temps que lui. *Vous êtes trop près de ce véhicule. Eloignez-vous.*

— Et qu'est-ce que tu feras si je ne bouge pas ?

— Elle va gueuler comme une sirène de bateau, lança une voix derrière Sullivan. Ça t'amuse de taquiner une bagnole ?

C'était Morrie, le barman. En plein air, son tablier puait la bière.

— C'est elle qui a commencé.

— Elle ! C'est une voiture, Pete, je te signale. Viens, on te demande au téléphone.

Sullivan se voyait déjà en train de décrocher l'appareil du bar pour y entendre la voix mécanique l'avertir qu'il se tenait trop près d'un véhicule.

— La centrale électrique ?

— J'en sais rien. C'est peut-être un dab du coin qui veut te remonter les bretelles à cause de sa fille.

Morrie avait déjà tourné les talons et regagnait son antre. Sullivan le suivit en tirant machinalement sur son tee-shirt. Ce ne pouvait pas être un habitant de ce bled paumé en plein désert : Sullivan devait faire partie des rares électriciens itinérants qui ne se saoulaient pas tous les soirs et ne dépensaient pas leurs huit cents dollars par semaine à soulever les filles du coin. D'ailleurs, il travaillait seul sur le site depuis une semaine. Le vendredi précédent, il avait tiré des fils à la centrale nucléaire de Palo Verde, à quelque cent cinquante kilomètres de là et, le reste de la semaine, il l'avait passé à la centrale Roosevelt, à l'écart du patelin. Il avait eu beaucoup trop à faire pour songer à autre chose que bosser, rentrer, avaler quelques gorgées de Coke, jouer deux, trois parties de billard et dormir.

Le bruit des conversations lui parut assourdissant quand il pénétra dans le bar et il plissa les yeux dans la lumière éblouissante des néons. Il se dirigea vers le comptoir derrière lequel Morrie avait déjà repris sa place. Le téléphone l'attendait, décroché.

Il prit le combiné.

— Allô ?

— Pete ? Toi alors, on peut dire que tu aimes tes petites habitudes ! Tous les ans tu reviens travailler au même endroit à la même époque.

Elle avait l'air assez furax.
C'était sa sœur jumelle. Il se raidit.
— Sukie, qu'est-ce que...
— Ferme-la et écoute. Je me trouve dans un hôtel en plein Delaware. La réception vient de m'appeler pour m'annoncer qu'on avait embouti ma voiture dans le parking; ils veulent que je descende avec mes papiers d'assurance. Je...
— Sukie, je ne...
— La ferme! Je me suis réveillée à l'heure bar, figure-toi! J'étais là, droite comme un piquet, une seconde avant que le téléphone sonne et je tenais le récepteur dans la main avant de l'avoir atteint! J'ai senti mes pupilles rétrécir une seconde avant d'allumer la lampe! Je te parie que personne n'a touché à ma voiture! Seulement c'est *elle* qui m'a retrouvée, et elle va te retrouver, toi aussi. Elle va envoyer des gens me chercher à la réception, comme elle en a sûrement déjà envoyé là où tu es. Tu sais qu'elle en est capable. Et tu sais ce qu'elle attend de nous, sauf si tu as réussi à tout oublier. En ce moment, je regarde le colonel Embusqué dans les yeux, si tu veux savoir; c'est pour toi que je fais ça. Pars immédiatement de là où tu es, file, disparais, et... Je suis sur la ligne de l'hôtel, je sais qu'ils écoutent... va à l'endroit où on a caché une chose, quelque chose, d'accord? Dans un garage, tu te rappelles? C'est ce qu'il te faudra si elle... nous réclame encore. Pour une raison ou pour une autre.
— Je ne peux pas...
— Tu sais de quelle chose je parle?
— Je crois, le... là où on peut à peine marcher tellement il y a de feuilles de palmier sur le trottoir, c'est ça? Et il faut se frayer un chemin dans les branches basses? La... chose s'y trouve toujours?
— Je ne l'en ai jamais retirée.
— Seulement je ne peux pas m'en aller comme ça, Sukie, il faut que je... enfin, que je passe un contrôle de radiation, ça prend vingt minutes par ici, et quant à ma paie...
— Fous le camp, Pete! C'est rien, ce boulot!

— C'est le service public d'Arizona, expliqua Pete sur un ton égal. Celui qui appartenait à Edison, comme tous les services publics. La côte Est est sous le contrôle de la Con-Ed, la côte Ouest, de la California Edison, jusqu'au Niagara qui en dépend complètement. Edison tient l'Amérique de l'Atlantique au Pacifique. Jamais plus je ne travaillerai pour les services publics.

— SDA, mon vieux !

— Ecoute, Sukie, peut-être qu'on l'a vraiment emboutie, ta voiture...

Il s'aperçut alors que la ligne était coupée. Il raccrocha et rendit le téléphone à Morrie.

— Sukie ? demanda celui-ci.

— Ma frangine. On a esquinté sa voiture et elle en fait tout un fromage.

Sullivan se souvint de la curieuse partie de billard qu'il avait disputée un peu plus tôt dans la soirée et il remarqua que ses mains tremblaient. Il repoussa le Coke que lui avait servi Morrie.

— File-moi plutôt un bourbon arrosé d'une bière, s'il te plaît.

L'autre haussa un sourcil étonné mais s'exécuta sans faire remarquer que c'était bien la première fois que Sullivan prenait sur place une consommation digne de ce nom.

Ce dernier grimpa sur un tabouret et avala son bourbon cul sec avant de se mettre à siroter sa bière bien fraîche. Du coup, il se sentit plus proche de sa sœur et l'impression fut si forte qu'il faillit arrêter de boire sur-le-champ.

Néanmoins, il finit son verre et fit signe à Morrie de le remplir.

En ce moment, je regarde le colonel Embusqué dans les yeux, si tu veux savoir.

Le colonel Embusqué était le nom que Sukie avait donné à la Faucheuse. Sullivan pensait qu'elle l'avait tiré d'une partie de poker, où elle perdait toujours ; c'était également ainsi qu'elle désignait ses armes à feu. Durant quelques années, autrefois, à Los Angeles, elle avait possédé un .45 Derringer chargé de deux balles à pointe creuse. Le colonel Embusqué serait certainement aussi efficace aujourd'hui. Sullivan se demandait si sa sœur n'allait pas se tuer plutôt que de descendre à la réception s'assurer que l'appel était ou non un piège. Peut-être bien. Peut-être n'attendait-elle, depuis des années, qu'une bonne excuse pour se faire sauter la cervelle. Et surtout ne pas épargner un dernier coup de téléphone à son frère.

Et tu sais ce qu'elle attend de nous, sauf si tu as réussi à tout oublier.

Il se prit à évoquer une image énigmatique du cauchemar qui l'avait hanté toute son adolescence : trois cannettes de limonade gisant sur une plage, condamnées à ne jamais être ouvertes, tandis qu'une voix proclamait : « *Vous n'êtes pas en sucre...* »

Haussant les épaules, il chassa ce souvenir, leva son verre et avala une si longue goulée qu'elle finit par lui râper douloureusement la gorge. Il dut rester immobile et droit sur son tabouret, le temps de tout engloutir et de pouvoir à nouveau respirer.

Maintenant, il sentait la masse froide de la bière couler dans son estomac. Au moins avait-il pu écarter le désagréable souvenir. Je ne vais pas devenir comme Sukie, maintenant ! songea-t-il.

SDA, mon vieux !

Elle avait le chic pour rouler, complètement pompette, sur les autoroutes de Los Angeles... elle disait toujours que quand on commençait à tanguer dans sa file, il suffisait d'accélérer pour que tout le monde croie qu'il s'agissait d'une manœuvre volontaire ; au point que c'en était devenu une de ses devises préférées : « Le Salut est Dans l'Accélération. »

Morrie remplit le verre une troisième fois ; Sullivan remercia d'un mouvement de la tête et reprit une petite gorgée prudente. Je n'ai jamais été bon au billard, pensait-il. Ou alors, j'ai toujours été excellent mais j'étais énervé quand j'ai joué, ce soir. Pas moyen d'accélérer pour me tirer de ce patelin, de ce boulot. Et si elle m'avait fait une blague ? Si elle était en train de se marrer, quelque part, en tout cas ni dans le Delaware ni en face d'un canon de revolver ? Simplement pour me bousiller la vie une fois de plus ?

Ça, pas question !

Il avala encore une petite gorgée. Je pourrais juste donner ma démission ; si je la filais au contremaître, personne ne m'en voudrait. Les électriciens itinérants passent en général pour des excités instables qui déménagent souvent. Je n'ai qu'à me tailler après m'être fait examiner des pieds à la tête, en pyjama de papier, dans un cercueil d'aluminium, pendant que le compteur vérifie le degré de radiations que j'ai pris dans l'année ; ensuite je me barre en Californie et je récupère le... masque et pars m'installer dans le Nevada ou ailleurs. Il y a toujours du boulot dans les services publics pour un mec bien vu d'Edison.

Seulement si Sukie se fiche de moi, pas besoin de me faire tout ce cinéma !

Et sinon ? A ce moment-là, il y aura du monde qui m'attendra à la centrale, comme elle l'a prédit. En fait, si on a intercepté notre conversation, à la réception de son hypothétique hôtel, ils auront également entendu la réponse habituelle de Morrie quand il décroche : « Chez O'Hara's, Roosevelt, Morrie à l'appareil. »

Il y avait une demi-heure de voiture entre la centrale nucléaire Roosevelt et O'Hara's... du moins quand on n'avait pas le feu aux fesses.

Sullivan vida son dernier verre de bourbon, puis son pichet de bière, et sortit du bar. Morrie ajouterait ses consommations au montant de la location de son emplacement de parking.

En approchant de sa vieille camionnette, il se disait qu'il ferait mieux de rentrer, de fermer derrière lui et de se pieuter. Le lendemain, à huit heures, il retournerait à la centrale comme si de rien n'était, passerait la matinée à resserrer les boulons des conduits qui se relâchaient après que le contremaître aurait constaté que la date limite de vérification avait expiré depuis au moins une semaine. Syndiqué, la sécurité de l'emploi, pas de soucis à se faire, pour trente dollars de l'heure. Où retrouverait-il une si bonne planque ?

Surpris, il bondit de côté, et la Honda reprit son refrain :

— *Attention ! Vous êtes trop près de ce véhicule.*

Le cœur battant à tout rompre, il sentit une brise soudain froide lui glacer le front.

— *Eloignez-vous,* continuait l'engin.

Il recula.

— *Merci.*

L'heure bar. Ce n'était pas par maladresse qu'il avait si mal joué au billard. Il se retrouvait tout simplement à l'heure bar.

— *Je me suis réveillée à l'heure bar !*

C'était ainsi que les jumeaux Sullivan avaient baptisé le phénomène le jour où ils en avaient pris conscience ; à cette époque, ils travaillaient pour Loretta deLarava, à Los Angeles. Sukie avait conçu cette expression d'après les bars de Californie qui avançaient leurs pendules d'à peu près dix minutes afin d'avoir le temps de débarrasser les tables de toutes les boissons alcoolisées pour l'heure légale de fermeture, à deux heures du matin, si bien que les consommateurs arrivaient à deux heures, un peu avant leurs concitoyens. Les jumeaux avaient passé bien des nuits dans les bars, quoique Pete bût rarement autre chose que du Coke, si ce n'était, parfois, une bière ; il voyait encore Sukie, avec ses lunettes noires, attablée dans un coin sombre, la cigarette au bec, en train de demander à un voisin :

— Une heure et demie ? C'est l'heure officielle ou l'heure bar ?

Sullivan restait devant sa camionnette, une main sur la poignée de la portière avant.

Il finit par l'ouvrir et grimpa. Le moteur se mit en marche dès le premier tour de clef et Sullivan ne le laissa chauffer que quelques secondes avant de passer une vitesse et de s'engager dans la direction de Claypool. De là, il prendrait la route 60 qui filait vers l'ouest.

Deux éclairs traversèrent le ciel alors qu'il passait devant le bar et prenait de la vitesse ; malgré sa vitre baissée, il n'entendit aucun roulement de tonnerre.

Il écrasa sa pédale de frein avant de voir s'allumer les stops de la voiture qui le précédait et aperçut alors l'éclair suivant dans toute son abrupte splendeur, parce qu'il s'était déjà tourné dans la bonne direction.

L'heure bar, évidemment. Il poussa un soupir et se concentra sur sa conduite.

Il arrive à tout le monde de vivre à l'heure bar, en général dans cet état semi-hypnotique qui mène au sommeil ou en sort, au moment où le bruit qui va vous réveiller en sursaut, qu'il s'agisse de la sonnerie d'un réveil, d'un coup de sonnette, d'un cri, vous parvient d'avance et fait encore partie du rêve lui-même ; ou quand on ne prend conscience d'un bruit de fond, tel le ronronnement d'un réfrigérateur ou de la climatisation, qu'un instant avant qu'il ne s'arrête.

Les jumeaux Sullivan avaient passé d'innombrables heures dans cet état durant les années 80 ; ils s'apprêtaient à décrocher un téléphone à l'instant même où celui-ci allait sonner, ou voyaient l'intérieur d'une maison avant d'y pénétrer. Ils en avaient conclu que c'était là une des conséquences de leur collaboration avec Loretta deLarava, mais la paie était assez bonne pour qu'ils considèrent l'incident comme un inconvénient mineur.

La paie. Sullivan jeta un coup d'œil sur sa jauge en se demandant s'il mettrait jamais la main sur son dernier chèque. Certainement pas, du moins si Sukie avait bel et bien senti que Loretta deLarava s'était lancée à leur poursuite. Retrouverait-il jamais un boulot d'électricien ?

Sans doute pas si la vieille travaillait encore, d'une façon ou d'une autre, pour le cinéma.

La joie !

Bon, se dit-il, je verrai plus tard, lorsque je serai à Hollywood et que j'aurai remis la main sur le masque... s'il se trouve toujours dans ce garage hétéroclite, si personne n'a rasé la colline pour y construire un immeuble ou un supermarché.

Sans quitter des yeux l'autoroute dévorée par ses phares, il fouilla la plate-forme du tableau de bord, à la recherche d'une cassette qu'il glissa dans le lecteur. S'élevèrent alors les premières notes de *A Land Down Under*, de Men At Work, qui firent vibrer ses haut-parleurs. Si seulement cela pouvait l'aider à se sentir plus à l'aise, lui, le voyageur intrépide, le nomade autonome, sans attaches, capable de faire face à n'importe quoi, du joint d'étanchéité qui se barrait à l'ivrogne qui le menaçait d'un couteau au fin fond d'un bar à routiers ; en gardant toujours l'œil fixé sur la ligne bleue de l'horizon, tel un cow-boy posant pour Marlboro.

Pourtant, il frissonna et agrippa son volant des deux mains. Comment croyait-il parvenir à Hollywood alors qu'il n'avait plus vidangé sa camionnette ni révisé ses freins depuis sept mille kilomètres ?

Sukie avait toujours, et sans doute instinctivement, composé des paroles absurdes sur les airs qu'elle connaissait. Il venait de retrouver celles qu'elle avait plaquées sur la vieille rengaine de *Beverly Hillbillies* :

Petite sœur a dit : « Pete, tire-toi d'ici. »
Elle a dit : « C'est en Californie qu'tu dois aller. »
Et avec la camionnette, il est parti pour Galilee.

Le soir de son seizième anniversaire, il avait emprunté la voiture de son père adoptif dans le but d'aller faire de la vitesse sur le parking du centre commercial, fermé à cette heure ; mais les gardiens de nuit lui avaient donné la chasse sur des kilomètres, dans leur voiture de faux flics, avec gyro et sirènes pour flanquer la trouille et, quand ils l'avaient rattrapé, ils avaient menacé de l'accuser de toutes sortes de délits. Finalement, rien d'autre ne s'était passé qu'une amende pour *refus d'obtempérer sur la voie publique*.

Il se retrouvait, vingt-quatre ans plus tard, avec sa tignasse noire et ses tempes grisonnantes, à se demander comment, maintenant, il pourrait encore refuser d'obtempérer sur une voie aussi peu publique.

Ce fut dans son rétroviseur qu'il vit l'éclair et, cette fois, le tonnerre suivit, grondant sur tout le désert, bientôt suivi d'une pluie battante.

Il mit en route les essuie-glaces. Elle s'appelait Elizabeth, de son vrai nom, mais elle avait pris son surnom dans la chanson de Bobby Darin, *Mack the Knife*, où quelques paroles évoquaient une femme nommée Sukie Tawdry. Lorsque sa vue se brouilla de larmes, il s'aperçut qu'il pleurait, de chagrin et de regret sur cette sœur jumelle perdue bien avant minuit.

L'inhabituelle audace venue de l'alcool lui donna envie d'appuyer à fond sur l'accélérateur… *SDA, mon vieux!…* Néanmoins, il se souvint à temps que cette première pluie allait rendre la chaussée plus glissante que jamais, avec toute l'huile qui y gisait en permanence. Alors, il préféra, au contraire, ralentir à soixante-cinq.

Au fait, il n'était pas pressé. Loretta deLarava avait dû prévoir de faire son petit travail pour Halloween, c'est-à-dire cinq jours plus tard.

4

C'était bien joli de dire « Bois-moi », mais la sage petite Alice n'était pas imprudente au point d'obéir à l'étourdie à cette injonction : « Non, je vais d'abord voir, se dit-elle, si le mot poison y est, ou non, mentionné »...

Alice au pays des merveilles
Lewis CARROLL

Lumpy et Daryl n'avaient pas trouvé l'escarcelle cachée dans la poche du sac à dos de Kootie, si bien que celui-ci avait pu s'acheter, dans un drugstore du côté de Fairfax Avenue, des lunettes de soleil à bon marché pour cacher son œil au beurre noir. Ce qui lui laissait un peu plus de six dollars.

Il s'était assis à un arrêt d'autobus, parce qu'il était trop fatigué pour continuer à courir cinq minutes de plus. Quelle importance, d'ailleurs ? Tous les bancs d'arrêts de bus de la ville devaient ressembler à celui-ci ou, pire, paraître normaux aux gens normaux mais ressembler à celui-ci, à ses yeux à lui.

C'était un banc noir, sur lequel on avait peint une tête de mort et l'inscription : NE FUMEZ PAS LES CIGARETTES DEATH.

Il avait vu des paquets de cette marque au drugstore, dans leur emballage noir, avec cette même tête de mort. Quelle idée ! Qu'est-ce qu'on pouvait fourrer dans de tels paquets ? Des os de petits doigts ? Avec des taches de sang à la place du filtre ?

Il tremblait dans sa lourde chemise de flanelle qui lui tenait assez chaud tant que le soleil brillait mais ne suffisait plus du tout à la nuit tombée. En fait, il faisait un froid de canard. D'ailleurs, Kootie se demandait si, au lever du jour, cette étrange nuit serait vraiment finie et si le banc allait reprendre une allure normale, avec une pub normale.

Peut-être bien qu'il pourrait rentrer chez lui, maintenant, que son père et sa mère seraient là.

(Ce devait être eux, les deux personnes qu'il avait vues dans leurs habits de mariage, pas les autres ligotés dans l'atrium, avec ces yeux...)

Tremblant comme une feuille, il s'adossa, les coudes serrés, pour tenter de récupérer une respiration régulière. Et s'il était en pleine crise cardiaque ? Ce serait sans doute ce qui pouvait lui arriver de mieux. Il regrettait que ses pieds n'atteignent pas le sol ; au moins aurait-il pu s'appuyer dessus.

Quelques heures auparavant, sur Sunset Boulevard, quand il faisait déjà nuit noire, il avait à plusieurs reprises voulu appeler la police. Avec un peu de chance, à l'aube, il trouverait un téléphone qui marcherait. Avec un peu de chance...

Les tremblements avaient cessé ; précautionneusement, il prit une longue inspiration, histoire de vérifier qu'il n'avait plus le hoquet. En exhalant l'air, il se détendit et s'aperçut alors que ses pieds touchaient le sol.

D'une main, il ramena en arrière ses cheveux noirs et se leva pour aller se mettre au soleil ; il se rendit compte alors qu'il avait faim. Il pourrait se payer un petit déjeuner mais pas plus.

— C'est le 217 que tu attends, mon garçon ?

Kootie leva les yeux sur le vieil homme qui lui avait posé cette question.

— Non, dit-il vivement. Non, je... je vais à l'école à pied, aujourd'hui.

Fourrant les mains dans ses poches, il se dirigea vers Fairfax Avenue et dut se retenir pour ne pas jeter un regard effrayé par-dessus son épaule.

Ce bonhomme avait l'air normal ; ce ne devait être qu'un employé qui partait au travail, un peu étonné de croiser un gosse si tôt dehors.

Pourtant, Kootie se rappelait ces drôles de gens qu'il avait rencontrés au cours de cette interminable nuit d'angoisse. Une vieille femme qui poussait son caddie dans le parking ultra-éclairé d'un supermarché et lui avait crié des trucs en l'appelant Al ; comme il s'éloignait en courant pour lui échapper, elle s'était mise à pleurer et ses sanglots avaient paru le poursuivre beaucoup plus fort que ses cris, il les entendait encore à deux rues de là. Plus tard, en s'écartant du chemin d'un bonhomme qui semblait le suivre, il avait interrompu un jeune clodo en train de déféquer derrière un tas d'ordures... Kootie secoua la tête pour dissiper l'image de ces cailloux et de ces capsules qui lui sortaient des fesses et tombaient sur le macadam en cliquetant. Le type en avait l'air tout contrit. Une femme avait garé au bord du trottoir sa rutilante Jaguar XKE et baissé la vitre côté passager pour lui lancer :

— Tu es trop jeune pour fumer ! Je te donne cent dollars pour ton cigare !

Cette fois, c'était Kootie qui avait fondu en larmes parce que, même s'il ne comprenait pas un mot de ce qu'elle disait, il avait eu envie de se précipiter dans cette magnifique voiture pour demander de l'aide à cette belle dame mais il lui avait trouvé les yeux, les lèvres et les dents tellement brillants qu'il n'avait su que prendre ses jambes à son cou et détaler dans une ruelle trop encombrée de détritus pour qu'elle puisse s'y engager.

Maintenant, il entendait derrière lui le soufflet des freins et le ronronnement du moteur d'un bus ; peu après, le gros véhicule noir et blanc reprenait sa route. Kootie souhaita vaguement que le vieil homme fût à l'intérieur et se rendît sur un lieu de travail qu'il aimait et qu'il vît encore cette ville comme le gigantesque panneau d'affichage plein de magasins et de cinémas où Kootie avait jusque-là cru habiter.

Il suivit des yeux le bus qui se fondait dans la circulation du petit matin... qu'est-ce qu'il y avait, par là-bas ? Ah oui ! Le Farmer's Market, et cette épicerie juive où un grand type sympa, derrière son comptoir, lui avait fait goûter un jour des morceaux de saumon fumé... Kootie vit une voiture de police surgir de Beverly Boulevard.

Non loin de lui se dressaient deux cabines téléphoniques, alors il pressa le pas dans cette direction, comptant arriver juste à temps pour avoir un récepteur à l'oreille au moment où les flics passeraient dans son dos. Il se pressa tellement qu'il alla jusqu'à faire tomber pour de bon une de ses précieuses pièces dans la fente. Il faut que je réfléchisse, se dit-il.

Et s'il faisait signe aux flics? Ou aux suivants qui passeraient immanquablement? Il n'aurait qu'à se pendre à leur portière en pleurant et tout leur raconter, comme ça ils l'emmèneraient chez lui, dans Loma Vista Drive. Il attendrait dans la voiture avec un des deux policiers pendant que l'autre irait vérifier ce qui se passait dans la maison. Ou alors, ils y enverraient une autre voiture par la radio et emmèneraient Kootie « au poste ».

Et ensuite? Plus d'une fois, durant sa longue errance nocturne, il s'était arrêté pour fermer les yeux et tâcher de se convaincre que ses parents n'étaient pas morts, qu'il avait rêvé quand il les avait vus habillés en mariés dans le living et en même temps assassinés dans l'atrium... ensuite il y avait eu ce clochard manchot qui avait essayé de l'attraper... Il avait également voulu croire que cette brique de verre, dans la poche de sa chemise, n'avait rien à voir avec les gens qu'il croisait. Mais pas une fois il n'était parvenu à s'en persuader.

Et que croire, maintenant que le soleil se levait pardessus les toits des gratte-ciel, avec tous ces inconnus qui commençaient à peupler la rue?

Il pouvait toujours tenter un essai. D'un doigt tremblant, il composa le 911 de la police. Je peux encore changer d'avis, se dit-il nerveusement. Je peux toujours ficher le camp de ce téléphone... même m'en aller tranquillement, d'ailleurs.

Il entendit un déclic dans l'écouteur, puis une voix d'homme engourdie :

— ... et je lui ai dit d'aller se faire foutre. Non, mais tu te rends compte? Je n'ai pas à ...

La voix s'éloigna et Kootie écouta les bruits de fond,

des rires, des exclamations, des verres qui s'entrechoquaient, quelqu'un qui chantait, et puis aussi, très loin, une voix d'enfant qui récitait :

— *Dans la plupart des jardins, on prépare des couches trop molles, de sorte que les fleurs y dorment tout le temps.*

Le souffle court, Kootie ne sut que crier son « Allô ? » d'une voix trop forte parce qu'il devait couvrir une soudaine sonnerie dans son oreille.

— Allô ? Je ne suis pas aux urgences de la police ?

Après tout, pensa-t-il avec ferveur, il ne s'agissait peut-être que d'une interférence. En même temps, une terreur irraisonnée lui soufflait que non.

— Qui est à l'appareil, s'il vous plaît ?

Un court instant, il n'entendit plus que le murmure des discussions et de lointains cliquetis, puis survint une voix de femme, haletante et lourde.

— Al ? geignit-elle, Al, enfin te voilà ! Où est-ce qu'on se retrouve, ce soir ? Encore devant le supermarché ? Al, j'avais les jambes gonflées comme des saucisses, il me faudrait...

Kootie raccrocha et parvint à reprendre tranquillement son chemin sur Fairfax Avenue, surpris, tout de même, de ne pas sentir l'air se coaguler en ces espèces d'invisibles ectoplasmes qui, dans les rêves, vous empêchent de poser un pied devant l'autre.

Ce que c'était que la réalité ! Le soleil brillait et lui-même se sentait pleinement éveillé ; pourtant, cette voix, dans le téléphone, appartenait à la vieille folle qui l'avait poursuivi dans le parking quelques heures plus tôt. Et puis ses parents étaient morts, à l'évidence parce qu'il avait brisé le Dante et emporté la brique de verre.

C'était lui, Kootie, qui les avait tués.

Quand bien même la police n'en croirait rien, elle lui ferait faire des choses... identifier les corps... Non, ils n'allaient tout de même pas forcer un enfant à faire ça ! Enfin, il lui faudrait au moins lâcher un millier de déclarations qui reviendraient soit à dire la vérité et passer pour un fou, soit à raconter des histoires et passer pour un menteur. Au mieux, il se retrouverait placé dans une famille d'adoption. Et comment réagiraient les téléphones, là-bas ? Quelle sorte de gens seraient ses tuteurs ? Et si, par hasard, on concluait qu'il était fou ? Alors on lui mettrait la camisole ou bien on l'attacherait dans son lit...

Il recula au souvenir de ses parents scotchés à leur siège.

Au fait, et s'il se débarrassait de la brique de verre, est-ce que tout ce bazar ne s'arrêterait pas instantanément ? Mais quelqu'un finirait bien par s'en emparer et, d'ailleurs, pourquoi ses parents l'avaient-ils cachée ?

Il se souvenait d'une histoire de Robert Louis Stevenson où il était question d'un démon dans une bouteille qui pouvait vous transporter là où vous le désiriez mais, si vous mouriez avant de vous en être débarrassé, vous alliez en enfer ; seulement, pour s'en débarrasser, il fallait la vendre moins cher que vous ne l'aviez payée, sinon, elle vous revenait, quand bien même vous l'auriez jetée au fond de l'océan.

Cette brique valait-elle de l'argent ? Pourrait-il la vendre ? Est-ce qu'on pourrait la considérer comme un « cigare » ? Dans ce cas, aurait-il pu en demander cent dollars à la femme à la Jaguar ? En attendant, cela faisait beaucoup moins cher que ce qu'il avait payé.

Un muret de parpaing blanc entourait le petit parking d'un marché ; il traversa pour aller s'y asseoir et regarda autour de lui l'intense circulation d'un carrefour, puis les trottoirs, afin de s'assurer que personne ne faisait attention à lui. Alors, il déboutonna sa poche de poitrine et en sortit la brique de verre ; celle-ci parut émettre un faible déclic de l'intérieur quand il la retourna dans sa main.

C'était la première fois qu'il la contemplait au soleil ; elle était rectangulaire mais gondolée en surface et tellement opaque que, même en plein jour, il ne voyait rien à l'intérieur. Il passa le doigt sur un bord... et sentit un raccord. En y regardant de plus près, il put constater que la même faille courait tout autour de la brique, la divisant en deux parties égales.

Les deux crétins qui l'avaient attaqué, cette nuit, lui avaient fauché son couteau suisse, aussi dut-il se contenter d'y glisser l'ongle. Ce qui eut pour seul résultat de le casser. Alors il essaya autre chose : en pressant très fort les deux parois, il eut l'impression de les sentir bouger l'une contre l'autre. Cette fois, il était certain que ce machin-là devait s'ouvrir.

Il ôta son sac à dos pour y ranger la brique parmi ses vêtements en vrac, le referma soigneusement et, comme les boucles de plastique en avaient été arrachées, attacha les courroies avec des nœuds, puis l'enfila de nouveau sur ses épaules. Avec un peu de chance, les gens ne sentiraient plus aussi facilement la présence le la brique.

Une arme à feu, se dit-il, maussade, ou une grenade, ou un explosif quelconque. C'était comme s'ils gardaient une arme à la maison et n'en avaient jamais parlé à leur fils. Après tout, c'est leur faute si je les ai tués sans faire exprès, en jouant avec.

Et si je l'ouvrais ? Est-ce qu'il en jaillirait un démon ? Peut-être bien. Même si je n'y crois pas, ni moi ni mes potes de l'école. En 1900, les gens ne croyaient pas que le radium était dangereux et ils se baladaient avec un morceau de ce truc-là dans la poche, en guise de porte-bonheur et, après, leurs jambes ne les portaient plus et ils mouraient d'un cancer. Ça ne sert à rien de ne pas croire en quelque chose si on se trompe.

Il entendit le bref coup de sirène d'un motard et leva vivement les yeux pour apercevoir un flic qui stationnait au milieu du carrefour, descendait de son engin et se mettait en devoir de régler la circulation à grands gestes mesurés. Les feux étaient en panne depuis quelques minutes et même maintenant, alors que le policier faisait signe de circuler, les voitures ne bougeaient pas parce qu'elles avaient à peu près toutes calé.

En traversant Beverly Boulevard, Kootie se sentit poursuivi par le raclement des moteurs groggy qui grinçaient comme autant de scies électriques.

5

— Alors vous faites sans arrêt le tour de la table, je suppose, demanda Alice.
— Effectivement, dit le Chapelier, à mesure que les tasses ont été utilisées.
— Mais qu'arrive-t-il quand vous vous retrouvez à votre point de départ ? se hasarda à demander Alice.
— Si nous changions de sujet de conversation, dit, dans un bâillement, le Lièvre de Mars...

Alice au pays des merveilles
Lewis CARROLL

Finalement, c'était arrivé au moins une fois pour de bon.

Voilà deux heures que le Greyhound s'était arrêté, à l'aube naissante, dans la gare routière d'Albuquerque pour repartir en brinquebalant sur la route sinueuse et sèche des monts Zuni puis s'enfoncer par l'autoroute dans les anciens lits de lave et dévaler vers l'ouest avant de traverser Gallup en trombe ; mais, lorsque le car quitta la I-40 et fit une halte d'un quart d'heure dans la petite ville de Houck, à la frontière de l'Arizona, Angelica Anthem Elizalde resta tranquillement à sa place pendant que la plupart des passagers se précipitaient pour prendre un peu d'air frais et peut-être aussi un rapide café.

Elle regardait par la fenêtre. A huit heures et demie, le car projetait encore une ombre longiligne vers l'ouest. En frissonnant, elle rangea son magazine féminin dans la poche du siège qui la précédait.

Elle avait espéré se distraire avec ces pages pleines de couleurs mais s'était embourbée dans un article d'une gaieté quasi hystérique sur les divers modes de préparation des courges, avec toute une colonne d'explications intitulée : « Les douze questions importantes qu'il faut se poser sur les courges » ; elle était alors passée à la suite, un « Test de créativité » qui l'avait achevée, où l'on vous proposait pour modèle de perfection la ménagère qui, confrontée à deux chaussettes dépareillées au sortir de la lessive, choisissait de (C) en faire des marionnettes au lieu de (A) les jeter ou (B) de s'en servir comme de chiffons.

Aucune des réponses proposées n'avait offert soit de « les brûler », soit de « les manger », ou encore de « les enterrer dans le jardin » ou de « les garder pour la nuit où vous auriez à répondre au coup de sonnette d'un inconnu en chaussettes dépareillées ».

Avec un sourire crispé, Angelica plia les mains en se demandant quel job l'attendait à Los Angeles. Encore dactylo ? Ou serveuse, une fois de plus ? Mendigote, dealer, prostituée, patiente dans un de ces hôpitaux psychiatriques où elle avait fait son internat, criminelle enfermée dans l'institut Sybil Brand pour les femmes...

D'un seul coup, elle reprit son magazine et s'arrêta sur la photo d'une famille heureuse en train de s'amuser autour d'une balançoire (il s'agissait certainement de mannequins qui ne se connaissaient ni d'Eve ni d'Adam et posaient pour la première fois ensemble) et elle eut de nouveau envie de retourner sur ses pas. Elle descendrait du car à Flagstaff, prendrait le 474 pour repartir droit sur Oklahoma City où elle arriverait vers vingt heures trente. De là, elle regagnerait l'Iron Skillet, le restoroute du château d'eau de Petro, et dirait au patron qu'elle avait été trop malade, cette nuit, pour seulement téléphoner qu'elle ne pouvait pas prendre son service.

Et tournent les joyeux chevaux de bois.

Voilà près de deux ans qu'elle voyageait ; partie de Los Angeles, elle avait travaillé dans des restaurants et des bars ou de petits bureaux, du canal Erié aux Appalaches, en passant par Buffalo, de l'Ohio à Pittsburgh et Cairo, jusque, récemment, au bord de la Canadian

River, dans l'Oklahoma. Elle avait fêté son trente-quatrième anniversaire en compagnie de cinq ou six autres serveuses de l'Iron Skillet chez O'Connell's, un bar de Norman, patelin situé à vingt minutes au sud d'Oklahoma City.

Au moins, il ferait bon à Los Angeles, encore maintenant, à la fin d'octobre, à quatre jours d'Halloween. Les marchands mexicains des Boyle Heights devaient déjà vendre leurs friandises d'*el Día de los muertos*, leurs têtes de mort et leurs squelettes stylisés...

(La ferme !)

De nouveau, elle s'efforça de contempler la famille du magazine en se racontant qu'il s'agissait d'une vraie famille, avec des gens vraiment contents de passer...

(— perdus depuis longtemps —)

(La ferme !)

le week-end dans leur jardin, sans faire attention au photographe.

Ça ne marchait pas. Les adultes et les enfants avaient trop l'air de mannequins, de ne pas se connaître.

Angelica n'avait pas oublié ses randonnées nocturnes sur les autoroutes de Los Angeles ; de temps à autre, elle apercevait alors des cuisines éclairées et se prenait à envier désespérément les inconnus qui habitaient là. Elle avait toujours rêvé de murs tapissés de casseroles de cuivre à l'ancienne, avec une télé allumée dans la pièce voisine, où passeraient les plus stupides séries, ponctuées de rires innocents d'enfants assis en tailleur sur la moquette...

(La ferme !)

Ça ne marchait pas vraiment non plus. Tous ces appartements pouvaient aussi bien être vacants, les lumières allumées sur du vide. Elle ferma le magazine et le remit à sa place.

Brusquement, elle sursauta et leva les yeux vers l'avant du car ; les passagers s'apprêtaient seulement à remonter. Alors elle soupira. Non, elle ne pourrait pas retourner dans l'Oklahoma.

Voilà près de douze heures qu'elle avait l'impression de réagir ainsi, en avance sur les événements.

Elle était encore couchée quand cela s'était produit pour la première fois : elle s'était réveillée dans le noir juste avant que sa radio ne se mette en marche. Elle en avait tout d'abord conclu qu'une sorte de pendule interne continuait de tourner dans sa tête pendant qu'elle dormait, ce qui lui avait rappelé un proverbe que citait autrefois sa grand-mère : *El como los brujos, duerme con los ojos abiertos,* « il tient du sorcier celui qui dort les yeux ouverts » ; mais le phénomène s'était poursuivi tandis qu'elle s'habillait et s'apprêtait à partir travailler. D'abord, elle avait frissonné avant que l'eau de la douche ne sorte du robinet, puis laissé tomber son séchoir qui avait paru s'animer dans sa main alors qu'il n'était pas encore branché.

A ce moment-là, elle avait cligné des yeux, avant l'arrivée des larmes. Elle s'était assise par terre en sanglotant d'effroi, car, de même qu'elle semblait anticiper n'importe quelle circonstance physique, elle craignait qu'une idée ne remonte à la surface de sa conscience, une idée qu'elle refoulait depuis deux ans. Cette fois, elle ne put la chasser à temps : *après tout, elle n'avait peut-être pas vraiment souffert d'un accès de schizophrénie dans son centre médico-social de Los Angeles, en 1990.*

Et, sombrement, elle en avait conclu qu'il lui fallait retourner vérifier sur place. Vérifier si *finalement, c'était arrivé au moins une fois pour de bon.*

Tout le monde regagnait sa place dans le car et le conducteur remettait le moteur en marche. Angelica s'adossa au large appui-tête de son siège, espérant enfin trouver un peu de sommeil au cours des douze heures qu'il faudrait encore au car pour rejoindre Flagstaff, puis Kingman et Barstow et, enfin, Los Angeles.

Après tout, rien ne pouvait plus l'atteindre, désormais.

Soy como las brujas, duermo con mis ojos abiertos.

Pete Sullivan passa au point mort et emballa le moteur pour l'empêcher de caler. Il était arrêté au milieu de la file de gauche de la 101, à moins de deux kilomètres du tunnel où s'opérait la jonction avec l'autoroute de Santa Ana. Dieu seul savait, maintenant, à quelle heure il parviendrait à Hollywood.

C'était pourtant un mardi comme les autres, ni fête spéciale ni vacances, mais la route 60 qui filait plein ouest se trouvait embouteillée comme jamais. Quand ils n'étaient pas arrêtés, ils progressaient à la vitesse d'escargots. De temps à autre, tout semblait repartir, la route s'ouvrir devant lui. Alors, plein d'espoir, il accélérait en se disant qu'il venait de passer le plus dur ; c'était en général à ce moment-là que les feux rouges des freins s'allumaient par myriades devant lui.

De sa camionnette, il dominait presque tous les autres automobilistes et, pendant près d'une heure, alors que son pied allait et venait entre l'accélérateur et le frein, il n'avait cessé d'observer la ligne crénelée des tours de Los Angeles qui se dressaient dans la brume bleuâtre, incertaines comme sur un cliché demeuré trop longtemps au soleil ou, se dit-il encore, comme si on avait trop souvent pris cette ville en photo et qu'à force elle avait fini par perdre un peu de son image.

Comme les fantômes de Loretta deLarava. Et si cette ville entière était morte mais trop distraite pour s'en être encore aperçue ?

Les tours apparaissaient maintenant plus distinctes et il eut la surprise de ne pas reconnaître nombre d'entre elles, dont un gigantesque cylindre qui tenait un peu de la fusée spatiale sur son aire de lancement. Du coup, il se demanda s'il allait retrouver son chemin si facilement que ça.

Sa fenêtre restait grande ouverte sur l'air qui empestait les gaz d'échappement. Il avait au moins le temps d'admirer, sur sa gauche, le terre-plein central, qu'il avait autrefois connu comme un amas informe aux couleurs délavées par la vitesse. D'innombrables fleurs, quand ce n'étaient pas des palmiers entiers, émergeaient des fentes du béton, parmi les boîtes de bière abandonnées, le tout perdu dans une sorte d'entrelacs qui tenait de la bande brune d'une cassette magnétique. Il aperçut même un tas de pêches, abîmées mais non entamées, comme si quelque habitant de ce no man's land les avait semées telles les miettes du Petit Poucet.

Sullivan se demandait quelles pouvaient être ces cassettes que les automobilistes jetaient aussi négligemment par-dessus bord et il sourit à l'idée d'ouvrir sa portière pour en récupérer une au hasard. Ce serait drôle de la rembobiner et de la passer sur un lecteur. Portaient-elles toutes le même programme, le même morceau ? Et si ce n'étaient que de multiples copies de la même bande ? En fait, ce terre-plein ressemblait plutôt à un interminable autel chargé d'offrandes à quelques dieux primitifs mais urbains. Il frissonna et reporta son attention sur la plate-forme du camion qui roulait devant lui, où deux jeunes Mexicaines brossaient inlassablement leurs longs cheveux noirs.

Environ une heure auparavant, il avait cessé d'examiner la route en aval pour tâcher de comprendre quels travaux étaient la cause de cet embouteillage ; il semblait que, dorénavant, les autoroutes dussent se bloquer toutes seules, sans raison apparente.

A Los Angeles, songea-t-il, l'espace devient une question de temps. On ne dit plus : « Je suis à quarante kilomètres du centre-ville », mais : « J'en suis à une demi-heure. » Il suffisait de ces imprévisibles turbulences pour que toutes les cartes, toutes les pendules soient détraquées (comme la montre beurrée du chapelier !) et qu'on ne puisse plus que deviner à tâtons à quelle distance se trouvait un point d'un autre.

Je suis à cent mètres de la plage de Venice, pensa-t-il, et à quinze cents kilomètres de la nuit de Noël 1986. Et si j'en dressais une carte ?

Repoussant cette idée, il se concentra sur la circulation.

L'ancienne brasserie du Brew 102 avait disparu. C'était la seule bière dans laquelle Sullivan eût jamais trouvé des sédiments, mais la vieille pancarte noir et jaune lui manqua et il ne fut que plus désorienté en constatant que cinq ou six hélicoptères avaient trouvé place sur le toit d'un immeuble de l'autre côté de l'autoroute. Avec la fusée toujours devant lui, l'ensemble eût facilement formé une affiche de film de science-fiction des années 30.

Lorsque enfin il atteignit la sortie d'Hollywood Boulevard, il retrouva les bonnes vieilles palmes desséchées qui jonchaient le bord de la chaussée ; un morne groupe de Noirs dépenaillés, les cheveux en bataille, prenant le frais à l'ombre. Il s'attendait presque à voir courir des poulets parmi leurs chevilles maigres et brûler un feu dans un caisson rouillé.

Les cartes et les pendules sont en miettes, se dit-il. Même si c'était *du beurre de la meilleure qualité qui fût.*

Il s'engagea dans Hollywood Boulevard presque heureux de constater que, si bien des noms de magasins avaient changé, la plupart des buildings qu'il connaissait étaient encore là.

En fait, il semblait qu'il en eût toujours été ainsi entre Fairfax et Melrose Avenues. Chaque bâtisse paraissait avoir été conçue pour un tout autre objectif. Même là, en plein Hollywood Boulevard, les linteaux dépareillés des devantures étaient souvent cassés ou tordus, révélant le mur de brique qui les soutenait. Entre les immeubles, il apercevait également des niches de brique, hautes et profondes, datant de Dieu sait quand. De minuscules balcons de fer forgé s'accrochaient encore aux premiers et deuxièmes étages avec rien derrière, sans doute, que des bureaux vides.

Maintenant qu'il était presque arrivé, plus qu'un tournant, à droite, sur Laurel Canyon dès qu'il serait sorti de la zone touristique du boulevard, il n'avait plus tellement hâte de retrouver les ruines qu'avec sa sœur ils avaient explorées un jour de printemps 86. Au croisement de Wilcox Avenue, il décida brusquement de prendre vers le nord ; alors il se rendit compte que l'hôtel meublé Shelton auquel il s'attendait avait été détruit, remplacé par un labyrinthe de résidences rosâtres.

Il se gara le long du trottoir et coupa le moteur qui tournait depuis quatre heures d'affilée après qu'il se fut arrêté à Blythe pour avaler des œufs au bacon. Il prit alors le temps d'allumer une cigarette et d'examiner ces petits bâtiments de trois étages tout en tâchant de se rappeler l'ancien hôtel Shelton.

Tout comme le Lido et le Mayfair, encore debout, eux, à quelques rues de là, il comportait à son sommet une énorme publicité en lettres de néon fixées par un lacis de poutres d'acier et présentait de nombreuses corniches décoratives, des balcons et autres ornements qui ne semblaient plus rencontrer les faveurs des architectes. Les seules fantaisies offertes par cette nouvelle résidence, l'Hollywood Studio Club, consistaient globalement à encastrer les fenêtres et à arrondir les angles. Tout en haut, une pancarte annonçait : INSTALLEZ-VOUS ICI POUR 777 $! C'est peut-être un prix intéressant pour le quartier, songea-t-il distraitement.

C'était en filmant le meublé pour un documentaire, pendant l'hiver 1984, qu'avec sa sœur ils avaient compris en quoi consistaient réellement les activités de Loretta deLarava.

Dix ans plus tôt, celle-ci avait engagé les jumeaux frais émoulus de l'université, comme éclairagistes. Elle produisait des courts métrages, films de présentation à usage interne pour les entreprises, informations générales pour combler les trous dans les informations télévisées, parfois des publicités. Dix années durant, les jumeaux avaient exploré à peu près tous les coins et recoins de Los Angeles pour y tendre des câbles et disposer des lumières afin d'éclairer aussi bien des plages que des bureaux ou des trottoirs.

Loretta deLarava était un patron assez spécial. L'un des premiers courts métrages que les jumeaux aient éclairés pour elle consistait en un reportage sur le saccage de la tombe d'Houdini, à Brooklyn, en 1975. La vieille s'était trouvée la première sur les lieux pour la bonne et simple raison qu'elle y était arrivée avant qu'il ne se produise. D'ailleurs, c'était elle qui avait brisé le buste du magicien au cimetière de Machpelah et arraché un pouce momifié aux profondeurs de la terre puis déterré deux mains de plâtre devant la tombe. Naturellement, les jumeaux s'étaient bien gardés de la dénoncer aux autorités, encore que, quelque peu pompette après cette expédition, Sukie ait volé le pouce et les mains dans les bagages de sa patronne en partance pour l'aéroport.

En découvrant le larcin, la vieille avait pleuré et crié, fouillé la voiture de fond en comble. Il avait même fallu changer les réservations d'avion parce qu'elle avait tenu à retourner au cimetière pour le cas improbable où son précieux butin serait demeuré sur place. Mais Sukie n'avait jamais soufflé mot de sa responsabilité dans l'affaire.

Dès le début, elle avait pris un malin plaisir à taquiner leur patronne ; il faut dire que cette grosse dame d'un certain âge constituait une proie facile ; elle portait en permanence un élastique autour du visage et ramenait ses cheveux dessus pour le cacher. Lorsque Sukie s'en était aperçue, elle s'était arrangée pour lui heurter la tête à tout bout de champ, si bien que l'élastique avait fini par se déplacer au sommet de son crâne où ses cheveux formaient une sorte de palmier en détresse. En outre, la vieille, qui semblait détester tout ce qui ressemblait à une fermeture à glissière ou à un bouton, ne fixait ses vêtements que par des bandes Velcro. Du coup, Sukie se débrouillait pour lui accrocher vestes ou chaussures sur des fauteuils rembourrés ou contre des murs tapissés pour l'obliger à se détacher dans un innommable bruit de déchirure. Une autre fois, en voiture, alors qu'ils roulaient en silence depuis quelques minutes, Sukie avait gaiement lancé :

— Oui ? Allez-y, vous parliez de pique-nique ?

Comme si sa patronne venait de laisser une phrase en suspens. Mais cette dernière en avait fait un tel barouf que Sukie n'avait jamais recommencé ce tour-là.

Alors qu'ils devaient filmer le hall de l'hôtel Shelton, ainsi que les escaliers et les paliers, Pete et Sukie étaient, par nécessité, arrivés trois heures avant le reste de l'équipe, d'abord pour trouver une source d'électricité de 220 volts, puis pour installer les lumières. Sullivan se rappelait maintenant que, pour une prise de vues à l'extérieur de l'hôtel, ils avaient loué les générateurs d'une entreprise du nom de Frizzolini, et que Sukie n'avait cessé de dire que la vieille ferait bien de se méfier de ne pas s'électrocuter les cheveux. Peut-être que Sukie était déjà ivre.

Loretta deLarava était arrivée assez tôt, elle aussi. A l'époque, elle devait avoir dans les cinquante-cinq ans et, pour une fois, elle faisait son âge. Elle fumait constamment des cigarettes indonésiennes qui sentaient le clou de girofle ; chaque fois qu'elle se trouvait quelque part, on avait l'impression que quelqu'un était en train de préparer un jambon laqué dans une pièce voisine ; ce matin-là, ses mains grassouillettes tremblaient alors qu'elle allumait ses cigarettes à même le mégot précédent, et ses joues pendantes vibraient comme de la gelée quand elle inhalait la fumée. Elle avait apporté un carton plein d'accessoires à disposer sur le plateau. Sullivan revoyait les montres de gousset, les bagues de diamant, il y avait même un boa en plus des habituelles bouteilles d'alcool encore fermées.

Il s'agissait de rendre l'atmosphère propre aux suicides qui s'étaient produits dans le vieil hôtel ; vraisemblablement, ce film était tourné à tout hasard car Sullivan n'avait entendu parler d'aucun client pour ce genre d'exploit à ce moment-là. Par la suite, il n'y avait d'ailleurs jamais eu ni post-production ni présentation à l'écran. Bizarrement, ils s'y étaient mis la veille de Noël. La vieille n'avait jamais laissé passer aucun Noël, aucun Halloween sans filmer quelque chose, quelque part.

Mal à l'aise, il commençait à se demander ce qu'elle avait prévu pour le samedi à venir.

Loretta deLarava ne s'intéressait qu'à deux des suicides qui avaient eu lieu au Shelton. Le premier était celui d'une certaine Jenny Dolly. Au début du siècle, Jenny Dolly et sa sœur jumelle, Rosie, formaient un célèbre duo de danseuses, renommées pour leur beauté ; mais le visage de Jenny avait été affreusement défiguré à la suite d'un accident de voiture en 1933 et elle s'était pendue dans sa chambre du Shelton, en

1941. L'autre suicide était celui de l'actrice Clara Blandick qui, un jour de 1962, venait de se faire coiffer et maquiller ; elle avait ensuite passé une robe du soir puis un sac de plastique sur sa tête. Elle était morte étouffée. Son principal rôle avait été celui de tante Em, dans la version de 1939 du *Magicien d'Oz*.

Tante Em, tante Em, songeait Sullivan en tirant sur sa cigarette, imitant intérieurement les ricanements de la Méchante Sorcière de l'Est.

Sans parler, pensa-t-il en exhalant sa fumée, du suicide d'une autre sœur jumelle. Comment vas-tu, Sukie ?

La journée de tournage s'était avérée désastreuse, les lumières ayant créé des « fantômes » pour avoir brillé même lorsque les tableaux de contrôle indiquaient qu'aucun courant ne passait : plusieurs fois, ils avaient dû vérifier câbles et connexions. Lorsque enfin les caméras avaient pu filmer, les prises avaient été souvent interrompues par des pannes de courant.

Apparemment, se disait maintenant Sullivan, beaucoup de gens étaient morts au Shelton.

Qui vivra verra.

Loretta deLarava n'avait cessé de consulter sa montre malgré la pendule du hall qui semblait pourtant à l'heure. Deux fois, Pete avait jeté un coup d'œil sur ce cadran qu'elle regardait sans cesse et, les deux fois, il avait pu constater que cette montre était bizarrement inexacte : tout d'abord, elle avait indiqué six heures et demie et, quelques minutes plus tard, elle en était à une heure moins vingt-cinq. A tel point qu'il avait appelé Sukie, sous couvert de lui indiquer une lampe qui fonctionnait mal, en réalité pour lui glisser, à voix basse, ce qu'il venait de découvrir au sujet de cette montre fantaisiste.

A la suite de quoi, Sukie avait discrètement suivi la vieille à travers tout le hall, faisant mine de s'activer avec les éclairages. Puis elle était revenue vers Pete, toujours occupé avec sa lampe tremblotante, pour lui chuchoter à l'oreille que, de quelque côté que se tournât Loretta deLarava, sa montre semblait indiquer Wilcox Avenue, au nord. C'était une boussole.

Peu après, la musique avait commencé. La vieille avait toujours aimé passer des enregistrements avant que les caméras ne se mettent en route, parfois même pendant les prises, étant donné que la bande-son serait entièrement refaite en studio. Elle prétendait que ça mettait de l'ambiance. Elle choisissait toujours des morceaux en rapport avec l'époque dont traitait le film ; en la circonstance, le grand orchestre de Glenn Miller jouait *Tuxedo Junction* et elle l'avait mis en route presque dès le début.

Tandis que la bande commençait à tourner, Loretta deLarava s'éloignait des jumeaux pour aller fouiller dans son sac, apparemment soucieuse de cacher ce qu'elle faisait. Cependant, elle ne pouvait tromper ni Pete ni Sukie qui l'avaient fort bien vue en tirer une paille rayée, à embout flexible, comme celles que l'on offre aux enfants pour leur goûter, équipées de capsules qui donnaient au lait un arôme de fraise ou de chocolat.

Sullivan jeta sa cigarette par la fenêtre et redémarra. Devant lui stationnait un vieux car de ramassage scolaire peint en bleu, dont les portières arrière, grandes ouvertes, révélaient des étagères de bois et, sur le sol, des cageots de bananes, de tortillas, d'ail et de longs piments séchés. Que fiche, se demanda-t-il, cette épicerie ambulante du tiers-monde, à cent mètres d'Hollywood Boulevard ?

Ce qui lui rappela qu'il était l'heure de déjeuner. Il se demanda si Chez Musso et Frank's existait toujours, à deux rues de là. Il passa devant le car et roula vers Wilcox Avenue où il effectua un demi-tour pour revenir sur le boulevard. Par-dessus les vieux immeubles, en face de lui, il apercevait le building des Capitol Records, dessiné pour ressembler à un tas de disques en vinyle surmontés d'une aiguille.

Des disques en vinyle... Les pendules et les cartes sont décidément détraquées.

6

— J'ajouterai même que vous ne lui avez jamais parlé, au Temps !
— Peut-être bien que non, répondit avec prudence Alice, mais à mon cours de musique, on m'a appris à marquer le temps.
— Ah ! dit le Chapelier, voilà qui explique tout. Le Temps n'admet pas qu'on veuille le marquer comme le bétail. Alors que si seulement vous étiez restée en bons termes avec lui, il ferait faire aux pendules tout ce que vous voudriez ou presque.

Alice au pays des merveilles
Lewis CARROLL

Le grill Chez Musso et Frank's, le plus vieux restaurant d'Hollywood, était toujours ouvert. Sullivan se gara au coin de Cherokee Avenue et ouvrit les doubles portes de bois et de verre puis se dirigea vers un box et s'assit sous l'éternel paysage d'automne. Le plat du mardi consistait en un corned-beef au chou mais, par pur sentimentalisme, il commanda un sandwich aux sardines et une Coors.

C'était là qu'ils venaient se réfugier en douce avec Sukie. Leurs amis et collègues préféraient des coins plus à la mode comme le City Café et le Café Figaro, sur Melrose Avenue, ou le Ivy, sur Robertson Boulevard.

Avec sa sœur, ils avaient déboulé à cet endroit la veille de Noël 1984, après une journée de tournage au Shelton et, pendant le trajet, Sukie n'avait cessé de chanter des cantiques arrangés à sa façon : *Plou-ouque nuit, pin-inte nuit... Jusqu'à l'aube, je boirai... M'imbiberai à me péter...* et, naturellement, ces vers fameux qui leur avaient valu, à l'âge de sept ans, une mémorable punition de leurs parents adoptifs : *Mon beau tapin, foin des curés...*

Dès qu'ils s'étaient installés dans le restaurant, elle avait commandé un double Jack Daniel's, et Pete, bien qu'il eût plutôt envie d'une bière, s'était retrouvé devant un Coke parce que, au moment où le serveur s'était approché, Pete s'était penché en avant en demandant :

— Coke ?

Quand il fut parti, Sukie décocha un sourire à son frère :

— Quoi, Coke ?

Pete avait eu un geste vague de la main.

— Elle, notre chère patronne, tu crois qu'elle sniffe de la cocaïne avec sa paille dans son sac, le long des murs pourris de l'hôtel ?

Pour toute réponse, Sukie s'était remise à chantonner. *De bon matin, j'irai botter le train, l'arrière-train de celui que voilà...*

— Suke, bon sang, réponds ! s'était-il emporté.

— Je crois que c'était ce que chantaient les Sodomites et... (comment dit-on ?...) les Gomorrhites ?... devant la maison de Lot, tu sais, dans la Bible, quand tous les voisins de Lot veulent empaffer les anges qui sont venus lui rendre visite. Loretta ne serait sûrement pas partie si elle n'en avait pas eu, et elle en a eu. C'est ça qu'elle a sniffé avec sa paille.

Le garçon déposa leurs verres et Sukie vida le sien à longues lampées ininterrompues avant d'en commander un autre d'un geste.

— Elle a eu quoi ? insistait Pete. Des anges ? De la poudre d'ange ? Quoi ?

— Des fantômes, avait répondu Sukie, impatientée. Qu'est-ce que tu crois ? Elle a reniflé tout un paquet de fantômes, aujourd'hui. T'as pas vu comme elle paraissait plus jeune quand elle est remontée dans sa voiture ? Elle faisait trente ans, ce soir, à peine, alors que, ce matin, on lui en aurait bien donné cent ! Je sais pas comment, mais, grâce à nous, elle a pu s'aspirer un paquet de fantômes dans les murs.

Pete n'avait aucune envie de se lancer dans une discussion sur les fantômes avec sa sœur.

— Cette bonne femme, observa-t-il, c'est une sorte de voyeur nécrophile. Il doit exister un terme pour ça. Elle aime bien filmer les cimetières et les endroits où les gens sont morts. S'il le faut, elle n'hésite pas à mettre la main à la pâte, on l'a déjà vue à l'œuvre. Je suis sûr qu'il existe des gens qui se repassent sans arrêt la bande où Jack Ruby tue Oswald. Parce que là, c'est plus du chiqué, c'est vraiment quelqu'un qui meurt. Ils doivent se dire qu'ils ne font de mal à personne, après tout. Seulement la Loretta, moi, j'ai l'impression qu'elle perd complètement les pédales. Alors, qu'est-ce qu'on va devenir, pour le boulot ? Tu te rends compte, elle était là, pliée en deux à sniffer avec sa paille, comme si la tapisserie murale était encore imprégnée du parfum d'une morte !

— Pete, je ne parlais pas de parfum ni de fantômes métaphoriques. Je veux dire que plane, à cet endroit, l'authentique essence des morts, et la vieille l'a consommée, au sens propre du terme, comme une baleine avale du plancton.

Pete réfléchit un moment avant de reprendre :

— Tu veux dire qu'elle y croit dur comme fer ?

— Merde, ce que tu peux être bouché, parfois ! Je dis que c'est ce qui s'est produit, effectivement produit. Elle a raison d'y croire, elle a bel et bien mangé un tas de fantômes. Tu as bien vu comme ça l'a métamorphosée, entre huit heures du matin et neuf heures du soir !

Pete esquissa un sourire qui se voulait moqueur mais ne put s'empêcher d'insister :

— D'accord, admit-il, elle a avalé quelque chose, mais pas des fantômes !

Dans un endroit sombre comme les boxes de Chez Musso et Frank's, le mot ne paraissait pas aussi ridicule qu'ailleurs.

— Et, se prit-il à souligner, elle est souvent plus jolie et plus gaie après un shoot. N'empêche qu'elle est toujours drôlement grosse.

Il partit d'un petit rire incertain avant d'ajouter :

— Tu crois que c'est ça, son truc ? Jusqu'ici, elle n'avait jamais utilisé de paille. Du moins, pas qu'on ait remarqué.

— Je suis sûre qu'elle aurait préféré qu'on ne la voie pas... mais elle devait en avoir tellement besoin qu'elle ne pouvait s'offrir le luxe de jouer les subtilités. Je te parie que, d'habitude, elle les aspire à l'aide de ses fichues cigarettes. Peut-être que les fantômes sont attirés par cette odeur de clou de girofle, comme les gosses par les gâteaux au chocolat... D'ailleurs, tu as bien remarqué que c'était une paille aromatisée.

Le deuxième verre de Sukie arriva. Ce fut Pete qui le vida et Sukie jeta un coup d'œil à sa montre puis à la pendule murale et elle commanda deux autres verres.

Durant quelques minutes, tous deux gardèrent le silence.

Pete sentait le bourbon percuter sa fragile vigilance, comme l'électricité statique sur une onde radio.

— Et, bien entendu, conclut-il soudain, ça a un rapport avec l'heure bar. Les fantômes... si ce sont des fantômes, ont certainement une notion du temps complètement braque.

— Evidemment. Et les incidents électriques. On a sans arrêt des problèmes avec l'électricité pourtant, non seulement elle ne nous vire pas mais elle nous paie dix fois trop.

— On n'a pas « sans arrêt des problèmes avec l'électricité » ! protesta Pete, agacé.

Pourtant il réfléchit à ce que sa sœur venait de raconter.

— Qu'est-ce que tu veux dire, au juste ? Elle nous a pas choisis par hasard ?

— On dirait bien que non. Pour commencer, tu l'as déjà vue embaucher quelqu'un d'autre ? Et tous ces accessoires, ces montres et ces trucs, c'étaient des leurres. Je ne sais pas pourquoi, mais on dirait qu'elle se sert de nous, d'une façon ou d'une autre, pour les attraper. Tu as déjà regardé sa montre ?

— Plus après cette histoire, répondit-il d'un ton morne.

Alors que Sukie l'aurait certainement fait si c'était lui qui avait soulevé le lièvre.

— Quand le tournage a commencé, l'aiguille des heures pointait exactement vers le pan de mur où elle a sorti sa paille, et c'était plus du tout le nord.

Pete sourit faiblement.

— Pourquoi ? Les boussoles indiquent la présence des fantômes ?

— *La preuve qu'il fallait zyeuter, patate !* dit-elle en citant *Orange mécanique*. Si on demandait un menu ? Je mangerais bien un morceau. Et puis, demain, elle sera contente de retrouver ses chers jumeaux en pleine forme et pétants de vitamines.

Ses chers jumeaux !... songeait Pete en terminant son sandwich aux sardines. Huit ans plus tard, il buvait sa bière tout seul dans son box, par cette matinée fraîche mais ensoleillée.

Ils avaient continué à travailler pour la vieille encore exactement deux ans et Pete en était venu à croire que Sukie avait raison.

Pourtant, ni lui ni sa sœur n'avaient songé à démissionner.

— Et merde ! disait Sukie quand elle avait trop bu, c'est jamais que de l'exorcisme. Elle inhale ces fantômes pour qu'ils disparaissent. D'ailleurs, elle ne revient jamais tourner deux fois au même endroit. On est des exorcistes, comme le prêtre, dans ce film. Sauf que nous, on n'a pas fait vœu de pauvreté.

Certes, se disait maintenant Sullivan. La vieille nous payait drôlement cher. Et si elle n'avait pas cherché à nous *imbiber à nous péter,*

pour nous faire faire ce film musclé à Venice cette

Plouque nuit, pinte nuit

de Noël 1986, on travaillerait peut-être encore pour elle maintenant.

Il contempla d'un œil torve son addition, jeta treize

dollars sur la table de formica et se dépêcha de sortir dans le vent glacial d'octobre.

C'était au début de 1986 qu'ils avaient caché le masque dans les ruines de Laurel Canyon Boulevard. Ce n'était rien qu'un pouce desséché et deux mains de plâtre mais Sukie les appelait toujours « le masque ».

Au volant de la camionnette, Sullivan revint sur Hollywood Boulevard, roulant toujours vers l'ouest ; à la prochaine, il prendrait à droite, devant ce nouveau McDonald's qui se donnait curieusement des airs de temple grec complètement anachronique. Au moins le Chinese Theater était-il toujours là, arborant sa vieille façade rouge, néo-byzantine.

Passé ce monument historique, l'artère perdait en largeur ce qu'elle gagnait en hauteur avec ses grands immeubles résidentiels ; du côté de Fairfax Avenue, le trottoir d'en face n'abritait plus que des chantiers. Il n'était pas loin de midi lorsque Sullivan s'engagea dans Laurel Canyon Boulevard qui grimpait à l'assaut des collines d'Hollywood.

La route sinueuse n'offrait qu'une voie de chaque côté et le trottoir, de plain-pied avec la chaussée, partait directement à l'assaut des palissades qui fermaient les propriétés. Il dut rouler pas loin de cinq cents mètres avant de trouver un endroit où se garer sans risquer de se faire écharper par un véhicule un peu trop pressé. En redescendant la colline à pied, il lui fallut sauter de l'asphalte au gazon chaque fois qu'une voiture surgissait au détour du chemin. Très vite, il fut en nage.

A six ans d'intervalle, il n'eut aucun mal à retrouver la clôture à mailles losangées qu'il cherchait. Il s'arrêta devant et aperçut la colline boisée qu'il connaissait, et les ruines, toujours au même endroit. Presque caché sous les frondaisons de chênes et de palmiers, le large escalier de pierre suivait le flanc de la colline jusqu'au sommet où il s'ouvrait sur une belle terrasse dominant toute la ville. Même de là où il était, Pete voyait les crevasses qui le maculaient, les piliers cassés de la villa, les murs de brique affaissés.

Le souffle court, il se demandait, avec un rien d'irritation, pourquoi personne n'avait encore exploité cette propriété pour y bâtir des appartements. Elle devait pourtant valoir une fortune.

Plusieurs pancartes affichaient DÉFENSE D'ENTRER mais la palissade éventrée semblait presque inviter l'intrus. D'ailleurs, au milieu des mauvaises herbes, Sullivan remarqua des cartons de bière, deux couvertures et même une espèce de petite tente fabriquée à partir d'un caddie renversé. Après un regard circulaire pour vérifier que personne ne le voyait, Sullivan se glissa dans l'ouverture et galopa jusqu'au premier palmier à travers un chemin encombré de bleuets sauvages. Il s'aperçut soudain qu'il ne courait plus sur un sol terreux mais sur les dalles d'origine, aux alentours de 1920.

Entre les murets, s'étendait un large escalier auquel il était très difficile d'accéder à cause des innombrables morceaux de brique et de plâtre qui en maculaient les marches, sans parler des palmes qui l'encombraient depuis une cinquantaine d'années. Jusqu'aux branches de sycomore qui penchaient si bas que Sullivan dut presque ramper pour se faufiler dessous. Arrivé au premier palier, il s'arrêta pour reprendre son souffle dans l'atmosphère parfumée d'eucalyptus, immobile et silencieuse, comme si Laurel Canyon Boulevard et tout le reste d'Hollywood se trouvaient infiniment plus loin que dans la réalité. Il n'entendait même pas d'insectes ni d'oiseaux.

Devant lui, une rangée de colonnes de marbre qui ne supportaient plus rien courait au sommet d'un mur et, dessous, une fontaine sans eau émergeait d'un tas de feuilles mortes ; l'architecture de l'ensemble s'inspirait de la Grèce antique ou, au moins, du bassin méditerranéen. Sullivan avait l'impression qu'ici le temps ne passait plus, comme s'il s'était arrêté à la mort de ces lieux. Ce doit être pour ça, pensa-t-il, qu'on ne les détruit pas. C'est trop tard.

Sullivan arrivait aux deux tiers de la colline, dans un enchevêtrement d'herbes folles et de buissons sauvages. A sa droite, un petit pont de pierre enjambait un ruisseau à sec et, si ses deux parapets de ciment restaient en l'air, sa base avait disparu depuis longtemps. Une poutrelle érodée franchissait le fossé et il se souvint qu'en 1986, en tout cas, elle était assez solide pour supporter son poids.

Elle l'était encore, quoiqu'il la sentît moins ferme et dût étendre les bras pour garder son équilibre. Parvenu à l'autre bout, il s'arrêta pour essuyer son front couvert de poussière et de transpiration ; il eut envie d'allumer une cigarette mais la vue des innombrables buissons secs l'en dissuada.

D'un seul coup, il se figea. On avait bougé sur l'une des terrasses en contrebas. Sullivan ne pouvait rien voir à travers cette inextricable végétation, néanmoins, dans le silence de plomb qui régnait alentour, il entendait distinctement quelqu'un ronchonner en se frayant un chemin à grand-peine.

Sans doute un clodo qui doit vivre dans le coin, songea-t-il. En tout cas ça ne vient sûrement ni d'un flic ni d'un gardien, encore que ce clochard risque de les attirer et que je ne tienne pas à me faire virer d'ici avant d'avoir récupéré le masque. Ils seraient capables de réparer la palissade avant que je puisse revenir. Cet endroit est un trésor historique, même si personne n'a l'air d'y faire attention.

Sur la pointe des pieds, il se dirigea vers un autre escalier, nettement plus étroit et relativement moins souillé. Il avait l'impression que tout le monde l'entendait respirer dans l'air immobile.

Il y avait une autre arcade au sommet et il s'arrêta dessous car il se retrouvait sur la plus haute terrasse de la colline et, s'il voulait atteindre la vieille maison qui se dressait devant lui, il lui faudrait courir à découvert.

A cet endroit, le sol était immaculé ; cette fois, il s'autorisa une cigarette. Il se souvenait que Sukie avait apporté une flasque ce jour de... mars ? 1986. C'était ça, mars, un vendredi saint après-midi. Tout à fait le jour indiqué pour un enterrement.

Au début, tous deux avaient pensé que cette maison,

cette étroite bâtisse d'un seul étage, de brique et de stuc, au toit crénelé comme un château, comme si son propriétaire envisageait d'y poster des archers pour repousser les attaques d'en bas, était l'ancienne résidence d'Houdini ; aussi s'étaient-ils étonnés de ce que ce célèbre magicien se fût contenté d'un si petit logement. Par la suite, ils avaient appris que ce n'étaient là que les quartiers de ses domestiques, que sa demeure à lui se trouvait à une centaine de mètres plus au sud et qu'elle avait brûlé dans les années 30. Cependant, il ne s'agissait pas moins d'une partie de la propriété d'Houdini, un endroit parfaitement indiqué pour y cacher le masque.

— Enterre le pouce dans un coin où il y a déjà plein d'empreintes digitales, avait dit Sukie.

Maintenant, Sullivan contemplait la maison, mal à l'aise. Des planches de contre-plaqué gondolé fermaient les portes et les fenêtres mais, sur le petit balcon du premier, se dressait une plante verte dans un pot. Avait-il donc plu, ces derniers jours à Los Angeles ? En tout cas, les palmiers du quartier restaient secs comme des coups de trique. Et si un sans-abri s'était installé là ?

Il préféra se cacher un moment et attendre ; peut-être que les bruits sur la colline attireraient l'occupant des lieux.

Il se rappelait comment, avec sa sœur, ils avaient failli se tuer en l'escaladant, six ans plus tôt, parce qu'ils étaient « largement à l'heure bar », comme avait dit Sukie ; ils avaient senti le sol sous leurs pieds bien avant de l'atteindre et le contact d'une branche sous leurs paumes bien avant de l'avoir attrapée. Mais Sukie traversait une phase d'affable agitation, bavardant aimablement avec des invités imaginaires et chantant d'inintelligibles extraits du *Messie* de Haendel, si bien que Pete n'avait cessé de lui dire de la fermer.

Il n'y avait apparemment personne dans le petit château. Rassuré, Sullivan tira sur sa cigarette tout en examinant le terre-plein dégagé qui s'étendait devant.

Le sommet avait visiblement avancé depuis sa dernière visite ; un talus s'était formé au pied de l'arcade et une partie de la rampe de marbre sculpté, en dépassant, formait une sorte de cage thoracique blanchie au soleil.

Brusquement, il sursauta et sa cigarette tomba par terre quand il entendit une voix dans l'escalier qu'il venait de monter.

— Je te tiens par la barbichette...

Sullivan s'accroupit derrière l'arcade tandis que la voix continuait :

— Le premier qui rira aura une tapette.

C'est ce clodo, se dit-il nerveusement. Il me suit et, bien entendu, j'ai laissé mon arme dans le coffre de la camionnette.

Puis il se moqua de lui-même. Tu ne vas pas avoir peur d'un clodo, maintenant. Va chercher le masque dans le garage qui, par chance, existe encore. Il étendit la jambe pour écraser le mégot mais se rendit compte qu'il tremblait car cette histoire de barbichette lui avait rappelé le troll qui vivait sous un pont dans un conte de son enfance. Et si, se dit-il avec un sourire forcé, et si j'avais eu tort de traverser ce pont ?

Il se releva et revint à découvert, dans le soleil, puis se mit à traverser le sol cimenté, tout en prenant garde de ne pas heurter de caillou.

Le garage, avec son ouverture en arc de cercle, entièrement incrusté de minuscules cailloux et surmonté de deux larges merlons, offrait également la curieuse allure d'une porte de château fort ; les murs internes étaient aussi en pierre et la paroi du fond, incurvée, donnait l'impression qu'on avait voulu soigner l'acoustique de l'endroit.

Au bout de quelques pas, Sullivan se retourna et aperçut une petite vieille toute maigre qui débouchait du coin de la maison, passablement essoufflée. Sa robe blanche fanée devait avoir été, autrefois, fort élégante mais il semblait qu'elle eût, depuis longtemps, servi pour les travaux les plus salissants. La vieille femme ne portait aux pieds que des tongs de plastique déchirées dont les semelles claquaient sur le ciment au fur et à mesure qu'elle avançait.

— *Je suppose que vous ne voudriez pas perdre votre nom ?* demanda-t-elle, quelque peu inquiète.

A ce moment-là, Sullivan entendit le clodo qui achevait, derrière eux, de grimper l'escalier en haletant.

— *Il va falloir incendier la maison !* beugla-t-il.

Sullivan détala vers le garage où il faillit dégringoler en entrant et courut s'accroupir dans l'ombre du mur du fond où il se mit à creuser frénétiquement avec ses ongles un sol froid comme ça n'était pas permis.

— Où est ce putain de...

Il n'avait pas fini de maugréer que ses doigts atteignaient la planche de contre-plaqué qu'avec Sukie ils avaient placée sur le masque d'Houdini. Il s'immobilisa, bien qu'il entendît le clodo se rapprocher. Ce n'est pas Houdini qui est enterré ici, se rappela Sullivan, même pas son fantôme. Il prit une longue inspiration et souleva la planche dans un nuage de poussière.

Alors il distingua les mains de plâtre grandeur nature et le petit sac de toile, toujours dans leur trou. Si ce clodo n'était qu'un clodo, Sullivan pourrait certainement s'en débarrasser en brandissant devant lui cette jolie paire de mains.

Malgré son affolement, il grimaça de dégoût en glissant le sachet dans sa poche de chemise puis s'empara des mains de plâtre avant de se tourner vers la lumière de l'entrée.

Le clodo se tenait dans l'encadrement et Sullivan put constater qu'il portait effectivement une barbichette ou plutôt une abondante barbe grise et mitée ; il gardait les mains dans les poches d'un énorme pardessus éculé et secouait la tête en le fixant.

Le cœur de Sullivan battait à tout rompre car l'autre paraissait totalement stupéfait de le découvrir ici.

— Qu'est-ce que vous voulez ? hasarda-t-il. Qu'est-ce que vous faites là ?

— J'ai vu quelqu'un entrer, marmonna le vieil homme. Il a pas pu avoir une clef... j'ai oublié. Où il est passé ? J'crois qu'c'est celui qui a volé ma... ma Buick.

Il reculait, complètement perdu.

— C't'histoire de Buick me met hors de moi.

— Il est venu, dit Sullivan d'une voix qui se voulait ferme. Je l'ai mangé et j'ai encore faim.

Maintenant, il sentait l'odeur du vieillard, ces effluves de piquette qui lui sortaient par tous les pores de la peau.

— Seigneur Dieu ! s'exclama le vieil homme avec des yeux ronds. Vous l'avez... mangé ? J'donne juste un coup d'main par ici, vous pouvez d'mander à qui vous voulez. J'range les journaux...

Il agitait ses mains tremblantes.

— ... J'remets les cailloux en place, et les branches aussi, vous voyez ! J'nettoie.

Son sourire révéla ses dents aussi jaunes que le fond de ses yeux.

— Vous allez pas me manger ! Vous avez pas l'droit, pas au-d'sus d'lui !

Sullivan indiqua du menton la colline et l'escalier.

— Alors, allez-vous-en.

Sans se faire prier, l'autre fila en boitillant.

Alors Sullivan revint à la lumière, le cœur battant toujours aussi fort contre le sachet de sa poche. La vieille femme s'était arrêtée à quelques mètres et le dévisageait d'un air embarrassé.

— Je... j'ai arrosé votre plante, dit-elle. *Dans la plupart des jardins, on prépare des couches trop molles, de sorte que les fleurs y dorment tout le temps.*

Sullivan reconnut une citation tirée des aventures d'*Alice*.

— Bien, dit-il avec un mouvement des bras qui tenait de la bénédiction papale. Continuez.

Le clochard avait déjà descendu plusieurs marches de l'escalier quand il lança d'une voix flûtée :

— Je m'suis échappé-e ! Je m'suis échappé-e !

Sur le ton du *tra-la-lère* des petits galapiats.

Agacé, Sullivan se retourna et aperçut, par-dessus l'épaule de la vieille femme, le chemin qui descendait vers Laurel Canyon Boulevard. Mieux vaut mettre les bouts, songea-t-il. Je n'ai pas entendu de sirène de police mais ce serait moins grave, maintenant, d'être vu. Au moins j'ai récupéré ce fichu bazar.

— Excusez-moi, dit-il en passant devant la femme.

Il arrivait d'un pas incertain au milieu de l'escalier quand il l'entendit crier :

— *Etes-vous un animal... ou un végétal... ou un minéral ?*

C'était ce que le Lion demandait à Alice dans *A travers le miroir*.

— *C'est un monstre fabuleux !* répondit-il en citant ce que la Licorne pensait d'Alice.

Tu parles ! se dit-il.

7

— Ce n'est pas ma faute, lui répondit avec humilité Alice ; je suis en train de grandir.
— Vous n'avez pas, affirma le Loir, le droit de grandir ici.

Alice au pays des merveilles
Lewis CARROLL

La camionnette était secouée par tous les véhicules qui passaient à côté. Après avoir soigneusement déposé les mains de plâtre et le sachet contenant le pouce desséché sur la place passager, Sullivan grimpa à l'arrière et enleva les draps, les coussins et les couvertures du lit puis déploya celui-ci pour en faire une sorte de cabine avec une petite table. Ainsi disposé, il permettait de tirer les planches situées sous les coussins, offrant un petit coffre insoupçonnable à qui en ignorait l'existence. Du doigt, Sullivan crocheta la planche qu'il délogea de son cadre.

A l'intérieur, il trouva deux rectangles de plastique attachés par un ruban et un paquet de toile grise dans lequel il avait rangé son colt .45 semi-automatique ainsi que deux magasins de rechange.

Il sortit l'arme et la soupesa. Il n'avait plus tiré depuis le jour où il s'était entraîné avec deux autres électriciens dans le désert à la sortie de Tucson, deux ans auparavant ; cependant, il se souvenait de l'avoir nettoyée après, ainsi que d'avoir acheté des balles et rempli les trois magasins.

Les deux rectangles de plastique servaient à le protéger pendant ses voyages : il en plaquait un sur sa poitrine et l'autre entre ses omoplates. Il devait garder six mille cinq cents dollars en billets de cent dans l'un, et ses papiers dans l'autre. Il appelait cet ensemble son « scapulaire » parce que cela lui rappelait ces doubles médaillons que portaient les catholiques pour ne pas aller en enfer. D'ailleurs, il éprouvait toujours une sorte d'embarras à le revêtir.

Il jeta un regard vers l'avant de la camionnette où gisaient les trois pièces du « masque » d'Houdini.

Qu'allait-il laisser dans le coffre, qu'allait-il y prendre ?

S'il lui fallait retourner directement en Arizona pour tâcher d'y récupérer son poste à la centrale nucléaire Roosevelt, il prendrait quelques billets pour s'assurer essence et vivres mais garderait le reste de l'argent dans le coffre, avec le pistolet chargé qu'on n'avait d'ailleurs pas le droit de passer d'un Etat à l'autre ; quant au masque, il serait certainement plus efficace là où il se trouvait, à découvert. Si, au contraire, il restait quelque temps à Los Angeles, il devrait envisager de se séparer de la camionnette, si ce n'est de l'abandonner. Il devrait alors garder l'argent et l'arme sur lui et le masque devrait échapper aux éventuels amateurs susceptibles de voler le véhicule.

Une voiture passa en vrombissant, secouant les sièges et la carrosserie et la camionnette.

Rester à Los Angeles ? se demanda-t-il, étonné d'y avoir seulement songé. Quelle idée ! Loretta deLarava y travaille, elle doit même toujours habiter à bord du *Queen Mary*, sur Long Beach, et traverser la moitié de la ville tous les jours.

Il commettrait une folie s'il faisait autre chose que de laisser le masque sur le siège avant et de rouler, de filer droit devant lui... Si je suis grillé dans tout le réseau Edison, je peux encore trouver du travail à Santa Fe, ou à Kansas City ou à Memphis, ou n'importe où. Je peux me faire engager comme homme à tout faire dans chaque ville de la nation, j'exécuterais de petits travaux d'électricité, ou même de la maçonnerie, ou de la charpente, ou de la plomberie. Je deviendrais indépendant, je me ferais payer au noir et me fabriquerais des justificatifs pour les impôts, chaque fois que j'aurais été réglé par chèque.

Et si je file dès maintenant, je ne serai peut-être même pas grillé chez Edison.

Les fausses paroles inventées par Sukie sur des cantiques de Noël lui trottaient encore dans la tête et il se prit à penser que la dernière fois qu'il l'avait vue remontait au tournage sur la plage de Venice, la veille de Noël 86. Il n'y était alors jamais allé et, bien sûr, n'y était plus retourné.

Pourtant, par cette matinée d'hiver au ciel couvert, il avait reconnu les lieux. En arrivant dans l'une des camionnettes de Loretta deLarava, il s'était surpris, à plusieurs reprises, à deviner ce qu'il allait découvrir au coin de rue suivant : une vieille maison grise à bardeaux, avec des fleurs aux fenêtres, un panneau de circulation, les colonnes corinthiennes entamées qui longeaient Windward Avenue.

En cette veille de Noël 86, de grosses lanternes rouges de plastique et des guirlandes de pin artificielles pendaient aux colonnes et sur les feux de signalisation ; sur les trottoirs se pressait la foule des acheteurs de dernière minute, avec leurs enfants et leurs chiens en laisse ; pas moyen de garer une voiture, toutes les places de parking étaient occupées. Pourtant, dans son souvenir, la chaussée était vide sous un soleil de plomb et les ombres des fenêtres et des colonnades d'un noir impénétrable, baignant dans une atmosphère silencieuse et immobile qui rappelait les plus inquiétantes peintures de Chirico.

Sous un ciel couvert, l'océan de la réalité n'offrait qu'une image grise peuplée de vagues à l'écume blanche mais, par bonheur, Loretta deLarava n'avait pas tenu à descendre sur le sable. Sukie, déjà ivre, avait chaussé des lunettes de soleil et Pete tremblait en installant ses lumières sur le trottoir.

Ils devaient préparer un sujet sur les culturistes qui passaient leurs journées à soulever des poids dans la petite cour clôturée du pavillon du bout de Windward

Avenue, mais la vieille ne leur avait fourni que des accessoires surannés, une Buick de 1957, une affiche du film *Gigi* à prendre dans une vitrine ; elle apportait également autre chose dans une boîte à chaussures.

(Sullivan tremblait, maintenant, son scapulaire et son arme à la main. L'Idaho, songea-t-il désespérément, du côté de Pelouse, là où ils cultivent des lentilles, pas leurs sempiternelles patates... Il va bientôt neiger là-bas, et les gens ont toujours besoin d'un électricien quand il se met à faire vraiment froid. Ou alors au fin fond de la côte Est, à Sag Harbor, au bout de Long Island... il y avait sûrement plein de réparations électriques à effectuer pendant la morte-saison et on pouvait difficilement se rendre plus loin de Los Angeles.)

Pourtant, malgré lui, il se prit à repenser à ce matin glacial où la vieille avait déposé sa boîte à chaussures sur le capot d'un camion. Sukie avait alors trouvé le moyen d'y jeter un coup d'œil. Ce qui lui avait arraché un cri d'effroi et un geste malheureux provoquant la chute de la boîte sur le trottoir.

Alerté, Pete avait fait volte-face, s'attendant à découvrir quelque chose comme un rat mort ou même un bébé momifié... mais, parmi les câbles emmêlés, il avait tout de suite reconnu le portefeuille de cuir marron et son trousseau de clefs et, le pire, trois cannettes de limonade dont l'une roula jusqu'à sa chaussure en crachant un jet de mousse brune.

Alors, avec Sukie, ils s'étaient enfuis, éperdus, à travers Windward Avenue. Pete avait fini par s'arrêter, à bout de souffle, dans une station-service de Washington Boulevard, où il avait pris un taxi jusqu'à leur appartement ; ensuite, il avait récupéré sa voiture, retiré toutes ses économies de la banque, et, depuis, il ignorait totalement ce qu'était devenue Sukie et s'en fichait. Le lendemain après-midi, Pete atterrissait dans l'Oregon, à l'exact opposé de Venice. Sukie avait fini par le repérer, à force de chercher son nom auprès des syndicats, et ils avaient échangé quelques coups de téléphone, mais ils ne s'étaient jamais plus retrouvés au même moment dans le même Etat.

Et maintenant, il semblait que Loretta deLarava se fût lancée à leur recherche. A l'évidence, Sukie pensait que la vieille comptait invoquer de nouveau l'« exorcisme » de Venice, en leur compagnie… de gré ou de force.

Sullivan s'efforça de chercher une autre explication. Et si la vieille ne tenait pas du tout à revoir les jumeaux, si elle ne pensait plus à eux depuis des années, si la voiture de Sukie n'avait été emboutie que par un quelconque poivrot, si la brusque survenue de l'heure bar n'avait strictement rien à voir avec Loretta deLarava ? A moins que celle-ci ne cherchât vraiment à récupérer les jumeaux juste pour qu'ils reprennent leur ancien travail avec elle, rien à voir avec Venice ; ou alors, elle comptait recommencer le coup de Venice, seulement elle ne pourrait pas, parce que Sukie s'était tuée. La vieille ne pourrait rien sans les jumeaux.

Il poussa un énorme soupir. Elle voudrait peut-être recommencer, avec d'autres jumeaux. Vraisemblablement pour Halloween, dans quatre jours. Halloween, c'était certainement encore mieux que Noël pour ce qui l'intéressait.

Bon, se dit-il, de toute façon, je suis en dehors du coup. Ça n'a plus rien à voir avec

(…une cannette de limonade qui roula jusqu'à sa chaussure en crachant un mince jet de mousse brune sur le trottoir sablonneux…)

moi.

Cinq longues minutes, alors que les voitures passaient en trombe devant la camionnette, il resta immobile au-dessus du coffre ouvert.

Finalement, avec des doigts tremblants, il déboutonna sa chemise et passa les rubans du scapulaire sur ses épaules. Après l'avoir reboutonnée, il ferma autour de sa taille le ceinturon noir où s'accrochait le paquet de toile grise. Puis il tendit les bras pour récupérer à l'avant les mains de plâtre, les rangea dans le coffre et réinstalla le lit. Le pouce dans son sachet, il pouvait le garder dans sa poche de chemise.

8

— Que devenez-vous? demanda le Chat dès qu'il eut assez de bouche pour parler.

Alice au pays des merveilles
Lewis CARROLL

Kootie s'éveilla en sursaut quand il entendit remuer, en bas, du côté de la palissade, mais il ne fit qu'ouvrir les yeux, sans bouger. Les planches disjointes du balcon restaient tièdes sous sa joue; d'après l'ombre du bananier, il estima qu'il devait être à peu près quatre heures de l'après-midi.

Il avait découvert cette cour vers midi; quelque part au sud d'Olympic Boulevard, il s'était engagé dans une ruelle entre deux maisons grises à la façade ornée de stuc, qui avaient dû autrefois abriter des entreprises mais ne servaient certainement plus à rien avec leurs vitres peinturlurées; une palissade à l'arrière d'une des bâtisses avait perdu une planche et Kootie avait pu se faufiler par cette ouverture.

La cour disparaissait dans l'ombre glauque d'immenses caoutchoucs, de bananiers et d'avocatiers et, à première vue, le dernier immeuble comportait plusieurs appartements car la façade verte qui donnait sur le jardin s'ornait de bardeaux, d'encadrements de portes et de fenêtres décorés ainsi que d'un escalier de bois menant à un long balcon couvert. On y avait stocké une dizaine de distributeurs de Coca-Cola, cependant Kootie pariait que personne ne viendrait en prendre avant longtemps. Apparemment, on n'avait plus mis les pieds ici depuis quelque chose comme 1970. Il fut content de pouvoir enfin retirer ses grosses lunettes noires et de les fourrer dans sa poche.

Il avait grimpé les marches branlantes de l'escalier pour venir s'allonger sur le sol de planches sans même ôter son sac à dos. Là il s'était profondément endormi mais pas au point d'oublier ce qui lui était arrivé au cours des vingt-quatre heures passées.

Il entendait le pas traînant du nouvel arrivant qui devait traverser la cour mais il ne parvenait pas à identifier un autre son, un âpre chuintement qui s'arrêtait puis recommençait, comme si l'individu s'immobilisait parfois pour frotter deux feuilles de toile émeri.

Quelques secondes durant, Kootie resta étendu sur ses planches, l'oreille aux aguets. Peut-être, se disait-il, que le bonhomme d'en bas ne voudra pas monter jusqu'au balcon. Ça ferait peur à un adulte d'escalader ces marches vermoulues. Il va certainement s'en aller vite.

Kootie dressa la tête pour regarder à travers les barreaux du balcon et déglutit d'horreur.

Courbé à genoux, le clochard en treillis progressait lentement sur les dalles, son unique bras se balançant comme les pattes d'un insecte en vol. La casquette de base-ball empêchait Kootie de voir le visage de l'homme, mais il savait que c'était une face ronde, pâle, avec des moustaches et de petits yeux exorbités.

Les oreilles de Kootie lui vrillaient le cerveau.

C'était l'homme qui avait voulu l'attraper dans le living, cette nuit — *Viens ici, toi!* Certainement l'assassin de ses parents. Et maintenant, il était là.

Le chuintement qu'il émettait provenait de son nez. Il reniflait longuement, humant l'air autour de lui tel un chien d'arrêt. De temps à autre, il sursautait, comme si quelqu'un, derrière lui, tirait sur une laisse invisible qui lui encerclait la poitrine.

Le cœur battant à tout rompre, Kootie recula pour ne pas être vu. Il me suit, songea-t-il. Moi, ou la brique de verre. Ça émet une odeur, ce truc-là, ça peut se suivre à la trace?

Il va grimper l'escalier.

Soudain, Kootie se raidit, effaré ; peu après, le clochard manchot lançait :

— T'es entré par la palissade. Faut pas croire que tu vas t'en tirer comme ça. En plus, t'as sûrement pas la clef de toutes ces portes et tu sais pas voler.

Il partit d'un petit rire avant d'ajouter :

— C'est pour ça que t'es toujours là.

Kootie regardait l'autre bout du balcon qui s'achevait sur un garde-fou sans autre escalier.

Je n'ai qu'à sauter, pensa-t-il. Je vais escalader la balustrade, m'accrocher à l'endroit le plus bas que je trouverai et me laisser tomber. Et je me taille de cette cour par la palissade alors que ce type sera encore dans l'escalier. Et là, je cours, je cours... jusqu'à l'océan, ou les sierras, ou jusqu'à plus soif.

— Viens que je te raconte une petite histoire. Il était une fois un monsieur qui en avait tué un autre et figure-toi qu'il l'a regretté et qu'il a voulu demander pardon. Alors il est allé au cimetière, il a creusé la tombe, il a ouvert le cercueil et là, il a vu que le mort c'était lui, qui riait de sa bonne farce.

— Ah !

Le balcon vibra lorsqu'une main musclée attrapa la rampe devant Kootie et deux souliers ferrés se hissèrent sur les planches, à quelques pas de lui. La figure ronde apparut au-dessus du balcon et les petits yeux noirs du clochard ne regardaient que lui.

Terrifié, l'enfant s'était plaqué contre le mur, incapable de broncher, ni de respirer ni de plus penser à rien.

Une énorme bouche s'ouvrit au milieu de la moustache mitée et un million de voix en sortirent à la fois, comme les haut-parleurs dans un stade quand un joueur marque un point.

D'un seul coup, Kootie s'était redressé et filait à l'autre extrémité du balcon ; déjà, derrière lui, il entendait le pas lourd mais vif de l'homme et, avant d'avoir atteint la balustrade, il sentait cinq doigts tenter de crocheter ses boucles.

Il bondit, heurta le garde-fou de la semelle de sa Reebok et décolla.

Les feuilles de bananier lui fouettèrent le visage et il tenta d'attraper une branche mais ne réussit qu'à s'égratigner la paume dans sa chute en vrille. Il atterrit sur son sac à dos, presque en même temps que sur les fesses et les pieds, et il se retrouva à quatre pattes, la tête pleine de pièces de cuivre, le souffle court, galopant tout de même vers la palissade.

Le temps d'atteindre la ruelle, il avait au moins étouffé les gargouillements affreux de sa poitrine ; il parvint même à se remettre debout et continua de détaler vers le trottoir de la rue adjacente.

Un camion à la plate-forme pleine de tondeuses à gazon et de gros sacs de toile passait sans se presser et Kootie parvint à forcer ses jambes flageolantes à courir encore et, après quelques secondes de course effrénée, il agrippait le hayon et s'agenouillait sur le pare-chocs du camion, puis attrapait la poignée d'une tondeuse. Au moins, ses pieds ne touchaient plus le sol.

Mais le véhicule freina brusquement, projetant Kootie en arrière ; il put cependant profiter de cette brève halte pour se hisser sur la plate-forme et, montant sur un sac qui sentait l'essence et la bière, fit signe au conducteur par la lunette arrière.

— Avance, cria-t-il. Vas-y, fonce !

Le chauffeur mexicain s'était accoudé au dossier de son siège et le regardait, éberlué. Lui aussi faisait des signes et répondait quelque chose que Kootie n'entendait pas mais qui ressemblait à un ordre de descendre immédiatement du camion.

Derrière eux, arrivait le manchot. Il venait de déboucher de la ruelle entre les maisons grises et lui souriait de toutes ses dents.

Kootie se mit à tambouriner la lunette arrière en hurlant de toutes ses forces :

— Vas-y ! *¡Vaya! ¡Ahora! ¡Es el diablo!*

Le conducteur n'avait peut-être pas entendu mais ce n'était plus Kootie qui l'intéressait : les yeux écarquillés, il découvrait son poursuivant. D'un seul coup, il se retourna et le camion fit un bond en avant, vira sur la gauche et prit de la vitesse.

Kootie regardait encore derrière eux, à travers les tondeuses à gazon et les sacs de semence. Le manchot avait ralenti mais continuait de marcher sur le trottoir tout en faisant signe à Kootie ; bientôt, cependant, il disparut, caché par la circulation de l'avenue.

L'enfant s'adossa à la roue de secours en espérant que le conducteur n'allait pas s'arrêter avant un bon moment. Quand il étendit les jambes, sa cheville droite lui envoya un élancement douloureux ; soulevant le bas de son pantalon, il s'aperçut alors qu'elle avait presque doublé de volume.

Il en éprouva un éclair dans l'estomac. Je vais boiter, maintenant ? A quelle vitesse ?

Cinq minutes plus tard, le conducteur s'engageait dans une station-service Chevron. Il sauta à terre et, tout en dévissant le bouchon du réservoir d'essence, fit signe à Kootie de descendre.

L'enfant obéit sans insister, enjambant le hayon, il sauta sans trop de mal sur son pied gauche et parvint à poser le droit mais grimaça de douleur quand il s'appuya dessus.

— Euh... merci pour la course, articula-t-il bravement.

Il sortit ses lunettes de soleil qu'il plaça sur son nez.

— *Sí*, dit l'homme en déclenchant la pompe. *Buena suerte.*

Kootie comprit que le Mexicain lui souhaitait bonne chance. Le soleil commençait à baisser dans le ciel, les ombres s'allongeaient.

Il s'inquiétait davantage de ce qu'il allait faire que de l'état de sa cheville.

— Oh ! lança-t-il, *lo siento, pero... ¿ tiene usted cambio ? Yo tengo hambre y no tengo una casa...*

C'était de l'espagnol de cuisine et il regrettait à présent d'avoir si peu écouté ses leçons à l'école. Il demandait un peu d'argent parce que, se plaignait-il, il avait faim et pas de toit pour l'abriter.

Il sentit ses joues refroidir mais ne sut si cela le faisait rougir ou pâlir.

L'homme le dévisagea d'un œil impassible tout en continuant de remplir son réservoir. Kootie entendait l'essence couler dans le tuyau mais l'atmosphère sentait plutôt le riz et le sésame grillés. Il y avait un restaurant chinois, à côté. Enfin, un déclic annonça que l'opération était finie. L'homme raccrocha le bec à la pompe et se rendit vers la caisse d'un pas pesant, laissant sur place un Kootie misérable comme un chien perdu.

Lorsqu'il revint, il tendit un billet de cinq dollars à l'enfant.

— *Buena suerte*, répéta-t-il.

Là-dessus, il grimpa dans son camion.

— *Gracias*, souffla Kootie.

Il tourna les yeux vers l'ouest et, tandis que le véhicule reculait pour sortir de la station-service, il se demanda où pouvait se trouver le manchot, maintenant. Quelque part à l'ouest, forcément.

Alors il partit vers l'est. Sa cheville ne lui faisait pas trop mal tant qu'il ne posait que les doigts de pied par terre.

Si seulement je pouvais dormir, songea-t-il, mais où ? Comment s'arrêter quand le manchot risquait de le rejoindre à tout moment ? Et si j'essayais de prendre un train ? Je pourrais y dormir tranquille.

Ouais...

Où se cacher ?

A Los Angeles, la plupart des bâtiments sont assez bas, deux étages tout au plus. En inspectant tous les toits, Kootie avait l'impression que chaque maison comportait une sorte de cabane au sommet, entre les vieux isolateurs et les cheminées.

Il n'a qu'un bras, pensa-t-il. Je peux grimper quelque part où il ne pourra pas m'atteindre.

Avec ma cheville foulée ?

Il marchait de plus en plus mal et se sentait gagné par l'affolement.

Il avait dépassé plusieurs pâtés de maisons, tous

pareils avec leurs chaînes pour barrer l'entrée de la cour, leurs vieux palmiers et leurs voitures à moitié rouillées. Il pourrait peut-être se glisser dans l'une d'elles, se cacher dans le parking ou le garage, quitte à se réveiller en sursaut et à filer s'il entendait un clochard manchot escalader la palissade.

Au carrefour suivant, un homme revêtu d'une vieille veste de jean suivait son chien, une espèce de berger allemand noir, en présentant un écriteau blanc à qui voulait le regarder. Arrivé à leur hauteur, Kootie vit le chien remuer la queue et il s'arrêta, autant pour reprendre son souffle que pour caresser l'animal.

— *Buen perro*, commenta-t-il.

Il pouvait maintenant lire ce que l'homme affichait en grosses lettres noires :

ANCIEN DU VIET-NÂM SANS ABRI — ACCEPTE TOUT TRAVAIL POUR MANGER.

— *Sí*, répondit l'homme. Euh... *¿Cómo se dice... perro?* Ça veut dire « chien », n'est-ce pas ?

— Oui, dit Kootie. Vous avez un beau chien. Vous parlez anglais ?

— Oui. Vous n'avez aucun accent.

— Je suis indien, pas mexicain. Indien de l'Inde. Mais je suis né ici.

L'homme, quant à lui, était d'une race et d'un âge indéfinissables. Ses courts cheveux blancs étaient aussi frisés que ceux de Kootie et sa peau assez sombre pour faire de lui aussi bien un Mexicain, qu'un Indien ou qu'un Noir, ou tout simplement un Blanc bronzé. Son visage émacié accusait de profondes rides autour de la bouche et ses yeux quelque peu bridés pouvaient évoquer une origine asiatique, pourtant Kootie n'aurait su dire si tout cela était le résultat de l'âge ou de la vie des sans-abri.

— Où est-ce que vous habitez, tous les deux ? demanda-t-il.

— Nulle part, Jacko.

Par-dessus l'épaule de Kootie, l'ancien combattant observa un instant la circulation avant d'ajouter :

— Et toi ?

L'enfant caressa de nouveau la tête du chien puis chassa de ses yeux deux grosses larmes de fatigue.

— Comme vous.

— Ah bon ? insista l'autre. Ici ?

Kootie leva sur lui un regard indigné.

— Si c'est ici, c'est pas nulle part !

— Ah ! T'inquiète pas. Tu as encore des choses à apprendre.

Le feu était passé au rouge et un vieux camion bleu venait de s'arrêter devant le passage clouté. Le conducteur se pencha à la portière.

— Le beau chien ! s'écria-t-il. Ça boume, tout le monde ?

— Pas terrible, dit l'homme aux cheveux blancs. Mon fils, mon chien et moi on a attendu toute la journée que quelqu'un nous donne un peu de travail et on aimerait pouvoir se payer un motel parce que demain c'est dimanche et qu'on aurait besoin d'une bonne douche avant d'aller à l'église. Il nous manque encore exactement six balles pour ça.

Derrière ses lunettes, Kootie roulait des yeux effarés en se disant que demain c'était mercredi, pas dimanche.

— Merde ! dit le chauffeur.

Au moment où le feu repassait au vert, il lança un billet plié par la fenêtre.

— A la bonne vôtre ! cria-t-il avant de repartir en trombe.

L'ancien combattant attrapa le billet au vol et le déplia. Cinq dollars. Il sourit à Kootie de ses quelques dents jaunâtres.

— Bonne affaire, Jacko. Alors, t'as fichu le camp de chez toi ?

Kootie jeta un regard sombre vers l'ouest.

— Mes parents sont morts.

— Et tu t'es barré de la maison où on t'a placé ? Je serais toi, j'y retournerais dare-dare.

— J'ai nulle part où aller.

— Ah ouais ?

L'homme regarda encore la circulation puis revint à Kootie.

— En tout cas, tu devais pas t'embêter y a deux, trois jours. Y a qu'à voir ta chemise et tes Reebok neuves. Où est-ce que tu comptais dormir ? Par ici, c'est pas un endroit pour les gosses bien fringués, crois-moi. Tu te retrouverais à poil en moins de deux.

Il jeta de nouveau un coup d'œil circulaire, poussa un soupir.

— Tu veux faire un bout de chemin avec Fred et moi un jour ou deux ?

Kootie comprit que Fred était le chien. L'idée le tentait, pourtant, il répondit :

— J'ai pas un sou.

— Déconne pas ! Tu viens de gagner deux balles en un rien de temps. Fred prend vingt pour cent, d'ac ? On va bosser ici encore une dizaine de minutes et puis on ira au Silver Lake.

Kootie calcula mentalement à combien de kilomètres du Silver Lake Reservoir ils pouvaient se trouver.

— Ça fait loin d'ici, non ?

— T'occupe. Tiens, on va bientôt repasser au feu rouge. J'ai une bagnole et Fred et moi on se balade tout le temps. C'est ce que t'as de mieux à faire, de rester avec nous pour le moment.

Kootie fixait désespérément le large sourire et les yeux noirs du chien. Quitte à *se balader*...

— D'accord, marmonna-t-il en tendant la main à l'homme. Je m'appelle Kootie.

L'autre lui ouvrit une grosse paume calleuse.

— Kootie ? C'est marrant comme nom ! Moi, c'est Rightful Glory Mayo, dit Raffle.

Plus fort, il lança :

— On peut pas vous nettoyer votre pare-brise, m'dame ? Mon fils et moi on n'a encore rien mangé de la journée.

Il n'avait pas le moindre seau d'eau, pas le moindre papier journal pour nettoyer quoi que ce soit, mais la femme dans sa Nissan leur donna quand même un dollar.

— Encore quarante *cents* pour toi, Kootie, dit Raffle quand le feu passa au vert. Tu sais, on ferait de meilleures affaires si tu virais tes verres… comme ça, t'as l'air d'un p'tit mac.

Kootie enleva ses lunettes et observa l'effet produit sur Raffle. Il ne savait pas du tout de quelle couleur avait pu virer son œil mais le sentait assez gonflé pour gêner sa vision.

— Ah bon ! commenta Raffle, on dirait que tu t'es dépensé, ces derniers jours, mon pote. Allez, remets-moi ces besicles, sinon les gens vont croire que c'est moi qui t'ai fait ça.

Hochant la tête, Kootie obéit, non sans avoir jeté un regard inquiet vers l'ouest.

9

— Je me contentais des cours ordinaires.
— Que vous y enseignait-on ? s'enquit Alice.
— Pour commencer, bien entendu, l'Alésure et les Fritures, répondit la Tortue « fantaisie ». Puis les différentes parties de l'Arithmétique : l'Ambition, la Distraction, la Mortification et la Dérision.

Alice au pays des merveilles
Lewis CARROLL

Raffle semblait ravi de l'argent qu'ils gagnèrent durant les dix minutes suivantes et il sortit un marqueur de la poche de sa chemise pour ajouter, sous les mots ANCIEN DU VIET-NÂM SANS ABRI : ET FILS ORPHELIN...

— Ça va nous rapporter un bon paquet ! commenta-t-il d'un ton satisfait. Peut-être bien qu'on pourra dormir tous les soirs dans un motel.

Kootie croyait qu'ils allaient voyager de nuit.

— Moi, les voitures, ça me va.

Il faisait son possible pour cacher son impatience de partir enfin. Il n'avait pas encore vu le manchot mais s'attendait à le voir surgir à tout instant.

— Excellente réaction, observa Raffle. T'as raison, on ferait mieux de changer de coin. Tu veux une bière ?

Kootie cligna des yeux.

— J'ai que onze ans !

— Ah ouais ! Bon, je boirai ta part. Viens.

Ils traversèrent pour entrer dans une petite boutique, Fred sur leurs talons, et Raffle acheta une bouteille de Corona qu'il enveloppa d'un sac de papier kraft.

— On va chercher la voiture, annonça-t-il en sortant.

C'était une Mustang de vingt ans, couleur moutarde, garée devant une laverie automatique, dont le siège arrière disparaissait sous un tas de vêtements, de boîtes de disquettes Maxell, de rembobineurs de cassettes vidéo. Fred sauta sans hésiter sur ce capharnaüm tandis que Raffle et Kootie prenaient place à l'avant.

Raffle décapsula la bouteille de bière sous le tableau de bord et lança d'un ton solennel :

— Comment t'appelles-tu, mon garçon ?

Comprenant qu'il simulait ce que pourrait lui demander une tierce personne, Kootie s'empressa de répondre :

— Mayo. Euh... Jacko Mayo.

— Très bien !

Raffle avala une longue goulée de bière.

— On habitait à La Mirada, à trois quarts d'heure d'ici par la 5, pigé ? Une maison de quatre pièces ; t'as jamais vécu ailleurs. J'étais mécanicien mais ta mère était secrétaire juridique et c'était elle qui faisait bouillir la marmite. Seulement, elle avait pas d'assurances sociales, alors, quand elle a attrapé le cancer, on a tout perdu et elle est morte. Personne ne devrait t'en demander plus que ça mais, si jamais ça se produit, t'as qu'à te mettre à pleurer. Tu saurais pleurer, au besoin ?

Kootie réfléchit.

— C'est facile.

— Parfait ! Bon, alors, on est noirs, blancs ou mexicains ou indiens ?

— Pour tous les deux ? Je dirais... californiens. Du ruisseau de Los Angeles.

— Bon. Alors n'oublie pas.

Raffle leva la bouteille et la vida.

— Maintenant, il va falloir t'habituer à voir deux, trois choses. Imagine que si tu te retrouvais tout à coup à... Bornéo, ou en Australie, tu verrais peut-être les gens du coin faire des trucs qu'on t'aurait interdits, alors que, là-bas, c'est permis. Tu comprends ? Je veux dire… tant qu'on te demande pas d'en faire autant, la moindre des politesses, c'est de la fermer.

— Bon, répondit prudemment Kootie.

— Impec. Y a un clou dans le cendrier. Tu peux me le passer ?

Kootie s'exécuta.

Raffle en piqua la pointe dans une petite fissure sous le fond de la bouteille, puis il sortit une vieille chaussure glissée entre les deux sièges et s'en servit pour taper sur le clou ; la pointe perçait maintenant à l'intérieur de la bouteille, sans l'avoir cassée. Raffle retira le clou et souffla à travers le trou.

— Chez moi, décréta-t-il, tout bon père de famille fume la pipe.

Il se pencha pour sortir une boîte à cirage qu'il gardait sous son siège, il en tira une pincée de paille de fer qu'il enfila dans le goulot avant de remettre le reste en place.

— Si tu vois une bourre rappliquer, change pas de tête, détourne pas les yeux, mais tape-moi sur la jambe.

Kootie se souvenait d'avoir lu quelque part qu'une « bourre » était un policier, en argot.

— Pourquoi ? demanda-t-il d'un ton hésitant. C'est… enfin… une espèce de drogue ?

— Y a d'ça.

Raffle sortit du poignet de son épaisse chemise un petit morceau de ce qui ressemblait à un caillou blanc, comme ceux que le père de Kootie avait semés autour des pots de fleurs de l'atrium, et le déposa sur la paille de fer dans le goulot de la bouteille.

Puis, s'adossant à son siège, il leva la bouteille vers l'appui-tête de plastique, qui, Kootie s'en apercevait maintenant, était maculé de taches de roussi, porta le petit trou au-dessus de sa bouche ; il alluma alors un Cricket orange et présenta la flamme au morceau de caillou tout en aspirant de l'autre côté.

Kootie se détourna, anxieux, guettant l'éventuelle apparition d'une « bourre » à l'horizon, pendant que la bouteille s'emplissait d'une pâle fumée. Bientôt Raffle ouvrit sa portière pour s'en débarrasser en l'envoyant rouler dans le parking.

Il exhala longuement la fumée et l'habitacle s'emplit d'une odeur de fer brûlé mêlée d'une âcre saveur chimique.

— T'accroche jamais à une pipe, conseilla-t-il à Kootie d'une voix enrouée.

Déjà, il tournait la clef de contact.

— Y en a toujours d'autres qui t'attendent chez le marchand.

— N'empêche, risqua Kootie avec insolence. Les pères de famille les économisent.

Raffle éclata de rire au moment où le moteur se mettait en marche. Il passa la marche arrière.

— Ouais, acquiesça-t-il, la voix toujours rauque. Ils se donnent beaucoup de mal pour pas grand-chose.

Repassant la première, il tourna à droite dans la Quatrième Rue et fila vers l'autoroute 110.

— Je croyais qu'on allait au Silver Lake, observa Kootie. C'est pas au sud, c'est au nord.

— Je dois faire un détour pour acheter des médicaments.

Au bout de cinq kilomètres, ils prirent Vernon Avenue et Raffle se gara dans le parking d'une ancienne station-service calcinée.

— Voilà ce qu'on va faire, exposa-t-il en remontant sa vitre. Fred et moi, on doit s'en aller une vingtaine de minutes. Tu restes enfermé là-dedans et si quelqu'un vient t'embêter, klaxonne jusqu'à ce qu'il s'en aille. Tu peux aussi baisser la vitre, sourire et dire que tu attends ton père. Je reviendrai et on ira dîner.

Voyant que Kootie hochait la tête, Raffle sortit de la voiture en souriant. Il abaissa son siège pour faire descendre Fred puis claqua sa portière et la verrouilla avant de s'éloigner au détour de la rue, suivi de son chien.

Kootie se doutait qu'il allait dépenser une partie de leurs gains en drogue, néanmoins, il ne songea pas un instant à quitter la voiture et à filer. Il avait entendu parler des émeutes du centre de Los Angeles, six mois auparavant; cela se passait dans ce quartier. S'il s'aventurait au-dehors, il pourrait tout aussi bien se faire agresser à coups de brique par les gens du coin.

Il se demandait quelle sorte de nourriture Raffle avait l'habitude d'ingurgiter. Quant à lui, il mangerait absolument n'importe quoi.

Se soulevant sur son siège, il inspecta les alentours. Au fond de la station-service en ruine, il crut deviner la carcasse d'une voiture brûlée encore hissée sur son pont hydraulique. Son propriétaire avait-il jamais eu l'occasion de venir voir où en étaient les réparations? Les grands palmiers se découpaient en ombres chinoises sur le ciel qui s'obscurcissait et les magasins commençaient à s'illuminer le long de la rue. La voiture de Raffle sentait le chien pas lavé, ce qui fit regretter à Kootie de ne pouvoir baisser les vitres.

Quelque part, des haut-parleurs diffusaient de la musique, encore que Kootie n'en perçût que les basses rythmées et des exclamations furieuses.

Fatalement, le manchot allait se pointer, attiré par l'odeur ou Dieu sait quelle piste laissée par la brique de verre, Kootie n'en doutait pas mais il savait que son nouvel ami, ses amis, en comptant le chien, n'allaient pas tarder à revenir.

Il défit les bretelles de son sac à dos pour le ramener sur ses genoux, l'ouvrit et fouilla parmi les vêtements jusqu'à en sortir la brique.

Il la souleva, la plaça devant le pare-brise pour tâcher de voir à travers. Elle cliquetait toujours doucement, quand il la retournait, comme si se trouvait à l'intérieur quelque chose de transparent et de solide. Pour s'amuser, il la secoua au rythme de la musique du dehors, tic-tic-tic.

A tous les coups, s'il la cachait quelque part dans la station-service, le manchot viendrait l'y chercher. Ou la dame qu'il avait vue dans sa Jaguar — *cent dollars pour ton cigare* —, elle pourrait venir, elle aussi. On lui retournerait sa bagnole, on lui brûlerait ses pneus.

Il saisit la brique comme il l'avait fait le matin sur

Fairfax Avenue et en sentit de nouveau les deux parties remuer l'une contre l'autre. Il jeta un regard inquiet dans la rue, mais aucune voiture ne cala.

En forçant un bon coup, il parvint presque à séparer les deux moitiés. Encore un petit effort et il ouvrait la brique.

Alors lui revint à l'esprit l'histoire de Robert Louis Stevenson, sur ce démon dans sa bouteille. Seulement, près de cette station-service incendiée, dans la vieille caisse de Raffle pleine de son foutoir, au milieu de cette rue sinistre et inconnue, il n'avait plus du tout l'impression qu'un monstre d'antan pourrait surgir de cette petite boîte de verre.

Il en souleva la partie supérieure.

Et rien ne se passa. A l'intérieur, coincé dans une cavité apparemment prévue à cet effet, se trouvait... un tube à essai ? Une fiole de verre au bouchon de caoutchouc. Kootie posa les deux parties de la boîte sur ses genoux afin de mieux examiner la fiole.

A l'évidence celle-ci était vide. Ce qui le déçut profondément. Qu'est-ce que ce tube pouvait bien avoir contenu ? Du sang ? Une momie en cendres ? Des pépites d'or maudites ?

Il tourna le bouchon et porta l'ouverture à son nez.

10

Alice saisit le bébé non sans difficulté, car c'était un petit être bizarrement conformé qui allongeait bras et jambes dans tous les sens : « Tout comme une étoile de mer », pensa Alice. Le pauvre petit, lorsqu'elle le prit dans ses bras, haletait comme une machine à vapeur et ne cessait de se tortiller comme un ver, de sorte que, durant les deux minutes qui suivirent, Alice eut toutes les peines du monde à l'empêcher de tomber.

Alice au pays des merveilles
Lewis CARROLL

Comme s'il venait de brancher à plein tube deux haut-parleurs dans ses oreilles, la tête de Kootie fut tout d'un coup doublement frappée par la musique du dehors et il se retrouva tout étourdi par le simple fait qu'il entendait si bien.

Lâchant la fiole, il agrippa le volant de toutes ses forces, claquant des dents et transpirant de chaleur à la fois parce qu'il était en train de tomber à une vitesse infernale dans une espèce d'abîme sans fond. Les yeux écarquillés, il voyait bien le pare-brise et les essuie-glaces immobiles et le trottoir de l'autre côté de la vitre mais, dans sa tête, tout changeait comme l'éclair, filant à toute allure, tandis que des voix criaient, et son cœur bondissait d'amour et de terreur et de triomphe et de gaieté et de rage et de honte à la fois, comme si ces éléments mêlés constituaient l'essence même de la vie, tout comme les couleurs de l'arc-en-ciel, quand elles tournaient à toute vitesse sur un disque, finissaient par former du blanc.

Ça ne s'arrêtait pas. Ça continuait de plus en plus vite.

Une giclée de sang lui jaillit du nez et il se sentit catapulté sur le siège voisin, sur l'épaule droite, secoué, gémissant, les yeux grands ouverts mais si loin au fond de leurs orbites qu'il ne voyait plus rien au-dehors que les limites de son propre crâne.

Pete Sullivan s'extirpa du petit lit et s'introduisit vers l'avant de la camionnette mais, quand il ouvrit le store qui voilait le pare-brise, ce fut pour découvrir qu'elle n'était pas en train de dévaler une colline ; il en hurla presque de soulagement. Malgré tout, il vint s'installer derrière le volant et tira de toutes ses forces le frein à main.

En face de lui, dans une avenue bien calme, cinq ou six gamins en short trop large et tee-shirt se baladaient sans but sur une large pelouse. Leurs ombres s'étiraient devant eux et l'herbe elle-même semblait adopter le jaune d'or du soleil couchant.

Sullivan sentait son cœur battre à tout rompre et il s'obligea à patienter une longue minute avant d'allumer une cigarette, parce qu'il savait combien ses mains tremblaient.

Enfin, il put aspirer une bienfaisante bouffée de fumée. Il avait fait un cauchemar... comment s'en étonner ? Cela parlait de... trains ? D'électricité ? Un bruit énorme après un long silence...

De machines. Son travail à la centrale nucléaire, et dans les autres services publics ? Tout le réseau Edison... la Con-Ed, la Southern Californian Edison...

Il tira une dernière bouffée de sa cigarette puis l'écrasa. La camionnette était maintenant plongée dans l'ombre, complètement immobile sous le ciel qui glissait vers le soir. Sullivan respirait mieux mais il attendit que les battements de son cœur se fussent complètement apaisés en se demandant s'il allait ensuite manger un morceau ou reprendre son sommeil.

Il était descendu de Laurel Canyon Boulevard pour venir se garer dans un parking de magasin sur Wilshire Boulevard ; là, il avait tiré ses rideaux à l'arrière, abaissé le store enroulé à l'avant, tout bouclé de l'intérieur avant de s'effondrer sur son lit où il avait apparemment dormi plusieurs heures.

Les gamins du parc se trouvaient maintenant au sommet d'un talus de verdure, leurs visages rieurs éclairés par le clair-obscur du soleil couchant. L'heure de Griffith, se dit Sullivan.

Il fouilla dans ses poches, à la recherche de ses clefs. Il ne pourrait plus dormir, après une telle secousse. Mieux valait dîner... mais d'abord boire quelque chose.

Au fond de son car Greyhound, Angelica Anthem Elizalde avait rêvé du ranch de Norco où s'était déroulée son enfance.

Sa famille élevait des poulets et le rôle d'Angelica consistait à répandre les restes de leur nourriture pour attirer les poulets sauvages abandonnés par un voisin et qui nichaient dans les parages. Tous étaient élevés en plein air, mais la petite fille entretenait aussi une dizaine de chats et deux chèvres, ainsi que cinq ou six chiens qui ne semblaient pas se formaliser de cette promiscuité.

C'était son grand-père qui se chargeait de tuer les poulets. Il les attrapait par le cou et, comme s'il voulait lancer une balle de base-ball, faisait mine de les expédier aussi loin qu'il pouvait mais sans les lâcher, leur claquant instantanément les cervicales. La mère d'Angelica avait essayé, une fois, lorsque le vieux était en prison, seulement le malheureux volatile n'était pas mort ; il battait des ailes en piaillant tout ce qu'il savait, ses plumes volant dans tous les sens tandis que la mère s'évertuait à essayer de le lancer sans l'achever. Les enfants pleuraient à chaudes larmes. Finalement, ils étaient allés chercher une hache dans la remise, une vieille hache toute rouillée, et leur mère avait tué le poulet avec, en lui écrabouillant la tête. Jamais Angelica n'avait mangé de viande aussi dure.

Pour exécuter la dinde traditionnelle des fêtes, ils pratiquaient un trou dans un sac de jute qu'ils lui passaient sur tout le corps et la pendaient à un arbre avant de lui couper le cou, le sac servant à lui emprisonner les ailes, car un battement de ces puissantes bestioles pouvait blesser n'importe qui.

Une fois, à Pâques, leur père avait apporté un cochon vivant; ils l'avaient tué, dépecé et cuit dans un trou que les hommes avaient creusé dans la cour. Leurs réserves de viande avaient duré des jours, même en invitant tous les voisins. Les semaines qui avaient précédé, leur mère avait conservé toutes les coquilles d'œuf pour les peindre et les remplir de confettis, et les enfants avaient passé la journée de Pâques à les chercher dans le jardin pour se les casser sur la tête, jusqu'à ce que leurs cheveux et leurs vêtements du dimanche ressemblent à une œuvre pointilliste.

Evidemment, elle avait glissé un œuf plein, fertilisé, dans le lot et, dans l'après-midi, Angelica l'avait reçu sur le front, envoyé par son frère. Quand elle avait senti le liquide tiède lui couler sur le crâne, elle avait voulu l'essuyer et, à ce moment, avait découvert une sorte de petit monstre rougeâtre et dénudé, les yeux clos, qui ouvrait et refermait éperdument son bec embryonnaire.

C'est alors que son rêve avait changé. D'un seul coup, elle avait entendu des bruits métalliques, vu des lumières éblouissantes et des trains qui passaient en hurlant dans le brouillard devant un être fou de terreur.

Elle s'était réveillée en sursaut, assise toute droite sur son siège en se mordant la lèvre si fort qu'elle en avait senti le goût ferreux de son propre sang.

On est en... 1992, se dit-elle sévèrement. Tu es dans un car qui se rend à Los Angeles et son chauffeur n'en a pas perdu le contrôle. Regarde par la fenêtre : il tient sa file et ne roule pas à plus de quatre-vingt-dix.

Tu n'es pas morte.

Au-delà du bord de la route qui défilait, elle apercevait encore le désert dans l'obscurité qui tombait et il semblait presque immobile dans son immensité tranquille. Ils devaient se trouver aux alentours de Victorville, encore à une bonne heure de leur destination.

Dans sa fuite affolée de Los Angeles, deux ans auparavant, elle avait aperçu une voiture de police qui la suivait, justement au sud de Victorville, et elle s'était consciencieusement garée pour la laisser passer ; elle en avait profité pour prendre un Burger King, puisque c'était ce qu'on vendait le long de cette autoroute. Ensuite, elle avait roulé une vingtaine de kilomètres sur une voie parallèle, pour s'assurer que les flics ne seraient plus derrière elle au bout de cinq minutes. Même là, elle s'était encore arrêtée sur le bas-côté, à un endroit plein d'arbres de Josué, où un vieillard à barbe blanche vendait toutes sortes de gadgets récupérés dans les casinos : pancartes, affiches de cow-boy et de danseuses en contre-plaqué ainsi qu'un assortiment de bouteilles vides accrochées aux branches d'un sycomore. Trop heureuse de pouvoir parler à quelqu'un, elle lui avait acheté un livre de poèmes dont il était l'auteur et qu'il avait fait publier dans la région.

Maintenant, elle se rongeait les ongles dans son Greyhound en se demandant si le vieux était toujours au même endroit, si la Californie avait encore de la place pour des gens comme lui.

Ou pour elle. Avec le vieillard au bazar du bord de la route, ils étaient au moins vivants, tous les deux.

L'homme qui répondait au nom de Sherman Oaks poussa un cri quand la chaleur lui brûla le bras droit et il tomba à genoux dans la luxuriante ficoïde glaciaire, au milieu de l'ombrageux terre-plein qui marquait le carrefour de la 10 et de la 101.

Au bout de quelques instants, il put se redresser et respirer, mais son cœur battait à tout rompre et son bras gauche, encore chaud quoique moins douloureux, s'était tendu devant lui, vers le sud. Sa paume droite et les genoux de son pantalon conservaient des taches vertes de la plante qu'il avait écrasée en y tombant. Au-delà des épaisses feuilles des buissons de laurier-rose qui encerclaient son îlot, les voitures ne cessaient de balayer de leurs phares son refuge alors qu'elles descendaient la rampe qui menait plein sud sur la 101.

Il l'a mangé, songea-t-il obscurément. Le gosse l'a mangé, à moins que ce ne soit le contraire. *Mais moi, je mangerai ce qui en restera.*

Il était venu vérifier ses pièges à fantômes. Celui qui se trouvait devant lui en avait attrapé un mais il semblait que son captif se fût enfui quand il avait crié. Sherman Oaks décida de le laisser en place. Le fantôme reviendrait certainement d'ici à quelques heures, lui ou un autre. Parfois, il parvenait à en mettre cinq ou six en bouteille à partir d'un seul piège.

En tombant, il avait heurté le dispositif et, maintenant, il le redressait. C'était un carton sur lequel il avait écrit : L'AMI NATUREL A LE RUT ANIMAL. Parmi les autres, on pouvait lire d'autres inscriptions de son cru : AU MIROIR-PAROLE L'OR A PRIORI MUA et ET LUC COLPORTE TROP L'OCCULTE, ainsi que des morceaux de puzzle répandus sur le sol. Les palindromes plus connus, tels que *Salut, tu l'as ?*, n'attiraient pas l'attention des fantômes futés et les morceaux trop lourds, comme la vaisselle cassée, semblaient inaccessibles à leurs muscles fragiles d'ectoplasmes ; mais les palindromes de l'ami et du miroir ou de Luc les gardaient perplexes des heures durant, quand ce n'étaient pas des jours entiers, étonnés de ce que ces phrases pussent se lire indifféremment d'un côté ou de l'autre : sans parler des puzzles qui les retenaient encore plus longtemps.

A vrai dire, rares étaient les sans-abri qui venaient par ici, car ils savaient en général que cet îlot de verdure était hanté, aussi jetait-il également, de temps à autre, de grosses poignées de monnaie parmi les pièces de puzzle, ruse qui avait des chances d'accaparer les fantômes jusqu'à la fin du monde car, non seulement ils se sentaient obligés de résoudre le puzzle mais aussi de compter l'argent. Il semblait, en outre, que leur mémoire ne fût pas bonne parce qu'ils semblaient sans arrêt perdre le fil et devoir recommencer les comptes au début. Parfois, quand il arrivait avec ses petites bouteilles, les fantômes lui demandaient de l'aider.

Alors, il les prenait et les enfermait dans les flacons qu'il rebouchait hermétiquement. (C'était assez difficile parce qu'il ne pouvait se servir que de la main droite encore que, parfois, il fût parvenu à les pousser un peu de la gauche.) Il avait toujours su qu'il fallait utiliser des récipients de verre : il fallait que les fantômes puissent voir à travers les parois, même s'ils se trouvaient au fond d'une poche, sinon ils pourrissaient sur place et se transformaient en poison.

Il avait ainsi disposé des pièges un peu à travers toute la ville, dans la gare routière sous l'autoroute de Santa Monica, les fantômes escaladaient les vieilles carcasses des cars sans portes et s'asseyaient sur les sièges, attendant apparemment qu'un chauffeur les emmène quelque part ; ils traînaient souvent autour des cabines téléphoniques désertes comme s'ils attendaient un appel ; et parfois, dans les vieux parkings, il suffisait à Sherman Oaks de dessiner un gros œil-de-bœuf pour que ces êtres informes se rassemblent autour, apparemment dans l'espoir de découvrir quel missile allait atteindre cet objectif. Même les toiles d'araignée attrapaient les nouveaux.

De temps en temps, il remplissait tellement de bouteilles que même ses planques ne suffisaient plus à les contenir. Les dealers qui se bousculaient autour du riche quartier de Benedict Canyon lui offraient entre deux et trois cents dollars pièce, en liquide, sans poser de questions, sans même procéder à des tests d'excitabilité avec une boussole parce qu'ils le connaissaient depuis trop longtemps pour craindre qu'il ne pût leur vendre des flacons vides. Ils siphonnaient chaque fantôme dans un peu de protoxyde d'azote et scellaient le mélange dans une petite cartouche de verre pressurisé jusqu'à ce qu'un riche client vienne en remplir un ballon pour inhaler le tout.

On appelait ces cylindres des *pipes* ou des *cigares*,

vieux termes d'argot qui attiraient les anciens fantômes par leurs évocations aromatiques et, ensuite, on les inhalait avec de la fumée de tabac. *Une petite bouffée de M. Nicotin, un petit tour avec M. Marlboro.* C'était devenu un summum de gourmet dans la hiérarchie des tabacs, en cette époque où il devenait si démodé de fumer. Les vrais amateurs appréciaient surtout le protoxyde d'azote, encore qu'il fût considéré comme « indigeste », bourré de souvenirs trop précis.

Sherman Oaks, quant à lui, préférait les fantômes crus et intacts à ces purées tassées dans des pipes ou des cigares, ou encore émincés dans une soupe glacée de protoxyde d'azote ; il les aimait frais et entiers, comme les huîtres.

Il ouvrit la bouche, soufflant lentement, vidant ses poumons, dans ses oreilles bourdonnait le léger murmure de tous les fantômes qu'il avait mangés depuis des dizaines d'années.

Le train fantôme. Toutes les trinités disloquées de M. Nicotin.

A sa gauche, les gratte-ciel du centre-ville, parmi lesquels il comptait encore explorer la mairie, l'immeuble de la Security Bank et les tours Arco, dressaient leurs silhouettes informes sur un ciel qui s'assombrissait dans le brouillard montant tandis que la brise fraîche du soir apportait, parmi les effluves de jasmin et de la ficoïde glaciaire qu'il avait écrasée, un dernier arôme de la sauge du désert.

Il avait les poumons vides.

Maintenant, Sherman Oaks inspirait profondément, mais le gosse était trop loin. Ce vieux camion de jardinage avait dû rouler des heures sans s'arrêter. Il eût mieux fait de relever le numéro de sa plaque. Pourtant, son bras gauche, encore désagréablement tiède, semblait pointer vers le dernier coin abandonné par l'enfant. A l'ouest.

Son vrai bras gauche avait disparu depuis longtemps, du moins le supposait-il à la vue du moignon bien cicatrisé qui lui prolongeait l'épaule. La perte de ce membre était certainement consécutive à quelque tragique accident mais cela remontait à l'ancienne vie qu'il ne connaissait que par de vagues et stériles bribes de rêves. Il ne se rappelait même pas le nom qu'il avait dû alors porter et n'avait choisi Sherman Oaks que parce qu'il s'agissait du quartier de Los Angeles où la conscience lui était revenue.

Pourtant, il sentait toujours la présence de ce bras gauche. Parfois, son poing fantôme se crispait si fort qu'il en subissait des crampes dans ses muscles imaginaires et, d'autres fois, il sentait son « bras » froid et humide. Néanmoins, lorsque quelqu'un mourait dans les parages, il éprouvait une légère brûlure, comme s'il recevait un peu de cendre chaude sur sa peau chimérique ; et si le fantôme était piégé quelque part, accroché à ou dans quelque chose, le membre imaginaire se réchauffait et pointait dans sa direction.

Il avait beau savoir qu'il était en fait manchot, Sherman Oaks trouvait bizarre de franchir des portes ou de se faufiler dans des couloirs d'autobus bondés, le « bras » toujours tendu. En certaines occasions, sa main manquante semblait s'accrocher des jours entiers à sa poitrine, ce qui l'obligeait à dormir sur le dos et il détestait ça parce qu'il ronflait et que ça le réveillait.

D'un regard circulaire, il inspecta le bosquet presque entièrement plongé dans l'obscurité. Il savait qu'il ferait mieux d'aller vérifier ses autres pièges mais il voulait retrouver ce gosse avant n'importe qui d'autre ; à l'évidence, Koot Hoomie Parganas n'avait pas atteint sa puberté, ce qui expliquait pourquoi l'enfant n'avait pu ingérer la super-fumée qui l'entourait même s'il l'avait d'ores et déjà inhalée. Non absorbé, le fantôme restait très voyant.

Au son d'un froissement, Sherman Oaks leva la tête. Quelqu'un pénétrait en douce dans son domaine avec force jurons étouffés par le craquement de branches de laurier. Le manchot se dirigea sur la pointe des pieds vers l'intrus mais se détendit quand il l'entendit marmonner :

— Ces foutus spirochètes s'entendent pas penser dans une boîte de thon. Espèce de bêê-bêê ! J'les coince où y veulent dès qu'les minutes de New York font une séance de trois heures de bouffe.

Oaks avait déjà senti cette aigre odeur de piquette non métabolisée.

Il vint à découvert, en tapant intentionnellement des pieds. L'intrus écarquilla les yeux.

— Fiche le camp ! ordonna Oaks. Sinon je te mange toi aussi.

— Oui, patron, chevrota le vieux.

Il recula en trébuchant et s'enfuit à quatre pattes vers la lisière de laurier, non sans être repassé par la ficoïde glaciaire déjà bien atteinte.

— J'voulais juste faire transférer mes cendres.

Il y a belle lurette qu'elles ont été transférées, tes cendres ! songea Oaks en regardant cette silhouette grotesque disparaître vers la bordure de l'autoroute. Cependant, il n'était pas très à l'aise. Même cette sorte de créature, ces vieux fantômes lugubres qui avaient accumulé tant de substance physique, d'insectes et d'animaux malades, et répandu sang, salive et foutre, y compris les uns des autres, pouvaient tout aussi bien se lancer à la recherche du gamin à leur manière pataude et imbécile. Ils semblaient toujours trouver des vêtements à se mettre et ils avaient la possibilité de mendier pour s'acheter de l'alcool, mais Sherman Oaks les reconnaissait au premier coup d'œil à leur babillage décousu et à la façon dont l'alcool, insensible à leurs simili-tripes sans vie, s'écoulait par tous les pores de leur peau, encore imprégnée d'éthanol non métabolisé.

Ils ne pouvaient absorber de nourriture organique qui risquait seulement de pourrir en eux ; alors ils mangeaient indifféremment des cailloux, des billes, des capsules, des miettes d'asphalte qu'ils trouvaient dans les égouts des anciennes rues. Sherman Oaks sourit au souvenir de ce camion plein de poulets vivants, retourné sur l'autoroute de Pasadena, libérant deux douzaines de volatiles qui s'étaient réfugiés sur le terre-plein central. En partant travailler, les automobilistes avaient fini par apporter des sacs de maïs qu'ils jetaient en route pour les nourrir et plusieurs de ces bons gros fantômes, prenant ces graines pour du gravier, les avaient mangées ; quelques semaines plus tard ils étaient fort marris de voir pousser des épis bien verts de tous les orifices des corps qu'ils occupaient, y compris de leurs orbites.

Au diable les pièges à fantômes ! songea Sherman Oaks. Je peux me passer de manger pendant une nuit. Il faut que je retrouve le premier ce gosse et son énorme fantôme en laisse.

Le ciel s'imprégnait de violet puis de noir et le *Queen Mary* avait l'air d'un immense lustre posé sur la mer, à quatre cents mètres de Long Beach Harbor dont il éclairait les eaux mouvantes jusqu'aux pieds de Solomon Shadroe, debout sur le pont de son chalutier.

Il l'avait amarré au milieu de la marina surpeuplée de Long Beach et, bien que la plupart des propriétaires de ces bateaux n'y viennent que pendant les week-ends, Shadroe vivait à bord depuis dix-sept ans. Il possédait un immeuble de vingt appartements près de la plage, à deux kilomètres de là mais, malgré sa petite amie qui y habitait, il n'avait pas passé une nuit à terre depuis 1975.

Il tourna sa grande tête grise vers le quai. Voilà longtemps qu'il avait perdu tout odorat mais il savait que quelque chose d'important allait se passer dans le coin. Une demi-heure auparavant, il avait senti le choc d'une grande transformation psychique quelque part dans la ville, plus fort encore que celui qui l'avait fait tomber dans la ruelle la veille au soir, alors qu'il trimballait le réfrigérateur. Et tous ces cochons en peluche dans sa cabine, sa coquerie et son poste de pilotage qui s'étaient mis à roter dix minutes d'affilée, comme si leurs petits cœurs sur piles allaient éclater.

Quelques années auparavant, il avait beaucoup plu, la nuit d'Halloween, alors il avait pris sa vieille voiture bancale pour courir acheter une dizaine de petits cochons en peluche censés grogner à l'injonction « CARESSEZ-MOI DOUCEMENT LA TÊTE », comme le disait la légende sur les boîtes ; en fait, ils émettaient des rots prolongés. Dès qu'il était arrivé sur le bateau, Solomon Shadroe les avait sortis de leur emballage pour les poser sur le pont et ils s'étaient trempés toute la nuit sous la pluie. Aujourd'hui encore, ils sentaient l'eau d'Halloween.

Désormais ils lui servaient de chiens de garde. De cochons de garde.

Shadroe s'en alla en boitillant vers le tableau d'arrière pour tâcher de voir, au-delà des lumières du palais des congrès de Long Beach, les tours de Los Angeles.

Il était descendu à terre, aujourd'hui, pour transporter un deuxième réfrigérateur éculé dans un studio vacant du rez-de-chaussée de son immeuble (parce que celui qu'il avait apporté la veille lui était tombé sur le pied, ce qui lui avait d'ailleurs peut-être cassé un osselet et, en tout cas, le moteur de l'appareil, une perte sèche d'une centaine de dollars, sans compter l'ennui d'engager quelqu'un pour déblayer cette lourde machine désormais inutile) et, par la fenêtre d'un autre appartement, il avait entendu un air qu'il connaissait, la chanson d'un feuilleton des années 50, *Mon fantôme adoré*, et quand il s'était arrêté pour demander à la locataire d'où cela provenait, elle lui avait appris que la chaîne 13 repassait cette émission tous les après-midi à quinze heures, à la demande générale.

La brise marine lui parut soudain plus fraîche et il s'aperçut qu'il pleurait. Il ne sentait pas le goût de ses larmes mais il savait qu'elles embaumaient la cannelle.

Une nuit, peut-être bientôt, maintenant, il descendrait à terre, s'étirerait, s'endormirait sur la plage. Il veillerait seulement à ce qu'il n'y ait personne dans les parages. Il ne voulait faire de mal à personne.

A quelques milles au nord-ouest, du côté de la haute mer, les poissons sautaient du Pacifique, maquereaux et bonites qui bondissaient dans l'air froid et replongeaient dans les vagues, accompagnés de jets d'éperlans et d'anchois jaillissant à la volée ; les pêcheurs qui relevaient leurs filets non loin de là ne furent pas sans remarquer ce phénomène inhabituel mais, comme ils étaient à la surface de l'océan, ils ne pouvaient pas voir que ce ballet se déplaçait vers l'est, comme si quelque chose le poussait en direction de la côte de Venice, et les poissons ne semblaient pas vouloir partager leur eau avec cette chose.

— Mon Dieu, Jacko, tu as encore été battu ?

Quelqu'un secouait l'enfant pour le réveiller et, un court moment, il crut que c'étaient ses parents qui voulaient savoir ce qui était arrivé à l'ami avec lequel il avait joué cet après-midi.

— Il s'est baigné dans le torrent, marmonna-t-il d'une voix épaisse.

Il s'assit en se frottant les yeux.

— Il a voulu nager sous l'eau et il est pas remonté. J'ai attendu tant que j'ai pu mais comme la nuit tombait, je suis rentré.

Il savait que ses parents étaient bouleversés, horrifiés de ce qu'il ait pu dîner tranquillement et se coucher sans même mentionner l'accident.

Il voulait s'expliquer mais...

— Dis donc, bonhomme, tu m'as l'air d'avoir un peu trop d'ennuis à mon goût.

Un chien lui léchait le visage et, d'un seul coup, comme s'il émergeait d'un énorme ravin, il se rappela que l'animal s'appelait Fred, et que lui, c'était Koot Hoomie Parganas, pas... Al ?

Ses propres souvenirs lui revinrent d'un seul coup. Ils étaient en 1992, il avait onze ans et, jusqu'à la nuit dernière, il avait toujours habité Beverly Hills. Brièvement, il revécut sa première rencontre avec le manchot dans le living familial, et les cadavres ensanglantés de ses parents scotchés à leurs fauteuils. Il s'aperçut enfin qu'il était toujours dans la voiture de son nouvel ami, Raffle, et se remémora au bout du compte qu'il avait ouvert le flacon secret de ses parents et reniflé ce qui s'y trouvait.

Son front glacé dégoulinait de sueur ; se croyant sur le point de vomir, il attrapa la poignée de la portière. C'est alors que Fred grimpa sur le siège arrière et, se faufilant entre les deux places du devant, se mit en devoir de lécher l'autre joue de Kootie. Curieusement, le gamin en éprouva un certain soulagement. Il respira un bon coup, fermant et ouvrant les poings, sentant que ce qui lui était arrivé commençait à s'apaiser.

— Ça va, murmura-t-il. J'ai fait un cauchemar. Salut, Fred !

— Salut, Kootie, répondit Raffle d'une voix de fausset.

Le gamin mit un certain temps à comprendre que son compagnon répondait pour son chien.

— Fred ne sait pas t'appeler Jacko, reprit Raffle d'un ton normal.

Kootie esquissa un pâle sourire.

Quels étaient ces souvenirs qui le hantaient ? Ceux d'une autre vie ? Des visions ? Et s'il y avait du LSD dans ce flacon ?

Pourtant, ce n'étaient là que de vaines suppositions. Au fond, il savait parfaitement ce qui venait de se passer.

Il avait aspiré une espèce de fantôme, celui d'un vieil homme qui avait vécu longtemps auparavant et il avait un moment perdu conscience dans cet assaut de souvenirs qui avaient tissé tout le passé d'un vieillard et venaient de se dérouler en un éclair devant ses yeux. Car Kootie, en tout cas, n'avait jamais vu de numéro de strip-tease. Ce souvenir ne pouvait appartenir qu'au vieil homme.

Hue ! et fouette cocher, voilà parti l'équipage des six chevaux, tirant une barge le long du canal de Milan et la tiède brise d'été empestait les tanneries et la bière fraîchement brassée…

Kootie écarta cette vision de sa mémoire. Milan était le nom d'un endroit en Italie mais celui-ci se trouvait… dans l'Ohio ?

Et une caravane de chariots bâchés qui, il le savait, se dirigeaient vers l'ouest, pour y chercher de l'or, en Californie...

Kootie toussa bruyamment, crachant du sang sur le tableau de bord.

— Merde, Jacko ! T'es malade, maintenant ? J'ai rien à faire d'un gosse malade...

— Non.

Kootie avait soudain très peur que son compagnon ne le lâche, en plein milieu de ce quartier hostile.

— Je vais bien.

Il se pencha pour essuyer de sa manche les taches de sang.

— J'vous ai dit, c'était juste un cauchemar.

Il ferma les yeux, méfiant, mais il semblait que l'invasion de souvenirs se fût interrompue. Seuls les derniers, les plus récents chronologiquement, l'avaient frappé assez lentement pour rester compréhensibles.

— On va encore travailler, cette nuit ?

Raffle réfléchit un bon moment avant de lui décocher un sourire perplexe :

— Bon, ouais, si tu veux. Dès que la nuit sera tombée et jusqu'à dix heures du soir, au moins, un SDF et son fils peuvent encore émouvoir un peuple du côté de la 405, dans le quartier des riches à mauvaise conscience. Tu veux manger ?

— Oh oui ! s'exclama Kootie de bon cœur.

— Bon.

Raffle sortit de la voiture pour aller en ouvrir le capot.

— J'espère que tu aimes la cuisine mexicaine.

— Beaucoup ! assura Kootie enthousiaste.

Il espérait seulement que cette voiture n'était pas en panne. Ses parents l'avaient souvent emmené dans des restaurants mexicains tout en s'arrangeant, bien sûr, pour ne commander que des plats végétariens comme les *chiles rellenos* sans lard. Lui se voyait déjà devant un bol de chips au maïs et de *salsa picante*. Il avait hâte de se mettre en route.

Raffle revenait s'installer au volant mais il n'avait

pas fermé le capot. Il portait un paquet chaud qui sentait le chili et le *cilantro*.

— Des *burritos*, dit Raffle. Je les achète froids le matin et je les laisse toute la journée entre le collecteur et le carburateur. Le soir, ils sont à point.

Ils se servirent des journaux en guise de sets de table, de couverts en plastique tirés de la boîte à gants. Contrairement aux « pipes » de Raffle, ses fourchettes servaient plusieurs fois.

Kootie s'efforça de ne plus penser à la belle assiette chaude qu'il avait imaginée, garnie de deux *enchiladas* baignant dans une sauce rouge et du fromage. Au moins le *burrito* était-il tiède, et les épices camouflaient naturellement la légère saveur d'huile de moteur et de gaz d'échappement.

Il se demanda si l'intrus fantomatique de sa tête se rendait compte de ce qui se passait dans son monde à lui ; un court instant, il reçut l'image de... d'un être profondément horrifié dans un enfer longtemps redouté. Kootie se vit la nuit, en train de passer en hâte devant un cimetière, effrayé de dormir plus de quatre heures d'affilée et acrobatiquement tapi sur le chasse-pierres d'une vieille locomotive galopant dans la nuit froide.

Il frissonna mais parvint à ne plus penser qu'à son *burrito*, qu'il devait tenir hors de portée du chien, fort intéressé par sa nourriture, et il en oublia les ombres de la rue sombre au-dehors.

11

— Vous n'avez sans doute pas beaucoup vécu sous les flots de la mer... (« Non, en effet », dit Alice)... et peut-être même n'avez-vous jamais été présentée à un homard... (Alice commençait de dire : « J'ai goûté une fois... » mais elle s'interrompit tout net et déclara : « Non, jamais »)... de sorte que vous ne pouvez imaginer quelle ravissante danse c'est que le Quadrille des Homards !

Alice au pays des merveilles
Lewis CARROLL

A Wilmington, la lueur de l'aube disparaissait encore derrière la lumière jaune des brûleurs de la Naval Fuel Reserve, immenses flammes jaillissant des cheminées au sommet de la structure futuriste de métal blanc et de l'éclat aveuglant de la vapeur de sodium ; au-dessous, dans les rues résidentielles qui entouraient Avalon et B Streets, des palmiers hirsutes protégeaient les vieilles maisons de style espagnol de toutes ces illuminations nocturnes.

Pete Sullivan inclina une casserole d'eau bouillante au-dessus de sa tasse McDonald's et regarda les cristaux de café instantané pétiller en mousse brune. Lorsque la tasse fut presque pleine, il reposa la casserole sur le petit réchaud de propane et coupa l'alimentation.

En buvant son café, il éteignit le plafonnier et ouvrit les rideaux pour regarder par la fenêtre latérale le matin se lever sur Los Angeles.

La transpiration plaquait son scapulaire contre sa poitrine, car il ne connaissait pas assez le quartier pour s'être permis de dormir la fenêtre ouverte.

Toute la nuit il avait erré sans but avant de s'arrêter à la sortie de la 405 sur Long Beach Boulevard. Alors seulement il s'était rendu compte qu'il était venu machinalement jusque-là, à quelques encablures du *Queen Mary*.

Pour ne plus y penser, il avait décidé de s'offrir un bon dîner puis il avait été choqué de s'apercevoir que le bar restaurant Joe Jost's, sur la Troisième Rue, avait disparu. Il avait dû se contenter d'un pichet de bière et d'un sandwich au jambon dans une pizzeria en songeant avec amertume aux saucisses polonaises, aux œufs au vinaigre et aux bretzels au vinaigre que servait Joe Jost's.

Finalement, il avait regagné la camionnette et suivi plein sud Magnolia Avenue jusqu'à l'autoroute de Queen pour s'arrêter sur la voie de gauche, le long de la clôture de chaînes ; il avait tapé sur sa poche de poitrine pour s'assurer qu'il gardait toujours avec lui le pouce séché dans son sac de toile, puis il était sorti sur l'asphalte qui refroidissait, pour contempler, de l'autre côté de la clôture et du parking, le *Queen Mary*.

Ses trois cheminées biseautées, d'un rouge d'autant plus vif qu'elles étaient violemment éclairées, se détachaient sur les arbres et les flèches néo-Tudor du centre commercial « Londontown ». Sullivan se demanda si Loretta deLarava se trouvait en ce moment à bord de son château.

Malgré la brise froide qui montait de la mer et le gelait jusqu'aux os, Sullivan était content de se trouver assez loin de la vieille, anonyme et inaccessible même si d'aventure elle se promenait sur le pont et regardait dans sa direction. Elle ne pouvait sentir sa présence, pas avec le pouce dans sa poche et les mains de plâtre dans la camionnette derrière lui. Quand il ne le portait pas, le « masque » d'Houdini ne faisait que le protéger sans le transformer en leurre quoiqu'il ait été conçu dans cet objectif ; d'ailleurs, même s'il le portait, le masque brouillerait sa silhouette, la fragmentant comme un reflet dans un miroir brisé.

Tu as fait assez de mal à ma famille, disait-il mentalement à la vieille. Bien assez. Maintenant c'est la trêve.

La bière l'avait quelque peu engourdi et, après avoir regagné sa camionnette, il n'avait parcouru qu'une courte distance vers l'ouest, avait traversé le canal Cerritos puis remonté Henry Ford Avenue vers Alameda Street, qu'on n'appelait d'ailleurs plus que B Street à Wilmington, avant de se garer sur un trottoir, de couper le contact et de s'enfermer.

Le vrombissement d'un hélicoptère lui passa pardessus la tête et, un instant, il suivit des yeux le rayon blanc qui se promenait sur les toits et les ruelles. Non loin de là, un coq couina d'une voix rocailleuse, auquel répondit un congénère un peu plus loin.

Sullivan se demandait si Los Angeles avait jamais été synchrone avec le temps et l'espace et l'échelle du monde réel. Ne serait-ce que pour trouver des toilettes pour hommes, se dit-il en buvant son café. Chaque fois c'était une aventure. Un jour, dans un restaurant chinois, il avait dévalé un escalier raide comme une échelle pour se retrouver dans un cabinet au carrelage blanc sur lequel donnait un nombre invraisemblable de portes ; il avait alors bien vérifié celle par laquelle il était entré afin de ne pas se tromper et aboutir dans un restaurant inconnu ou dans une boulangerie ou dans une blanchisserie, à dix rues de l'endroit d'où il était parti. Un autre jour, dans un petit restaurant mexicain de la Sixième Rue, il s'était dirigé vers la porte marquée TOILETTES pour se retrouver dans un obscur entrepôt, une sorte de hangar assez grand pour y ranger un avion mais qui ne contenait que quelques vieux tracteurs, et, en se retournant, il s'était aperçu que le restaurant n'était qu'un simple recoin séparé du reste du hangar par une cloison de contreplaqué. Son espagnol n'était malheureusement pas assez bon pour qu'il pût satisfaire sa curiosité, d'autant que Sukie, ce soir-là, était ivre et de méchante humeur. Quand il était revenu, un mois plus tard, l'établissement était fermé.

Il alluma une cigarette en se demandant si Sukie s'était vraiment suicidée.

Rétrospectivement, il se rendait compte combien tous deux avaient été proches dès l'âge de sept ans, à la mort de leur père, tant qu'avait duré leur vie dans des foyers adoptifs. Non qu'aucun « lien psychique » ne les eût jamais réunis, mais le monde leur semblait si catégoriquement divisé entre « nous deux » contre « eux tous » que chacun des jumeaux devinait instantanément l'état d'esprit de l'autre, même au téléphone, qu'ils pouvaient, instinctivement et sans se tromper, commander l'un pour l'autre au restaurant, que la lecture au hasard des lettres de plaques d'immatriculation suggérait toujours à chacun les mêmes mots.

Maintenant, Sukie était sans doute morte et tout ce qu'il trouvait à se dire c'était : *Bon débarras !* Alors pourquoi fallait-il que cette réaction instinctive l'embarrassât tellement ?

Les jumeaux avaient commencé à s'éloigner l'un de l'autre à l'époque de l'université, à Hollywood, lorsqu'ils s'étaient aperçus que l'argent laissé par leur père ne leur permettrait pas d'achever, comme prévu, leurs études en 1974. Sukie n'avait jamais aimé fréquenter des garçons et elle en voulait à Pete de perdre du temps et de l'argent dans les boîtes. Quant aux filles avec lesquelles il sortait, elles le laissaient toujours tomber assez vite, trop vite pour que l'argent dépensé en leur compagnie n'apparût pas comme de l'argent gaspillé.

Finalement, il avait compris pourquoi les filles le laissaient toujours tomber.

Durant leurs dernières années d'études, Pete et Sukie avaient pu assurer leur subsistance en travaillant le soir dans des pizzerias, des golfs miniatures ou des magasins animaliers mais, même après avoir obtenu leur diplôme et un engagement grassement rémunéré chez Loretta deLarava, ils avaient continué à partager leur appartement. Sukie ne s'intéressait toujours pas aux représentants du sexe opposé et Pete n'avait décidément que de maigres succès avec les personnes de l'autre genre.

Pourtant, l'été 86, Pete s'était fiancé.

Judy Nording était monteuse depuis la fin des années 70 et travaillait plus particulièrement sur les films de Loretta deLarava. Pete avait pris l'habitude de traîner du côté de la salle de montage quand elle s'y trouvait. Inconsciemment, il se rendait compte qu'il ferait mieux d'attendre une quelconque absence de Sukie pour prendre contact avec la jeune fille.

Elle avait deux ans de moins que Pete, pourtant, en sa présence il se sentait niais, balourd et minable. Non seulement elle savait tout sur le montage et le mixage mais elle en savait presque autant que lui sur les éclairages, les filtres et les problèmes qu'on pouvait rencontrer sur les lieux de tournage. Elle était grande et mince et portait presque toujours une longue natte blonde dans le dos ; quand il passait dans son bureau, elle avait cette manière désinvolte de renverser son fauteuil en arrière et de poser une longue jambe gainée de jean bleu sur la table de montage, la cheville bloquée entre les galettes de rembobinage, la rude toile brillant dans la lumière de la visionneuse.

Il avait été fasciné lorsqu'elle lui avait montré des trésors comme les ampoules de projection au xénon qui fonctionnaient sous une pression de huit atmosphères et brûlaient si fort qu'elles transformaient l'air ambiant en ozone qu'il fallait évacuer par le plafond à l'aide de ventilateurs. Et puis elle l'avait emmené dans la cabine de projection et lui avait montré la dizaine de sols différents utilisés par les bruiteurs qui devaient pouvoir fouler aussi bien du sable que du marbre ou une flaque d'eau, selon l'image.

Elle vivait avec une dizaine d'autres jeunes gens dans une vieille bâtisse victorienne de deux étages, sur Melrose Avenue, non loin des studios : en 1986, la maison et le jardin étaient encore clôturés par des chaînes et des barbelés. Finalement, Judy avait donné à Pete une clef de la porte d'entrée.

Sukie avait été furieuse quand il avait passé sa première nuit là-bas. Jusqu'au moment où elle avait dû se rendre à l'évidence : Judy et son frère allaient se marier. Il sembla, finalement, qu'elle eût fini par changer d'avis sur la jeune femme, au point d'aller déjeuner avec elle « entre filles » ou de l'emmener faire des courses.

Et Pete avait eu la candeur de croire qu'elles s'entendaient bien. Il voyait Judy tous les soirs.

Pourtant, un soir, Chez Miceli's, un restaurant italien d'Hollywood Boulevard, cette dernière s'était brusquement montrée froide et sèche à son égard ; il n'avait pas su l'interroger, lui demander pourquoi elle faisait cette tête et, après qu'il l'eut emmenée chez elle dans un silence pincé, il était rentré dans l'appartement qu'il partageait avec Sukie, s'était enfermé avec une bouteille de Wild Turkey, le bourbon de sa sœur, et s'était mis en devoir d'écrire péniblement, maladroitement, un sonnet vengeur à l'adresse de sa fiancée. Vers deux heures du matin, il avait ouvert la porte, jeté ses feuilles de brouillon dans la poubelle de la cuisine puis s'était couché.

Le lendemain matin, il fut réveillé vers dix heures par un rire intermittent et une voix dure qui semblait rabâcher quelque chose sous la fenêtre de sa chambre ; mais il n'avait pas ouvert les yeux avant de reconnaître les vers que récitait la voix. Alors, horrifié, la face blême, le cœur au bord des lèvres, il s'était traîné vers la fenêtre.

Apparemment, Sukie avait sorti les poubelles.

Un clochard avait trouvé les brouillons et, d'une voix exagérément théâtrale, avec moult grimaces, il lisait le sonnet à un public de cinq ou six hommes et femmes débraillés qui se retenaient à leurs caddies pour ne pas se rouler par terre de rire.

Pete n'avait pas trouvé le ton adéquat pour les faire partir mais il se sentait incapable de retourner au lit pour entendre encore ce triste récital ; alors, lamentablement, il était allé prendre sa douche, se raser et faire du café. En fin de compte, il était arrivé aux studios à midi, pour apprendre que Judy avait donné sa démission. Quand il s'était précipité chez elle, ce fut pour s'entendre dire qu'elle avait emporté son lit, sa chaîne stéréo et ses livres dans une remorque et qu'elle avait déménagé sans laisser d'adresse. Le soir même, il devait constater que ni ses amis ni ses parents à Northridge ne pouvaient ou ne voulaient lui dire où elle était partie.

Sachant cela, Sukie s'était contentée de traiter la jeune femme de salope instable et d'inadaptée sociale ; pourtant, dans son indignation, elle paraissait bien contente et bien soulagée.

En novembre, Pete avait retrouvé la trace de Judy Nording. Elle travaillait pour une chaîne d'informations à Seattle. Aussitôt, il avait sauté dans un avion et, par un soir de pluie, l'avait attendue devant chez elle. A son retour du studio, elle avait éclaté en sanglots en le voyant et ils étaient allés prendre un verre dans un bar. Devant un apaisant gin-tonic, elle avait commencé par s'excuser pour avoir ainsi disparu, tout en ajoutant qu'elle ne pouvait faire autrement après avoir appris qu'il était plusieurs fois marié et divorcé, père de nombreux enfants et bisexuel. Sukie lui avait tout dit. Au cours de leur dernier déjeuner ensemble, elle lui avait obligeamment montré les faire-part de mariage de son frère jumeau, les photos des petits ; elle était allée jusqu'à lui présenter un des amants qu'il avait éconduits. Parce que, avait-elle expliqué, elle ne pouvait lui cacher plus longtemps la vérité.

Maintenant, assis sur son petit lit, six ans plus tard, Sullivan frémissait encore de colère et de chagrin pour n'avoir pas su la convaincre de ce que Sukie lui avait menti, sur toute la ligne, scandaleusement menti... Mais qu'importait, désormais, puisque Judy vivait avec un collègue de travail et que Pete lui-même sortait avec une serveuse de Westwood ? Au lieu de s'emporter, de plaider sa cause, il avait ri, montré une superbe aisance et fini par laisser un gros pourboire sur la table ; au bout d'une demi-heure, il avait quitté ce bar de Seattle sans avoir expliqué à Judy qu'il était en fait célibataire, sans enfants et hétérosexuel.

Encore heureux que Sukie ne l'ait pas accusé de dealer de la drogue ou d'avoir assassiné trois personnes parce que Judy aurait tout aussi bien avalé et sans doute appelé la police.

Il était rentré à Los Angeles la nuit même. La scène qui s'en était suivie avec Sukie, dans leur appartement, ne s'était pas déroulée exactement comme il l'avait imaginé durant le vol. Elle avait pleuré avant d'expliquer pourquoi elle avait chassé cette fille, en s'accrochant à la manche de son frère pour l'empêcher de partir.

Il avala tout rond sa dernière gorgée de café et décida de ne pas en reprendre. Sukie en buvait toujours deux tasses dès son lever, puis attaquait deux ou trois bières « pour éviter d'attraper quelque chose ».

Maintenant, il se rendait compte qu'elle était alcoolique à peu près depuis qu'ils avaient quitté l'université, en 1975. Au début des années 80, alors qu'ils travaillaient depuis longtemps pour Loretta deLarava, les jumeaux s'étaient fait surnommer « Tit » et « Tut » ; Tit, c'était elle, pour « titube à la première goutte », et Tut, lui, pour « Tut, tut, tut, pas touche ! »...

Sans doute aurait-il pu lui parler à plusieurs reprises, tâcher de la convaincre d'au moins ralentir un peu mais, ce matin, il ne se rappelait pas l'avoir fait plus d'une fois. Cela se passait pendant une pause entre deux prises à Redondo Beach, quelques années avant qu'elle ne gâchât son mariage avec Judy Nording ; il lui avait timidement laissé entendre qu'elle ferait mieux de lâcher un peu sa thermos pleine de bourbon, tout au moins pour la matinée. Ce qui lui avait attiré cette réplique :

— Ce que tu as oublié ne peut pas te faire de mal.

En même temps, elle lui décochait un étrange regard, une sorte de sourire indécis, comme si elle lui pardonnait affectueusement cette intervention maladroite et lui épargnait la verte réponse qu'il méritait.

Il écrasa sa cigarette dans un petit cendrier d'étain, sur le minuscule évier, puis se leva et enfila son pantalon. Plus tard, il irait prendre une douche dans une quelconque salle de gym mais, pour le moment, il avait besoin d'avaler un solide petit déjeuner dans un établissement équipé de toilettes pour hommes... ensuite, il irait faire un tour en ville.

Il mit ses chaussures et une chemise puis se pencha entre les deux sièges avant pour ouvrir le store du pare-brise. Les fenêtres de la rue étaient encore sombres alors que l'aube commençait à affadir la lumière orange des flammes de la Naval Fuel Reserve.

En prenant place derrière le volant, au moment même où il mettait le contact, il eut la très nette impression que Sukie s'était effectivement suicidée deux nuits plus tôt. Son pouls ne s'en accéléra pas pour autant et il se contenta d'allumer une autre cigarette tout en pompant la pédale de l'accélérateur pour empêcher le moteur froid de caler. En même temps, il se rendait compte qu'elle souhaitait cette mort depuis des années, peut-être depuis la disparition de leur père, en 1959.

SDA, mon vieux! Le Salut est Dans l'Accélération. Elle n'avait pas exactement accéléré pour se sortir de celui-là. Il lui avait fallu trente-trois ans.

Maintenant, Sukie était un fantôme. Sullivan espérait qu'elle se tiendrait tranquille et dormirait, sans risquer de se voir traquée et aspirée par une quelconque vampire de la côte Est émule de Loretta deLarava, pas plus qu'elle ne se lèverait et ne s'agiterait et ne finirait par croître lentement jusqu'à devenir l'une de ces créatures titubantes et imbéciles comme il en avait vu la veille dans les restes de la propriété d'Houdini.

Il relâcha la pédale de l'accélérateur. Le moteur semblait ronronner paisiblement. Il alluma ses phares, passa la vitesse et descendit la camionnette du trottoir pour s'engager dans la rue paisible. Tant qu'à faire, songea-t-il, autant passer tout de suite chez Tiny Taylor pour voir s'il existe toujours.

Dès l'aube, les homards et les crabes avaient commencé à envahir la rive de Venice Beach.

Sous un ciel du plus brillant orange, les rues demeuraient immobiles et, durant quelques instants de silence, à six heures et demie, une procession d'ombres plus profondes se glissa dans les rues mal pavées tandis que les réverbères, sentant venir le jour, s'éteignaient un à un. Les panneaux d'interdiction de stationner avaient laissé libres les trottoirs de Main Street et de Pacific Avenue mais, dans les rues latérales et dans les immondes ruelles qui séparaient les maisons les unes des autres, les voitures s'étaient garées à peu près dans toutes les directions possibles, sans parler des motos qui s'appuyaient aux murs, aux pare-chocs et aux palissades.

Sur les murs mangés par la rouille des vieux bâtiments, les petits losanges de fer antisismiques constellaient le vieux stuc. Les colonnes en trompe l'œil des magasins de Windward Avenue disparaissaient encore au point du jour et la voie, souillée de multiples déchets, restait vide de tout passant à l'exception, parfois, d'ombres informes qui se faufilaient contre les murs ou poussaient des caddies pleins d'ordures récupérées. De temps à autre, un jogger matinal, toujours flanqué d'au moins un chien, traversait la rue en direction de l'étroit bord de mer, la promenade d'Ocean Front.

Chaque portion de trottoir était occupée par des carcasses de métal qui allaient bientôt servir de fondations aux cabines des marchands du coin et le paysage n'offrait, pour le moment, qu'une seule touche de couleur : les graffitis qui peu à peu mangeaient les bennes à ordures autrefois rouges.

Passé les poteaux de volley-ball et la piste cyclable en ciment, s'ouvrait la plage proprement dite. Pour le moment, elle n'était marquée d'aucune trace de pas humains, seulement des empreintes en étoile d'oiseaux marins.

Les vagues de l'océan venaient tranquillement mourir sur la berge et le bleu du ciel se reflétait sur les eaux sans que, pour une fois, aucun brouillard ne vînt le troubler. Telle une écharde à la pointe argentée, un avion s'élevait presque à la verticale de l'aéroport de Los Angeles. A mi-distance, les bateaux de pêche se mouvaient lentement, silencieusement comme l'aiguille d'une montre, et un pélican obèse bondissait sur les vagues à une centaine de mètres du bord.

Et les crabes et les homards grimpaient le long des piliers envahis de varech. Des mouettes piaillaient à fleur d'eau, leurs cris résonnant dans l'espace vide et froid, et de petits chevaliers des sables tournaient leurs longs becs avant de s'envoler au-dessus de l'onde. Un golden retriever hirsute et un danois cessèrent d'aboyer contre les crustacés qui envahissaient la plage en agitant leurs antennes, et leurs propriétaires renoncèrent à chercher la cause de ce ramdam. Un tracteur aplanissait sagement les dunes jusqu'au quai mais son conducteur venait de passer au point mort en apercevant la marée grouillante qui montait des vagues.

C'est alors qu'une lame vint tout balayer.

Elle avait commencé sous la forme d'une énorme bosse qui semblait s'avancer tel un char d'assaut décidé à envahir le pays et à tout casser sur son passage le long de la côte de Santa Monica. Ce ne fut que lorsque le pélican se posa dessus puis s'en envola en poussant des cris assourdissants que les gens de la plage regardèrent dans sa direction et coururent se mettre à l'abri.

La grosse bosse verte s'enflait encore, comme si elle rassemblait toute l'eau qui l'entourait, et se dirigeait de plus en plus vite vers le rivage. Lorsque sa crête se plia et blanchit, elle éclata dans un rugissement qui semblait briser l'air ; une longue silhouette apparut au cœur de l'eau dressée et, quand elle vint s'exploser sur la plage en crachant ses embruns et sa mousse, avant de se retirer, aspirée par la bouche de l'océan, une grosse *chose* métallique demeura sur le sable en révolution.

Elle roula, se retourna puis ne bougea plus.

C'était un poisson. Du moins les quelques spectateurs de l'événement en arrivèrent-ils à cette conclusion ; timidement, ils s'approchèrent de la masse inerte, alors qu'aucune autre lame ne semblait se former au large. Mais le poisson devait bien faire huit ou neuf mètres de long et arriver aux genoux d'un homme debout. Son corps et sa tête n'étaient pas couverts d'écailles mais de plaques osseuses. Pas un des assistants ne sut dire à quelle espèce il appartenait. Il paraissait mort mais ressemblait à l'un de ces monstres que l'on trouvait dans les pages illustrées des livres d'histoire présentant l'ère crétacée. Nul n'osa s'en approcher à moins de cinq mètres. Jusqu'aux chiens qui observèrent une prudente distance et opérèrent un détour pour aller engueuler plus loin les crabes et les homards en fuite.

Pendant un moment, l'eau avait coulé des mâchoires ouvertes du monstre, après quoi, il était demeuré parfaitement immobile.

Une vieille femme en parka l'observa longtemps puis finit par s'en éloigner.

— Je vais chercher quelqu'un, annonça-t-elle d'un ton réprobateur. Un maître nageur ou je ne sais quoi.

— C'est ça ! lança un jeune homme. Il pourra peut-être lui faire du bouche-à-bouche.

Plus haut sur le sable sec, non loin de la promenade, des courts de handball, des boutiques et des cafés, à quelques pas des entrées des immeubles, les crabes et les homards paniqués tournaient en cercles incertains et agitaient leurs pinces en l'air.

LIVRE DEUX

Fais-toi une vie

Les pétards amusaient énormément Père qui nous en envoyait dans les jambes et sous nos pieds nus pour nous faire danser. Un jour de fête nationale, il en avait si bien profité que, par la suite, nous nous liguâmes contre lui et l'obligeâmes à ôter ses chaussures et ses chaussettes pour le faire à son tour danser sur la pelouse pendant que tous les trois lui lancions des pétards dans les pieds.

Charles Edison
New York Times, 26 septembre 1926

12

— Et de quoi se nourrissent-ils ?
— De barbillons, de carpillons et de tortillons.
Une nouvelle objection vint à l'esprit d'Alice :
— Et s'ils n'en trouvent pas ? demanda-t-elle.
— En ce cas, ils succombent, évidemment.
— Mais cela doit arriver souvent, fit observer Alice pensive.
— Cela arrive toujours, répondit le Moucheron.

A travers le miroir
Lewis CARROLL

Une aube pâle baignait encore le ciel lorsque Solomon Shadroe engagea sa vieille Chevrolet Nova grise d'Ocean Boulevard à Twenty-First Place pour ensuite prendre immédiatement sur la gauche, vers le parking de son immeuble. L'habitude lui permettait d'opérer la manœuvre sans heurts malgré l'arrière démonté de sa voiture. Voilà belle lurette que son axe n'était plus parallèle à celui de l'avant si bien que, sur une ligne droite, elle semblait avancer comme un crabe, légèrement inclinée vers le centre.

Haut de deux étages, l'immeuble datait des années 20, initialement bâti pour servir d'hôpital, avec des pièces de toutes les surfaces possibles. D'année en année, Shadroe y avait fait pratiquer de nouvelles portes, de nouvelles fenêtres, installé des placards dans la cage d'ascenseur, dressé des cloisons là où il n'y en avait pas, abattu des parois qui ne lui convenaient plus, si bien que rien ne correspondait plus à rien, qu'on en venait à trouver trois hauteurs de sol différentes dans un même appartement ; mais les loyers étaient faibles et l'ensemble s'abritait sous l'ombre verte des immenses palmiers et caroubiers qui peuplaient le jardin. Quant à la façade écaillée, elle disparaissait à peu près complètement sous les fleurs mauves de bougainvilliers. Tous les locataires qui séjournaient là quelque temps, et certains habitaient l'immeuble depuis dix ans et plus, avaient pris l'habitude de procéder eux-mêmes à leurs réparations et semblaient trouver un malin plaisir à laisser augmenter le nombre des trous dans le toit, au grand dam des inspecteurs sanitaires de la ville.

Shadroe se gara dans son emplacement habituel de terre battue maculée de taches d'huile, sortit lourdement de la voiture et se dirigea en boitant vers son bureau, s'arrêta devant la porte, s'accroupit pour ramasser le journal et entra.

Installé dans son fauteuil, il commença par allumer sa vieille télévision noir et blanc et, pendant qu'elle chauffait, il écouta les oiseaux qui chantaient au-dehors, les moqueurs qui avaient l'air de pépier *cheeseburger, cheeseburger, cheeseburger*, et les colombes de roucouler *curaçao, curaçao, curaçao*.

Pour lui, le curaçao était une sorte de liqueur à l'orange. Il n'en avait jamais goûté et ça n'allait sûrement pas avec les cheeseburgers, pourtant, il se prit à envier les gens qui pouvaient s'offrir un tel petit déjeuner.

Avec un soupir, il attrapa un sac dont il jeta une poignée de bonbons rouge vif à la cannelle dans un pot à café qu'il remplit d'eau à même le robinet et laissa infuser sur une plaque chauffante ; puis il posa son énorme masse dans sa chaise longue et déplia le journal.

Il parcourut rapidement la une ; Ross Perot se relançait dans la course aux présidentielles en prétendant qu'il n'avait renoncé, trois mois plus tôt, que parce que l'équipe de George Bush avait menacé de saboter le mariage de sa fille. « L'électrification des chemins de fer alimenterait les bénéfices d'Edison. » Un couple de Bel-Air du nom de Parganas avait été découvert assassiné et torturé dans le living familial et la police recherchait leur fils prénommé (Shadroe ne se donna pas la peine de vraiment le déchiffrer) quelque chose comme Pattotie, pauvre gosse. Le chanteur de country, Roger Miller, venait de mourir à cinquante-six ans... dommage, Shadroe l'avait rencontré à plusieurs reprises dans les années 60, il avait l'air sympa.

Shadroe allait passer aux informations locales quand il remarqua un encadré dans le bas de la première page :

« LES FANS D'UNE ANCIENNE SITCOM RECHERCHENT "SPOOKY" »

« Baby-Boomers, attention ! La dernière mode à la télévision à Hollywood consiste à réunir les anciens protagonistes des feuilletons de votre enfance.

« Alors préparez-vous pour une nouvelle fête de famille !

« A l'initiative de la productrice indépendante, Loretta deLarava, les fans du feuilleton *Mon fantôme adoré*, qui passait entre 1955 et 1960 sur CBS, ont retrouvé tous ses interprètes sauf un, le plus important prétendent certains. Ils recherchent toujours Nicky Bradshaw, qui jouait Spooky, le fantôme adolescent dont les facéties insensées apportaient un peu de vie à l'austère famille Johnson. Depuis trente-deux ans que le feuilleton n'existe plus, ce personnage a pris une dimension quasi légendaire.

« Bradshaw, filleul du metteur en scène aujourd'hui disparu, Arthur Patrick Sullivan, était déjà un acteur-enfant lorsque *Mon fantôme adoré* en a fait la coqueluche de millions d'Américains ; cependant, il a abandonné le monde du spectacle au milieu des années 60 pour devenir avocat. Sa trace se perd en 1975, lorsqu'il s'est vu poursuivi pour quelques légères infractions.

« La police n'a jamais pu mettre la main sur lui mais Loretta deLarava est certaine que ses nombreux admirateurs réussiront là où les autorités ont échoué. En tout cas, elle tient à lui faire savoir que la plupart des charges retenues contre lui (essentiellement des délits de déprédation) ont été abandonnées et que son salaire pour *Mon fantôme adoré, le retour* comblera largement toutes les amendes qu'il pourrait encore encourir. Et, ajoute-t-elle avec un clin d'œil, qui sait ? Cet épisode pourrait bien déboucher sur une nouvelle série ! »

On indiquait également un numéro de téléphone destiné à tous ceux qui désiraient s'associer à cette recherche.

Solomon Shadroe déposa le journal et, d'une main ferme, se versa une tasse de la décoction qu'il s'était préparée. Les bonbons rouges donnaient au liquide l'éclatante couleur du sang. Il en avala une longue gorgée puis croqua quelques bonbons qu'il prit dans le paquet. Il ne mangeait ni ne buvait plus rien d'autre depuis dix-sept ans. Jamais il n'allumait la lumière quand il allait aux toilettes, ni là ni dans son bateau.

De lourds bruits de pas résonnèrent au-dessus de sa tête. Johanna était levée. Il attrapa un balai et frappa du manche, à un endroit bien précis du plafond. Il reçut une réponse lointaine.

Après avoir rangé le balai, il alla chercher une petite boîte plate de Goudie Scottish Schnouf, en tourna le couvercle pour dégager les trous du bord et la secoua au-dessus du dos de sa main qu'il porta jusqu'à son nez pour inspirer fortement le tabac. Il ne sentait plus rien, évidemment, mais trouvait encore du plaisir à cette habitude.

Il jeta un coup d'œil sur les trois cochons en peluche qu'il avait alignés sur l'étagère vide de tout livre. Ces braves bestioles ne rotaient pas pour le moment, c'était déjà ça.

Elle ne peut pas me trouver, songea-t-il. Je vis sur l'eau… Mais elle-même n'habite pas loin sur le *Queen Mary*. Je fais faire systématiquement les courses par Johanna et, de toute manière, Loretta deLarava serait incapable de me reconnaître ; en outre, elle aurait du mal à me repérer... lorsque je conduis, ma voiture pointe toujours à la gauche de ma direction. Il faut pourtant que je fasse davantage attention. A mon âge, et dans ma condition, je pourrais difficilement trouver un autre emplacement pour le bateau et il me serait probablement impossible de retourner au cimetière d'Hollywood sur la tombe du vieux, même si, aujourd'hui encore, je me sens incapable de prendre le risque de balayer la poussière et les feuilles qui en souillent la pierre.

Quand il entendit cogner à la porte, il répondit par deux coups frappés au sol de son pied valide, et Johanna entra.

Shadroe prit une longue inspiration.

— Fais-moi couler un bain, chérie, dit-il d'un ton égal, et mets-y de la glace.

Il inhala de nouveau une bonne goulée d'air.

— Aujourd'hui, il faut que je commence à refaire l'installation électrique des appartements, ensuite, je crois que je reprendrai les tuyauteries d'en bas, pour que l'eau coule au nord et pas au sud.

Sa voix virait à l'aigu, il marqua une pause pour absorber un peu plus d'air.

— Tiens, cette semaine, si je retrouve l'échelle, j'irai peut-être également réinstaller toutes les antennes de télévision.

Johanna coiffait distraitement ses longs cheveux noirs.

— Pour quoi faire, chéri ?

Tandis qu'elle se grattait sur un tatouage, il observa que les coutures de son maillot de gym orange avaient craqué aux hanches.

— Après les peintres du mois dernier... poursuivait-elle, tes locataires vont piquer une crise.

— Tu leur diras... que je leur offre le loyer de novembre. Ils en ont vu d'autres.

Ouf.

— Si tu veux comprendre... regarde ça.

Il se pencha en ahanant, ramassa le journal.

— Tiens, murmura-t-il, le doigt sur l'article. Il faut que je change encore les empreintes...

Ouf.

— ... hydraulique et électromagnétique.

Elle lut lentement l'article, en prononçant chaque mot du bout des lèvres.

— Ô mon pauvre chou! acheva-t-elle d'un ton navré.

Elle se précipita vers son fauteuil, s'agenouilla, serra Shadroe dans ses bras. Il lui tapota trois fois la tête puis laissa retomber sa main.

— Quand est-ce qu'elle te fichera la paix?

— Jamais, murmura-t-il patiemment, parce que je suis le seul qui sache qui elle est.

— Tu ne pourrais pas... la faire chanter? Lui expliquer que tu conserves les preuves dans un coffre à la banque, et que si tu mourais les journaux seraient illico mis au courant.

— Peut-être, marmonna Shadroe.

Il gardait un œil vague sur l'écran noir de la télé; elle était allumée sur la chaîne 2, CBS, mais la luminosité en était complètement absente, si bien qu'il ne voyait plus qu'un écran noir bien reposant.

— Seulement personne n'a cru que c'était... un meurtre, même à l'époque.

Il bâilla si fort que des larmes roses lui coulèrent sur les joues.

— En fait, continua-t-il, le mieux serait que j'aille à son bureau un jour où elle y sera...

Il s'arrêta pour respirer de nouveau.

— ... et piquer un somme dans la salle d'attente.

— Ô mon chou, non! Tous ces innocents!

Trop épuisé pour parler davantage, Shadroe eut un geste méprisant de la main.

13

— Si je n'étais pas réelle, dit Alice — en riant à demi à travers ses larmes, tant tout cela lui semblait ridicule — je ne serais pas capable de pleurer.
— J'espère que vous ne prenez pas ce qui coule de vos yeux pour de vraies larmes ? demanda Tweedledum sur le ton du plus parfait mépris.

A travers le miroir
Lewis CARROLL

En suivant l'autoroute de Long Beach au sud de la 405, songea la vieille femme, on se retrouve dans les coulisses de Los Angeles. A gauche, des champs de pétrole avec leurs girafes rouillées, à droite, les lignes de chemin de fer en plein terrain vague. Les câbles à haute tension jaillissent d'astérisques d'acier au sommet des pylônes et, au-delà des rails, la gare de triage s'emplit de wagons orphelins. Un entassement de marchandises sans la présentation. Même au bout de l'autoroute, en arrivant à la belle promenade le long du port, on ne croise que des quinze-tonnes lancés à pleine vitesse, et l'horizon se limite aux tours squelettiques des grues du quai. On aperçoit peut-être l'océan mais l'air empeste le pétrole.

Loretta deLarava poussa un soupir en se demandant, une fois de plus, ce que signifiait le logo dépouillé de ces grues. On y avait inscrit EST sur chacune en lettres noires géantes parfaitement visibles du pont du *Queen Mary*.

EST*?* se disait-elle. Quoi ou qui *est* ? Est-ce que *ça* renaîtra, un de ces jours, de *ses* enfants marqués ? Elle imaginait, sur quelque appel lancé d'une corne de brume, toutes les grues ouvrant pesamment leurs bras décharnés dans un docile mouvement d'adoration.

Elle agrippa la rambarde pour regarder directement sous ses pieds, à une trentaine de mètres : l'étroit canal entre le *Queen Mary* et le quai de bitume se couvrait d'amarres, de câbles électriques et de tuyaux orange assez larges pour y passer un gosse. A sa gauche, les dockers semblaient vouloir monter à l'assaut de la falaise que formait la coque noire du bateau, chargeant et déchargeant des camions garés en contrebas. Par-dessus les appels des mouettes, elle percevait les voix impatientes des hommes.

L'éternel mouvement de débarras et de réapprovisionnement, se dit-elle.

Elle se tourna vers le sud en mordillant dans l'énorme portion de caramel aux noix qu'elle venait d'acheter. D'ici à quelques heures, le quai grouillerait de touristes, tous en short, octobre ou pas, avec leur marmaille bruyante, tous à lécher leurs glaces dégoulinantes et les vitrines représentant des cabines de première classe. En bons Américains, ils se demanderaient à quoi pouvaient servir les bidets. Ils n'ont aucune notion du raffinement, se dit-elle ; ils ne reconnaîtraient pas l'élégance même si elle venait en personne leur botter le cul.

Pendant la guerre de 39-45, le *Queen Mary* avait servi au transport des troupes et la piscine des premières classes s'était vue vidée de son eau pour faire office de dortoir. Les couchettes montaient jusqu'au plafond. Alors qu'auparavant, dans les années 30, il avait été tapissé de nacre, pour donner aux passagers l'impression de se baigner sous un ciel à l'éclat magique ; mais la dernière troupe de soldats avait tout enlevé et, maintenant, le plafond n'était plus fait que de carreaux blancs.

Elle tenta de s'imaginer le vaisseau plein d'hommes en uniforme, la salle à manger à colonnes des premières envahie de tables à tréteaux et de chaises pliantes sous les fresques représentant l'Atlantique ; à l'origine, deux petits vaisseaux de cristal y évoluaient, représentant la progression du *Queen Mary* et du *Queen Elizabeth* sur l'océan. Pendant la guerre, on avait dû les arrêter, avec ces soldats dessous qui mangeaient distraitement leur corned-beef.

Si on passe inaperçu, la vie ne vaut pas la peine d'être vécue, songea Loretta deLarava en arrachant une bouchée de son caramel. Malgré tout, elle se demanda si les soldats auraient fait attention à elle.

En tout cas, pas les touristes. Ils ignoraient qu'elle vivait à bord, sur le pont B, dans l'une des plus belles cabines ; ils devaient la prendre pour quelqu'un de leur genre, en plus gros, et souvent plus vieux.

Ceux qui allaient venir ce samedi lui accorderaient au moins une certaine importance puisqu'elle mettrait en scène son *Vaisseau de fantômes* à bord.

Son crâne la démangea et elle se gratta doucement au-dessus de l'oreille.

Il était temps de partir pour les studios. Elle enveloppa le reste de son caramel dans le papier sulfurisé dans lequel on le lui avait présenté, le fourra dans son grand sac de toile et se dirigea vers les ascenseurs. Elle avait naturellement pris garde de laisser la porte de sa cabine entrouverte, de façon qu'on puisse la pousser d'un doigt. Aujourd'hui, il y avait un énorme bracelet d'or et de diamants sur la table de nuit, en pleine lumière, susceptible d'attirer n'importe quel voleur, trop lourd pour un fantôme. Elle n'avait pas non plus bouclé les portes de la Lexus, dans le parking, et elle avait laissé les clefs sur le contact. Sans doute, aujourd'hui, devrait-elle envisager de louer une voiture pour partir travailler. Justement, il y avait un comptoir Avis dans le hall.

Le *Queen Mary* avait accompli son dernier voyage d'Angleterre pour Halloween 1967 et, depuis vingt-cinq ans, le plus grand paquebot du monde restait amarré au port de Los Angeles, à Long Beach. Ce n'était plus qu'un hôtel, une attraction touristique vendue trois millions deux cent mille dollars par la Cunard à la ville, à la condition que les chaudières soient supprimées afin que le bateau ne puisse jamais plus naviguer.

Sous un autre nom, Loretta deLarava y avait effectué une traversée en 1958 ; elle avait même dansé avec Robert Mitchum dans le club très privé du Verandah Grill à l'arrière. On n'y présentait alors jamais de menu ; le maître d'hôtel, Colin Kitching, venait vous trouver au déjeuner et vous demandait ce que vous désiriez pour le dîner et vous pouviez commander ce que vous vouliez, tout était prêt pour vingt heures.

Désormais, le Verandah Grill servait des hamburgers, du Coke et de la bière et n'importe qui pouvait y entrer. Les tables et les bancs étaient recouverts de vinyle et le sol de caoutchouc noir en relief pour que les gens ne glissent pas sur les frites qui traînaient par terre.

On ne lui avait pas volé sa Lexus ; malheureusement, le téléphone sonna alors qu'elle se trouvait encore sur l'autoroute de Long Beach, en vue du parking où se garaient les vieux véhicules des pêcheurs qui s'adonnaient, de l'autre côté, à leur sport favori. De nuit, il arrivait à Loretta deLarava de lancer, elle aussi, une canne du haut du *Queen Mary* et de manger tout crus les perches aux grands yeux opale et les loups de mer qu'elle remontait, mais il semblait que ça ne servît à rien et tous ces vieux abrutis qui pêchaient le poisson empoisonné de la Los Angeles River paraissaient se moquer éperdument de ses efforts.

Elle pleurait quand elle décrocha le téléphone même si elle réussissait à garder une expression impassible vis-à-vis des conducteurs des voitures voisines. Encore des rides supplémentaires. Cependant elle ne parvint à émettre qu'une voix rocailleuse tout en maintenant son volant de la main gauche.

— Vous êtes encore là ? grésilla son correspondant au bout du fil.

— Oui, Neal.

— Bon, ils nous retrouveront pour déjeuner au Nowhere à treize heures. Une table au nom d'Obstadt, d'accord ? Ils aiment l'émission sur les fantômes du *Queen Mary* ; il faudra quand même vous battre pour cette histoire de retrouvailles autour de *Mon fantôme adoré* ; je ne crois pas que ce soit gagné d'avance.

Il y eut un déclic sur la ligne.

— Vous avez un autre appel, Loretta... Pour moi, ce sera tout. Alors, on se retrouve au Nowhere.

Pourquoi fallait-il que le meilleur restaurant végétarien de Los Angeles portât ce nom ?

— D'accord.

Obstadt raccrocha, laissant son interlocutrice en larmes dans la voiture. Elle renifla, cligna des yeux puis appuya sur un bouton au dos du téléphone.

— Allô ?

La communication commença par un bruit d'eau qui coulait. Celui qui l'appelait était en train d'uriner !

— Salut ! lança une voix. Je veux parler à Loretta deLarava.

— Qui est à l'appareil ?

— Madame deLarava ? C'est moi, Ayres, je vous appelle de Venice. Je ne sais pas si mon histoire vous intéressera, mais...

— Vous pissez en me parlant, monsieur Ayres ?

Le bruit s'arrêta brusquement.

— Non, souffla-t-il. Absolument pas, voyons !

— Bon. De quoi vouliez-vous me parler ?

— Heu... Ah oui ! Je sais pas si c'est le genre de chose que vous m'avez dit de surveiller mais il y a une espèce de poisson gigantesque qui s'est échoué sur la plage ce matin. Il doit bien faire huit mètres de long et il a l'air mort ; personne jusqu'ici n'a su dire à quelle espèce il appartenait. Et puis il y avait un tas de homards et de crabes qui se baladaient autour, ils y sont encore, d'ailleurs. Il y en a même dans les magasins et sur les courts de tennis. Les gens sont complètement paniqués.

Le cœur de Loretta deLarava battait à tout rompre ; elle en avait oublié toute acrimonie envers la grossièreté d'Ayres. Ces événements ne pouvaient provenir que de *lui*. Il revenait de l'océan au bout de trente-trois ans. Evidemment, il avait suffi de cette fichue fumée pour le guider à bon port. Et si Pete Sullivan était en ville, sa présence n'avait fait que l'attirer davantage.

— Merci, Bernie, croassa-t-elle.

Elle raccrocha et donna un coup de clignotant pour indiquer qu'elle changeait de file. Elle n'avait pas eu besoin de demander où, à Venice.

Pour commencer, elle allait devoir rappeler le studio afin de leur demander d'envoyer sur-le-champ une équipe à la plage de Venice, puis elle filerait au sud de la 405 récupérer Joey Webb dans son infect appartement de Signal Hill. Encore heureux qu'il ne le quitte pratiquement jamais.

Elle ne s'attendait pas que le vieux allât sortir aussi vite de la mer... et Halloween qui arrivait dans trois jours. Il faudrait donc que ça se passe cette année, pour Halloween. Joey conviendrait-il ? Serait-il assez masqué ? Aujourd'hui, peut-être, pendant qu'elle tâcherait de repérer le vieux, mais que se passerait-il samedi ? Décidément, elle ne maudirait jamais assez cette alcoolo parano de Sukie Sullivan.

La tête de Loretta deLarava la démangea de nouveau sous son ruban de caoutchouc et, quand elle se gratta, celui-ci sauta au sommet de sa tête pour lui donner un air de papou. Seulement, il n'était pas question de se recoiffer en conduisant. Il lui faudrait d'abord quitter l'autoroute.

Un flot de larmes lui coula sur les joues. Au moins, j'ai une excuse pour manquer le déjeuner au Nowhere, se dit-elle... En femme d'affaires avisée, en professionnelle aguerrie, elle est obligée d'aller couvrir l'affaire de ces crabes qui terrorisent Venice... Et peut-être qu'on me cambriolera ma cabine, aujourd'hui.

En 46, quand elle portait son autre nom et travaillait comme serveuse à Fort Worth, on avait forcé l'entrée de sa petite maison. Les voleurs avaient vidé sa boîte à bijoux sur le lit, répandu ses vêtements par terre et même laissé des taches graisseuses sur la radio qu'elle n'avait pas fini de payer, mais ils n'avaient rien pris du tout. A l'évidence, elle ne possédait rien et ne représentait rien elle-même qui pût retenir leur attention.

Si on passe inaperçu, la vie ne vaut pas la peine d'être vécue. Loretta deLarava passait rarement inaperçue ; elle s'était fait voler des diamants, des bracelets, de belles voitures... et puis elle avait couché avec de nombreux hommes, surtout à l'époque de sa brève, trop brève célébrité...

Elle n'aimait pas évoquer les souvenirs de son mariage, d'un triste après-midi d'été à la plage de Venice.

Mais rien de tout cela n'avait suffi à la confirmer.

Elle savait que tout était la faute d'Houdini.

La 405 était tellement embouteillée que la circulation finit par complètement s'arrêter. Loretta deLarava resta immobile, laissant couler ses larmes sur un visage de marbre et ce ne fut qu'en repartant qu'elle se rappela l'état de ses cheveux. Elle jeta un coup d'œil suspicieux vers le conducteur d'une Volkswagen à sa gauche mais celui-ci ne faisait visiblement pas attention à elle. Ce qui n'arrangeait rien du tout.

Dans trois jours, elle aurait soixante-six ans. Elle était née un jour de Halloween au Grace Hospital de Detroit, à treize heures vingt-six, apparemment à l'instant précis où le célèbre magicien Harry Houdini expirait, dans le même hôpital.

Et on l'avait dépouillée de ses fantômes de naissance, de ses grenades psychiques qui s'étaient désagrégées dans l'affolement de se voir tout d'un coup née. En fait, elle aurait dû immédiatement les réabsorber, comme les photons virtuels que les électrons éjectent sans cesse avant de les recapturer... mais quelqu'un d'autre s'en était emparé et elle était tombée dans ce monde armée d'une partie seulement d'elle-même. Elle tenait Houdini pour responsable de cette perte.

Elle écrasa la pédale du frein pour ne pas entrer dans la voiture précédente qui venait de nouveau de s'arrêter et elle repensa à ce que Sukie Sullivan avait dit à son frère Pete lundi soir avant de se tirer une balle dans sa petite tête de poivrote :

— *... va à l'endroit où on a caché une chose, quelque chose, d'accord ? Dans un garage, tu te rappelles ? C'est ce qu'il te faudra...*

Et Pete avait demandé :

— *... là où on peut à peine marcher tellement il y a de feuilles de palmier sur le trottoir, c'est ça ? Et il faut se frayer un chemin dans les branches basses ? La... chose s'y trouve toujours ?*

A quoi Sukie avait répondu :

— *Je ne l'en ai jamais retirée.*

Loretta deLarava était certaine qu'ils parlaient du masque d'Houdini, le pouce coupé et les mains de plâtre. Contrairement à ce qu'elle avait cru alors, elle ne se les était pas fait voler à l'aéroport Kennedy en 75. C'étaient les jumeaux qui les lui avaient dérobés et cachés depuis. Avec le dépouillement de ses fantômes de naissance, c'étaient les seuls vols qui l'eussent jamais touchée.

Un garage, songea-t-elle en mettant le clignotant à gauche, avec des feuilles de palmier sur le trottoir et des branches basses autour. Autant chercher une aiguille dans une botte de foin, sans compter que si Pete a récupéré le pouce et les mains, je n'ai plus besoin de chercher ce garage. Et s'il les porte sur lui, il est masqué ; je ne peux donc plus le repérer.

Tout au moins pas avec mes moyens psychiques.

Seulement il semblerait que le vieux soit sorti de l'eau, ou sur le point d'émerger. Peut-être que je pourrai l'attraper et le manger sans avoir besoin de Pete en guise de leurre. Avec l'aide de Joey Webb, même si mon double est cassé, je devrais pouvoir y arriver. Un vrai schizophrène, la conscience en mille morceaux, offre un masque presque aussi efficace que deux jumeaux.

Et peut-être que ce... « quadrille des homards » parviendra même à tirer Nicky Bradshaw de sa cachette ; après tout, c'est le filleul du vieux. C'est le vieux qui lui a mis le pied à l'étrier, qui l'a lancé dans le cinéma.

Je pourrais peut-être faire gazer Bradshaw ou l'assommer. Est-ce qu'on rêve quand on est dans les vapes ? A ce moment-là, je pourrais m'offrir l'un des plus beaux feux d'artifice de Venice. Ça donnerait certainement un super morceau de bravoure à passer aux informations, autrement intéressant que leur pêche au crabe et au poisson mort.

Et je pourrais même attraper le fantôme de Nicky. Je me demande quel goût il peut avoir après avoir passé dix-sept ans enfermé autour de son cou.

Les bureaux de Neal Obstadt se trouvaient sur le toit de l'immeuble Hopkins, à l'angle de Beverly Glen et de Wilshire Boulevards, à dix étages au-dessus des trottoirs de Westwood, avec l'université de Los Angeles à l'ouest et les pelouses vertes du country-club à l'est. Les murs de son cabinet étaient constitués de dalles de ciment lambrissées de teck de Birmanie. Mais il n'y avait pas de toit, rien qu'un auvent de vinyle pliant, roulé ce matin-là pour laisser la brise feuilleter les papiers sur le bureau. Obstadt s'était affalé de côté dans son fauteuil qui tenait plus du trône que du siège de bureau, en train de loucher sur un avion qui scintillait dans le ciel bleu.

— Loretta est une mariolle, décréta-t-il sans quitter l'avion des yeux. Comme si elle pouvait avaler le fantôme de Jonas ou de n'importe qui d'autre en dévorant les poissons qu'elle pêche dans la mare autour du *Queen Mary* !

L'homme brun assis en face de lui ouvrit la bouche mais Obstadt leva la main :

— Ça me fait penser... J'ai besoin... J'ai besoin d'un point de vue différent.

Ouvrant un tiroir, il en sortit un objet qui évoquait un extincteur miniature. De sa poche, il tira une cartouche de verre grande comme le pouce et consulta l'inscription à la main sur l'étiquette : HENRIETTA HEWITT — 9/5/92.

— Bonne récolte, le mois dernier ? demanda-t-il distraitement.

En même temps, il introduisait la cartouche dans une excavation, à l'extrémité du cylindre noir, puis en vissa la base jusqu'à entendre un appel d'air se former dans l'objet. Un tube de plastique qui faisait penser à une paille sortit du bec et Obstadt se pencha pour le prendre entre les lèvres.

Il exhala longuement l'air par les narines puis appuya sur un bouton sur le côté de la canule et aspira de nouveau.

D'un seul coup :

Des rideaux jaunes battant une vieille fenêtre aux linteaux de bois dont la peinture s'écaillait, la hanche et le poignet vibrant d'une douleur intense contre le tapis poussiéreux et le poids de toute la planète écrasant sa poitrine accablée... Les seuls journaux depuis des années sur la chaise longue de cuir près de la télé... personne ne me retrouvera jamais, et qui nourrira Mee-Mow et Moozh ? Edna et Sam sont repartis ensemble vers l'est après s'être mariés de leur côté... Tous ces Noëls avant avec leurs odeurs de pin et de dinde rôtie et de jouets de métal aux couleurs vives ; et leur naissance, à ces petits monstres braillards, tout rouges après tant d'heures passées à souffrir dans l'anxiété, la joie, l'insupportable montée de la douleur (cette souffrance contraignante qui l'éjectait de l'existence désormais comme une locomotive poussant une voiture en miettes)... et cette nudité essoufflée sous les draps moites dans un bungalow de Pasadena à l'ombre des palmiers... mariage en 1922, ivresse, et la nouvelle Ford pataude qui n'en finissait plus de tourner autour du petit rond-point couvert de gravier, entre Wilshire et Western Boulevards... Longs cheveux plus faciles à coiffer quand l'air apportait l'odeur sulfureuse des foyers fumigènes qui brûlaient dans les orangeraies en hiver, et l'école et les petits canards dans les plates campagnes de la San Fernando Valley... Poupées de bois et de chiffon, odeurs de chou et de talc et de lait rance ; souffrance, étreinte, secousse et lumière brillante — éjectée dans le froid ! — et maintenant il n'y avait plus rien qu'une petite fille qui tombait et tombait encore dans un infini trou noir, à tout jamais.

Obstadt exhala lentement et sentit de nouveau le soleil sur ses bras nus, la brise qui taquinait ses épais cheveux gris. Il décroisa les jambes et se redressa dans son fauteuil, éprouvant encore une certaine surprise à retrouver son corps d'homme. Et maintenant, se dit-il, je pèse un dix-millième de gramme de plus qu'il y a une minute.

Il inspira longuement l'air frais du matin. Les souvenirs se dissipaient ; une vieille bonne femme morte d'une crise cardiaque, après avoir mis au monde plusieurs enfants et connu une longue vie. Il savait que certains détails s'infiltreraient dans ses rêves... avec ceux de tous les autres. Sympa de ne pas être tombé sur un ivrogne ou un drogué pour une fois.

— Loretta est une mariolle, répéta-t-il d'une voix cassée. Elle gagne des jetons dans ce jeu de bas étage mais ne les échange jamais pour aller s'essayer à une table plus forte alors qu'elle a l'air d'en avoir envie, avec son velcro et son régime végétarien.

Il passa une main sur ses cheveux courts, se frotta le crâne.

— Pourtant, poursuivait-il, il y en a de gros jetons qui passent sur sa table, en particulier un qui la met dans tous ses états en ce moment.

Il se leva, s'étira, creusant ses larges épaules.

— Je vais le lui faucher.

Il pensait aux jouets de métal aux couleurs vives sous les arbres de Noël.

— Les enfants, dit-il pensivement à Canov. Elle en a, Loretta ? Biologiques ou adoptés ? Vérifie et trouve-les-moi si elle en a. Et continue à écouter ses communications. Qu'est-ce que tu as sur Topper ?

— Spooky, corrigea Canov. Nicholas Bradshaw. Je crois que les tribunaux ont encore des mandats d'amener contre lui. On est à peu près sûrs qu'il est mort.

— Loretta est à peu près sûre que non.

Canov secoua la main d'un geste dubitatif.

— Qu'elle veut peut-être nous faire croire ! Il a l'air tout à fait mort. On a fait venir toutes sortes de médiums, procédé à toutes sortes de tests de résonance dans les maisons où il a vécu aussi bien que dans son ancien bureau de Seal Beach, mais on n'a pas trouvé d'écho vivant qui lui corresponde. Celui qui devait être le sien est mort vers 1975, quand il a disparu.

— Quelles sortes de médiums ?

Obstadt détestait ces formules faussement techniques.

Canov haussa les épaules.

— Des *brujas* hispaniques, une équipe de voyants de l'USC, des enfants autistes, même des chiens renifleurs de fantômes ; un prêtre catholique défroqué, deux moines bouddhistes ; une nuit, on a fait absorber du LSD à des joueurs de poker et on leur a fait miser soixante ou soixante-dix mains de stud à sept cartes avec un jeu de tarot dans le bureau. Sans parler de tout le matériel électromagnétique, compteurs Geiger, boussoles, et tout, qui se comporte normalement.

— Bon, d'accord. Il est mort. Et son fantôme ne traîne pas dans les endroits que vous avez vérifiés. Il erre quelque part dans les parages ?

— Pas s'il est mort pour de bon... on dirait qu'il a été dispersé, ou mangé. Il a publié un livre de souvenirs, *Spooked,* en 1962, mais personne n'en a trouvé un seul exemplaire dans aucune bibliothèque ni aucune librairie. Même ses photos de classe ont disparu. Ses parents ont été incinérés mais son parrain est enterré au cimetière d'Hollywood, près des studios Paramount et on passe notre temps à répandre de la poussière sur sa tombe. On ne la retrouve nettoyée que quand ce sont les gens de l'entretien qui sont passés par là.

Obstadt hocha la tête :

— D'ac.

Il se leva et se dirigea vers une fenêtre ouverte sur l'est.

— Maintenant, tu vas filer à Venice, tu veux ? Vérifie ce qui se passe avec ces homards et ces crabes.

14

— J'aimerais acheter un œuf, s'il vous plaît, dit-elle, intimidée : combien les vendez-vous ?

A travers le miroir
Lewis CARROLL

Finalement, c'était arrivé au moins une fois pour de bon. Peut-être.

Au milieu de la minuscule échoppe *botánica*, Angelica Anthem Elizalde contemplait d'un œil morne les rebutantes marchandises étalées sous ses yeux. On avait accroché à un mur une centaine de sachets de cellophane pleins d'herbes séchées à deux dollars pièce : à l'opposé, des étagères remplies de petites bouteilles aux étiquettes peu ragoûtantes *Abre camino* et *Ley de vete de aquí* (huiles « Ouvre le chemin » et « Loi tiens-toi à l'écart »), ainsi que des aérosols Saint Michel archange et Sire Jean le conquérant (« Pulvérisez tous les recoins de votre appartement, faites un signe de croix. Pulvérisez encore si nécessaire »). Dans la boîte de verre à côté de la caisse enregistreuse s'entassaient de petits livres aux couvertures pieuses vivement colorées représentant Jésus-Christ ou Notre Dame de Guadalupe et le Diable. L'un d'entre eux, intitulé *Conjuro del tabaco*, de Guillermo Ceniza-Bendiga, offrait des recettes pour apprendre à lire l'avenir dans les cendres de cigare.

Elle avait attendu l'aube à la gare routière de la Septième Rue, puis elle avait rangé son sac de toile dans une consigne et s'était mise en route vers l'est, passant le pont de la Quatrième Rue, du côté des anciens quartiers des Boyle Heights, où elle avait grandi après le déménagement de Norco. Quand la police avait commencé à ramener des Mexicains ensanglantés à l'hôpital de Lincoln Heights, à quelques rues de là, elle avait appris qu'ils appelaient le quartier Hollenbeck Division, mais Angelica aimait l'autre nom, Boyle Heights, et ses rues étroites avec ses vieilles maisons victoriennes ; alors elle oubliait les bars, les marchands de vin et les boutiques de *ropa usada*, de fripes.

En outre, elle s'était toujours sentie mal à l'aise dans les échoppes *botánicas* du genre de celle où elle se trouvait en ce moment.

Les deux jeunes femmes derrière leur comptoir bavardaient à toute vitesse dans un espagnol trivial, sans s'occuper d'Angelica.

Celle-ci se renfrogna, pas trop contente d'être prise pour une Anglo ; elle préféra cligner des yeux impatiemment, sans laisser voir qu'elle comprenait tout ce qui se disait. L'une des deux femmes assurait à l'autre que la touriste allait bientôt se lasser et partir ; l'autre revint au sujet qui les intéressait, à savoir que samedi c'était Halloween et qu'elles feraient mieux de ne pas laisser le linge sécher dehors s'il se mettait à pleuvoir la nuit. (« *La ropa estará mojada en té espiritual, y olerá mal por meses.* ») Les vêtements seront imprégnés de thé fantôme et pueront pendant des mois.

C'est bien le style, songea froidement Angelica. Toutes ces sinistres âneries qu'on a voulu me faire croire quand j'étais petite proviennent du catholicisme pur et dur.

Elle n'avait pas oublié sa surprise lorsqu'un camarade d'université lui avait annoncé qu'il était catholique. Angelica l'avait interrogé pour savoir comment une personne intelligente pouvait sincèrement croire, par exemple, qu'il suffisait de passer un œuf cru sur un enfant pour guérir sa fièvre. Elle avait été affreusement vexée quand il avait répondu qu'il n'y avait rien de tel dans la doctrine catholique et lui avait demandé où elle avait pêché de telles inepties.

Bien entendu, elle avait fait mine de s'esclaffer, comme si elle venait seulement d'émettre une plaisanterie fine, en se gardant bien de dire la vérité : à savoir que sa mère considérait que communier à l'église et guérir les afflictions en roulant des œufs sur les malades, ou en brûlant des bleuets, ou en mangeant des bouts de papier sur lesquels on avait inscrit des incantations, procédait de la même foi.

Sur le comptoir traînaient un briquet de plastique et un paquet de Marlboro ouvert, ce qui lui rappela un tour de sa grand-mère. Cédant à l'impulsion, elle déposa une pièce de dix *cents* et prit une cigarette. Les femmes s'arrêtèrent de parler, l'air réprobateur, mais n'émirent aucune objection quand elle l'alluma.

Elle rejeta vivement la fumée, sans l'avaler, et, quand toute l'extrémité fut consumée, elle fit tomber la cendre sur le verre et la répartit du doigt pour former une étoile de David à six branches. Puis elle continua de fumer, sous le regard interloqué des deux femmes, en s'essuyant longuement la main droite sur son jean.

Finalement, elle jeta le reste de cendre dans sa main sèche, la serra puis l'étala sur toute la paume et, enfin, plaqua celle-ci au centre de l'étoile.

Quand on s'y prenait bien, l'empreinte du poignet semblait former une barbe et celle des ongles retournés des orbites vides. On étirait un peu le tout pour obtenir un visage qui rappelait le suaire du Christ facilement identifiable avec la barbe et la couronne d'épines. La grand-mère d'Angelica avait fait fondre plus d'un homme en larmes avec cette image en apparence miraculeuse.

Angelica releva la main. Le résultat était tout à fait correct.

L'une des femmes se signa tandis que l'autre ouvrait la bouche pour parler… mais c'est alors que l'image de cendre se mit à bouger.

En voyant les deux femmes écarquiller les yeux puis reculer, Angelica avait tout d'abord cru qu'un courant d'air venait gâcher son œuvre ; mais non, l'image se reformait toute seule. Les pointes qui avaient formé la couronne d'épines dessinaient maintenant des cheveux en désordre et la large masse de la barbe se rassemblait pour tracer les traits d'un visage gras. La cendre autour des yeux creux se striait en de fines ridules.

Fugitivement, Angelica s'avisa qu'elle n'avait plus les paumes assez sèches pour recommencer son tour. Les oreilles bourdonnantes, elle agrippa la barre de métal de la vitrine car elle avait failli perdre l'équilibre.

Elle reconnaissait ce visage. C'était Frank Rocha, l'un des patients décédés la nuit d'Halloween, deux ans auparavant, dans son centre médico-social, au cours de la dernière session de thérapie de groupe.

Puis le flou du menton se coalisa comme des grumeaux de lait caillé, et la bouche s'ouvrit, remua. Aucun son n'en sortit, bien sûr, et Angelica ne savait pas lire sur les lèvres, mais elle frappait frénétiquement du plat de la main sur l'image pour tenter d'en éparpiller les cendres, au risque de briser la vitre du comptoir.

Lorsqu'elle releva la tête vers les deux femmes, son expression devait être hagarde, car elles reculèrent encore contre la cabine téléphonique adossée au mur.

Elle lâcha la cigarette qui tomba sur le linoléum et l'écrasa du bout de sa basket.

— *Volveré,* dit-elle, *cuando no estén tan ocupadas.* Je reviendrai quand vous serez moins occupées.

Tournant les talons, elle sortit de la *botánica* pour émerger sur le trottoir de Soto Street. L'air matinal lui parut d'autant plus glacé qu'elle était encore essoufflée, pourtant, elle sentit une goutte de sueur lui couler entre les côtes.

C'était vraiment la tête de Frank Rocha qu'elle venait de voir. Bon Dieu !

Son propre visage était froid comme si elle venait d'assister à un crime effroyable, et elle avait envie de se cacher, de fuir cette rue, cette ville, jusqu'au ciel même.

Elle gardait toujours la lettre de Frank Rocha dans son portefeuille et elle avait maintenant envie de la jeter, avec tout le portefeuille et même sa carte d'identité.

Finalement, c'est arrivé au moins une fois pour de bon, se répéta-t-elle en secouant furieusement la tête, fuyant à grands pas le comptoir accusateur de la *botánica*. Cette dernière... séance de spiritisme, il y a deux ans, avait en fait parfaitement marché. Alors là !... Ce vieux pochard de Dr Alden a eu raison de réclamer ma démission. J'aurais dû l'écouter, lui et ses abruties d'infirmières, même s'ils étaient complètement à côté de la plaque quand ils me critiquaient. C'est moi qui ai tué les trois patients morts dans la salle de conférence de ce centre médico-social, et c'est moi qui suis responsable des blessés et de ceux qui sont peut-être encore enfermés à l'heure qu'il est dans un asile d'aliénés.

Angelica Elizalde se rappelait parfaitement les deux fois où elle avait été appelée dans le bureau du Dr Alden.

— Entrez, avait-il lancé à son arrivée.

Elle avait franchi le seuil du cabinet outrageusement tapissé de livres qu'il n'avait sûrement jamais ouverts.

— Veuillez fermer cette porte, docteur Elizalde, et asseyez-vous.

Alden était le médecin-chef de l'hôpital municipal de Santa Fe, titulaire nommé par son parti politique, les cheveux toujours en désordre, les doigts jaunis par le tabac, saoul la moitié du temps. Angelica avait alors trente-deux ans ; elle était psychiatre, très exactement « directrice de l'éducation médicale pour la formation psychiatrique ». Elle travaillait depuis deux ans dans cet hôpital et gagnait soixante-cinq mille dollars par an.

Elle estimait qu'elle les méritait. Après son internat, elle était restée dans cet établissement par pur altruisme et non par opportunisme, encore que la situation des habitants du comté, parfois digne du tiers-monde, fût susceptible de lui apporter une expérience autrement riche que celle des beaux quartiers ; seulement elle voulait aider des gens qui, en temps normal, ne pouvaient bénéficier de tels services.

Alden s'était penché au-dessus du fouillis de son bureau pour lui tendre une lettre.

— Voilà ce que l'infirmière en chef nous a remis ce matin, dit-il avec un drôle de sourire. Je vous conseille de la lire.

La lettre n'était qu'une dénonciation des méthodes du Dr Elizalde qui s'achevait par ces mots :

« Ni les infirmières ni le reste du personnel soignant ne lui font plus confiance. Personne ne désire plus travailler sous ses ordres. »

Angelica savait que tout hôpital est virtuellement dirigé par ses infirmières et qu'aucun chef du personnel ne se risquerait à leur déplaire. Pourtant, elle avait soutenu le regard d'Alden.

— Mes patients vont mieux. Demandez à leurs infirmières comment ils se portent, comparés à ceux des autres médecins.

Alden conservait son sourire figé, malgré une expression grimaçante.

— C'est inutile. Vous savez aussi bien que moi que vos méthodes n'ont pas leur place dans un hôpital moderne. Des poupées vaudoues ! Un oui-ja ! Et combien de bougies avez-vous encore en réserve, les grandes avec... ces images de saints, de Dieu, de la Sainte Vierge ? A quoi ça rime... un Dieu à barbe blanche, blanc, masculin, assis dans ses nuages avec son sceptre ! Et tout ce bazar rastafari, cet attirail, de *santería !* On se croirait dans une église quand on entre dans votre bureau, ou dans la tente d'une diseuse de bonne aventure mexicaine et analphabète.

Subitement, Angelica se demanda si elle n'aurait pas dû amener un témoin à cet entretien. D'une voix paisible, elle répondit :

— Ces méthodes ne sont pas plus...

— Des poupées vaudoues, docteur Elizalde ! Vous n'allez pas me faire croire que vous accordez le moindre crédit à ce genre de...

— Certainement pas, pas plus que je ne prends les taches de Rorschach pour des images de monstres !

Elle avait dû reprendre son souffle avant de continuer :

— Ecoutez, quand je demande à mes patients de déchiffrer ces tableaux ou de lire dans des cartes, je les amène à se montrer inconsciemment objectifs, aussi bien sur eux-mêmes que sur leur conjoint ou sur leurs enfants. Leurs réactions me permettent de voir, sans que mes patients aient à le dire, le trouble qui les affecte en profondeur, les traumatismes qu'ils hésitent à confesser. Il y a énormément de gens qui ne sont pas capables de faire les abstractions nécessaires pour voir des choses dans des taches d'encre ou... ou des motivations dans des croquis à peine dignes des débuts de la bande dessinée. Tandis que s'ils ont été élevés dans un environnement proche de ces symboles, ils...

— La question est close ! assena Alden d'une voix tremblante. Je vous ordonne de reprendre les méthodes classiques de la psychiatrie.

Angelica savait très bien ce que cela signifiait : recevoir chaque patient dix minutes montre en main, visite au cours de laquelle elle ne devrait rien faire de plus qu'examiner le dossier de son malade, lui demander comment il ou elle allait, vérifier les médicaments qu'on lui donnait et à la rigueur changer un peu l'ordonnance ; s'en tenir à un travail d'entretien, en somme, en général assuré par la thorazine.

Elle avait quitté le bureau sans plus rien dire mais n'avait pas obtempéré pour autant. Tous les autres cabinets de psychiatre se ressemblaient peut-être, bureau de métal, avis affichés sur les murs, bibliothèque d'aggloméré, jouets dans un coin pour les enfants des patients ; celui d'Angelica tenait de l'antre de *bruja*, avec les bougies *veladoras* religieuses sur ses étagères, des images du Christ et de la Vierge ou de Lazare aux murs, des oui-ja, des boules de cristal en guise de presse-papiers. Elle possédait même, et s'en servait parfois pour appuyer ses effets, ces boules noires géantes que l'on retournait pour y lire, au hasard des messages qui apparaissaient dans une petite fenêtre, *Bonne chance*, ou, *Le grand amour*... Il suffisait alors de brandir un de ces jouets morbides et de demander :

— A quoi est-ce que ça vous fait penser ?

Aussitôt se dénouaient les plus contraignantes frayeurs, se révélaient les ressentiments les plus vifs.

Certains de ses confrères parlaient fréquemment de susciter « la conscience spirituelle » de leurs patients, disant qu'ils aimeraient pouvoir utiliser le jargon mystique du Moyen Age, pourtant, ils trouvaient les pratiques d'Angelica vulgaires et dégradantes, d'autant qu'elle soutenait qu'il n'existait pas l'ombre d'une vérité intrinsèque derrière aucune forme d'occultisme.

Elle n'était pas non plus encline à proposer des diagnostics branchés ; la dernière mode consistait à dépister les souvenirs d'éventuels abus sexuels subis dans l'enfance ; dix ans auparavant, les patients étaient habités d'une sorte de « colère » qu'il leur fallait « vider ». Angelica, quant à elle, était sûre que, bientôt, on en viendrait à encourager les patients à se débarrasser des remords et de la honte qui pouvaient les habiter.

De son côté, elle estimait que le remords et la honte étaient des sentiments souvent salutaires et constituaient des réponses appropriées à l'attitude passée de la plupart des hommes.

Un beau jour, Alden l'avait de nouveau convoquée dans son bureau.

Cette fois, il lui avait seulement demandé sa démission en lui assurant que, si elle refusait, elle se retrouverait sur la liste noire de la psychanalyse et serait vite rayée de l'Ordre.

Il lui avait donné le reste de la journée pour y réfléchir et elle l'avait passée à se demander si elle n'allait pas alerter la radio et la télévision pour dénoncer ce qui lui arrivait : elle exposerait au monde ce qui se passait dans la mafia du système psychiatrique, mettrait en déroute ces infirmières et leur bonne conscience, prendrait la place d'Alden. Mais elle comprit vite qu'elle n'était pas convenablement armée pour cette bataille. Finalement, elle était retournée dans le bureau où elle avait déposé sa démission sans dire un mot.

Alors, elle s'était mise à son compte. Elle avait trouvé un chiropracteur qui acceptait de lui louer son cabinet, sur Alvarado Street, le mardi. Le reste de la semaine, elle travaillait comme secrétaire juridique dans une firme d'avocats.

Sa clientèle du mardi avait d'abord eu du mal à se former, deux ou trois patients par-ci par-là, parfois une session de groupe de cinquante minutes, mais le bouche à oreille eut tôt fait de fonctionner et, en six mois, elle avait ouvert son propre centre médico-social à Beverly Hills, entre un dentiste et un agent d'assurances. Il lui fallut bientôt engager une secrétaire pour recevoir les patients, répondre au courrier et remplir les feuilles d'assurances sociales.

Finalement, la nuit d'Halloween 1990, elle avait tenu sa dernière séance de spiritisme. Et cette fois pour de bon.

Angelica remontait Whittier Boulevard depuis quelques rues quand elle s'arrêta.

En 1990, Frank Rocha habitait une petite maison de style colonial au nord de MacArthur Park. Elle lui avait rendu visite deux fois car cela faisait partie de sa thérapie ; elle devrait pouvoir retrouver son adresse.

Il avait bien une femme, et... deux filles ?

Arrêtée sur le trottoir dans le soleil du matin, elle claqua des doigts d'un geste nerveux. En traversant le pays au hasard, deux années durant, elle n'avait fait que reculer pour mieux sauter ; ou peut-être seulement se préparait-elle, reprenait-elle des forces, pour...

Pour la périlleuse et sans doute inutile mission qui consistait à présenter ses condoléances.

Amado Street. C'était cela. Elle devrait reconnaître la maison dès qu'elle atteindrait MacArthur Park. Prenant une longue inspiration, elle se remit en marche, à la recherche d'un arrêt d'autobus.

15

« Lorsque le sable est sec, joyeux comme un pinson,
Il blâme le Requin et Dieu sait sur quel ton !
Mais quand monte le flot et quand le squale est proche,
Le drôle n'émet plus qu'un timide reproche. »

Alice au pays des merveilles
Lewis CARROLL

Puisqu'il s'agissait bien du petit déjeuner, Pete Sullivan avait commandé une Coors light avec son *menudos*. Il avait achevé la bière lorsque le serveur apporta le bol de tripes, aussi lui fit-il signe de remplir son verre.

— Une autre Coors, acquiesça le serveur.

Depuis l'entrée de Sullivan, le Mexicain s'était fait un point d'honneur de parler en anglais.

— Celle-ci était sans plomb, n'est-ce pas ?

— C'est ça, répondit Sullivan amusé.

Sans plomb... On ne servait pour ainsi dire plus que cette sorte d'essence dans les stations-service, si bien qu'avec sa vieille voiture il était obligé chaque fois d'ajouter un substitut de plomb dans le réservoir. Maintenant, on avait de la bière « sans plomb », à la place de « moins alcoolisée ».

En général, il gardait en permanence deux ou trois bouteilles de shampooing près de celles de substitut de plomb, sous l'évier de sa camionnette ; il s'imaginait dans le gymnase des hommes de son université du Vermont, en train de se tromper de bouteille pour se laver la tête sous la douche. Il pourrait prétendre que c'était une solution contre les poux mais que dirait-il à l'employé de la station-service quand il verserait du shampooing dans le réservoir à essence ?

Le café Chez Tiny Naylor's avait disparu, aussi Sullivan avait-il continué sur Sunset Boulevard en se demandant qui pouvait bien fréquenter tous les nouveaux établissements qu'il venait de dépasser.

En arrivant sur Melrose Avenue, il avait pu constater que l'ambiance avait nettement baissé. Il se souvenait de l'époque où Flip, l'énorme magasin de vêtements d'occasion, avait brûlé, en 83 ou 84 ; ils avaient alors organisé une épique vente après-incendie à même le trottoir, où s'étaient mêlés kimonos, smokings et jeans en plein soleil, dans une débauche de musique rock. A la place, maintenant, se trouvait un magasin Gap comme on en voyait à peu près partout.

Après avoir dépassé sans encombre le quartier des studios de Loretta deLarava, il avait tourné au sud sur Western Avenue pour redescendre vers Wilshire Boulevard, passer Hoover Street et déboucher sur MacArthur Park (que son père s'était toujours obstiné à appeler Westlake Park, comme avant la guerre, mais en ce moment, Sullivan traversait Alvarado Street sans penser à son vieux). Il se souvint que le boulevard allait s'achever d'ici à un kilomètre et demi, juste après la voie express du Harbor.

Ici, dans le triangle formé par les voies du Harbor et d'Hollywood, s'élevaient de petites maisons dans des rues étroites, formant un quartier du nom de Temple-Beaudry. A l'évidence, les entrepreneurs n'allaient pas tarder à s'y intéresser.

Il avait quitté Wilshire Boulevard pour s'enfoncer dans les rues bordées de poivriers où il avait fini par trouver ce minuscule restaurant mexicain curieusement appelé Los Tres Jesuses, qui devait donc appartenir à trois propriétaires portant chacun le prénom typiquement hispanique de Jesús (qu'il fallait prononcer *Hé-ssouss* et pour lequel existait le diminutif de

Chui, à prononcer Chewy...), « Les Trois Chewy », les trois mâchons... intéressant pour un petit déjeuner...

Il plongea sa cuillère dans le *menudos* brûlant. Même l'odeur, mêlée d'ail, d'oignon et de *cilantro*, était revigorante. En quelques minutes, il avait tout dévoré, avalé le dernier morceau de tripe, bu la dernière gorgée de bouillon rouge épaissi de tortillas.

Il s'essuya le front avec la serviette de papier et désigna sa deuxième bouteille vide au serveur puis sortit une cigarette. C'est alors qu'il remarqua le petit cendrier sur la table, orné d'une tête de mort sur le fond, entouré sur les bords des mots LA CIGAR — TOO TRAGICAL.

Un palindrome. LA « cigar » dans les deux sens, avec « toot » au milieu.

Bien sûr, cela sonnait curieusement mais le sens demeurait : cigare de Los Angeles trop tragique...

Ebahi avec un temps d'avance, il laissa tomber l'allumette sur la tête de mort et le cendrier brilla un instant sous la flamme silencieuse, comme si elle s'était posée sur une nappe d'alcool.

La flamme disparut et la légère odeur de... bacon ?... s'évanouissait à l'instant où Sullivan en prenait conscience.

D'un seul coup, il se sentait gagné par la nervosité, pourtant rien ne se produisit, que l'alarme d'une voiture qui se mettait à brailler dans le parking voisin. Bip... bip... bip... Il sourit. *¡Qué culero!* se dit-il en se rappelant un terme utilisé parfois par Sukie, quand elle voulait parler d'un couard.

A ce moment-là, le barman se mit à frapper sa cuillère contre un verre en rythme avec le klaxon de la voiture : Bip... bip... clang... bip...

Voilà qu'ils se trouvaient en plein chœur de l'enclume du *Trouvère*... ce qui lui rappela instantanément son père.

— On ne peut pas compter sur un moteur.

Cent fois le vieux l'avait répété à Sukie autant qu'à lui, devant un chile Chez Tommy's à Broadway, ou en faisant la queue devant les montagnes russes du Pike de Long Beach, ou tout simplement au volant de sa nouvelle Studebaker sur Mulholland Drive, le long des Santa Monica Mountains.

— Il fallait tourner la caméra à la manivelle, bien uniformément, même quand on se retrouvait accroupi sur une plate-forme accrochée à l'avant d'une voiture qui prenait les virages à pleine vitesse, ou sur un bateau en pleine mer de Béring, alors que l'huile du moteur était presque gelée. Certains types se basaient sur la grande aiguille de leur montre pour tourner leur métrage par seconde, mais Karl Brown m'avait conseillé de plutôt chantonner le chœur de l'enclume... Cet air-là, si tu l'as bien dans les oreilles, ils peuvent t'envoyer valser sur un fil par grand vent au sommet d'un building de vingt étages, ça t'empêchera pas de tourner ta manivelle à seize images seconde aussi régulièrement qu'un métronome dans un salon de musique.

Leur père était Arthur Patrick Sullivan, mieux connu sous le diminutif d'AP ou « Apie » ; aux yeux de ses enfants, il tenait un peu du bateleur de foire parce qu'il adorait faire des tours de force et qu'il avait des poils gris jusque sur les épaules. Il avait commencé à faire du cinéma en 1915, comme cameraman et technicien dans le hangar de Cecil B. de Mille. A l'époque, ses autres patrons s'appelaient Jesse Lasky et Samuel Goldfish, qui allait bientôt prendre le nom de Goldwyn ; mais l'industrie du cinéma n'en était qu'à ses balbutiements et Apie Sullivan avait fini par devenir producteur et metteur en scène à la Twentieth Century Fox. Durant ses années de gloire, il tourna avec des stars comme Tyrone Power, Don Ameche et Alicia Faye ; mais les jumeaux avaient fort bien compris qu'il regrettait le temps du muet et de la lumière du jour.

— Ils disaient : « On perd la lumière » quand le soleil commençait à se coucher, racontait-il souvent à ses enfants, mais c'était l'heure magique de Griffith, celle où le soleil arrivait juste au-dessus des arbres, alors que les bâtiments et les acteurs se retrouvaient éclairés de côté par cette belle lumière dorée.

Les années 20 avaient été l'heure magique de leur père.

A la naissance des jumeaux, en 1952, le vieux en était à son troisième mariage et ne subsistait qu'en faisant des documentaires et du montage ; pour mettre un peu de beurre dans les épinards, il achetait et revendait des propriétés du côté de Riverside et d'Orange County; mais il n'avait jamais quitté sa vieille maison de style espagnol à Brentwood, et il lui arrivait de passer des heures en compagnie de Danny Kaye et de George Jessel au Hillcrest Country Club; il était fier de pouvoir encore faire engager dans certains spectacles les enfants de quelques-uns de ses amis.

Le serveur apporta la troisième Coors light que Pete entama au goulot. Le voilà qui buvait dès le matin...

Beth... c'était ainsi qu'on avait appelé Sukie jusqu'à l'université... Beth soutenait mordicus qu'elle se souvenait de leur mère morte un an après leur naissance. Pete ne l'avait jamais crue.

Quand ils eurent six ans, leur père se fiança pour la quatrième fois. Kelley Keith avait alors trente-deux ans, Apie soixante et un, mais c'était une véritable actrice qui avait tenu de petits rôles dans les films tels que *Cinq Mariages à l'essai* et *Le Vampire de Londres*, et les jumeaux étaient mille fois plus impressionnés par sa carrière actuelle que par les souvenirs de leur père. Et puis elle était mince et blonde avec les dents légèrement en avant et des yeux rieurs ; Pete désespérait de pouvoir jamais avouer à Beth qu'il était tombé amoureux, il en était certain, de leur future belle-mère.

Les enfants avaient l'impression que leur petite famille ne se séparait plus. Ils faisaient tout à quatre, pataugeant à marée basse dans les flaques laissées par la mer, pour y pêcher des calamars, glissant avec un rien d'excitation leurs doigts de pieds sur le ventre d'une étoile de mer pour qu'elle les serre de ses branches, se baladant parmi les pins qui entouraient la cabane de leur père, au bord du lac Arrowhead, faisant des festins de roi au Brown Derby, ce restaurant en forme de chapeau de Wilshire Boulevard... leur père commandait toujours des huîtres et promettait aux jumeaux qu'ils allaient bientôt avoir de petits frères et sœurs.

Le mariage eut lieu en avril 1959, en l'église de Saint-Alban, sur Hilgard Avenue. Sukie (Elizabeth) boudait depuis des semaines et refusa d'être demoiselle d'honneur ; finalement, ce fut la fille de Shirley Temple, Lori Black, qui porta le bouquet de lilas. La réception eut lieu chez Chasen's et Pete se souvenait encore d'Andy Devine chantant d'une voix rauque *At the Codfish Ball*.

Et puis, par une belle journée d'été, leur père et sa nouvelle jeune femme s'en étaient allés pique-niquer sur la plage de Venice. Les jumeaux n'étaient pas de la fête. Leur père avait voulu nager, pratiquant, comme toujours, son athlétique « crawl australien » ; parti loin vers le grand large, il avait été apparemment victime d'une crampe. Et il s'était noyé.

Pete leva sa bouteille pour en avaler une autre gorgée.

Après la mort de leur père, Kelley Keith avait disparu, purement et simplement. Elle avait plié bagage et déménagé. Et personne n'avait su dire où.

Toute ma vie, ç'a été comme ça, songea Pete Sullivan sans amertume particulière. Par la suite, il avait entendu dire qu'elle s'était enfuie au Mexique avec une bonne partie de l'argent de leur père, puis qu'elle était morte dans un accident d'auto.

Pendant ce temps, les jumeaux avaient été placés dans le premier des nombreux foyers qui allaient les accueillir puis les rejeter tour à tour. Et puis il y avait eu le lycée d'Hollywood et l'université, sans un sou, et ensuite le travail avec Loretta deLarava.

La vieille connaît certainement le numéro de la plaque de ma camionnette, se dit-il en remuant ce qui lui restait de bière dans sa bouteille. Et si elle lançait les flics à mes trousses ?

Il se rappela une plaisanterie de leur père :

« Ils sont en quoi, tes souliers ?
— En peau.
— En pot ? Tu veux les faire pousser ?
— Non, en peau ! En peau de vache !
— Pas la peine de m'insulter, peau de lâche ! »

Moi, je suis lâche, songea Sullivan. *Soy culero.*

Il avait aperçu une cabine téléphonique près des toilettes. Prenant une pièce sur la monnaie qu'on lui avait rendue, il se leva de table. Il était temps de se trouver un refuge plus sûr.

J'espère que Steve est là ! se dit-il en composant le numéro qu'il n'avait pas oublié.

Il n'attendit que le temps d'une sonnerie avant d'entendre décrocher :

— Allô ?

— Salut ! commença prudemment Sullivan. Est-ce que Steve Lauter est là, s'il vous plaît ?

— C'est moi. On dirait Pete Sullivan, je me trompe ?

— Mazette, quelle mémoire !

Pendant les années 80, Steve travaillait dans une société de crédit. Normalement, il devrait être sur le point de partir travailler.

— Ecoute, poursuivit Sullivan, je suis à Los Angeles pour quelques jours. Ça me ferait plaisir de te dire bonjour.

— Je vois ce que c'est ! lança Steve joyeusement. Le temps que tu arrives, ta caisse de Coke classique t'attendra. Où est-ce que tu es descendu ?

— En fait, dit Sullivan heureux de se voir si vite compris, je dors dans ma camionnette. J'y ai installé un lit et un réchaud...

— Non, tu viens ici. J'insiste. Tu seras là dans combien de temps ?

Sullivan se souvint que son ami était marié ; et puis il voulait prendre une douche et se raser avant de frapper à sa porte.

— Tu ne travailles pas, aujourd'hui ? s'enquit-il.

— Jamais le mercredi. J'avais l'intention de tondre ma pelouse.

— Bon, moi, j'ai deux, trois courses à faire, des

gens à voir. Je peux passer cet après-midi ? Je t'appellerai avant. Tu gîtes toujours entre Washington Avenue et Crenshaw Boulevard ?

— Non, mon vieux, maintenant je suis à l'ouest de la 405, sur Sawtelle Boulevard. Là où les flics te fichent la paix tant que ta voiture est présentable. Je te donne mon adresse...

— Tout à l'heure, quand je te rappellerai, coupa Sullivan. Et je respecterai les limitations de vitesse en arrivant. Parce que ma voiture à moi n'est pas très présentable.

— Je t'attends, Pete.

— A tout de suite. Je t'apporte de la bière. De la Michelob, c'est ça ?

— Je me suis mis à l'Amstel light, mais j'ai tout ce qu'il me faut.

— Je t'en apporterai quand même.

— Et toi, tu bois, maintenant ? Tut aura fini par s'y mettre aussi ?

— Seulement quand il fait grand soleil.

Steve eut un petit rire fébrile.

— Ici, c'est tous les jours, mon pote, tu le sais bien. Je ne m'éloigne pas du téléphone. Appelle quand tu veux.

Après avoir raccroché, Sullivan resta un instant immobile dans le corridor sombre. Il gardait encore le goût des *menudos* et de la bière, et il regrettait d'avoir laissé ses cigarettes sur la table, car il avait quelqu'un d'autre à appeler. Une sirène se mit à hurler quand il glissa une pièce dans la fente du téléphone. Il n'avait pas non plus oublié le numéro des studios.

Deux sonneries et puis une voix féminine :

— Productions Chapel.

Tiens, c'était nouveau, ça !

— Pourrais-je parler à Loretta deLarava, je vous prie ? De la part de Donahue, à Raleigh.

Il ne savait pas trop si la vieille travaillait encore avec cette ville pour ses post-productions, ni si Donahue s'y trouvait toujours.

En fait, il n'avait aucunement l'intention de lui parler et comptait raccrocher si on la lui passait, mais la réceptionniste répondit seulement :

— Mme deLarava est partie déjeuner... ah non, c'est vrai !... Elle est sur un reportage à Venice. Elle en a pour un moment.

Sullivan sentit son visage de nouveau trempé de sueur glacée et il jeta un coup d'œil vers les toilettes des hommes, mesurant la distance qui l'en séparait... mais la nausée passa.

— D'accord, dit-il en reprenant sa respiration. Je rappellerai plus tard.

Il raccrocha et revint en titubant vers sa table, vida sa bouteille de bière.

Et si j'en commandais une autre ? Non. Pas de SDA dans ces vieilles rues étroites, et ce n'est pas le moment de se faire arrêter pour conduite en état d'ivresse. Qu'est-ce qu'elle peut bien fiche à Venice, aujourd'hui précisément ? Halloween est dans trois jours. Au pire, il s'agit effectivement d'un parcours de reconnaissance, d'un repérage pour ce qu'elle compte faire ce jour-là. Et peut-être, avec un peu de chance, qu'il y a vraiment, là-bas, matière à reportage.

Il eut presque envie d'aller y voir tout de suite mais s'aperçut que ce n'était pas possible.

16

— Je suis sûre que je ne voulais rien dire... commençait de répondre Alice, mais la Reine Rouge lui coupa la parole :
— C'est justement ce que je vous reproche ! Vous auriez certes dû vouloir dire quelque chose ! A quoi, selon vous, peut servir un enfant qui ne veut rien dire ?

A travers le miroir
Lewis CARROLL

Parfois, Kootie se montrait bon envers les pauvres créatures, ajoutant des croûtons de bois à la soupe pour qu'elles aient quelque chose à manger au dîner ; mais aujourd'hui, comme il désirait vacciner ses enfants, il ne voulait pas de créatures autour de lui, alors il fumait un cigare de papier et de crin de cheval. C'était infect mais au moins ne voyait-il plus de silhouettes informes rôder autour de la barrière.

Ses enfants n'étaient pas coopératifs... Kootie les avait fait sortir pieds nus sur la pelouse et il leur lançait de petits pétards dans les jambes pour les obliger à danser, mais ils pleuraient ; et quand il leur dressa un mât orné de pièces au sommet, son fils Tommy ne put l'escalader et Kootie dut lui frotter les genoux de colophane et lui crier à la figure pour que le gamin se décide à y aller.

Kootie avait eu bien du mal à leur enseigner ces tours... il était sourd et devait mordre le combiné pour entendre par conduction osseuse. Maintenant, il mordait en rêve un pétard et l'allumait comme l'un de ses affreux cigares, si bien qu'au moment de l'explosion, il s'éveilla en sursaut.

Son doux oreiller à fourrure s'éveilla aussi... Fred avait tressailli au bruit et Kootie s'assit sur une pile de rembobineurs de cassettes à l'arrière de la voiture de Raffle. Dehors, un brillant soleil illuminait les vieux immeubles de bureaux. Kootie chaussa ses lunettes noires.

— Cette fois, j'ai réveillé mes dormeurs! lança Raffle du siège avant. Pardon, c'est mon pot d'échappement qui déconne.

Il emballa le moteur et toute la voiture en fut secouée.

— Vous remuez tous les deux dans votre sommeil, ajouta-t-il.

Kootie, quant à lui, voyait remuer l'arrière de sa grosse tête grise au rythme du moteur.

— Je m'demande toujours à quoi peuvent rêver les chiens des villes, continuait Raffle sur le même ton. Pas qu'ils chassent le lapin, puisqu'ils en ont jamais vu. Peut-être qu'ils baisent. J'ai toujours voulu essayer comme les chiens avec ma femme mais elle voulait pas sortir faire ça dans le jardin.

Il riait aux éclats en brandissant la bouteille de Corona achetée la nuit; il la glissa sous le tableau de bord et fit sauter la capsule.

Kootie écarta l'un des rembobineurs qui lui faisait mal et, tout en cherchant une pièce de monnaie dans sa poche, il regarda par la lunette arrière poussiéreuse et tâcha d'identifier le quartier de Los Angeles où ils pouvaient se trouver. Il vit de petites boutiques aux portes entourées de grilles de fer en accordéon, des amoncellements de feuilles et de papiers gras dans les gouttières et, aux coins des immeubles, des Noirs en guenilles enveloppés dans des couvertures, qui dormaient contre les murs de brique et de stuc.

Il sortit une pièce de sa poche en se souvenant que Raffle avait appelé cet endroit le « Nickel », la Cinquième Rue, le ruisseau, à quelques pas des lumières et des foules bruyantes de Broadway.

Raffle tétait sa bière tiède dont les relents, à cette heure matinale, donnaient la nausée à Kootie, encore plus que l'odeur de Fred ou des *burritos* de la veille. Il se pencha sur la boîte de plastique grise du rembobineur et se servit de sa pièce de monnaie pour en dévisser la base. Le temps que Raffle eût transformé la bouteille vide en pipe, piquetant l'air déjà étouffant de l'odeur astringente du crack et de la paille de fer brûlante, et ouvert sa portière pour la jeter dans la rue, Kootie avait démonté l'arrière de la machine et s'efforçait d'enfoncer le bord de la pièce dans les vis du mécanisme interne.

Raffle jeta un coup d'œil par-dessus son épaule avant de remettre le moteur en marche.

— Qu'est-ce que tu fabriques, gamin ? demanda-t-il gaiement en déboîtant. Un p'tit fixe pour bien commencer la journée ?

— Mais non ! se hâta de répondre Kootie.

Il avait bien assez du fantôme inhalé la veille au soir. C'était sûrement là qu'il devait chercher la cause de ses rêves si bizarres.

— Ouais, toi t'es un vrai speedé !

Le moteur toussait et crachait, pourtant Raffle continuait de longer le trottoir en pompant la pédale de l'accélérateur.

— Un speedé, j'te dis. On vous laisse tout seul avec un tournevis et quand on revient on retrouve sa chaîne en pièces détachées à travers tout l'appart'. Le crack, c'est pas bon pour les gosses, t'entends ? Mais c'est rien à côté du speed.

Le feu était vert sur Broadway mais il dut attendre que les piétons aient dégagé la voie avant de continuer vers le nord.

— A propos de speed, j'connais un gars qui en fabrique en douce du côté de Palm Spring ou quelque part dans le désert. Et quand il devient parano, ce qui lui arrive souvent, et c'est compréhensible avec son job, la parano, elle se met aussi dans le speed et quand tu la sniffes tu sens ce qu'il sentait quand il l'a préparée. Tu prends sa personnalité. Ils devraient la faire faire par leurs prêtres dans les églises… ça remplirait le truc de saints-tétés.

Un instant, Kootie imagina des seins ornés d'une auréole puis s'avisa que Raffle voulait parler de *sainteté*. Dehors, les trottoirs étaient déjà pleins de clodos et d'hommes d'affaires d'à peu près toutes les nationalités que la terre pouvait offrir ; et ils avaient l'air tous très occupés, la tête pleine de soucis que Kootie ne pouvait même pas imaginer. Combien de temps, se dit-il tristement, pourrai-je vivre comme ça dans la rue ?

Les petites boutiques le long du trottoir se résumaient à peu près à des marchands de chaussures, des restaurants asiatiques ou des agences de voyages et, par-dessus les têtes de toute cette foule, se dressaient les réverbères aux lampes dépolies et les balcons de secours des immeubles aux façades noircies par la fumée des gaz d'échappement.

Il baissa les yeux vers l'appareil posé sur ses genoux et, d'un seul coup, se demanda ce que c'était. Sans le vouloir, il laissa échapper :

— A quoi ça sert ?

Raffle jeta un coup d'œil derrière lui.

— Plus à rien, maintenant. Jusque-là, ça servait à rembobiner les films vidéo pour pas esquinter ton magnétoscope.

— Les films quoi ?

Kootie contemplait la boîte de plastique en tâchant d'imaginer des bobines de nitrate de cellulose assez petites pour tenir dedans. Puis il répéta lentement « magnétoscope ». Observation magnétique ?

— D'où tu sors, gamin ? Ça se branche à la télé et on loue des films pour les regarder dedans.

Le cœur battant, Kootie enleva ses lunettes et se pencha en avant pour mieux observer, à travers le pare-brise, les tours de verre qui se découpaient, au nord, sur le ciel jaune. Il demanda d'une voix tremblante :

— Quelle a été la plus grande invention depuis…

Il se reprit :

— … disons du XXe siècle ?

Il vit Raffle gratter sa barbe de plusieurs jours.

— Heu… je dirais… la Thermos.

Kootie cligna des yeux.

— La Thermos ? Vous voulez dire les bouteilles Thermos ?

— Ouais. Ça garde au chaud les trucs chauds. Et les froids, ça les garde froids.

— Ah bon... murmura Kootie, désarçonné. Oui...

Raffle lâcha un instant le volant pour lever les mains d'un geste faussement surpris.

— Seulement comment elle le sait, quand c'est chaud ou froid ?

Il s'esclaffa et quand Fred se mit à gémir et vint lui lécher l'oreille, il abaissa sa vitre pour laisser le chien sortir la tête depuis le siège arrière. Kootie se pencha et huma une longue bouffée d'air frais mêlé de diesel au chili et à l'huile de poisson.

— Où est-ce qu'on va ? demanda-t-il.

— Du côté du Civic Center, tâcher de nous mêler à la foule des gens importants, ceux qui vont faire partie d'un jury ou ceux qui font la queue pour assister à une séance du *Fantôme de l'Opéra*. Mais on va commencer par s'arrêter au marché, acheter des *tamales* pour les mettre sous le capot pour le dîner. Ça marche aussi avec la cuisine chinoise mais ça chauffe moins bien.

— Les *tamales* ça me va, dit Kootie. Euh... Je pourrais acheter des pétards ?

— Des pétards ? s'exclama Raffle. En plus de tous mes délits, tu veux... te rendre coupable de... « détention illégale d'explosifs » ?

Kootie allait s'excuser mais Raffle poursuivait :

— Mais oui, il peut s'acheter des pétards, ce petit garçon ! Et, pour le petit déjeuner, qu'est-ce que tu dirais d'une bonne tranche de pizza ?

Kootie sourit, à la fois ravi et décontenancé, la joue fouettée par la queue de Fred qui manifestait lui aussi son enthousiasme. Il parvint cependant à remonter ses lunettes de soleil.

Le début de la matinée fut aussi gai que grisant. Raffle avait garé sa voiture dans la Troisième Rue et, Fred sur leurs talons, ils arrivèrent au grand Central Market, passèrent devant les cireurs de chaussures et pénétrèrent dans l'immense caravansérail en commençant par les étalages de poissons où d'énormes bêtes encore vivantes battaient désespérément de la queue sur des billots de bouchers ; plus loin, de vieilles dames engloutissaient des nouilles qu'elles tiraient avec des baguettes de bols en papier tout en marchandant des légumes que Kootie n'avait jamais vus. Raffle avait acheté ses *tamales* et plaisantait en espagnol avec le vendeur puis discutait plus bas avec deux femmes outrageusement maquillées qui semblaient trouver cela tout naturel. Kootie se dit que ce devait être des hôtesses.

Ils attendirent de se retrouver sur le trottoir ensoleillé pour entamer leurs parts de pizza chaude et repartirent vers la voiture en continuant de manger, suivis de Fred qui portait le sac de *tamales* dans sa gueule. Au marché, Raffle avait glissé un petit paquet plat dans la poche de chemise de Kootie et, quand ils arrivèrent à la voiture, alors que Raffle se penchait devant le capot, l'enfant sortit le paquet et vit des dragons chinois sur l'emballage. Il comprit alors que c'étaient ses pétards. Il rangea le tout dans sa poche de jean.

Des pétards, songea-t-il abasourdi. Qu'est-ce que je vais en faire ?

Et si c'était son rêve qui continuait à l'obséder ? Toute la matinée, il n'avait cessé d'entendre des voix et des klaxons et des coups de lame sur les étals de bouchers. Lorsque Raffle déverrouilla le capot, il considérait d'un œil vague ces grandes voitures qui glissaient au milieu de la rue, dans cette vallée délimitée par les immeubles, silencieuses et rapides comme des planeurs. On aurait dit qu'elles allaient s'envoler.

Mais, lorsque le capot s'ouvrit, Kootie se pencha dessus pour examiner le moteur. Il reconnut tout de suite le radiateur et vaguement les pistons ; cependant, il se demandait à quoi pouvaient servir toutes ces courroies de ventilateur.

— Donne-nous notre pain quotidien, Fred, marmonna Raffle.

Le chien apporta le paquet qu'il tenait dans la gueule.

Près de la roue gauche, Raffle prit un rouleau de feuilles d'aluminium rangé derrière une boîte carrée transparente qui semblait contenir de l'eau verte. Il enveloppa soigneusement les *tamales* puis les bloqua sous le filtre à air.

L'idée enchantait Kootie.

— Cuisine automotive, commenta-t-il. On devrait dessiner tous les moteurs comme ça, avec une boîte réservée à la cuisson.

— Et accrocher une ficelle au bouchon de radiateur, acquiesça Raffle, pour pouvoir cuire les escargots à la vapeur.

Il tapota le paquet argenté.

— Tu crois qu'il va rester bien en place ?

Kootie ne répondit pas. Il venait d'apercevoir une énorme photo en couleurs de son propre visage et, pris de vertige, ne put, sur le moment, évaluer la distance à laquelle il s'en trouvait ni la taille exacte de l'image. Il cligna des yeux, secoua la tête, et la photo reprit des proportions normales.

Derrière Raffle, bien au-dessus de sa tête, sur un large support de métal, au premier étage de l'immeuble devant lequel ils étaient garés, on avait accroché un panneau dont les couleurs éclatantes le faisaient ressortir sur les autres affiches plutôt délavées vantant de la bière ou des cigarettes.

Le tiers de droite représentait un gros plan de la photo de Kootie prise en classe de septième. Et le texte qui l'accompagnait était en espagnol mais le sens en restait fort clair :

RECOMPENSA DINERO POR ESTE NIÑO PERDIDO,
SE LLAMA CUT HUMI PARGANAS
LA ÚLTIMA VEZ QUE LO VI LUNES, 26 DE OCTUBRE
EN BULEVAR SUNSET
$ 20 000 LLAMA (213) 555-KOOT $ 20 000
NO PREGUNTAS

Kootie se mit à siffloter puis se précipita vers la portière avant, l'ouvrit dans un grand bruit.

— Je peux conduire ? demanda-t-il avec un large sourire.

17

«Jamais, au beau milieu d'une catastrophe, je n'essaierai de me rappeler mon nom!» pensa Alice.

A travers le miroir
Lewis CARROLL

Raffle écarquilla les yeux.

— Non, Jacko, dit-il en fermant le capot. Ni toi ni Fred. Va t'asseoir de ton côté.

— Je peux m'y glisser.

Kootie s'assit une seconde derrière le volant puis enjamba la console centrale pour gagner la place du passager, un bon moyen d'attirer l'attention de Raffle sur lui-même pour mieux le détourner de l'affiche. L'enfant transpirait tellement qu'il en tremblait de froid. Pourtant, il sifflotait de nouveau, histoire de se donner une contenance; avec sa cheville endolorie, il ne pourrait jamais échapper à Raffle si besoin était. Mais celui-ci avait poussé le chien à l'arrière et s'était installé à son tour au volant.

— Tous les mômes de ton âge sont aussi jetés?

Kootie était bien content de ce que ses lunettes noires cachaient l'inquiétude qui devait encore faire briller ses yeux.

— Je suis pas un môme.

Il comptait sur les cahots de la voiture pour apaiser son angoisse.

— J'ai quatre-vingt-quatre ans... nabot.

— *Maire de Munchkin City,* renchérit Raffle d'un ton solennel en tournant le démarreur, *dans le comté du pays d'Oz.*

Le moteur toussa et la voiture vibra.

— *Suivez la route aux briques jaunes*, brailla Kootie.

Raffle passa une vitesse et repartit vers le nord, sur Broadway. Kootie caressa la fourrure de Fred et lança un dernier regard vers le rectangle blanc qui s'éloignait, en se demandant qui pouvait offrir une *recompensa* de 20 000 $. Une dernière citation du *Magicien d'Oz* lui revint :

— *Je crois qu'on n'est plus au Kansas, Toto*, dit-il doucement.

En deux carrefours, ils traversèrent une frontière invisible, passant de l'agitation chaude et colorée du tiers-monde à une zone de grands immeubles gris et nets, de rues bordées à intervalles réguliers de jeunes arbres verts, de voitures neuves conduites par des hommes en costumes sombres.

Ils prirent à gauche sur Beverly Boulevard et se garèrent après Hope Street dans un grand parking payant.

— On va s'faire bien plus qu'les sept dollars qu'ça nous a coûté pour entrer ici, commenta Raffle, confiant.

Il sortit de la voiture et courut vers le coffre pour y prendre sa pancarte :

ANCIEN DU VIET-NÂM SANS ABRI ET FILS ORPHELIN — ACCEPTENT TOUT TRAVAIL POUR MANGER.

— Alors c'est pas grave de se garer à crédit.

Les camions passaient en trombe sur l'autoroute d'Hollywood, dans un vrombissement étouffé par la haute bretelle qui dominait le fond du parking.

Ils avaient passé la nuit dans la voiture et Kootie avait remarqué que Raffle ne dormait que quelques heures entre ses diverses médications. Il espérait que ce soir ils allaient pouvoir s'offrir un motel. La vue du théâtre Ahmanson et du Mark Taper Forum, élégants et imposants avec leurs places ombragées, lui rappela le Los Angeles auquel il avait été habitué jusque-là et il se prit à regretter l'ineffable luxe d'une douche.

Il traversa en boitant l'asphalte du parking, tenant

Fred en laisse au bout d'une ceinture. Le chien s'élança vers un couple de pigeons qui se pavanaient et Kootie eut toutes les peines du monde à ne pas lâcher prise ; au passage, il tordit sa cheville blessée et tomba sur les genoux. Il crut un moment que le monde était devenu noir et blanc.

— Hé, Jacko ! Tu vas partir en pièces détachées ! intervint Raffle, compatissant.

Il aida l'enfant à se relever.

— Passe-moi Fred.

Kootie ne pleurait pas malgré l'intense douleur qui lui vrillait la cheville comme une note de violon suraiguë. Il était certain que son tibia saignait sous son pantalon.

— D'accord, parvint-il à articuler.

A l'aveuglette, il rendit la ceinture à Raffle.

Dès qu'il put respirer plus régulièrement, il s'efforça de parler pour prouver qu'il allait bien.

— Qu'est-ce qu'on va faire comme travail, pour manger ?

Les gens qui, la veille et la nuit, leur avaient donné un dollar par-ci par-là et des poignées de monnaie encore tièdes de la poche d'où elles sortaient, n'avaient fait que payer une sorte de péage urbain mais, ici, ils pouvaient compter recevoir des billets de vingt dollars et même se voir confier de petits travaux.

Ils s'arrêtèrent sur le trottoir de Temple Street.

— Voilà, expliqua Raffle en regardant autour de lui. Il faut que t'anticipes. Ça sert à rien de dire : « J'ai besoin d'récupérer mes outils d'jardinage au clou » si le type a des outils d'jardinage qu'y va t'refiler pour faire le boulot. Vaut mieux pouvoir dire : « Filez-moi quarante billets et je s'rai chez vous dans deux heures », tu vois ? Avec toi dans l'coin, ça devrait simplifier les choses. « Mon gamin est malade, il me manque trente billets pour le planquer au lit, dans un motel ; ensuite, j'rapplique dare-dare. » Tousse un bon coup et faudra vraiment qu'le type soit un monstre pour pas coopérer.

Le feu passa au rouge et ils traversèrent Temple

Street, Fred tirant toujours sur la ceinture tenue par Raffle.

— Finalement, on travaillera pas ? demanda Kootie soulagé malgré lui.

— Le travail, c'est quand t'aimes bien faire quelque chose, Jacko, et qu't'arrives à tirer le maximum du minimum. La bouffe, la cagna, l'carburant, la dope ? Y en a qu'ont droit à un tas d'faveurs en taule, y s'en foutent du pyjama rayé, mais très peu pour moi... Tiens, par exemple avec ton rembobineur : les films commencent à huit heures du soir mais à neuf heures on éteint les feux. C'est pas une vie ! Et si tu fumes une cigarette (qui t'aura coûté entre quatre et huit articles de l'intendance, savon ou chocolat) un type, caché dans les conduits d'aération ou n'importe où ailleurs, te dénonce et t'entends bientôt dans le haut-parleur : « Mayo, au poste de garde, et pas d'cigarette. » Tu t'fais engueuler et tu t'prends trois jours de corvée aux chiottes. Au bout de trois rappels, plus de sortie anticipée. Non, la belle vie, c'est ici, dehors.

Stupéfait par cette tirade, Kootie poussa un soupir blasé.

— Vendu, murmura-t-il.

Maintenant, ils étaient arrêtés à l'angle de Hope Street, attendant le changement des feux pour se diriger vers le Music Center, lorsqu'un groupe d'hommes en costume trois pièces, accompagnés d'une femme en tailleur marron passèrent devant eux en bavardant et en riant, se demandant qui allait tenir le rôle du Fantôme en matinée.

Kootie avait l'impression d'entendre se répercuter dans ses oreilles ce qu'il venait de dire, *vendu, vendu, vendu*...

Le ciel et les maisons des collines d'Echo Park, l'accotement vert de l'autoroute d'Hollywood, tout semblait se fondre dans un tableau plat et flou autour de l'affiche blanche aux lettres noires et la photo aux couleurs livides.

Kootie claquait des dents dans sa lourde chemise de flanelle et ses oreilles sifflaient comme s'il venait d'y faire péter ses pétards ; il se demandait s'il serait capable de courir, de seulement faire fonctionner ses muscles. Il n'avait pas songé qu'il pût exister plus d'une de ces affiches et cela lui donnait l'impression d'être poursuivi comme dans un mauvais rêve, comme dans un film d'épouvante.

Cette fois, à trois rues au nord de l'autre, l'affiche n'était plus en espagnol :

20 000 $ DE RÉCOMPENSE POUR TOUT RENSEIGNEMENT
SUR ENFANT DISPARU, NOMMÉ KOOT HOOMIE PARGANAS
APERÇU POUR LA DERNIÈRE FOIS LUNDI 26 OCTOBRE SUR
SUNSET BOULEVARD
APPELER (213) 555-KOOT
PAS DE QUESTIONS

Kootie fit volte-face pour vérifier ce que faisait Raffle.

Celui-ci regardait l'affiche, puis Kootie, puis l'affiche, sans laisser apparaître la moindre émotion.

La petite silhouette « piétons » venait de passer au vert sous les feux du carrefour et, autour d'eux, les gens commencèrent à traverser. Machinalement, Kootie les suivit, Raffle et Fred sur ses talons.

— Il te resterait huit mille dollars, lança Raffle, après prélèvement de ma part et de celle de Fred.

— Sale Ford ! soupira Kootie éperdu.

— On pourra s'offrir une Cadillac. Ou une Winnebago avec deux toilettes.

— Je peux pas… y aller, répondit une voix que Kootie ne put contrôler.

Et pourquoi ? se demanda-t-il. Je ne vais pas passer ma vie dans une voiture.

C'est alors qu'il s'entendit ajouter :

— Ils vont me manger et te tuer.

Il monta sur le trottoir, laissant passer devant lui les gens qui se rendaient au théâtre.

Raffle le dévisageait, complètement stupéfait.

— Te manger ? répéta-t-il. Me tuer ?

— Pas vous, rectifia Kootie. C'est à moi qu'il parlait… il voulait dire qu'ils vont me tuer.

— Ah ! C'est lui qui voulait dire ça ? commenta Raffle, moqueur. J'vois c'que c'est, Jacko... t'es complètement jeté. Tes belles fringues et tes bonnes manières... t'as fichu l'camp d'une famille de rupins et y veulent te récupérer pour t'administrer ta thorazine ou ton lithium ? T'inquiète, j'vais te tirer d'là.

Kootie, qui s'était complètement repris, se demandait seulement si Raffle avait de bonnes jambes.

— Je peux me tailler, annonça-t-il le cœur battant.

— Avec ta cheville ? J'te rattraperais tout d'suite.

— Je dirais que je vous connais pas, que vous voulez m'embêter.

— J'montrerais l'affiche.

Kootie contemplait derrière Raffle le trottoir pour le moment désert.

— On verra ce que diront les flics.

Raffle fit volte-face et Kootie en profita pour escalader les marches en trois bonds et aboutir sur l'esplanade menant à la tour blanche du Mark Taper Forum ; un chemin suivait le plan d'eau encerclant le bâtiment. Il courut dans cette direction car le Dorothy Chandler Pavilion lui paraissait trop loin.

Derrière lui retentissait un aboiement plaintif à l'instant où Raffle marchait sur Fred, suivi des pas lourds de l'homme ; mais l'enfant courait comme un dératé, oubliant la fulgurante douleur de sa cheville et, quand il traversa les douves en dérapant devant les murailles du Mark Taper Forum, il n'entendit plus ses poursuivants.

Cela ne dura pas. Peu après, il distinguait les griffes de Fred sur le ciment et le claquement des semelles de Raffle. Kootie bondissait comme une sauterelle, le visage glacé de transpiration... ils allaient le rattraper et personne dans les parages ne viendrait à son aide... tout le monde voudrait se partager les 20 000 $.

Coincé. Des souvenirs en vrac se heurtaient dans sa mémoire... quand il fouettait son cheval en rentrant chez lui au passage d'un cimetière de nuit, sa charrette pleine des journaux invendus que des doigts invisibles semblaient feuilleter ; quand il s'écrasait à travers les bois sombres de Port Huron, poursuivi par le fantôme d'un capitaine de bateau à vapeur récemment décédé ; quand il fuyait en Californie sous le « masque » d'une éclipse totale de soleil en 1878, sans laisser de traces, assis des jours durant sur un inconfortable coussin sur le chasse-pierres de la locomotive de l'Union Pacific qui escaladait les pentes neigeuses des sierras...

Il se rappelait également comment il était mort dans la chambre du château de Llewellyn Park, en octobre 1931, exhalant son dernier soupir... dans un tube à essai.

N'importe qui pourrait le manger, maintenant, l'inhaler, inspirer son essence. Dans sa petite prison de verre, il avait été emmené à Detroit pour finalement revenir en Californie et ce gamin prépubère l'avait avalé mais il n'était pas assez mûr pour le digérer, le détruire, le tronquer et se servir de ses pièces détachées à des fins obscures... En revanche les gens qui le poursuivaient n'avaient pas d'autre objectif.

S'ils l'attrapaient.

En ce moment, l'enfant n'était qu'un passager écarté de son jeune corps et le vieil homme se tourna vers le chien qui arrivait au galop.

Pas plus de deux autres personnes, au pire, songea Raffle, ça m'en laissera encore six mille six cents puisque cet idiot de Jacko abandonne sa part en m'obligeant à lui courir après ; je peux le plaquer au sol et crier : *Rightful Glory Mayo ! Rightful Glory Mayo !* Non, pas de nom de prison, c'est pas le moment... quel est mon vrai nom, au fait ?... Et puis je ferai appeler la police en disant que le gosse vient de tomber et d'avaler sa langue. Je lui fourrerai ma chaussure dans la bouche pour l'empêcher de parler, je dirai que c'est à titre préventif.

Il passa le pont au-dessus du plan d'eau et vint déraper à son tour contre le mur, quelques secondes après Kootie, pratiquement en même temps que Fred. C'est alors qu'une détonation retentit dans l'air matinal.

Il se figea, plaqué contre le mur pour ne pas tomber.

Autour de lui le sang tiède gouttait encore et, à travers une gerbe écarlate, il aperçut la lourde masse du vieil homme vêtu de noir, un chapeau sur la tête, qui le dévisageait de ses yeux écarquillés. Croyant qu'un coup de feu venait d'être tiré, Raffle chercha autour de lui le corps de Kootie mais n'aperçut que le cadavre explosé de Fred.

Kootie avait disparu.

Le vieil homme se détourna et, d'un seul coup, fit volte-face et bondit sur Raffle, lui envoyant une jambe à la figure; celui-ci défaillit sous le choc et recula de plusieurs pas, se rattrapant de justesse à la rambarde du pont.

La bouche du vieillard s'ouvrit sur une rangée de dents ensanglantées.

— Essayez donc de m'attraper, maintenant, bande de gredins! lança-t-il.

Raffle se rappelait avoir entendu Kootie parler de quelqu'un qui allait *te tuer et me manger* et, un interminable instant de vertige, il crut effectivement que ce vieux monstre avait dévoré Kootie et s'apprêtait maintenant à le tuer à son tour, à le faire exploser comme il semblait l'avoir fait du chien.

Peu après, il se retrouvait en train de décamper à travers le plan d'eau, de fuir vers les marches, pour regagner sa voiture et sa vie anonyme de traîne-misère au sud de l'autoroute 10.

La silhouette du vieil homme se dirigeait d'un pas mal assuré vers l'escalier ouest de l'esplanade. Quelques spectateurs qui s'apprêtaient à voir *Le Fantôme de l'Opéra* regardèrent curieusement le chapeau noir informe, le manteau dont les manches semblaient se détacher aux épaules en suivant les mouvements désordonnés des bras.

Ces gens bien habillés avaient vu le gamin courir dans cette direction, poursuivi par le clochard puis ce dernier revenir, traverser le plan d'eau et filer vers l'escalier, apparemment terrorisé; pourtant, il n'y avait eu ni cri ni appel au secours et, maintenant, ce vieil homme marchait tranquillement, disparaissait d'un pas laborieux dans l'escalier du parking. Il s'était peut-être passé quelque chose mais c'était fini.

Le vieil homme avait chassé Kootie de son propre corps pour l'emprisonner dans une pièce où régnait la plus totale obscurité. Curieusement, le jeune garçon savait qu'il se trouvait dans la « salle n° 5 du laboratoire de West Orange ».

Il haletait, vite et fort, lâchant un gémissement à chaque expiration. Il ne pensait à rien et sentait ses pupilles se dilater frénétiquement dans les ténèbres.

Il se déplaçait lentement sur le plancher, laissant à peine glisser ses pieds nus, et passa au milieu de souvenirs statiques accrochés dans l'air moisi telles des toiles d'araignée.

Il y avait un autre enfant dans cette pièce... non, rien que le fantôme exténué d'un enfant de cinq ans, qui semblait prendre cet endroit sombre pour le fond d'un torrent à Milan, dans l'Ohio. Il s'y était noyé longtemps auparavant, en 1852, alors qu'il se baignait avec son ami Al. Dans sa terreur de se retrouver sous l'eau, incapable de remonter à la surface, dans sa terreur d'absorber de l'eau par les poumons, il avait sauté... hors de son corps!... pour venir s'accrocher à son ami sur la rive. Et il n'avait plus cessé de le suivre, des années durant, d'accompagner Al dans tout ce qu'il faisait, jusqu'à grandir et devenir lui-même adulte.

Kootie se traîna en avant, sortant de l'onde formée par le fantôme de l'enfant pour alors tomber dans une autre zone, celle qu'occupait l'esprit d'Al, un petit garçon qui s'était contenté de rentrer à la maison après que son ami eut disparu dans l'eau sans remonter. Il avait paisiblement dîné avec son père et sa mère puis était monté se coucher, sans parler à personne de l'accident du torrent... et sa surprise avait été immense lorsque ses parents l'avaient réveillé, quelques heures plus tard, en lui demandant où il avait vu son ami pour la dernière fois. Tout le monde était dehors, armé de torches, à la recherche du petit. Al avait alors tranquillement expliqué ce qui s'était passé... et sa surprise avait été plus immense encore quand il avait vu l'horreur se dessiner sur les visages de sa mère et de son père, leur incrédulité à l'idée qu'il ait tout simplement pu quitter son ami qui se noyait.

Al ne voyait qu'une chose : il avait ramené son ami chez lui.

Et dans cette salle, trente-sept ans plus tard, son ami avait fini par quitter Al.

A l'époque, celui-ci avait quarante-deux ans ; jamais il n'avait oublié cette noyade. Enfermé dans cette pièce sombre, il avait travaillé avec Dickson sur un nouveau projet, le kinétoscope, et, à la fin du printemps 1899, tous deux avaient essayé l'appareil, à titre de masque ; il avait remarquablement fonctionné.

Dickson avait dressé un écran blanc sur un mur pendant qu'Al installait le gros appareil de cuivre et de bois de l'autre côté de la pièce ; alors que le moteur ronronnait, l'écran brilla un instant d'une lumière blanche et vide, et puis apparut l'image d'Al, déjà corpulent, avec son menton résolu encastré dans un cou épais, ses cheveux gris repoussés en arrière d'un front haut et pâle... et l'image se mit à parler.

Alors, le fantôme de l'enfant noyé, mis en présence d'un autre fantôme apparemment dédoublé, se sépara d'Al et s'enflamma brutalement.

Brusquement, Kootie se retrouva dans son corps et se rappela qui il était. Mais il ne voyait rien, comme s'il était entouré d'une enveloppe brûlante. Frissonnant violemment, il la déchira de ses ongles et la repoussa de son front mais, quand elle tomba sur la rambarde, il s'aperçut qu'il s'agissait d'une sorte de masque qui lui avait recouvert la tête, les épaules et le torse et représentait le buste d'un vieil homme revêtu d'un infâme manteau de fourrure noire, aux manches terminées par des mains molles et blanches et qui sentait le chien mouillé.

Kootie tremblait de tous ses membres. La brise matinale lui glaçait le visage et soufflait dans ses cheveux humides ; il se rendit compte que cette mouillure sur ses joues, sur ses paumes, était du sang, qu'il baignait dans une mare de sang. Complètement affolé, il ne désira soudain plus que s'enfuir, échapper à ce qui venait de se produire ici. Alors il s'enfonça plus profondément dans la lumière artificielle du parking souterrain, défit la fermeture de sa chemise de flanelle. Il avait la gorge ouverte mais n'avait pas recommencé à respirer.

Debout sur le sol de ciment du parking, il se débarrassa de sa chemise complètement trempée. Seul un pan du dos lui parut assez sec pour qu'il s'en essuyât le visage et la tête. Puis il repoussa ses boucles humides de son front, se frotta les mains sur la doublure de nylon et envoya promener le vêtement derrière lui. Son sac à dos était tombé à terre mais, à ce moment-là, il ne représentait plus qu'un paquet encombrant et tout aussi plein de sang.

Sous la chemise de flanelle, Kootie portait un polo léger, à manches courtes, à peine humide et assez sombre pour que le sang qui le tachait passât inaperçu. Il enleva les brodequins de fourrure noire qui recouvraient ses Reebok et frémit à la vue des traînées sanglantes qui les maculaient. *Ça va comme ça !* hurlait une voix en lui. *Fiche le camp !*

Il remonta l'escalier quatre à quatre, sauta par-dessus l'enveloppe organique et, quand il se retrouva sur l'esplanade, escalada un muret et atterrit sur le trottoir de Hope Street.

Marchant aussi vite qu'il le pouvait pour s'éloigner, il courait presque.

Son cerveau bouillonnait encore de cette sensation d'avoir été violé par une tierce personne mais son système nerveux fonctionnait normalement et lui permit de repartir vers le sud, où il pourrait se cacher. Les battements de son cœur avaient remis ses poumons en marche et il respirait à courtes mais profondes goulées, émettant un imperceptible sifflement à chaque aspiration.

Les souvenirs du vieil homme résonnaient encore dans sa tête, et c'était insupportable, si bien qu'à chaque pas, il secouait la tête, comme pour les en chasser, en même temps que l'odeur de chien et de sang qui lui collait toujours à la peau, ainsi que cet âcre relent de poil brûlé.

Le fantôme du petit garçon avait explosé en un éclair entre Al et l'écran qu'il calcina, donnant une fin prématurée au premier film du monde, qui, de plus, était parlant.

Par la suite, Al expliqua que ses bandages provenaient de l'explosion d'un creuset mais, évidemment, la presse s'était emparée de l'incident.

Le titre du New York Times *du 21 avril 1889 annonçait :* EDISON BRÛLÉ MAIS TOUJOURS ACTIF.

18

Néanmoins, lorsqu'ils eurent couru pendant une demi-heure environ et qu'ils furent de nouveau tout à fait secs, le Dodo proclama soudain :
— La course est terminée !
Et ils se pressèrent tous, tout essoufflés, autour de lui, pour demander :
— Mais qui a gagné ?

Alice au pays des merveilles
Lewis CARROLL

Même en ce mercredi matin d'octobre, les plages de Santa Monica grouillaient de surfeurs en combinaison noir et turquoise glissant à la surface de l'océan ou entre les vagues vert jade tandis que sur le sable s'étalaient les corps dorés des derniers amateurs de soleil, devant les parasols multicolores et, plus loin, les bicyclettes et les voitures qui scintillaient sur les parkings.

Sur les deux kilomètres de sous-bois, les villages de toile et les vieux réfrigérateurs avaient attiré une foule de badauds venus se mêler à la masse des sans-abri pour assister au spectacle impromptu qui s'y donnait. Six ou huit vieilles femmes abandonnaient leurs caddies pleins de boîtes de conserve vides pour sauter sur l'herbe verte en grognant des vroum-vroum imitant les motos de la police, ou hurlant comme des sirènes. D'un seul coup, elles s'arrêtèrent toutes et, bien qu'elles fussent séparées par des dizaines de gens, crièrent à l'unisson :

— Arrêtez ! Vous êtes sur une route en sens unique pour l'enfer !

Des vieux en haillons, apparemment surpris en

plein délire eucharistique, offraient leur chair à qui voulait la manger; ensemble, ils tombèrent à genoux et se mirent à dévorer des cailloux et des poignées de terre. Plusieurs touristes se sentirent mal. Sur les chevaux de bois du quai de Santa Monica, les enfants pleuraient et se plaignaient qu'ils n'aimaient pas les horribles visages qu'ils voyaient dans l'air.

A un kilomètre et demi de là, à Ocean Park, les surfeurs furent dérangés par une centaine de baigneurs qui entrèrent maladroitement dans l'eau en appelant à grands cris :

— Sœur Aimée ! Sœur Aimée !

Il semblait que quelqu'un de ce nom fût en train de se noyer.

Plus au sud, sur la plage de Venice, plusieurs camions et une benne avaient été amenés jusque sur le sable par la police qui dut leur ouvrir la route à travers la foule pour atteindre l'énorme poisson mort.

La bête était évidemment morte, d'ailleurs elle commençait à sentir, si bien que les curieux se tassaient de plus en plus autour de la grosse femme qui fumait cigarette au clou de girofle sur cigarette au clou de girofle.

Aucun des culturistes à l'abri dans leur petite cour clôturée n'avait reposé ses haltères ni abandonné son tapis de sol pour aller voir le poisson. Et les filles en lunettes de soleil et maillot fluo continuaient de fendre la foule d'Ocean Front sur leurs patins à roulettes, de même que les jongleurs et les musiciens qui demeurèrent près de leurs chapeaux pleins de sous ou de leurs guitares. On peut toujours attirer l'attention d'un passant qui n'a pas grand-chose à faire, songea Canov en se penchant contre l'un des piliers de ciment de la scène de ciment, mais ces gens savent qu'il finira par s'intéresser de nouveau à eux.

De la scène, il voyait toutes les enseignes des cafés et pizzerias et, plus loin au nord, au-delà de Windward, il apercevait les échoppes qui vendaient serviettes et lunettes de soleil, chapeaux, tee-shirts et autres tatouages provisoires. Le soleil tapait fort à cet endroit mais, dès qu'on se mettait à l'ombre, la brise avait beau exhaler la saucisse et l'Ambre solaire, elle n'en était pas moins glacée. Les agents de police qui marchaient par deux le long de la promenade portaient des shorts bleus et des tee-shirts mais ils gardaient certainement des pulls à portée de la main.

Canov regrettait de n'avoir pas eu le temps de se changer avant de venir, mais Loretta deLarava avait dit à quelqu'un au téléphone qu'elle comptait s'y rendre elle-même si bien qu'Obstadt lui avait ordonné de filer à Venice sur l'heure. Maintenant qu'il se trouvait sur place, en tenue de bureau, son costume anthracite et sa barbe noire devaient lui donner un petit air de terroriste.

Une structure massive posée sur de larges piliers dominait la scène sur laquelle se trouvait Canov et, quand il en avait escaladé les larges marches, il avait trouvé que cela faisait penser à un homme penché sur ses haltères ; derrière lui se dressait une sorte d'immense hangar également en forme d'haltère juché sur cette espèce de machine qui vous renvoyait la balle dans un bowling automatique. Canov avait l'impression de se trouver devant un temple fasciste consacré à la culture physique comme on en voyait dans les anciens documentaires de Leni Riefenstahl.

Il reporta son attention sur la plage. L'équipe de Loretta deLarava avait commencé à ranger ses spots et ses micros. Ils s'apprêtaient à quitter les lieux, semblait-il... Pour s'en assurer, Canov se hissa sur la pointe des pieds dans ses chaussures Gucci.

En quel honneur, songea Loretta deLarava en s'éloignant lourdement du poisson mort, y a-t-il tellement de gens sur cette plage ? C'est *lui* qui les a attirés, pour se couvrir ?

Les attaches de ses chaussures s'étaient défaites, le velcro plein de sable, or elle ne pouvait les rattacher sans s'asseoir dans un solide fauteuil. Le soleil éclatant qui se reflétait en mille aiguilles fluorescentes à la surface de l'eau, la réverbération du sable ne faisaient qu'ajouter au malaise de la grosse femme qui transpirait à larges gouttes malgré sa robe de lin blanc.

Elle s'arrêta et se retourna sans bouger les pieds, clignant des yeux quand le vent lui renvoya une mèche de cheveux dans le visage. Je devrais remettre mon élastique, songea-t-elle.

— Joey, viens ici ! cria-t-elle d'un ton agacé.

Son petit assistant tout rabougri, ridicule sur cette plage avec ses bottes et son blouson kaki, émergea de la foule avec sa démarche de crabe pour la rejoindre sur le sable mouillé. Il ne transpirait jamais, lui.

— Vous êtes sur une route en sens unique pour l'enfer ! railla-t-il en imitant un timbre de voix de femme.

Puis, reprenant sa propre voix :

— Elle savait ce qu'elle faisait en gardant ses électriciens radio dans le coin pour tout perturber... Un baptême par immersion totale pour renoncer aux démons et ensuite elle s'est arrangée pour émerger dans le réseau du brouillage radar. Des falaises blanches de pixels, des images tellement incohérentes qu'elles ne captent plus aucun signal. Tut, tut, tut... Tit et Tut, Tea for two...

Loretta deLarava tirait si fort sur le mégot de sa cigarette que des étincelles en retombèrent sur la plage mais la fumée ne lui apporta aucun goût de fantôme.

— Qu'est-ce que tu me racontes sur Tit et Tut ? Continue.

Joey Webb plissa les yeux.

— Vous avez bien dit qu'ils sont déjà venus ici.

Se pouvait-il qu'il eût recouvré sa clairvoyance ?

— Est-ce que tu les sens, l'un ou l'autre ? Est-ce que tu sens leur père ?

— Moi, sentir une personne ?

La voix de Joey avait repris ses aigres intonations de rengaine.

— Aimée Semple McPherson est partie à la nage vers la haute mer et tout le monde a cru qu'elle s'était noyée. En tout cas c'est ce qui est arrivé à deux plongeurs et elle a certainement dû porter leurs fantômes à jamais.

Loretta deLarava avait espéré que Joey Webb arracherait aux turbulences psychiques du large quelques nouvelles du fantôme d'Apie Sullivan, mais son assistant semblait se concentrer sur Aimée Semple McPherson, l'évangéliste disparue au large d'Ocean Park en 1926 ; à l'époque, tous les journaux en avaient parlé mais, par la suite, on avait découvert qu'elle avait juste plongé pour ressortir un peu plus loin, histoire de s'offrir quelques semaines de repos tranquille avec un électricien de sa station radio évangélique.

La vieille soupira. Reportage, tournage, tout ce qu'elle avait entrepris aujourd'hui était raté. Le camion du générateur s'était ensablé, trop loin du poisson, si bien qu'il avait fallu apporter des câbles au risque que les gens se prennent les pieds dedans, puis il y avait eu ces ennuis avec les projecteurs censés imiter la lumière du jour pour gommer les ombres intempestives sur les visages, qui n'avaient cessé de faiblir et de s'éteindre au mauvais moment. Finalement, Loretta deLarava avait dit au cameraman de filmer les spectateurs tels quels et tant pis s'ils avaient les orbites caverneuses et les joues creuses comme des cadavres. Quant au poisson... impossible de dire à quoi il ressemblerait sur le film.

Quelques heures auparavant, les services d'hygiène avaient envoyé chercher la dépouille mais une des personnes présentes avait prétendu qu'il s'agissait d'un cœlacanthe, une espèce de fossile vivant dont l'existence remontait à l'âge carbonifère, très rare dans le monde, inconnu dans le Pacifique. Du coup, le ministère de la Chasse et de la Pêche avait envoyé une délégation formée de professeurs de l'université de Californie qui interdisaient à quiconque de toucher à cette fichue bestiole.

Le reportage était dans la boîte et Loretta deLarava l'avait fait expédier tel quel au studio mais elle ne voulait pas quitter la plage sans savoir si le fantôme du vieux Sullivan avait déjà émergé ou non... et si oui, où il était. Elle n'oserait évidemment pas le manger avant samedi, cependant elle pourrait très bien l'enfermer dans un pot en attendant.

Pour la centième fois, peut-être, elle consulta sa montre, mais l'aiguille magnétique s'agitait encore dans tous les sens, pointant plus ou moins vers la salle de gymnastique. Avant le commencement du tournage, elle s'était frayé un chemin parmi la foule pour faire tout le tour du site, sans cesser de regarder sa montre mais, chaque fois que l'aiguille n'avait pas pointé au nord, c'était pour indiquer un quelconque vieux fou vêtu de fripes... encore de vieux fantômes racornis dont les champs magnétiques ratatinés ne seraient même plus détectables s'ils reculaient d'un pas ou deux.

Le fantôme d'Apie Sullivan serait impossible à distinguer d'un nouveau mort, puissant, préservé, au fond de la mer, de trente-trois années de lente décomposition. Mais la traque d'un nouveau fantôme, se dit-elle sans quitter son aiguille des yeux, revient à repérer un hélicoptère en pleine ville : on commence par les « entendre » venir d'un peu toutes les directions à la fois, à cause des échos.

Seulement je ne reçois même pas d'écho. Et Joey ne sent pas non plus sa présence, or, quoi qu'il en pense, lui qui les prend pour des anges ou des esprits, il sent admirablement les fantômes. Il le saurait si Apie était là.

Alors où est-il ?

Loretta deLarava fouilla dans son sac à la recherche de son portefeuille.

— Joey ! lança-t-elle. Tu m'entends ? Je veux que tu restes ici, que tu prennes une chambre dans un motel du coin, d'accord ?

Elle sortit une liasse de billets qu'elle lui tendit.

— Quel motel ? demanda gaiement le vieux Joey. Sous quel nom il va s'inscrire ?

— Il ne va pas descendre dans un motel, espèce de...

Elle jeta sa cigarette dans les vagues et toussa bruyamment, la gorge infestée de l'odeur du clou de girofle.

— Il n'est pas plus visible que la cellophane qui ferme ton paquet de cigarettes, et encore, il ne brille pas. Tu ne pourras le repérer qu'avec une boussole. Il sera un peu sonné, égaré. Achète un pot de confiture d'orange, vire la confiture, n'en laisse qu'un tout petit peu pour qu'il la sente et, si tu le trouves, attrape-le dedans.

Elle posa un regard anxieux sur le vieux fou.

— Tu crois que tu y arriveras ?

— Mais oui ! affirma-t-il désinvolte. Seulement qu'est-ce qu'il faut que je lui dise ?

— Tu ne lui adresses pas la parole ! geignit Loretta deLarava au bord des larmes.

Elle était à bout de forces et sa déception ne faisait qu'ajouter à sa fatigue.

— Et n'ouvre le pot sous aucun prétexte une fois que tu l'auras enfermé dedans. Enveloppe-le dans ton blouson ou quelque chose de ce genre et téléphone-moi, c'est compris ?

— D'accord, d'accord ! Oh là là !

— Tu ne le laisseras pas t'échapper ? Il ne faut surtout pas qu'il arrive à Pacific Avenue. S'il entre en ville, j'aurai toutes les peines du monde à le récupérer.

Joey se leva.

— Il m'échappera pas ! promit-il solennellement.

Elle devrait bien s'en contenter.

— Téléphone-moi quand tu auras trouvé une chambre.

Là-dessus, elle se mit en devoir d'escalader lourdement la pente de sable sec en se frayant un chemin parmi les badauds.

Quand elle arriva au milieu de la foule, elle s'arrêta devant l'énorme masse cuivrée du poisson et contempla ses grands yeux morts. Un fossile vivant, avait décrété un des professeurs envoyés à la rescousse. Pas vraiment vivant, d'ailleurs... à peine plus que la plupart d'entre nous.

Elle se trouvait plein nord par rapport au monstre et en profita pour regarder sa montre... mais la boussole pointait encore vers le nord, derrière elle...

Poussant un soupir, elle reprit son chemin en bousculant ceux qui se trouvaient sur son passage. Quelle perte de temps ! maugréa-t-elle intérieurement. Espérons que mes affiches auront produit leur effet en m'apportant des nouvelles du petit Parganas. Et puis j'ai garé la Lexus en plein milieu de l'avenue ; ce sera bien le diable s'il n'y a personne pour la voler !

Des gouttes de transpiration coulaient du front de Canov dans sa barbe qu'il grattait d'un geste agacé avant qu'elles n'atteignent son col blanc. Il fut heureux de constater que Loretta deLarava se décidait enfin à partir parce qu'une dizaine de gosses en maillot de bain avaient envahi la scène où il s'était posté, pour y mimer le tour de chant de leurs vedettes préférées.

Un gros poisson mort, songeait-il en descendant vers le trottoir. Que dire d'autre à Obstadt ? Qu'elle n'a rien fait que l'examiner et le filmer ? Celui-ci est plus gros que ceux qu'elle pêche sur le *Queen Mary* par les nuits sans lune, mais, justement, elle ne l'a pas attrapé et encore moins mangé. Quant aux crabes et aux homards, tous ceux qui ne sont pas retournés à la mer ont été capturés. Je ne peux même pas lui en rapporter un, encore qu'il ne sache qu'en faire puisqu'il est végétarien.

— T'as pas une pipe à vendre ?

Canov se retourna. Un jeune homme bronzé, qu'il avait déjà repéré devant les filets de volley-ball, avait traversé la scène de ciment et se tenait maintenant derrière lui, une main tendue, l'autre dans la poche de son jean coupé en short. Canov lui trouva l'air trop sain pour avoir besoin de nicotine.

— J'en ai pas trouvé, répondit-il.

Si c'était une cigarette que lui demandait l'importun, cette réponse était destinée à le dérouter.

Pourtant, au lieu de s'insurger, de prétendre qu'il ne cherchait pas de rebuts ramassés à terre, le jeune homme secoua la tête d'un air piteux.

— On dirait qu'ils sont de sortie aujourd'hui, commenta-t-il.

Il parlait juste assez fort pour être entendu de son voisin par-dessus la musique rap échappée des transistors noirs du carré de volley-ball.

— On sent presque comment ils sont morts.

Canov ne consommait jamais de ces trucs qu'on appelait « cigares » ou « pipes ».

— En tout cas, marmonna-t-il, je sens l'odeur de poisson mort.

Le jeune homme jeta un regard désabusé vers la foule de la plage.

— Du poisson mort. Ouais, c'est ça. Ciao.

Et il partit à petites foulées, les pieds nus, vers la piste cyclable, certainement à la recherche d'un autre passant à l'air dépaysé.

La police avait ouvert le chemin jusqu'au poisson à un camion à plate-forme et Canov vit bientôt des hommes en bleu de travail tenter de rouler la bête sur une longue planche à l'aide d'une grue. Il se demanda qui en avait gagné la garde.

Il soupira et partit à son tour. Obstadt serait certainement très intéressé par ces informations.

Le poisson devait être acheminé vers un laboratoire océanographique de l'université. Lorsque la bête fut recouverte d'une bâche et hissée sur la plate-forme du camion, le conducteur retourna lentement vers l'avenue en envoyant des bip-bip-bip annonçant qu'il reculait. Au passage, il écrasa une poubelle bleu et blanc sur laquelle s'étalait à l'infini l'inscription RECYCLAGE* RECYCLAGE* RECYCLAGE* RECYCLAGE*, mais, bientôt, les quatre roues retrouvèrent le bitume et le conducteur repassa en première tandis qu'un agent de police faisait signe aux baigneurs de s'écarter de son chemin.

Enfin, le camion arriva à Windward et, lorsque la circulation diminua, au-delà de Main Street, il traversa Venice Boulevard pour s'engager dans Lincoln Avenue et, là, tourna vers le nord, en direction de l'autoroute de Santa Monica.

Sur les voies express tu t'exprimes.

Le conducteur escaladait la bretelle d'entrée à coups de changements de vitesse grinçants, et les lauriers-roses s'inclinaient sur son passage comme s'il créait un puissant appel d'air. Le soleil parut se réverbérer sur l'arrière du vieux camion pourtant dépourvu de vitre ou de tout chrome, comme si, en fait, des dizaines de fantômes d'anciennes voitures rutilantes et anguleuses l'accompagnaient.

Dans l'obscurité étouffante qui régnait sous la bâche, les mâchoires du cœlacanthe s'ouvrirent d'un seul coup et un léger sifflement s'échappa de sa gorge; n'importe qui l'eût entendu eût reconnu les neuf premières notes de *Begin the Beguine,* tandis qu'un minuscule corps transparent s'échappait de la bouche ouverte, passait entre les dents comme un bébé méduse nageant dans les eaux claires d'un lagon.

Tel un nuage de fumée qui ne se serait pas dispersé à la sortie de la bouche, la chose parut descendre le long des mâchoires du poisson, flotta un moment sur la plate-forme vibrante du camion puis s'accrocha à l'ouverture de la bâche. Le vent qui s'y engouffrait captura la volute et joua un instant à la rouler et à la repousser vers l'air libre où la chaleur du diesel s'élevait dans un courant invisible.

Derrière le camion, la circulation avait ralenti car, brusquement, le véhicule avait semblé partir en pièces détachées: un morceau de métal par-ci, des éclats de chrome par-là, comme si une sorte de lumière ultraviolette éclairait soudain des voitures jusque-là demeurées invisibles derrière lui. Et puis les pare-brise s'assombrirent tandis qu'un long biplan jaune passait en rase-mottes dans un assourdissant vrombissement; à peine visible, un homme semblait se tenir debout sur l'aile supérieure.

En deux secondes, l'appareil avait pris de la distance mais, avant de disparaître à l'horizon, il avait tourné dans le vent, comme s'il se dirigeait vers le nord-est, vers Hollywood.

19

« Mais alors, pensa Alice, ne deviendrai-je jamais plus âgée que je ne le suis actuellement ? Ce serait une consolation, en un sens, que de ne jamais devenir une vieille femme. Mais aussi, toujours devoir apprendre des leçons ! Ah, je n'aimerais sûrement pas cela ! »

Alice au pays des merveilles
Lewis CARROLL

Après avoir passé la matinée au tribunal, J. Francis Strube rejoignait son cabinet d'Olive Street largement à temps pour pouvoir encore prendre un bon repas. Il posa sa serviette sur la longue crédence de chêne et laissa tomber sa gigantesque masse dans le fauteuil de cuir derrière son bureau.

Il avait un rendez-vous, cet après-midi ; un type dont la femme voulait divorcer. Au téléphone, celui-ci avait paru presque s'excuser, visiblement mécontent de devoir engager un avocat parce qu'il avait sans doute espéré que sa femme allait abandonner sa demande de divorce et lui revenir, toute repentante. Strube commencerait par se montrer compatissant, pour que le type s'épanche, s'émeuve, fonde en larmes au besoin ; par la suite, il s'étonnerait de ce que son client accepte de tant remettre à sa femme. Il alléguerait :

— Oh ! Elle va en avoir besoin parce qu'elle sort beaucoup, c'est ça ?

Sur un ton laissant entendre toute sa sympathie et sa colère.

— Enfin... si vous tenez à tout lui laisser...

Finalement, il l'amènerait à refuser de céder l'aspirateur dont le pauvre type ne saurait certainement que faire ou qu'il n'avait sans doute même jamais vu.

Il fallait y consacrer un peu plus de temps mais, finalement, Strube préférait éveiller la rapacité chez ces clients timides plutôt que de flatter l'ego des salauds qui ne songeaient qu'à virer leur bonne femme pour se taper une petite de vingt ans. Pour ces derniers, il gardait en réserve des observations du genre :

— Vous avez cinquante ans ? Pas possible ! Vous n'en faites pas plus de quarante !

Ou :

— Comment avez-vous pu supporter cette vie si longtemps ?

De toute façon, un timide avait toujours besoin d'un avocat. Au début, il était persuadé, comme n'importe quel automobiliste interpellé la première fois pour conduite en état d'ivresse, qu'il lui suffirait d'une attitude humble et docile pour assurer sa propre défense devant le tribunal, sans se rendre compte que les juges avaient tous commencé par être eux-mêmes avocats et comptaient le redevenir quand la retraite aurait sonné ; si bien qu'ils faisaient systématiquement de cet inconscient l'exemple de ce qu'encourait toute personne non défendue par un professionnel.

A la cour, ce matin, un autre avocat avait posé une devinette à Strube :

Question : Quelle différence y a-t-il entre un spermatozoïde et un avocat ?

Les lèvres serrées, il se pencha pour prendre le journal que Charlotte avait laissé sur le bureau. Le téléphone sonna, mais il préféra laisser la secrétaire décrocher ; il se faisait un point d'honneur de ne jamais répondre sans savoir à qui il avait affaire.

Il attendit, mais l'interphone ne grésilla pas. Tant mieux, elle prenait la communication en main. Il se mit à lire.

Tout d'abord, il vit que Ross Perot prétendait s'être retiré de la course aux présidentielles uniquement à cause des menaces de l'équipe Bush. Il sourit. Il ne votait jamais mais il aimait assez compter les points.

« Il est temps que ça change ! » Voilà le genre de proclamation qui l'interpellait. Il allait tourner la page quand, dans le bas, un encadré attira son attention.

« LES FANS D'UNE ANCIENNE SITCOM RECHERCHENT "SPOOKY" »

Il lut rapidement l'article, sentant obscurément s'accélérer les battements de son cœur. Quand il eut fini, il appuya sur un bouton de l'interphone.

— Charlotte ! aboya-t-il. Venez voir ça !

Non, se dit-il aussitôt. Elle serait capable d'en tirer parti.

— Attendez, reprit-il, apportez-moi...

Mais elle avait déjà ouvert la porte du bureau et le dévisageait curieusement.

Elle portait l'un de ces éternels ensembles sombres qu'elle avait commencé d'arborer le jour où il lui avait fait une avance maladroite, six mois auparavant.

— Voir quoi ? demanda-t-elle.

— Perot dit que Bush avait l'intention de gâcher le mariage de sa fille, lança-t-il en repliant le journal. Vous vous rendez compte ? Bon, vous pourriez me trouver le numéro de...

Comment s'appelait déjà cette satanée manufacture ? Ouchie ?

— Goudie. La société Goudie Scottish Schnouf... euh... G-O-U-D-I-E. C'est à San Francisco.

— Schnouf ?

Strube porta le dos de sa main à son nez et renifla bruyamment.

— Oui, pour priser, comme les belles dames et les beaux messieurs d'autrefois. Du tabac en poudre.

— Et vous voulez que je les appelle ?

— Non, que vous me donniez leur numéro.

Charlotte hocha la tête sans comprendre et regagna sa place, à la réception, après avoir fermé la porte du bureau.

Si Nicky Bradshaw est encore vivant, songea-t-il enthousiaste, il doit toujours fabriquer de la schnouf, et je parie qu'on n'est pas nombreux à s'en souvenir. Et je parie que personne sauf moi ne se souvient du nom de sa manufacture. Dieu sait que j'étais un bon client.

Strube se leva et se précipita vers la fenêtre qui donnait sur la rue pour regarder passer les toits multicolores des voitures, prompts comme des insectes. Lui-même venait de s'offrir une nouvelle BMW mais, d'où il était, il ne pouvait distinguer aucune différence d'un modèle à l'autre. Il faisait partie du Sports Club de Los Angeles, ce qui lui avait rapporté, entre autres, quelques affaires grâce à la publicité qu'il faisait régulièrement paraître dans la Lettre du club sur le Net ; et puis il était fier de son régime hyper-sain, des années qu'il venait de passer sans avaler un œuf, ni une vraie tranche de bacon ni seulement une noisette de beurre ou de crème ; et son appartement sur Sunset Boulevard valait une fortune, mais...

A part ses costumes et ses meubles à éléments ou quelques gravures de marines accrochées au mur, l'appartement faisait plutôt nu ; en fait, la moitié de ce qu'il possédait se trouvait dans cette foutue crédence, là, près de lui, avec le ventilateur qu'il n'avait jamais sorti de son emballage et la plaque de merisier gravée à son nom, *J. Francis Strube*, par un client reconnaissant, qu'il n'avait jamais osé mettre sur son bureau de peur d'avoir l'air de défendre des drogués hippies.

Seulement il pourrait être... l'avocat qui retrouverait Spooky.

Réponse: Aucune, chacun a une chance sur deux millions de devenir un être humain.

Ou quelqu'un.

Finalement, à bien y réfléchir, lorsqu'il avait vingt, vingt et un ans, il avait dû passer des commandes à la société Goudie Scottish Schnouf aussi souvent qu'il avait expédié des lettres d'instance aux gens dont les noms et les adresses étaient parus dans les listes tri-hebdomadaires de saisie.

Il avait travaillé comme secrétaire juridique chez Nicholas Bradshaw en 74 et 75, à Seal Beach. Bradshaw traitait essentiellement des affaires de banqueroute, souvent liées à des histoires de divorce ou de garde d'enfant, et Strube avait fait preuve alors d'un don particulier pour l'instruction des conflits familiaux.

Au début, il avait pensé se spécialiser dans le droit du spectacle et, dès sa sortie de l'école, il avait laissé pousser ses cheveux filasse et s'était affublé de petites lunettes rondes de grand-mère ; s'il s'était tourné vers Bradshaw, c'était essentiellement parce que celui-ci avait été comédien. Malheureusement, son patron avait développé une véritable aversion pour le monde de la télévision et du cinéma ; si bien que, sans contacts, sans relations d'aucune sorte, Strube n'avait pu, par la suite, se faire engager par aucune firme d'avocats du spectacle.

D'un seul coup, Bradshaw avait tout simplement... *disparu*... en 75, et Strube s'était retrouvé sans travail du tout. Il avait été alors trop heureux d'accepter de seconder un avocat spécialisé dans les divorces et les agressions, et il avait passé son diplôme en 81. Enfin, en 88, il avait pu ouvrir son propre cabinet... mais il ne faisait encore que contribuer à désagréger des familles.

L'interphone grésilla et Strube regagna sa place pour appuyer sur le bouton.

— Oui, Charlotte.

Il inscrivit le numéro qu'elle lui indiquait. Au moins, Goudie existait toujours.

En 74 et 75, il gardait en permanence une boîte de poudre sur son bureau et, quand il avait des paperasses à remplir, il l'ouvrait, alignait devant lui cinq ou six cannettes, comme un buffet, prisait un peu par-ci, éclusait par-là, bière et pousse-bière. Il avait fini par consommer tant de ce tabac qu'il préférait inciter sa secrétaire à passer les commandes directement au siège social.

Il composa les numéros sur les touches du téléphone.

Bradshaw avait gratifié son employé d'un salaire généreux, sans jamais vérifier ses horaires d'arrivée ou de départ tant que le travail était fait, et il avait été aussi prodigue de primes… alors que pour lui-même, il se montrait carrément paranoïaque, comme s'il avait peur qu'on ne le découvre : il passait son temps à changer ses rendez-vous, et Strube en personne ne connaissait pas son adresse privée ni son numéro de téléphone ; où que Bradshaw se trouve en ce moment, il ne tenait évidemment pas à ce que cela se sache. Mais…

— Société Goudie Scottish Schnouf, gazouilla une voix au téléphone.

— Salut ! Je m'appelle J. Francis Strube, j'habite Los Angeles et je commercialise une série de…

De quoi, au fait ? Il réfléchit à toute vitesse :

— … de produits écossais traditionnels, pull-overs, tartans, cannes de marche, etc. Et j'aimerais acheter une copie de votre liste de clients.

Angelica Anthem Elizalde monta dans le bus, se laissa tomber avec lassitude sur un siège et appuya le front contre la vitre fraîche, regardant défiler les boutiques et les vieilles maisons de la Sixième Rue, qui bientôt disparurent dans la buée de son souffle.

Elle se demanda si les gens utilisaient toujours le mot *chicana*, et depuis quand elle n'en était plus une. Autour d'elle, tout le monde parlait allégrement l'espagnol et elle s'entendit désigner deux fois comme « *la Angla soñalienta al lado de la ventana* », l'Anglo qui s'endormait contre la vitre… Angelica avait eu envie de sourire, de répondre quelque chose en espagnol, par exemple d'évoquer son long voyage de la veille en Greyhound à travers le désert, seulement elle s'était rendu compte qu'elle ne trouvait plus ses mots.

Sa mère lui avait toujours dit qu'elle avait l'air *mestizo*, espagnole d'Europe, plutôt qu'*indígena*, avec son long visage anguleux, au teint pâle, comme une sainte sortie d'un tableau du Greco, et, dans son jean et son vieux pull-over, elle devait effectivement paraître anglo. Peut-être même parlait-elle maintenant avec une pointe d'accent de l'Oklahoma.

Un moment, pendant sa longue nuit à la gare routière, passée à attendre l'aube parce qu'elle n'avait pas les moyens de s'offrir un taxi et qu'elle ne voulait pas se risquer seule à cette heure dans les rues, elle s'était lavé le visage dans les toilettes pour dames et s'était regardée dans la glace. Avec ces lignes verticales le long de ses joues, ces ombres autour de ses yeux, elle paraissait plus de trente-six ans, même si son corps restait mince et tendu comme chez une jeune fille.

Immature? se demanda-t-elle en contemplant les vieilles maisons qui passaient sous son nez. Disons... (elle sourit intérieurement), disons adolescente attardée.

De fait, c'était dans un élan naïvement chevaleresque qu'elle avait abordé la carrière de psychiatre et s'était entêtée auprès d'Alden. Dans son centre médico-social, elle avait pu travailler à sa guise... pour finir par devoir fuir l'Etat de changer de nom quand les choses avaient mal tourné.

... A tel point qu'il avait fallu appeler les pompiers.

Elle ne s'était jamais mariée, n'avait jamais eu d'enfant. Quand elle s'autopsychanalysait, elle concluait que sa «peur morbide» de la grossesse provenait de l'époque où, vers trois ans, elle s'était cachée à l'intérieur d'un vieux seau à lait, dans le living de Norco, pour y rester coincée au point, ainsi que le lui avait raconté sa mère par la suite, d'y perdre connaissance. C'était un énorme bidon que ses parents gardaient dans un coin, où ils jetaient leur petite monnaie, et, bloquée à l'intérieur, la petite Angelica avait dû développer une grave claustrophobie. Comme son père n'avait pu l'en sortir, ni casser le bidon avec un marteau (dont les coups retentissants n'avaient dû qu'ajouter à la terreur de l'enfant), on avait fait venir la grand-mère de la maison voisine. Par bonheur, la vieille dame était une ancienne sage-femme; elle pria le père d'Angelica de retourner le bidon et parvint ainsi à libérer la fillette, comme si elle accouchait un bébé, en commençant par la tête, puis une épaule, puis l'autre. S'en était suivie une douche de pièces de monnaie.

Sa mère lui avait souvent raconté comment, sans doute embarrassée d'avoir créé un tel désordre, la petite Angelica s'était réveillée, cette nuit-là, pour se rendre dans le sombre living afin de rassembler toutes les pièces éparpillées, les classer par couleur et par valeur et les ranger par tas sur la table ; et, ajoutait toujours sa mère, non sans une pointe de fierté, cette toute petite fille avait trouvé le moyen de les classer par ordre chronologique, suivant leur date de sortie, en plaçant la plus ancienne au sommet de la pile.

Angelica n'avait jamais cru un mot de ce petit jeu nocturne mais, dès son plus jeune âge, elle avait compris qu'il valait mieux ne pas discuter avec sa mère, qui eût sans doute appelé la grand-mère à la rescousse pour se livrer sur elle à quelque terrifiante séance d'exorcisme. Elle connaissait désormais l'existence de certaines frontières qu'il valait mieux ne pas indiquer sur les cartes de géographie. Et les événements récents n'avaient fait que la confirmer dans cette conviction.

Les passagères du bus n'avaient pas de tels scrupules. L'une d'elles mettait les autres en garde : surtout qu'elles ne laissent pas les rideaux du salon ouverts la nuit, ce week-end. Angelica crut tout d'abord qu'il s'agissait de ne pas se faire tirer dessus par des passants excités mais, bientôt, elle comprit que c'était surtout pour éviter d'attirer l'attention des sorcières qui allaient certainement voltiger autour en *calabazas y bolos fuegos*, calebasses et boules de feu. Une autre femme dit qu'elle fumerait des cigarettes au papier de maïs tous les soirs de la semaine à venir ; et une vieille grand-mère, tout au fond, annonça qu'elle se rendrait à Santa Monica le vendredi soir pour nourrir sa *piedra imán* dans le sable et l'eau de mer. Du temps de sa prime jeunesse, Angelica avait appris qu'une *piedra imán* était un aimant ; peut-être ces mots signifiaient-ils autre chose, maintenant.

De même, les frontières conventionnelles ne représentaient rien que de très banal pour ces dames. Tranquillement réfugiées dans le secret de leur langue, elles se racontaient sans vergogne comment elles étaient entrées clandestinement du Mexique en Californie, et deux d'entre elles échangeaient même leurs projets de voyage pour les fêtes à Mazatlán et Guadalajara, se communiquant des recettes pour mieux traiter avec les *coyotes* qui guidaient les groupes d'émigrants à travers les terres désertes, semées d'embûches, de ravines et d'*arroyos*, du nord du Mexique jusqu'aux villes frontières des Etats-Unis.

Du coup, Angelica se sentait... incompétente et détachée de ce monde, telle une fugitive effarouchée armée d'une carte touristique périmée.

Ce devrait être pourtant le contraire, songea-t-elle. Ces bonnes femmes ne sont que des domestiques, sous-payées, au noir, qui habitent les quartiers populaires, dans des taudis où s'entassent des familles entières ; chez elles, on doit se relayer pour dormir dans des lits qui font les trois-huit et, le dimanche matin, il leur faut, à coup sûr, concocter des *menudos* pour leurs maris écrasés par la gueule de bois, qui gardent des serviettes par-devers eux pour s'essuyer le front à mesure qu'ils avalent cette cuisine épicée.

Angelica, elle, avait suivi des études supérieures, ce qui lui donnait l'impression d'avoir changé de milieu, d'être sortie de ce monde misérable ; pourtant, en ce moment, elle regrettait de ne pouvoir changer de place avec elles.

En passant devant un magasin, elle en lut machinalement l'enseigne, CARREDIOS, et il lui fallut quelques secondes pour se rendre compte que c'était là une étrange façon d'orthographier CAR RADIOS. Sur le moment, elle avait cru lire *carre dios*, ce qui pouvait signifier quelque chose somme « le dieu de la fuite » ; elle avait failli sortir y allumer une bougie...

De toute façon, elle allait bientôt devoir descendre. La prochaine station était Alvarado Street. Elle se leva, tira sur la main courante au-dessus de la fenêtre et entendit le léger *bong* à l'avant du bus. Elle était un peu émue quand elle quitta sa place : son ancien cabinet, celui qu'elle pouvait louer le mardi, ne se trouvait qu'à quelques rues de là. Frank Rocha avait fait partie de ses premiers patients et, par la suite, il avait assisté à ses « thérapies » de groupe, quand elle avait ouvert son centre médico-social sur Beverly Avenue.

Elle s'agrippa de justesse à la barre pour ne pas trébucher au moment où le bus s'arrêtait. Miséricorde, songea-t-elle en se dirigeant vers l'arrière, qu'est-ce que je vais bien pouvoir faire là-bas ? M'excuser ? Proposer... d'aider ? J'ai terriblement besoin du peu d'argent qui me reste.

La lettre dans son portefeuille lui semblait peser des tonnes.

Nettoyer le jardin ? Réparer le moteur de la voiture ?

Madame, se dit-elle en réprimant un rire hystérique, *j'ai écrasé votre chat par mégarde et je désire le remplacer.*

— *Parfait, vous savez chasser les souris ?*

Elle atterrit sur le trottoir. Bon, je commencerai par présenter mes excuses. Je peux au moins faire ça pour elle, qu'elle sache que la mort de son mari m'a secouée, moi aussi, que je me rends compte du malheur que j'ai causé, que je ne me suis pas empressée de tout oublier joyeusement.

Comme les soufflets des portes se refermaient, Angelica regarda le bus repartir dans un nuage de fumée puis elle traversa la Sixième Rue pour se rendre vers MacArthur Park. Elle poussa un soupir avant de tourner en direction d'un chantier ouvert où, à en croire les panneaux d'affichage, on creusait un métro. Elle s'en approcha et suivit vers le nord le trottoir d'Alvarado Street.

Elle reconnut la maison de Rocha au saule pleureur qui en cachait la façade. Il devait avoir de profondes racines car ses feuilles étaient encore vertes alors que la pelouse n'était pas seulement morte mais complètement disparue, ne laissant qu'un vague monticule de terre où traînaient deux tricycles orange vif. La vieille baraque de bois avait été repeinte, avec des bordures rouges qui juraient, selon Angelica, sur le fond bleu marine.

Malgré ces impressions futiles, elle fut prise de vertige : comment oserait-elle approcher Mme Rocha ?

Comment ne le ferait-elle pas ? Depuis l'avant-veille, alors qu'elle s'était bizarrement mise à réagir une seconde en avance sur les événements, elle avait décidé de regarder en face ce qui s'était passé, deux ans plus tôt, par cette nuit de Halloween, dans son centre médico-social. Pour cela, il lui fallait commencer par affronter les victimes, tâcher de se racheter. Mais elle-même n'était-elle pas la première victime ? Blessée à mort ! Comment cette épreuve qu'elle s'imposait apporterait-elle des compensations à Angelica Anthem Elizalde ?

Et puis... s'excuser ? A quoi bon ?

Elle avait ralenti le pas mais n'en continuait pas moins d'avancer vers l'entrée ouverte sur une porte grillagée. Irrésistiblement, elle frappa. De la musique mexicaine trompetait à l'intérieur.

Sur le mur du living elle voyait se refléter la lumière bleue d'un écran de télévision. L'image et la musique cessèrent en même temps.

La femme aux cheveux gris qui apparut derrière la porte grillagée dévisagea un instant sa visiteuse puis prononça une rapide phrase en espagnol. Angelica sentit la tête lui tourner comme si elle venait de boire un verre d'alcool sec.

— *Perdón*, s'excusa-t-elle, *estoy buscando a la señora Rocha.*

— *Ahora, me llamo Gonzalves.*

Elle s'appelait désormais Gonzalves, pourtant on aurait dit la veuve de Frank Rocha. Angelica ne la reconnaissait pas mais elle ne l'avait rencontrée qu'une fois, trois ou quatre ans auparavant. Cependant, elle ne se rappelait pas lui avoir vu des cheveux gris.

— *Me llamo Elizalde, Angelica Anthem Elizalde. Necesito...*

La femme avait ouvert de grands yeux en répétant « Elizalde » lentement, presque avec respect.

— *Sí. Por favor, necesito hablar con usted. Lo siento mucho. Me hace falta… explicar que estaba… tratando de hacer…*

— *Un momento.*

La femme disparut dans l'obscurité du living et Angelica l'entendit remuer deux, trois objets, comme si elle repliait des livres.

Un momento ? Angelica cligna des yeux devant la porte grillagée toujours fermée. L'une d'entre nous ne comprend pas l'autre, songea-t-elle désespérément. Cette femme ne peut être la veuve de Frank Rocha, ou alors c'est moi qui me suis mal présentée… sinon elle ne serait pas partie comme ça.

— *¿Disculpa ?* insista-t-elle.

C'était idiot. Son cœur battait la chamade, elle avait la bouche sèche et un méchant arrière-goût de métal. Salut ! se dit-elle en cherchant le côté le plus dérisoire de la situation. Je suis responsable de la mort du mari de quelqu'un par ici…

Elle ferma les doigts autour de la poignée de la porte grillagée qu'elle finit par pousser en faisant grincer les gonds.

Sur la cheminée, en face de l'entrée, on avait dressé une *ofrenda*, un autel, une écharpe de soie tendue sur un petit coussin brodé qui supportait plusieurs photos encadrées et, autour, deux crânes de bois stylisés qui servaient de presse-livres. Sans doute en prévision d'*el Día de los muertos*, le Jour des morts. Sur le mur, un tableau en forme de cœur encadrait un crucifix doré et une petite pendule. Il n'était pas loin de midi.

Angelica entra, laissant la porte grillagée claquer derrière elle.

Surprise, elle cligna des paupières et un éclair rouge lui traversa les yeux, puis un petit ronronnement mécanique indiqua que la femme venait de la prendre en photo avec un appareil automatique. Pour ajouter un cliché à la *ofrenda* ? se demanda Angelica stupéfaite en tâchant de distinguer quelque chose dans son éblouissement. Mais je ne suis pas morte...

C'est alors que ses genoux et les paumes de ses mains heurtèrent le tapis tandis qu'un énorme *bang* secouait toute la pièce; elle se releva en tapant dans tous les sens pour essayer d'agripper la porte grillagée alors que retentissait un autre coup de feu. Elle avait fermé les yeux un instant avant, si bien que les échardes lui heurtèrent les paupières.

Elle sentit une de ses baskets atterrir sur le ciment de l'entrée, puis ce fut le sol qui vint à elle et la terre lui heurta la hanche et l'épaule au moment où un troisième *bang* explosait derrière elle, faisant jaillir un éclat de poussière blanche du trottoir.

Se relevant aussitôt, elle courut dans la rue et fila vers le sud, en direction d'Amado Street. Elle était obligée de marteler le sol car elle continuait de sentir ses pieds avant qu'ils frappent effectivement le macadam.

Une agence de voyages de plain-pied, apparemment fermée, se dressait au carrefour; Angelica la contourna en dérapant si violemment qu'elle eût sans doute renversé quiconque en fût sorti à cet instant; mais le trottoir, la rue entière étaient déserts.

En face, entre une ruelle et un parking, on avait adossé un vieux canapé vert au mur de ce qui ressemblait à un magasin de meubles d'occasion et elle traversa en s'obligeant à traîner les pieds, l'air de se promener et non de fuir éperdument comme elle venait de le faire.

D'ailleurs elle sentait ses poumons sur le point d'exploser et des picotements lui venaient derrière la tête à l'idée de la poursuite forcenée qui risquait de s'ensuivre, mais personne ne criait, aucune galopade ne résonnait dans son dos.

Peut-être pourrait-elle se cacher derrière le canapé jusqu'à la nuit puis s'enfuir en douce. Les dents serrées, le visage glacé de honte, elle se demandait ce qui avait pu la pousser à accomplir cette démarche. Qu'est-ce que je suis allée fiche là-bas? se hurlait-elle intérieurement. Qu'avais-je besoin de rouvrir les blessures de cette malheureuse ? Et les miennes, par la même occasion ?

Cela ne lui avait valu que d'essuyer des coups de feu, de rouler dans la poussière, de s'enfuir comme une dératée... Maintenant, elle ouvrait grands les yeux sur le ciel bleu en tâchant de chasser ces sinistres visions de sa mémoire pour ne plus voir que les paresseuses palmes qui se balançaient dans la brise légère, et les fils du téléphone autour desquels voletaient les corbeaux.

Prise de vertige, elle baissa les yeux et dut s'appuyer au canapé pour conserver son équilibre. Le contact était filandreux et gras sous sa main, scléreux... Elle s'aperçut alors qu'elle n'en avait senti la texture qu'au moment de le toucher, ce qui prouvait sans doute qu'elle avait cessé d'anticiper ses sensations, apparemment depuis qu'elle avait traversé la rue.

— C'est vous qui avez laissé ça là ? lâcha un jeune homme près d'elle.

Elle leva sur lui un regard plein de remords. Devant la porte maintenant ouverte de l'entrepôt, un barbu obèse la considérait d'un air inquisiteur. Il portait un jean coupé aux genoux et une chemise de corps tendue sur son énorme ventre ; jusque-là, c'était sous cet aspect qu'elle imaginait les hommes qui battaient leurs femmes.

Perdue dans ses pensées, elle n'avait pas fait attention à ce qu'il lui demandait :

— Pardon ?

Il désigna la ruelle du menton.

— Vous avez entendu ces coups de feu ?

— Les pétarades d'un camion sur Amado Street, expliqua-t-elle négligemment.

— Ah...

Le gros homme hocha la tête, comme s'il se contentait de cette explication.

— Bon, reprit-il. Alors, c'est à vous ?

— Le camion ?

Une désagréable chaleur envahit son visage mais

elle eût été incapable de dire si elle rougissait ou pâlissait, car elle avait failli dire : *le pistolet ?*

— Le canapé, rectifia-t-il, impatienté. C'est vous qui l'avez mis là ?

— Oh, non ! Non, je le regardais, c'est tout.

— Je sais pas qui a laissé ça là. On trouve toutes sortes de saletés par ici. Les gens prennent ce parking pour une décharge publique.

Il contemplait le canapé d'un air dégoûté en marmonnant :

— Combien de grosses Noires ont accouché là-dessus ? On a mieux à vous proposer à l'intérieur, si vous avez de quoi payer.

Angelica le dévisageait, encore plus dégoûtée. Et toi, songea-t-elle, tu es né où ? Dans un bouillon de culture de maladies vénériennes ?

Pourtant, elle ne sut que répondre :

— A l'intérieur ?

— Ouais, des meubles d'occasion et des livres aussi, et de la *ropa usada*. Jackie Onassis était là la semaine dernière.

Angelica avait repris son souffle ; elle s'aperçut que son interlocuteur empestait la bière et elle entra en souriant dans le magasin.

— Oui, c'est elle qui m'a donné votre adresse.

A l'intérieur s'alignaient des rangées de vêtements plus lamentables les uns que les autres, corsages aux couleurs voyantes, chapeaux de paille et pantalons de mauvaise coupe. Et puis on passait à une véritable bibliothèque de livres usagés, manuels scolaires, romans de gare, œuvres de science-fiction, il y en avait pour tous les goûts. Ensuite venait la batterie de cuisine, les meubles en formica, les cendriers de céramique, les robots ménagers en panne ainsi que tout un lot de caquelons à fondue. Un vase de verre blanc s'était cassé sur une table, répandant tout un bouquet de fleurs séchées. Mon bouquet de *quinceañera*, songea-t-elle, émue. Roses flétries, pétales de lys, myosotis défraîchis.

— C'est la vie de nouveau, commenta le barbu éméché dans son dos.

La vie de vieux, se dit-elle. Il y avait là une incroyable accumulation de restes de vie, complètement inutilisables dès lors que leur propriétaire avait disparu, qui s'entassaient là comme autant de mues de serpents, parfois assez importants pour laisser deviner un pan de leur personnalité.

Bon, se dit-elle, la mienne n'est pas en meilleur état. Je devrais me cacher ici un moment, au moins assez longtemps pour laisser passer les sirènes de police, et tous les Rocha et Gonzalves qui pourraient encore m'en vouloir par la même occasion. A ce moment-là, je n'aurais qu'à grimper sur une table et ne plus bouger, comme un squelette dans un bazar de souvenirs.

Mais personne ne montra sa frimousse et la circulation continuait de s'écouler tranquillement dans les rues alentour. Le soleil d'octobre semblait avoir avalé les coups de feu sans faire de vagues. Angelica acheta un béret rastafarien en tricot rouge, jaune, noir et vert, assez large pour y entrer tous ses cheveux, et une gigantesque salopette qui avait dû connaître plus d'un occupant. L'ensemble lui coûta trois dollars et le barbu ne fit pas la moindre observation quand Angelica enfila le bonnet sur sa tête et la combinaison par-dessus son jean et son pull-over.

Après quoi, elle ouvrit la porte de l'entrepôt et sortit tranquillement, prenant au sud vers la Sixième Rue; elle se rendit alors compte qu'elle avait adopté la démarche modeste, un peu rampante qu'elle avait remarquée chez nombre de ses patients; et cette pantomime instinctive lui plut, tout au moins le temps de s'apercevoir que ce n'était pas du tout une pantomime mais un mouvement parfaitement naturel.

20

— Ne le faites pas attendre, fillette! Dame, son temps vaut mille livres sterling la minute!

A travers le miroir
Lewis CARROLL

Penché en avant sur la passerelle qui flanquait le théâtre Ahmanson, allant et venant sous les ombres mouvantes du toit, tellement étroit qu'il ne pourrait servir d'abri que contre une pluie surnaturellement droite, Sherman Oaks suivait son absence de bras, toujours pointé devant lui. Le membre disparu était tellement chaud qu'en comparaison le reste de son corps lui semblait glacé comme s'il sortait d'un bar climatisé en pleine Death Valley. Et il reniflait vigoureusement parce que le petit Koot Hoomie Parganas était passé par là peu de temps auparavant et qu'il sentait violemment l'odeur de l'énorme fantôme qui l'accompagnait.

Fuir, lisait-il dans les impressions laissées en suspens dans l'air, fuir loin, sous un soleil masqué, à l'avant d'un train, fuir... à quatre pattes? Avec des griffes cliquetant sur le trottoir? Qu'est-ce que...?

Son bras coupé l'emmenait droit vers les douves qui encerclaient le gâteau géant du Mark Taper Forum, puis il ne vit plus que l'escalier au bout du trottoir. Tout le reste, même la masse incongrue de chair à vif qui traînait près des portes du théâtre, tout disparaissait dans une brume informe. Il brûlait!

Au bord de l'escalier du parking, il s'arrêta net et jeta prudemment un regard à ses pieds... et son cœur se mit à battre plus fort encore si c'était possible, car un vieillard mort gisait en travers des premières marches, dans une mare de sang.

Il faut à tout prix que je fiche le camp de là, se dit-il, que j'enjambe ce cadavre et que je reprenne la piste du gamin.

Mais, en descendant les marches, il se rendit compte que la chose affalée n'était pas un homme mais un mannequin désarticulé, enveloppé d'un méchant manteau de fourrure noire. Seulement, le visage, figé dans une horrible grimace, et les mains blanches semblaient faits de chair... et le sang qui l'entourait paraissait bien réel aussi. Et sentait fort.

Oaks s'arrêta pour se pencher sur la carcasse, se vida les poumons au-dessus de la bouche figée, entendit le lointain rugissement des innombrables fantômes qu'il avait inhalés depuis tant d'années ; puis il inspira profondément, du nez, de la bouche, renversant la tête en arrière pour mieux humer l'air.

Il capta le musc insipide d'un ectoplasme, le fourbi instable qui giclait des médiums pour prêter substance aux fantômes... mais il sentait aussi une odeur de chair fraîche, et de vrai sang.

Du chien, s'avisa-t-il brusquement. Du sang de chien.

Pas étonnant qu'il ait saisi une image de fuite à quatre pattes ! Quelqu'un avait vaporisé un chien pour intercepter sa substance afin d'en emplir une enveloppe trop grosse et trop solide pour un simple ectoplasme. En tout cas, un enfant prépubère serait incapable de fournir beaucoup d'ectoplasme.

C'était donc ce gros fantôme qui avait fait ça. Mais pourquoi ? Fallait-il qu'il se sente en danger pour avoir procédé à une opération aussi stressante !

Oaks contemplait la tête aplatie de la chose. C'était sûrement un portrait du gros fantôme que le gamin portait sur lui : cheveux blancs, visage bouffi et ridé...

Qui ça pouvait-il être ? Sans doute quelqu'un de connu, certainement quelqu'un de puissant, à en juger par l'énorme champ psychique projeté par son fantôme. Ce visage large, au menton carré et volontaire, même aplati et sans consistance sur ces marches, rappelait vaguement quelque chose à Oaks... mais cela devait remonter à si longtemps. Sur le coup, il se demanda, non sans un certain malaise, à quoi lui-même pouvait effectivement ressembler, cependant, il préféra repousser cette question pour se concentrer sur le fantôme qui avait abandonné cette enveloppe par ici.

En tout cas, il était mort dans la maison des Parganas, à Loma Vista Drive, quarante-huit heures auparavant. Du moins était-ce là que son fantôme flambant neuf était apparu, brillant comme une nova dans le ciel psychique... et les Parganas avaient préféré mourir atrocement plutôt que de dire quoi que ce soit à Sherman Oaks.

Il contemplait le sang à ses pieds tout en retraçant mentalement le chemin parcouru à la poursuite du puissant fantôme, depuis cette maison de Beverly Hills, lundi soir. Le temps d'y parvenir, le fantôme avait disparu, vers le sud, mais Oaks était resté, tâchant de savoir à qui il avait affaire et qui l'avait emporté, dans l'espoir de s'éviter l'assommante poursuite. En vain, il avait torturé cet homme et cette femme dans l'espèce de jardin d'hiver qui jouxtait leur living. Dès qu'il les avait attachés à leurs fauteuils et qu'il avait commencé à les interroger, tous deux étaient entrés dans une sorte de transe défensive; craignant de se faire surprendre par un importun, Oaks s'était mis en colère et les avait massacrés, de plus en plus sauvagement, avant de leur arracher les yeux, tout cela pour constater en fin de compte qu'ils étaient morts.

Après quoi, toujours furieux, il avait fouillé toute la maison, et c'est alors que le gamin était rentré, très tard, presque à l'aube. En retournant dans le salon, Oaks avait brusquement aperçu les fantômes du couple mort, qui avaient stupidement l'air de se demander ce qu'ils faisaient là, mais denses comme des statues de béton, morts depuis une heure tout au plus!

Il aurait dû comprendre, alors, que le gros fantôme

était revenu et que c'était son rayonnement qui avait illuminé ces deux idiots dans leurs costumes de mariés. Seulement la piste s'était arrêtée là, trop puissante pour qu'Oaks saisisse qu'elle s'était tout simplement dédoublée à l'entrée en scène du gosse. Et voilà que ce morpion avait filé comme une flèche en passant par ce jardin d'hiver, où il avait forcément vu... ce qui ne pouvait que le presser davantage de détaler.

Oaks sauta par-dessus la masse ensanglantée et descendit vers le parking mais s'arrêta au milieu de l'escalier.

Son spectre de bras ne pointait plus devant lui mais semblait retomber sur le côté ; d'ailleurs, il ne le sentait plus. Il tâcha de remuer la main. Habituellement, quand le bras pendait, il pouvait se gratter la cuisse mais, là, ses doigts virtuels ne réagissaient plus. A la place, il ne sentait qu'un vent froid. La piste avait disparu.

Et si le fantôme s'était libéré du gosse, s'il s'était évaporé ? Ce serait terrible. Oaks maigrissait ; depuis trente ou quarante heures, il n'avait pas absorbé un seul petit fantôme tant il s'était évertué à poursuivre celui-ci. A moins que le gosse n'ait justement atteint sa puberté ce matin, ce qui lui aurait donné la capacité d'avaler et de digérer lui-même le fantôme...

Oaks en était malade d'inquiétude, mais il finit par se rassurer un peu. Quoi qu'il ait pu se passer par là, qui ait poussé le fantôme à fabriquer ce mannequin ectoplasmique... cela avait dû provoquer un choc terrible chez le gamin également. Dans sa terreur, le petit pouvait fort bien avoir gobé le fantôme, l'emmitouflant convulsivement dans sa propre psyché, sans toutefois l'assimiler, l'enterrant seulement en son sein, l'enserrant, le bouclant au plus profond de lui-même.

C'étaient des choses qui arrivaient et, dans ce cas, le fantôme séquestré ne pouvait que demeurer indécelable de l'intérieur.

Comme l'autre fois quand Houdini...

La fugitive pensée s'évanouit, ne laissant qu'une association d'idées : Jonas et la baleine. Sherman Oaks remonta l'escalier deux à deux, marchant sans y prendre garde sur la figure aplatie et, quand il atteignit l'esplanade, il sauta par-dessus un muret pour atterrir sur le trottoir de Hope Street.

Houdini ? Jonas et la baleine ? Dieu sait quels souvenirs lui remontaient encore à la mémoire... quelque chose qui devait être largement antérieur à son entrée dans sa conscience actuelle, trois ans auparavant, en plein quartier de Sherman Oaks, dont il avait singulièrement pris le nom. De nouveau, il se demanda brièvement quel âge il pouvait bien avoir et quand et comment il avait perdu son bras gauche.

A en juger par la place du soleil dans le ciel, il devait être à peine treize heures. En cette saison, la lumière resterait assez pâle. Le nord était derrière lui et Sherman Oaks eut envie de jeter un coup d'œil au manche du poignard qu'il portait dans sa poche.

Quand il l'avait volé, sa garde creuse était pleine d'objets : hameçons, allumettes. Il les avait remplacés par des leurres à fantômes : une pièce de monnaie à laquelle il avait soudé un clou afin de la planter dans un plancher pour que les fantômes perdent leur temps et leur énergie à tenter de la ramasser, mais aussi quelques pennies représentant le profil de Lincoln fumant la pipe, autre moyen sûr d'attirer leur attention. Et puis il avait ajouté au manche une puissante boussole qui ne cessait de vibrer sous son dôme de verre.

En ce moment, elle pointait fermement vers le nord. Autrement dit, elle n'indiquait rien d'intéressant pour lui. Et son absence de bras gauche qui ne fonctionnait toujours pas !... A l'évidence, le fantôme était bien camouflé dans l'esprit du gamin et, tant qu'il n'en sortirait pas, Oaks devrait suivre Koot Hommie Parganas sans phare psychique pour le guider. En outre, quand il le trouverait, il serait obligé de le tuer pour faire sortir le gros fantôme et le manger... puis avaler en même temps celui du gamin, comme dessert.

En attendant, il ferait peut-être bien de trouver un téléphone. Mais vite.

Il allongea le pas puis se mit à courir, tout en espérant que, malgré son blouson dépenaillé et son treillis, il avait l'air de faire un petit jogging, pas d'être lancé dans une poursuite mortelle.

Des nuages épais et blancs comme du marbre sculpté se poursuivaient à travers le ciel du sud de la San Fernando Valley et le long de l'autoroute d'Hollywood, obscurcissant les bois et les pelouses de Griffith Park, ternissant les eaux calmes du Silver Lake Reservoir. Une ombre froide s'étendait sur les vieilles maisons victoriennes à l'ouest de l'autoroute de Pasadena et les palmiers sauvages agitaient leurs cimes déplumées au vent qui se levait. Les piétons qui arpentaient la Troisième et la Sixième Rue accélérèrent le pas... à l'exception d'un seul, dans Witmer Street.

Kootie boitait plus que jamais, pourtant il se forçait à marcher. Raffle avait partagé soigneusement leurs revenus, si bien qu'il se retrouvait à la tête d'une petite fortune en pièces de monnaie ainsi que de quarante-six dollars en billets. Il pourrait toujours grimper dans un bus, puis un autre, dormir dans un troisième et réfléchir, le lendemain, au refuge idéal (église, bateau, quinze-tonnes ou, pourquoi pas? commissariat de police...). Mais, pour le moment, il avait besoin de cette sensation de bouger, de couvrir de la distance, que seules les plantes de ses pieds sur le trottoir pouvaient lui donner.

Il n'en voulait plus à Raffle; en fait, il se sentait plutôt affolé à l'idée d'avoir perdu l'unique personne à Los Angeles, dans le monde entier peut-être, qui se fût donné la peine de l'aider. S'il n'avait pas été un gamin aussi bête, il aurait pu lui demander de le reprendre et, maintenant, tous deux seraient quelque part, tranquilles dans la voiture, à récupérer de la dope pour Raffle, avec Fred qui leur lécherait les joues. Kootie frémit en montant sur le trottoir et se demanda ce que faisait le chien en ce moment... peut-être qu'il mangeait avec Raffle sa part de *tamal* réchauffé dans un quelconque parking.

Kootie avait mal dans le bassin et à la hanche droite, comme s'il venait d'exécuter des danses russes effrénées, mais il tentait d'oublier toute douleur car elle provenait en grande partie de son étourdissement au Music Center, quand le fantôme du vieux avait pris le contrôle de son corps.

Qu'est-ce qu'il avait bien pu faire, pendant ce temps-là ? Un duel au karaté ? Kootie eût attendu plus de dignité de la part de Thomas Alva Edison.

Cette fois on y était, il avait réfléchi à la chose. Ce fantôme ne pouvait être qu'Edison, celui du logo de la SCE, Southern California Edison, peint sur les portes orange et noir de leurs camions (comme par hasard les couleurs d'Halloween) ; le type qui avait inventé l'ampoule électrique. Les parents de Kootie lui avaient toujours dit de ne pas jouer avec les ampoules, qu'il y avait un « gaz noble » empoisonné à l'intérieur. A l'école, il avait découvert qu'ils confondaient avec les tubes au néon et que, de toute façon, le néon n'était pas empoisonné. En revanche, il y avait certainement du poison dans la brique de verre cachée dans la statue de Dante.

Gaz noble, mes fesses, oui ! railla-t-il en ravalant ses larmes. Espèce de vieil... enfoiré ! Qu'est-ce que vous foutiez au fond de ce tube à essai, dans cette brique ?

Hé ben... se dit-il en faisant les demandes et les réponses, *j'en sais rien.*

Ma mère et mon père sont morts à cause de vous ! Et maintenant, tout le monde veut me tuer à mon tour.

Hé ben... Désolé.

Crétin.

Kootie se rappela le visage de l'enveloppe ensanglantée dont il s'était débarrassé sur les marches de l'escalier, mais un frisson le parcourut, lui faisant presque manquer le trottoir. Apparemment, il était beaucoup trop tôt pour penser à cet incident et il s'aperçut qu'il fixait les murs de stuc d'un bel orange vif, même sous les nuages, d'une solderie au coin de la rue. Deux cabines téléphoniques étaient calées contre le mur qui donnait sur un parking désert.

Al, songea-t-il nerveusement, en citant la vieille bonne femme qui l'avait interpellé sur Fairfax Avenue, *où est-ce qu'on se retrouve, ce soir ?*

Al. Alva. Thomas Alva Edison. Et durant son hallucination, il avait...

De nouveau, il chassa le souvenir qui le voyait éloigné de son propre corps... pourtant, il était certain que c'était le fantôme d'Edison que la vieille femme avait cru appeler. Elle connaissait son nom, et même son surnom ! Pour les gens qui vivent dans les ruelles magiques du monde, s'avisa-t-il, ce fantôme devait saillir comme un pouce engourdi.

Mais le fantôme avait disparu maintenant ! Kootie l'avait laissé en loques et dégonflé sur les marches de...

Involontairement, il exhala, assez fort pour souffler toutes les bougies d'un gâteau d'anniversaire. (Raffle lui avait raconté que, dans ce quartier, pour les fêtes des enfants, on faisait tomber des arbres des poupées de papier qu'on battait de toutes ses forces jusqu'à les faire exploser ; à ce moment-là, les enfants se précipitaient pour ramasser les petites bougies enveloppées de cellophane qui sortaient des ventres de papier fendus.)

Le fantôme avait disparu maintenant, c'était tout ce qui comptait pour Kootie. Avec un peu de chance, les téléphones devraient à nouveau fonctionner.

Il plongea la main dans sa poche droite et en sortit une pièce. Qui donc allait-il appeler ?

La police, évidemment.

Il s'aperçut qu'il souriait. Il appellerait la police et le manchot ne pourrait plus le suivre, pas après avoir enjambé le...

Pas après avoir atteint le bout de la piste du fantôme.

Et alors Kootie serait placé dans un... une espèce de foyer, où il y aurait des douches, des toilettes et des lits et des repas. Finalement, il serait adopté par une famille. Il pourrait voir tous les films qu'il voudrait...

Maintenant, il pleurait, aussi étonné qu'horrifié. C'est ma famille que je veux, ma maison, ma maman et mon papa. Ils ne sont peut-être pas morts, après tout... mais non, sûrement pas, puisqu'ils étaient dans le living avec leurs beaux habits (et qu'ils faisaient comme s'ils ne me connaissaient pas); ce doit être eux qui ont fait poser ces affiches et offert la récompense.

Il fallait qu'il sache, qu'il fasse quelque chose. Il se précipita vers les téléphones malgré la douleur de sa cheville, qu'il ravalait en serrant les dents.

Quand il eut glissé la pièce dans la fente, il composa le 911.

Après deux sonneries, une voix féminine lança calmement :

— Standard du 911. Vous avez demandé les urgences ?

— Je m'appelle Koot Hoomie Parganas, commença l'enfant. Mes parents ont été... cambriolés et battus, très fort, l'autre nuit, et il y a des affiches avec mon nom dessus, et une récompense...

Un brusque vertige l'interrompit et il dut s'accrocher à l'appareil pour ne pas tomber. Il pivota sur son pied valide jusqu'à heurter la cabine de l'épaule. En se redressant, il eut la brusque impression que quelqu'un se tenait derrière lui, attendant pour téléphoner à son tour, mais il ne vit rien ni personne.

— Une récompense, reprit-il, c'est ce qu'on offre pour me retrouver. Ma mère et mon père habitent à Loma Vista Drive, à Beverly Hills, et il y a...

Une voix masculine l'interrompit :

— Parganas ?

— Oui.

— Une minute.

L'homme parut interpeller un voisin. Il ne parlait plus dans le téléphone :

— Hé ! C'est le petit Parganas !

Il reprit plus fort :

— C'est Koot Hoomie !

Dans un chuintement, le combiné parut se poser sur un support dur et, en arrière-plan, Kootie entendit plusieurs personnes parler à la fois sur des bruits de fond qui évoquaient une agitation de cafétéria. Non loin du récepteur, un verre se brisa et quelqu'un marmonna :

— Merde !

Il y eut un grésillement sur la ligne puis quelqu'un reprit le combiné.

— Koot Hoomie ?

La voix de sa mère ! Elle était vivante ! Il éclata en sanglots mais parvint à articuler clairement :

— Maman, viens me chercher !

Une sorte de silence s'ensuivit, seulement troublé par un cliquetis de couverts qu'on rangeait au fond de la salle. D'un seul coup, sa mère s'écria :

— Kethoomba !

Elle avait bu, ou quoi ? Est-ce que tout le monde buvait dans ce commissariat ? Kootie se souvint que Kethoomba correspondait à la prononciation tibétaine du Mahatma dont ses parents lui avaient donné le nom. Elle ne l'avait jamais appelé ainsi.

— Gelugpa, continua-t-elle. Sale moinillon ! Viens me chercher !

— Passe-moi le téléphone ! intervint quelqu'un derrière elle. Maître !

Kootie reconnut la voix de son père.

— On vous attendra dehors !

Puis, tranquillement, comme s'il parlait à quelqu'un d'autre, près de lui.

— Où sommes-nous ?

— Va t'faire foutre, répondit une voix épaisse.

— Papa ! cria Kootie. C'est moi ! Il faut venir me chercher ! Je suis à...

Il tourna la tête pour tâcher de lire le nom de la rue mais il n'aperçut aucun panneau nulle part.

— Demande qu'on repère la provenance de mon appel et fais envoyer une voiture de police.

— Ne bougez pas ! lança son père à la cantonade.

Puis il parla de nouveau dans le combiné :
— Kootie ?
— Oui, papa. Vous êtes tous ivres ? Ecoute...
— Non, toi, écoute, mon bonhomme. Tu as cassé le Dante... ne m'interromps pas... Tu as cassé le... le Dante, tu as laissé la lumière s'allumer alors que rien n'était encore prêt... alors, si tu veux tout savoir, c'est ton fils...
A cet instant, la mère de Kootie reprit la ligne :
— Kootie ! Repasse-nous le maître !
L'enfant pleurait de plus en plus fort. Tout allait abominablement de travers.
— Mais je suis tout seul, maman ! Qu'est-ce qui vous arrive ? Je suis perdu et ce type... il y a des gens qui me suivent...
— Il faut que le maître nous ramène ! coupa sa mère. Passe-le-nous.
— Il est pas là ! gémit Kootie.
Il avait les oreilles humides, de larmes ou de sueur, et cela lui donnait froid parce qu'il tenait le combiné éloigné de sa joue.
— C'est moi qui téléphone ! Je vous dis que je m'appelle Koot Hoomie. Je suis tout seul !
— Tu nous as tués ! hurla sa mère. Tu as cassé le Dante, tu n'as pas pu attendre, et alors les... forces des ténèbres... nous ont trouvés, et nous ont tués ! Je suis morte, ton père est mort, parce que tu nous as désobéi ! Tu es méchant, Kootie, mé-chant !
— Elle a raison, mon garçon, renchérit son père. C'est ta faute si nous sommes morts et si Kethoomba a disparu je ne sais où. Viens ici, tout de suite.
Kootie ne savait même pas à quel endroit ils se trouvaient, on aurait dit une sorte de bar... en revanche, il voyait très bien comment ils étaient habillés : ils portaient leur tenue de mariage.
En arrière-plan, une petite fille récitait un poème où il était question de couches de jardins trop molles... alors une voix rauque de femme reprit :
— Dis-lui de nous passer Al, tu veux ?
Kootie raccrocha. Un vent froid soufflait mainte-

nant sur la rue et le ciel gris semblait former une fumée opaque sur les pare-brise des voitures qui passaient.

Sa pièce retomba dans la base de l'appareil. Apparemment, les appels au 911 étaient gratuits.

A dix rues de là, adossé à un mur tapissé de papier imprimé de bambous, au fond d'un restaurant thaï enfumé, Sherman Oaks portait un combiné à son oreille.

Au bout du fil, un homme répondit, répétant d'abord le numéro qu'il venait de composer puis :

— Quelle section ?

— J'en sais rien, lâcha Oaks. Personnes disparues ? C'est au sujet d'ce gamin, Koot Hoomie Parganas, ç'ui des affiches.

Il entendit cliqueter le clavier d'un ordinateur.

— Vous parlez anglais ?

— C'te blague ! râla Oaks. Pourquoi, je suis l'seul, peut-être ?

— En ce moment on reçoit des quantités d'appels d'immigrants clandestins au numéro de Kootie : « *Tengo el niño, pero no estoy en el país legalmente.* » Ils ont le gosse mais pas la carte verte. Ils cherchent un moyen d'obtenir la récompense. Des gamins bruns et bouclés, il doit y en avoir cinquante d'enfermés dans des garages à Los Angeles en ce moment. Peut-être que l'un d'eux est le bon, encore qu'on ne nous l'ait toujours pas amené, sinon ce numéro ne répondrait plus. Je vais vous dire. Vous le tenez, vous savez où il est ? On a une série d'indices pour l'identifier et un mandataire peut se pointer n'importe où dans Los Angeles dans les dix minutes qui suivent.

— Tout ce que j'ai, c'est une contre-proposition.

Il jeta un coup d'œil sur les clients alignés dans le minuscule restaurant, qui semblaient ne se préoccuper que des plats à emporter qu'ils commandaient ; même les odeurs puissantes de *cilantro* et de piment semblaient se combiner aux voix saccadées et au grésillement du bœuf et des crevettes sur le gril pour lui offrir un écran susceptible de l'isoler du reste du monde.

— Vous connaissez la pipe, le cigare ?

— Ça, c'est une autre section, mais je peux vous les passer.

— Ecoutez, j'peux vous offrir…

Oaks s'interrompit pour refaire mentalement l'inventaire de ses trois plus grosses cachettes à l'intérieur de la ville ; il se représenta les boîtes pleines de pots, de bouteilles et de flacons apparemment vides mais hermétiquement fermés. Il avait même un couple, deux vieux qui s'étaient suicidés ensemble, enfermé dans une boîte à lentilles de contact.

— J'peux vous offrir mille doses de cigares de Los Angeles en échange du gosse. Même au prix de gros, ça vaut bien plus que vingt mille dollars.

De nouveau le cliquetis du clavier.

— Ouais, en effet, soupira son correspondant. Mais pour ça, il nous faudrait une garantie, quelqu'un que nous connaissons, qui pourrait allonger quarante mille dollars. Les contre-propositions doivent doubler la somme, c'est la politique de la maison. Si vous nous trouvez ça, nous le signalerons dans le dossier Parganas. Mais votre caution devra se charger du travail, par exemple piéger les appels téléphoniques et se tenir prêt à intercepter tous ceux qui pourraient déjà détenir le gosse et chercher à se procurer la première récompense. Inutile de vous dire que chaque minute compte.

— J'sais bien.

Oaks consulta la boussole du manche de son couteau. Elle pointait dans la direction du stade Dodger, c'est-à-dire plein nord, mais, quelques instants plus tôt, elle avait oscillé un bon moment un peu dans tous les sens avant de s'arrêter sur l'ouest. Ensuite, elle était revenue sur le nord et, depuis, n'en déviait plus.

Cependant, il n'avait pas ressenti la moindre chaleur dans son bras coupé. Pourtant l'aiguille avait clairement indiqué une brève émergence du gros fantôme qui, d'ailleurs, avait dû passablement s'énerver car son champ magnétique n'aurait pas été perceptible s'il était resté calme. Autrement dit, le gamin l'avait bel et bien gobé, sans toutefois ni l'assimiler ni le manger. Oaks brûlait de raccrocher et de reprendre sa poursuite en direction de l'ouest, mais son assurance valait peut-être une minute de retard.

— Alors, qui est votre caution? demanda son correspondant. A moins que vous ne possédiez vous-même quarante mille dollars à offrir à la place de vos pipes?

— Nan, pas moi. Euh...

Les petits dealers auxquels il avait généralement affaire n'auraient certainement pas une telle somme sous la main. Il allait devoir s'adresser plus haut.

— Vous avez un Neal Obstadt dans vos listes? Dans la section jeux, p'têt bien. J'crois qu'c'est comme ça qu'il bosse.

— Obstadt... Oui.

Cliquetis.

— Qu'est-ce que je lui dis? reprit l'homme. Même pour lui, quarante mille dollars, c'est pas de l'argent de poche.

Oaks avait entendu décrire Obstadt comme un habitué accro souvent capable d'emporter les plus belles pièces.

— Dites-lui qu'c'est d'la part de Sherman Oaks, le producteur qui vous a apporté vos plus grands succès, comme... vous notez, j'espère?

— J'enregistre tout.

— Comme Henrietta Hewitt, la vieille qui est morte le 5 septembre avec des enfants qui s'appelaient Edna et Sam.

Ça remontait à un moment mais la vieille Henrietta avait été le plus beau fantôme qu'il ait embouteillé, ces derniers temps et, de toute façon, Obstadt se rappelait certainement le nom et la réputation d'Oaks. En tout état de cause, la capture de Parganas valait ce petit retard.

— Je lui en parlerai. Je crois qu'il voudra écouter lui-même cet enregistrement et le garder en guise de garantie s'il vous prête l'argent. Vous avez un numéro où on peut vous joindre ?

— Non. J'rappellerai dans une heure. Mais s'il est d'accord, vous pourrez immédiatement enregistrer ma proposition, non ?

— Ouais. Dès qu'il m'aura donné le feu vert et que... les petits détails matériels seront réglés.

— Bon.

Oaks raccrocha.

Aussitôt, il se demanda s'il ne commettait pas une grossière erreur. Il pourrait faire le tour de ses pièges en deux heures mais s'il en remettait tout le produit aux gens d'Obstadt, il resterait pratiquement sans rien pour sa propre consommation. Il serait sans doute obligé de tuer quelques passants pour arriver aux mille doses. Cela dit, il ne devrait rien à personne tant qu'il n'aurait pas mis la main sur le petit Parganas et le gros fantôme qui occupait son esprit et valait largement plus de mille bouteilles ordinaires. Ses prochaines prises permettraient à Oaks de tenir le temps de refaire ses stocks.

De nouveau, il sentait son bras coupé, mais agrippé à sa poitrine et froid, comme un glaçon. Machinalement, il regarda le devant de sa chemise et fut presque surpris de ne pas voir l'étoffe plissée par les doigts crispés dessus. Sa boussole indiquait toujours le nord... soit le fantôme était dans un état semi-catatonique, soit il se trouvait encore enfermé dans la psyché du gamin, ou les deux à la fois.

Les odeurs de plastique de crevettes grillées et de *cilantro* l'aidèrent à se diriger vers la sortie, pour se retrouver sur le trottoir de Figueroa Street.

Il méprisait ces processus d'ingestion biologique, de digestion et d'élimination, préférant en général se nourrir de biscuits, de soupes froides, encore solides, avalées à même leur boîte de conserve, et d'eau bue à même les tuyaux d'arrosage. Sa seule véritable nourriture provenait des fantômes, ingurgités tout crus, encore vibrants de palindromes irrésolus ou de tas de pièces non triées ou, luxe suprême, furtivement inhalés dans les corridors des hôpitaux ou à la sortie d'un corps tout juste renversé dans la rue.

Il se rappelait avoir arpenté les couloirs de l'hôpital municipal pendant la guerre, quand les cent fenêtres avaient été peintes en noir en prévision d'une attaque aérienne japonaise, et les fantômes des patients récemment morts avaient trop peur pour se dissiper normalement si bien qu'ils se réfugiaient dans les coins des corridors et lui demandaient faiblement, quand il les introduisait dans ses bouteilles: «Les Japs sont dehors?»... Et la maternité de l'hôpital presbytérien d'Hollywood, où il avait souvent pu inhaler les fantômes virtuels dont s'étaient fraîchement dépouillés les nouveau-nés encore traumatisés par la naissance...

Mais voilà maintenant près de quarante-huit heures qu'il ne s'était pas «fait une vie», donc avant de s'être introduit dans la maison des Parganas. Il ne s'était même pas donné la peine de consommer les fantômes des parents de Kootie après les avoir tués, tant il était certain de pouvoir bientôt capturer le gros, toujours dans les parages; il n'avait pas voulu gâcher sa chasse en prenant le temps de manger ces deux éléments mineurs.

Une fois dehors, il se rendit compte qu'il faisait de plus en plus froid et que les nuages allaient encore diminuer ce qui restait de lumière pour la journée. Déjà les zigzags en néon d'une maroquinerie vibraient de jaune sur le mur couleur de cendre. Un camion orange et noir de la SCE passa en trombe, le faisant tressaillir.

Ces deux éléments mineurs... Oaks eût été bien aise, maintenant, de pouvoir les dévorer. Il avait besoin de se nourrir l'âme vite fait s'il ne voulait pas finir en Os de boudin.

Il sentait maintenant s'agiter tous les fantômes qu'il avait déjà consommés. Quand il était obligé de jeûner, ils s'agitaient toujours et ses exhalations devenaient de plus en plus perceptibles aux oreilles exercées, avec leurs rugissements indiscrets, comme s'ils se ruaient tous dans sa direction (le Train fantôme!), venus des collines noires et des frontières immatérielles de son esprit, pour envahir ce camp isolé, au milieu de nulle part, qui lui servait de conscience.

Sa main fantôme lui agrippait maintenant l'abdomen, le serrant si fort qu'il en frissonnait en se précipitant à travers la Sixième Rue. Il envisagea presque de faire un détour, pour prendre le bus vers... où se trouvait son piège le plus proche ? La remise d'air conditionné au sommet du salon de coiffure de Bellevue Avenue. Cependant, quand il pensait à l'impérative direction indiquée par sa boussole ainsi qu'au visage aplati dans l'escalier du parking du Music Center, il ne songeait qu'à continuer vers l'ouest sans plus s'en détourner.

Transmission de bouche à bouche, tandis que le corps de Koot Hoomie Parganas se débattrait encore sous lui, révolté de se voir si tôt enlever la vie, et les deux âmes, celles du gamin et du gros fantôme, s'engouffreraient dans la trachée d'Oaks pour combler ses poumons affamés.

Bientôt, se dit-il.

21

« Les sots poissonnets de la mer
M'ont répondu tout net... »

A travers le miroir
Lewis CARROLL

Le soleil disparaissait complètement sous les nuages et ses rayons furent bientôt engloutis par les collines des Pacific Palisades. Pete Sullivan était assis près de la fenêtre à petits carreaux du Kendall's Sport Time Bar et les dernières lueurs orangées de l'horizon se reflétèrent dans les profondeurs de sa Guinness.

Il attendait qu'on lui apporte ses en-cas, mozzarella frite dans sa sauce *marinada* et petites ailes de poulet grillées accompagnées de céleri et de sauce au bleu, mais il avait déjà bu sa bière parce qu'un jour, un de ses professeurs lui avait dit que la Guinness contenait tous les aliments nécessaires à la vie humaine. Elle était épaisse, brune et forte, aussi avait-il l'intention de poursuivre avec de la Coors light dès qu'il aurait accompli son devoir vis-à-vis de sa santé. En outre, ce bar n'avait pas de coin fumeurs, aussi la prochaine cigarette devrait-elle attendre son retour dans la camionnette. Décidément, la soirée s'annonçait des plus saines.

Il y avait plusieurs postes de télévision allumés dans la semi-obscurité mais chacun semblait branché sur une chaîne différente et ceux qui avaient mis le son n'étaient pas à côté de Sullivan. Devant lui, on voyait Bill Clinton remuer les lèvres mais on n'entendait que les grincements des machines du bar et les battements électriques d'un autre haut-parleur. Sullivan regarda ailleurs.

Il avait les mains encore poisseuses du savon dont il s'était servi au-dessus du minuscule lavabo de la camionnette. Le matin, après avoir fait quelques courses, il s'était garé sur un terrain vague à l'est d'Alameda Street, entre les rails du chemin de fer et la Los Angeles River, de façon à pouvoir effectuer quelques réparations sur sa bonne vieille camionnette.

A ce moment-là, le soleil brillait encore, haut dans le ciel bleu vif, et Sullivan avait ôté sa chemise et son scapulaire puis s'était servi une bière prélevée sur le pack de douze qu'il venait d'acheter, avant d'aller chercher sa caisse à outils.

La pression des pneus était trop basse, aussi brancha-t-il une petite pompe sur la batterie, puis il regonfla chaque pneu tout en buvant et fumant, en même temps qu'il s'assurait que ses câbles ne se touchaient pas. Ensuite, il se coucha sous le véhicule et vidangea l'huile, recueillant consciencieusement le liquide usagé dans un sac en plastique prévu à cet effet, même si personne alentour ne risquait de vérifier ce qu'il faisait. Il en profita pour changer le filtre à huile et les bougies.

Avec de l'air de Los Angeles dans les pneus et un lubrifiant vierge dans les circuits, se dit-il, finis les mauvais souvenirs de sa fuite d'Arizona, de son escapade dans l'ancienne propriété d'Houdini. Après tout, dans le corps humain aussi, toutes les cellules étaient changées en quelques années... n'importe quel être vivant n'était qu'une vague mouvante à travers le temps qui ne faisait qu'incorporer un peu de matière tous les jours ; la vague seule accomplissait le voyage en entier, aucune de ses molécules ne l'accompagnait de bout en bout. Même une cicatrice ne signifiait rien de plus qu'une ride à la surface de l'océan, longtemps après que le clapotis qui l'avait provoquée fut passé.

SDA, se disait maintenant Sullivan en sirotant sa Guinness. Le Salut est Dans l'Accélération. Il n'avait jamais aimé les gens qui s'installaient, les jeunes mariés qui se mettaient une hypothèque sur le dos, un toit sur la tête et une plomberie sur les bras, pas plus que le brave entrepreneur qui louait un immeuble et se faisait imprimer des boîtes et des boîtes de papier à en-tête. Voilà cinq ans que Sullivan possédait cette camionnette, mais ce n'était pas sa première voiture, ni la dernière. Même les livres au-dessus de la couchette n'étaient qu'une forme de vague. On les achetait neufs, lisses et blancs, ils devenaient jaunes, pliés, cassés pour finir en essuie-tout qui s'en allaient avec les ordures qu'ils ramassaient, et se faire remplacer par d'autres livres, et ainsi de suite.

Sullivan avait lu quelque part qu'un philosophe grec disait qu'aucun homme ne peut mettre deux fois le pied dans la même rivière parce que ce n'est jamais le même homme.

Dieu en soit loué, se dit-il en faisant signe à la serveuse. Sur l'écran de télévision le plus proche, devant une maison encerclée par les rubans jaunes de la police, un journaliste débitait, l'air grave, son laïus muet tandis qu'un poste voisin, branché sur une autre chaîne, le faisait aboyer comme un chien à qui une voix off ne cessait de crier :

— Parle !

Sullivan baissa la tête sur la table. En fait, il avait toujours préféré se contenter du son. Ce matin, il avait installé sa radio à cassettes dans la camionnette et, aux informations de midi, il avait entendu qu'un poisson préhistorique géant s'était échoué sur la plage de Venice et que des homards étaient sortis en masse de l'eau pour venir semer la terreur chez les riverains.

Ainsi, il y avait eu matière à reportage à Venice. Voilà qui était immensément rassurant. Loretta deLarava ne s'y était donc rendue que pour des motifs professionnels et... rien d'autre.

Vous n'êtes pas en sucre, vous n'allez pas fondre comme ça.

Il écarta de sa mémoire cette phrase ancienne de peur d'en reconnaître la voix qui l'avait prononcée. Autant la laisser fondre immédiatement.

— Je pourrais avoir une Coors light, maintenant ? demanda-t-il à la serveuse qui venait de lui apporter deux assiettes fumantes. Et, tant que vous y êtes, mettez-m'en deux.

L'une pour boire au souvenir du fantôme certainement dissous de Sukie.

Maintenant que l'alcool commençait à faire son effet, il eût juré que la vague qui avait pris la forme de sa sœur s'était dispersée et avait reflué sans plus conserver, après la mort, le corps qui l'avait portée. Loretta deLarava ne s'était rendue à Venice que parce que son métier l'y avait poussée... et tous les fantômes sont exorcisés.

Que tout se dissolve. Avaler ce déjeuner tardif ou ce prompt dîner, au choix, téléphoner à Steve et partir chez lui pour y boire quelques autres bières, puis quitter Los Angeles. La camionnette est débarrassée de toutes ses vieilles merdes et tu as certainement nettoyé ton âme de tous ses remords en revenant ici pour y retrouver cette ville qui a encore trouvé le moyen de s'étendre.

Veni, vidi, exii. Je suis venu, j'ai vu, j'ai partu. Encore une formule de Sukie.

Le son qui provenait du haut-parleur le plus proche reproduisait les clameurs d'un stade en délire, mais sur son écran, Sullivan apercevait une plage, des courts de volley-ball, une foule de gens en maillots de bain qui tendaient le cou... une belle scène pleine de soleil, donc pas en direct.

Manifestement, c'était la plage de Venice mais, tout aussi manifestement, une resucée du reportage sur le poisson préhistorique. Qui sait s'il n'était d'ailleurs pas signé Loretta deLarava ? Les deux bières de Sullivan arrivèrent à ce moment-là et, une main plaquée sur la chope glacée, il put continuer de regarder l'écran.

Une longue goulée lui permit de conserver son calme. Maintenant, j'arrive à regarder des films sur Venice, se dit-il stoïquement. Tous les fantômes sont exorcisés.

Dès que la scène fut remplacée par une présentation de nouvelle voiture sur des routes de campagne, il vida sa chope et prit l'autre bouteille en se levant pour se diriger vers le fond de la salle où il avait repéré les téléphones et les toilettes.

Il dut se pencher pour ramasser les pièces qu'il venait de laisser tomber à terre et en glissa une dans la fente de l'appareil puis composa le numéro qu'il connaissait par cœur.

Au-dessus du lambris qui s'arrêtait à mi-hauteur, les murs étaient tapissés de fourrure rouge et Sullivan s'avisa que, malgré les poutres du plafond et les parois de verre entre chaque box, l'endroit était sans doute trop récent pour que Loretta deLarava fût tentée de venir en flairer les murs avec sa paille.

A l'autre bout du fil, on décrocha :

— C'est toi, Pete ? souffla une voix haletante.

— Oui. Steve ? Je...

— D'où tu appelles ?

En même temps, il sembla répondre à quelqu'un près de lui :

— Je vais bien, merde !

— Je suis dans un bar de Westwood, je crois, sur Wilshire Boulevard, un bar des sports, avec des télés allumées partout, et qui gueulent. J'ai hâte d'arriver chez toi mais je ne crois pas que j'y resterai la nuit. Il faut que je retourne en Arizona...

— Bon, écoute, je viens de me renverser dessus une casserole de sauce aux haricots, et c'est horriblement chaud. Il faut que je retourne sous la douche. Tu peux attendre une demi-heure ?

— Pas de problème. J'ai de quoi manger...

— Très bien. Merde, ce truc, c'est brûlant comme du napalm ! Comment... Je voulais te demander : comment va Sukie ?

Sullivan se félicita d'avoir pensé à prendre de la bière avec lui. Il en avala quelques gorgées avant de répondre :

— Bien. Non, elle... enfin, je crois qu'elle est morte.

Steve en parut suffoqué :

— Comment ça, tu « crois » ?

Il marqua une pause avant d'ajouter :

— Je l'ai toujours bien aimée, tu sais. Ecoute, tu veux me rendre un petit service sentimental ? Bois un Kahlua au lait pour moi, en souvenir d'elle. D'accord ? tu me le promets ?

C'était le petit déjeuner préféré de Sukie, liqueur de café arrosée de lait... Sullivan frémit à l'idée de ce que ce mélange détonant pourrait produire dans son estomac par-dessus la Guinness. Mais il avait déjà compris que Steve n'était pas en état d'assumer une objection ; aussi préféra-t-il temporiser :

— D'accord. Alors, tu me la files, cette adresse ? Et pas la peine de m'indiquer le chemin, j'ai pris un guide avec moi.

Steve lui communiqua un numéro sur La Grange Avenue et Sullivan raccrocha avant de regagner sa place.

La mozzarella frite avait refroidi mais les ailes de poulet restaient tièdes et il les trempa alternativement dans les deux sauces. Lorsque la serveuse revint, il lui commanda deux autres bières... et un Kahlua au lait même s'il n'avait aucunement l'intention de le consommer.

A mesure qu'il mangeait et buvait, il avait plus faim, si bien qu'il attaqua le fromage et décida de commander autre chose, peut-être le Nachos Grande. C'est à ce moment-là que la serveuse vint lui dire qu'on l'appelait au téléphone.

— Moi ? demanda-t-il, surpris. Ça m'étonnerait. Qui est-ce qu'on demande ?

— Un type qui consomme du Kahlua au lait. Vous n'y avez pas encore touché mais je crois que c'est quand même vous.

Dans ce cas, cela ne pouvait venir que de Steve. Sullivan se leva et se dirigea vers le bar où l'attendait l'appareil blanc décroché. Cela lui remit en mémoire l'appel de Sukie reçu chez O'Hara's à Roosevelt, qui avait amorcé cette odyssée inutile, non, cathartique... Il porta le combiné à son oreille et lança nerveusement :

— Allô ?

A son grand soulagement, ce n'était pas Sukie. Il s'aperçut alors qu'il n'avait pas écouté ce que lui disait sa correspondante.

— Pardon ?

— Vous êtes bien Pete Sullivan ? répéta la femme d'un ton irrité.

— Oui. Vous appelez de chez Steve ? Je...

— Je suis la femme de Steve et j'appelle d'une cabine. Il s'est ébouillanté en se renversant cette casserole sur la jambe. Et sur les cheveux aussi. Et il l'a fait exprès ! Il lui fallait une excuse pour m'envoyer faire des courses, que je puisse vous téléphoner du dehors, afin que ces gens n'entendent pas ce que j'ai à vous dire. Alors voilà son message, sa « liste de courses » : « Pete... rappelle-moi et dis que tu ne peux pas venir chez moi, je t'en supplie. Ne précise pas où tu vas et fiche le camp d'où tu es. Ils te veulent vivant. J'ai une femme et des enfants, moi. Bonne chance, mais ne me rappelle pas, sous aucun prétexte. » Voilà, c'est son message. Vous avez compris ? C'est le troisième bar des sports sur Wilshire Avenue que j'appelle et maintenant il faut que j'aille acheter deux, trois bricoles pour faire plus vrai. Ces gens s'en iront quand vous rappellerez pour leur faire savoir que vous ne pouvez pas venir. Alors, surtout, appelez. Et ensuite, laissez-nous tranquilles !

— D'accord, répondit-il doucement.

Mais elle avait raccroché.

La serveuse l'observait du coin de l'œil, aussi s'arracha-t-il un sourire.

— Je peux rappeler quelqu'un en ville ?

Elle répondit d'un haussement d'épaule, alors il ajouta :

— Et donnez-moi une autre Coors light, s'il vous plaît.

Il composa de nouveau le numéro de Steve et son ami décrocha aussitôt.

— C'est encore Pete, dit-il. Je t'appelle d'un autre bar, sur Hollywood Boulevard. Ecoute, mon vieux, finalement, je ne vais pas pouvoir venir, ce soir. Et...

je quitte Los Angeles. Je te rappellerai une autre fois, d'accord ? L'année prochaine, sans doute.

Tout en emportant sa nouvelle bière vers sa table, il se demandait, sans que cela le préoccupât outre mesure, si les regrets de Steve avaient paru plus sincères à « ces gens » qu'à lui.

Tandis qu'il se penchait pour s'asseoir, il regarda le bout de ses pieds car il sentait son dos aussi raide que s'il était en train de marcher sur un fil.

Finalement, il se posa lourdement sur sa chaise et, à tout hasard, cacha le verre de Kahlua derrière la nappe, sur le siège voisin.

Ce ne pouvait être que des hommes envoyés par Loretta deLarava.

Maintenant, je peux boire toute la nuit, ou filer droit vers l'Alaska, ça ne changera rien au fait qu'elle est en train de mijoter quelque chose...

Il inspira longuement, vida sa bière puis respira, et la tête lui tourna.

Elle espère encore absorber le fantôme de mon père. Je ne sais pas pourquoi, ça l'obsède, elle ne peut pas lui ficher la paix ?...

Aujourd'hui, elle s'est rendue à Venice pour y voir ce poisson, mais s'il y a du remue-ménage dans l'océan, c'est certainement parce que le fantôme de mon père sort de la mer, à l'endroit où il s'est noyé, il y a trente-trois ans. Là où tout a commencé...

Et Loretta deLarava voudrait bien m'avoir à ses côtés, pour lui servir d'appât. Pas de masque, comme lorsqu'on travaillait pour elle avec Sukie, mais pour attirer ce fantôme-ci.

Avec un frisson de dégoût, il se rappela combien la vieille paraissait rajeunie, heureuse et plus grasse que jamais lorsqu'elle avait avalé un fantôme à l'aide de ses cigarettes au clou de girofle.

A priori, on aurait pu croire qu'un fantôme en valait un autre... Alors pourquoi s'obstinait-elle à rechercher celui de leur père ? La veille de Noël 1986, Pete et Sukie avaient éprouvé un certain malaise à se retrouver sur cette plage de Venice, particulièrement en présence de Loretta deLarava ; d'abord parce qu'ils savaient que c'était là que leur père avait trouvé la mort en 1959, quand ils avaient sept ans ; mais ce ne fut qu'à midi, à l'instant où Sukie avait répandu le contenu de la boîte à chaussures apportée par la vieille, qu'ils comprirent quel fantôme exactement celle-ci poursuivait ce jour-là. Sans doute avait-elle escompté absorber cette inhalation sans que les jumeaux s'aperçoivent de rien, mais le portefeuille et le trousseau de clefs provenaient indubitablement de leur père.

Le vieil homme s'était noyé et ils n'étaient pas là, ils n'avaient rien pu faire. Et voilà que Loretta deLarava tentait de manger le fantôme du vieux. Or, ainsi que Sullivan l'avait saisi plus tard sur la route de San Francisco, et certainement Sukie dans son avion, ils étaient partis sans emporter le portefeuille ni les clefs.

Sullivan tenait sa chope glacée bien serrée entre ses paumes pour les empêcher de trembler, il transpirait tellement qu'il en frissonnait de froid. A cet instant, il comprit exactement pourquoi Sukie s'était suicidée, et il l'envia.

Elle ne pouvait faire autrement. Le moyen de se cacher à jamais derrière une bouteille ? A moins de devenir soi-même transparente. Fondue, comme un morceau de sucre, pour n'être plus qu'une vague au-dessus des contingences matérielles, y compris les boussoles, et qui, face à vous, pourrait continuer de rouler paisiblement et, dès lors, trahir votre présence.

Il ne pouvait évoquer les trois cannettes de limonade également tombées de la boîte à chaussures, dont l'une avait roulé sur son pied en crachant un jet de mousse brune, mais il savait, au fond, qu'avec sa sœur, c'était ce jour-là qu'ils avaient trahi leur père, par ce glacial hiver de 1986, en s'enfuyant éperdument, en laissant ces souvenirs entre les mains de Loretta deLarava.

Mais je suis encore vivant, se dit-il, et je suis retourné à Los Angeles. Alors, il faut que je le sauve des griffes de la vieille. Pourtant, je suis incapable de le regarder en face.

— ... les fantômes des membres décédés de leur famille, dit une voix placide dans un des postes de télévision. Mais la police estime que ces phénomènes apparemment surnaturels ont été causés par un appareil électrique ou une conduite de gaz défectueuse, provoquant l'explosion qui a réduit en cendres le centre médico-social et tué trois patients du Dr Elizalde. Plusieurs autres demeurent, encore aujourd'hui, hospitalisés pour traumatisme psychologique subi durant cette tragédie d'Halloween.

Sullivan leva la tête vers l'écran le plus proche mais ne vit que des joueurs de football en train de courir sur une pelouse vert pomme. Il repoussa sa chaise et se tourna pour enfin apercevoir, au fond de la salle, un journaliste blond en costume en train de présenter les informations. A ce moment, le studio fit place à la photo d'une mince jeune femme brune, bouche bée sur le seuil d'une maison, les yeux clos.

Sullivan pensa tout de suite à un cliché pris à l'heure bar, et cela lui fit froid dans le dos. Il ne savait pas qui était cette femme mais, à l'évidence, elle avait anticipé le flash.

— Et aujourd'hui, poursuivait le journaliste, près de deux ans après cette arnaque qui avait mal tourné, le Dr Elizalde serait de retour à Los Angeles. La police dit que, ce matin, elle se serait rendue chez Margarita Gonzalves, la veuve d'un des patients décédés au cours de cette prétendue thérapie de groupe, aurait brandi un revolver et tiré quatre coups de feu! Mme Gonzalves a pu prendre cette photo du Dr Elizalde avant que celle-ci ne sorte son arme. La police déclare également que le Dr Elizalde aurait ensuite acheté un déguisement et volé une voiture.

La scène revint au présentateur dans son studio, auquel s'était joint un homme blond en costume qui commenta:

— Une tragique histoire de crédulité mal placée, Tom.

— En effet, Ed, acquiesça le présentateur. Même si les autorités médicales croient maintenant que la plupart des remèdes distribués chez ces *curanderos* et dans ces *hierberías* peuvent être bénéfiques. Ce sont les charlatans qui comptent sur la candeur de leurs clients en exagérant les propriétés curatives de leurs remèdes, et jettent ainsi le discrédit sur l'ensemble de la profession.

Les informations continuèrent sur les préparatifs d'Halloween puis des cérémonies du Jour des morts au sein de la communauté hispanique. Sullivan regagna sa table et reprit le verre qui l'y attendait. Le verre de la morte, le verre de la suicidée... Il préféra ne pas y toucher.

Apparemment, cette catastrophique thérapie de groupe avait fait les gros titres deux ans auparavant. Mais Sullivan ne lisait jamais les journaux, et n'en avait donc pas entendu parler.

Voyons, se dit-il, elle tient une séance de spiritisme dans son centre médico-social un soir d'Halloween, un moment dangereux pour n'importe quel esprit un tant soit peu fragile. En tout cas, quelque chose d'affreux s'est produit pendant cette séance, comme si les patients survivants avaient vu « les fantômes des membres décédés de leur famille » ; auraient suivi un incendie et des explosions et trois patients seraient morts. (Evidemment, la police en a conclu que le désastre avait été causé par un quelconque appareil « défectueux ».)

Alors pas étonnant qu'elle vive à l'heure bar, comme la photo le laisse deviner. Elle doit avoir maintenant plusieurs fantômes accrochés à elle, comme nous et tous ceux qui perçoivent leur existence.

Par-dessus tout, Sullivan retenait que le Dr Elizalde avait fui Los Angeles après l'incendie. Dans quelle intention avait-elle précisément choisi cette époque d'Halloween pour reparaître ? A priori, pas pour tirer sur cette veuve, si elle avait jamais apporté une arme, ce qui restait à prouver. Selon lui, c'était plutôt le Dr Elizalde qu'on avait menacée, car celle-ci avait dû revenir dans l'espoir imbécile de... redresser les choses. Présenter ses excuses à tout le monde, vivants et morts.

Mais…

J'ai l'impression qu'elle est vraiment capable de susciter les fantômes. Que ça lui plaise ou non, c'est une autre histoire, seulement elle m'a l'air d'un authentique médium, même si elle ne s'en est pas encore rendu compte.

Elle devrait être capable d'invoquer le fantôme de mon père et je pourrais, de loin, en m'adressant à lui derrière un écran comme un pénitent dans son confessionnal, je pourrais le mettre en garde.

Son cœur se mit à battre la chamade. Elizalde… Ne pas oublier ce nom.

Elle doit se cacher, maintenant. Je parie qu'elle ne quittera pas Los Angeles avant Halloween, pas avant que ses chimériques excuses soient redevenues impossibles. Elle doit se cacher, mais je suis sûr que je peux la trouver.

Il sourit devant sa chope vide.

Après tout, elle est des nôtres.

22

Le ronflement s'amplifia de minute en minute, ressemblant de plus en plus à l'air d'une chanson ; finalement elle en put même distinguer les paroles...

A travers le miroir
Lewis CARROLL

Loin de là, vers l'est, à l'autre bout de Wilshire Avenue, où des fanions multicolores flottaient sur leurs fils de nylon invitant à la fête des voitures d'occasion, où de vieux immeubles de grès peuplaient les petites collines herbeuses, leurs murs bas ornés d'éclatantes peintures mexicaines qui brillaient encore à ce qui restait de la lumière du jour, où le linge séchait dans les cours et aux fenêtres d'appartements datant des années 60, Kootie s'éloigna en boitant du néon publicitaire rouge de la bière Miller et s'arrêta contre le mur du bar.

Il se parlait de temps à autre et continuait de faire les demandes et les réponses.

— Je peux plus marcher, haletait-il. J'ai dû me bousiller le pied et maintenant, il va falloir le couper et en mettre un en bois à la place.

— Hé ben... marmonna-t-il.

Il parlait pour le fantôme absent de Thomas Alva Edison qui, il en était certain, était resté en rade sur les marches du Music Center.

— Moi, poursuivait Edison, j'ai bien des dents en bois... Non, en fait, c'était George Washington, moi c'est la tête.

— Je l'ai vue, votre tête, murmura Kootie encore secoué par l'expérience. Elle était faite de vieilles tranches de gras de bœuf.

Il acheva sa phrase avec une grimace révulsée, digne de ses végétariens de parents, puis embraya sur l'idée suivante :

— Je vais entrer dans ce bar... non, pas pour y commander un cocktail, vieil abruti ! Je vais demander à quelqu'un d'appeler la police pour moi.

Il tenait encore à la main la pièce que lui avait rendue l'autre appareil deux heures plus tôt et s'en servait pour marquer contre sa cuisse un rythme qui lui trottait dans la tête.

— Je ne veux pas aller dans ce bar, chevrota-t-il de sa voix d'Edison.

D'ailleurs, Kootie ne tenait pas à entrer là-dedans non plus. Il gardait un souvenir trop douloureux de sa dernière communication avec... avec qui, au fait ? Les fantômes de ses parents ? Ce devait être ça, à moins qu'il n'ait eu des hallucinations... auditives. En plus, ses parents semblaient se trouver dans un bar.

Mais si cela venait de quelqu'un d'autre...

(Il se représentait intérieurement du carbone : au début, *des grains noirs dans une petite cellule, avec une membrane de fer doux qui tour à tour comprimerait et relâcherait les grains de carbone, changeant ainsi la conductivité ; mais les grains avaient tendance à s'agglomérer, si bien qu'au bout d'un moment la conductivité se stabilisait à un certain niveau...*)

Si quelqu'un d'autre se chargeait de l'appel, peut-être qu'il parviendrait à destination, sans transiter par ce bar infernal. D'ailleurs, tout à l'heure, l'appel avait commencé par atteindre la police, Kootie était certain d'avoir parlé à un opérateur de 911 parce que, après avoir raccroché, il avait aperçu une voiture de patrouille qui longeait la rue au ralenti, la Sixième Rue, comme il l'avait vérifié par la suite. Kootie avait eu envie de se précipiter à sa rencontre mais ses pieds l'avaient emporté dans la direction opposée, à travers le parking. Puis il était entré dans une solderie pour aller se réfugier dans un coin, derrière un étalage de bougies ornées de décalcomanies de saints.

Sans doute avait-il eu peur de la réaction des policiers devant l'histoire à dormir debout qu'il aurait pu leur raconter.

Le propriétaire du magasin lui avait crié à la figure, lui demandant ce qu'il fabriquait là et, dans son embarras, Kootie avait acheté un paquet d'objets dont il n'avait que faire : une boîte de craies insecticides Miracle, une pellicule de 35 mm et une barre de chocolat aux amandes. Le tout s'était retrouvé dans un sachet plié au fond de la poche de sa chemisette.

En quittant le magasin pour reprendre en boitant son chemin vers l'est, tournant le dos au soleil couchant, il s'était imaginé en train de gronder le fantôme d'Edison pour l'avoir entraîné dans cette aventure.

— *Hé ben, pardon,* avait-il fait dire au fantôme, *mais je ne veux pas me faire prendre par les flics... J'ai des livres que j'aurais dû rendre à la bibliothèque depuis 1931 !*

Maintenant, Kootie se détachait péniblement du mur pour se diriger vers l'entrée du bar. Il avait froid dans le soir qui tombait et son polo ne suffisait plus à le réchauffer. Il espérait qu'il ferait meilleur à l'intérieur.

(Un verre de lampe, noirci par la fumée. Quand on grattait cette couche noire de carbone, on pouvait lui donner la forme d'un petit bouton et fixer celui-ci au disque de métal. Dans une autre pièce on pouvait mordre l'instrument auquel il était relié et, entre les dents et les os du crâne, entendre des sons plus clairs et plus forts.)

Kootie ouvrit la porte de sa main gauche car les doigts de la droite continuaient de pianoter la pièce de monnaie dans sa paume. *Tap... tap... tap... tap-tap-tap-... tap... tap... tap...*

Un souffle d'air chaud s'engouffra dans ses cheveux, de l'air vicié, qui sentait la bière et la fumée de cigarette et la sueur, et résonnait d'un enregistrement de guitares mariachis ou du claquement des boules de billard sur le tapis vert. Une lumière jaune éclairait le linoléum sous ses Reebok et l'enfant se glissa vers le tabouret le plus proche. Le barman le suivait d'un œil impassible au-dessus d'une moustache en broussaille.

— Vous avez le téléphone ? demanda Kootie, heureux d'entendre que sa voix ne tremblait pas. Est-ce que quelqu'un pourrait appeler à ma place…

L'homme continuait de le fixer, et les clients autour de lui devaient en faire autant mais Kootie avait peur de soutenir leur regard. Ils vont me reconnaître après m'avoir vu sur ces affiches, et me livrer. Mais c'est justement ce que je veux, non ?

— *Teléfono*, insista-t-il.

Il accompagna sa demande d'une mimique désespérée de la main gauche sur le menton tandis qu'il approchait la droite de son oreille.

— Allô ? lança-t-il. Al-lô ?

Ses doigts continuaient de tapoter la pièce et il se rendit compte soudain qu'il lançait tout simplement un SOS en morse, en même temps, il vit qu'il mimait un geste de téléphoniste du siècle dernier, avec leurs vieux appareils à crochet, comme dans un film de Laurel et Hardy.

SOS ? se demanda-t-il.

Instinctivement, il se répondit :

« Qu'est-ce qui se passe ? Qu'est-ce qui ne va pas ? »

Un instant plus tard, il dut agripper son siège rembourré de vinyle pour ne pas tomber.

Sa bouche s'ouvrit et, quelques secondes durant, une série de miaulements et de jappements lui sortirent de la gorge ; enfin, tout en nage d'avoir tenté de résister à ce qui lui arrivait, crispé sur lui-même, le menton dans le cou, il parvint à se détendre et à prendre un air désinvolte.

— Hé ben… lança-t-il. Hé… ben…

Il se retourna vers le barman :

— Merci, les gars. Ça ne fait rien. C'était une erreur. Pardon de vous avoir fait perdre votre temps. Tenez, je vous offre une tournée.

Dans un silence de mort, il ajouta :

— Allez, mon garçon, mets de l'argent sur le comptoir.

Comprenant que c'était à lui qu'on parlait (par sa propre bouche !), Kootie fouilla dans sa poche et, sans sortir sa liasse de billets, en détacha un de cinq dollars qu'il posa sur le comptoir. Ça ne devait pas suffire pour beaucoup de bières mais le billet suivant devait faire vingt dollars. Il le sortit également puis recula, s'essuya le menton à son épaule.

— Seigneur, mon garçon, cinq dollars ! dit sa bouche. Je parie qu'ils n'ont pas beaucoup d'orangs-outangs par ici. Et puis qu'est-ce que c'est que ces gens ? Des Mexicains ? Dis-leur que je suis mexicain, qu'il y a un malentendu et qu'on s'en va.

— Hé... ben... dit Kootie en se raclant la gorge pour émettre le son de sa propre voix. *Lo siento pero no me quedo aquí. Ese dinero es para cervezas. Salud. Y ahora, adiós.*

— Oh ! s'entendit-il ajouter, et prends des allumettes pendant que tu y es.

— *¡Eh, y para mí, fósforos, por favor! ¿Mechas? ¿Como para cigarros?*

Quelques longues secondes s'écoulèrent avant que le barman lui tendît une boîte d'allumettes.

Kootie la prit.

— *Gracias.*

Alors, il eut presque l'impression d'être attrapé par le col et entraîné *manu militari* vers la porte.

(Mais même avec le disque de carbone compressé, si l'on comptait uniquement sur le courant qui passait dans le fil, cela donnait de la luminosité mais pas d'amplification ; on n'obtenait qu'un petit système en équilibre. Pour y remédier, un courant changeant dans le fil devait servir de guide pour les changements qui seraient dupliqués à grande échelle dans une bobine à induction. Alors le signal pourrait être transporté à peu près n'importe où.)

— Les trolleybus, s'entendit prononcer Kootie.

En même temps, il ouvrait la porte et se retrouvait dans le froid.

Sur le trottoir, il regarda passer les phares des voitures avant de traverser en boitant puis de s'arrêter au milieu de la rue. Il pencha la tête pour contempler le macadam sous ses pieds. Sa bouche s'ouvrit de nouveau :

— Trouve-nous une ligne de tramway.

— Y en a pas, répondit-il.

Il avait coassé comme une grenouille car il avait oublié d'inhaler après le commentaire d'Edison. Il prit une longue inspiration avant d'ajouter :

— Ça fait des années qu'il y a plus de tramways à Los Angeles.

— Zut ! Les rails faisaient un excellent palais des glaces.

Des camions passaient en trombe à quelques centimètres de Kootie et les phares dans l'obscurité lui donnaient l'impression d'être un chien égaré sur le terre-plein central d'une autoroute. Du coup, il se demanda comment allait Fred.

Il fut vite arraché à ses pensées.

— Après le prochain poids lourd, tu passeras, prononça sa bouche. Ils font toujours autant de bruit ?

— Oui.

L'enfant se jeta dans la mêlée en sautant jusqu'au trottoir d'en face, évitant de justesse un minibus.

Alors il repartit en boitant vers l'est, tournant le dos aux collines encore rougeoyantes. Il savait, maintenant, qu'il n'avait pas perdu le fantôme d'Edison, d'ailleurs il s'en doutait depuis qu'il s'était caché de la voiture de police, deux heures auparavant. Au moins le fantôme du vieil homme ne le poussait-il plus hors de son corps, aussi l'enfant n'éprouvait-il plus le vertige de l'âme qui l'avait saisi au Music Center.

En fait, il était assez content que le vieil homme se trouve avec lui.

— Bon, reprit sa voix, tu as pu m'avoir ces pétards ?

Kootie se figea. C'était donc si important que ça ? Il les avait certainement perdus avec tout ce qu'il emportait dans son sac à dos, ou dans sa chemise de flanelle. A tout hasard, il vérifia la poche de son jean et trouva le paquet rectangulaire.

— Oui, m'sieur.

— C'est bien. Fais-les éclater et on sèmera nos poursuivants.

Kootie se mit en devoir d'ôter la fine pellicule de cellophane qui protégeait la boîte de pétards. Il était interdit de s'en servir dans les rues, aussi regarda-t-il autour de lui, mais l'atelier de réparation de télévisions devant lequel ils se tenaient était fermé et aucune des voitures qui passaient ne portait de lumières de la police.

— Qu'est-ce qu'un orang-outang irait faire dans un bar ? demanda-t-il machinalement.

— On dirait une devinette. Tu sais pourquoi un squelette ne sera jamais président ?

Kootie se rendit compte qu'il souriait.

— Non, m'sieur.

— Parce qu'il n'a pas besoin de garde du corps. Ha ! ha ! ha ! Combien coûte une bière, de nos jours ?

Kootie avait fini d'éplucher sa boîte et maintenant il en sortait les pétards. Et c'était lui qui faisait ça ! Il n'en revenait pas.

— J'en sais rien. Un dollar.

— Oh là là ! Il faudra que je fabrique la mienne tout seul. Quant à la blague, tu vois, c'est un orang-outang qui entre dans un bar et commande une bière qu'il paie avec un billet de cinq dollars. Le barman se dit : qu'est-ce que les orangs-outangs connaissent à l'argent ? Alors il lui rend une pièce de cinq *cents*. Et l'autre qui boit sa bière, l'air mauvais, pendant que le barman nettoie ses verres et lui fait la conversation : « On ne voit pas souvent des orangs-outangs par ici. » Et le singe lui répond : « A quatre quatre-vingt-quinze la bière, ça ne m'étonne pas ! »

Kootie s'efforça de rire mais s'interrompit vite, à bout de souffle.

— Bon, tu n'aimes pas les plaisanteries, on dirait, commenta le fantôme d'Edison. Tu trouves peut-être drôle de payer quatre dollars quatre-vingt-quinze la bière. Ou n'importe quoi d'autre. Tu trouves peut-être drôle qu'on tâche de te dire pendant une heure ce que tu dois faire, mais tes ergots intellectuels ne sont pas capables de capter le morse, à part ce bon vieil SOS ! Les deux fois où j'ai demandé une femme en mariage, je l'ai fait en le tapant en morse sur ses mains. Où irait-on si elles avaient pensé que je ne faisais que... tester leurs réflexes ? Je connaissais le morse à quinze ans ! Bon sang ! Quel âge as-tu ?

Kootie parvint à articuler :

— Onze ans.

Il profita de ce qu'il avait de nouveau la parole pour ajouter, insolemment :

— Et vous ?

Mal lui en prit car, à bout de fatigue, il se mettait à pleurer.

— Ça ne te regarde pas, moutard, rétorqua Edison d'un ton méprisant. Sache que j'avais presque soixante-dix ans quand j'ai parié avec Henry Ford que d'un coup de pied je pourrais faire sauter une lampe de lustre dans un hôtel de New York. Arrête de pleurer. Un lustre au plafond ! Eh bien, j'y suis arrivé ! Tu m'as vu botter les fesses de ce type, là-bas ? Mais qu'est-ce que tu fabriques ?

Les mains de Kootie secouaient la boîte.

— Je prépare... commença-t-il.

— ... les pétards, acheva Edison. C'est vrai, excuse-moi. Je ne devrais pas m'emballer comme ça. Je n'ai eu ma licence de sciences qu'à quatre-vingt-quatre ans passés. Quatre-vingt-quatre. Quatre quatre-vingt-quinze ! Enfin on la fabriquera nous-mêmes dès qu'on pourra respirer. A propos de respirer...

Deux Noirs s'approchaient de l'endroit où s'était arrêté Kootie, un homme en jean et chemise noirs et une femme qui semblait porter un tas de couvertures. Kootie se prit à espérer qu'Edison allait cesser de parler le temps que le couple soit passé.

Mais non :

— Tu aimes les cimetières, mon garçon ?

Kootie secoua la tête.

— Moi non plus, reprit Edison, mais on peut y apprendre bien des choses.

L'air ne passait que trop peu de temps dans les poumons de Kootie.

— De la part des fantômes errants, poursuivait Edison, pour l'arrivée du jour maudit si, malgré toutes tes précautions, tu te retrouves toi-même dans leur cas.

Le couple noir passa devant lui l'air de se dire que ce gamin avait disjoncté.

— Ne laisse pas de traces, c'est ça, le truc. Mes premières recherches, je les ai effectuées dans un laboratoire installé sur un train. Enlève tes chaussures. Le train quotidien entre Port Huron et Detroit ; en 1861, j'y vendais des journaux, ce qui m'a permis d'y établir un labo impossible à repérer.

Il renifla.

— Ce qui n'est pas facile, crois-moi. Un jour, un homme m'a pourtant découvert, mais je lui ai faussé compagnie en lui vendant mes masques au lieu de moi-même. Enlève tes chaussures, te dis-je !

Kootie n'avait pas cessé de pleurer et même de sangloter.

— Moi ? Pourquoi ? Il fait froid.

D'un seul coup, il se trouva penché en avant et dut s'appuyer sur sa cheville blessée pour ne pas tomber.

— Arrêtez !

Il s'assit sur le ciment, bien obligé de défaire ses lacets.

— Ça va ! Me poussez pas.

Sa main s'ouvrit, lâchant les pétards.

Edison respira fortement et son souffle s'emmêla dans les sanglots de l'enfant dont la voix cassée murmura :

— Pardon, mon garçon. C'est très important. Il faut faire vite.

Kootie avait ôté ses deux chaussures et sentait le froid du ciment traverser l'épaisseur de son jean.

— Les chaussettes aussi, soupira Edison. Et cesse de pleurer, tu veux. C'est... ridicule.

Kootie laissa Edison guider ses mains, fourrant les chaussettes dans les Reebok, accrochant les lacets ensemble et passant le tout autour de son cou. Il se redressa en s'appuyant contre la vitrine de l'atelier de réparation, espérant presque qu'elle se casserait mais, même avec Thomas Edison dans sa tête, il ne pèserait pas encore assez lourd.

— Tu as une plussere au bieb, observa Edison en l'empêchant de respirer. Pardon. Tu as une blessure au pied. Je te laisse te relever. Prends les pétards.

Trop fatigué pour lui retourner une réplique acerbe, Kootie se releva à grand-peine, les poings serrés sur les pétards. Enfin debout, il frissonna dans sa maigre chemise.

— Maintenant, expliqua Edison, nous allons remonter cette rue à ta gauche en courant... mais après que tu auras commencé à... Non, je ferais mieux de m'en charger... après que j'aurai jeté des pétards allumés dans tes pieds.

Kootie en fut tellement secoué qu'il se mit à hoqueter et s'aperçut qu'il riait.

— Je dois pas aller voir les flics, articula-t-il. J'ai un assassin manchot qui me poursuit pour me tuer, un copain drogué qui me prépare à dîner dans un moteur de voiture et, pour tout arranger, maintenant c'est Thomas Alva Edison en personne qui veut me courir après en me jetant des explosifs illégaux dans les jambes. Et j'ai onze ans. Mais je dois pas aller voir les flics.

— J'aime bien cette idée de réchauffer le dîner dans le moteur, commenta Edison.

Repliant les mains de Kootie sur la boîte, il lui fit craquer une allumette.

— Je te sauve la vie, mon garçon, et mon... ma... mon âme ? Enfin, quelque chose qui m'appartient.

Il lui fit allumer et tenir le pétard jusqu'à ce que la flamme eût pratiquement disparu dans le cylindre de carton. Puis :

— Saute ! lança-t-il gaiement.

Kootie parvint à éviter l'embûche, cependant, quand l'explosion se produisit dans un violent claquement, il sentit la brûlure du papier lui effleurer les doigts de pieds.

Il ouvrit la bouche pour rouspéter mais Edison avait déjà allumé deux autres pétards et criait :

— Vas-y !

Kootie bondit sur le trottoir de l'étroite rue, les deux pieds en feu.

— Vieux cinglé... de salaud ! cria le gamin.

Un quatrième pétard sauta juste devant ses doigts de pieds déjà noircis.

Edison ne lâcha pas le suivant ; il le garda entre ses mains et l'explosion secoua Kootie comme s'il venait de se donner un coup de marteau.

— Putain de bordel !... couina l'enfant en bondissant de côté.

— Surveille ton langage, mon garçon ! Ou tous les anges enregistreurs vont se précipiter sur leurs machines à écrire ! Tu ne veux pas que je te lave la bouche, tout de même !

— Pardooon !

Kootie se rappela que les enfants d'Edison avaient eux aussi détesté l'attitude de leur père ; un instant, il perçut l'image d'une fille et de deux garçons obligés de danser entre les explosions des pétards et les brins d'herbe qu'ils emportaient dans leur fuite ; il vit aussi le mal qu'Edison avait eu à faire grimper Tommy junior au mât de cocagne en lui enduisant les genoux de colophane. Il le fallait pourtant, il était obligé d'isoler les enfants de temps à autre, pour leur bien.

Kootie sautait dans tous les sens et son souffle lui brûlait la gorge et le nez. Heureusement que personne n'était dehors à cette heure-ci ; à sa gauche, une barrière de chaînes qu'il attrapa plusieurs fois pour ne pas tomber le séparait de carcasses de voitures et les petites maisons dans le fond restaient plongées dans l'obscurité.

La bouche de Kootie siffla et chuinta lorsque tous deux voulurent parler en même temps. Kootie roula des yeux et s'arrêta pour entendre Edison lancer calmement :

— Si j'étais ton père... je te laverais la bouche... avec un savon.

Kootie avait déjà entendu ce genre de remarque mais, cette fois, il crut effectivement percevoir un père en train de le faire à son fils et il frémit. Jamais son propre père ne lui avait administré de punition corporelle. A la place, il discutait dans le détail de chacune de ses erreurs, au cours d'un « dialogue utile » après lequel la transgression était considérée comme ayant contribué à une « expérience d'apprentissage » qui l'aiderait à édifier son « amour-propre ».

— Eh bien, c'est de la pure imbécillité ! continua Edison qui semblait avoir capté la pensée de Kootie. Quand j'avais six ans, j'ai brûlé la grange de mon père. Je voulais... plaquer un petit camarade qui me suivait depuis plus d'un an. Evidemment, à cet âge, je ne connaissais pas les trucs comme celui qui consiste à effacer des traces de pas à coups de pétard !

Il respira bruyamment. Il avait l'air de rire.

— Oh là là ! Entièrement brûlée, la grange de mon père ! Et mon petit ami toujours à me coller comme mon ombre. Qu'est-ce que je disais ? Ah oui ! que j'ai brûlé la grange... Et crois-tu que mon père en a discuté avec moi ? Qu'il a dit... quoi, déjà ?

— Que c'était une « expérience d'apprentissage », marmonna Kootie sombrement. Non, sûrement pas.

— Figure-toi qu'il a invité tous les voisins et leurs enfants au spectacle et là, il m'a fouetté jusqu'au sang, en place publique, au beau milieu de Milan !

Kootie renifla et sentit, par-dessus toutes les expériences accumulées par le vieil homme, saillir l'inoubliable désespoir, l'ineffaçable humiliation d'un petit garçon d'autrefois.

Un long moment, tous deux restèrent silencieux. Puis Kootie risqua :

— Je peux remettre mes chaussures et mes chaussettes, maintenant ?

— Oui, mon garçon.

Edison poussa un soupir avant de reprendre :

— C'était pour ton bien, tu sais. Nous tâcherons d'utiliser de meilleurs trucs d'évasion quand nous en aurons le temps, mais cette polka des pétards devrait avoir éloigné pour un moment ton... comment dis-tu ? ton assassin manchot ? Ou tout au moins l'avoir ralenti.

La main de Kootie balaya l'air devant lui, la paume vers le sol, les doigts ouverts, puis vint se plaquer sur le poteau de bois de la barrière.

— J'ai l'impression que tu es fatigué. Nous allons trouver un endroit où dormir après avoir pris quelques petites précautions. Cette ville m'a l'air bien grande, nous devrions pouvoir en tirer quelque chose. Avant cette histoire, je croyais que je me trouvais à Los Angeles... C'est là que nous sommes ?

— Oui, m'sieur, dit Kootie. Mais pas dans le plus beau quartier.

— Ça vaut peut-être mieux pour ce que nous voulons faire. Nous allons partir vers l'est, à une centaine de mètres d'ici. Et garde les yeux grands ouverts.

— C'est par où, l'est ?

— Tourne à droite, vers cette lumière. Quand tu es perdu, demande toujours ton chemin à un fantôme.

23

— J'ai goûté aux œufs, certainement, dit Alice qui était une petite fille très franche; pour ce qui est de manger des œufs, les enfants, voyez-vous, n'ont pas grand-chose à envier aux serpents.
— Je ne vous crois pas, dit le Pigeon; mais si ce que vous dites est vrai, eh bien! les enfants ne sont qu'une variété de serpents, c'est tout ce que je peux dire.

Alice au pays des merveilles
Lewis CARROLL

Dans le bureau du rez-de-chaussée de son immeuble, Solomon Shadroe avait cessé de contempler la ligne blanche horizontale sur l'écran de télévision et s'était dirigé péniblement vers son fauteuil pour se replonger dans ses paperasses mensuelles.

Il n'aimait pas du tout cette ligne sur son écran mais, au moins, avait-elle cessé de scintiller et de sautiller.

Finalement, il repoussa son fauteuil; il avait achevé de rédiger ses chèques d'octobre et même de calculer son solde. Comme il laissait traîner les yeux sur le buvard usé, il remarqua que ses copeaux de crayon ressemblaient à des pelures d'oignon et d'ail, comme si quelqu'un avait haché du *batuto* sur sa table.

De l'ail et des oignons... il se souvenait de les avoir aimés bien qu'il en eût oublié le goût. Quelque chose comme de la transpiration fraîche, se dit-il en se levant, qui vous faisait accélérer le cœur.

Sa décoction à la cannelle était tiède mais il la but d'un seul trait, tapotant sur le fond pour en recueillir les dernières gouttes rouges et poisseuses. Puis il abandonna la tasse sur la couverture du vieux carnet de chèques et sortit une boîte de Goudie Schnouf du tiroir.

Comme il déposait un peu de poudre brune à la base de son pouce et la portait à son nez, il regarda distraitement l'étagère où il avait placé trois de ses cochons en peluche. Ceux-ci n'avaient cessé de roter comme des garnements les quelque trente secondes que la ligne sur la télé avait fait des siennes mais (il vérifia d'un coup d'œil vers l'écran) elle ne bougeait plus maintenant, et ils se tenaient tranquilles, eux aussi. Johanna avait mis la radio et il n'entendait plus, autour de lui, que les grondements de Bruce Springsteen chantant *Dancing in the Dark*.

— C'est trop fort ? demanda-t-elle soudain.

Elle se leva du canapé où elle feuilletait un magazine.

Shadroe inspira longuement le tabac.

— Non. Finis ton bouquin. Ça me bouffe, toutes ces factures. Et je dois encore nourrir les bébêtes.

Il se leva et se dirigea vers l'étagère.

— Oh ! excellent. Les bébêtes ! s'exclama-t-elle.

Elle fit mine d'agiter une clochette :

— Bébêtes ! Ici !

Shadroe sortit deux assiettes en carton d'un sac de cellophane déchiré et les disposa sur la table basse. Dans l'une, il jeta une poignée de boulettes pour chats qu'il prit dans une boîte sur une chaise, dans l'autre il répandit des galets plats sortis de sa poche.

L'été dernier, il avait emmené Johanna à la foire d'Orange County et, dans l'un des salons d'exposition, il avait remarqué une vitrine intitulée « Collection de pierres à banquets ». Tout un repas était servi sur une nappe de dentelle : une assiette présentait un hamburger accompagné de frites, d'olives et d'une sorte de tranche de pâté ; une autre offrait une pile de crêpes beurrées accompagnées d'œufs sur le plat et de bacon grillé. Il y avait ainsi plusieurs autres mets, de la dinde rôtie aux pilons ornés de papier gaufré, une mince tranche de toast, un œuf à la coque. Mais toute cette nourriture n'était en fait qu'un assortiment de cailloux.

Quelqu'un avait parcouru le désert à travers tout l'Ouest pour sélectionner les pierres qui ressemblaient le plus à des aliments.

A l'époque, il s'était demandé si quelque vieux miséreux ne s'était pas assis à cette table pour fourrer une serviette pleine sous sa chemise crasseuse. Il y avait un pot à condiments, plein de cubes de verre verts... n'importe quel vieux fantôme un peu entraîné en eût englouti une louchée avant de se faire expulser.

Durant les mois qui avaient suivi il avait mis deux assiettes chaque nuit, une avec de la pâtée, pour les opossums, comme toujours, et une autre, pleine d'appétissants cailloux pour les pauvres vieux fantômes errants. Combien de fois n'avait-il trouvé cette dernière vide, le matin, alors qu'il revenait du bateau? Dernièrement, il avait vu dans un catalogue de décoration un ensemble de bonbons de pierres transparentes soldé à dix-huit dollars et il comptait les acheter pour les nuits froides de l'époque de Noël.

Il avait lu que les Chinois enterraient des œufs crus dans la boue pour ne les ressortir que des années plus tard et les manger. Quand il pensait à cela, il était content d'avoir perdu le goût mais, apparemment, Loretta deLarava n'était pas si méticuleuse, elle se fichait d'avaler des trucs qui avaient perdu depuis longtemps leur fraîcheur.

Ce qui lui inspira ces paroles sur la chanson de Springsteen :

Tu t'es cassé la figure ?
Ils te l'ont réparée au fer à souder ?

Il avait rencontré Loretta deLarava en 1962, sur le plateau du *Bal de la maison hantée.*

A l'époque, il cherchait des rôles susceptibles de le faire passer du statut de vedette de la télé pour adolescents à celui de jeune acteur de cinéma mais il ne parvenait pas à se débarrasser du personnage de Spooky qu'il avait joué cinq années durant dans *Mon fantôme adoré*. Tout le monde lui demandait encore d'exécuter la vrille de Spooky, ce gracieux tourbillon qui, dans le feuilleton, précédait chacune de ses disparitions. Il en était à son quatrième rôle depuis que CBS avait supprimé la série et, comme les trois autres, ce n'était qu'un film d'horreur à petit budget, tourné à peu près aussi vite qu'à la télévision.

L'assistante de production devait avoir dans les trente-cinq ans, encore qu'il fût difficile de lui poser la question. Elle était déjà obèse, à l'époque, avec une mâchoire et un nez difformes malgré une évidente intervention de chirurgie esthétique. *(Ils te l'ont réparée au fer à souder?)* Elle s'appelait Loretta deLarava et prétendait que son nom s'écrivait en deux mots, comme pour Cecil B. de Mille, mais qu'on les avait accrochés par inadvertance. Elle avait vite dépassé son modeste statut d'assistante, si bien que quelqu'un d'autre avait dû se charger de faire le café, d'aller chercher les accessoires manquants, trombones et autres sabres de pirates. On la retrouva bientôt en train de remplir les fiches d'horaires et les rapports de tournage. Ses références étaient floues mais elle avait assurément l'expérience des plateaux de cinéma.

— Le soleil se couche, dit Shadroe après avoir sorti les assiettes. Fais-moi couler un bain, tu veux...

Après une inspiration, il acheva:

— ... chérie?

Johanna posa son magazine et se redressa, jeta un coup d'œil vers la télévision dont la ligne restait immobile.

— Sans glace?

— Si. Beaucoup.

Lui aussi regarda la télévision et soupira.

Jamais eu autant hâte que mon alma mater se change en nova, songea-t-il.

— De la glace tous les soirs, ajouta-t-il de sa voix laborieuse. Jusqu'à ce qu'Halloween soit passé. Si quelqu'un de l'immeuble se pointe, dis-lui que je suis sorti faire des courses, sauf s'il y a le feu au lac.

— Sauf... chantonna Johanna en imitant un de leurs anciens locataires. J'ai entendu un bruit... dans le parking ? Alors j'ai rempli votre boîte aux lettres de terre.

Le locataire croyait avoir senti du gaz dans un appartement voisin, alors, affolé de ne pas trouver Shadroe, il avait cassé tous les carreaux du sien. Depuis, Shadroe et Johanna imaginaient quelle pourrait être sa réaction chaque fois que se présentait une quelconque urgence.

— Hé hé ! dit Shadroe d'un ton égal.

Les ressorts du canapé grincèrent quand elle se leva et le plancher craqua sous ses pieds ; quelques instants plus tard, il entendit l'eau couler dans la vieille baignoire de fonte qu'il avait fait installer deux ans plus tôt dans la pièce voisine. Jusque-là, il prenait régulièrement des douches de fortune à l'aube, derrière les garages du voisinage, en s'ouvrant un tuyau d'arrosage sur la tête, mais un locataire l'avait surpris un jour et avait porté plainte, alors qu'il avait toujours pris la peine de garder un slip sur lui. Depuis, il avait changé de tactique.

Maintenant il ne savait plus combien de temps encore ses bains froids le protégeraient. Il ne parlait jamais à personne de face, même s'il venait de croquer un bonbon à la cannelle, de peur de voir son interlocuteur défaillir sous son haleine. Et puis il savait que sa cheville, sur laquelle il avait fait tomber ce réfrigérateur deux jours auparavant, risquait de ne jamais guérir. Il l'avait fortement bandée mais elle le faisait toujours souffrir et il se demandait s'il vivrait assez longtemps pour en avoir tellement assez qu'il finirait par scier le pied tout entier.

Il n'avait que cinquante-deux ans... ou plutôt les aurait s'il avait eu encore droit aux anniversaires. Au moins n'était-il pas un fantôme.

De toute évidence, Loretta deLarava voulait maintenant l'achever (elle l'avait déjà brisé dix-sept ans auparavant), après l'avoir eu dans le collimateur tout le temps du tournage sur le plateau du *Bal de la maison hantée.*

Elle savait qu'il était Nicky Bradshaw, vedette de

Mon fantôme adoré, filleul d'Apie Sullivan, mais lui n'avait pas compris qui elle était avant cette nuit d'été où une épouvantable pluie avait provoqué des inondations tout autour du pont de la Quatrième Rue, les obligeant à reporter le tournage d'une scène de zombies.

Tout le monde s'était installé dans le grand entrepôt de brique où l'on avait construit les décors et Loretta deLarava n'avait cessé de regarder sa montre, ce qui n'avait en soi rien d'extraordinaire puisqu'elle était pratiquement devenue la seconde assistante du metteur en scène; mais, brusquement, elle avait allumé une pipe de tabac aromatisé à la vanille, semblait-il, qu'elle était sortie fumer dehors. Il l'avait entendue siffler quelques vieux refrains, dont *Stormy Weather,* et, quand elle était revenue, elle avait rangé sa pipe, l'air assez partie. A l'époque, il s'était dit qu'elle devait cacher une odeur de hasch sous la vanille...

En fait, elle avait plutôt l'air défoncée à la cocaïne ou aux amphétamines. Dès qu'elle avait secoué ses cheveux mouillés, elle s'était mise à parler sans suite, avec son faux accent britannique, radotant sur son QI qui, prétendait-elle, touchait au génie et racontant des anecdotes sans queue ni tête dans le seul but de prouver son immense talent que chacun était invité à louer.

Ce discours n'avait eu pour effet que d'estomaquer l'équipe et les jeunes acteurs qui, jusque-là, s'étaient plutôt fait une assez haute opinion de ses compétences. Bradshaw s'offrait alors une sieste sur un tas de costumes dans les vestiaires mais le changement de ton dans la conversation l'avait réveillé et il s'était glissé en douce dans la grande salle.

— J'ai été mariée, à une époque, disait-elle étourdiment, à un illustre personnage du... d'une industrie que je n'ai pas le droit de préciser. Il me donnait tout ce que je voulais, on avait une grande propriété à Brentwood et toute une flotte de voitures de collection! Mais il ne pouvait pas m'offrir le cadeau que j'attendais d'un homme: me sentir la personne la plus importante de sa vie. Ses deux enfants... occupaient la place.

L'un des techniciens demanda sans conviction ce qu'elle avait fait pour y remédier et elle avait minaudé :

— On est partis en pique-nique. J'avais préparé la salade de pommes de terre qu'il aimait, avec des olives, des oignons et du céleri, mais j'ai utilisé un pot de mayonnaise ouvert depuis plusieurs jours. Et il avait un rendez-vous en fin d'après-midi.

Comme si quelqu'un d'autre lui avait posé une question, elle ajouta :

— Oh oui ! Le rendez-vous le plus important de sa vie. Ses chers enfants ont mangé beaucoup de salade eux aussi.

— Putain ! s'exclama quelqu'un. Ils sont tous morts ?

La question arracha Loretta deLarava au piquant plaisir de ses souvenirs.

— Pardon ? Oh non ! Pas du tout... Mais pendant un moment ils n'ont plus pensé à rien sauf à retrouver leurs lits où les conduisait cette bonne infirmière Loretta... qui avait bien le temps de nettoyer leurs draps souillés ! Je vous assure !

Son accent anglais virait irrésistiblement au texan quand elle ajouta :

— Cette fois, ils avaient plutôt l'air de chiots crevés.

A cet instant, Bradshaw comprit qui elle était. Son apparence avait radicalement changé en à peine trois ans mais, quand elle oublia ses intonations affectées, il reconnut cette voix même avant de repérer l'expression *chiots crevés* qu'il l'avait déjà entendue utiliser à de nombreuses reprises. A cet instant, elle leva la tête et le vit ; un court instant, elle écarquilla les yeux avant de reprendre un air normal ; visiblement, elle comprenait qu'elle était découverte.

C'est Kelley Keith, se dit-il encore surpris ; la veuve de mon parrain... obèse et défigurée...

Alors seulement il comprit ce qu'elle avait dit auparavant. *Le rendez-vous le plus important de sa vie.* Et il se souvint que l'autopsie d'Arthur Patrick Sullivan avait révélé que la découverte dans son estomac d'une salade de pommes de terre avariée avait expliqué sa noyade, au large de Venice, en 1959.

Bradshaw était retourné dans son vestiaire sans se départir de son expression endormie... mais il ignorait qu'elle n'était pas dupe. Elle savait très bien que lui, et lui seul, l'avait reconnue et que lui seul avait compris cet involontaire aveu de meurtre.

Lorsque *Le bal de la maison hantée* fut en boîte, il décida d'abandonner toute velléité de réussite dans le spectacle. Il s'inscrivit à la faculté de droit de Los Angeles et passa deux années au barreau de Californie avant de déménager à Seal Beach où il ouvrit un cabinet spécialisé dans l'immobilier.

Au cours des dix années qui suivirent, il se demanda si c'était la réussite de Loretta deLarava qui l'avait à jamais éloigné du cinéma... alors il se rappelait les qualités artistiques du *Bal de la maison hantée* et renonçait à tout autre soupçon.

A force de rester éloigné d'Hollywood, il avait peu à peu perdu de vue tous ses amis du spectacle ; néanmoins, il tenait scrupuleusement secrets son adresse personnelle et son numéro de téléphone, changeait souvent de trajet entre son cabinet et son bureau, ne respectant strictement aucun horaire. Il gardait une arme dans son bureau, une autre dans sa voiture, une troisième dans sa table de nuit. Par superstition, il n'avait jamais plus mangé de salade de pommes de terre.

En fait, ce ne fut pas avec de la salade de pommes de terre qu'elle finit par l'avoir, en 1975, mais avec une salade d'épinards accompagnée de bacon chaud et de nombreux champignons exotiques.

Lorsque Johanna revint à son magazine, Shadroe, qui ne s'appelait plus Nicholas Bradshaw depuis sa « mort » en 75, jeta de nouveau un coup d'œil vers l'écran immobile de la télévision puis s'en alla en traînant la patte dans la petite pièce où l'attendait son bain et contempla d'un air dégoûté les dizaines de glaçons qui flottaient sur l'eau grise... comme du verre brisé dans un tube de mercure.

Plus tôt il prendrait son bain et en sortirait, plus tôt il pourrait regagner sa voiture et filer vers l'ouest sur Ocean Boulevard, en direction de la marina et de son bateau. Là, il passerait de longues heures dans l'obscurité à surveiller un autre poste de télévision branché sur CBS, dont il aurait complètement baissé la luminosité pour en éteindre l'image et ne plus voir que la ligne blanche et n'écouter que les rots de ses cochons.

Comme toutes les nuits.

24

— C'est ce qui arrive lorsque l'on vit à l'envers, fit observer la Reine d'un air bienveillant : au début ça vous donne un peu le tournis...
— Lorsque l'on vit à l'envers ! répéta Alice fort étonnée. Je n'avais jamais entendu parler d'une telle chose !
— ... mais cela présente un grand avantage, c'est que la mémoire s'exerce dans les deux sens.

A travers le miroir
Lewis CARROLL

A l'angle nord-ouest de MacArthur Park, blotti sous un pyracanthe à l'ombre de la statue du général MacArthur, Kootie regardait ses doigts ouvrir le sachet contenant les courses qu'il avait effectuées dans la solderie de la Sixième Rue. La boîte orange annonçait : « Craies insecticides Miracle — Fabriqué en Chine » ; à l'intérieur se trouvaient deux craies blanches qui portaient des inscriptions en chinois, ainsi qu'un bout de papier à cigarette, entièrement rédigé en caractères chinois. Il s'écarta un peu de l'ombre de la statue pour s'approcher de la lumière du lampadaire.

— « Mode d'emploi... » s'entendit-il dire pensivement.

Kootie intervint :

— Vous lisez le chinois ?

Mais Edison reprit le dessus et acheva :

— « ... Sur le sol, utiliser la craie jointe pour écrire : "Insectes, disparaissez sur-le-champ." »

Il éclata de rire, de son rire de vieil homme dans la gorge de Kootie, et il tourna le papier.

— Pas possible ! murmura-t-il.

De ce côté, les instructions étaient en anglais.

— « La craie sera plus efficace la nuit. » Ça alors ! C'est pratique, non ? « Tracer plusieurs lignes parallèles séparées de deux ou trois centimètres en travers du chemin naguère emprunté par l'insecte... » J'aime le « naguère », à croire que la bataille est gagnée d'avance. Enfin, nous devrions pouvoir nous servir de ce matériel, encore que ce ne soit que la version enfantine d'un système que j'ai mis au point dans les bureaux de la Western Union en 1864, à Cincinnati, et par la suite à Boston... une série de plaques reliées à une batterie. A utiliser de nuit également. J'ai dit à tout le monde que c'était pour lutter contre les rats, les cafards ou tout ce qui pouvait les ennuyer, en fait, c'était pour que ces satanés fantômes me fichent la paix.

Kootie capta un pan de ces souvenirs : une grande salle obscure dans ce qui avait été un restaurant de Cincinnati, des fils de cuivre vibrant et bondissant toute la nuit, l'âcre odeur de batteries qui fuyaient, et ces ectoplasmes moroses blottis dans les coins, loin des cuisantes plaques de métal.

Les mains de Kootie s'agitèrent.

— Si tu nous ramenais sur le trottoir, mon garçon ?

Il rangea le sachet dans sa poche, se redressa et, traversant l'herbe, se dirigea docilement vers le trottoir. Il allait frotter le bas de son pantalon quand il s'aperçut qu'il était en train de tracer un cercle à la craie autour de ses pieds. Ses lèvres se tordirent pour permettre à Edison de parler :

— Le reste, c'est toi qui vas t'en charger : crache dans le cercle, parce que si je m'y risque, tu feras autre chose à ce moment-là et nous nous retrouverons le menton plein de bave.

Comment ça, « nous » ? se demanda Kootie.

Néanmoins, il cracha par terre avant de se redresser.

— Très bien, « *tu* te retrouveras le menton plein de

bave », rectifia Edison. Maintenant penche-toi encore, que je dessine quelques traits.

Kootie s'agenouilla et vit sa main tracer un réseau de lignes autour du cercle : parallèles, spirales, mais aussi des rayons à l'intérieur, jusqu'à faire ressembler ce bout de trottoir à un terrain olympique de marelle. Les voitures glissaient en hâte sur la chaussée mais il n'entendait que son souffle et le crissement de la craie.

Il n'en resta bientôt qu'un tout petit bout qui traça de gros yeux de dessins animés, des roues et des carrés pleins de diagonales. Ils avaient déjà rempli deux mètres de trottoir.

Kootie frissonna. Il avait froid et son bras commençait à s'engourdir de rester aussi longtemps tendu.

— On aura fini quand ce morceau de craie sera usé ? demanda-t-il plein d'espoir.

Il en restait une entière dans la boîte orange.

Ne voyant pas la réponse venir, Kootie allait reposer sa question quand Edison demanda :

— Quoi ? Qu'est-ce qu'il y a, encore ?

— Il reste encore beaucoup de machins comme ça à dessiner ?

— Des machins... ?

Sa tête se tournait d'un côté et de l'autre et Kootie eut soudain l'impression que son compagnon était encore plus étonné que lui des circonvolutions dont il venait d'orner le trottoir.

— C'est moi... ? commença Edison.

Il prit une longue inspiration, puis :

— Oui. Là. Ça arrêtera net tous les fantômes ou chasseurs de fantômes qui voudraient suivre mes traces.

Kootie allait se relever quand il eut l'impression de voir piller ses derniers souvenirs.

— Et, poursuivait Edison, ça pourrait ralentir ton... assassin manchot. Bon, combien coûte un dîner, par ici ? Amffg... Tant pis, je voulais seulement dire... Nous allons trouver un endroit pour manger quelque chose.

La tête de Kootie se baissa de nouveau et, de nouveau, leurs yeux examinèrent le dessin démentiel.

— Ensuite, nous pourrons revenir ici pour... vérifier si nous avons pris quelque chose à mettre dans ta boîte de pellicule.

A ce moment-là seulement, Kootie se rendit compte que ces courses à la solderie n'avaient en rien été choisies au hasard ; ce n'était pas lui qui les avait faites. Pourtant, il ne comprenait pas pourquoi Edison pourrait vouloir attraper un fantôme. Mais tout ça ne comptait plus du tout depuis qu'il était question de trouver un restaurant.

— J'ai senti des odeurs de barbecue par ici, hasarda-t-il.

— Bravo ! Je n'ai plus de sensations... olfactives depuis longtemps. Alors guide-nous. De toute façon, il n'est jamais très indiqué de tourner le dos à son nez.

Les saisissants effluves d'oignon, de poivrons et de citron portaient au moins la promesse de chaleur et Kootie les suivit en se frottant les bras jusqu'au carrefour de Park View où brillait un néon rouge à l'enseigne de JUMBO'S BURGOO & MOP TROTTER. Même de la rue, il entendait les rires et l'animation qui régnaient à l'intérieur.

— Ce sont les plats qu'ils y servent, commenta Edison. De la cuisine du Sud.

(De nouveau, Kootie perçut une suite de flashs : mousse d'Espagne pendant aux branches d'un vieux chêne vert au bord de la Caloosahatchee qu'il remontait dans un vieux sloop, résidence d'hiver de Fort Myers parmi les hauts bambous et arbres fruitiers tropicaux, poisson-chat grillé dans sa farine de maïs, accompagné d'épis baignés de beurre avec leurs piques à chaque bout pour ne pas se brûler les doigts...)

— Et sans odorat je ne pourrai pas en goûter la saveur, poursuivait Edison d'un ton consterné.

En ouvrant la porte pour entrer dans le restaurant, Kootie l'entendit grogner :

— J'aurais préféré être sourd.

Des tables de bois brut s'alignaient sur les dalles du

sol et la moitié de la salle était coupée par un immense bar au-dessus duquel était inscrit, à un bout : « Commandez ici » et, à l'autre : « Servez-vous ». Des menus encadrés se balançaient entre les deux pancartes du bar. Derrière, Kootie apercevait les fours d'acier brillant des cuisines. Les trois autres murs de brique étaient tapissés de vieilles photos noir et blanc qui paraissaient toutes porter un autographe. Les cuisiniers, les serveurs, mais aussi tous les clients, hommes, femmes, enfants, étaient noirs, mais, pour la première fois depuis qu'il avait perdu de vue Raffle et Fred, Kootie ne se sentit pas dans la peau d'un fugitif chassé de partout.

— Qu'est-ce qu'il veut, ce p'tit mouflet ? bougonna une voix au-dessus de lui.

Kootie leva la tête pour apercevoir la figure ronde de l'employé qui l'interrogeait du regard.

— Je vais prendre...

Par la force de l'habitude, il cherchait des yeux quelles céréales bouillies et quels légumes verts on servait ici mais, tout d'un coup, il lança d'un ton de défi :

— ... de la viande !

— Tant qu'tu voudras, mon p'tit ! dit aimablement le serveur. Quelle sorte et quelle cuisson ?

Kootie tâchait de lire les menus à travers les verres sombres de ses lunettes.

— Des travers de porc grillés ! intervint Edison. Avec les navets et les légumes verts à la moutarde et aussi les boulettes au bacon...

— ... s'il vous plaît, intervint Kootie poliment.

— ... et une grande chope de bière...

— ... n-n-non ! parvint à couper le gamin. Je suis trop jeune. Je prendrai un grand Coke !

— ... et ... poursuivit Edison.

— Non ! dit Kootie qui le voyait venir.

— ... et un cigare, bon Dieu ! acheva Edison.

Le serveur considérait l'enfant d'un air perplexe. Néanmoins, il nota la commande.

— Très bien, jeune homme. Moi, ça m'va.

Il tapa sur les touches de sa caisse qui ronronna et cracha un ticket.

— Ça nous fait sept dollars vingt-cinq.

Kootie lui tendit un billet de dix dollars en se mordant les lèvres pour empêcher Edison de protester.

L'homme lui rendit la monnaie.

— J'attendrai au bout du comptoir dans une minute. Tu sauras retenir le nombre vingt-deux? Tu t'sens capable de l'enregistrer?

— Vingt-deux, dit Kootie. Oui, pourquoi?

— Parce que c'est l'numéro qu'on appellera tout à l'heure, pour que tu viennes chercher ton dîner. Y a pas d'raison qu'ça convienne pas à tout le monde, pas vrai?

— Non, m'sieur, dit Kootie.

Il s'en alla d'un pas traînant vers une table occupée à un bout par deux hommes qui jouaient aux dominos, en se demandant s'il s'habituerait jamais à ce qu'on le prenne pour un fou. Comment Edison ferait-il pour leur trouver un endroit où dormir et, demain, pour leur procurer de l'argent? En repensant aux dessins cabalistiques à la craie, il se prit à espérer que le fantôme du vieil homme ne sombrait pas tout d'un coup dans la sénilité.

Quand on appela son numéro, il alla chercher son plateau et son regard se posa sur une boîte de bois verni posée sur le comptoir. Une tige de métal, fixée sur le fond, se dressait devant l'ouverture et l'on y avait fixé un morceau de papier où était inscrit à la main, en lettres verticales: LA CIGAR — TOO TRAGICAL. Devant, trônait un bol de carton plein de pastilles à la menthe.

Fasciné, l'enfant lut l'inscription de haut en bas, puis de bas en haut, et cela donnait chaque fois la même chose. Cela lui parut important: parvenir au même point en avançant ou en reculant; la dernière lettre d'une phrase n'était plus seulement semblable à la première mais exactement la même chose...

Il s'aperçut qu'il restait planté devant cette boîte,

son plateau fumant dans les mains, alors il s'obligea à regarder ailleurs et soupira :

— Qu'est-ce que c'est ?

— Un briquet, gronda sa gorge tandis qu'il retournait s'asseoir.

— Bon, rétorqua-t-il, vous avez pas eu votre cigare, alors laissez tomber.

Là-dessus, tous deux se concentrèrent sur la nourriture.

Les travers baignaient dans une sauce pimentée, pleine d'oignons, de tomates et de vinaigre de cidre. Le gamin engloutit chaque portion de viande jusqu'à l'os, content d'avoir un distributeur de serviettes en papier à portée de la main. En revanche, il ne fit que grignoter les légumes parce que Edison ne pouvait en profiter et que Kootie les trouvait trop forts et fétides, mais il avala presque toutes les boulettes.

Une gorgée de Coke lui coula sur le menton et la chemise quand Edison lui ouvrit la bouche pour s'exclamer à voix basse :

— Mon Dieu ! Du papier tue-mouches !

Alors Kootie vit ses mains fouiller dans la poche de sa chemise pour en sortir le sachet et en tirer la boîte de pellicule. Il en vida le contenu sur la table pour ne garder que le petit cylindre de plastique noir. Kootie allait objecter que la pellicule se trouvait dans le machin de métal jaune, mais Edison chuchota :

— Ce type va allumer une cigarette.

En effet, le plus âgé des deux hommes au bout de leur table avait sorti un paquet de Kools de sa poche.

La tête de Kootie pencha en avant quoiqu'il n'eût su dire s'il l'avait fait exprès ou non, puis il versa un peu de Coke dans la petite boîte noire.

— File vers l'allume-cigares avant lui ! murmura Edison. Vite, ou je fais ce qu'il faut pour t'y forcer. Jamais nous ne retrouverons une chance pareille.

Sentant ses jambes s'agiter impatiemment, Kootie repoussa son banc, se leva et se précipita en clopinant vers la boîte de bois du comptoir. Comment ça marche ? se demanda-t-il.

— N'y touche pas, souffla Edison. Fais mine d'aller chercher des pastilles à la menthe.

— D'ac...

Kootie n'eut pas le temps de finir que les lumières du plafond baissaient et qu'un air froid emplissait la salle ; quelque part, il fut content de sentir ses genoux se raidir car, pris de vertige, il vit son champ de vision rétrécir comme à la fin d'un film. Il eut l'impression de sentir une énorme présence derrière lui mais ne put se retourner.

— ... cord, acheva-t-il.

Il vit sa main gauche plonger dans le bol à pastilles, en sortir une dont il sentit la surface râpeuse comme celle d'un énorme cachet d'aspirine, alors même qu'il était incapable de contrôler ses doigts. (C'est tout le contraire d'avoir des fourmis dans les mains, songea-t-il.) Sa main droite approcha la boîte à pellicule de la tige de métal pour y attraper au vol la pastille que venait de lâcher la gauche. Puis sa main droite frotta lentement le bord de la boîte contre la tige de métal, comme s'il essayait de gratter le morceau de papier qui y était fixé.

Alors les lumières brillèrent de nouveau et les trois caisses enregistreuses se mirent à cliqueter et à clignoter. Edison avait prestement bouché la boîte à pellicule, comme s'il venait d'y enfermer une guêpe.

— Je prends un bonbon, fit-il murmurer à Kootie.

— Fais ton gourmand, prends-en une grosse poignée.

Kootie obéit comme un automate et retourna vers sa table lorsque son pied gauche en prit la direction. Tandis qu'il s'asseyait lourdement, il entendit un des hommes du comptoir demander pourquoi toutes les caisses s'étaient mises à calculer une sortie d'argent.

— Allons-nous-en avant qu'ils comprennent, chuchota Edison.

— On laisse un pourboire ? demanda Kootie.

— C'est toi qui es allé chercher ton plat, non ? rétorqua Edison impatienté.

En sortant Kootie réussit à adresser un signe d'adieu à l'employé.

Il faisait encore plus froid, dehors, et les phares semblaient briller avec plus d'éclat que jamais. Oubliant la cheville blessée de Kootie, Edison lui faisait presser le pas, si bien que l'enfant claudiquait plus qu'il ne courait. Il avait fourré la boîte noire dans la poche de son jean mais gardait dans sa main gauche les pastilles de menthe.

— Est-ce qu... commença Kootie.

— Ne dis rien! ordonna Edison en lui claquant la mâchoire.

Puis lui-même ajouta :

— J'ai éclairé tout le coin... il faut nous éclipser maintenant.

Kootie fila vers l'ouest, en direction de Wilshire Boulevard, loin de l'endroit où Edison avait dessiné ses graffitis à la craie et il capta une idée qui venait (ou ne venait pas) de lui : *Quel gâchis de craie! C'était idiot! Un piège à fantômes tout juste digne d'un fantôme!* Apparemment, le papier tue-mouches du briquet fonctionnait mieux.

Edison fit lever les yeux à Kootie pour constater avec soulagement que les lampadaires ne diminuaient pas d'intensité à leur passage.

Ionique. Ce mot venait de surgir de nulle part dans l'esprit de Kootie et, au début, il pensa aux colonnes de marbre qui semblaient s'achever en deux volutes. (Doriques, ioniques et corinthiennes. Les colonnes doriques avaient juste une brique plate pour chapiteau, et les corinthiennes, des tas de feuillage sculptés.) Puis la notion de colonne disparut pour faire place à un paquet de petites boules, avec un tas d'autres boules, beaucoup plus petites, qui tournaient autour à toute vitesse ; quand les plus petites étaient retirées, le paquet, le noyau, possédait une puissante charge électrique. Si ça bougeait, ça projetait des vagues électromagnétiques.

Ce n'étaient pas les pensées de Kootie, mais elles ne semblaient pas non plus provenir d'Edison.

— Ionaco, lança Kootie tout fort.

D'un seul coup, le rayon de lune sur le capot d'une voiture garée près d'eux ne fut plus un simple reflet mais une forme blanche et angulaire, quelque chose de palpable ; et lorsque la notion d'échelle fut sortie de la tête de Kootie, la forme blanche sembla beaucoup plus lointaine que la voiture elle-même.

Elle tournait, grandissant contre le fond de la ville illuminée, soudain plat comme un décor de théâtre, et c'était... un E grec ouvert, une araignée blanche gisant sur le côté, une main aux doigts plats comme des lamelles.

Et ça montait et ça paraissait grandir, ou se rapprocher.

C'était un visage éclairé de côté, un visage d'homme âgé, avec un foulard blanc autour du cou ; sous les yeux écarquillés de Kootie, le tracé d'une queue-de-pie se dessina au-dessous de la tête, ainsi qu'un reflet vague en arrière-plan, qui se révéla un haut-de-forme. Les voitures de l'avenue ne formaient plus que des ombres floues qui semblaient se mouvoir au ralenti.

Kootie se dit que ce n'était là qu'une diapositive noir et blanc, d'ailleurs, la lumière ne correspondait pas à la place de la lune ni aux lampadaires. C'est alors que la bouche s'ouvrit et qu'il entendit :

— C'est ma dernière.

La voix lui parut basse et comme réverbérée par les murs d'une pièce, au lieu de retentir en pleine rue ; d'ailleurs les lèvres ne s'ouvraient pas de façon synchrone avec le son.

Cependant, cette silhouette tenait de l'hologramme noir et blanc.

Ni Kootie ni Edison ne faisaient plus bouger le corps de l'enfant, mais celui-ci sentit de la transpiration sur son front glacé.

— Dernière quoi ? demanda Edison méfiant.

— Dernière ceinture.

Le fantôme, car Kootie était sûr que c'en était un,

ouvrit sa veste, présentant une sorte d'épaisse ceinture de smoking drapée non d'étoffe mais de plusieurs rangs de fil électrique. Une petite ampoule intermittente scintillait au-dessus de la boucle.

— Cinquante-huit dollars et cinquante *cents*, même maintenant.

— Nous n'avons pas besoin de ceinture, dit Edison.

— A quoi ça sert ? demanda Kootie.

L'enfant se grisait de pouvoir croire, cette nuit, à peu près tout ce que lui dirait le fantôme.

— Eh bien, répondit celui-ci de sa voix bizarrement asynchrone, ça aurait pu soigner le mal de Bright et le cancer des intestins. Mais ça bannit la paralysie, rend leur couleur aux cheveux blancs et stoppe les attaques homicides. Ça s'appelle le I-ON-A-CO, comme l'a dit ce garçon. C'est un appareil démagnétiseur qui permet de bien dormir quand on le porte.

— J'ai pas cinquante-huit dollars, dit Kootie.

Pour la première fois depuis sa fuite du Jumbo-machin-chouette, il ouvrit la main.

— Mais j'ai des pastilles à la menthe.

Le fantôme parut se matérialiser et un soupçon de couleur lui anima le visage.

— Par respect pour Thomas Alva Edison, dit-il, j'accepte ces bonbons à la place de l'argent.

Cette fois ses paroles correspondaient au mouvement de ses lèvres.

— Il aurait pris ces bonbons de toute façon, maugréa Edison. Et tu n'as pas pensé que je pouvais en vouloir ?

— Ça irait, intervint Kootie sans le laisser poursuivre, si j'en gardais deux ou trois pour M. Edison ?

— Bon, mais deux, acquiesça le fantôme.

Edison reprit la parole :

— Vous avez un avantage sur moi, monsieur. Qui êtes-vous ?

— Appelez-moi Gaylord.

Des mains roses apparurent devant la queue-de-pie et les doigts en deux dimensions parvinrent à détacher la ceinture mais, lorsqu'il voulut la tirer, les lourds fils heurtèrent sa chair immatérielle et tombèrent sur le sol ; une paume plongea en avant, pourtant, et Kootie y déposa les pastilles en prenant garde d'en conserver deux.

Sa propre main revint comme un ressort sur sa bouche qui attrapa les deux bonbons et se mit à les croquer furieusement. En même temps, et seulement parce que c'étaient ses propres lèvres qui parlaient, il s'entendit marmonner :

— Ramasse ta fichue ceinture et allons-nous-en !

Kootie se pencha pour prendre la ceinture qui lui parut aussi froide que la nuit, pas comme si quelqu'un l'avait récemment portée... En la revêtant, il se rendit compte qu'elle devait bien peser deux ou trois kilos et il se demanda comment le fantôme faisait pour la supporter.

Quand il regarda autour de lui, il s'aperçut qu'il était de nouveau seul et que la rue avait repris son animation et son relief habituels.

Edison avait avalé les pastilles de menthe.

— J'ai dit qu'on s'en allait !

Kootie repartit en tâchant de sentir l'effet de la boucle sur sa patte folle.

— C'est drôlement chouette ! commenta-t-il.

— Pauvres vieilles créatures maudites ! entendit-il Edison murmurer par sa voix. Dieu sait où nous sommes, en réalité. Au ciel ou en enfer, j'imagine, ou simplement disparus... de toute façon incapables de ressentir ces divagations solitaires et ces ruminations idiotes.

La main de Kootie avait sorti la boîte à pellicule de sa poche pour la secouer devant son oreille.

— Je me demande qui était ce pauvre mendiant, poursuivit Edison. Une fois, j'ai inventé un téléphone.

Il sembla marquer une pause, aussi Kootie en profita-t-il pour lancer :

— Je croyais que c'était Alexander Graham Bell.

— Je ne parlais pas de ce téléphone-là. Bell !... Tout ce qu'il avait c'était le vieux magnétotéléphone de Reis, un circuit préhistorique à interruption de contact « établi-interrompu », suffisante pour la tonalité, mais sans effet pour les paroles. Il en a fait la démonstration devant le roi d'Amérique du Sud ou je ne sais plus qui à l'Exposition du Centenaire en 1876, alors que sa voix ne portait pratiquement pas du bout d'un bâtiment à l'autre. Il a récité le monologue d'Hamlet (« Car l'anxiété des rêves qui viendront / Dans ce sommeil des morts, quand nous aurons / Chassé de nous le tumulte de vivre... »). Deux ans plus tard, avec mon transmetteur de carbone et ma bobine à induction, j'ai pu tenir une conversation haute et claire avec les gars de la Western Union sur cent soixante et onze kilomètres, de New York à Philadelphie !

A sa stupéfaction, Kootie s'entendit émettre un grognement de mépris.

— « Le physicien et le sphinx sur leurs cimes mystérieuses ! » C'était la phrase test qui nous servait à vérifier la transmission des syllabes sifflantes. Tu crois peut-être que c'était facile ? Et Bell pouvait entendre ! Il ne s'est pas beaucoup fatigué.

De nouveau, il porta la boîte à pellicule à l'oreille de Kootie et l'agita ; la pastille cliqueta contre la paroi. Alors il la remit dans la poche de Kootie.

— Nymphe, murmura-t-il à la nuit, souviens-toi de moi dans tes prières.

Les pas de Kootie le portaient vers la gauche, dans une rue qui descendait au sud, bordée de bâtiments aux hautes fenêtres obscures. Un peu plus loin, sur la droite, une clôture ouvrait sur un large terrain vague. Kootie se frottait de nouveau les bras pour se réchauffer tout en espérant qu'Edison avait aussi froid que lui. Il leur fallait vite trouver un endroit tranquille où dormir.

Il s'avisa brusquement qu'Edison ne lui avait pas expliqué quel téléphone il avait inventé.

25

Il y eut alors un moment de silence ; puis le Cavalier reprit :

— Je suis sans rival dans le domaine de l'invention. Vous aurez sûrement remarqué, la dernière fois que vous m'avez aidé à me relever, que j'avais l'air préoccupé.

— Votre visage, en effet, dit Alice, était empreint de gravité.

A travers le miroir
Lewis CARROLL

A l'angle sud-est de Park View Street et de Wilshire Boulevard, des insectes fulgurants jaillissaient comme les étincelles d'une scierie électrique dans la lumière aveuglante des réverbères. Sherman Oaks les écarta de son visage, serrant les lèvres, respirant par le nez car les mouches guettaient les multiples grondements de ses exhalaisons et, cette nuit entre toutes, il n'allait pas condescendre à ingurgiter de telles saletés, même accidentellement.

Voilà deux heures qu'il avait appelé le central et l'opérateur lui avait dit que Neal Obstadt avait accepté d'avancer quarante mille dollars pour le petit Parganas contre les mille doses de pipes promises. En guise d'avertissement, il avait seulement répété la réponse d'Obstadt :

— Ouais, dis à cet Al Segundo ou Glen Dale ou je ne sais qui que je vais le couvrir... mais s'il m'entube avec ses pipes, c'est lui qui s'envolera en fumée.

Sherman Oaks avait raccroché, agacé, avant de reprendre sa quête anxieuse autour d'Union Street et de Wilshire Boulevard.

Et voilà qu'une heure auparavant, un coup d'œil au

manche-boussole de son couteau lui avait fait découvrir l'aiguille pointant droit vers l'ouest.

Il avait immédiatement secoué son bras imaginaire dans un cercle furieux mais les seules traces de chaleur qu'il put capter étaient faibles, distantes et flottantes… des vies humaines qui s'éteignaient inutilement pour finir par expédier les fantômes se dissoudre dans l'air. Il fallait de naïfs médiums pour se laisser impressionner quand, à l'occasion, ils percevaient cet incident pourtant courant, mais Oaks ne s'intéressait qu'aux fantômes coagulants qui erraient sans but et se laissaient prendre à quelque piège.

Il n'avait pas lui-même perçu le gros fantôme qui devait toujours être retenu par le gosse ; au moins était-il encore intact et, en ce moment, dans un état de grande agitation, à en croire la boussole.

Oaks avait donc filé vers l'ouest et, à Park View Street, sa boussole était devenue folle.

Quelqu'un, certainement le gros fantôme par le truchement des mains du gamin, avait tracé à la craie un démentiel piège sur le trottoir puis craché dedans ; et maintenant, tous les restes des fantômes disloqués, qui habitaient les mouches du quartier, avaient quitté l'essaim pour voleter parmi les dessins inextricables, comme s'ils tentaient de suivre quelque circuit obligatoire. Ceux qui atterrissaient sur les traces de craie semblaient sur le point de mourir.

Ce n'étaient pas les mouches qui gênaient le plus Oaks, car leurs attaques étaient trop faibles pour l'ébranler, malgré leur excitation ; mais quand il s'arrêta sur ce trottoir pour consulter sa boussole, ce fut pour s'apercevoir que l'aiguille oscillait sur un angle de près de quatre-vingt-dix degrés. De la Sixième Rue, au nord, à la Septième, au sud, tout le quartier était réveillé. Tous les fantômes de tous les immeubles voisins s'agitaient et criaillaient. Les employés des bureaux alentour allaient certainement découvrir, au matin, des distorsions magnétiques sur leurs écrans d'ordinateurs et, s'ils laissaient traîner leurs sacs, ils auraient la joie de constater que leurs cartes de crédit étaient démagnétisées et ne fonctionnaient plus. Des heures durant, les salles seraient glacées car les fantômes auraient abandonné les recoins les plus froids d'où ils tiraient leur énergie.

Le gros fantôme avait dû s'esquiver non loin de là, après avoir captivé ce peuple de fantômes pour mieux les pétrifier. Ce qui ne pouvait que stimuler et irrésistiblement attirer tout esprit traînant dans les parages. Impossible de comprendre pourquoi il avait fait ça, car il ne pouvait en manger aucun.

Quoi ? se dit Oaks mal à l'aise. Tu voulais seulement bavarder avec quelqu'un ? Ou plutôt embabouiner mon radar ?

Une intense fébrilité le faisait trembler des pieds à la tête, et il n'aimait pas se sentir ainsi fragilisé ; il gardait constamment devant les yeux le souvenir de ce visage fracassé, de cette chair détournée qu'il avait vue effondrée sur les marches du Music Center, cet après-midi. Qui était ce satané fantôme ? Qui est-ce ?

Par association d'idées, il se laissa entraîner vers le noir total que représentait sa vie avant son réveil dans le quartier de Sherman Oaks, trois ans plus tôt.

Mais il secoua brusquement la tête. Assez de divagations, se dit-il, inutile de remuer cette bouillie plus longtemps. Si la boussole perd la boule, ça signifie tout simplement que tu es bon pour continuer un moment tes recherches à vue de nez. En route… tu sais que tu te trouves sur la bonne voie et qu'il n'est pas loin.

— Alors, comment il était le téléphone que vous avez inventé ? demanda Kootie d'une voix lasse.

Il descendait une petite rue latérale, loin de la circulation de Wilshire Boulevard, le long de la clôture d'une cour pavée sur laquelle se projetaient, au gré des nuages et de la lune, les ombres des grands immeubles.

— J'ai dû abandonner ce projet, expliqua Edison. J'avais trouvé la possibilité d'appeler des gens pas encore morts. Pourquoi ?

— Pas encore morts ?

Tout d'un coup, cette conversation embarrassait Kootie.

— Tiens, dit-il pour changer de sujet. On dirait que personne n'habite là.

— Pour une fois qu'ils n'ont pas mis de barbelés autour... Il y a plusieurs vieilles voitures là-dedans. A croire qu'elles s'y trouvent depuis que Ford les a sorties de sa chaîne de montage. Sale Ford, oui !

Kootie se souvint d'avoir dit « Sale Ford ! » après que Raffle eut aperçu son affiche au Music Center ; alors il comprit que ce devait être déjà Edison qui avait pris la parole et qu'en l'occurrence, il faisait plutôt référence à Henry Ford qu'à la voiture de Raffle.

— Qu'est-ce qu'il vous a fait ? demanda-t-il.

Il ne fut qu'à moitié surpris de se voir escalader la clôture, encore qu'il ne s'attendît pas à trouver une telle agilité chez un vieil homme.

— Ouille ! s'exclama-t-il soudain. Attention, ma cheville !

— Oh, pardon !

Le silence régnait dans la rue, seulement troublé par la rumeur de la circulation sur le boulevard, derrière eux, et le cliquetis des chaînes de la barrière à laquelle ils venaient de grimper.

Arrivé au sommet, Kootie s'arrêta pour reprendre souffle.

— Pendant que je mourais, dit Edison, Ford a demandé à mon fils de recueillir pour lui mon souffle dans un tube.

Eu égard à la cheville de Kootie, il ne sauta pas mais descendit lentement.

Parvenu de l'autre côté, il courut à travers le sol craquelé vers la plus proche des voitures abandonnées. D'épaisses branches de jasmin se projetaient jusque sur son toit, quand ce n'étaient pas des sacs de plastique apportés par le vent tels des papillons plaqués contre les radiateurs des moteurs.

Lorsque Kootie se fut blotti devant le capot, Edison reprit doucement :

— Oh ! Il n'avait pas de mauvaises intentions. Pas plus que lorsqu'il a construit une réplique exacte de mon laboratoire de Menlo Park pour son « Jubilé d'or de la lumière », en 1929, lors du cinquantième anniversaire de ma lampe à incandescence. Ce qui a dû égarer une foule de fantômes et de chasseurs. Il a reconstruit tout le laboratoire, en reprenant les anciennes planches, les anciennes dynamos, les machines inachevées que j'avais laissées dans mes précédents locaux. Il est allé jusqu'à reproduire la pension de famille de l'autre côté de la route ! Et il a fait apporter des tonnes d'argile du New Jersey pour que le sol même soit semblable ! Or, il y avait un bandit qui me suivait à la trace à l'époque, dans le but de décrocher mon âme (je lui avais offert une pomme empoisonnée !) et c'était contre ce genre de personne que Ford voulait me protéger. Evidemment, il m'est difficile d'incriminer ce... ce sentimental, ce généreux vieux fou, encore maintenant, alors que j'en suis réduit à me cacher dans cet entrepôt désert en plein Los Angeles en... en quelle année sommes-nous ?

— En 1992.

— Bon... Dieu ! Je suis mort il y a soixante et un ans.

Kootie avait à peu près repris son souffle mais ce long discours ne l'aidait pas à respirer mieux.

— Et j'ai rendu mon dernier soupir dans un tube à essai que mon fils Charles a soigneusement refermé avant de le remettre bien docilement à Henry Ford.

Kootie s'aperçut qu'il regardait ses mains en secouant la tête.

— Maintenant dis-moi tout, reprit Edison. Comment te l'es-tu procuré ?

Dans le silence qui s'ensuivit, l'enfant finit par répondre :

— C'étaient mes parents qui l'avaient caché dans un buste de Dante. Je crois qu'ils l'ont toujours eu.

— Dans un buste de Dante ? Comme maintenant je suis dans ta tête ? Je dois être ton Virgile interne, encore que je doive avouer que je ne connais pas très bien les environs. Je me demande quand nous arriverons au Paradisio, hein? Ça fait un peu salon de thé mexicain.

— Donc, Ford voulait vous protéger.

— A sa manière maladroite, oui. Autant des fantômes que des chasseurs de fantômes... je résistais comme un feu de joie cabalistique. Et c'était également pour m'honorer. Une réplique du labo du grand homme, l'authentique dernier souffle du grand homme! Il était content de pouvoir lire l'admiration dans les yeux de ses amis. Il aurait été fou de joie d'apprendre que j'ai fini par obtenir une licence.

Kootie sentit son pouls s'accélérer.

— Et pas une licence honoraire, poursuivait Edison de plus en plus excité. Elle m'a été décernée le plus régulièrement du monde par la faculté, à la suite de l'examen de dix-sept de mes dossiers de recherches! Et ça s'est passé à l'institut universitaire Thomas Edison, s'il vous plaît! A Trenton, dans le New Jersey.

— C'est... c'est ce que j'ai rêvé, souffla Kootie, dimanche soir.

C'est même cette idée d'université qui m'a donné envie d'agir, songea-t-il, et qui a entraîné tellement d'autres événements.

— Ce doit être vous qui me l'avez soufflé; vous avez tout manigancé du fond de votre buste.

Le rire qui jaillit de sa gorge lui parut un rien confus.

— Je dois reconnaître que ça m'a galvanisé. Non pas que j'accorde une telle importance aux honneurs académiques. Mais enfin, la nouvelle a pour ainsi dire fait le tour du pays.

— Oui, observa Kootie. J'ai rencontré une vieille dame qui voulait vous parler. Elle voulait peut-être vous féliciter.

Il soupira. Il commençait à en avoir assez de ces vieux et de ces morts.

— Qu'est-ce que vous comptez faire du fantôme dans la boîte à pellicule?

Il se rendit alors compte qu'Edison non plus n'était

pas d'excellente humeur; du reste, ses commentaires le prouvaient depuis un moment et l'enfant s'avisa que sa propre mélancolie provenait sans doute entièrement du fantôme enfermé dans son esprit.

— Le fantôme dans la boîte à pellicule, répéta Edison, pensif. S'il n'est pas encore mort étouffé là-dedans... nous tâcherons de lui parler avec mon téléphone. Je pourrais refaire marcher cet appareil, et toi aussi, d'ailleurs... Tu m'as l'air d'un garçon qui trimballe un fameux remords au sujet d'un mort ou deux, je me trompe?

— Je... non, c'est vrai.

Trop malheureux, trop épuisé pour pleurer, Kootie se sentait très seul dans ce sinistre parking.

— Là, mon garçon, murmura Edison. Je ne voulais pas te remuer le couteau dans la plaie.

Il le fit asseoir, le dos contre la carrosserie. Le vent agitait doucement les feuilles d'un palmier près d'eux quand ils entendirent, dans le lointain, crépiter le feu rapide d'un pistolet semi-automatique.

— Mon téléphone, reprit Edison, j'en ai eu l'idée quand un spirite a payé Marconi pour racheter mes brevets d'invention du télégraphe sauterelle de Leigh Valley. Au départ, c'était un projet destiné à rendre possible le télégraphe en duplex dans un train en marche grâce à un courant à induction entre les plaques du train et des fils du télégraphe au-dessus de la voie, avec des stations à égale distance pour répercuter le message, d'où le nom de «sauterelle». Seulement ils recevaient beaucoup d'interférences dont certaines étaient... enfin tu vois, des sottises qui rythmaient des chansons ou même la marche nuptiale de *Lohengrin*. Malgré tout, je n'avais pas compris de quoi il s'agissait, jusqu'à ce que le spirite ait racheté mes brevets.

Il bâilla.

— Debout, mon garçon. Il faut que j'installe le dispositif qui nous permettra de passer une nuit à l'abri d'un six signaux.

Kootie n'avait aucune envie de bouger encore. Pourquoi fallait-il que ce soient ses muscles et ses articulations qui se tapent tout le travail ?

— C'est quoi, un six signaux ? Je parie qu'on n'en a pas besoin.

— La nuit, les télégraphistes itinérants devaient taper un signal toutes les heures. On appelle ça un « six signaux ». C'est pour montrer qu'on est toujours alerte, réveillé, prêt à collaborer. J'avais donc accroché une pendule à une lame rotative qui envoyait les signaux à ma place, pendant que je dormais. Debout, gamin, nous n'en aurons pas pour longtemps !

A grand-peine, Kootie parvint à se relever ; il sortit la craie, s'accroupit et dessina un grand ovale autour de la voiture, une vieille Dodge Dart en ruine, de Dieu sait quelle couleur sous la poussière du temps. Cette fois, il traça des flèches partant de la circonférence et cracha plusieurs fois en dehors de la courbe crayeuse.

— Ça laissera croire que nous sommes aux aguets, dans plusieurs endroits à la fois, expliqua Edison, et, pour la nuit, je pourrai de nouveau me calfeutrer dans ta tête (volontairement, cette fois !), si tu fermes les écoutilles. A ce moment-là, nous serons imperceptibles comme un chapeau gris dans un tas de pierres.

Kootie eut l'impression que cette comparaison provenait d'une expérience bien concrète.

— Et nous pourrons dormir, nous pourrons dormir.

Edison se servit encore des doigts de l'enfant pour forcer la serrure de la voiture avec un fil de fer trouvé par terre mais, au bout d'un moment, il jura et le jeta pour prier Kootie d'envoyer un pavé dans le déflecteur. L'enfant eut le bras juste assez long pour atteindre, du bout des doigts, le loquet.

Kootie recula et ouvrit la portière en frémissant quand il l'entendit grincer sur ses gonds. Il se pencha à l'intérieur, respira son odeur de moisi qui rappelait néanmoins les maisons neuves.

Les sièges et le sol étaient pleins de vieux seaux à peinture recouverts d'une bâche et Kootie dut en sortir quelques-uns sur le parking afin de trouver la place d'étendre ses jambes. Il ne savait pas si le vieil homme sentait les courbatures qui lui hachaient les épaules et les genoux, ainsi que la douleur de sa hanche dont celui-ci était directement responsable mais Edison ne répondit rien quand l'enfant affirma que ça irait comme ça, qu'ils pourraient très bien dormir assis.

Il ferma la portière lentement pour l'empêcher de grincer. Le déflecteur cassé ne laissant pas passer beaucoup d'air frais, il préféra baisser un peu la vitre afin de ne pas se faire asphyxier par les odeurs de peinture. Puis il s'enveloppa dans la bâche et finit par trouver une position qui lui permit de s'endormir sans risquer de se donner une crampe.

Aucun réverbère n'éclairait ce parking, aussi faisait-il très noir dans la voiture.

Avant, quand son père venait voir Kootie dans son lit, il s'arrêtait au milieu de la chambre et tentait de lui parler, non sans gêne, non sans hésitation ; une fois, l'enfant avait fait semblant de s'endormir, alors il avait entendu son père rejoindre sa mère à la cuisine et parler de leurs conversations d'un ton désemparé, en les qualifiant de « moments essentiels ». Pourtant, la chose comportait en soi un aspect réconfortant.

— Ainsi, vous avez réparé ce téléphone ? hasarda-t-il soudain.

— Hein ? Ah oui, en effet ! Te souviens-tu de l'histoire de Rumpelstiltskin ? Tes parents te l'ont certainement racontée.

Non. Les parents de Kootie lui avaient parlé de Rama, de Koot Hoomie, de Zorro-Astre et du Jeddi Krishnamurti (dont il était censé suivre les traces), mais aussi de l'accomplissement de soi, de la méditation et des hauts faits de maints saints hommes égyptiens. Heureusement, il avait été question de Rumpelstiltskin à l'école.

— Oui, murmura-t-il d'une voix engourdie.

— Alors tu te souviens que ce petit homme ne voulait pas qu'on sache son nom. C'est important pour quelqu'un comme toi et moi, qui subissons, sans l'avoir voulu, le sort de ces quelques humains attachés par un lien solide à un sujet du monde des fantômes ; c'est comme si nous avions un pied en dehors du temps, alors nous réagissons aux bruits et aux secousses une fraction de seconde avant qu'ils se produisent.

— Ça vous est arrivé à vous aussi ? demanda faiblement Kootie.

Lentement, il se tassait sur son siège tiède.

— Depuis qu'à cinq ans j'ai vu un camarade de jeu se noyer dans un torrent, mon garçon. Cette histoire arrive à beaucoup de malheureux, et cette... antenne que nous portons où que nous allions nous fait repérer par les fantômes. Ils sont attirés et, sans nous vouloir de mal, ils peuvent s'attacher à nous jusqu'à gentiment provoquer l'effondrement de notre propre existence... nous tuer, comme un parasite tue son hôte.

« Les gens comme toi et moi, qui arrivent à vivre longtemps, ont généralement connu un *Wanderjahr*, un temps d'errance sans se faire repérer, souvent en donnant un faux nom et une fausse date de naissance ; nous en profitons pour tâcher de voir ce qui se passe au juste. J'étais apprenti télégraphiste à seize ans et, pendant des années, j'ai sillonné le pays en train, parce qu'il y avait toujours du travail dans mon métier, en pleine guerre de Sécession. A l'époque, Elena Blavatsky en faisait autant en Europe, au Tibet, au Mexique. Avec un peu de chance, on apprend alors qu'on a besoin d'un masque lorsqu'on a affaire aux fantômes. Il ne faut pas les laisser prendre la moindre influence sur soi, en aucun cas, et surtout pas leur apprendre son vrai nom ou sa vraie date de naissance.

Edison lâcha un petit rire.

— Une fois, au début des années 70, il fallait que je me rende à l'hôtel de ville de Newark, pour payer mes impôts fonciers ; c'était le dernier jour, sinon j'aurais une grosse amende. Or, l'employé qui m'a reçu était un de ces gros fantômes solidifiés, qui était parvenu, sûrement à grand-peine, à obtenir un poste officiel ; et voilà qu'il me demande mon nom. Oh là là ! J'ai dû faire semblant de ne pas m'en souvenir ! Et j'ai payé l'amende ! Mon propre nom !... Tous les gens qui attendaient derrière ont dû me prendre pour un crétin.

Kootie bâilla si fort qu'il en eut les larmes aux yeux, ce qui interrompit le monologue d'Edison.

— Alors qui est-ce que vous avez appelé d'encore vivant ? demanda-t-il. Ça doit être plutôt gênant... « Salut, George, qu'est-ce que tu deviens ? Tu n'es pas mort, ce matin, par hasard ? »

Il sentit un souffle lui sortir par le nez tandis qu'Edison riait doucement.

— C'est exactement ce qui s'est passé. En 1921, j'avais mis au point mon téléphone spirite : il s'agissait de rappeler le fantôme de mon petit camarade noyé (à l'époque, j'avais réussi à cautériser la partie de son être qui restait collée à moi, un peu comme je suis collé à toi maintenant) et de l'animer au moyen d'un large champ électromagnétique. Il me servait toujours d'antenne mais, à ce moment-là, sa charge s'est trouvée spectaculairement amplifiée avec une bobine à induction, et alors c'est lui qui est devenu... l'opérateur.

« J'essayais de joindre un homme du nom de Tom Sawyer, mort quarante ans plus tôt ; c'était un inventeur qui prétendait avoir découvert l'ampoule électrique avant moi et réclamait des droits. Je l'avais envoyé promener. Mais il est venu chez moi un jour que je faisais une démonstration, juste après Noël. Ce devait être en 1879. Il était saoul et criait partout que j'avais triché ; il a cassé une pompe à vide et volé huit lampes, alors qu'à l'époque je n'en possédais pas encore beaucoup. Les années suivantes, j'ai eu plusieurs fois l'occasion de lui venir en aide mais je ne l'ai pas fait. Je n'avais pas oublié les dégradations auxquelles il s'était livré et, chaque fois qu'on me demandait de ses nouvelles, je m'arrangeais pour bâcher... je veux dire lâcher quelques rosseries sur son compte. Devenu un ivrogne chronique, il a fini par tuer un homme et il est mort avant d'aller en prison. Alors, quarante ans plus tard, j'ai voulu l'appeler au téléphone pour...

Kootie leva les mains.

— ... vous excuser ?

Après quelques secondes de silence, Edison répondit très bas :

— Oui.

Il poussa un soupir.

— Mais tu ne peux pas savoir le monde qu'il y avait sur la ligne. Quand ils ont entendu qui appelait, quelqu'un a décroché et je me suis retrouvé à discuter avec un mathématicien que j'avais renvoyé la veille ! J'étais estomaqué et j'ai dû dire quelque chose comme : « Seigneur, Tom, vous seriez-vous tué, aujourd'hui ? » Mais lui voulait seulement me réciter des poèmes, alors j'ai raccroché et je me suis rendu chez lui. Il s'est avéré qu'il avait eu une dépression nerveuse mais qu'il n'en était pas mort pour autant. Je l'ai donc rengagé mais j'ai appris qu'on pouvait parfois émettre des fantômes, dans des moments de grande tension, et que ces fantômes se mettent à errer comme si les gens étaient effectivement morts. Ce sont vraiment leurs fantômes.

— Comme ça... vous avez arrêté de travailler sur ce téléphone à cause de cette histoire ?

Soudain agité, Edison répondit :

— Ces fantômes ne sont pas les gens auxquels on a fait du mal. C'est comme lorsqu'on met une amende à la voiture de quelqu'un qui vient de s'en aller. Elena Blavatsky avait raison quand elle prétendait que les esprits invoqués par les médiums n'étaient que des coquilles animées. Tu peux parler au fantôme de ton oncle Bob, mais l'oncle Bob lui-même n'en sait rien. Je crois que c'est Chesterton qui a dit ça.

Il secoua la tête de Kootie.

— En fait, il ne te reste plus qu'à rengager ces salopards.

Rengager ma mère et mon père ? songea Kootie effaré.

— Mais... ils sont morts. Comment voulez-vous que je fasse ?

Un lourd silence tomba pendant près d'une minute, avant qu'Edison reprît, paisiblement :

— Ne me pose pas cette question, mon garçon. Je suis moi-même des leurs. Dors, maintenant.

Dans un moment de flottement, Kootie eut l'impression qu'on soufflait une bougie et qu'on fermait une porte... et il se retrouva tout seul dans sa tête. Avant de se laisser aller à la peur de la solitude, il ferma les yeux et s'endormit instantanément.

Derrière les vitres poussiéreuses de la voiture, sur le trottoir où donnait le parking, une silhouette se faufilait en direction de Wilshire Boulevard. Un seul bras accompagnait sa démarche, alors que le torse se balançait comme si un second membre équilibrait l'autre. Sa tête se tournait dans tous les sens pour inspecter les alentours, avec de fréquents arrêts pour regarder à sa ceinture. Pourtant, il reprenait son pas sans changer de direction et doubla ainsi le parking pour disparaître vers le sud.

26

— ... Je me demande ce qu'il adviendra de mon nom, à moi, lorsque j'y serai entrée... Je n'aimerais pas du tout le perdre, car l'on serait alors obligé de m'en donner un autre, qui aurait toutes chances d'être laid. Mais, d'un autre côté, ce qui serait drôle, ce serait d'essayer de trouver la créature qui aurait pris mon ancien nom! Cela ferait penser à ces annonces que mettent dans les journaux les personnes qui perdent leur chien: « Répond au nom d'Azor: portait un collier de cuivre »... Vous voyez-vous appelant tous les objets que vous rencontreriez « Alice », jusqu'à ce que l'un d'eux réponde! Du reste, s'ils étaient doués de quelque sagesse, ils ne répondraient pas.

A travers le miroir
Lewis CARROLL

Vers onze heures du matin, Hollywood Boulevard avait repris son animation touristique et c'étaient les enseignes, titres de films, noms de restaurants exotiques, grosses publicités rouges pour Coca-Cola, et le fantassin géant au-dessus du magasin des surplus de l'armée, qui attiraient l'attention. Mais en arrivant, à l'aube, Sullivan n'avait regardé que les trottoirs, les contre-allées désertes, encore fermées par les barricades de police, les gouttières dégoulinantes de feuilles mortes et de papiers gras, les drogués solitaires et les prostitués de tous sexes qui regagnaient d'improbables abris.

Sullivan s'engagea sur Cherokee Avenue, gara sa camionnette dans le parking du Miceli's, coupa le contact et resta quelques minutes tranquille à simplement fumer une cigarette et boire une bière à petites gorgées, en se félicitant de posséder un réfrigérateur au propane.

Ce n'était pas parce qu'il était garé là qu'il devait forcément déjeuner Chez Miceli's. Il n'avait pas oublié non plus le Love's barbecue, sur Hollywood Boulevard, à deux rues de là. Il pouvait même repartir un peu plus loin, Chez Canter's, ou Chez Lawry's. Le mieux, en fait, serait de prendre un sandwich quelque part ; inutile de gaspiller ce qui lui restait d'argent en restaurants.

C'était là, Chez Miceli's, un soir de pluie, qu'il avait dîné pour la dernière fois avec Judy Nording, sans comprendre pourquoi elle lui faisait la tête ; rentré ivre dans l'appartement qu'il partageait avec Sukie, il avait alors composé son funeste sonnet.

Tu es ici pour exorciser ce fantôme, se dit-il en digérant sa bière glacée. C'est le moment de vérifier qu'il n'y a plus de danger à remuer ces vieux souvenirs...

Soudain il se figea et avala une gorgée d'un trait en pensant au véritable fantôme qui le hantait : Sukie, si proche de lui si longtemps qu'ils avaient fini par ne plus former quasiment qu'une personne ; leur amour mutuel était si fort qu'il n'avait pas besoin de mots pour s'exprimer. Au point qu'ils en étaient venus à l'oublier. Et puis, ils s'étaient rendus coupables de cette faute inadmissible avec Sukie, en oubliant le portefeuille et le trousseau de clefs de leur père *(et trois cannettes de limonade)* au moment de fuir le plateau de Loretta deLarava, sur la plage de Venice, la veille de Noël 1986...

Sullivan avait passé la matinée à l'université, où il s'était douché et rasé dans le gymnase des hommes, avant de se rhabiller et de passer à la bibliothèque.

Là, il s'était dirigé droit au premier étage, à la section des consultations, passant parmi des rayons entiers de dossiers de plastique orange pleins de journaux et de magazines intitulés *Derniers Résumés de la presse soviétique,* ou *Etudes régionales,* etc. Finalement, il trouva les longs classeurs de métal où l'on conservait les microfilms.

Il sortit la bobine du *Los Angeles Times* de juillet à décembre 1990 et la plaça sur un projecteur dans l'une des cabines de lecture. Quand le film fut correctement enclenché, il s'assit quelques minutes, commençant par regarder les numéros de juillet passer un à un, page après page, publicités, bandes dessinées, articles divers... jusqu'à s'apercevoir qu'il existait un bouton d'écoulement rapide. Enfin, il arriva au 1er novembre (le président Bush en avait « assez » de Saddam Hussein ; la campagne pour le poste de gouverneur de la Californie entre Wilson et Diane Feinstein battait son plein).

L'histoire du Dr Elizalde se trouvait en bas de la première page : TROIS MORTS DANS L'INCENDIE D'UN CENTRE MÉDICAL. Le reportage disait qu'une bombe avait explosé dans le cabinet psychiatrique du Dr Angelica Anthem Elizalde, sur Beverly Boulevard, à 20 h 40, le soir d'Halloween. Il avait fallu l'intervention de cinquante pompiers et trois quarts d'heure pour éteindre le sinistre. Le Dr Elizalde, trente-deux ans, avait subi des brûlures au deuxième degré en voulant sauver des flammes un de ses patients ; finalement, trois d'entre eux étaient morts, dont un seul de brûlures, et cinq avaient dû être hospitalisés pour traumatismes divers. La police et les pompiers menaient l'enquête.

Sullivan passa rapidement au 2 novembre. L'affaire occupait toujours la première page. Cette fois, le Dr Elizalde avait été arrêté sur l'accusation de coups et blessures, plusieurs survivants ayant déclaré à la police qu'elle avait organisé une séance de spiritisme au cours de laquelle s'étaient manifestées d'horribles apparitions et qu'un des patients, Frank Rocha, s'était spontanément enflammé comme une torche. Les enquêteurs, de leur côté, étaient parvenus à la conclusion que le corps de Rocha avait été... incinéré. La police en avait déduit que le Dr Elizalde avait mis au point une machinerie destinée à simuler l'apparition de fantômes et que le dispositif avait explosé pendant cette opération frauduleuse... ils devaient cependant reconnaître qu'aucune trace de ces installations n'avait pu être mise au jour.

Dans le numéro du 3 novembre, l'affaire se trouvait à l'intérieur du journal. Le Dr Elizalde avait payé sa caution de 50 000 $ et, vraisemblablement, disparu.

Les descriptions de ce soir d'Halloween devenaient plus précises maintenant, et aussi plus atroces. Les survivants prétendaient que des émanations ectoplasmiques avaient jailli du corps de plusieurs des assistants et que les esprits de bébés éviscérés, de femmes hurlantes et de vieillards radoteurs s'étaient alors formés dans l'air, au-dessus de leurs têtes. A ce moment-là, Frank Rocha avait explosé comme une bombe incendiaire. On savait à présent que plusieurs patients hospitalisés avaient en fait été enfermés dans des asiles psychiatriques.

Dans le numéro du 4 novembre, la disparition du Dr Elizalde était confirmée. De source policière, il était indiqué que, jusqu'à sa mise en accusation, elle ne serait pas recherchée. L'article citait également certains passages d'une interview du Dr Elizalde parue dans le *LA Weekly* deux mois avant ce qu'on appelait désormais la séance *del Día de los muertos*. « Je trouve efficace, avait-elle dit, d'utiliser les pièges prétendus "occultes" pour susciter des réponses chez les patients crédules. Cela n'a pas plus de valeur intrinsèque que le divan du psychiatre ou les vitraux d'une église... c'est simplement *conducteur.* » La police estimait toujours qu'elle avait voulu en appuyer les effets par une mise en scène qui s'était révélée dangereuse.

Sullivan avait rangé le microfilm dans sa boîte pour se diriger vers les recueils du *LA Weekly* dont il se hâta de tourner les pages, préférant, cette fois, le magazine aux microfilms.

Devant une photo du Dr Elizalde dans son bureau, Sullivan sursauta. Elle était d'une extraordinaire beauté, avec ses longs cheveux et ses yeux noirs, mais elle avait plutôt l'air d'une voyante gitane que d'un psychiatre. Le photographe l'avait prise avec un éclairage en contre-plongée, devant une boule de cristal de la taille d'un melon et, derrière elle, on apercevait des étagères pleines de bougies à l'image des saints et de toutes sortes de statuettes primitives, ainsi que d'une reproduction en couleurs de Notre Dame de Guadalupe.

L'interview en soi n'était pas inintéressante et il avait pris quelques notes de ses déclarations.

Des fantômes: « Evidemment, quand quelqu'un meurt, on peut dire que cette personne est disparue; un poste de télévision qui n'a servi qu'à regarder du sport n'est pas différent d'un autre qu'on n'aurait allumé que le dimanche matin pour les émissions religieuses, une fois qu'ils sont tous les deux démontés : ils brillent autant l'un que l'autre par leur absence. Mais nous tous qui sommes encore de ce monde gardons des attaches qui nous relient à ces personnes décédées, des griefs ou des regrets jamais éclaircis, et ces sentiments restent vrais même si ceux qui les ont suscités ont cessé d'exister. Si j'exploite cette certitude de mes patients en leur assurant (bon, disons le mot : en leur faisant croire) qu'ils peuvent communiquer avec les témoins disparus de leur passé, je leur permets de pardonner, ou de demander pardon et de retrouver la paix. Mes patients n'oublient pas les fautes commises ou subies, mais ce souvenir cesse de les tourmenter, de leur empoisonner la vie. Ma méthode leur permet de matérialiser leurs vieux démons. »

(Rép. à une question) : « Non, je ne crois pas du tout aux fantômes. Je suis athée, matérialiste, rationaliste. Lorsque j'utilise le terme "Dieu", tellement chargé de sens, je reste objective. »

(Rép. à une question) : « Mes patients aussi sont libres, je ne cherche à convertir personne. »

Des hommes de sa vie: « Non, en bon médecin qui sait se guérir soi-même (rire), je crois que je suis encore opposée à l'image machiste de mon père et de mes frères. Mon père buvait ; à treize ans je me suis aperçue qu'il s'imbibait encore plus en février et en mars, quand il touchait ses primes et ses allocations ; et il battait ma mère. Même dans notre ferme de Norco, il exigeait d'avoir de la viande, de la salade, des légumes et deux verres de vin au dîner, le tout servi dans de l'argenterie, alors que le reste de la famille devait se contenter de riz et de haricots. Quant à mes frères et leurs amis, ils portaient... vous savez, des pantalons kaki, des chaussures noires cirées, des chemises Pendleton fermées seulement sous le col, avec des tee-shirts au-dessous, des filets dans les cheveux, attachés sur le front comme un signe de ralliement. Vous voyez le genre. Tous les aînés étaient automatiquement Untel-junior et leurs pères installaient devant la maison de petits rings de boxe pour les entraîner devant tout le monde, comme de petits coqs de combat. Les garçons et les filles doivent se marier et avoir des enfants le plus vite possible. Je me suis dressée en bloc contre ce système : je ne suis pas catholique, je ne bois pas et je ne suis pas très attirée par les hommes. Oh !... par les femmes non plus, d'ailleurs ! (Rire.) »

De l'explication de la boule de cristal (puisqu'elle est si matérialiste) : « La stase de la clarté, la clarté de la stase... Les gens cherchent des fantômes dans les points d'eau où l'agitation a cessé ; dans les eaux mouvantes, de préférence, car elles permettent la méditation qui ramène les esprits à la surface ; la mer est le lavabo des fantômes... enfin, pour les gens superstitieux. Sérieusement, mes patients semblent trouver leurs fantômes plus accessibles dans les profondeurs de l'océan. Au point que nous avons organisé quelques expéditions au bord de la mer. En fait, j'aimerais installer mes locaux sur une plage... pas une plage où il y aurait du ressac, mais devant une mer paisible, apaisée. »

Dans la bibliothèque de l'université, Sullivan s'était adossé à son siège de plastique pour mieux imaginer ce que dirait un psychiatre issu d'une quelconque culture bucolique, dans quelques milliers d'années, lorsque les armes ne seraient plus que d'inoffensifs objets de musée: «Avec les légendes qui demeurent attachées à ces objets appelés "Smith et Wesson", je trouve que l'on peut envisager d'administrer des chocs valables en appuyant la "gueule" d'un de ces objets contre la tempe d'un patient et ensuite rituellement appuyer sur la "détente". J'ai ici un spécimen parfaitement conservé depuis un millier d'années... là, observez le patient...»

PAN!

Pan, dans le mille! songeait-il en écrasant sa cigarette dans la boîte de bière. Ce pauvre Dr Elizalde... elle était aux premières loges. Un de ses patients devait être rattaché à un fantôme et il aura servi d'amorce, si on considère la nuit d'Halloween comme la poudre et une pleine cargaison d'abrutis de fantômes enragés comme les balles à tête creuse... La cible semble avoir été l'un de ses patients, déjà mort mais qui ne le savait pas et qui aura lancé des projectiles posthumes lorsque son cordon ombilical s'est rompu, embrasant son corps depuis longtemps promis à la tombe. Alors, deux de ses voisins ont dû succomber à une crise cardiaque et tous les autres sont devenus fous.

Quels moments elle a dû passer! se disait-il en ouvrant la portière pour descendre dans l'air frais du matin. Enfin, maintenant, elle doit avoir compris. Elle est revenue et, si je ne me trompe, c'est pour présenter ses excuses... à des fantômes autrement tangibles que tous ceux dont elle parlait dans son interview.

Si je trouve Angelica Anthem Elizalde, je pourrai peut-être l'amener à organiser une autre séance de spiritisme. Elle sait ce qu'il faut faire et j'ai le masque d'Houdini qui devrait être assez puissant pour nous protéger tous les deux. Nous pourrions traiter avec nos fantômes à l'abri, comme les catholiques, quand ils avouent leurs péchés dans l'anonymat du confessionnal.

En arrivant devant Chez Miceli's, il se demandait si elle considérait maintenant la religion catholique d'un œil différent. Et que disait-elle de la boisson ?

Et des hommes ? acheva-t-il en poussant la porte d'entrée.

Assis seul à une table non loin de l'entrée, Sullivan venait d'avaler une bonne goulée de Coors quand on lui tapa sur l'épaule.

Il éternua et recracha sa bière par le nez, en lâchant son verre, car sa main droite avait bondi sur sa poche de poitrine où il gardait le pouce desséché, tandis que la gauche se plaquait sur son sac banane prêt à s'ouvrir d'un coup pour lui permettre de saisir son .45.

— Hé, on se calme ! s'exclama une voix alarmée.

Un homme apparut devant lui, tout sourire, les mains bien en vue pour montrer ses bonnes intentions.

— Excuse-moi !

Sullivan le reconnut... c'était un ancien camarade d'université du nom de Buddy Schenk.

— Pardon ! lança le nouveau venu à la cantonade. J'ai renversé la bière de mon ami. Pourriez-vous en apporter une autre ? Euh... et une pour moi.

Il baissa la tête vers Sullivan :

— Tu permets que je m'asseye ?

Ce dernier toussait encore comme un malade. Il fit signe à son camarade de prendre la chaise voisine.

— De la bière de si bon matin, reprit Schenk, embarrassé. Tu deviens comme ta sœur. Et quelle nervosité, mon pote ! Tu as sauté comme un piège à rats. J'ai failli en faire une crise cardiaque ! Qu'est-ce qui te prend ?

Il avait déplié une serviette en papier dont il se servit pour éponger la table pleine de mousse et de morceaux de verre.

Vexé, Sullivan tâchait de retrouver son souffle mais n'y parvenait pas, pleurant des yeux et du nez.

— Salut... Buddy, parvint-il à articuler.

Ce n'est pas vrai d'être nerveux comme ça ! songea-t-il. Si je m'étais rendu compte que j'avais tellement peur de Loretta deLarava, je me serais assis le dos contre un mur.

Malheureusement pour lui, l'odeur de la bière couvrait toutes les autres émanations possibles, si bien qu'il eût été incapable d'identifier l'arôme de cigarette au clou de girofle.

Le serveur, qui avait déjà pris la commande de Sullivan, apporta son sandwich à la viande mais commença par nettoyer la table.

Quand il fut parti, Sullivan se racla la gorge et lança à l'adresse de Buddy, pour exercer sa voix :

— Espèce d'enfoiré !

Content de pouvoir enfin parler, il ajouta :

— Ça fait quand même plaisir de te voir.

A sa grande surprise, il s'aperçut qu'il était sincère. Voilà trois jours qu'il était arrivé à Los Angeles et, jusque-là, il s'était senti plus perdu qu'un touriste sans carte. Il ne reconnaissait pas sa ville... les autoroutes ne menaient plus aux mêmes endroits, Joe Jost's avait disparu, Melrose Avenue était bousillée, Steve Lauter avait déménagé de l'autre côté de la 405 et on le menaçait de mort, et les quelques personnes auxquelles il tenait étaient mortes.

— A moi aussi, mon pote, répondit Buddy.

Le serveur apporta deux verres et des bouteilles de bière, une autre Coors pour Sullivan et, bien entendu, une Budweiser pour Buddy...

— Comment va Kuit ?

Sullivan eut un sourire gêné, pas certain d'avoir bien entendu ce que disait son ami, à moins qu'il ne s'agît là d'une nouvelle version de *Comment va le travail ?* qu'il ne connaîtrait pas encore. Il jeta un regard derrière lui, but une gorgée d'un air dégagé.

— Hein ?...

— Pardon, *Tit*. Parfois, on vous appelait Kuit et Kouac.

Pas vraiment enchanté, Sullivan continua de boire.

— Je n'étais pas... au courant, avoua-t-il.

— Tu ne risquais pas, on n'aurait pas dit ça devant

vous. Ça remonte à si loin, maintenant ! On n'était que des gosses.

Buddy partit d'un rire songeur avant d'ajouter :

— Tout le monde croyait que Sukie avait un penchant incestueux pour toi, c'était vrai ?

— Si c'était vrai, je m'en serais tout de suite aperçu, reprit Sullivan avec une moue désabusée.

Cependant, il faillit avaler de nouveau de travers. Son verre était presque vide et il le remplit du reste de sa bouteille.

Cette pensée qu'il chassait régulièrement continuait de lui glacer les côtes. (Il avait lu quelque part que la masse de l'atmosphère terrestre était d'un kilo par centimètre carré de peau et il avait l'impression, en ce moment, d'en sentir tout le poids.) Sukie avait été comme ces pauvres fantômes solitaires, toujours à la recherche de sa meilleure moitié.

En tout cas, conclut-il, ce vieux Buddy n'avait pas les yeux dans sa poche.

— Elle est morte, lâcha-t-il abruptement.

C'était sa façon de lui fermer le bec.

— Sukie... Elizabeth... s'est suicidée. Lundi dernier.

Buddy se rembrunit.

— Ce n'est pas vrai ! Mon pauvre vieux, excuse-moi ! Qu'est-ce que... c'est pour ça que tu es ici tout seul ! Tu étais avec elle ?

Sullivan soupira et détourna les yeux vers les murs décorés façon Pompéi. Qu'était-il donc venu fiche ici ?

— Non, je n'étais pas avec elle. Elle se trouvait dans un autre Etat. Je suis ici juste pour... affaires et pour le plaisir.

— La baise et le casse-pipe, acquiesça Buddy soulagé.

Apparemment, il s'était vite remis de la nouvelle du suicide de Sukie. D'un seul coup, Sullivan se souvint que, durant les quelques mois qu'il avait passés avec eux, en 82, il avait toujours ainsi qualifié ses sorties nocturnes : « En route pour une nouvelle nuit de baise et de casse-pipe ! » Et, quand il revenait, il commentait, d'un air désabusé : « Pas de baise. Beaucoup de casse-pipe. »

— Pas de baise, reprenait-il maintenant en souriant. Beaucoup de casse-pipe.

— C'est ça, Buddy.

— Tu déjeunes ? Je reste avec toi, je t'invite et on bouffe jusqu'à plus soif, d'accord ? Je ne sais pas ce que tu as commandé, mais considère-le comme ton hors-d'œuvre. On va boire à cette pauvre... Sukie. J'avais rendez-vous avec un type à midi, mais je lui téléphonerai pour lui dire que je n'arriverai qu'à quinze heures et quelques.

Sullivan l'avait déjà assez vu.

— Je ne peux pas rester longtemps...

— Des clous ! Tu vas rester le temps de manger correctement. Tiens, commande-moi une petite pizza à l'oignon et aux *peperoni*, et une autre bière quand tu en redemanderas une pour toi, d'ac ?

Il était déjà debout, en route vers le téléphone.

— D'ac, répondit Sullivan.

Cette conversation sur Sukie l'avait secoué. Et cette insulte ! Kuit et Kouac ! En outre, il était certain que leurs surnoms de Tit et Tut ne leur avaient pas été donnés avant... le début des années 80, au plus tôt. Buddy pouvait repasser, avec son excuse : *On n'était que des gosses*. Ce n'était pas que de l'étourderie de sa part... Pourquoi il me rentre comme ça dans le lard, ce matin ?

Sullivan s'efforça de se souvenir quand il avait vu Buddy pour la dernière fois. S'étaient-ils accrochés ? Avec Sukie, peut-être, sûrement, même...

Il n'avait plus de bière et chercha le serveur du regard. Une pizza à l'oignon et aux *peperoni*, se rappela-t-il, et certainement une autre Bud et deux autres Coors pour moi. Ça a toujours été de la Bud pour Buddy.

Même le serveur le savait.

Sullivan sentait ses mains froides et maladroites et, quand il cogna accidentellement ses doigts contre le rebord de la table, ils parurent sonner comme une fourchette de métal.

Comment le serveur le savait-il ?

Et zut ! Buddy était peut-être là depuis un moment et avait déjà bu. A moins qu'il ne soit devenu un habitué. Sullivan respira profondément en regrettant de n'avoir pas choisi un autre restaurant pour déjeuner.

Pourquoi Buddy traînerait-il à boire Chez Miceli's s'il avait rendez-vous ailleurs à midi ? Ce n'était pourtant pas le genre d'endroit où on s'arrêtait juste pour prendre un verre. Peut-être son rendez-vous était-il ici, ce qui expliquerait qu'il soit arrivé plus tôt pour boire tranquillement en attendant.

Par la vitrine qui donnait sur Cherokee Avenue, un pâle rayon de soleil se faufilait jusque sur la nappe et brillait sur un éclat de verre brisé.

On pouvait dire qu'il avait sursauté quand Buddy lui avait tapé sur l'épaule ! Non seulement il avait voulu s'emparer de son pistolet mais aussi du pouce d'Houdini. De quoi donc avait-il si peur ? C'était simple... de Loretta deLarava.

Et si elle l'avait retrouvé ? Et d'abord, à qui Buddy téléphonait-il ?

Merde ! se dit Sullivan en retenant son souffle. Où est le serveur ? Tu as drôlement besoin de deux autres bières, mon vieux ! La paranoïa vole bas, en ce moment. Tu rencontres l'un de tes seuls amis dans l'un de tes vieux repaires...

Que Loretta deLarava connaissait tous les deux, tout comme Steve Lauter, d'ailleurs. Alors qu'il n'y avait personne de ma connaissance Chez Musso et Chez Frank's, avant-hier, et pour cause... tout simplement parce que c'étaient des endroits que seuls Sukie et moi fréquentions. On n'allait jamais là-bas avec personne d'autre ; donc Loretta deLarava n'aurait pas pu y embusquer un de mes « potes », un de ses informateurs.

Si Buddy est là pour me trahir, il est capable de provoquer une dispute entre nous, histoire de se donner une justification.

Sullivan se leva, contourna la table et s'assit à la place de Buddy, face à l'entrée.

Comme ça, se dit-il en regardant ses doigts trembler, tu crois vraiment que la vieille aurait posté d'anciens potes dans chacun des endroits que tu fréquentais autrefois ? Les restaurants, les bars, les parkings, les cinémas, les librairies ? (Ai-je donc autant d'amis, d'abord ? Et si tout le quartier était infesté d'inconnus avec une photo de moi dans leur poche ?)

Allons, mon vieux, tu te montes la caboche ! Quand on en est à croire que la ville entière n'a d'autre but que de vous mettre la main dessus... qu'on est le type le plus recherché de Los Angeles...

N'empêche qu'avec une bonne femme comme Loretta deLarava, tout est possible. Si elle tient vraiment à me capturer et à manger le fantôme de mon père... elle a l'argent, les relations et la virulence obsessionnelle d'un insecte pour parvenir à ses fins.

Chez O'Hara's, Roosevelt, Morrie à l'appareil, se rappela-t-il en évoquant sa fuite d'Arizona, après l'appel de Sukie. Il avait alors estimé qu'il ne faudrait pas une demi-heure aux sbires de la vieille pour aller de la centrale nucléaire à Roosevelt.

Et aujourd'hui, combien de temps leur faudra-t-il ?

Attention ! Vous êtes trop près de ce véhicule.

Sullivan abandonna sa chaise et se dirigea vers la sortie en cherchant ses clefs dans sa poche.

— Pete ! Hé, où vas-tu, pote ?

Sullivan ouvrit la porte et sortit dans l'atmosphère fraîche de midi. Derrière, il entendit Buddy crier :

— Putain de merde !

Et ses pieds qui prirent le galop.

A son tour, Sullivan se mit à courir.

Il avait la clef de la camionnette entre le pouce et l'index et, quand il s'assit derrière son volant, il ne jeta pas un regard par-dessus son épaule jusqu'à ce qu'il ait tourné le contact.

Buddy s'était précipité vers une Toyota blanche garée deux places plus loin. Il ouvrit la portière et s'introduisit dedans.

Sullivan passa la marche arrière et fonça dans sa direction. La Toyota fit de même. Les dents serrées, Sullivan écrasa l'accélérateur.

Dans un boum métallique, la camionnette s'arrêta et il entendit un bruit de verre brisé alors que sa tête bondissait en avant. Par chance, il n'avait pas calé. Passant la première, il accéléra, doucement cette fois.

Il y eut un gémissement de pneus, un cliquetis de tôles froissées et Sullivan se dégagea de la Toyota. D'un coup d'œil dans le rétroviseur et tout en tournant le volant vers la sortie du parking, il vit Buddy sortir et jeter quelque chose dans sa direction. Il entendit alors un claquement contre sa portière et aperçut des lanières humides et de petits fragments blancs s'envoler devant lui. Déjà, il dévalait Cherokee Avenue, parmi les appels de klaxon et les coups de freins ; il prit sur la gauche et bondit vers le sud, loin d'Hollywood Boulevard.

Au carrefour suivant, il passa de justesse au vert et reprit sur la gauche, sur Selma Avenue, tenant le volant de la main gauche tandis qu'il sortait de sa poche de chemise le sac de toile. Il se faisait un peu l'impression d'un cow-boy en train de se rouler une cigarette quand il sortit le pouce desséché et jeta le sac. Puis il continua de conduire le pouce devant le visage, bloqué dans son poing fermé contre le pare-brise.

Dans l'éclat liquide du froid soleil d'octobre, une grosse moto Honda dorée venait dans sa direction ; il ne distingua pas le conducteur sous son casque rutilant, mais la passagère était une vieille femme maigre comme un clou, ses cheveux gris flottant au vent… et elle portait un bandana bleu et blanc sur les yeux.

Sa tête tournait dans tous les sens, comme si elle humait l'air ou tendait l'oreille. Sullivan brandit le pouce dans sa direction pour continuer de bloquer la piste entre cette tête aveugle et lui-même.

La sueur lui coulait dans les yeux et il s'obligeait à ne pas pomper l'accélérateur ; la Honda pourrait le doubler sans peine. (Les ombres de corbeaux croassant passèrent sur la route.) Ce n'était là, peut-être, qu'un des nombreux véhicules lancés à sa recherche entre Highland Avenue et Cahuenga Boulevard.

Mon Dieu ! pria-t-il désespérément, aidez-moi à me sortir de là et je jure que je ferai attention. Plus jamais je ne me fourrerai dans une telle panade, c'est juré.

L'autoroute 101 n'était qu'à deux rues devant lui, maintenant, et il avait hâte de se retrouver sur cette voie de la liberté.

Pourtant, il se dirigea vers le trottoir de Selma Avenue et s'arrêta.

Il se précipita à l'arrière, fouillant comme un fou dans le matelas du lit déplié. En ce moment, Buddy devait être en train de leur raconter qu'il conduisait une Dodge marron mais, de toute façon, ils le reconnaîtraient encore plus vite s'il ne mettait pas le masque entier en action. Ils devaient avoir déjà donné son nom et sa date de naissance, *infiniment trop de lui-même*... Lorsque avec Sukie ils travaillaient ensemble, ils formaient un excellent miroir réciproque, du simple fait qu'ils étaient jumeaux, si bien qu'ils n'offraient aucune image solide pour un fantôme ni pour un chasseur ; mais maintenant Sullivan se retrouvait seul, bien distinct, quantifié, divisé. Identifiable.

Il avait dû prendre le pouce entre ses dents pour se pencher et récupérer les mains de plâtre dans leur cachette sous le lit, et il dut réprimer une houleuse nausée quand il regagna sa place derrière le volant. Il posa une main devant le pare-brise et coinça grotesquement l'autre entre ses cuisses puis manœuvra pour reprendre la route.

La Honda avait fait demi-tour et venait de le dépasser sur la gauche. Ses passagers n'avaient pas eu le temps de parler avec Buddy mais la vieille femme tourna sa tête aveugle vers Sullivan et, de loin, il la vit froncer les sourcils.

Elle sent certainement un brouillard psychique, se dit-il. Un mélange de la naissance et de la vie d'Houdini, et des miennes. Elle ne captera aucun écho de sa mort parce que le vieux magicien était masqué quand ça lui est arrivé ; il s'en est parfaitement tiré, alors qu'il est parti le terrible jour d'Halloween. Elle va se demander si je suis schizophrène, ou en plein trip acide... ou tout ce qui peut faire du chauffeur de cette voiture un tel sac de brisures de miroirs. (Il se sentait même un peu différent... son blouson lui paraissait plus large et plus léger, encore qu'il n'osât pas se regarder pour le moment.)

Il cherchait mentalement une prière... *Notre Père... ? Je vous salue Marie... ?* Mais ne lui vint qu'une strophe des livres d'*Alice*, un morceau que Sukie avait aimé réciter :

La mer était mouillée, oui, mouillée au possible ;
De la plage le sable sec, sec au possible ;
Vous n'auriez pas pu voir un nuage, parce que
Dans le ciel il n'y avait pas un seul nuage ;
Nul oiseau n'eût volé au-dessus de vos têtes...
Parce qu'il n'y avait nul oiseau à voler.

La moto repassa devant sa vitre et vint se garer devant lui. A travers le pare-brise, Sullivan entendit nettement son moteur ronfler et vit tout aussi nettement, à travers les cheveux gris, la mâchoire serrée de la vieille femme tournée dans sa direction ; néanmoins, il conserva une vitesse normale et constante quand même ses jambes lui semblaient des sacs d'eau électrifiés. Et si un des chauffeurs alentour avait repéré un signal de la vieille femme ? Allait-il être intercepté ? Ils le voulaient vivant, mais seulement pour que Loretta deLarava puisse se servir de lui comme appât afin d'attirer le fantôme de son père.

D'une voix enrouée, il reprit une citation d'Alice en pensant tellement à Sukie qu'il eut l'impression de l'entendre réciter :

Mais toujours me hante l'image
D'Alice endormie, en voyage
Parmi d'étranges paysages.

Les stops de la moto dorée s'allumèrent mais son conducteur inclina le lourd engin pour opérer un demi-tour et repartir sur Cherokee Avenue, ses ronflements diminuant et s'amplifiant à mesure qu'il changeait de vitesse. Le blouson de Sullivan lui parut de nouveau lourd et serré.

Il cracha le vieux pouce brunâtre sur le tableau de bord et s'étrangla, au bord de la nausée.

Il prit à gauche sur Wilcox Avenue, puis à droite les voies embouteillées d'Hollywood Boulevard qui filaient vers l'est. Tu ne vas pas te vomir sur les genoux, se dit-il, les yeux plissés sur les voitures étincelant dans le soleil en face de lui. On dirait que tu t'en es sorti, cette fois. Maintenant taille-toi. Cache-toi. Buddy doit avoir décrit la camionnette à l'heure qu'il est et peut-être même qu'il en a noté le numéro d'immatriculation.

Cette pensée lui rappela le missile que son vieux camarade lui avait envoyé au moment de sa fuite. Au premier feu rouge, il s'arrêta pour abaisser sa vitre et passer la tête au-dehors.

Une matière visqueuse s'était répandue comme une toile, de la poignée de la portière au phare. C'était un truc clair marbré de jaune et parsemé de solides morceaux blancs et pointus ; cinq ou six filets avaient déjà coulé du capot vers la roue.

Le missile de Buddy était un œuf cru.

Cette réaction de collégien était désarmante. Je lui enfonce sa Toyota et lui, il m'envoie un œuf. Comment croire qu'il ait pu me dénoncer à Loretta deLarava pour ensuite se laisser aller à un geste aussi puéril ? J'ai dû me tromper... Ce pauvre Buddy n'a rien fait d'autre que commettre une balourdise en face de moi. Il devait bel et bien téléphoner à une relation d'affaires. Je n'ai plus qu'à retourner m'excuser et proposer de payer les dégâts sur sa voiture. Décidément, je deviens complètement parano. Même ces braves gens sur leur moto ne devaient...

Non. Sullivan se rappelait la vieille femme qui s'était bandé les yeux pour ne se laisser distraire par aucune stimulation visuelle, en train de renifler l'air comme une chienne aux aguets. Non, impossible de prendre ces deux-là pour des passants ordinaires.

Il repartit droit devant lui.

A l'est de Vine Street, la rue s'achevait sur une autre rue formée d'immeubles de bureaux, de magasins de disques et de cinémas, bordée de lantaniers sauvages aux fleurs rouge et jaune. En regardant par sa vitre ouverte, Sullivan aperçut, dans la brume, les anciennes lettres blanches d'HOLLYWOOD plantées à même les collines de Griffith Park. Un court moment, il crut y lire HALLOWEEN.

Encore deux jours, songea-t-il en crachant de nouveau pour se débarrasser du goût du pouce d'Houdini. Il me reste environ trente-six heures.

Passé Van Ness Avenue, il prit à droite l'autoroute 101 vers le sud. Pour une fois, il n'y avait pas trop de circulation et les voitures roulaient vite. Enfonçant l'accélérateur, il s'engouffra en trombe sur la bretelle afin d'arriver à pleine vitesse sur la voie de droite.

Ce foutu SDA ! pensa-t-il en respirant enfin. *Sur les voies express tu t'exprimes.*

Il se rappelait, maintenant que cela lui arrivait de nouveau, le mouvement infernal des voitures en sens inverse quand on roulait vite sur une autoroute. Là-haut, au-dessus des rues et des avenues, le monde réel se réduisait à une projection bi-dimensionnelle de collines vagues et de silhouettes de gratte-ciel ; on ne voyait plus que des noms défiler sur les grands panneaux verts qui annonçaient les sorties et vous passaient par-dessus la tête à peine les avait-on lus ; jusqu'à l'illisible calligraphie des graffitis qui tentaient de les effacer sans pour autant rien supprimer du quartier qu'ils étaient censés indiquer.

Les autres conducteurs se réduisaient à des têtes rondes à peine aperçues dans ce monde de vitesse, de voies et de bretelles ; l'espace et le temps prenaient d'autres dimensions et un instant d'inattention pouvait vous projeter dans des quartiers totalement inconnus.

Sullivan devait trouver un endroit où s'arrêter, avec un garage. Il ne pouvait plus, désormais, s'offrir le luxe de vivre dans sa camionnette par les rues de Los

Angeles. Or, il ne voulait pas s'éloigner de Loretta deLarava ; sans toutefois tomber entre ses griffes.

Peu avant les tours du centre-ville, il s'embarqua sur la bretelle de la voie express du Harbor, en direction de Long Beach et du port… et du *Queen Mary*.

27

« En grandissant, se dit-elle, ce fût devenu un enfant terriblement laid ; mais cela fait, je trouve, un assez joli cochon. »

Alice au pays des merveilles
Lewis CARROLL

Le fauteuil électrique de cuir noir de J. Francis Strube faisait des siennes. Il provenait de chez McKie, soi-disant le meilleur fabricant de sièges de voitures de course, et Strube avait enclenché le bouton « commande confort » pour se faire soutenir le bas des reins, mais le coussin dorsal s'était grossièrement boursouflé jusqu'à prendre la taille d'une pastèque, si bien que, s'il voulait appuyer les épaules contre le haut du dossier, il lui fallait gonfler le torse et le ventre comme un pigeon en rut.

Ridicule. Il se pencha en avant, reportant son attention sur le fax qu'il venait de recevoir et, accessoirement, sur l'homme assis en face de lui. Les gens de la Goudie Scottish Schnouf, non sans lui avoir extorqué, au passage, un millier de dollars, venaient de lui communiquer leur liste de mailing imprimée en caractères de mouches, ce qui risquait de l'obliger à faire appel à Charlotte pour les déchiffrer.

— Mais, objecta le client embarrassé, est-ce que ça vaudrait vraiment mieux pour elles ?

Strube leva les yeux sur lui. De quel morne aspect du divorce de cet homme étaient-ils déjà en train de discuter ? Satané fauteuil ! Il avait poussé à plusieurs reprises le bouton « affaisser », mais le cuir derrière ses reins ne désenflait pas ; au contraire, semblait-il. Néanmoins, Strube parvint à prendre un ton affable pour demander :

— Mieux pour qui ?

— Pour celles dont nous parlons, maître ! Heather et Krystle !

C'est-à-dire les filles du type, s'avisa Strube. Il se rappelait maintenant qu'on parlait de la garde des enfants.

— Eh bien, évidemment que ça vaudrait mieux pour elles !

Son intonation quelque peu excédée était destinée à indiquer au client qu'il avait déjà pris un métro d'avance sur lui.

— Notre principal souci est le bien-être de Heather et de Krystle.

Il avait déjà fait assez mauvaise impression, peu auparavant, à la lecture des noms des filles sur la fiche d'information, qu'il avait prononcés de travers.

— Mais, poursuivit le père en agitant les mains, vous voulez que je demande la garde alternée, une semaine avec moi, une semaine avec Debi, et de nouveau une semaine avec moi ? Ça ne peut pas marcher ! Il faudrait qu'elles passent leur temps à faire leurs valises... Tous les week-ends... alors Debi devrait nourrir leurs poissons rouges une semaine sur deux... sans même savoir ce qu'il y aurait dans le réfrigérateur la moitié du temps. Les filles, je veux dire.

Pas les poissons rouges, évidemment ! se dit Strube.

— C'est votre droit, et c'est dans leur intérêt, expliqua-t-il doucement. Ainsi, elles passeraient deux semaines par mois avec vous, loin de l'influence néfaste de cette femme.

Il laissa son regard retomber sur les feuilles du fax éclairées par un rayon de soleil. La plupart des clients de la Goudie Scottish Schnouf étaient des magasins, mais il restait quelques adresses qui semblaient appartenir à des particuliers. Il en nota une sur Civic Center Drive, à Santa Ana. C'était juste à une heure du cabinet, dans Orange County. Nicky Bradshaw pouvait fort bien s'y cacher en ce moment. Strube se rappela qu'il aurait à vérifier ainsi toutes les adresses, jusqu'à voir Bradshaw de ses yeux. Il ne pourrait prétendre avoir retrouvé Spooky s'il se contentait d'envoyer une dizaine d'adresses probables.

Et puis, il y en avait une à Seal Beach. Pourquoi tant de gens éprouvaient-ils le besoin de se faire expédier de la schnouf à leur adresse personnelle ?

— « Cette femme » est ma femme ! protesta le client.

— Encore quelque temps, répondit Strube distraitement.

Là, une autre adresse à Southgate. Comment un habitant de cette zone pourrie pouvait-il s'offrir un tel luxe ?

— Vous êtes ici pour demander le divorce, non ?

— C'est elle qui le demande, moi je n'y suis pour rien ! Les filles une semaine avec elle, une semaine avec moi... c'est impensable !

Strube releva la tête.

— Vous n'aurez pas à payer de pension, pendant ce temps-là. Et puis cet arrangement ne durera pas longtemps. Vos filles vont détester cela, ce qui obligera Debi à revenir en arrière. Dès lors, vous pourrez demander la garde complète.

Cette idée avait quelque chose de profondément déprimant qui lui remit en mémoire la blague de la veille sur l'avocat et le spermatozoïde. Il s'aperçut soudain qu'il était affalé sur son bureau comme une espèce de mille-pattes.

Il redressa ses épaules élargies par une fréquentation assidue des gymnases, tira sur sa veste Armani et s'adossa la tête haute.

C'est alors que, du fond du fauteuil McKie, jaillit un bruit qui avait tout du pet retentissant. Un cri muet parut échapper à son client ébahi.

Toujours bien raide sur son siège, alors qu'il se sentait s'empourprer, Strube lança :

— Ce sera tout pour aujourd'hui.

— Mais... et le partage des biens...

— Ce sera tout pour aujourd'hui, répéta Strube.

Demain, il l'inciterait à changer d'avocat.

Une chance sur deux millions de devenir un être humain... Il pourrait travailler avec les studios, s'occuper de prestigieux clients... à commencer par Bradshaw.

Le client s'était levé.

— Quelle heure... ?

— Mlle Meredith vous donnera un rendez-vous.

Je l'ai fréquenté en 74 et en 75, soit plus de dix ans après qu'il a quitté le monde du spectacle. J'ai plus de chances de le reconnaître qu'aucun de ses camarades d'Hollywood.

Il garda sa posture raide jusqu'à ce que l'homme eût quitté son bureau. Alors, seulement, il se laissa retomber. Il pourrait vérifier dès aujourd'hui l'adresse de Santa Ana.

Peut-être aussi celle de Seal Beach.

Loretta deLarava pleurait encore et passait un temps infini à manger son sandwich au jambon-fromage. Attablée devant la baie panoramique du Promenade Café, elle contemplait les eaux bleues du Pacifique et Long Beach à l'horizon.

Elle préférait la vue des employés dans la cafétéria qui leur était réservée, sur le pont C, quatre étages plus bas, vers l'arrière ; cependant, elle ne pouvait se résoudre à y retourner.

Lorsque le *Queen Mary* avait été un navire qui traversait les océans, cette salle auxiliaire du pont C avait été le bar de l'équipage et s'appelait le Casse-Rince-Dalle.

Loretta deLarava aimait sa décoration actuelle et les jeunes gens qui la fréquentaient, dans leurs rutilants uniformes de guides, quand ils bavardaient en apportant leurs plateaux sur les tables, loin de l'odieuse foule des touristes. Mais la veille et l'avant-veille, elle n'avait trouvé là qu'une salle sombre et basse, aux murs garnis de jeux de fléchettes, aux longs bancs et tables de bois occupés par de jeunes hommes, certains en blouse, d'autres en veste et cravate noires. Les plus proches de l'entrée avaient levé la tête de leur pichet de bière brune pour la dévisager d'un air ahuri. Elle n'avait rien entendu par-dessus les retentissantes vibrations qui semblaient provenir du sol et elle s'était rendu compte qu'il s'agissait du bruit des hélices, trois ponts directement sous elle.

C'était l'ancien Casse-Rince-Dalle qu'elle avait vu, qui datait des années... 60 ? Merde ! les années 30 ?

Tard dans la nuit, elle avait quitté sa cabine pour descendre l'escalier dénudé jusqu'au pont D, non loin de la coquerie de l'équipage, à l'avant, afin de voir ce qui se passait du côté du long corridor de service qui courait vers l'arrière et qu'on appelait autrefois la Route de Birmanie ; on le disait aussi de plus en plus étroit, menant aux cabines du personnel et aux salles des machines. De loin, dans la semi-obscurité, elle avait entendu un bruit métallique et, quand elle avait eu le courage de s'avancer sur ce sol peint en rouge, entre les parois vertes jusqu'à hauteur de la taille et beiges jusqu'au plafond, se retenant à une rambarde qui courait sous d'innombrables tuyaux de toutes dimensions, elle avait vu de petites silhouettes traverser en vitesse l'une des lointaines taches de lumière ; des enfants en uniforme rouge, coiffés de bérets... elle les avait aperçus sur le seuil d'une lourde porte d'acier coulissante et, brusquement, elle avait compris que c'étaient les fantômes de grooms en patins à roulettes, qui continuaient d'arpenter la Route de Birmanie, autrefois chargés des courses urgentes.

Elle s'était dépêchée d'en sortir pour remonter aussi vite que possible dans sa cabine, sur le pont B, où elle s'était enfermée à double tour avant de s'enfouir dans son lit en tremblant de tous ses membres. Mais il lui avait fallu quatre heures pour trouver le sommeil.

En fait, le sandwich était très bon, assaisonné de tomate au basilic pour relever le jambon et le fromage, et elle parvint à en croquer un autre morceau.

L'homme assis en face d'elle s'était arrêté en plein mouvement, un crayon à la main, au-dessus du grand story-board cartonné.

— Ça va, Loretta ?

— Bien sûr, Gene, articula-t-elle la bouche pleine.

Elle agita sa main libre, avala une partie de sa lippée avant de continuer :

— Je suis juste un peu énervée. Bon, il nous reste à tourner dans les ponts inférieurs, les quartiers de l'équipage, la partie à l'arrière où ils vivaient pendant la guerre. Vous verrez, ça fera un joli contraste avec le prestige des ponts supérieurs.

— D'accord, dit-il en avalant sa bière. Vous comptez ajouter ces plans au montage, je suppose ? Pourtant, on s'était mis d'accord avec les gens de Disney pour ne montrer que la salle des machines, la piscine, les cabines de première et les salons. Et puis on risque de ne pas trouver facilement le courant nécessaire dans les catacombes, sans compter que la direction va peut-être nous dire qu'il est trop tard pour obtenir une nouvelle autorisation. Il ne nous reste que deux jours si on veut que tout soit en boîte samedi.

— Bon, n'empêche qu'on peut quand même essayer. On n'utilisera pas d'équipement lourd, on fera juste des plans fixes. Un cameraman, mon assistant avec le matériel stéréo et moi... ça ne devrait déranger personne.

— Vous n'avez pas besoin de musique pour tourner des plans fixes, Loretta. Mais je ne vois toujours pas à quoi ils vous serviront.

Derrière lui, Loretta deLarava aperçut Ayres debout près de la caisse. Elle lui fit signe.

— Il faut que j'aille voir ce type, Gene. Faites ce que vous pouvez, d'accord ?

L'homme se leva en emportant les story-boards.

— D'accord. Si je trouve le chef de publicité dans son bureau, je lui parlerai tout de suite. Je vous appellerai ensuite pour vous communiquer sa réponse. Demain, je passerai toute la journée aux studios et je reviendrai ici samedi matin pour m'assurer qu'on aura bien éloigné les touristes des endroits qu'on veut filmer. Je persiste à croire que nous n'avions pas besoin de revenir tourner le jour d'Halloween. D'autant qu'en pleine semaine, il y aurait forcément moins de gens.

— Gene, vous seriez bien aimable de ne pas critiquer mes décisions ! Je vous rappelle que c'est pour moi que vous travaillez, tous autant que vous êtes.

Gene s'éloigna au moment où Ayres arrivait ; Loretta deLarava pleurait de nouveau. Elle avait envie de se gratter le crâne mais n'osa pas parce que, ce matin, elle portait trois élastiques autour de la tête. Cela lui avait semblé indispensable après le rêve qu'elle avait fait, cette nuit, et qui l'avait conduite à se réveiller à croupetons devant les toilettes, en train de parler à l'eau de la cuvette.

Ayres s'assit et vida la bière abandonnée par son prédécesseur.

— Votre copain Joey Webb est cinglé, commença-t-il. Il passe son temps sur la plage armé d'un détecteur de métaux en chantant la chanson d'Ed Sullivan, *Bye Bye, Birdie*.

— Ed Sullivan ? Quel crétin ! Je ne lui ai jamais dit de chercher Ed Sullivan !

— Pourriez-vous m'en apporter une autre ? demanda Ayres à la serveuse qui passait.

Il se retourna vers Loretta deLarava :

— J'ai trouvé quelques renseignements sur les Parganas.

— Oui... ?

— En voilà deux autres qui étaient complètement déjetés ! Le vieux s'appelait Jiddu K. Parganas ; il est né en 1929. Ses parents prétendaient que c'était le *jagadguru*, une sorte de messie, si vous voulez. Le Grand Instructeur du monde. Un truc théosophique. Son nom lui vient d'un certain Jiddu Krishnamurti, qui aurait dû remplir ce rôle mais a tout laissé tomber en 28. Il en aurait eu assez du monde des spirites, de tous ces fantômes qui se baladent sans arrêt sur les plages. Chouette comme truc, non ? Mais notre Jiddu, celui qui est né un an après, n'a pas très bien réussi. A vingt ans, il a été arrêté pour avoir cambriolé l'ancienne maison d'Henry Ford, mort deux ans auparavant. Les héritiers ont retiré leur plainte mais il semblerait que Jiddu ait emporté un tube à essai, qui a été vite remplacé par un faux qu'on peut d'ailleurs encore voir, aujourd'hui, au musée Ford, à Greenfield Village, dans le Michigan.

Le cœur de Loretta deLarava battait à tout rompre et ses yeux s'étaient de nouveau emplis de larmes.

— Comment ça, un faux… ?

— Le vrai est censé avoir recueilli le dernier souffle d'Edison.

— Edison ?

Mon Dieu ! songea-t-elle, pas étonnant que mes sensations psychiques aient augmenté à ce point depuis lundi ! Pas étonnant qu'Apie sorte de la mer et que les autres fantômes de la ville soient dans tous leurs états. Un éternuement, et on en voit surgir de partout. Je me doutais que le meurtre sanglant de lundi n'était pas une coïncidence et que ce gamin s'était enfui avec un lourd compagnon… mais Edison !

— Ouais, poursuivait Ayres d'un ton morne. Le gars qui a inventé l'ampoule électrique. Enfin ! Jiddu a épousé une riche Hindoue qui trempait aussi dans ce truc spirite et on dirait qu'ils ont fondé une nouvelle religion annexe, à leur seul usage. Ils ont acheté la maison de Beverly Hills où ils se sont fait assassiner, lundi soir. La police connaît bien l'endroit… ils ont reçu des quantités de plaintes des Parganas et de leurs voisins, parce que toutes sortes de clochards et d'ivrognes traînaient sans arrêt dans le coin à la recherche d'un certain Dante, ou Don Tay.

— Ce devait être le masque, souffla Loretta deLarava. Ils le cachaient dans un exemplaire creusé de *La Divine Comédie,* ou quelque chose de ce genre.

Elle adressa un signe à Ayres.

— Ne faites pas attention. Continuez.

— Pour une comédie, commenta celui-ci, c'est une comédie ! Leur gamin, ce petit Koot Hoomie que vous recherchez, est né en 81. Ses professeurs disent que c'était un garçon comme les autres, sauf que ses parents lui donnaient une éducation destinée à en faire une sorte de saint homme hindou. Vous avez reçu des appels pour l'affiche ?

— Des centaines. Les gens ont attrapé tous les

gamins errants de Los Angeles sauf Koot Hoomie Parganas.

Elle pensait au gosse qui avait dû se réfugier dans une ruelle ou un parking, quelque part, pas loin, sans doute, se nourrissant d'ordures, dormant dans les taillis, tout seul... Et son rêve de la nuit passée revint s'imposer à elle, plus puissamment que jamais.

Elle pleurait de nouveau.

— Il faut que j'aille prendre l'air, lança-t-elle en se levant. Dites à Joey Webb de continuer à chercher... et qu'il ouvre l'œil du côté des canaux.

La mer était trop pleine de fantômes imaginaires, qui s'étaient réveillés et s'opposaient à elle, et les corridors à tapis rouges et les splendides galeries semblaient soudain grouiller d'ectoplasmes hostiles accumulés comme des taches de nicotine sur les doigts d'un fumeur, alors elle s'enfuit vers le salon Windsor, sur le pont D.

Loretta deLarava aimait le salon Windsor pour ses lustres, au contraire du reste du bateau entièrement éclairé d'appliques Art déco, aux abat-jour larges et informes comme des champignons. Le salon Windsor avait été installé après que le *Queen Mary* eut été définitivement amarré à Long Beach, à la place d'une cheminée désormais sans objet, si bien qu'il pouvait s'offrir le luxe d'un éclairage par le plafond qui, en haute mer, eût immanquablement été souvent trop secoué pour ne pas finir par casser.

Par chance, il n'y avait pas un seul groupe de touristes à l'intérieur pour le moment, aussi se laissa-t-elle tomber dans un de ses profonds fauteuils pour se cacher la tête dans les mains.

Elle avait rêvé d'une troupe de petites filles qui campaient dans une plaine sombre. Au début, elles avaient joué autour du petit feu qu'elles avaient allumé, s'amusant à la dînette, se posant des charades et autres devinettes, traçant des marelles à même la terre, mais, bientôt, les bruits qui montaient de l'obscurité les poussèrent à se blottir les unes contre les autres : des rugissements et des hurlements de fureur surhumains se répercutaient depuis les collines invisibles et des galopades résonnaient tout près d'elles.

Peut-être s'étaient-elles rassemblées dans ce pays constamment obscur parce qu'elles portaient toutes le même nom, Kelley. Elles avaient maintenant formé une ronde et se tenaient par la main pour encercler le feu de camp ; elles bavardaient, les yeux pleins de larmes, faisant semblant de rire, jusqu'à ce que l'une d'elles s'aperçût que ses compagnes n'étaient pas réelles... seulement des miroirs dressés assez près les uns des autres pour refléter chacun sa silhouette pâle, son visage plein de terre.

Dans la terreur qui s'emparait d'elle, elle se vit changer de physionomie... son nez remontait en trompette et devenait plus gros, ses paupières se gonflaient, son menton reculait, soulignant encore la grande fente de la bouche. Kelley comprit : elle se transformait en cochon.

Loretta s'était arrachée au sommeil pour s'apercevoir qu'elle était agenouillée sur le carrelage de la salle de bains, penchée sur la cuvette des toilettes, en train d'appeler Kelley dans l'obscurité pour qu'elle retrouve son chemin du fond du trou où elle était tombée.

Les délimitations de places avaient disparu dans le vieux parking craquelé derrière l'immeuble, aussi Sullivan avait-il garé la camionnette à l'ombre d'un gros caroubier. Il fouilla parmi les papiers de sa boîte à gants jusqu'à ce qu'il retrouve le pouce d'Houdini, maintenant souillé de salive et de poussière, puis il se glissa à la place du passager pour récupérer le sac de toile dans lequel il rangea le pouce.

Le tout regagna sa poche de poitrine et son pistolet fut glissé sous sa ceinture. Alors seulement il poussa la portière et posa le pied sur le ciment craquelé. Des gousses de caroube encore vertes jonchaient le sol, fendues dès le matin par les pies qui se gavaient de leurs graines.

Ce serait le sixième immeuble qu'il vérifierait. En

quittant l'autoroute à la Septième Rue de Long Beach, il avait vite constaté que les motels n'avaient jamais de garage, alors il avait erré au hasard par les rues résidentielles, à l'ouest de Pacific Avenue et au sud de la Quatrième Rue, à la recherche d'appartements à louer.

Déjà, il avait essayé cinq endroits et, sans doute parce qu'il demandait à payer en liquide, peu de propriétaires avaient paru se fier à ses références douteuses, invérifiables. Il pensait qu'il allait prendre le dernier visité, un studio à 700 $ par mois dans une résidence miteuse de Cerritos Avenue, mais il avait envie d'en voir encore plusieurs avant d'allonger la monnaie.

Il arrivait maintenant sur Twenty-First Place, juste à droite de Bluff Park et à une rue seulement du port. Il savait que ces résidences en bordure de plage seraient trop chères pour lui mais il changea d'avis en apercevant une pancarte sur une vieille bâtisse qu'il avait tout d'abord prise pour une fabrique quelconque. Il n'aurait jamais cru qu'il s'agissait d'un immeuble s'il n'y avait lu « APPT. À LOUER » au-dessus des boîtes aux lettres. A coup sûr, le loyer ne serait pas cher.

Il aborda le trottoir qui donnait sur l'arrière de l'immeuble et se retrouva sur de la terre battue. Le long du mur, entre deux portes sans fenêtre, quelqu'un avait installé une étagère où s'alignaient des dizaines de pots dépareillés pleins de fleurs séchées et, à sa gauche, des chaises de plastique entouraient une baignoire surmontée d'une planche pour former une table. Il regarda les portes en se demandant à laquelle il devrait frapper.

Il sursauta puis entendit une voix derrière lui :

— Qui a garé ici ce tas de boue ?

Sullivan se retourna pour apercevoir un gros homme chauve chaussé de sandales de plastique, qui arrivait en boitant du coin de l'immeuble donnant sur la rue. Torse nu, il exposait son ventre bronzé par-dessus un large short qui flottait autour de ses cuisses maigres.

— C'est de ma camionnette que vous parlez ? demanda Sullivan.

— Oui, si vous appelez ça une camionnette, répondit l'autre, essoufflé.

Il inhala une goulée d'air et continua :

— Cervelle d'oiseau !

— Je voudrais parler au gérant de l'immeuble, dit sèchement Sullivan.

— C'est moi. Appelez-moi M. Shadroe.

Sullivan ne put s'empêcher de le dévisager.

— Vous ?

Il l'eût facilement pris pour un clodo qui se fichait de lui.

— Alors, je voudrais louer un studio.

— Je n'ai pas besoin de... louer un studio, marmonna Shadroe.

Il désigna la camionnette avant d'ajouter :

— Si elle pisse l'huile, il faudra la... garer dehors, dans la rue.

Le visage du vieil homme luisait de transpiration et, bizarrement, il sentait la cannelle.

— Elle ne pisse pas l'huile, rétorqua Sullivan. Et je cherche un appartement dans ce quartier ; combien fait celui que vous avez ?

— Vous travaillez pour le gouvernement ? Vous êtes en cure de méthadone ? Si c'est ça je ne vous prends pas, légal ou non, je m'en fous. Et je ne veux pas d'enfants ici.

— Rien de tout ça, promit Sullivan. Et si je me décide pour cet appartement, je peux vous payer deux mois d'avance, en liquide.

— Ça aussi c'est illégal. Deux mois. Aujourd'hui, on parle de dépôt de garantie. Mais j'accepte. Six cents dollars par mois, charges comprises... parce que tout l'immeuble est sur un seul relevé. Ça fera mille deux cents dollars, plus un dépôt de... trois cents dollars. Quinze cents. En tout. Venez dans mon bureau, je vous donnerai le reçu... et la clef.

L'homme semblait avoir du mal à s'exprimer et Sullivan se demanda s'il était asthmatique ou s'il avait de l'emphysème.

Shadroe se dirigea vers l'une des deux portes, Sullivan sur ses talons.

— Je... lança-t-il en riant malgré lui. Je voudrais voir d'abord les lieux.

Shadroe avait déjà sorti un gros trousseau de clefs de sa poche et ouvrait la porte.

— On y a installé un nouveau... réfrigérateur. C'est moi qui l'ai branché... hier. Je m'occupe moi-même de l'électricité et de la plomberie. Qu'est-ce que vous faites ?

— Moi ?... Oh ! Je suis barman.

Sullivan avait entendu dire que les barmen passaient pour d'excellents locataires.

Shadroe avait ouvert la porte et lui faisait signe d'entrer dans une pièce sombre.

— C'est un bon métier, mon garçon. Vous pouvez en être fier.

— Merci.

Il pénétra dans une longue pièce étroite mal éclairée par des fenêtres qui disparaissaient dans un flot de feuillage. Un mauvais canapé et un bureau en formaient les principaux meubles, avec des étagères semblables à celle du dehors, vides à part une pile de vieux *People* et, sur la plus haute, trois peluches roses mouillées. Sur une table, une télévision ronronnait faiblement malgré son écran noir.

Shadroe tira le fauteuil du bureau et s'y assit lourdement.

— Voilà une offre de location, dit-il en lui tendant un morceau de papier. Pas d'animaux non plus. Qu'est-ce que c'est que ces pompes ? Des godillots de l'armée ?

Sullivan portait les rangers réglementaires des électriciens itinérants.

— Des chaussures professionnelles, répondit-il, étonné. C'est bon pour les longues stations debout, ajouta-t-il bêtement.

— Faudra en changer. J'ai des parquets de bois, vous feriez un raffut du diable la nuit... personne ne pourrait dormir. Les gens se plaindront. Achetez des Wallabees, avec des semelles en caoutchouc.

L'offre de location était une photocopie dont la moitié était illisible. Shadroe se mit en devoir de remplir au stylo à plume les paragraphes manquants. Assis en face de lui, Sullivan le regardait loucher sur son papier et s'appliquer comme un écolier qui tirerait la langue pour mieux écrire.

L'odeur de cannelle était plus forte dans ce bureau et plus rassise, aussi. Un silence profond régnait dans la pièce, si bien qu'on n'entendait que les grattements de la plume sur le papier et le léger bourdonnement du poste de télévision. Brusquement, Sullivan sentit son front se tremper de sueur.

Il se prit à penser aux enceintes de confinement des centrales nucléaires, où l'on gardait la pression légèrement plus bas que la normale pour empêcher la poussière radioactive de s'envoler ; et aux labos d'ordinateurs où on la maintenait plus haut que la normale pour empêcher toute poussière d'entrer. Dans ce bureau crasseux non plus, la pression n'était pas naturelle.

Je ne veux pas rester ici, se dit-il. Je ne vais pas rester ici.

— Pendant que vous rédigez ce contrat, lança-t-il mal à l'aise, je pourrais aller voir les locaux.

— J'ai presque fini. Une seconde.

— Ecoutez, je préfère attendre dehors.

Il se dirigea lentement vers la porte et ressortit vers le soleil. Alors il pressa le pas pour traverser le parking craquelé tout en respirant à grandes goulées l'air de l'océan.

L'appartement de Cerritos Avenue m'a l'air très bien, se dit-il. (Cet endroit n'est qu'à une dizaine de mètres de la plage. Je pourrais certainement apercevoir le *Queen Mary* depuis le cul-de-sac d'à côté, mais...) Je ne pourrais certainement rien faire ici de ce que je voudrais, pas avec ce terrible Shadroe dans mes pattes.

Il ouvrit la portière de la camionnette, délicatement, pour ne pas toucher l'œuf séché, et grimpa à l'intérieur. M. Shadroe devait encore être à sa table, dans son bureau, en train de rédiger son fichu papier, sans même respirer tant il s'appliquait.

Sullivan ferma la portière mais n'introduisit pas tout de suite la clef dans le contact. Ce type-là ne respirait pas.

Shadroe avait inhalé à plusieurs reprises, pour pouvoir parler, mais il ne respirait pas. Sullivan était tout d'un coup viscéralement certain que c'était cela qui l'avait mis si mal à l'aise dans cette pièce... il se tenait en face d'une poche de vapeur ambulante, la pression d'une âme vivante dans le vide d'un corps mort.

Qu'est-ce que tu me chantes ? se dit-il. Que M. Shadroe est un mort ? Dans ce cas, je ferais mieux de me tailler au plus vite, avant qu'un choc quelconque lui fasse envoyer des projectiles d'effroi et que son lien vital trop ténu cède pour le transformer en bombe vivante, comme le patient du Dr Elizalde.

Encore secoué par ces pensées, il tourna le contact.

Au fond, Shadroe est peut-être vivant, se dit-il encore. Simplement, il respire très bas, très doucement. Ah oui ? Alors que, lorsqu'il inhalait pour pouvoir parler, il avait l'air de draguer le fond d'un marécage...

Ce n'est peut-être qu'un vieux fantôme solidifié, un tas de merde à forme humaine qui s'est réfugié par ici pour se trouver près de l'océan, comme le Dr Elizalde l'a fait observer dans son interview, sans savoir de quoi elle parlait. Elle avait bien remarqué les inclinations de ces malheureux. (« *Dans les eaux mouvantes, de préférence, car elles permettent la méditation qui ramène les esprits à la surface...* ») Mais Shadroe ne s'exprimait pas de manière assez décousue, et puis un fantôme ne serait pas capable de remplir des paperasses et encore moins de gérer un immeuble, de collecter les loyers, de payer les impôts et les charges.

Bien, et s'il s'agit effectivement d'une de ces rares personnes capables de continuer à occuper leur corps après leur mort ? Qu'est-ce que j'ai à voir dans l'histoire ?

Sullivan tourna la clef et le moteur se mit à ronfler sans qu'il eût besoin d'appuyer sur l'accélérateur.

Je me demande depuis combien de temps il est mort. Si sa mort était récente, pas plus de quarante-huit heures, il ne s'en serait sans doute même pas aperçu lui-même ; mais s'il traîne déjà depuis un moment, il doit avoir découvert les façons d'éviter la décrépitude totale : ne plus dormir, par exemple. Et je parie qu'il passe beaucoup de temps dehors, au bord de l'océan. (« *... mes patients semblent trouver leurs fantômes plus accessibles dans les profondeurs de l'océan. Au point que nous avons organisé quelques expéditions au bord de la mer.* »)

Il n'avait pas envie de réfléchir, pour le moment, à ce qu'avait dit le Dr Elizalde dans son interview.

Mais, se demanda-t-il, qu'est-ce que cette sorcière aveugle sur sa Honda percevrait si elle venait dans les parages ? Avec un mort ambulant dans l'immeuble, qui critique les voitures des gens et leurs chaussures, ces lieux ne peuvent qu'évoquer, psychiquement, un coin de pourriture sèche.

Ce qui ferait une excellente couverture.

De plus, la situation est parfaite pour moi. Et puis, à six cents dollars par mois, charges comprises... et un réfrigérateur neuf... c'est excellent !

En soupirant, Sullivan coupa le contact et sortit de la camionnette. Quand il rentra dans le bureau, Shadroe était toujours en train d'écrire. Il s'assit dans le canapé et attendit, supportant stoïquement l'atmosphère psychiquement stressée.

(« *En fait, j'aimerais installer mes locaux sur une plage... pas une plage où il y aurait du ressac, mais devant une mer paisible, apaisée.* »)

— Si vous prenez tout de suite mon argent, dit-il, gêné, j'aimerais pouvoir m'installer cet après-midi.

— Si vous avez le temps tout de suite, répondit Shadroe sans lever la tête, moi j'ai la clef tout de suite.

Sullivan avait le temps. Il n'était plus du tout pressé de trouver Angelica Anthem Elizalde, car il était totalement certain, maintenant, de savoir où elle se cachait.

Du côté des canaux de la plage de Venice.

28

— Je ne saurais descendre plus bas, répondit le Chapelier; j'ai d'ores et déjà les pieds sur le sol.

Alice au pays des merveilles
Lewis CARROLL

Assis près de la fenêtre au fond d'un bus, réchauffé par le soleil de midi et par sa veste de jean à col de fourrure trop grande, achetée dans une boutique d'occasions sur Slauson Avenue, Kootie se sentait trop bien dans son demi-sommeil pour se faire du souci. Il était certain que les deux jours et trois nuits qui venaient de s'écouler avaient tellement marqué son visage que personne ne pourrait plus l'identifier à la photo de l'affiche, surtout avec ses lunettes de soleil. Il devait maintenant avoir l'air d'un adolescent. Même sa veste sentait la bière.

S'efforçant de conserver une expression indifférente digne de sa maturité, il haussa un sourcil devant les éventaires de *pollo* et les garages futuristes années 50 de Crenshaw Boulevard. Il changerait à Manchester Avenue pour prendre un autre bus qui l'emmènerait sur Dockweiler State Beach, à Playa del Rey.

Il s'était réveillé à l'aube, les yeux piquants à cause de la peinture dans la voiture abandonnée, et il avait tout de suite reconnu l'épaisse bâche qui le recouvrait. Il se rappelait très bien avoir cassé le déflecteur la veille et ouvert la portière pour entrer.

Mais il ne reconnaissait pas la ville alentour, à peine visible au travers des vitres poussiéreuses.

Dans la rue, il y avait tellement de câbles et de fils au-dessus de sa tête qu'il se serait presque cru dans un filet anti-sous-marins de la guerre ; puis il s'était rendu compte que les fils se trouvaient beaucoup plus haut qu'il ne l'avait tout d'abord pensé, et séparés au hasard des poteaux télégraphiques et des isolateurs des anciens immeubles, vraiment très anciens, tout en brique, avec leurs fenêtres à claveaux et leurs corniches en saillie.

L'heure était venue de faire ses preuves, il le savait, malgré son très jeune âge et bien qu'il n'ait à peu près plus un sou… là, à Boston, sa première grande ville…

Boston ?

Cela sentait la fumée de charbon et le crottin de cheval… d'un seul coup, Kootie fut content d'être encore assis au bord de la voiture, car la tête lui tourna si fort qu'il dut agripper le bord du siège.

— Tu t'appelles… croassa sa propre voix. Attends… Kootie !

Après un court instant, il se répondit :

— Oui.

Alors sa voix reprit, lourdement :

— J'ai rêvé. Nous ne sommes pas à Boston, ici, n'est-ce pas ? Pas plus que dans le New Jersey. Mais à… Los Angeles.

Ses yeux se fermèrent et ses mains se soulevèrent pour se frotter les paupières.

— Oh, pardon ! dit sa voix.

En même temps, sa main droite s'écartait de son œil poché, encore douloureux.

Quand il regarda de nouveau autour de lui, il reconnut une petite rue typique de Los Angeles, avec ses bas immeubles de stuc, ses palmiers, ses odeurs de pot d'échappement et de gardénia ; au-dessus d'un bâtiment de deux étages, non loin de là, des corbeaux voletaient autour d'un aérateur d'air conditionné, comme s'ils s'amusaient à passer de l'air chaud à l'air froid.

Et il avait fait froid, cette nuit. D'ailleurs Kootie s'était enrhumé et en gardait le nez bouché. Quand il renifla, ses sinus encombrés émirent un sifflement qui tenait presque de l'ultrason.

— Toutes ces allées et venues ne te réussissent pas, mon garçon, observa Edison. Et je ne trouve pas plus de fraîcheur par ici. Au diable le New Jersey ! Allons voir la mer. Je pourrai me réfugier dans l'eau sans risque ; tu seras débarrassé de moi et tu reprendras la vie normale des enfants de ton âge.

A quoi Kootie n'avait rien répondu. Il sortit de la voiture, s'étira comme il le put malgré sa lourde ceinture de câbles I-ON-A-CO et se dirigea en boitant vers la barrière ; mais il se disait que le vieux fantôme d'Edison pourrait peut-être comprendre que lui ne désirait pas se séparer de lui.

— Où est-ce que je dois aller ? demanda Kootie à voix basse.

Il descendait péniblement les marches du bus et sautait à cloche-pied sur le trottoir de Manchester Avenue.

— J'ai besoin d'argent.

D'un seul coup, dans le calme de ce début d'après-midi, sa voix d'enfant se mit à glapir :

— Tu es jeune ! Tu es toujours vivant ! Tu peux envoyer et recevoir aussi vite que n'importe lequel d'entre eux !

Kootie s'éloignait en boitillant de l'arrêt d'autobus ; rouge d'une confusion horrifiée, toute sensation de maturité largement étouffée, il pressa le pas en détournant les yeux des gens qui l'entouraient.

Enfin, il reprit son souffle et haleta :

— La ferme !

Mais Edison utilisa ce qui lui restait d'air dans les poumons pour crier :

— Fonce au bureau de Boston de la Western Union ! Il faut absolument que je retourne au New Jersey, pour y prendre mon diplôme !

Kootie transpirait dans les courants d'air de l'avenue et serrait les dents pour empêcher sa voix de couiner mais Edison continuait de brailler :

— Toujours la même chose ! On dort pendant les heures de travail nocturne alors que les répulsifs antifantômes s'emballent et que le machin envoie un de ses six signaux.

Kootie tenta de crier *ta bouche!* mais Edison tâchait en même temps de dire autre chose, si bien que le résultat aboutit à quelque chose comme *ton baklava,* une pâtisserie orientale au miel que ses parents faisaient parfois venir à la maison.

Alors, il se mit à courir, à l'aveuglette, pleurant toutes les larmes de son corps, manquant de heurter plusieurs passants, quand ce n'étaient pas les réverbères, sans se rendre compte que d'autres pas retentissaient derrière lui, plus rapides que les siens... jusqu'à ce qu'une main lui attrapât l'épaule.

— Hé, mon p'tit, attends! lança une voix d'homme. Qu'est-ce qui se passe? Tu as des ennuis? Ma femme et moi, on peut te ramener chez toi.

Kootie se tourna pour éclater en sanglots dans le pull-over de l'homme.

— La plage, hoqueta-t-il. La police... je sais pas où je dois aller. Je suis perdu, monsieur.

Par bonheur, Edison semblait vouloir se taire.

— Bon, ne t'inquiète plus, on va t'arranger ça. C'est en m'arrêtant au feu que je t'ai vu courir, alors je suis descendu de voiture; ma femme fait le tour du pâté de maisons et elle arrive. Viens, on va l'attendre là-bas, loin de tous ces gens.

Kootie suivit l'homme sans se faire prier; derrière lui, quelques personnes riaient et quelqu'un lança une observation fumeuse sur ce qu'il devrait faire quand il aurait foncé dans le New Jersey, pour y prendre son « diplôme-do-culs ». Ce qui horrifia Kootie: ainsi les adultes pouvaient être aussi bêtes que les enfants. Et c'était encore pire maintenant qu'Edison était saoul ou marteau.

En allongeant le pas pour s'accorder à la démarche de son sauveur, il leva la tête et le dévisagea. L'homme portait courts ses cheveux blonds et chaussait des lunettes à montures blanches, il paraissait bronzé, en pleine forme, comme un joueur de tennis. Il avait gardé la main posée sur son épaule droite et Kootie lui saisit le poignet.

— La voilà, mon p'tit!

De sa voix douce, l'homme désignait un rutilant monospace bleu métallisé qui venait de se garer en bordure du trottoir de Manchester Avenue.

— Tu as faim? On pourra s'arrêter pour manger un morceau, si tu veux.

La portière du côté passager s'était ouverte sur une jeune femme brune, en short, qui lui souriait vaguement.

— Salut, p'tit père!

Kootie lâcha la main de l'homme et s'arrêta devant le véhicule.

— Bonjour, madame!

Humblement, il attendait, sans oser entrer.

— Votre mari a dit que vous pourriez me déposer à la plage.

Elle rit.

— Allez, monte vite!

Kootie se hissa à l'intérieur puis se faufila vers l'arrière pendant que l'homme montait à son tour et claquait la portière. L'habitacle sentait bon le neuf, comme une boîte à chaussures qu'on viendrait d'ouvrir en rentrant des courses.

— On prend la 405, Eleanor, lança l'homme et si, en route, on croise un Denny's... ce jeune homme voudra bien manger quelque chose, je parie?

Le monospace partit tandis que Kootie s'asseyait à même le sol moquetté de bleu.

— Je m'appelle Koot Hoomie, précisa-t-il essoufflé. Tout le monde dit Kootie.

Il avait décidé de faire confiance à ces gens.

— Oui, ajouta-t-il, j'aimerais bien manger, s'il vous plaît... mais quelque chose à emporter ce serait mieux. Parce que, quelquefois, il m'arrive de crier, comme vous avez vu tout à l'heure. Mais je suis pas fou, vous savez...

Il tâchait de se rappeler le nom de l'aliment qui faisait pousser des hurlements aux gens mais n'y parvint pas. Il n'arrivait à évoquer que la *déficience de croissance* dont un de ses cousins nouveau-né était mort. C'était ce qui devait arriver à Kootie.

— C'est ce syndrome... ajouta-t-il maladroitement.

— De Tourette, sans doute, dit l'homme. Je m'appelle Bill Fussel, et voici ma femme, Eleanor. Tu as pu dormir, cette nuit, Kootie ? Il y a des couvertures sur la banquette arrière.

— Non merci, répondit-il machinalement. J'ai passé la nuit dans une vieille voiture.

Va à la plage, songea-t-il. Laisse ce vieux fou d'Edison sauter dans la mer et, ensuite, ces gens pourront m'adopter. Ils ont l'air tellement gentils.

— On peut aller à la plage ? N'importe laquelle. Je voudrais... patauger un peu, quoi...

Il chercha une raison plausible à leur donner et s'avisa qu'il pourrait raconter ce qu'il voudrait, cela ressemblerait toujours à un mensonge enfantin.

— Mes parents sont morts lundi soir, dit-il brusquement. Dans notre religion, c'est un rite purificateur. On est hindous.

Il eût été incapable de dire si c'était lui ou Edison qui avait parlé, ni s'il disait vrai. On a bien dû être quelque chose comme hindous, songea-t-il. A l'école, j'inscrivais toujours « protestant ».

— Une plage ? dit M. Fussel. On devrait en trouver une à Hermosa ou Redondo. Elly, si on s'arrêtait par ici ? Tu pourrais appeler ta mère pour lui dire qu'on sera un peu en retard.

Un instant, chacun se tut et l'on n'entendit plus que le ronronnement du moteur.

— D'accord, dit Mme Fussel.

— Où est-ce qu'elle habite, votre mère ? demanda Kootie.

De nouveau, il ne savait pas trop si c'était lui qui avait parlé.

— A Riverside, répondit Mme Fussel.

— Où, à Riverside ? J'y ai habité, moi aussi.

Kootie la vit jeter un regard furtif vers son mari.

— Entre Lampport Street et Riverside Drive.

Maintenant, l'enfant savait que c'était Edison qui parlait, car, sans le vouloir le moins de monde, il se prit à observer :

— Il n'y a aucune rue de ce nom, à Riverside.

Or, Kootie l'ignorait totalement, de même qu'Edison, d'ailleurs. *Pourquoi vous êtes si désagréable ?* reprocha-t-il mentalement au fantôme.

— Ma femme sait quand même où sa mère habite ! corrigea M. Fussel d'un ton sévère.

Mais Kootie intervint vivement :

— Très bien, citez-moi cinq grandes rues de Riverside.

— C'est que nous n'allons pas souvent là-bas... dit Mme Fussel faiblement.

Son mari fit demi-tour pour poser sur Kootie un regard soupçonneux :

— Qu'est-ce qui se passe, mon p'tit père ? Tu veux qu'on te ramène au coin de la rue où on t'a trouvé ?

— Oui.

La bouche de l'enfant avait répondu sans hésiter puis Edison lui serra les mâchoires pour l'empêcher d'articuler autre chose, si bien que son « non ! » devint une espèce de « Nnnnn ! »

— C'est un quartier dangereux, observa M. Fussel.

— Alors, arrêtez-moi... ici ! Bon Dieu de bois, Kootie, laisse-moi parler ! Si vous me gardez dans ce véhicule contre mon gré, vous commettez un enlèvement !

Ce fut Mme Fussel qui reprit la parole :

— Allez, tant pis, on le plante là !

— Eleanor, il est malade, tu vois bien ! Si on l'abandonnait à son sort dans ces rues, ça équivaudrait à commettre un meurtre, ni plus ni moins. Il est de notre devoir d'avertir la police.

L'homme s'était maintenant complètement retourné pour faire face à Kootie :

— Et même en passant par la police, on récupérera les vingt mille dollars.

Kootie fondit sur la portière coulissante mais, avant d'en atteindre la poignée, il recevait une violente claque sur la poitrine, assenée du plat de la main par

M. Fussel. Le souffle coupé, il tomba en travers de la banquette, cherchant aussitôt à reposer ses jambes par terre dans l'espoir de pouvoir se jeter sur Mme Fussel pour tenter peut-être de détourner le volant, mais déjà, le mari lui allongeait une retentissante gifle qui achevait d'étourdir le gamin. Puis l'homme ferma sur lui la ceinture de sécurité, en prenant soin de lui immobiliser les bras. L'enfant pouvait avancer d'avant en arrière mais c'était tout. D'ailleurs il était trop ébloui par la lumière parce que, en le frappant, l'autre avait envoyé promener ses lunettes de soleil.

— Si vous... articula-t-il, me relâchez... je le dirai pas à la police... que vous m'avez battu... et attaché.

M. Fussel devait baisser la tête pour se tenir debout à l'arrière du monospace. Il faillit perdre l'équilibre et frappa le plafond pour s'y tenir.

— Fais donc attention ! cria-t-il à sa femme. Si un flic nous repère on est baisés.

— Ne parle pas comme ça devant cet enfant, rétorqua Mme Fussel. Je vais me garer et tu le laisseras partir.

— Faites ce qu'elle dit, grinça Edison, ou je raconterai que c'est vous qui m'avez flanqué ce coquard et que vous m'avez séquestré plusieurs jours.

M. Fussel était pâle et Kootie eut peur un instant qu'il ne le frappât de nouveau ; puis il disparut derrière le siège arrière et se mit à remuer des objets métalliques. Quand il réapparut, il déroulait une bobine de chatterton argenté.

Soudain, une vision dérangeante : *deux silhouettes dans leurs fauteuils, scotchées par le cou, les orbites vides et sanguinolentes...*

Edison fut catapulté dans un recoin de l'esprit de Kootie lorsque celui-ci poussa un hurlement de toutes les forces de ses poumons endoloris, fermant les poings, les yeux, lançant furieusement la tête d'arrière en avant, à peine conscient de ce que le monospace dérapait... mais déjà la bande lui bâillonnait la bouche, lui encerclait la nuque, le menton, la lèvre supérieure.

Il respirait en sifflant, difficilement, par le nez. Il entendit la bande se déchirer et, bientôt, M. Fussel lui scotcha les épaules et les avant-bras contre la ceinture de sécurité.

Il sentait la toile plastifiée lui pénétrer dans la bouche et il haletait, grinçait des dents, jusqu'au moment où il se rendit compte que ses lèvres tentaient de former des mots. Ceux-ci ne furent jamais prononcés mais il comprit ce que sa bouche voulait dire :

Arrête ! Arrête ! Ecoute-moi, mon garçon. Tu es en danger *de mort, en ce moment, même si tu te calmes et restes tranquille, à guetter la première chance pour t'enfuir, mais tu vas* certainement *mourir si tu continues à faire n'importe quoi et à vagir comme un bébé ! Allons, sois un homme, mon fils !*

Kootie laissa son affolement le porter encore un peu, noyant les mots d'Edison dans un marécage de hurlements irraisonnés qui finirent néanmoins par s'apaiser et se taire complètement ; durant le silence qui s'ensuivit, il demeura un instant inerte et souffrant de partout. Puis il haussa les épaules, dans un mouvement de fatalisme exagéré, les laissa retomber d'un coup... et la peur le quitta, le laissant presque calme malgré les battements de son cœur qui agitaient jusqu'au col de sa chemise.

Maintenant, il ne bougeait plus, pourtant, il était tendu comme un ressort. Il se dit qu'Edison avait raison : il devait rester aux aguets. Personne n'allait le tuer tout de suite, dans le monospace de ces gens ; il faudrait bien qu'on finisse par le détacher de sa place. A ce moment-là, il pourrait faire mine de s'être endormi et détaler dès qu'il aurait récupéré sa liberté de mouvement.

Il avait repris son sang-froid, malgré la profonde colère qui l'animait contre les Fussel et son humiliation de s'être ainsi donné en spectacle.

A son étonnement, il se mit à pleurer. Sa tête tomba en avant et il se mit à gémir : *Hou-hou-hou* derrière son bâillon, il se sentait même baver du coin des lèvres.

— Mon Dieu… William, dit Mme Fussel d'une voix monocorde ! Tu es devenu fou ? On ne peut pas…

— Gare-toi ! ordonna l'homme en revenant vers l'avant. Je prends le volant. C'est le gosse, El, ce Koot Hoomie Parganas qu'on recherche. C'est un dingue, tu vois bien. Il s'est échappé. Ils vont le remettre à l'asile dès qu'on le leur aura rendu ! Je… vais me mordre le bras et dire que c'est lui qui l'a fait. Non, encore mieux : on va acheter un couteau pas trop cher et je me couperai avec. Ce gosse est dangereux, on a été obligés de l'attacher. Et il vaut vingt mille dollars, merde !

Kootie continuait de ululer de plus en plus fort tandis que Mme Fussel dirigeait le véhicule vers le bas-côté. Il sentit la bave à ses commissures souriantes passer sous le chatterton au moment où les roues tressautaient sur le trottoir. On dirait qu'Edison aime ça, se dit-il.

M. Fussel le gifla… sans lui faire grand mal, cette fois.

— Tu la boucles ou je te bouche le nez aussi !

Edison lui cligna de l'œil sain de Kootie et celui-ci se prit à espérer qu'il savait ce qu'il faisait.

Les Fussel trouvèrent un parking à peu près tranquille, le pare-brise face à un mur de parpaing, de façon qu'aucun passant ne risque d'apercevoir l'enfant bâillonné à l'intérieur, puis M. Fussel prit quelques pièces sur le tableau de bord et descendit, claquant derrière lui la portière passager.

Au bout de quelques secondes de silence meublées par le seul ronronnement du moteur, Mme Fussel, restée sur le siège du conducteur, se retourna.

— Il n'est pas méchant, murmura-t-elle comme pour elle-même. On voudrait avoir des enfants.

Kootie baissa les yeux, de peur qu'Edison ne la toisât d'un regard sardonique.

— On ne sait pas s'occuper d'un… d'un enfant à problèmes, poursuivit-elle. On n'est pas pour battre les gosses. Là, c'était comme si on avait dû assommer quelqu'un en train de se noyer pour le sauver. Si tu dis aux gens de l'hôpital... ou de l'endroit où tu vis... que Bill t'a battu, on devra leur expliquer pourquoi. Parce que tu mordais et que tu hurlais des obscénités... ça veut dire, gros mots.

Elle avait ajouté cette précision d'un ton presque protecteur.

Kootie en oublia de ne plus la regarder.

— Tes parents ont été assassinés, reprit-elle.

Il hocha la tête d'un air impassible.

— Ah bon ! Tu le savais, alors ? Je veux dire, je ne t'apprends donc rien ! Et je vois qu'on t'a cogné à l'œil. Tu as dû en voir de belles ! Mais je tiens à ce que tu saches qu'aujourd'hui est le premier jour de ton... du reste de ton... attends, tu habitais dans une maison, je crois ? C'est ce qu'il y avait écrit, dans l'article du journal. Tu n'étais pas dans un hôpital. Qui est-ce qui a offert une récompense pour te retrouver ?

Kootie écarquilla les yeux.

— Des cousins ?

Il secoua lentement la tête.

— Tu ne crois tout de même pas que ce sont ceux qui ont tué tes parents ?

Il hocha furieusement la tête.

— Mm... hmmmm.

— Oh ! Je suis sûre que ce n'est pas vrai.

Kootie roula des yeux avant de la regarder fixement. Alors il la vit se décomposer.

— Oh, merde ! Oh, merde ! Vingt mille dollars ? Parce que tu es témoin du meurtre, c'est ça ?

On y vient. Kootie ne put, pour mimer ses félicitations, que rouler la tête et grogner d'un ton satisfait.

— Oh, je m'excuse ! lâcha-t-elle, effondrée. Oh là là ! Pardon, pardon, pardon !

Quittant sa place, elle vint vers l'arrière et se mit à arracher la bande adhésive de ses ongles.

Malheureusement, l'entreprise s'avéra plus ardue que prévu et Kootie ne s'abandonna pas au vain espoir de se voir déjà libre. Aussi ne fut-il pas surpris d'entendre la clef tourner dans la serrure ni de voir apparaître la tête de M. Fussel.

— Qu'est-ce que tu fabriques, El ? Va-t'en de là...

— Il a tout vu, Bill. Les gens qui ont tué ses parents sont... ceux que tu viens d'appeler ! Tu leur as dit où on était ? Il faut ficher le camp immédiatement.

Elle se précipita vers le volant et passa la marche arrière.

M. Fussel lui prit la main.

— Où tu as pêché ça ? Il ne peut même pas parler ! Ces gens avaient l'air très bien.

— On va ailleurs et on discutera avec Goaty. Tu pourras toujours les rappeler si on a la preuve que tout va bien.

— Mm... hmm ! approuva Kootie aussi fort qu'il put.

— El, s'impatienta M. Fussel, ils vont être là dans dix minutes. On peut très bien discuter avec eux ici. C'est un lieu public, le gosse ne risque rien. Je tiens avant tout à ce qu'il soit en sécurité, figure-toi ! Et si on avait un accident ? On est tous les deux énervés...

— Un accident ? Pas avec moi. Ils peuvent...

— Ils apportent l'argent en liquide, El ! Tu ne crois pas qu'ils vont se trimballer dans tout Los Angeles avec une somme pareille ! Surtout dans des quartiers pareils.

— Tu te fais du souci pour eux ? Ce sont eux qui ont tué ses...

Le monospace fut agité d'une petite secousse, comme si quelqu'un venait de le heurter par l'arrière puis on frappa aux deux fenêtres avant. De sa place, Kootie avait aperçu les cylindres de métal des silencieux.

Même pas dix minutes, songea-t-il.

Une voix paisible ordonna du dehors :

— Abaissez vos vitres ou on vous tue tous les deux.

Ils s'exécutèrent dans un ensemble touchant, appuyant sur le bouton électrique de leur appui-bras.

— L'enfant est derrière, indiqua M. Fussel.

Une main passa à l'intérieur pour repousser sa tête et un inconnu vint promener son regard dans l'habitacle. Derrière ses lunettes réfléchissantes et sa moustache tombante, il ne présentait qu'un pâle visage émacié.

— Il est ligoté, observa-t-il. Bon. Sortez de là, tous les deux.

— Bien, dit M. Fussel. Viens, El, il faut descendre. Vous prenez la voiture, les gars ? Parfait ! On attendra... demain, pour déclarer qu'elle a été volée, ça vous va ? Vous avez enveloppé l'argent dans un emballage discret, j'espère.

Le visage avait disparu mais Kootie entendit la voix répondre :

— Très discret.

Mme Fussel pleurait doucement.

— Bill, pauvre con !

Pourtant, elle ouvrit sa portière et descendit en même temps que son mari.

Un homme obèse en col roulé vert vint prendre sa place et le visage pâle s'assit à côté de lui. Les portières se refermèrent et le monospace bougea lorsque la voiture qui le bloquait dégagea le passage. Alors l'obèse passa la marche arrière et recula. Il jeta un regard curieux sur Kootie.

— Vérifie les liens du gosse, dit-il à son compagnon.

Lorsque l'homme aux lunettes passa à l'arrière, Kootie n'émit pas un bruit mais tâcha de voir ses yeux. L'autre se contenta de tirer sur la ceinture de sécurité, puis trouva le rouleau de chatterton et lia les chevilles de Kootie ensemble, sans même le regarder.

Bizarrement, l'enfant se sentait à peine inquiet, pas plus que s'il jouait aux cow-boys et aux Indiens avec ses petits camarades. Lorsque le visage pâle eut regagné sa place, il se demanda ce que devenaient les Fussel. Ils devaient être déjà morts, abandonnés dans une décharge avec une balle dans la tête. Il n'eut pas de mal à les chasser de son esprit, tant il était occupé à se demander qui étaient ses nouveaux ravisseurs. Au moins n'avaient-ils aucunement l'air d'associés du manchot en fripes.

Sa froideur le surprenait presque agréablement...

jusqu'au moment où il comprit qu'elle était basée sur la certitude que Thomas Alva Edison trouverait un moyen de le tirer de là ; alors il se rappela que le vieux fantôme semblait avoir quelque peu perdu ses… esprits.

De longues larmes d'indicible frayeur lui roulèrent sur les joues, mouillant le bâillon adhésif qui lui bloquait le cou.

Ils ne veulent peut-être pas me tuer, songea-t-il. Certainement pas tout de suite. On a peut-être beaucoup de kilomètres à parcourir, et…

Il tâcha de trouver quelques idées rassurantes… Et il y aura peut-être beaucoup de feux rouges, se dit-il désespérément.

29

— Il a un air que je n'aime pas du tout, répondit le Roi ; néanmoins, s'il le désire, il peut me baiser la main.

Alice au pays des merveilles
Lewis CARROLL

Sullivan avait suivi la 405 au-delà de l'aéroport et d'une affiche publicitaire sponsorisée par le gouvernement (celle-ci montrait un groupe de joggeurs tellement bon chic bon genre qu'il se mit à penser le plus grand bien des tagueurs qui marquaient plus crûment leur territoire), puis il suivit le ruban désert et ensoleillé de la 90 ; celle-ci finit par descendre et se rétrécir pour ne plus former qu'une voie au cœur de la ville, Lincoln Boulevard, parmi des immeubles et d'anciens terrains de camping.

Il avait déposé les mains de plâtre à côté de lui sur le siège avant, et vérifié que le sac de toile était toujours dans sa poche de chemise, par-dessus son .45 tiédi autant par la chaleur de sa peau que par celle du soleil qui traversait le pare-brise. A une station-service, il avait acheté une carte routière qu'il avait étudiée de long en large et, histoire de se donner le courage d'oser venir à Venice, il s'était juré de n'emprunter que des chemins qui ne longeaient pas l'océan.

Les canaux formaient de fines lignes bleues sur la carte et ne prenaient pas plus d'un centimètre à l'intérieur de la ligne noire qui délimitait le rivage, et c'était dans le courant de cette mince étendue de plage que son père s'était noyé en 59... et c'était de là qu'ils s'étaient enfuis en 86, avec Sukie, laissant Loretta deLarava en possession du portefeuille et du trousseau de clefs de leur père et des trois cannettes de…

Il ne reconnaissait rien autour de lui, car il n'y était venu qu'une fois, six ans plus tôt. Il trouva le moyen de manquer North Venice Boulevard et dut reprendre les rues étroites bordées de villas de location de vacances, où les voitures garées le long des trottoirs vous laissaient à peine la place de passer. Enfin, il retomba sur North Venice Boulevard et put constater que c'était une voie à sens unique qui donnait droit sur l'océan tout proche ; il faillit la prendre à contre-courant, quitte à remonter en klaxonnant jusqu'à la première rue transversale, lorsqu'il aperçut une place libre sur le trottoir, à l'angle de Pacific Avenue, dans laquelle il put se faufiler sans avoir à regarder au-delà du pare-chocs de la Volkswagen devant lui.

Ici, il n'avait aucune envie d'être Peter Sullivan, même si personne ne le cherchait… a priori, le fantôme de son père se trouvait dans la mer, à quelques mètres de là, et c'était suffisant pour lui donner tellement honte qu'il était prêt à enfiler n'importe quel déguisement.

Aussi enveloppa-t-il les mains de plâtre dans un vieux bandana comme un baluchon qu'il prit avec lui avant de sortir et de fermer la voiture. La brise marine avait chassé la brume du ciel mais il faisait froid, si bien qu'il se félicita d'avoir enfilé son vieux blouson d'aviateur.

Il mit deux pièces dans le parcmètre, de quoi se payer une heure de stationnement, puis, tournant le dos à l'océan, s'engagea dans Pacific Avenue, les épaules rentrées, les poings fermés dans les poches. Les mains de plâtre pesaient lourd mais il avait acheté, une heure auparavant, six ampoules qu'il avait fourrées dans ses poches et ne voulait surtout pas casser, ce qui l'obligeait à porter sous le bras son étrange fardeau. Il grimpa avec précaution sur le haut trottoir et partit vers le nord.

C'était presque là, de toute façon, se dit-il en regardant devant lui.

Il se trouvait dans un grand parking, au pied d'un bâtiment gris sans fenêtres, d'où il découvrait une grille parallèle à la rue, puis une autre qui descendait à perte de vue. A l'intérieur, un espace vide qui, à l'évidence, n'était pas une rue.

Il traversa le parking pour s'en approcher et, parvenu à hauteur de la grille, il s'arrêta : il venait de découvrir le canal le plus à l'ouest et il fut soulagé de constater qu'il ne le reconnaissait pas.

A une quinzaine de mètres sous ses pieds, une eau immobile qu'enjambait un pont en arche un peu plus loin devant lui reflétait les eucalyptus, les bambous et les citronniers plantés le long de la rive. Sous les quais déserts, un mur de brique gris ardoise en demi-lune enfermait le canal, et les maisons en retrait paraissaient tranquilles dans la lumière cuivrée de ce soleil d'octobre. Plus loin, il aperçut un large canal transversal et il semblait que le seul moyen de le rejoindre consistât à longer le premier, à traverser le pont et à revenir sur ses pas.

Le temps d'arriver au quai, il ne sentait plus la brise fraîche de la mer, n'entendait plus les murmures de la circulation, mais les abeilles des buissons voisins et les canards dans le lointain.

Il ne s'était jamais donné la peine d'étudier l'histoire de cette ville balnéaire mais, d'après ce que les gens en disaient autour de lui, il retenait qu'elle avait été bâtie au début du siècle sur le modèle de la Venise italienne ; à l'époque, les canaux étaient plus nombreux et l'on avait même prévu des gondoles manœuvrées par des gondoliers à l'accent italien... mais la similitude n'avait guère duré et, finalement, la ville était tombée en décrépitude ; après la Seconde Guerre elle avait servi de refuge aux beatniks et aux drogués de tout poil ; on y avait implanté des pompes à huile entre les maisons, au bord des eaux stagnantes.

Sullivan longeait le quai, il avait parcouru assez de chemin pour pouvoir regarder le canal transversal. Un autre pont, entouré de hauts palmiers, enjambait la surface tranquille et bleue comme le ciel et, plus loin, un autre pont semblait destiné au passage des voitures.

Des urbanistes avaient décidé de combler les canaux, s'attirant de telles protestations des résidants qu'il leur avait finalement fallu y renoncer. Néanmoins, le renforcement des murailles était à l'évidence une adjonction récente et nombre des maisons présentaient l'anonymat des façades de stuc ou néo-Tudor quoiqu'il restât des dizaines de villas de style californien, au charme ancien, dominées par les hauts palmiers jamais rafraîchis et les toits à bardeaux.

Deux femmes et un colley venaient dans sa direction et, bien qu'aucune d'elles n'évoquât la photo qu'il avait vue du Dr Elizalde, il plongea sa main libre dans sa poche pour en sortir une ampoule et le sachet de papier fourni par le commerçant.

Il remarqua un hibou de plastique sur une barrière, ce qui lui en rappela un autre, aperçu peu auparavant au sommet d'un toit. Pour le coup, il en repéra un troisième sur une balançoire accrochée à une branche. Et puis il avait l'impression d'entendre divers registres au chant du vent... peut-être le Dr Elizalde avait-il raison quand il prétendait que les fantômes se laissaient attirer par ce genre d'endroit, si bien que les habitants s'étaient crus obligés de leur dresser ces sortes d'épouvantails. Des épouvantails à fantômes !

— Bonjour ! lança-t-il en croisant les dames et le chien.

Lorsqu'elles furent derrière lui, il glissa l'ampoule dans son sachet et s'accroupit. Il jeta un regard pardessus son épaule tout en balançant le sachet en direction du sol de ciment, faisant éclater l'ampoule.

Les deux femmes sursautèrent... juste après le bruit.

— Excusez-moi, lança-t-il faussement confus.

Il se redressa et reprit sa marche, fourrant le paquet de verre brisé dans sa poche.

Le pont piétonnier de bois blanc était abrupt et il s'arrêta au milieu pour passer les mains d'Houdini sur son côté gauche. Il transpirait et commençait à regretter de ne pas les avoir laissées dans la camionnette.

Sous ses pieds brillait l'eau claire ; il y aperçut des pierres mais pas de poisson. Pourtant, il y en avait eu, autrefois...

Parvenu à la moitié du canal transversal, il s'était arrêté devant une tête de mort installée sur le mur d'une demeure ancienne (un autre épouvantail !) mais ne pouvait se rappeler comment il était arrivé jusque-là depuis le pont de bois blanc.

A part les deux femmes et leur chien, qui avaient disparu de sa vue, il semblait que personne ne se promenât cet après-midi sur ces quais. Il regarda autour de lui. C'était comme si les maisons avaient été évacuées... il ne voyait même pas un chat. (Son cœur battait violemment dans sa poitrine.) L'eau était tellement tranquille, les maisons trop basses, tapies dans les hauts troncs des palmiers, et le silence n'avait plus rien d'agréable... un silence de crépuscule, comme lorsque toutes les cigales se taisent au même instant.

Le Dr Elizalde n'était pas là et il n'avait envie de rencontrer personne.

Le grand pont se trouvait encore devant lui, d'ailleurs, il venait d'y voir passer une voiture quittant l'îlot pour s'arrêter un court moment au sommet puis redescendre, lentement, car l'arche était tellement inclinée que le conducteur n'en voyait sans doute pas le sol devant lui.

SDA, mon vieux ! songea Sullivan.

Il serrait les mains de plâtre dans ses paumes en espérant que cela suffirait s'il venait à tomber. Il ne regarda pas derrière lui pour s'assurer que rien n'était sorti de l'eau qui pût ramper sur le quai à sa poursuite, parce qu'il était certain que s'il commençait il ne pourrait plus s'arrêter, au point de finir par filer à reculons vers le grand pont qui débouchait sur les canaux ordinaires de la ville, couverts d'asphalte et non d'eau, et qu'à ce moment quelque chose se manifesterait devant lui, dans quoi il se jetterait aveuglément, de dos...

La sueur lui brûlait les sourcils, il respirait vite et brièvement.

Qu'est-ce que c'est que cet effroi ? se demanda-t-il, mes nerfs me jouent des tours. Il y a d'autres canaux, ici *(Vraiment ?)*, et le Dr Elizalde pourrait se trouver sur le quai de l'un d'eux ; elle pourrait se balader nue comme un ver, à faire de grands signes sur un monocycle, que tu ne la verrais pas tant tu es occupé à t'affoler ici.

Soit. De toute façon, elle n'aurait rien pu faire pour moi. Je trouverai bien un autre moyen d'avertir le fantôme de mon père (en fait, j'ai perdu un temps précieux en m'amenant ici) dès que j'aurai pu sortir de cette fichue ville et que j'aurai trouvé un endroit tranquille où m'offrir quelques bières bien glacées.

De l'épaule droite, il effleura la vigne vierge d'un muret en se dirigeant vers le pont et il s'aperçut qu'il rasait les barrières des maisons, comme s'il n'osait s'approcher davantage du bord du quai... horrifié devant la perspective de tomber dans les eaux peu profondes.

Comme tous les sons se font écho tels des grognements métalliques sous les eaux

Il avait dû laisser tomber les mains de plâtre. Il courait et ses poings sans entrave battaient l'air de même que ses jambes galopaient sous lui. Il entendit un claquement provenir de l'épaule de son blouson, puis un autre, comme si les coutures se défaisaient une à une.

Devant le pont, il s'arrêta pour retrouver un peu de souffle. Là commençait Dell Street et il entendait des voitures passer sur South Venice Boulevard, devant lui. Même si quelque chose jaillissait du canal, maintenant, il se sentait capable de filer assez vite pour lui échapper, avant que ses premières larmes de terreur atteignent le sol.

D'un pas prudent, il grimpa sur le pont et s'arrêta sur le dos-d'âne. Devant lui, sur la droite, s'élevait le plus haut des bâtiments néo-Tudor, orné de pignons et de vitraux, et d'une tour encastrée aux anciennes mitres de cheminée. Il se demanda s'il n'avait pas affaire à un restaurant, avec un bar et des toilettes pour hommes quand, dans l'éclatante inertie des lieux, il entendit un petit plouf, sous le pont.

Il ne put qu'exhaler tout l'air qu'il avait dans les poumons puis poser les mains sur le chaperon et regarder par-dessus le garde-fou.

Il y avait quelqu'un accroupi là-dessous, à côté d'un petit canot en fibre de verre qu'on avait tiré sur la berge de gravier, près du contrefort du pont. Il portait une salopette marron et un béret multicolore de laine qui cachait ses cheveux mais, à ses hanches rondes et à ses longues jambes, Sullivan vit qu'il s'agissait d'une femme. Clignant des yeux, il s'aperçut qu'elle ne regardait pas le bateau mais l'égout pluvial auquel il était amarré. Elle remuait une main dans l'eau en appelant doucement par la grille quelqu'un qui devait se cacher à l'intérieur du conduit.

— Frank ? disait-elle. Frank, ne partez pas !

Le cœur de Sullivan battait à tout rompre et, un peu tard, il se demanda s'il avait vraiment souhaité trouver ce Dr Elizalde.

Parce que ce ne pouvait être qu'elle. Silencieusement, il plongea la main dans sa poche (dont la paroi lui parut rêche comme de l'étoffe et non du cuir) et sortit une ampoule qu'il tint par la vis pour la balancer au-dessus du parapet.

— Ah ! cria la femme.

Dans son mouvement de surprise, elle plongea un pied dans l'eau ; l'ampoule se fracassa contre le muret.

Elle leva sur lui un regard effrayé et se jeta dans l'ombre, hors de sa vue.

— Attendez ! cria Sullivan en se précipitant à sa poursuite. Docteur…

Non, se dit-il. Pas son nom de famille, pas ici ! Au lieu de la rassurer, ça lui fera peur.

— Angelica !

Elle venait de reparaître de l'autre côté, dans le

soleil, s'éloignant de lui à grands pas, visiblement prête à détaler s'il insistait. Sur son passage, deux canards plongèrent pour l'éviter.

— Je peux vous aider et vous pouvez m'aider ! cria-t-il.

Il s'était immobilisé sur la pente du pont en prenant garde de ne pas descendre sur la berge.

— S'il vous plaît ! Vous voulez retrouver ce Frank et moi mon père !

Elle continuait son chemin, sans se retourner, ses longues jambes l'éloignant davantage à chaque pas.

— Madame ! cria Sullivan à bout d'arguments. J'ai besoin de votre aide.

Cette fois, elle s'arrêta, mais ne se retourna pas pour autant.

Il ouvrit la bouche pour dire quelque chose, mais ce fut elle qui parla, d'une voix grave et rauque qui lui parvenait parfaitement aux oreilles mais eût été inaudible trois mètres plus loin.

— Allez-vous-en. Mon aide est empoisonnée.

On est bien à Venice, se dit-il.

— La mienne aussi. Justement, peut-être que leurs maléfices s'annuleront.

En se retournant, elle repoussa son béret de son front et se passa la main sur le reste du visage, comme si elle était très lasse.

— Vous savez qui je suis, lança-t-elle. Ne dites surtout pas votre nom ici et ne répétez pas le mien.

Comme il allait répondre, elle posa un doigt sur sa bouche et poursuivit :

— Vous pouvez me suivre dans ce grand parking, là-bas, mais pas de trop près.

Elle revint sur ses pas et s'engagea dans Dell Street, marchant droit sur la cordelière qui clôturait la maison blanche Tudor que Sullivan avait prise pour un restaurant. Pourtant, elle se contenta de passer devant, pour continuer vers le stop qui protégeait South Venice Avenue. Alors seulement il se décida à descendre de son pont.

Au bout de quelques pas, il s'arrêta, déconcerté, pour regarder ses propres jambes.

Il portait… le pantalon de quelqu'un d'autre, aussi bizarre que cela paraisse. Au lieu de son jean enfilé le matin au gymnase, il était revêtu d'un pantalon de flanelle grise, à revers. Il se pencha pour le toucher, faisant sauter, au passage, deux autres coutures. Alors sa manche se détacha complètement pour venir tomber en accordéon sur son poignet. C'était aussi une manche de laine… Comme un homme ivre, il tâta ses côtés… à croire qu'il s'était accoutré d'un complet-veston. Il ne put s'empêcher de regarder derrière lui, de vérifier si son blouson de cuir n'était pas tombé quelque part sur le pont. Mais non.

Il enleva la manche déchirée. A l'endroit de la couture défaite, elle portait encore des pressions de métal. Attrapant l'autre manche, il tira et elle ne résista pas davantage. (Il s'aperçut alors qu'il se retrouvait en bras de chemise blanche et non dans la flanelle à carreaux qu'il croyait avoir passée.) En fait, ce veston était tout simplement prévu pour offrir des manches longues ou courtes.

Qui, se demanda-t-il, irait porter un costard à manches courtes ?

Peut-être un magicien, après tout… Pour montrer qu'il n'avait rien dans les manches. Houdini était bien magicien, non ? Tout compte fait, je ne l'ai pas forcément perdu, ce masque… je dois tout simplement le porter…

Il respira profondément et regarda les canards barboter dans l'eau. Il était encore nerveux, pourtant, quoique cette pénible impression d'isolement, de se retrouver seul sous une lamelle de microscope, l'eût quitté.

Il regarda ses mains et, au cœur de cet après-midi fantasque et angoissant comme un rêve, il ne fut pas vraiment surpris, même pas effrayé de voir (encore que cette vision eût été plus précipitée que ses battements de cœur) que c'étaient celles d'un autre. Les doigts en étaient plus épais, les ongles soignés, non rongés, et les pouces plus longs. Il y avait bien quelques fines cicatrices sur les jointures mais celles qu'il se connaissait avaient disparu.

Il se passa les mains dans la tête mais s'interrompit, pris de chair de poule : habitué à ses cheveux fins et raides, il ne reconnaissait pas cette tignasse crépue et indisciplinée qui résistait sous ses doigts. Pourtant, à mesure qu'il tirait, les mèches reprenaient leur mollesse et il sentit de nouveau ses épaules bien enveloppées dans l'épais cuir de son blouson.

Quand il abaissa les bras, il éprouva derechef le poids des mains de plâtre et les remit à l'abri sous son coude gauche. Une ampoule claqua dans sa poche avec un bruit étouffé, mais il n'en avait plus besoin.

— Hem ! lança-t-il pour capter l'attention d'Angelica. Madame !

Elle s'arrêta, se retourna et il s'avisa qu'elle était beaucoup plus petite qu'il n'en avait d'abord eu l'impression. Puis il s'aperçut que c'était une femme différente... plus ronde que le Dr Elizalde, avec de courts cheveux bouclés disparaissant dans une espèce de chapeau, et une jupe trop longue.

Pourtant, ce ne pouvait être que le Dr Elizalde.

— Regardez-vous ! dit-il.

... vite, car la jupe devenait déjà transparente.

Elle se pencha vers ses propres jambes maintenant de nouveau enveloppées dans la salopette et, bien que Sullivan n'ait pas cligné des yeux, ni vu sa silhouette bouger devant le sol de ciment et les maisons dans le fond, elle paraissait plus grande, comme si elle venait de se rapprocher.

Il courut dans l'étroite rue inondée de soleil et Angelica le laissa approcher à trois mètres avant d'esquisser un mouvement de recul.

— Vous avez vu ça ? demanda-t-il.

Le teint mat d'Angelica avait pâli ; elle regarda le petit baluchon qu'il avait apporté.

— Ne me dites pas que vous êtes encore un de ces fichus fantômes ! murmura-t-elle.

— Non, je suis aussi vivant que vous. Vous avez vu…

— Oui, coupa-t-elle. C'est la même chose pour nous deux. Bon sang, que je déteste ce genre d'histoire ! Je préfère ne plus parler tant que nous n'aurons pas mis au moins une rue entre les canaux et nous.

Il la suivit quand elle traversa South Venice Avenue en dehors des passages piétonniers mais, arrivée sur le trottoir, elle se dirigea vers Pacific Avenue en restant dans la contre-allée de terre, jonchée de vieux papiers et de bouteilles. Elle évite les chemins traditionnels, se dit-il.

En passant par un trou dans le muret, ils pénétrèrent dans le parking. Un panneau rouge devant la sortie indiquait : SENS INTERDIT — DÉFENSE D'ENTRER — HERSE ANTI-PNEUS. Un plaisantin avait ajouté DE FUMER, à la place D'ENTRER.

— Il y a un canal souterrain au-dessous de ce parking, observa Sullivan.

— Je peux m'enfuir de tous les côtés, et vous aussi. De toute façon, nous nous trouvons entre deux avenues à sens unique opposé, l'une face à la mer, l'autre vers la ville. Ça devrait nous rendre difficiles à repérer. Et vous possédez un masque puissant, je crois ? Assez pour deux, à ce que j'ai vu.

— Nous étions observés, là-bas, je me trompe ? C'est pourquoi le masque a déployé toute sa puissance. Peut-être parce que nous étions deux, et que nos champs se chevauchaient, là, auprès de votre… « Stase de la clarté, clarté de la stase… ».

Angelica transpirait, engoncée dans sa grosse salopette et Sullivan comprit, un peu tard, qu'elle devait porter d'autres vêtements dessous.

Elle le dévisageait.

— Ça, observa-t-elle, c'est quelque chose que j'ai dit dans mon interview du *LA Weekly*. Qui êtes-vous ? Vite.

— Peter Sullivan. Ingénieur électricien. J'ai travaillé dans l'industrie cinématographique, ce qui vous expliquera sans doute certaines choses. J'ai également vécu quelque temps loin de cette ville. Je me rendais à peu près partout sauf en Californie.

Il était de nouveau à bout de souffle.

— Je me cachais, justement, poursuivit-il, à cause de quelqu'un qui est mort. C'est vrai, je vous ai dit qu'il s'agissait de mon père. Mais l'Halloween qui vient sera... pénible, j'en ai peur. Pour être tout à fait franc, je dois vous avouer que je suis recherché par plusieurs personnes ; mais je suis certain que vous êtes assez maligne pour avoir remarqué qu'il en était de même pour vous. C'est pourquoi je pense que nous devrions nous associer. J'ai le masque et j'ai trouvé un abri dans lequel nous serons en sécurité, un studio au bord de la mer plongé dans une véritable purée de pois psychique.

Elle ne paraissait pas très convaincue. Ses yeux noirs brillaient encore de méfiance et d'hostilité.

— Et je connais très bien cette ville, ajouta-t-il gauchement.

— Moi aussi, rétorqua-t-elle d'un ton sec, j'ai l'habitude de *Nuestra Señora la Reina de los Angeles*.

J'y suis ! songea-t-il déprimé, tu es mexicaine et tu as une vieille histoire de racines et d'oppression à régler avec cette ville, alors tu n'as rien à faire d'un associé gringo. Notre Dame des Anges... cela lui rappela un cantique façon Sukie : *Les anges, dans nos campagnes, ont semé la Cinquième Compagnie*... Elle parlait de la mort, de la Faucheuse. Dans ces moments-là, en plein Los Angeles, cette sœur jumelle partie avec la Cinquième Compagnie lui manquait soudain terriblement.

— Madame, poursuivit-il sans plus y croire, j'ai besoin d'un allié et vous aussi, je pense.

Elle ne le regardait même plus, les yeux plissés vers les voitures qui se croisaient dans Pacific Avenue. Et, tout d'un coup, il sentit qu'elle allait refuser, poliment mais fermement, et s'en aller. Sans doute ne reviendrait-elle jamais ici, elle chercherait Frank ailleurs, là où Sullivan était sûr de ne jamais la retrouver.

— Attendez, dit-il, ne décidez rien maintenant.

Non, ne dites rien non plus ! Je vous attendrai à Seal Beach, au Bluff Park, ce soir à huit heures. Il est ouvert à la circulation, vous pourrez y passer en taxi, dans un déguisement si vous le voulez, et, si ça ne vous plaît pas, vous partirez. Ou, si vous préférez, vous pouvez vous enfuir dès maintenant, jusqu'à San Diego si vous y arrivez, ou grimper au sommet d'un arbre. Moi, je serai au Bluff Park, ce soir à huit heures. Au revoir.

Tournant les talons, il s'éloigna rapidement vers Pacific Avenue où l'attendaient sa camionnette et, pas trop loin, un bar bien sombre avec des toilettes pour hommes.

Plou-ouque nuit, pin-inte nuit... Jusqu'à l'aube, je boirai... M'imbiberai à me péter... chantait-il dans sa tête.

30

« Comme il écarte bien ses griffes,
Comme gaîment il semble boire
Lorsqu'il ouvre aux poissons rétifs
Ses ensorcelantes mâchoires ! »

Alice au pays des merveilles
Lewis CARROLL

Mais je l'ai avalé, songea tristement Kootie pour la dixième fois.

Allongé sur le siège arrière du monospace, il ne sentait plus son épaule gauche ankylosée mais son dos le faisait souffrir à chaque virage.

Je l'ai avalé, comme la baleine a avalé Jonas. (En fait, je l'ai plutôt aspiré.) Mais, est-ce que ça se vomit, un fantôme ? Est-ce que ça se recrache ? Ou est-ce qu'ils vont devoir m'ouvrir le ventre pour le prendre ? Seulement, il est dans ma tête !

Au Music Center, Edison avait dit : *Ils vont te tuer et me manger.* Et si c'était vrai ?

Le conducteur avait passé des écouteurs sur son crâne chauve et, de temps en temps, parlait dans un petit micro qui dépassait sous son menton. Son compagnon avait allumé la radio et sa tête balançait au rythme d'un vieux rock qui datait d'avant la naissance de Kootie.

De nouveau, leur indifférence le choqua. Et s'ils passaient leur vie à transporter les petits garçons qu'on allait tuer ?

D'un seul coup, son épaule droite s'enfonça dans ses côtes, pressée par la ceinture trop serrée… le monospace ralentissait. Kootie s'aperçut qu'il ne pouvait pas se rasseoir car il avait les pieds liés à l'accoudoir du siège. Il voulut au moins se rehausser mais il avait tellement de fourmis dans le bras gauche que c'était comme si ce membre appartenait à quelqu'un d'autre.

— Passe la première et continue lentement, dit le passager, et surtout garde tes roues bien droites.

— Merci, j'ai déjà roulé sur une rampe, protesta le conducteur.

Un cliquetis grinçant secoua le monospace. Brusquement, Kootie ne sentit plus la pression contre ses côtes et son épaule droite mais il fut entraîné vers l'arrière, et comprit que le véhicule montait. Il ne voyait pas le pare-brise, cependant, la tête des hommes était maintenant dans l'ombre et il faisait plus sombre dans l'habitacle.

— Dès que les roues avant seront au-dessus du bord, accélère un bon coup pour libérer le carter et freine dès que tu sens les roues arrière engagées.

— Merci, j'ai déjà roulé sur une rampe.

Le moteur s'emballa brièvement, l'avant du monospace plongea et Kootie fut de nouveau coincé contre la ceinture trop serrée.

Le chauffeur coupa le moteur, tira le frein à main et ouvrit la portière qui heurta quelque chose; l'écho métallique indiqua à Kootie qu'ils venaient de grimper à l'intérieur d'un camion, comme dans *Quarante-huit heures pour vivre*.

Les deux hommes étaient descendus du véhicule des Fussel et Kootie les entendit marcher sur une sorte de trottoir, puis ce furent de lourds claquements métalliques, le glissement d'une porte roulante, le silence. Et l'obscurité complète.

Il gardait pourtant les yeux grands ouverts, tâchant de distinguer quelque chose dans ce four, mais seule son imagination lui fournissait de tournoyantes visions.

Ils auraient pu laisser un peu de lumière, songea l'enfant. Il s'accrochait de toutes ses forces au sens des mots pour oublier les battements de son cœur et sa respiration haletante et, plus encore que de se remettre à pousser des hurlements de forcené, il avait peur de mouiller son pantalon.

Une lampe de poche, j'aurais remboursé les piles... Les phares du monospace, ils auraient pu ensuite recharger leur batterie sur celle du camion... Même un putain de briquet aurait fait l'affaire !...

En général, Kootie devait se faire violence pour utiliser des gros mots mais, aujourd'hui, dans cette complète obscurité, il s'y agrippait comme à une bouée de sauvetage. Un putain de briquet, se répéta-t-il avec une sorte de délectation désespérée. Par-dessus le chatterton, ses larmes lui poissaient les joues qu'un méchant courant d'air venait refroidir.

Il s'attendait à entendre Edison le secouer mais ne capta rien. Lui aussi avait peut-être abandonné Kootie. A ce moment-là, ces hommes seraient bien obligés de le laisser partir, puisque Edison aurait disparu...

Mais non ! se sermonna-t-il, qui croirait de tels enfantillages ?...

Maintenant, c'était le moteur du camion qui se mettait en marche, dans un grondement beaucoup plus fort que celui du monospace. Le coussin des sièges vibrait de concert et Kootie sentit qu'ils partaient en avant.

Tout d'un coup, il sursauta car, dans la pesante obscurité, il venait de voir briller une lueur dans un coin du camion, à l'extérieur du monospace, vers la droite du pare-chocs, une lueur jaune et mouvante. Puis il entendit des pas traînants... lourds, comme ceux d'un adulte...

La porte coulissante du monospace s'ouvrit et un visage apparut, éclairé du dessous par une lampe de poche. Les petits yeux brillaient comme des graines de tournesol dans leurs orbites creuses.

— Je vais te raconter une parabole, dit une voix que Kootie connaissait. Un homme qui marche sur une route voit un autre homme dans un champ qui soulève un porc vivant la tête en bas au-dessus des branches d'un pommier. « Qu'est-ce que vous faites ? lui demande-t-il. Je gave mon cochon de pommes, explique le deuxième. — Ça ne prend pas trop de temps, de cette manière ? » Alors l'homme des champs répond : « Qu'est-ce que le temps pour un cochon ? »

Kootie écarquillait les yeux en gémissant sous son bâillon. Le camion les emportait à toute vitesse, maintenant, dans quelque abysse, loin des rues ensoleillées de Los Angeles.

Sans vraiment y réfléchir, il se mit à crier contre la bande de toile plastifiée :

— Al ! Aidez-moi, Al !

Sherman Oaks avait rappelé le central à seize heures et l'opérateur avait au moins eu autre chose à lui répondre que : « Toujours rien, mon pote ! » Il lui avait indiqué un numéro en lui conseillant de rappeler le plus vite possible. Oaks utilisa sa dernière pièce dans la cabine téléphonique.

— Où vous êtes ? demanda un homme dès qu'il se fut identifié. On a un monospace et un camion qui tournent chacun de leur côté dans Inglewood, et ils ont pas l'intention de jouer longtemps les chevaux de bois sinon vous en êtes de quinze pour cent !

— J'suis entre Slauson et Central Avenues, vers les voies ferrées.

— Le camion y sera dans... six ou sept minutes. C'est un Edison, noir et orange...

— Quoi ? !

— Un SCE. Ce qu'on avait sous la main. Pourquoi ? Ça vous pose un problème ? Il n'est pas volé, le chauffeur travaille vraiment à l'Edison mais il nous rend quelquefois des petits services et il était disponible quand ils ont récupéré le monospace. Quand on lui a téléphoné, il a rappelé en Code Sept, ou quelque chose de ce genre.

Oaks chercha comment expliquer son immense déception et trouva une raison :

— Il me faut un énorme camion, avec des rampes, où on peut faire entrer des voitures ! J'en ai rien à fiche de vos trucs à grues...

De fait, il n'avait pas trop de mal à feindre l'indignation.

— Et j'paierai pas un centime pour ce fichu...

— Hé, ça va, mon vieux, vous emballez pas ! C'est le modèle que vous cherchiez, pas une dépanneuse.

— Ah !

Oaks se sentait comme un nuage qu'on viendrait de percer, si bien qu'il se pleuvait à l'intérieur.

— Ah bon !... C'est juste que...

— Bon, écoutez, maintenant, il y a un revolver à l'arrière du camion, et puis tout le matériel que vous avez demandé. Le conducteur a insisté pour que vous suiviez le scénario indiqué, de façon qu'il puisse prétendre avoir été attaqué si tout ne se passait pas comme prévu. Ne touchez pas aux armes, on y a déjà appliqué des empreintes digitales.

— J'espère que vous n'avez pas oublié le couteau ? Il m'en faut absolument un...

Je peux pas tuer le mioche avec une arme à feu, ça fait trop de bruit, se dit-il.

— Le couteau est là aussi, calmez-vous, deux minutes ! Ne faites pas l'enfant !

On avait raccroché.

Oaks poussa un soupir en tâchant de ne pas entendre les voix qui criaient en lui.

Ne faites pas l'enfant... ne faites pas l'enfant... se dit-il. C'est le vieux que je voudrais me faire, oui !

Dans un camion Edison ! Il n'en revenait pas de se mettre dans un état pareil à cette idée.

Il se pencha pour ramasser la boîte en carton à ses pieds puis s'éloigna de la cabine téléphonique, l'abandonnant à l'un des dealers de crack qui piétinaient derrière lui.

Quinze pour cent... songea-t-il amèrement. C'est comme taxer les serveuses sur leurs pourboires, ça ! Le type qui disait ça n'avait rien compris au film. Oaks emballa dix petits flacons prélevés sur la boîte, un dixième des fantômes frais qu'il allait prendre dans le mois. Il les apportait d'avance pour « se montrer humble ».

Il avait enfilé chaque fiole dans un préservatif. Obstadt n'avait sans doute jamais vu le produit brut et il s'imaginerait certainement que cet emballage excentrique constituait la routine dans le marché. Neuf des flacons se trouvaient dans des préservatifs Ramsès, un seul dans un Troyen.

Sexorcisme sans risque. Le fantôme de Troie. Oaks n'avait aucunement l'intention de payer l'amende. Si Obstadt n'était qu'un dilettante, il n'avait qu'à se rabattre sur les bons vins ou des trucs de ce genre ; mais s'il tenait à jouer à dada avec l'Homme aux cigares, il se retrouverait dans la même panade qu'Oaks en 1929.

En effet, depuis ce matin, il commençait à se rappeler des événements antérieurs à 1989 ; d'où il avait conclu qu'il devait être beaucoup plus vieux qu'il ne l'aurait cru.

Une fois réunies hâtivement les mille pipes qu'il avait remises aux hommes d'Obstadt, puis récupérées ces dix-ci, il n'en avait conservé que quatre pour sa propre consommation : quatre misérables gamins à la vie trop courte, qui s'étaient étripés dans une de leurs innombrables guerres des bandes, le genre de vie en bouteille qu'Oaks considérait habituellement comme de la merde. Ce qui n'était pas d'une grande efficacité pour retenir l'armée tumultueuse du Train fantôme dont les clameurs retentissaient dans son crâne.

Dans les moments difficiles, comme celui-ci, ses plus anciens souvenirs remontaient à la surface *(comme ce vieux cadavre dégoûtant qui avait émergé de la rivière Yarra, à Melbourne, en 1910, juste après que Harry Houdini eut été jeté menotté dans les eaux pour y exécuter l'une de ses fameuses évasions ; alors, Oaks avait commis l'erreur détestable de sauter sur cette infâme charogne en loques, croyant mettre enfin la main sur le cadavre tout neuf d'Houdini).*

Il se rappelait avoir vécu à Los Angeles dans les années 20, à l'époque où l'éclairage au néon paraissait tellement nouveau, avec son rayonnement éthéré, que d'aucuns s'en servaient pour décorer leurs églises... la cathédrale du «Je suis le Puissant» et la soucoupe volante géante d'Aimée Semple dessinaient le temple de l'Angélus sur Glendale Boulevard. Sous d'autres noms, Oaks avait suivi toutes sortes de dirigeants spirituels, jusqu'à s'engager dans la Légion des chemises d'argent pronazie de Dudley Pelley, mais lorsque, comme l'exigeait le règlement, on lui avait demandé de préciser la date et l'heure exactes de sa naissance, il en avait donné de fausses. D'ailleurs, il ne les connaissait pas, mais, de peur de livrer inconsciemment les vraies, il s'arrangeait pour communiquer celles d'une vedette de cinéma choisie au hasard.

Cette fois, il était tombé sur Ramon Novarro. Une ou deux fois Oaks s'était demandé, quoique jamais sans l'ombre d'un remords, si la mort brutale de l'acteur, à l'aube de Halloween 1969, n'était pas une conséquence lointaine de ce mensonge.

En 1929, il avait inhalé en tout cas un fantôme entreposé dans un réceptacle opaque et cette chose poisseuse et sans vie lui avait profondément secoué l'esprit, bloquant son œsophage psychique, le rendant incapable d'inhaler aucun autre fantôme. Ce qui le fit repenser à la face avachie aperçue la veille dans l'escalier du parking du Music Center.

Pourtant, il avait réussi à surmonter cette catastrophe, d'une façon ou d'une autre. Tentative de suicide? Cela avait-il un rapport avec son bras coupé? Les souvenirs s'envolaient comme fumée dans la brise.

Le camion Edison venait de s'arrêter devant lui et un homme en jean neuf et tee-shirt Tabasco ouvrait la portière passager et sautait à terre.

— Oaks? lança-t-il.

Voyant le manchot hocher la tête, l'homme poursuivit:

— Voilà. Il va vous attendre dans la ruelle voisine. Le monospace se trouve à l'intérieur. Vous avez droit à une demi-heure de promenade. Si vous dépassez la limite, vos mensualités augmenteront d'autant. Qu'est-ce qu'il y a dans cette boîte?

Oaks la lui présenta sur le bout des doigts, comme un garçon de café son plateau.

— Le paiement du mois prochain, d'avance.

L'homme la prit.

— D'accord, merci... je la lui donnerai.

Une Chrysler neuve venait de se garer derrière le camion. L'homme alla s'y asseoir, la boîte sous le bras.

Oaks avait jeté un coup d'œil sombre sur l'énorme engin noir, orange et jaune ; il poussa un soupir et se dirigea vers l'arrière tandis que la Chrysler s'éloignait. Quand il eut soulevé la porte roulante, il dut reconnaître, non sans mauvaise grâce, qu'on avait livré tout ce qu'il avait demandé : lampe de poche, ficelle et chatterton, couteau de chasse. Dans un coin, il aperçut le revolver à canon court déposé par le chauffeur. J'en aurai pas besoin, se dit-il en s'agrippant au rebord de la porte pour grimper à l'intérieur.

31

Et un jour, elle avait fait une peur bleue à sa vieille gouvernante en lui criant tout à trac dans le tuyau de l'oreille :
— Nounou, faisons semblant d'être, moi une hyène affamée, et vous un os !

A travers le miroir
Lewis CARROLL

Même en bandant tous ses muscles contre le chatterton, Kootie n'avait pu déchirer ses liens, ni seulement les élargir un peu ; c'est tout juste s'il était parvenu à glisser les mains sur les côtés de son jean.

La lampe de poche parut remuer dans tous les sens lorsque l'homme grimpa par-dessus le siège passager pour venir se pencher sur Kootie. Il tendit lentement son unique bras, ferma les doigts sur les cheveux bouclés de Kootie pour l'obliger à se redresser. Puis il s'assit sur la console centrale, le regarda dans les yeux.

L'enfant ne pouvait rien faire d'autre que contempler le gros visage rond du manchot éclairé par-dessous, ce qui faisait anormalement ressortir son nez et briller ses petits yeux.

— Alors, il te reste plus d'ectoplasme ? demanda l'homme. Plus de chien fantoche, cette fois ?

Il sourit.

— Ta bouche est bien bouclée, je vois. Tu vas avoir du mal à expirer par le nez. Attends.

Il se pencha mais Kootie ne se rendit compte qu'il avait un couteau qu'en sentant le manche froid glisser le long de sa joue, presque jusqu'à son oreille, dans un bruit de fermeture Eclair.

Au moins libre de respirer, l'enfant poussa un énorme soupir et un morceau de chatterton tomba de sa bouche comme un battant de porte. Il voulut dire quelque chose comme « merci » ou « qu'est-ce que vous me voulez ? » mais préféra d'abord respirer assez fort pour emplir ses poumons.

— L'aiguille de ma boussole indique le nord, reprit l'homme. Ta pipe est périmée. Tu dois la relâcher. Ouvre la bouche.

Il baissa le menton, poussant la lampe sur le côté, et leva sa main gauche qui se dessina en ombre chinoise dans le pinceau de lumière jaune projetée sur la paroi du camion. Louchant de côté, il remua les doigts et lança d'un ton presque jovial :

— Qu'est-ce qu'on dit à un... rhinocéros ?

Il rassembla ensuite ses doigts et ajouta :

— Les p'tits garçons ont toujours préféré les clowns.

L'index se plia au-dessus du majeur.

— Tu sais c'qu'y disent, les coqs ? Cocorico !

Kootie comprit enfin que le manchot lui donnait un petit spectacle d'ombres chinoises. Pétrifié, il cligna des yeux.

— C'est facile et drôle mais pas très intéressant, conclut l'autre en baissant le bras.

La lampe de poche reprit sa place, lui éclairant de nouveau le visage par en dessous.

— Qu'est-ce qu'il y a de plus intéressant pour un charmant petit ange qu'une balade vers les beaux quartiers ? Et à bord d'un superbe camion, s'il vous plaît ! Bon, j'crois qu'on va pouvoir t'offrir ça.

Il ne cessait de fixer Kootie, en dodelinant de la tête et l'enfant finit par ne plus le voir car il fermait les yeux. Malgré sa peur, il se demanda s'il n'allait pas s'endormir.

D'un seul coup, le camion parut secoué de petits mouvements secs, comme s'il escaladait un chemin caillouteux. Kootie rouvrit les yeux et sursauta dans ses liens.

Un ciel nuageux éclairait les fenêtres de l'intérieur

d'un trolleybus grimpant une colline escarpée. Le siège de Kootie restait pourtant droit et, en regardant autour de lui, il s'aperçut que le véhicule avait été conçu en fonction de la pente : le sol, les sièges et les fenêtres formaient un alignement en dents de scie sur le châssis en diagonale. La ville elle-même semblait dénuée de couleurs, tout droit sortie d'une vieille photo sépia.

A côté de Kootie, un petit garçon en short et casquette de velours côtelé regardait quelqu'un assis de l'autre côté de l'allée centrale. Kootie frémit en reconnaissant le clochard au visage rond, dans ses éternels vêtements élimés mais avec deux bras et deux mains.

— Où est le monsieur qui vous accompagnait, tous les deux ? demanda l'homme.

Le petit voisin de Kootie répondit :

— Au ciel. Vous pouvez y envoyer voir, et si votre messager ne l'y trouve pas, allez le chercher vous-même dans l'autre endroit. Mais si vous ne l'avez pas trouvé d'ici un mois, il faudra bien que vous le sentiez quand vous monterez dans la galerie.

— Hamlet à Claudius, approuva l'homme. Alors on veut jouer les jeunes, maintenant ? Pourquoi pas ?

Il sourit en ajoutant :

— Qu'est-ce qui se passe ? Tu l'aimes pas mon panoramique ?

— Pas beaucoup, dit le garçon.

L'homme ricana. Il tira de son imperméable un crayon d'au moins trente centimètres de long, large comme une saucisse, et, de l'autre main, un gigantesque carnet de papier quadrillé.

— Au sommet de la colline, dit-il d'un ton affectueux, je remplirai les papiers pour votre adoption à tous les deux.

Le voisin de Kootie intervint fermement :

— Moi aussi j'ai mon cliché.

A ce moment, tout le trolleybus se retrouva droit sans qu'aucun des passagers en fût gêné. Maintenant, les sièges et le sol s'alignaient horizontalement, comme dans un bus normal. Dehors, le soleil gris avait brutalement fait place à l'obscurité et, sur les parois lambrissées du véhicule, des flammes avaient jailli dans de petites lampes.

Il s'était allongé et élargi, cahotant à travers quelque plaine plongée dans la nuit. L'homme aux petits yeux était assis plusieurs rangées devant eux ; il portait une chemise blanche à jabot et une jaquette grise. Dans l'allée centrale, se tenait un grand homme noir aux vêtements élégants et aussi bien coupés même s'ils semblaient taillés dans de larges feuilles brun teck.

Derrière Kootie, une voix s'éleva :

— Journaux, pommes, sandwiches, mélasse, cacahuètes !

Toujours entravé par ses liens et la ceinture de sécurité, il se tourna maladroitement pour apercevoir le petit garçon à la casquette de velours, armé d'un grand panier d'osier, qui arpentait l'allée centrale en dévisageant les deux hommes.

— Où est-ce qu'on est ? lui souffla Kootie lorsqu'il arriva à sa hauteur.

— Nous avons quitté Detroit il y a une heure, nous en avons encore deux de voyage avant d'atteindre Port Huron. Ne bouge pas, Kootie. Journaux, cacahuètes !

Ils n'étaient que quatre, dans le wagon.

L'homme qui avait récupéré ses deux bras le regardait.

— Je m'souviens ! dit-il à voix basse. Alors c'est toi ? Seigneur, en quelle année ça se passait ?

L'enfant au panier s'arrêta un instant et Kootie eut l'impression qu'il était étonné lui aussi. Puis il reprit sa tournée :

— Pommes, sandwiches, journaux !

Le wagon sentait bon le neuf, comme une boîte à chaussures qu'on viendrait d'ouvrir en rentrant des courses.

L'homme se leva en se cramponnant au dossier du siège suivant pour pallier le mouvement du train.

— Parfait, tu vas voir ce que je vais en faire de tes misérables barricades ! Euh... journaux ?

Le sourire aux lèvres, il tendit les deux bras.

Le garçon posa dessus une pile de journaux et l'homme n'eut qu'à se tourner pour les jeter par la fenêtre dans la nuit venteuse.

— Payez ce garçon, monsieur Nicotin.

L'homme noir tendit quelques pièces à l'enfant.

— Magazines, dit alors l'homme.

Il prit le paquet de magazines que le garçon avait sortis du panier et les jeta également par la fenêtre.

— Payez ce garçon, monsieur Nicotin.

Toujours ligoté sur son siège de bois, entravé par cette anachronique ceinture de plastique et de nylon, Kootie vit toutes les marchandises disparaître ainsi une à une, paquet de cacahuètes après sandwich, après pommes.

Et pendant ce temps, l'homme noir ne quittait pas des yeux celui qui lui répétait :

— Payez ce garçon, monsieur Nicotin.

Quand le panier fut vide, il suivit le même chemin que le reste en échange d'une poignée de monnaie. L'enfant la fourra dans sa poche pour n'en ressortir qu'une pièce qu'il tenait au creux de son poing et mit dans sa bouche, comme pour la manger.

Puis il resta les mains vides à côté de Kootie qu'il ne regardait plus, tandis que le train poursuivait sa fuite éperdue et que les flammes vacillaient dans leurs lampes. Tout d'un coup, il enleva ses chaussures, sa veste et sa casquette et, pieds nus, vint les déposer dans les bras de l'homme.

Le visage rond de celui-ci se fendit d'un sourire mais ses petits yeux restèrent parfaitement sérieux. Il se retourna pour envoyer ces vêtements par la fenêtre avant d'ajouter :

— Payez ce garçon, monsieur Nicotin.

L'enfant tendit une dernière fois la main… et l'homme la saisit et envoya son propriétaire au sol.

Kootie heurta violemment le siège arrière du monospace et sentit le poids d'un homme lui écraser les côtes ; il toussait et s'étouffait dans un cylindre de plastique qui lui occupait la bouche presque jusqu'à la gorge ; la lampe de poche était bloquée quelque part entre leurs deux corps si bien qu'il ne voyait pour ainsi dire plus rien. Il savait que le visage de l'homme était juste au-dessus du sien à cause de son haleine qui lui soufflait dans l'oreille et sur les cils.

Quelque chose lui heurtait régulièrement le côté, par-dessus sa ceinture de câbles, et, au seul bruit, il comprit qu'on voulait passer à travers sa veste de jean, mais la lame du couteau était arrêtée par l'acier de la ceinture I-ON-A-CO ; pourtant, l'homme frappait comme un sauvage et Kootie eut l'impression qu'il aurait vite fait de lui vider les entrailles.

De la langue, il voulut pousser le tube mais, avant d'avoir seulement tenté de s'en débarrasser pour hurler et mordre, ses mâchoires se fermèrent involontairement autour du plastique.

Au même moment, *Non, Kootie !* cria une voix dans sa tête ; c'était Edison... et le petit vendeur du train dans ses hallucinations était aussi Edison. *Je m'en charge !*

A cet instant, la lame du couteau glissa entre deux câbles et sa pointe s'enfonça jusqu'à l'os d'une côte. Kootie défaillit sous le choc.

Pourtant, peu après, il inhalait profondément par le nez et sa tête se tournait pour faire face à l'homme en train de l'assassiner, afin de lui envoyer en plein visage le bouchon du tube de plastique.

L'homme le cueillit directement dans la bouche. Son genou heurta Kootie dans l'abdomen, lui coupant totalement le souffle, mais lui-même avait bondi en arrière pour heurter de plein fouet la porte coulissante tandis que la lampe de poche tournoyait autour de lui comme un feu follet, puis il rebondissait sur le ventre en travers de la console centrale, battant l'air de ses jambes affolées, si bien que Kootie crut discerner le claquement de ses tendons. Peu après, le jeune garçon l'entendit vomir si violemment qu'il crut le voir littéralement imploser, ses yeux lui sautant des orbites, son nez et ses sinus s'ouvrant pour se répandre à même la moquette.

De la main gauche, Kootie se tapotait les côtes jusqu'à trouver le couteau qu'il tira doucement du trou opéré dans la toile de sa veste. Serrant les dents, il crut qu'il allait tourner de l'œil en bougeant cette lame dans sa plaie, néanmoins, il tint bon, car il savait que c'était Edison qui guidait sa main.

A demi allongé sur la banquette, il sentait le sang lui couler du côté sur le ventre. Il sursauta quand il crut qu'une autre lame lui effleurait le poignet droit mais put bientôt constater que celui-ci était libéré et que la lame était sortie de son côté.

Finalement, il cracha le cylindre vide pour aussitôt éclater en sanglots.

— Aidez-moi à sortir de là, monsieur! gémit-il. Je vous en prie, monsieur, sortez-moi de là!

Il ne désirait plus qu'être un passager docile de son propre corps et fut soulagé en sentant sa main droite délivrer son poignet gauche. Alors il s'assit et put se pencher en avant pour libérer ses chevilles.

Encore secoué de spasmes, le manchot s'était soulevé sur lui-même et maintenant ses pieds heurtaient le plafond du monospace comme il retombait de la console centrale sur le sol.

— Edison! hurla-t-il d'une voix graveleuse. Encore toi?

Kootie n'aurait su dire si ce fut lui ou Edison qui tourna la poignée de la portière et tira celle-ci sur le rail à glissière. Toujours est-il qu'il sauta dehors, sur le sol du camion, titubant comme s'ils se trouvaient à bord d'un bateau, et se fraya un chemin dans l'obscurité jusqu'à la porte arrière.

Sa blessure ne lui faisait pas plus mal qu'une pointe d'épingle mais il sentait le sang s'amonceler dans les plis de sa chemise, au-dessus de sa ceinture, et une longue goutte chaude lui coula le long de la jambe.

— Kootie! haleta-t-il. Respire posément! Tu vas nous faire évanouir.

Sa bouche se ferma et il s'obligea à compter quatre

battements de cœur entre chaque respiration et quatre entre chaque inspiration.

Indépendamment de sa volonté, sa main droite vint se presser contre la plaie.

Derrière lui, il entendait des pieds cogner et gratter à l'intérieur du monospace. Le manchot venait de se relever.

De la main gauche, Kootie cherchait à tâtons la poignée de la portière du fond et finit par trouver un levier de métal ; de toutes ses forces, prenant appui sur son pied valide, il la poussa vers le haut.

Un éclatant soleil l'éblouit de plein fouet tandis que la porte se soulevait sur elle-même. Sans ses lunettes noires, Kootie en fut presque aveuglé.

Il vit à ses pieds la chaussée filer sous les roues du camion mais c'était surtout la circulation qui l'inquiétait ; un immeuble bas et une Pizza Hut passèrent ainsi sur sa gauche. Les gens dans les voitures alentour devaient en rester bouche bée, le désigner du doigt mais, pour lui, ils disparaissaient derrière des pare-brise qui reflétaient le ciel bleu.

Il jeta tout de même un coup d'œil derrière lui, dans l'obscurité du camion, et finit par distinguer le manchot qui s'extirpait du monospace en rampant, la tête la première. *Respire posément !*

— Qu'est-ce que je dois faire, monsieur Edison ? cria-t-il.

Sa voix ne rencontrant aucun écho alla se perdre dans le vent de la vitesse.

Il ne reçut pas de réponse et, quand il voulut laisser le fantôme reprendre le contrôle de son corps, il dut attraper le pas de la porte, parce que ses genoux ne le portaient plus, au risque de le faire tomber sur la route.

Brusquement, il dut reculer car le camion commençait à ralentir.

Pris d'une inspiration, il sortit sa main ensanglantée et s'en servit pour faire de grands signes à ceux qui le suivaient, l'air de dire : *Ralentissez, je descends ! Ne m'écrasez pas !* Il jeta de nouveau un coup d'œil sous ses pieds : la route filait encore affreusement vite. Un éclair de peur lui liquéfia le ventre et la tête.

Tu vas te casser la figure, songea-t-il. Même si le camion ralentit encore énormément, tu ne courras jamais assez vite et tu vas te ramasser comme un pantin désarticulé. Il imagina son crâne heurtant le macadam, ses épaules se pliant sous l'impact, ses os s'émiettant le long de la chaussée...

Il ne pouvait pas faire ça. Seulement s'il attendait deux secondes de plus, le manchot allait lui remettre la main dessus.

C'est alors que, dans un éblouissement rouge et bleu qui lui affola les rétines, il vit une voiture de police s'insérer entre le camion et le véhicule qui le suivait. Un bref appel de sirène lui heurta les oreilles et il vacilla en arrière au moment où le camion ralentissait d'un seul coup. Il vit l'avant de la voiture quasiment plonger sous lui en freinant pour éviter le poids lourd.

Alors il sauta.

Ses genoux heurtèrent le capot dans un grand choc, ses paumes et son front cognèrent le pare-brise avec un craquement étouffé ; presque au même instant, dans un bruit d'explosion assourdissant, des milliers d'éclats de verre se tracèrent telle une toile d'araignée géante qui rendait soudain le verre opaque tandis qu'un trou béait sous sa main ensanglantée.

Alors seulement son épaule et sa hanche atterrirent à leur tour sur le pare-brise qui céda sous son poids comme une toile blanche amidonnée. Une autre explosion secoua le monde quand son genou vint percer un trou dans ce réseau tortueux et des milliers de petits cubes verts jaillirent autour de lui tandis qu'il se retrouvait assis sur le tableau de bord.

Il tourna aussitôt la tête pour voir ce qui se passait dans le camion. Le manchot se tenait au bord et son unique main brandissait un revolver qui scintilla dans la lumière. Kootie sentit une secousse dans la voiture de police lorsque le coup de feu partit.

Cette fois, le véhicule freina des quatre roues mais Kootie put se retenir aux bords du pare-brise éclaté et, malgré la saccade, il ne fut pas éjecté, même lorsque le véhicule qui suivait vint heurter l'arrière dans un fracas de tôle et de verre brisé. Il se contenta de s'agripper en calant bien les fesses en arrière et en soulevant le menton pour tenir la tête droite.

Enfin, la voiture de police s'arrêta. Le camion orange et noir de la Southern California Edison se garait sur le bas-côté dans un concert de klaxons et de coups de freins des véhicules alentour. Kootie en profita pour se faufiler sur le capot et sauter sur l'asphalte. Le sol lui sembla un instant tellement dur et stable qu'il dut effectuer quelques pas d'ivrogne avant de retrouver son équilibre.

Deux personnes venaient de sortir d'une voiture voisine et se précipitaient vers lui.

— Quelqu'un a de la monnaie pour téléphoner? cria-t-il à son propre étonnement.

— Tiens, mon bonhomme.

Comme un somnambule, une femme lui tendait une pièce. Elle le regardait à peine, beaucoup plus intéressée par la voiture de police et le manchot.

— Merci, dit Kootie.

En titubant, il monta sur le trottoir et un homme en costume trois pièces lui dit quelque chose qu'il ne comprit pas.

— Il y a quelqu'un, là, cria-t-il, qui a besoin de soins. Où y a-t-il un téléphone ?

L'homme désigna un magasin de vins :

— Faites le 911, conseilla-t-il.

C'est ça! pensa Kootie. De sa démarche mal assurée, il partit contre le soleil. Le 911. Comme ça, je tombe de nouveau sur ma mère et mon père, ronds comme des queues de pelle à l'heure qu'il est. Edison pourra tailler une bavette avec la bonne femme du supermarché. Au moins j'économiserai une pièce.

Il jeta un coup d'œil par-dessus son épaule mais les portes de la voiture de police ne s'ouvraient pas et, clignant des yeux pour tâcher de distinguer ce qui se passait dans la lumière aveuglante du soleil, il ne trouva le manchot nulle part. Il regrettait amèrement d'avoir perdu ses lunettes noires.

— Où est-ce qu'on va ? demanda-t-il.

Boitillant cahin-caha, il avait fait le tour de la boutique d'alcool et se retrouvait à l'entrée d'une longue ruelle peuplée de bennes à ordures et de vieux matelas entassés contre les murs maculés de graffitis.

— Où tu voudras pourvu que nous y soyons tranquilles, répondit Edison.

Kootie poussa un long soupir de soulagement... non seulement le vieux était de retour mais il semblait avoir recouvré sa raison. Allons, il allait prendre les choses en main, maintenant !

— Garde la paume pressée contre ta blessure, ça l'empêchera de trop saigner. Il faudra que je l'examine de plus près. Ensuite, nous irons acheter ce qu'il te faudra pour te soigner. Et aussi de l'alcool. C'est le seul moyen de nous en sortir.

— Putain, oui ! jura Kootie en s'enfonçant dans la ruelle.

Son visage transpirait de sueur glacée mais il sourit car, cette fois, Edison ne semblait pas vouloir le réprimander pour ses écarts de langage.

32

«... Comme toutes ces transformations sont déconcertantes ! Je ne suis jamais certaine de ce que je vais devenir d'une minute à l'autre ! Néanmoins, j'ai recouvré ma taille normale ; le prochain objectif, c'est d'entrer dans ce merveilleux jardin... comment y parvenir ? je me le demande.»

Alice au pays des merveilles
Lewis CARROLL

— *¡Dios te guarde tan linda !* murmura Angelica Elizalde dans la brise marine.

Elle avait ôté ses baskets pour pouvoir barboter dans les vagues qui venaient mourir au bord du Los Angeles Harbor. Les lumières du *Queen Mary* scintillaient dans l'eau sombre et Angelica frissonna en contemplant le vaste navire ancré vers San Pedro.

Elle était venue à pied de l'arrêt d'autobus sur cette étroite langue de plage et se demandait encore si elle allait ou non retrouver ce Peter Sullivan au Bluff Park. Elle le blufferait bien, pourtant... Sa montre lui laissait encore une demi-heure avant le rendez-vous.

Sur la plage, à une centaine de mètres, le feu des Mexicaines continuait de jeter des étincelles. Elle pourrait y retourner, continuer à bavarder avec elles. Les bleus de ses genoux et de sa hanche lui faisaient plus mal dans le froid et ce serait sûrement très bon de s'asseoir au chaud, parmi des gens susceptibles d'entendre ses secrets sans la prendre pour une folle.

Le soleil formait encore une braise à l'horizon en fusion quand elle s'était approchée d'elles et, dans sa fatigue, son espagnol lui était revenu sans peine, si bien qu'elle avait pu répondre à leurs salutations et même engager la conversation. Elle avait souri à la petite fille de l'une d'elles, qui commençait à peine à marcher, et sa mère lui avait caressé le front en soufflant : « *¡Dios te guarde tan linda!* » Que Dieu te garde aussi jolie ! Angelica se rappelait sa grand-mère faisant de même chaque fois qu'un inconnu regardait l'un des enfants. C'était pour conjurer le *mal ojo,* le mauvais œil. C'en était devenu un réflexe chez presque toutes les femmes mexicaines. Elle sourit à la mère et se signa. Ce ne fut qu'après s'être vu rendre son sourire et avoir accepté de s'asseoir parmi elles, qu'Angelica s'était sentie un rien hypocrite.

Des *veladores,* des bougies votives dans de grands verres entouraient le feu. Alors elle comprit que ces femmes attendaient minuit, la première heure du vendredi qui précédait *el Día de los muertos,* pour aller tremper dans la mer leurs *piedras imanes.*

Angelica se rendit compte alors qu'elle n'avait pas mal compris ce mot, la veille : il s'agissait bien d'aimants. Sa nouvelle amie, Dolores, lui montra le sien, gros comme un beignet, tiré d'un haut-parleur. Angelica savait que les meilleurs étaient les petits des téléphones anciens... des cylindres boudinés, pas plus larges qu'une pièce de monnaie, qui ressemblaient à ces cigares que ses frères allumaient le Cinco de Mayo, pour la fête nationale mexicaine, et le 4 juillet.

Les sorcières prétendaient qu'ils faisaient partie du rite visant à se transformer en animaux, mais, plus simplement, les *piedras imanes* permettaient, à la maison, d'éloigner les mauvais sorts et de s'attirer la chance. Seulement, il fallait les nourrir... en les frottant dans la terre ou le sable pour qu'ils récupèrent toutes les poussières ferreuses qui traînaient. D'où l'excellente idée de les tremper dans la mer tous les ans, ce vendredi-là.

Assise parmi ces femmes, à les écouter bavarder et rire, parfois à gronder les enfants qui s'approchaient trop du feu, Angelica s'était adossée à la couverture qui enveloppait une glacière et, de temps en temps, avait lâché les réponses et les observations qu'elle imaginait faire à sa grand-mère dans les mêmes circonstances.

Entre autres anecdotes, elle entendit parler d'un homme à Montebello, obligé de porter sans arrêt des lunettes de soleil parce qu'une nuit il avait déposé ses yeux dans une assiette d'eau, dans son garage, pour prendre ceux d'un chat afin de voir la nuit quand il préparait sa cocaïne dans le noir ; seulement, au matin, il avait découvert que le chien avait mangé ses yeux, ce qui le forçait à conserver ces pupilles verticales et ces iris dorés pour le restant de ses jours. (Angelica avait observé qu'il eût été juste de donner au chat les yeux du chien.) Ensuite, l'on raconta que les œufs crus servaient à attirer la fièvre et que, lorsque celle-ci était vraiment forte, l'œuf pouvait en sortir dur. Et puis il y avait *los duendes,* ces lutins qui avaient été des anges mais qui, n'ayant pas suivi assez vite Lucifer chassé du paradis, s'étaient retrouvés exclus du ciel et de l'enfer à la fois ; alors, sans plus de place dans l'univers, ils étaient condamnés à errer sur la terre, et, dans leur jalousie, s'amusaient à entraver toutes les entreprises humaines.

Elle avait déjà entendu parler de *la Llorona,* la Pleureuse, ce fantôme de femme qui avait jeté ses enfants dans un torrent pour les noyer puis, regrettant son acte, avait passé le reste de son existence et désormais de son éternité à arpenter plages et rives la nuit, en se lamentant et en volant les enfants des autres pour remplacer les siens. Petite fille, Angelica avait entendu dire que cette histoire s'était produite à San Juan Capistrano mais, depuis, elle avait entendu raconter ce genre de légende à peu près dans toutes les grandes villes hispaniques, si bien qu'à son sens, toutes les rivières, tous les fleuves, depuis le Rio Grande jusqu'à la baie de San Francisco, devaient être pleins de corps d'enfants noyés. Il existait même une déesse aztèque, Tonantzín, qui errait par les villages nahua et enlevait les nouveau-nés dans leurs berceaux, laissant à leur place des couteaux sacrificiels en pierre taillée.

Les femmes rencontrées ce soir lui en avaient raconté une version différente. A bord du *Queen Mary,* vivait une *bruja* qui avait perdu tous ses enfants au moment de sa propre naissance et ensuite noyé son mari dans la mer ; et maintenant elle errait en pleurant partout, nuit et jour, mangeant *los difuntos,* dans l'espoir incessant d'emplir le vide laissé par leur perte. Elle en avait tellement mangé qu'elle était maintenant très grosse et qu'on l'appelait *la Llorona atiborrada,* la Pleureuse gavée.

Angelica se demandait à quel personnage de ce folklore elle serait assimilée. Il y avait sûrement quelque part une histoire de jeune fille un jour baptisée normalement, à l'eau, puis une autre fois avec un œuf fertilisé, qui naquit une seconde fois (d'un bidon à lait !), sous une cascade de pièces de monnaie, et qui dut fuir sa maison pour errer le long de fleuves lointains, dans la tentative, d'avance vouée à l'échec, d'éviter les fantômes des pauvres gens qui lui avaient demandé son aide et qu'elle avait laissés mourir.

Que pourrait faire cette fille, maintenant qu'elle était revenue dans son propre village ?

Elle consulta de nouveau sa montre. Huit heures moins dix.

Posant ses pieds mouillés sur le sable, elle se dirigea vers les marches de ciment qui menaient au parc. Il était temps de retrouver Peter Sullivan.

Sullivan avait garé sa voiture dans un coin sombre du parking puis s'en était éloigné pour aller fumer une cigarette dans la lumière jaune d'un réverbère. Des papillons de nuit voletaient comme des météorites autour des lampes à quatre mètres au-dessus de sa tête.

Un vague souvenir lui revint alors à la mémoire : il était déjà venu là avec Sukie et leur père, dans les années 50. On y avait installé une piscine couverte qui résonnait des cris des enfants surexcités et portait le titre pompeux de « piscine olympique ». Sukie avait même demandé si Johnny Weissmuller s'y était jamais baigné.

En tout cas, l'endroit a été détruit, depuis, se dit-il en tirant sur sa cigarette, à moins qu'il ne soit à l'autre bout du parc, du côté de Seaside Boulevard.

Il était arrivé assez tôt pour se préparer un sandwich dans la camionnette, avec des provisions achetées en revenant de Venice; il restait bien trois ou quatre boîtes de bière dans le petit réfrigérateur, et pourtant Sullivan n'avait bu que du Coke depuis deux heures. Quand il était un peu saoul, il sentait toujours Sukie quelque part dans les parages, or, il voulait être en possession de tous ses moyens si le Dr Elizalde venait à leur rendez-vous.

Il regardait passer les voitures sur Ocean Boulevard et réfléchissait: il aurait peut-être mieux fait de retourner à Solville; il avait appris que c'était ainsi que les autres locataires appelaient l'immeuble où il venait d'emménager.

Maintenant qu'il était parfaitement à jeun, bien qu'il traînât un reste de gueule de bois, mais c'était une autre histoire, il se demandait s'il avait eu raison de vouloir faire équipe avec ce Dr Elizalde. Si elle était déséquilibrée, ce qui n'aurait rien d'étonnant au vu de sa vie passée, elle risquait d'attirer Loretta deLarava comme un aimant. Alors, l'emmener à Solville, lui livrer cet abri parfaitement camouflé ?... Il se rappelait la première vision qu'il avait eue d'elle, à Venice, accroupie dans la boue au bord du canal, portant deux vêtements l'un sur l'autre... parlant à un égout pluvial !

Il huma une dernière bouffée de cigarette puis chercha dans sa poche les clefs de sa camionnette.

Et Angelica lui posa la main sur l'épaule.

Sullivan sut qu'il avait senti son contact un instant avant qu'il se produisît, et que c'était elle ; cependant, il resta immobile, sans se retourner, toujours à regarder les voitures qui passaient sur Ocean Boulevard, exhalant longuement la fumée de sa cigarette tandis qu'une pluie de papillons morts s'abattait lentement sur l'asphalte autour de lui.

Il jeta le mégot parmi les cadavres d'insectes, l'écrasa et, enfin, tourna la tête vers elle, avec un sourire forcé.

— Salut ! dit-il.

Elle soupira.

— Salut. Qu'est-ce qu'on fait ?

— On bavarde. Mais pas ici, où on pourrait attirer l'attention, comme cet après-midi. Ma camionnette est par là.

— Les… mains s'y trouvent ?

— Oui. Si elles deviennent mes mains, ça voudra dire qu'on nous observe encore.

Ils s'éloignèrent ensemble du réverbère, séparés par un mètre d'air froid. Il y avait encore assez de lumière pour éclairer le vieux véhicule rustique.

Gêné, Sullivan se prit à regretter de ne pas l'avoir lavé.

— Quelqu'un a lancé un œuf dessus, observa-t-il gauchement. Malgré que ça en ait l'air, ne croyez pas que c'est moi qui ai vomi par la fenêtre.

— On dirait que vous reculiez sacrément vite. Quand est-ce que ça s'est produit ?

— Aujourd'hui.

Il la guida vers la double portière latérale.

— C'est un type, un ancien camarade d'université, qui a fait ça ; il voulait me livrer à une femme qui ne pense qu'à manger le fantôme de mon père ; je crois qu'elle cherche à me capturer pour que je lui serve d'appât. Mon camarade m'a lancé cet œuf au moment où je m'enfuyais.

Il ouvrit la portière et put constater qu'il avait laissé allumé à l'arrière, ce qui n'était pas grave car sa batterie était assez récente pour supporter une nuit entière de cette lumière légère.

— J'ai de la bière et du Coke dans le petit frigo, là, si vous voulez.

Angelica le dévisagea un instant puis grimpa souplement dans la camionnette.

Elle s'adossa contre le lavabo et Sullivan s'aperçut, non sans gêne, qu'il avait laissé le lit déplié et défait. Il faut croire que je ne comptais guère la revoir, se dit-il pour sa défense.

— Excusez-moi, je n'avais pas prévu de visite.

Ça veut dire quoi, ça ? se morigéna-t-il. Il lui jeta un regard désemparé, entra à son tour et ferma la porte.

— Il faut que vous nettoyiez cet œuf, dit-elle.

Un court instant, il crut qu'elle allait ajouter *sur votre visage*. Puis il comprit qu'elle parlait de sa portière.

— C'est important ?

— Je crois qu'il voulait vous marquer, et plus que visiblement. Considérez ça comme un mauvais sort à usage domestique. Les œufs servent beaucoup, en magie, vous savez. A votre place, je sortirais immédiatement d'ici, masque ou pas. Et nous devrions partir chacun dans une direction.

Sullivan s'assit sur le lit.

— J'ai un endroit où nous pouvons nous réfugier ; là-bas, l'œuf sera neutralisé, j'en suis certain. Et puis, j'y trouverai certainement un tuyau pour laver la voiture.

Tout bien considéré, elle n'avait pas l'air si folle ; quant à lui, il en avait assez de tourner sans arrêt autour du pot.

— Je crois que nous devrions rester ensemble.

— C'est vous qui le dites.

Elle passa devant lui pour aller s'asseoir sur le siège avant et le regarda par-dessus son épaule.

— D'accord, je veux bien essayer un peu. Mais qu'au moins nous leur présentions une cible mouvante.

Elle se retourna, regarda devant elle par le pare-brise et se raidit.

Sullivan se précipita vers le volant.

Dehors, plusieurs personnes se tenaient à l'entrée du parking, remuant doucement, bizarrement, le regard braqué dans leur direction. Or, Sullivan savait qu'ils étaient encore seuls, avec Angelica, quelques instants auparavant.

— Des fantômes, expliqua-t-il sobrement.

Il mit le moteur en marche.

— Tout frais. Eclairés par nos deux auras conjuguées.

Quand il alluma les phares, les créatures couvrirent leurs visages blêmes de leurs longues mains diaphanes.

D'un léger coup de klaxon, il les éloigna de son chemin ; seule une petite fille se déplaçait plus lentement que les autres et, lorsqu'il eut passé la vitesse, il dut donner un coup de volant pour l'éviter.

— Fichue môme ! maugréa-t-il, le souffle court.

Cette fois, la route était libre, alors il accéléra vers Ocean Boulevard.

Angelica passa sa ceinture de sécurité et en fit claquer la fermeture.

— Moi, j'ai vu une vieille femme, observa-t-elle tranquillement.

Il haussa les épaules.

— Ils doivent passer par tous les âges de leur ancienne vie, ils ou elles, je veux dire. Chacun est...

— J'ai compris. Mettez votre ceinture.

— On est arrivés, dit-il en actionnant le clignotant à gauche.

Le premier robinet que Sullivan trouva dans le parking de Solville, au bout d'un tuyau envahi par les mauvaises herbes, ne fit qu'aspirer indéfiniment l'air quand il fut ouvert. Pete inspecta l'aire obscure, à la recherche d'un autre, en trouva un à l'angle de l'immeuble, s'assura qu'il fonctionnait, et amena la camionnette à côté. Il apporta une grosse éponge mais dut également trouver de la lessive pour venir à bout des restes desséchés de l'œuf.

Angelica prit une bière dans le frigo, qui laissa échapper une abondante mousse quand la jeune femme l'ouvrit au-dessus du plancher rouge. Pour toute lumière, dans le living, ils avaient un lustre à lampes flammes et Sullivan s'en voulut de ne pas avoir acheté un autre lampadaire en ville. Au moins ne manquait-il pas de prises de courant : Shadroe en avait posé à peu près six dans cette seule pièce.

Sullivan avait monté les mains de plâtre et il les laissa sur la poignée de la porte d'entrée, comme si elles continuaient de la fermer.

— C'est ici, votre refuge ?

La voix d'Angelica se répercuta dans la pièce à moitié vide. La jeune femme tourna la baguette des stores vénitiens pour mettre les lattes à la verticale, puis se dirigea vers le fond et passa ses longs doigts sur un pan de tapisserie qui semblait recouvrir une porte condamnée.

— Qu'est-ce qui vous dit qu'il est si sûr que ça ?

— Le propriétaire est mort.

Sullivan s'adossa au mur voisin et se laissa glisser jusqu'à se retrouver assis par terre.

— Il va et vient, il bavarde ; il occupe toujours son corps d'origine mais il n'est pas... vous savez, retardé... Ce n'est pas un fantôme, c'est lui qui actionne toujours sa propre tête. A mon avis, voilà un bon moment qu'il est mort, donc il doit le savoir et il fait ce qu'il faut pour ne pas quitter cette...

— Vallée de larmes.

— Si vous tenez aux termes techniques... Psychiquement, cet endroit doit constituer un effrayant terrain d'électricité statique. Si je crois qu'il se rend compte de la situation, c'est qu'il en a fait, également, un effrayant terrain au plan physique, un treillage terriblement compliqué. Toutes les portes, toutes les fenêtres d'origine semblent avoir été déplacées et on voit, même de l'extérieur, que l'installation électrique est incroyablement tarabiscotée. J'ai hâte d'y brancher un tas de trucs.

— Méfiez-vous également de l'eau courante. C'est traître.

— Ne vous en faites pas, il a tout prévu de ce côté aussi. Je me suis aperçu, tout à l'heure, que les toilettes sont branchées à l'eau chaude. Je devrais pouvoir me faire du café à même la cuvette.

Un léger sourire flotta sur les lèvres d'Angelica, qui adoucit la ligne droite de sa mâchoire et son ardent regard noir.

— Au fait, ajouta-t-il, vous avez peut-être faim. Voulez-vous qu'on commande une pizza ?

— On dirait que vous n'avez pas le téléphone, observa-t-elle en désignant la prise vide au pied du mur. Seulement il vaudrait mieux ne plus sortir de ce... bastion, ce soir. Avez-vous quelque chose à manger dans votre camionnette ?

— De quoi faire un sandwich ou deux. De la soupe en boîte. Un sac de M&M...

— La cuisine californienne commençait à me manquer... soupira-t-elle d'un ton désabusé.

— Si je comprends bien, risqua-t-il prudemment, vous aviez quitté la ville.

— Je vivais dans l'Oklahoma, ces derniers temps. Mais mardi, j'ai pris un Greyhound pour revenir ici, en passant par le désert Mohave. Vous savez qu'il y a des quantités de ranchs en plein bled ?

— Je me demande ce qu'ils y élèvent.

— Des cailloux, j'imagine.

Elle s'adossa au mur en face de lui et se mit à rire, d'un rire grave de contralto.

— Ne vous emballez pas trop, reprit-elle, tout mort qu'il est, votre propriétaire a mis le chauffage au maximum et je ne vois pas un thermostat à l'horizon.

Elle défit le devant de sa salopette pour dégager ses épaules, révélant un tee-shirt fripé, puis ses hanches et enfin ses jambes, revêtues d'un jean délavé.

Quand elle se mit à délacer ses baskets, Sullivan se crut obligé de détourner la tête de ses longues jambes enserrées dans la toile étroite.

— J'espère que vous ne faites pas confiance à n'importe qui, marmonna-t-il.

D'une de ses baskets, elle tira un petit cylindre de cuir à l'extrémité de plastique blanc ; l'autre bout s'achevait en un anneau qu'elle glissa autour du majeur avant d'ouvrir la paume pour le lui montrer.

— Un vaporisateur de poivre, expliqua-t-elle avec un sourire peu engageant. Pour le cas où la soupe serait fade. Je ne fais confiance à personne... avant très longtemps.

Sullivan préféra ne pas considérer cette réponse comme une insulte.

— Bon.

Il étendit les jambes devant lui et, à son tour, dégagea l'ouverture du sac banane pendu à sa hanche gauche ; puis, sans trop se demander si c'était pour la ramener ou par simple souci d'honnêteté, il laissa sortir la crosse de son .45 sous les courroies de velcro.

Angelica demeura impassible mais lui répondit en écho :

— Bravo.

Elle avait fini d'ôter ses baskets et ses chaussettes, de façon à retirer complètement la salopette qu'elle jeta à côté d'elle, puis, à son tour, étira ses jambes et agita ses doigts de pieds.

— Mais... continua Sullivan.

En même temps, il détachait sa ceinture et déposait la banane à côté de lui sur le plancher.

— Mais j'ai décidé de vous faire confiance.

L'air impénétrable, elle le dévisagea un long moment puis finit par lancer le vaporisateur loin d'elle.

— D'accord. Alors, on fait équipe, c'est ça ? On se serre la pince ?

A quatre pattes, il s'approcha d'elle et tous deux se serrèrent la main, puis il retourna à sa place et se rassit par terre.

— On fait équipe, confirma-t-il.

— Que savez-vous des fantômes ?

Passons aux choses sérieuses, se dit-il.

— Que les gens les mangent, qu'on en pêche dans les murs, dans les lits, dans l'air, qu'on les repère en jouant de la musique ancienne ou en leur présentant des accessoires comme des affiches de films, par exemple ; une fois excités, ils attirent l'aiguille des boussoles et, autour d'eux, l'atmosphère devient froide parce qu'ils en ont pompé toute l'énergie. Ils aiment les sucreries et l'alcool même s'ils ne peuvent pas les digérer ; et, quand on les réveille, ils se mettent à errer au hasard et à manger des objets du genre morceaux de verre, rameaux séchés et cailloux. Ils...

— Produits dans les ranchs du désert Mohave.

— C'est exact... Quand ils viennent de « naître », ce ne sont que de fragiles ronds de fumée, de même quand ils sont restés longtemps enfermés, endormis, dirons-nous. Pour les manger, il faut les inhaler. Mais, quand ils se mettent à errer, ils commencent à emmagasiner du concret, de la masse physique, de la terre, des feuilles, de la merde de chien et tout ce que vous...

— Tout ce que *vous* voudrez, murmura-t-elle froidement, j'y tiens.

— ... et ils prennent du volume, de la masse, et se mettent à ressembler aux humains. Alors ils se trouvent des vêtements et parlent bien assez pour pouvoir mendier de quoi s'acheter leur alcool. Comme ils sont incapables d'émettre une pensée nouvelle, ils ont tendance à se repaître de leurs vieux chagrins. Ce qui tend à prouver que bien des fous qu'on rencontre dans la rue, si ce n'est la plupart, ne sont que des fantômes solidifiés. A ce moment-là, ils ne sont plus bons à manger. J'ai travaillé pour une femme qui restait jeune en mangeant des fantômes dans leur état primal, qu'elle trouvait dans les anciennes bibliothèques, dans les vieux hôtels et restaurants. Elle vit sur l'eau, à bord du *Queen Mary*...

— Tiens, j'ai entendu parler d'elle, pas plus tard que ce soir ! Il paraît qu'elle a noyé son mari dans la mer.

Sullivan s'approcha en rampant pour prendre la bière d'Angelica.

— Je ne savais pas qu'elle avait un mari. Vous permettez ?

Il avala une longue gorgée de Coors puis s'assit à côté de la jeune femme, déposant la boîte entre eux.

— Qu'est-ce que vous faisiez pendant vos séances

de spiritisme ? demanda-t-il, le souffle court. Vous invoquiez des fantômes bien précis ?

Elle reprit la boîte et la vida avant de répondre :

— Quand vous voulez approcher une dinde, vous avez intérêt à lui immobiliser les ailes, parce qu'elle peut vous blesser si elle vous touche avec. Pour les fantômes, c'est la même chose : il vaut mieux se ménager une retraite avant de les invoquer. Parfois, ils ne viennent pas au moment où vous les appelez. Les séances de spiritisme sont dangereuses… il peut même arriver parfois qu'elles se produisent pour de bon.

Elle bâilla, frissonna de nouveau puis regarda les deux mains blanches sur la poignée de la porte. Sullivan pensait aux fantômes qu'ils avaient vus dans le parking, tout à l'heure, et se demandait s'il en était de même pour elle.

— Je n'ai pas faim, dit-elle très bas.

Il comprit qu'elle voulait dire : *n'ouvrons pas cette porte.*

— Moi non plus, dit-il.

— Vous avez votre blouson de cuir pour vous servir d'oreiller. Moi, je peux rouler ma salopette. On devrait dormir et continuer de discuter quand le soleil sera levé, vous voulez ? On devrait même… laisser la lumière allumée.

— D'accord.

Il se leva, ôta son blouson mais le plia à quelques centimètres d'elle, avant de s'allonger contre le mur. Elle s'était penchée sous la fenêtre pour récupérer sa salopette ; quand elle se retourna, ce fut pour le dévisager quelques instants. Le pistolet et le vaporisateur traînaient au milieu de la pièce.

Finalement, elle soupira et vint s'étendre près de lui, déplaçant la boîte de bière d'un air indécis.

— Vous… avez lu l'interview en entier ? demanda-t-elle.

Appuyant sa tête sur son oreiller improvisé, elle lui tourna le dos, regardant le mur d'en face.

— Mon interview, dans le *LA Weekly* ?

Sullivan s'en rappelait justement quelques lignes : *Je me suis dressée en bloc contre ce système : je ne suis pas catholique, je ne bois pas et je ne suis pas très attirée par les hommes.*

Alors il revit Judy Nording, et Sukie, et ce sonnet qui avait fini à la poubelle. Moi aussi, songea-t-il, j'ai fini par me rebiffer.

— Oui, répondit-il doucement.

En fermant les yeux et en glissant vers le sommeil, il se répétait : pourtant, docteur, vous avez bu quelques gorgées de bière.

LIVRE TROIS

Non, en peau ! En peau de vache !

Je ne prétends pas que nos personnalités passent d'une existence ni d'une sphère à l'autre. Je ne prétends rien du tout parce que je ne sais rien sur ce sujet ; pour la simple raison qu'aucun être humain n'en sait rien. Mais je prétends qu'il est possible de construire un appareil assez sensible pour que, s'il existe des personnalités d'une autre existence ou d'une autre sphère qui désirent entrer en contact avec nous dans cette existence ou dans cette sphère, cet appareil leur donne au moins une meilleure possibilité de s'exprimer que les tables tournantes, grattements, oui-ja, médiums et autres méthodes grossières qui passent actuellement pour leurs uniques moyens de communication.

Thomas EDISON
Scientific American, 30 octobre 1920

33

« Mais il est inutile, à présent, se dit la pauvre Alice, que je fasse semblant d'être deux ! Alors qu'il reste à peine assez de moi-même pour faire une seule personne digne de ce nom ! »

Alice au pays des merveilles
Lewis CARROLL

Kootie s'éveilla, le pied heurté par un balai. Il se redressa dans son siège de plastique orange et cligna des yeux devant les sèche-linge silencieux, pour découvrir un Noir qui tâchait gentiment de le tirer de son sommeil. Apparemment, ils restaient, avec cet homme, les seuls occupants de la laverie. Au cours de cette longue nuit, chaque fois qu'il avait émergé de ses rêves, il avait vu au moins deux femmes accompagnées de leurs enfants endormis, qui chargeaient de linge multicolore les grosses machines à laver. Mais, maintenant, tout le monde était parti. Au-dehors traînait encore la lumière grisâtre des petits matins froids et il semblait que les clients du jour n'aient pas encore songé à venir récupérer leur lessive.

— Ma mère va bientôt revenir, lança Kootie automatiquement. Elle est retournée chercher les dessus-de-lit.

Il avait déjà dit cela plusieurs fois pendant la nuit, lorsque quelqu'un se croyait obligé de le secouer pour lui demander s'il allait bien ; chaque fois, ces interlocuteurs de bonne volonté s'étaient contentés de cette réponse, avant de retourner à leur linge sans plus se préoccuper de lui.

Seulement, cette fois, ça ne marcha pas.

— Arrête de pioncer comme ça ou je devrai te demander un loyer, blagua le Noir. Le soleil est levé, mon gars.

Kootie descendit de son siège et sortit ses nouvelles lunettes noires de sa poche.

— Pardon, m'sieur.

— Tu serais pas au courant, par hasard, de celui qui a barbouillé la façade de dessins à la craie ?

— Non, m'sieur.

L'homme le dévisagea un instant puis plissa les yeux dans une sorte de sourire.

— Bon. De toute façon, ça vaut mieux que la vitrine brisée par un gang. C'est jamais que de la craie, pas vrai ?

Kootie avait tellement mal à la tête que le sang lui battait les tempes.

— Ils sont toujours là, ces dessins ? demanda-t-il à tout hasard.

— Je viens de les effacer au tuyau d'arrosage.

De nouveau, le Noir lui décocha son drôle de sourire avant d'ajouter :

— Je me disais que je devrais t'avertir.

Kootie voulut s'étirer, mais tous ses membres le faisaient souffrir, sans parler de sa blessure au côté qui menaçait violemment de se rouvrir.

— D'accord. Merci.

Il se dirigea en boitant vers les portes de verre. Dès qu'il les eut ouvertes, il regretta la rassurante odeur de lessive, car, sans parler du fait qu'il faisait plutôt frisquet, dehors, cela empestait les restes rances de fonds de poubelles.

La veille, il avait fait l'emplette d'une bouteille de rhum Baccardi qui lui avait coûté seize dollars, six pour la bouteille et dix pour la femme qui était allée la lui acheter. A son allure dégingandée, Kootie lui donnait à peine plus que son âge à lui, mais son visage tanné sous le rouge à lèvres et le mascara était aussi marqué et ridé qu'une pomme flétrie. Edison l'avait obligé à déchirer le billet en deux pour être certain qu'elle allait revenir chercher l'autre moitié au lieu de garder la bouteille pour elle.

Auparavant, Edison lui avait fait acheter du sparadrap, des bandelettes de suture cutanée ainsi qu'une boîte de compresses et, au soleil de la fin de l'après-midi, derrière un buisson, il lui avait fait soulever sa chemise pour examiner la blessure qui saignait encore, bien que l'enfant n'eût cessé de la compresser de la paume ou du coude depuis qu'ils s'étaient évadés du camion de la Southern California Edison, une heure plus tôt.

C'était une incision en V, trop large pour pouvoir la fermer du pouce, et Kootie s'était mis à gémir dès qu'Edison avait commencé à la désinfecter avec une compresse imbibée de rhum ; aussi Edison lui avait-il fait boire une gorgée d'alcool. Le goût en était surprenant... quelque chose, imaginait Kootie, qui devait se situer entre l'antigel et le bain révélateur... mais ensuite, il se sentit infiniment mieux, et pensa beaucoup moins à la douleur tandis qu'Edison nettoyait la plaie, la séchait et l'assemblait à l'aide des bandelettes de suture.

Puis, une compresse appuyée sur la blessure, Edison avait à son tour goûté au rhum. Lorsque Kootie était passé de l'autre côté de la haie pour revenir dans la rue, il avait eu l'impression de marcher sur le pont d'un bateau, aussi Edison l'avait-il fait entrer dans une *taquería* pour y manger quelques *enchiladas* et boire plusieurs verres de Coke. Après quoi, Kootie s'était senti dégrisé mais assez fatigué ; alors ils avaient trouvé cette laverie automatique et, après en avoir furtivement tatoué le mur, s'étaient couchés sur les sièges, pour y dormir la nuit entière, malgré plusieurs interruptions.

Maintenant, il tremblait dans la brise matinale, si fort qu'il fourra les mains dans les poches de sa grosse veste. Il n'était sûrement plus ivre, pourtant le trottoir ne lui semblait pas très stable.

Sentant sa bouche s'ouvrir, il se crispa pour la garder fermée et empêcher la volée d'invectives qu'il craignait d'avoir encore à vomir, mais Edison se contenta de grommeler :

— Où sommes-nous ?

— Sur Western Avenue, dit Kootie à voix basse.

Il n'y avait personne autour d'eux mais ce n'était pas une raison.

— On cherche un bus pour nous rendre à la plage.

— J'ai une *décorporation* finale au programme, aujourd'hui, je crois ? Ce n'était pas la peine de se lever si tôt ! Il fait froid. Il faisait meilleur dans cette laverie.

Chaque syllabe demandait un effort considérable à Kootie qui eût préféré qu'Edison bavardât un peu moins.

— Ils ont effacé les dessins du mur, expliqua-t-il d'une voix rauque.

Des voitures passaient à sa gauche, aussi parlait-il très bas, mais il savait qu'Edison l'entendait.

— Ah ! Dans ce cas, tu as bien fait de filer en vitesse.

Cette fois, la bouche de Kootie s'ouvrit toute grande, laissant entrer l'air frais jusqu'à la gorge, et il eut peur qu'Edison n'eût l'intention de brailler quelque chose qui ne manquerait pas de parvenir aux oreilles des travailleurs matinaux déjà installés dans leurs bureaux et autres boutiques de location de films... mais ce ne fut qu'un large bâillement, à lui décrocher la mâchoire.

— Je ne devrais pas rester dehors dans l'état d'ébullition où je suis. Toutes les boussoles vont pointer sur moi. Je vais me rendormir. Avertis-moi s'il y a quelque chose... Hé !

Kootie avait trébuché sur un trottoir et se retrouvait sur les genoux.

— Qu'est-ce qui se passe ? demanda Edison trop fort.

Kootie acheva sa phrase dans un gémissement de douleur.

— Arrêtez de parler ! cria-t-il soudain, exaspéré. Je respire plus quand vous bavardez comme ça.

Il renifla puis reprit en pleurnichant :

— Je parie qu'on n'a pas dormi une demi-heure d'affilée avec tous ces gens qui nous réveillaient pour nous demander quelque chose ou parce qu'ils criaient après leurs gosses.

Il voulut se remettre debout mais se retrouva la tête sur le trottoir.

— J'ai encore le goût de ces *enchiladas*, murmura-t-il aux fines traces de truelle qui marquaient la surface de ciment. Et du rhum.

— Je vois ce que c'est, lança Edison par sa bouche.
Les bras et les jambes de Kootie se plièrent et retrouvèrent leur coordination ; il se remit sur pied, se redressa. Les rayons de soleil en biais sur les pare-brise lançaient des étincelles éblouissantes dans ses yeux pleins de larmes.
— C'est que tu n'es pas habitué à ne dormir que d'un œil. Moi, je pouvais passer des semaines en ne prenant que deux heures de sommeil par-ci par-là. Tu vas donc dormir à présent et c'est moi qui prends les commandes.
— On peut faire ça ?
Kootie garda la bouche ouverte pour laisser Edison lui répondre mais dut la fermer quand il se sentit baver.
— Certainement. Tu n'as qu'à rester tranquille un moment, par ici, et fermer les yeux... dans une minute, je les ouvrirai mais toi tu dormiras, tu saisis ? Tu marcheras en te reposant, et tu ne tomberas pas. C'est moi qui nous tiendrai debout, qui marcherai et parlerai. Ça te va ?
Kootie hocha la tête.
— Alors ferme les yeux, maintenant, et détends-toi.
L'enfant se laissa aller et s'endormit effectivement ; c'est tout juste s'il se rendit compte qu'il était encore debout et que ses yeux restaient ouverts à la lumière du jour. Il avait tout simplement l'impression de s'endormir dans sa cabane perchée dans les branches audessus de la rue.

Et ses souvenirs incertains et ses inquiétudes échappèrent à son contrôle pour s'emmêler et ne plus former qu'un amas de sons et de couleurs qui soustendait ses rêves.
Son père, déjà grisonnant, se trouvait à l'entrée de leur maison de Beverly Hills, en train de discuter à nouveau avec un inspecteur scolaire. Il arrivait que ses parents gardent Kootie à la maison lorsque les leçons de sciences le poussaient à poser des questions difficiles sur des sujets tels que les propriétés des cristaux ou le sens littéral de mots comme *énergie* ou *dimension*.

— Nous voulons épargner ceci à notre fils, lançait son père d'un ton irrité. Nous ne sommes pas des égoïstes. Durant ma jeunesse, j'ai eu la possibilité de devenir un *jagadguru* quasi parfait mais j'ai sacrifié cette ambition, je me suis disqualifié en commettant un vol, afin que cet enfant puisse devenir, lui, ce *jagadguru*, parfait jumeau yin et yang de celui qui fut le plus grand des prophètes non rachetés. Mais, comme celui-ci ne pourra plus accompagner notre fils jusqu'à la divinité, il lui sera encore possible d'obtenir la rédemption pour lui-même en lui servant de guide à travers les régions astrales. Pour le moment, le guide doit attendre... masqué sous l'icône de la personne de mon fils, puisqu'il finira par occuper une place dans la personne de mon fils. Dans la mesure où cette union doit être parfaite, elle ne doit avoir lieu qu'après la puberté de cet enfant.

Kootie avait entendu son père dire à peu près la même chose à sa mère, les soirs où il s'était faufilé vers le salon au lieu de rester couché. Cela tournait toujours autour de la statue de Dante et des ivrognes et des fous qui voulaient parler à Don Tay.

Son père chassa l'inspecteur d'un geste de la main.

— Allez-vous-en, ou je me verrai obligé d'appeler la police.

Mais maintenant Kootie voyait l'homme qui se tenait en face de lui, le sourire aux lèvres : c'était le manchot aux petits yeux noirs protubérants.

Kootie frémit et le rêve s'évanouit pour faire place à un autre... à présent, il gisait, allongé à l'arrière d'une voiture, à demi endormi, accompagnant les mouvements de la suspension, les yeux fixés sur la poignée de la porte qui brillait dans la lumière oblique prodiguée de temps à autre par les lampadaires de l'autoroute. Il se sentait bien, humant l'odeur un peu enivrante de cuir et de tabac... il ne se trouvait pas dans le tacot de Raffle, ni dans la vieille Dodge pourrie où il avait passé l'autre nuit ni dans le monospace des Fussel. Il se sentait trop bien, au tiède, bercé par le ronronnement de ce puissant moteur, pour vérifier, mais c'était inutile : il savait qu'il voyageait dans une Ford Model T, que le conducteur en était son père, quoique, parfois, ce fût Jiddu Parganas et parfois Thomas Edison.

Kootie sourit dans son sommeil. Il ignorait où ils se rendaient mais c'était sans importance.

Brusquement il y eut un coup de freins et il se trouva projeté contre le dossier du siège avant qu'il heurta de ses paumes ouvertes et de la semelle de ses baskets.

Le choc l'éveilla en sursaut, si bien qu'il vit arriver l'impact du parpaing contre ses paumes et ses semelles. Utilisant la vitesse du bond qu'il se trouva en train d'exécuter, il passa une jambe par-dessus le mur et, avant d'atterrir dans le jardin, jeta un coup d'œil derrière lui.

Ce qu'il vit ne l'incita qu'à filer ventre à terre, à sauter une autre clôture avant de songer à reprendre son souffle. Alors il dévala une rue bordée de palmiers, à la recherche de la première voie transversale qui lui permettrait de mettre encore plus de distance entre lui et Western Avenue.

Un petit camion à plate-forme était garé au bord du trottoir et cinq hommes en maillots de corps venaient d'en lever la plate-forme pour l'empêcher de passer ; mais la vue de ce que portait l'un d'eux avait achevé de lui faire oublier toute fatigue.

C'était un épais sac de toile à l'ouverture béante sur une touffe de cheveux ; une vieille casquette de baseball avait été accrochée au bord et se balançait au rythme des mouvements de l'homme. Mais le sac se plissait, comme soufflé par le vent, et un rire mauvais en sourdait. Lorsque Kootie grimpa sur le mur, le sac avait crié :

— *¡Tú sabes quién trae las llaves, Chávez!*

Et il était parti d'un rire plus terrible encore.

Kootie recommençait à boiter et son côté lui faisait très mal. Il traversa une rue longée de vieilles maisons et s'enfuit par une autre ruelle sans cesser de jeter des coups d'œil angoissés par-dessus son épaule, prêt à sauter derrière une voiture s'il apercevait le pare-chocs du camion.

— C'était quoi, ça ? finit-il par murmurer.

Il hoquetait de peur et de longues larmes lui coulaient sur les joues.

Même la voix d'Edison lui parut mal assurée.

— De jeunes sorciers du quartier ? Ils nous auront repérés avec une boussole. Je vais devoir me cacher, me calfeutrer pour qu'ils perdent ma trace. Crie, si tu as besoin de moi...

— Mais c'était quoi, ça ?

— Aaah !

Les épaules de Kootie se soulevèrent et retombèrent.

— Ils ont... capturé un fantôme pour lui faire animer les saletés qu'ils ont mises dans ce sac, je suppose, badina Edison. Il n'a pas de jambes, ce qui l'empêche de s'enfuir... mais... enfin, tu as entendu, j'en ai peur ? Il parle. C'est charmant, non ?

Ce ton de bravade ne trompa en rien Kootie.

— Ça m'a réveillé.

— Oui, je t'ai senti revenir au moment où nous sautions le mur. C'est comme si tu entendais le petit déclic d'un interrupteur mal isolé juste avant la grosse étincelle, tu ne trouves pas ?

— Si, exactement.

Kootie continuait de marcher aussi vite que possible, et, cette fois, il savait que c'était lui qui plaçait un pied devant l'autre.

— Où est-ce que je vais, maintenant ? demanda-t-il, un peu honteux du ton implorant de sa voix.

— Seigneur, mon garçon ! Contente-toi, pour le moment, de nous éloigner de là tant que tu peux. Dès que je dormirai, tu te mettras en quête d'un endroit où te cacher un certain temps... derrière une haie, ou dans l'escalier d'un immeuble de bureaux, ou dans une section de bibliothèque bien assommante.

— D'accord !

Serrant les dents, Kootie regardait la rue qui s'ouvrait devant lui.

— Ne vous cachez pas trop loin, s'il vous plaît.

— Pas plus loin que le bout de ton nez.

34

Apportez-le-moi donc ! Je m'en veux régaler !
C'est un jeu que de mettre un tel plat sur la table.
Mais son couvercle, encor le faudrait-il ôter !
Ah ! ça c'est difficile et j'en suis incapable !

A travers le miroir
Lewis CARROLL

Sherman Oaks s'assit en frissonnant au soleil du petit matin sur un mur jouxtant le parking d'une supérette ouverte nuit et jour. Ses compagnons, deux clochards qui se partageaient une bouteille d'apéritif dans un sac en papier, étaient des fantômes, assez vieux et solides pour projeter de l'ombre et supporter l'absorption de vin fort sans se mettre à fuir comme des tuyaux troués. Ils désignaient en se tordant de rire une jeune femme trop maigre qui passait au coin de la rue, en short et talons hauts ; mais, tremblant de la tête aux pieds, Oaks croisait les bras au-dessus d'un tas de gobelets usagés et de papiers gras.

Il mourait de faim. Les quatre fantômes de merde qu'il avait inhalés la veille constituaient son unique nourriture en plus de trois jours et les voix de ceux qu'il avait mangés au long de sa longue vie résonnaient de plus en plus fort dans sa tête et faisaient suinter son sang sous ses ongles.

Il n'avait pas fermé l'œil de la nuit, incapable de seulement s'arrêter de bouger... suivant les trottoirs, sautant d'un bus à l'autre, escaladant les marches envahies par les mauvaises herbes qui menaient aux bretelles des autoroutes. Au cours de cette interminable nuit, il s'était rendu dans deux de ses pièges à fantômes les plus éloignés, cependant, bien qu'il n'en eût pas manqué autour des palindromes et des puzzles, il n'avait pas eu la force de les renifler assez fort pour les introduire dans sa tête ; ils étaient bien entrés par ses narines mais seulement pour dégringoler dans ses poumons, jusqu'à ce qu'il fût obligé de les exhaler avec le trop-plein d'air de sa respiration. Alors ils étaient tombés par terre en demandant bêtement ce qui leur était arrivé. Il avait même respiré au-dessus des cendriers antifumeurs LA CIGAR — TOO TRAGICAL dans un bar de nuit mais n'en avait tiré que des cendres plein le nez.

Il était en état de manque.

Le « gros fantôme » qui n'avait cessé de scintiller au-dessus de Los Angeles ces quatre derniers jours appartenait à Thomas Alva Edison. C'était le visage d'Edison qu'il avait vu, l'avant-veille, sur l'ectoplasme rétamé du Music Center. Et maintenant, Edison lui avait (encore !) refilé un fantôme pourri qui l'avait rendu malade. Et il mourait de faim.

Il leva la tête vers le ciel en se remémorant ces matins où, après avoir sniffé son content la nuit durant, il retrouvait encore des flacons disponibles à sa portée. J'ai toujours aimé me réveiller à six heures du matin, en été, les pieds bien au chaud dans mon sac de couchage, sur un balcon ou derrière un buisson, la tête et les bras dans l'air frais, à me dire que je pouvais traîner encore quelques heures en écoutant la circulation dans le lointain et les oiseaux dans les arbres.

La police devait le rechercher. Il était parvenu à s'enfuir du chaos d'Inglewood, la veille, mais ses coups de feu avaient dû atteindre les deux flics de la voiture et ses empreintes digitales traînaient sans doute à peu près partout dans le camion de la SCE, ainsi que dans le monospace. Or, elles étaient certainement déjà répertoriées dans les commissariats ; il se rappelait, maintenant, qu'il avait travaillé comme gardien dans plusieurs hôpitaux, durant les années 50 et 60, aux premières loges pour gober les fantômes tout frais des morts récents, sans compter une quantité de délicieux fantômes d'enfants mort-nés.

Il devait se débarrasser du revolver, parce que n'importe quel spécialiste en balistique serait capable de déterminer que c'était l'arme qui avait servi à faire ce carton sur les flics de la route. Mais là, il n'aurait pas de mal à trouver un passant prêt à l'échanger contre une autre arme moins puissante sans doute mais moins compromettante.

Néanmoins, la police ne constituait malheureusement pas sa plus grande préoccupation.

Crispé de souffrance, il se tourna vers son voisin de gauche ; le vieux fantôme paraissait fort occupé à casser des morceaux du mur de parpaing pour les déguster.

— Tu vas t'étouffer, dit Oaks d'une voix âpre.

— Hi-hi ! Pas avec ça ! rétorqua l'autre sans le regarder.

— Moi, j'étouffe, reprit Oaks. Si ça t'arrive avec ces saletés de pierres, on peut toujours te dégager en te tapant dans le dos. Mais moi, comment je fais pour recracher un fantôme pourri de mon cerveau ? Tu sais ?

Le fantôme fronça son front ridé puis se mit à compter sur ses doigts.

— Attends. Tu as des cailloux dans les oreilles et un aimant dans le nez, c'est ça ? Et les crapauds ont un caillou dans la tête. La Perle vénérable. Et plein de gens ont des éclats d'obus et des plaques de métal dans le corps, et des hanches d'acier. Vérifie. Le Funeste Hemingway récupérait toujours les bouts de fer qui lui sortaient des jambes pour les mettre dans des bols pour que ses amis aient un morceau d'Hemingway.

Il sourit.

— Tout n'est que Funeste expérience. La règle d'or consiste à sortir du collège du Labrador parce que celui qui en sort, il a bras d'or… Hi ! hi ! C'est important de se sentir bien dans sa peau. Ce matin j'ai rencontré quelqu'un que j'aime beaucoup : moi.

— Tu m'en diras tant ! marmonna Oaks, désabusé. Transmets-lui mon bonjour si jamais tu tombes encore sur lui.

Il n'y avait apparemment aucune aide à espérer de ces fantômes-là. Oaks suffoquait et le seul moyen qu'il connaissait pour se tirer de ce mauvais pas consistait cette fois à *le* tuer ; non plus à se séparer d'un bras.

Tous ses souvenirs lui revenaient clairement, désormais. C'était bien Thomas Alva Edison qui l'avait ainsi fait suffoquer une fois, déjà, en 1929. Pas étonnant que ce visage défoncé dans le parking du Music Center lui ait rappelé quelque chose ! Pas étonnant que le logo Edison sur le camion l'ait bouleversé ! Il aurait dû prêter un peu plus d'attention à ses pressentiments. Thomas Alva Edison ne lui avait jamais rien valu de bon.

A mesure que ses souvenirs remontaient l'un après l'autre à la surface de sa mémoire, durant son interminable odyssée de la nuit, Oaks s'était rappelé qu'il avait toujours été ambitieux, braqué sur les puissants de ce monde, cherchant à les capter dans un moment d'inattention afin de pouvoir s'emparer de leurs puissants fantômes.

Ainsi, il avait poursuivi près de seize ans le célèbre roi de l'évasion, Harry Houdini… en vain. A chacune de leurs rencontres face à face, celui-ci, parfaitement masqué, psychiquement inaccessible, avait échappé à tous ses pièges. Houdini avait même pris ses amis sous sa protection, à commencer par un écrivain de romans d'horreur de Rhode Island, à qui il avait donné son propre pouce en juin 1924 ; à l'époque, il s'était fait faire une empreinte en plâtre de ses mains mais pouvait leur rendre leur enveloppe charnelle chaque fois qu'il le désirait, aussi n'avait-il plus besoin de son pouce ; d'ailleurs, il devait se douter qu'il ne lui restait que quelques années à vivre. A Los Angeles, il avait aussi fabriqué, pour cet ami, une espèce de ceinture électrique, un équipement électromagnétique destiné à guérir toutes sortes de maux, à commencer par le mal de Bright et le cancer... deux maladies dont, en fait, l'écrivain était mort, en 1937, car, ne croyant pas aux pouvoirs de cette ceinture et dégoûté par le pouce, il s'en était débarrassé.

Houdini, quant à lui, était resté hors d'atteinte, en authentique artiste de l'évasion... quand bien même Oaks s'était arrangé pour organiser sa mort physique un jour d'Halloween. Ce qui n'avait servi à rien car, même à l'instant de sa mort, il lui avait échappé. Cette quête ne lui avait rien rapporté de plus que s'il s'était mis en tête de contre-interroger un écho, d'attaquer un reflet dans un miroir, ou de renifler une rose dans un album de photos.

Les parents d'Houdini devaient savoir, dès sa naissance, que leur fils avait une âme remarquable car ils avaient pris des mesures radicales pour en protéger l'accès. D'abord en l'appelant Erik, du prénom de leur fils aîné mort d'une chute quand il était encore bébé ; quelques semaines après sa naissance, ils avaient déménagé de Budapest à Londres puis dans ce trou perdu d'Appleton, dans le Wisconsin. Là, ils avaient indiqué une fausse date de naissance pour ses papiers.

Un nom incertain, une grande distance de ses racines, une fausse date de naissance. Si ça ne s'appelait pas brouiller les pistes...

Et l'enfant avait poursuivi l'imbroglio en commençant par s'enfuir dès l'âge de douze ans pour se faire engager comme cireur de bottes itinérant pour la cavalerie. Quand il comprit qu'il ne pourrait longtemps y faire carrière, il avait changé de métier, voyageant clandestinement dans les trains de marchandises à travers le Midwest, mendiant pour vivre, s'engageant comme journalier dans les fermes, apprenant la magie dans les cirques de passage. Sans vrai nom, sans adresse ni date de naissance, son âme n'offrait aucune prise et tous ceux qui auraient pu tenter de la capturer dans son sommeil ne devaient se retrouver que devant une enveloppe métaphorique vide tandis que le gamin dormait tranquillement dans un compartiment voisin, littéralement loin du monde.

Sherman Oaks devait déjà le poursuivre en 1900, alors que le magicien avait vingt-six ans (Oaks ignorait quel âge lui-même avait à cette époque), mais il n'avait pas la moindre idée de l'aspect que pouvait revêtir son âme.

Au moment d'ouvrir les mâchoires de son esprit pour la mise à mort, alors qu'il s'apprêtait à extirper une proie psychique d'un corps, sa vision physique s'embuait complètement et il se fiait aux seules coordonnées de l'autre, tel un pilote obligé d'atterrir dans le brouillard en suivant les seules instructions des aiguilleurs.

Mais chaque fois qu'il fondait sur ce phénomène nommé Houdini, celui-ci s'avérait être autre chose et le vrai Houdini avait disparu.

Une fois, à Paris, en 1901, il l'avait repéré à la terrasse d'un café mais, en arrivant devant sa table, un pistolet dans la poche, sept hommes chauves devant lui ôtèrent en même temps leur chapeau et inclinèrent la tête, montrant les sept lettres H-O-U-D-I-N-I tracées sur leurs crânes luisants. Cette grotesque assemblée représentait l'unique Houdini présent à cet endroit.

Continuellement en tournée, le magicien passait de lieu en lieu sans laisser de traces avec sa femme (qu'il avait pris soin d'épouser au cours de trois cérémonies différentes) ; un de ses tours préférés consistait à s'évader d'un énorme bidon de lait rempli d'eau et cadenassé... si bien que chaque évasion ressemblait à une nouvelle naissance. A Boston, durant l'automne de 1911, Oaks avait presque mis la main sur Houdini : affaibli par la fièvre, hanté de visions cauchemardesques de son frère aîné mort, il semblait que le radar du magicien se fût brusquement éteint ; Oaks s'était affolé, dépensant une énorme énergie à tâcher de trouver le fantôme ; par la suite, alors qu'il commençait à se remettre de sa défaite, il avait appris que le magicien s'était lui-même enchaîné dans le ventre d'un monstre marin mort pendant cette disparition. La bête s'était échouée sur une plage de Cape Code et ressemblait, disait-on, à « un mélange de baleine et de pieuvre ».

Durant les années 20, il s'était bien rapproché de lui. Houdini s'était lancé dans une nouvelle carrière, présentant au public de faux médiums finalement pas si faux que ça, si bien que les fantômes eux-mêmes étaient devenus une menace pour lui. La plus célèbre de ses spirites, Margery, de Boston, avait organisé une séance à l'époque de Noël 1924, au cours de laquelle le fantôme de son frère, Walter, avait annoncé qu'Houdini n'avait plus un an à vivre. Ce dernier avait passé l'hiver, puis l'été mais, peu avant Halloween, il avait été pris d'un brusque « coup de froid » et, après s'être endormi quelques instants, n'avait plus fermé l'œil de la nuit. Oaks s'était arrangé pour pénétrer dans sa chambre d'hôtel mais le magicien s'était enfui par la fenêtre pour ne reparaître que le lendemain, protégé, dans la gare de Syracuse.

L'année suivante, toujours à Halloween, Oaks était parvenu à ses fins. La femme d'Houdini, Bess, mourait d'une intoxication alimentaire provoquée par les excréments de rat qu'Oaks avait glissés dans sa nourriture; dès lors, le magicien dut voyager sans la protection de ce masque vivant qu'elle constituait pour lui. Le 11 octobre, à Albany, un fantôme avait été entraîné pour se faufiler, invisible, sur la scène où le magicien, menottes aux mains, avait été hissé dans les airs par les bras d'où il serait plongé dans sa Cellule aquatique, comme il l'appelait, un réservoir aux parois de verre d'où il devait s'échapper; le fantôme s'étant pris dans les poulies, Houdini fut lâché avant que la corde se retendît, et se cassa la cheville gauche. Ce soir-là, il ne reprit pas ce numéro mais tint à poursuivre le reste de la représentation. Le 22 octobre, au théâtre Princess de Montréal, un étudiant en théologie un peu dérangé fut autorisé à rendre visite au maître dans sa loge. Il désirait vérifier si, comme il le prétendait, Houdini pouvait supporter les coups les plus violents; il le frappa sans avertissement, sans lui laisser le temps de se préparer, et les quatre coups violents qu'il lui assena lui causèrent une rupture de l'appendice.

Naturellement, Houdini n'annula pas la représentation pour autant et acheva sa tournée le lendemain à Montréal, pour reprendre dès le 24 au Théâtre Garrick de Detroit. Mais Oaks savait que le magicien était mourant. Cette nuit-là, Houdini fut admis au Grace Hospital où l'on diagnostiqua une péritonite streptococcique.

C'est ainsi qu'Oaks obtint son premier poste de gardien dans un hôpital. Il fallut à Houdini une semaine pour mourir, période durant laquelle Oaks avait gobé quelques fantômes tout frais... mais, lorsque le magicien mourut, à 13 h 26, il était masqué. Oaks ne put l'attraper tout de suite mais se démena comme un beau diable pour retrouver son fantôme, seulement le vieux magicien avait fait preuve d'autant d'agilité que d'habitude et sa proie avait échappé à Oaks dans un faisceau de faux souvenirs, de dates erronées et de fausses identités.

Oaks n'en avait pas moins saisi et dévoré bon nombre de jeunes fantômes mais ceux-ci n'étaient rien en comparaison d'Houdini. Par la suite, il apprit qu'une petite fille était née à l'instant où mourait le magicien et il comprit qu'il n'avait fait que capter l'explosion natale de ces grenades fantômes émises par tout nouveau-né dans l'affolement de sa venue au monde.

C'était savoureux, mais ce n'était pas Houdini.

Spirituellement épuisé par ces décennies de chasse inutile, Oaks s'était alors lancé à la poursuite d'une autre figure en vue de l'époque : Thomas Alva Edison. Et il n'avait pas eu plus de chance avec celui-ci.

Sherman Oaks descendit de son mur de parpaing et traversa le parking d'une démarche mal assurée.

Il avait pris un bus, cette nuit, mais avait dû s'assoupir car, en s'éveillant, il s'était retrouvé dans un tramway de la Red Car Line, depuis longtemps disparue de la circulation, et il s'était passivement laissé emmener vers Long Beach Harbor où il était descendu pour arpenter la fête foraine éclairée de lampes à arc, entre les salons de tatouage et les baraques de tir, régulièrement surpris par le cliquetis de la grande roue et le claquement des calibres .22 des stands de tir au canard d'acier. L'unique structure éclairée qui se découpât sur l'océan était les montagnes russes... Quant au *Queen Mary*, il naviguait encore quelque part de l'autre côté du globe, fumant de toutes ses cheminées sur la face ensoleillée de l'Atlantique.

Maintenant, Oaks apercevait devant lui des affiches en espagnol pour Marlboro, des Datsun et ces gros autobus Diesel noir et blanc de la ville ; les adolescents mexicains, au coin de la rue, portaient des tee-shirts noirs qui dépassaient de leurs larges pantalons à l'entrejambe tombant jusqu'aux genoux ; une Chevrolet passa, toutes vitres ouvertes, en braillant une chanson de Pearl Jam. Il était revenu en 1992... Sa balade en tram de la nuit n'avait été qu'un long retour en arrière, une montée de souvenirs oubliés.

La veille, dans le monospace à l'arrière du camion, il en avait réveillé un autre qui le turlupinait depuis lundi soir : un cliché animé d'un vieux trolley qui escaladait la Troisième Rue vers Bunker Hill ; cette ligne avait été supprimée dans les années 60. Il avait projeté cette hallucination pour ranimer le fantôme calfeutré au fond de la tête de l'enfant, l'exciter comme un atome dans un tube laser, afin de le gober au moment où il sortirait, en même temps que celui du gosse qu'il tuerait en dernier lieu. Et c'était là qu'Edison l'avait contré en animant son propre cliché.

Si Oaks avait été stupéfait de constater qu'il s'agissait d'un souvenir commun à tous les deux, le fantôme d'Edison ne devait pas l'être moins.

Oaks s'était lancé à la poursuite du célèbre inventeur à la fin de 1926... mais le souvenir projeté par son fantôme l'avait montré tâchant déjà de le capturer des années auparavant, alors qu'Edison n'était encore qu'un jeune garçon anonyme mais déjà fort décidé qui vendait journaux et collations dans un train du côté de Detroit.

En y repensant, Oaks s'avisait qu'Edison devait alors avoir quoi... douze ans, peut-être ? ou quinze ? Autrement dit, l'on se serait trouvé aux alentours de 1860, en pleine guerre de Sécession ! Et lui-même était déjà adulte... cent trente ans auparavant !

Quel est mon âge ? se demanda-t-il abasourdi. Quel était mon âge à cette époque-là ?

En tout cas, je n'ai pas eu plus de succès avec ce maudit Edison en 1929 que dans ce train pendant la guerre de Sécession.

Ni dans le camion hier.

Une fois remis de la perte du fantôme d'Houdini, Oaks était parti pour la maison d'Edison à East Orange, dans le New Jersey ; de là, il était descendu en Floride, à Fort Myers, au « Seminole Lodge » sur la Caloosahatchee River, où Edison et sa femme passaient l'hiver.

Le savant avait alors quatre-vingts ans. Il avait pris sa retraite de l'Edison Phonograph Company juste quelques semaines auparavant, pour la laisser aux mains de son fils Charles. Lui-même comptait passer les années qui lui restaient à vivre à développer un hybride de gerbe d'or domestique susceptible de produire le latex à l'origine du caoutchouc, afin de briser le monopole des forêts de la British Malayan.

Le vieil homme pouvait aussi bien être fait de caoutchouc, avec toutes les bosses qu'allait lui infliger Oaks au cours des deux années qui suivirent...

Edison avait inventé le kinétoscope, un premier pas vers le cinéma, le microphone à charbon et un système de téléphone, en grande partie pour leur fonction de masques : à l'aide d'un transformateur, d'une bobine à induction, d'un paratonnerre auquel il accrochait un jouet d'enfant, il faisait défiler les fantômes aussi vite que des canards d'acier dans un champ de tir, déjouant avec ces leurres toute tentative de tirer sur son propre esprit.

Pourtant, l'été de 1929, Oaks était parvenu à introduire du tétrachlorure de carbone dans son café et, lorsque les reins du vieil homme commencèrent à défaillir, les médecins diagnostiquèrent un début de diabète. Mais ses défenses psychiques s'affaiblissaient en même temps ; telle la force de Van der Waals qui permet à un noyau d'atome d'exercer un léger effet magnétique lorsque les électrons qui l'entourent sont extrêmement pauvres en énergie, l'épuisement du vieil homme laissait son être véritable scintiller à travers le nuage d'intervenants et de simulations spectraux destinés à détourner l'attention.

Oaks avait commencé à se rapprocher mais l'ami d'Edison, Henry Ford, avait agi encore plus vite. Dans son « Musée Ford » de Dearborn, dans le Michigan, il avait construit une réplique exacte de l'ancien laboratoire de Menlo Park. On ne pouvait même pas dire qu'il s'agissait d'une copie puisqu'il avait utilisé les anciennes planches, les anciennes dynamos, jusqu'à la terre de l'original. En le visitant, Edison avait été bouleversé, même si cette initiative fragmentait gravement son lieu psychique.

Ford avait organisé un « Jubilé d'or de la lumière » qui devait avoir lieu le 21 octobre dans son musée de Dearborn. Oaks avait rencontré Edison, en compagnie de Ford et du président Hoover, dans une gare près de Detroit et, en l'honneur du grand inventeur, tout le groupe s'était rendu dans une authentique locomotive à bois datant de la guerre de Sécession.

A l'instant où Oaks avait décidé de tuer Edison et d'inhaler son fantôme (puis de s'échapper comme il pourrait), un petit vendeur de journaux en costume d'époque était entré dans le wagon, armé de son panier. Edison, sentant l'attaque imminente d'Oaks, arracha le panier au gamin et, malgré ses quatre-vingt-deux ans, se mit à arpenter le couloir en clamant :

— Bonbons, pommes, sandwiches, journaux !

Si bien que l'image psychique se fragmenta dans l'esprit d'Oaks : d'un seul coup, il y avait deux Edison dans le wagon, à moins que ce ne fussent deux garçons et pas d'Edison du tout. Il parvint à s'empêcher de tirer à l'aveuglette mais fut incapable de réprimer son inhalation psychique si longtemps préparée.

Edison l'attendait au tournant. Il avait dû organiser lui-même, à titre de piège, cette évocation d'une ancienne scène de leur vie. Le vieil homme écrasa une pomme abîmée contre le dossier de bois et fourra les morceaux de fruit sur le visage d'Oaks qui ne put s'empêcher d'inhaler le fantôme pourri qu'on y avait emprisonné.

Et ça l'avait rendu malade.

Sans vraiment comprendre ce qui lui était arrivé, sachant seulement qu'il avait une fois de plus manqué Edison, Oaks avait fui le vieux train à Dearborn et disparu dans la foule.

Et il avait découvert qu'il ne pouvait plus inhaler de fioles... alors qu'il en avait tant besoin. Dans sa tête, le Train fantôme l'assaillait de plus en plus, menaçant son identité et il commençait à se fragmenter, à mesure que le pouvoir de ses victimes augmentait et que le sien diminuait.

Désespéré, il s'avisa que ce qu'Edison avait fait, Edison pouvait le défaire ; alors il avait tenté d'obtenir un rendez-vous avec le grand homme... après tout, il n'avait commis dans le train aucun forfait dont on pût l'accuser et il avait travaillé un certain temps dans le studio Kinétoscope du Bronx, au début des années 10, pour se faire de l'argent de poche et mettre au point des techniques de contre-masque, tout en continuant de poursuivre Houdini. Mais Ford et Charles Edison l'avaient tenu à l'écart et gardé le vieux savant à l'abri, soigneusement masqué.

Alors Oaks avait regagné Los Angeles désespéré, prêt à se suicider, tant qu'il avait encore, se dit-il non sans dérision, un *sui* à *cider*.

Il choisit une méthode sentimentale, se rendit à sa planque, un casier loué dans un entrepôt de South Alameda, où il choisit une pipe de grande qualité, qu'il avait mise de côté, l'introduisit dans une seringue hypodermique et s'injecta ces cinq centimètres cube d'air lourd dans la grosse veine de son épaule gauche.

Il espérait que la poche d'air provoquerait une embolie propre à lui bousiller le cœur.

Malheureusement, le fantôme qu'il s'était injecté, se sentant l'hôte d'un corps sur le point de se fragmenter et de mourir, s'embrasa spontanément dans une crise de terreur irraisonnée.

L'explosion avait arraché à peu près toute la peau et les os du bras d'Oaks, et les médecins du Central Receiving Hospital de la Sixième Rue l'avaient amputé à hauteur de l'épaule.

Oaks avait été recueilli comme indigent, parmi les ivrognes et les blessés tombés dans les bagarres de tripot. Quand il s'éveilla de son opération, il n'eut pas à attendre longtemps qu'un de ses compagnons de dortoir meure d'une plaie infectée.

Alors Oaks avait gobé, mangé, assumé son fantôme ; de nouveau, il s'était fait une vie. L'explosion lui avait coûté son bras mais aussi débloqué sa trachée psychique.

Cette fois, il pourrait recommencer, quand il voudrait ; mettre en bouteille un fantôme confondu par les palindromes, trouver une seringue quelque part et se l'injecter dans… dans une jambe, cette fois ? Dans le bras droit ? Se retrouver amputé de deux membres ? Et qui empêcherait le fantôme de se réfugier dans son cœur avant de tout péter ?

Oaks n'en pouvait plus tant il avait faim d'inhaler de nouveau un fantôme. Cela marcherait peut-être, maintenant… maintenant que le soleil était levé, maintenant qu'il se rappelait toute sa vie, maintenant que ses satanées dents lui faisaient un mal de chien à force de les serrer, au point qu'il se demandait pourquoi elles ne se croquaient pas elles-mêmes et ne se réduisaient pas en bouillie dans sa bouche. Ce devait être pour ça qu'il gardait les mâchoires quasi soudées l'une à l'autre, sinon ses dents s'en échapperaient et viendraient lui manger la tête.

Non. Il avait bien vu que ça ne marchait plus, il ne pouvait plus ingérer de fantômes tant qu'il restait dans cet état. Il s'en shooterait un dans les veines s'il le fallait, avant que son Train fantôme vienne s'écraser contre les murs de son identité pour faire de lui un de ces cinglés de plus à la cervelle en toile d'araignée...

Mais, tout d'abord, il allait vérifier si Edison ne pouvait défaire ce qu'il pouvait faire. Au moins, c'était un fantôme, maintenant, sans les ressources qu'il possédait en tant qu'être vivant; et puis il n'avait plus Henry Ford pour le protéger.

Juste un gosse. Un gosse sanguinolent.

Oaks soupira, secoué par la multitude des voix furieuses et haletantes qui lui coupaient le souffle. Sa main gauche s'orienta en tremblant vers le manche-boussole de son couteau et caressa la crosse de son revolver sous sa chemise. Encore trois balles à l'intérieur. Une pour lui-même, si tout se passait mal, au point que même un fantôme injecté dans une veine ne pourrait le guérir.

Mais je l'ai déjà trouvé une fois, ce gosse. Je peux donc le retrouver. Et je peux obliger Edison à me dire comment guérir.

Ensuite, je pourrai enfin le manger.

Oaks plongea la main dans la poche de son large treillis pour en sortir de l'argent: un billet de cinq dollars, trois de un et à peu près trois dollars de monnaie. Assez pour prendre le bus et filer vers le sud et s'acheter une boîte de soupe de haricots.

Mieux vaudrait en avaler tout de suite deux, se dit-il. Demain, c'est Halloween. Vingt-quatre heures plutôt éprouvantes et tu es déjà assez mal fichu comme ça.

35

— Lorsque l'on se sent défaillir, il n'est rien de tel que de manger du houblon, déclara-t-il à la fillette tout en mâchonnant les arômes aromatiques.
— Je croyais, insinua Alice, que, dans ce cas, le mieux c'était que l'on vous jetât de l'eau froide au visage, ou que l'on vous fît respirer des sels.
— Je n'ai pas dit qu'il n'y avait rien de mieux, répondit le Roi. J'ai dit qu'il n'y avait rien de tel.

A travers le miroir
Lewis CARROLL

— Des préservatifs, dit Neal Obstadt.

A l'aide d'un crayon, il repoussa une fiole serrée dans son enveloppe de latex. Le toit de son bureau en attique était toujours plié mais, sous le ciel bleu, l'air froid du matin l'avait obligé à rapprocher deux radiateurs à infrarouge qui brillaient comme des grille-pain béants.

— Pourquoi ils les enveloppent dans des préservatifs ?

La fiole était vide. Les dix fantômes que Sherman Oaks avait versés pour sa mensualité de novembre avaient été compressés et enfermés dans autant de cartouches de verre, additionnés de protoxyde d'azote pour le goût ; mais Obstadt avait gardé un flacon vide sur son bureau.

— C'est pas les gars du labo, ronchonna Canov. Ils disent que ce doit être une sorte d'emballage cadeau. Ecoutez, j'ai deux trucs urgents. Vous vouliez qu'on écoute les communications de Loretta deLarava. Elle...

Obstadt leva vivement la tête :

— Elle a dit quelque chose ? Quoi ?

— Non, rien d'important. Elle a juste parlé de ce Webb, à Venice, mais il n'a toujours pas repéré le fantôme qu'elle semble avoir aperçu là-bas, celui qui a attiré toutes ces bestioles marines sur la plage, mercredi matin. En fait, elle s'occupe surtout de son tournage sur le *Queen Mary*, demain. Mais on...

— Un emballage cadeau, coupa Obstadt. Ça veut dire quoi, ça ? C'est une plaisanterie ? Une provocation ? J'en ai déjà reniflé neuf et ils sont tous extra. Un diorama des habitants de Los Angeles. Rien à dire sur la qualité de la marchandise et c'est un connaisseur qui te parle. N'empêche que ces préservatifs... Qu'est-ce que tu en penses ? Tu crois qu'il nous dit d'aller nous faire foutre ? Allez vous faire foutre sans risque ?

— On ne savait pas qu'elle avait une ligne téléphonique supplémentaire. On connaissait ses lignes de bureau, et celles de sa cabine sur le *Queen Mary*...

Canov s'arrêta pour poser un regard anxieux sur Obstadt, mais celui-ci le fixait sans rien laisser paraître.

— Elle en a encore une autre, lâcha Canov. Un numéro vert, HKL-KOOT...

— Le gamin des affiches, marmonna Obstadt, songeur. Le fameux petit Parganas...

Après un court silence, il ajouta :

— Je suis comme les chats, j'ai neuf vies.

Neuf vies qu'il avait reniflées depuis la veille ! Pas étonnant qu'il n'arrive pas à se concentrer... il était inondé de souvenirs d'autres gens, le Los Angeles qu'il avait aperçu n'avait pas encore d'autoroutes et le président s'appelait Truman ou Eisenhower.

— Le petit Parganas ! Les flics croient toujours à cette histoire de détournement de camion Edison ?

— On dirait. Ils ont relâché le chauffeur après l'avoir interrogé.

— Pourquoi Loretta veut ce gosse ? Pourquoi Paco Rivera le voulait, hein, pourquoi ? Ouais, je sais, il se fait appeler Sherman Oaks. Cette blague! On croit que c'est lui qui a tué les parents du gosse et qu'il court après le petit pour l'empêcher de témoigner; mais... ils se sont tous les deux tirés, c'est ça? Hier? Oaks et le petit Parganas?

— Pas ensemble.

— Et Loretta veut le gosse aussi.

Un instant silencieux, Canov finit par répondre:

— Oui.

Obstadt enfonça son crayon dans la fiole et la souleva.

— Ce gros cigare qui a touché la ville, lundi soir... murmura-t-il en faisant tourner le flacon autour du crayon. Oaks aurait dû... y être terriblement réceptif. Il a quel âge, le môme?

— Onze ans.

— Sans doute pas encore pubère. Ce doit être lui qui a le gros fantôme. Ou il le porte avec lui ou il l'a inhalé et, à ce moment-là, il l'a seulement incorporé, sans l'assimiler. Voilà pourquoi Loretta veut lui mettre la main dessus, voilà pourquoi Sherman Oaks lui court après. Et il ne l'a sûrement pas encore attrapé, tout au moins pas hier après-midi, sinon le gosse serait mort.

Obstadt quitta des yeux sa toupie improvisée et sourit à Canov:

— Toi et tes gars, vous l'avez bien attrapé, hier... récupéré chez ce couple de yuppies, feu M. et Mme Fussel! Et vous l'avez remis à Sherman Oaks!

Il parlait d'un ton plus consterné que furieux, sans perdre son sourire, mais les yeux dangereusement écarquillés.

— Si tu avais fait ce que je t'avais dit, si tu avais surveillé toutes les lignes de Loretta, je l'aurais, maintenant, ce gniard, et son gros fantôme avec, qui est peut-être, soit dit en passant, celui d'Einstein ou quelqu'un de ce genre, tu te rends compte?

Il souriait toujours, mais de toutes ses dents, cette fois, et il haletait, la face rouge de fureur.

Un faible murmure lui répondit:

— Oui, monsieur.

— Parfait !

Obstadt savait combien Canov devait brûler d'ajouter : *mais vous avez plus de mille pipes ! Alors une de plus une de moins...* A quoi il répondit mentalement : mon pauvre Canov, tu n'étais pas là, lundi soir, tu ne t'es pas rendu compte de ce qui s'est passé, de cette vague qui a traversé la ville, de toutes les lumières qui ont baissé en même temps, bien docilement, de toutes les radios qui se sont mises à changer de fréquence, de tous ces clodos de fantômes congelés qui ont commencé à gueuler comme des putois.

— Il y a autre chose, reprit Canov d'une voix étranglée. Vous m'avez demandé de vérifier si Loretta deLarava avait des enfants. Elle n'en a pas... mais elle recherche un certain Peter Sullivan et elle possède le signalement de la camionnette qu'il conduit, et le numéro de sa plaque d'immatriculation. Il a travaillé pour elle, à une époque, avec sa sœur jumelle, Elizabeth, que tout le monde appelait « Sukie » et qui s'est suicidée dans le Delaware, lundi soir.

— Ah oui ? Mais pourquoi...

— Attendez la suite ! Les jumeaux étaient orphelins ; ils avaient eu pour père un producteur de cinéma, Arthur Patrick Sullivan, vous pigez ? Celui qui s'est noyé à Venice en 1959. Et vous ne savez pas la meilleure ? C'était aussi le parrain de Nicky Shadroe, cet acteur...

— Que Loretta recherche également, le Spooky de ce vieux feuilleton...

— Et... et Sullivan père venait d'épouser une starlette, Kelley Keith. Elle le regardait de la plage quand il s'est noyé ; après quoi elle lui a fauché une bonne partie de son fric et elle s'est volatilisée.

— En 59, répéta Obstadt songeur. Il s'est noyé à Venice et maintenant Loretta... recherche le fils et le filleul et un énorme fantôme qui pourrait être sorti de la mer... à Venice.

— D'ailleurs, elle en voulait aussi à la fille qui s'est suicidée. Je vois que vous me comprenez.

— Cinq sur cinq !

Obstadt ouvrit le tiroir de son bureau et sortit la cartouche qui contenait le dernier des fantômes fournis par Sherman Oaks. Le laborantin l'avait entourée d'une bande bleue pour la distinguer des autres, parce que le flacon d'où il avait tiré son contenu se trouvait dans un préservatif différent des autres : un Troyen et non un Ramsès. Comment le savent-ils, d'abord, ces laborantins ? se demanda-t-il. Comment peut-on être expert au point de reconnaître différentes marques de préservatifs ?

Troyen... voilà qui lui rappelait quelque chose. Mais Canov avait repris la parole.

— Loretta deLarava est certainement Kelley Keith, et elle n'a pas l'air de vouloir que ça se sache.

— Elle doit avoir pas mal de forfaits à cacher, oui ! Tiens, elle a même dû commencer par le tuer, ce producteur ! Quoi qu'il en soit, on devrait pouvoir l'épingler là-dessus, elle ferait une excellente employée. Bon ! En attendant, demain, c'est Halloween. Alors mets tous tes hommes sur le coup : je veux que vous m'ameniez le petit Parganas, mais aussi Peter Sullivan et Oaks. Vivants si possible, encore que leurs fantômes dans des bouteilles de verre fassent aussi bien l'affaire ; ce serait même presque mieux.

— Mais Loretta deLarava a dit que Sullivan était masqué ; il a semé l'un de ses meilleurs renifleurs devant Chez Miceli's, hier. Quant au gros fantôme et au gosse, ils peuvent se masquer l'un l'autre ; sans parler de Sherman Oaks : c'est un masque ambulant à lui tout seul... il n'a pas de nom ni de date de naissance et les fantômes qu'il renferme doivent posséder plus de signes distinctifs que lui. On ne pourra jamais les embouteiller, ils s'éparpilleraient partout, comme la lumière dans un kaléidoscope.

— Rien à fiche.

Obstadt ouvrit un autre tiroir et sortit son inhalateur en forme de bouteille Thermos.

— Je veux, continua-t-il, qu'Oaks disparaisse de la circulation, autrement dit que vous lui fassiez ce qui lui reste de peau. Ce n'est pas seulement un dealer, il est devenu accro à sa propre marchandise, il en consomme des tonnes, comme moi. C'est un rival. Et je veux que Loretta deLarava travaille pour moi, qu'elle devienne mon esclave.

Il glissa la cartouche dans son emplacement, au sommet de l'inhalateur.

— Tu sais pourquoi, plus tu fais tourner l'eau dans un seau, plus elle s'évide, se plaque aux parois et se creuse au milieu ?

Canov écarquilla les yeux.

— Euh... C'est la force centrifuge...

— Non. C'est parce qu'il y a autre chose que tu remues en même temps : la pièce, la ville, le monde. Si ton seau d'eau était la seule chose qui existât dans l'univers, si c'était l'univers, l'eau ne bougerait pas et tu ne pourrais pas dire si elle tourne ou non. Si elle tourne par rapport à quoi ? La question n'aurait aucun sens.

— D'accord, murmura prudemment Canov.

— Alors...

Alors j'en ai assez de m'évider, songea Obstadt, de me plaquer aux parois et de me creuser au milieu. J'en ai assez de ne pas être la seule personne de l'univers.

— Alors il faut que je les contienne tous, voilà ! Dans la mesure où ils existent. Quant à Loretta deLarava, je pourrai la contenir en la détenant.

— Elle tourne demain à bord du *Queen Mary*, lui rappela Canov. Qu'est-ce qu'on fait ?

— Heu... on attend. Je ne crois pas qu'il reste grand-chose sur ce bateau. Concentre-toi plutôt sur les autres, ramène-les-moi avant demain soir, compris ?

— D'accord.

Apparemment perplexe, Canov se dandina, se gratta la barbe.

— Je suis désolé de ne pas avoir trouvé avant l'autre ligne téléphonique. On...

— Fiche-moi le camp ! dit doucement Obstadt.

Avec un petit sourire.

Dès que Canov eut franchi la porte, il s'adossa lourdement à son fauteuil et regarda le ciel bleu au-dessus de sa tête en regrettant de ne pas y voir s'inscrire le petit crucifix d'un avion, histoire d'en rompre la monotonie.

Dans un soupir, il tourna la valve de l'inhalateur, écouta le sifflement de l'air comprimé qui sortait de la cartouche pour emplir le cylindre, et le porta ensuite à ses lèvres.

Le contact était froid, à cause du protoxyde d'azote, mais une sueur nauséeuse jaillit sur son front en l'*absence* dure et statique de la chose pourrie qui répandait une soudaine puanteur en lui et se cala définitivement dans son fond de calotte. Le dos de sa tête heurta la moquette, car son fauteuil venait de s'effondrer, ses genoux butèrent contre une bibliothèque et vinrent percuter le sol tandis qu'il se tordait, pris de convulsions, tout seul sur la moquette, sous le grand ciel bleu.

36

— J'aime mon amant avec un H, commença de dire, malgré elle, Alice, parce qu'il est Heureux. Je le déteste avec un H, parce qu'il est Hideux...

A travers le miroir
Lewis CARROLL

A hauteur des yeux, sur une étagère de verre, se trouvait un bas-relief de Jésus-Christ incrusté dans le plâtre... comme si, pensa Angelica, Jésus s'était trempé la face dans une meringue. Quelqu'un s'était donné un jour la peine d'y dessiner des prunelles avec un manque de talent frappant et, lorsque la jeune femme reprit son inspection un peu plus loin, elle eut l'impression de voir un visage concave et non plus convexe, et qui la suivait des yeux.

Quelle maison ai-je déjà vue, se demanda-t-elle nerveusement, décorée presque de la même façon, à l'exception des bibelots ?

Celle de Frank Rocha était pleine d'objets de ce genre, gravures de Notre Dame de Guadalupe, christs suppliciés peints sur du velours noir. D'un geste incertain, elle passa la main sur son portefeuille dans la poche arrière de son jean.

La vieille femme derrière le comptoir lui sourit en lançant :

— *Buenos días, Hija. ¿Qué quieres ?*

— *Quiero hacer reparaciones a un amigo muerto.*

Qu'il était facile d'exprimer en espagnol cette idée de s'amender auprès d'un ami mort !

La femme hocha la tête sans paraître s'en étonner le moins du monde et se pencha pour ouvrir le fond d'une vitrine. Angelica posa son sac et serra l'une contre l'autre ses mains tremblantes pour tâcher de les stabiliser. Elle s'était déjà arrêtée dans une minuscule épicerie pour y acheter des œufs, des sucres d'orge et une pinte de rhum, ainsi qu'une boussole à bon marché équipée d'un autocollant au dos pour pouvoir la fixer à un pare-brise ; dans une autre *botánica,* elle avait choisi des herbes sous cellophane et des huiles dans de petites bouteilles carrées qui, avait assuré la vendeuse, *habrían abierto ojos al polvo,* auraient ouvert les yeux à la poussière... le tout avait atterri sur le comptoir pour répondre à sa quête d'objets susceptibles de faire revenir les morts.

De sa vitrine ornée de pierres, de livres tapageurs et de médaillons à bas prix, la vieille femme sortait un sac en plastique contenant un bouquet de feuilles séchées, sur lequel on avait inscrit : *Yerba buena.* Angelica n'eut pas besoin de le sentir pour reconnaître les découpures ciselées de la menthe.

— *Incapacitar las alarmas del humo en el piso,* dit la vieille femme à mi-voix. *Hacer un té cargado, con muchas hojas ; añadir algún licor, tequila o ron, y dejar cocinar hasta que las hojas estén secas, humeando y quemadas. Hablar al humo.*

Angelica enregistra mentalement ces conseils : neutraliser les détecteurs de fumée dans l'appartement. Faire une décoction à la menthe très puissante additionnée d'alcool, tequila ou rhum, et laisser cuire jusqu'à ce que les feuilles soient sèches, fumantes, brûlantes. Parler à la fumée.

Miséricorde ! pensa-t-elle. Sans le vouloir, elle jeta un coup d'œil vers le bas-relief qui l'avait troublée et semblait encore la regarder.

Prenant le sac, elle tendit deux dollars à la femme en la remerciant et rangea la menthe séchée parmi ses autres emplettes avant de sortir de la boutique. La clochette de la porte tinta tandis qu'elle émergeait dans le soleil de Beverly Boulevard.

Deux gamins passèrent en trombe devant elle, sur leurs bicyclettes, riant aux éclats ; l'un d'eux ne tenait son guidon que d'une main car, dans l'autre, il serrait un autoradio. En regardant dans la direction d'où ils venaient, elle aperçut des morceaux de verre éparpillés sur le trottoir et une vieille femme aux cheveux blancs, enveloppée dans un rideau, en train de les ramasser et de les manger.

Droit devant, se dressait le petit immeuble ancien où Angelica avait autrefois installé son centre médico-social. Elle y vit briller un néon vert... Ainsi, cette bâtisse existait toujours, ainsi elle était toujours occupée.

C'est vrai, se dit-elle en réprimant une nausée, que les pompiers sont arrivés sacrément vite.

A l'époque de ses séances de spiritisme « psychiatrique », elle y louait un appartement composé d'une toute petite entrée, d'un bureau, de toilettes et d'une grande salle de conférences aux larges baies vitrées (dont les carreaux avaient explosé sous la chaleur des flammes) donnant sur Beverly Boulevard.

Assistaient à ses séances du mardi soir six ou huit patients assis autour de la table et, après avoir allumé une dizaine de bougies sur les étagères, elle éteignait les lumières et demandait à tout le monde de se tenir les mains. Chacun à son tour devait alors « partager avec les morts », confessant ses anciens conflits, parlant parfois avec ses chers disparus, pleurant, priant... Angelica avait toujours précisé que, si quelqu'un ressentait le besoin d'injurier l'assemblée et de s'en aller en claquant la porte, qu'il ne se gêne pas pour le faire, mais vite.

Frank Rocha s'arrangeait systématiquement pour s'asseoir à côté d'elle ; il avait la paume souvent moite et tremblante. A l'avant-dernière séance, une semaine avant Halloween, il lui avait passé un billet.

Elle l'avait mis dans sa poche pour ne le lire que plus tard, chez elle.

L'homme l'avait soigneusement rédigé à la main et, par un curieux détour de protocole, avait trouvé le moyen de mettre presque tous les mots entre guillemets *(... mon « amour » pour vous... le manque de*

« compréhension » de ma « femme »... mon « souci » de vos « aspirations » et de vos « désirs »... mes « efforts » pour nous assurer une « vie » pour tous les deux... « l'honneur » d'un « mariage » avec vous...), ce qui donnait à l'ensemble un ton involontairement sarcastique. Angelica lui avait téléphoné sur son lieu de travail le lendemain et, aussi gentiment qu'elle l'avait pu, lui avait expliqué que ce qu'il proposait était impossible.

Néanmoins, elle avait pleuré, seule dans son salon, ce mercredi soir, et elle avait rangé ce billet dans son portefeuille. Il ne l'avait plus quittée malgré l'horreur des événements qui s'en étaient suivis, malgré sa fuite, malgré sa nouvelle vie.

Angelica n'avait pas voulu quitter l'immeuble de Seal Beach, ce matin-là ; ou, tout au plus, ne pas s'aventurer, avant le dimanche matin, quand Halloween serait passé, au-delà du parking où la camionnette était garée, pour y chercher les quelques provisions qui y traînaient encore et du café instantané. Mais Sullivan avait fait le compte de tout ce qu'ils devraient acheter avant le coucher du soleil et elle l'avait trouvé tellement prêt à se laisser dissuader de quitter Solville qu'elle avait fait mine de ne pas s'en apercevoir et s'était empressée d'accepter quand il lui avait proposé d'aller faire des courses.

Les toilettes étaient effectivement branchées sur l'eau chaude : chaque fois qu'on vidait, cela mettait de la buée aux carreaux. Ils prirent leur douche l'un après l'autre et revêtirent leurs habits de la veille. Quand ils enlevèrent les mains de plâtre de la poignée pour ouvrir la porte à l'air frais de ce vendredi matin, Sullivan serrait les dents et paraissait de mauvaise humeur tandis qu'Angelica faisait son possible pour paraître guillerette.

En douce, il échangea ses plaques d'immatriculation contre celles d'un break garé à côté puis tous deux partirent en direction du nord, vers les gratte-ciel de Los Angeles encore noyés dans une brume mauve. Sullivan devait acheter « de l'électronique » et

Angelica désirait effectuer quelques descentes dans les *botánicas* et autres *hierberías* à la recherche de tout ce qui pourrait l'aider à organiser un semblant de séance.

Ils s'étaient garés le long du terre-plein central de la voie express du Harbor.

— A mon avis, avait dit Sullivan, les fantômes sont non seulement des nuages de matière mais aussi des phénomènes électromagnétiques, un peu comme des ondes radio. Quand ils s'assemblent quelque part, par exemple s'ils sont stimulés et réveillés, ils deviennent faciles à repérer (il nous suffira de chercher une particule plutôt qu'une onde, ou peut-être une onde statique, avec des nœuds perceptibles, comme de petits globes de feu) et se magnétisent. Très ostensiblement pour certains.

Il transpirait à grosses gouttes.

— J'en ai vu, continua-t-il, autour des transfos des centrales électriques du désert ; ils étaient là, par petits groupes, à lorgner le ciment et, s'ils étaient assez nombreux, leur champ magnétique pouvait interférer avec l'affichage électrique. En tout cas, je vais tâcher de récupérer du matériel qui me permette d'isoler le signal d'un fantôme, de l'intensifier et de le passer dans un haut-parleur. Pendant ce temps, vous pourrez rassembler tous les grigris vaudous qui vous ont...

Là, il s'était interrompu, lui faisant au moins la grâce de paraître embarrassé.

... servi à tuer vos patients il y a deux ans, avait-elle songé en achevant mentalement sa phrase.

Elle lui avait décoché un regard lourd.

— Surtout munissez-vous de gros fusibles pour votre *gabacho* électronique, lança-t-elle d'un ton égal. Visiblement impressionné par l'expérience qu'elle pouvait avoir en matière de *brujería folklórica*, il avait juste répondu d'un hochement de tête.

Maintenant, elle attendait le changement des feux sur le trottoir, dans ses vêtements défraîchis, ses longs cheveux plats lui retombant sur les épaules, parmi les voitures d'enfants et les pubs de bière, regardant passer les vieilles Torino et autres Fairlane aux suspensions en déroute, en se demandant si elle saurait seulement recommencer quoi que ce soit.

Sullivan lui avait parlé de « l'heure bar » en lui expliquant que ceux qui l'avaient éprouvée possédaient une antenne spirituelle, un regret psychique, qui les unissait à un ou plusieurs morts ; quand un fantôme affamé ou un chasseur de fantômes la repérait, elle ne pouvait s'empêcher de mettre une partie de son poids spirituel sur son « pied dans la tombe », si bien qu'elle vivait une fraction de seconde en dehors du temps, en avance sur le temps. Il disait que cela arrivait à tous ceux qui avaient un lien avec les fantômes. Sullivan lui avait également raconté comment ces personnes-là, à commencer par eux-mêmes, pouvaient ranimer les fantômes dormants, et comment les apercevoir quand cela se produisait.

Elle avait pris garde de ne faire aucun des mouvements susceptibles de les stimuler, ni de siffler aucune vieille chanson des Beatles (Sullivan lui avait dit que *The Long and Winding Road* était particulièrement évocatrice) ni, dans ce quartier, le « *Oye cómo va* » de Santana ; elle n'avait pas ramassé les pièces qui traînaient par terre, surtout pas celles qui brillaient beaucoup ; elle n'avait pas regardé dans les yeux les visages des photos fanées des petits salons de coiffure car, ainsi que le lui avait exposé Sullivan, les jeunes fantômes encore farouches s'accrochaient à ces yeux de papier en attendant de capter un regard sans méfiance.

Elle avait quand même acheté la boussole. Sullivan lui avait dit que si son aiguille pointait ailleurs qu'au nord, c'était pour indiquer un fantôme éveillé. Angelica l'avait gardée dans sa poche et la consultait fréquemment. Une fois, en traversant un parking pendant ses courses, elle avait fait un grand détour autour d'une Volkswagen aux pneus crevés et détourné les yeux ; quelques minutes plus tard, elle avait changé de trottoir sur Beverly Boulevard pour éviter la porte ouverte d'un bar. Tout cela parce que l'aiguille oscillait dans leur direction.

Sullivan lui avait dit de l'attendre devant les jeux vidéo de Chez Raphael's, le marchand de vin, aussi avait-elle fini par prendre cette direction. Mieux valait patienter à l'intérieur plutôt que l'obliger à laisser le moteur tourner au ralenti dans le parking avec cette camionnette trop voyante. D'ailleurs, son sac à provisions commençait à peser lourd et elle avait toujours assez mal à la hanche et à l'épaule, conséquence de sa chute dans Amado Street, deux jours auparavant. Elle marchait non sans une certaine gêne car elle avait mis dans la tige de sa basket gauche le paquet contenant ce que Sullivan jurait être le pouce séché d'Houdini, histoire d'équilibrer avec le vaporisateur de poivre dans la droite.

A buen santo te encomiendas, se dit-elle en citant sa grand-mère. Tu te mets sous la protection d'un bon saint patron.

Arrivée devant un feu tricolore, elle appuya l'épaule contre le boîtier réservé aux piétons qui voulaient traverser... et poussa un cri d'étourdissement quand elle entendit le bruit sourd du fondement de son jean et son sac heurtant le trottoir, un instant avant que sa vision sautât dans la secousse de l'impact.

Des gens la regardaient et elle crut entendre « *¡Borracha!* », ivrogne ! alors qu'elle se relevait ; en face, le panneau piétons clignotait sur PASSEZ, alors elle serra ses achats dans les deux bras et traversa dans le passage protégé, encore moite de honte. Ce ne fut qu'en entendant un *ploc* humide à ses pieds avant d'y voir s'écraser un œuf tombé de son sac déchiré, qu'elle comprit qu'elle était de nouveau à l'heure bar.

Précautionneusement, elle grimpa sur le trottoir en s'appliquant à bien détacher chacun de ses mouvements pour ne plus se laisser surprendre puis, essoufflée, alla s'appuyer au muret d'un restaurant de *mariscos,* dans des effluves d'épices et d'eau de mer.

Peut-être cela vient-il de Sullivan, se dit-elle. Il m'a expliqué que ce phénomène pouvait se produire quand nous sommes proches l'un de l'autre, quand nos champs magnétiques se chevauchent et produisent des « franges d'interférence » ; ça lui arrivait tout le temps avec sa sœur jumelle, paraît-il. A moins que ce ne soit Frank Rocha qui fasse un lointain écho au contenu de mes baskets (encore que le pouce séché soit plutôt censé empêcher aucun spiritoïde de me reconnaître). Ou alors c'est moi qui me trompais en croyant entendre tomber l'œuf avant que cela se produise ; après tout, je n'ai plus bien dormi, plus mangé correctement depuis...

En fait, elle se trouvait au pied de son ancien immeuble ; elle leva lentement le nez pour constater que la façade en avait été ravalée. Pourtant, elle aurait juré que la fumée n'avait pas franchi les fenêtres de ce côté-ci. A la place de ce qui avait été sa salle de conférence s'affichait en néon vert : MÉDIUM — CHIROMANCIE.

Bonne chance ! songea-t-elle amèrement. Tu n'obtiendras jamais d'effets aussi spectaculaires que moi.

En ce jeudi soir, veille d'Halloween, Frank Rocha était arrivé complètement ivre. Une semaine s'était écoulée depuis qu'elle avait lu sa lettre maladroite. Peut-être à cause d'un remords mal placé, elle l'avait laissé assister à la réunion malgré son état. Peu après, il avait détaché sa main pour aller fouiller dans sa veste de cuir ; un claquement étouffé avait subitement retenti, le faisant tressaillir puis tousser brièvement. Ensuite, il avait repris la paume d'Angelica et la séance avait continué. La fumée des bougies et des bâtons d'encens suffisait à couvrir l'odeur de cordite et Frank Rocha s'était remis à marmonner et à pleurer... personne ne s'était rendu compte qu'il était mort, qu'il venait de se tirer une balle de calibre .22 en plein cœur.

Plus tard, dans l'obscurité, il avait de nouveau lâché sa main mais, cette fois, ce fut pour lui serrer la cuisse sous la table ; malgré tout, Angelica tenait encore à le ménager, aussi avait-elle pris le temps de réfléchir avant de repousser cette main. Par bonheur, elle détournait alors la tête de l'autre côté.

Dans une déflagration d'air brûlant qui la frappa comme un coup de marteau, le corps de Frank Rocha avait explosé telle une boule de lumière blanche. Angelica et l'autre voisin de Rocha furent transformés en torches vivantes qui s'enfuirent dans un hurlement de terreur absolue, renversant tous les obstacles qui se dressaient sur leur passage, tandis que les autres restaient sur place, aveuglés par le flash de magnésium qui avait été Frank Rocha.

Et alors la séance de spiritisme avait commencé pour de bon.

Angelica se détourna du bâtiment blanc pour s'obliger à prendre une longue inspiration.

Dans l'espoir de se rassurer, elle sortit la boussole de son jean et la regarda…

L'aiguille pointait en direction du sud-est, au-delà de Beverly Boulevard, vers le Civic Center.

Elle ne semblait pas suivre le mouvement d'une voiture ou d'un piéton en vue. Au contraire des indications qu'elle avait reçues auparavant, de la Volkswagen abandonnée ou de la porte du bar, celle-ci semblait provenir de loin.

Il y a un… fantôme par là-bas, se dit-elle abasourdie, un gros.

Un camion de déménagement tournait au ralenti sur Belmont Avenue tandis que de petites Toyota remontaient vers Hollywood Boulevard ou descendaient sur l'hôtel de ville, survolées par les corbeaux et les pigeons à la recherche de nourriture à picorer sur le trottoir… mais il y avait un gros fantôme éveillé qui se promenait quelque part au bout de Beverly Boulevard, vers la voie express du Harbor.

Les fantômes étaient arrivés à la séance alors que la panique battait son plein ; on déchirait les rideaux des fenêtres pour les jeter sur les gens qui avaient pris feu ; Frank Rocha, quant à lui, n'était plus qu'un brasier dont personne ne pouvait s'approcher.

Angelica y avait laissé la moitié de ses cheveux mais, une fois hors de danger, elle s'était brûlé le visage et les mains en tentant de jeter un rideau sur Frank Rocha. Jamais elle ne cesserait d'entendre les hurlements de souffrance et de terreur qui l'entouraient.

Les portes de l'entrée s'étaient ouvertes sur une cohorte de gens qui se précipitaient vers eux sans prendre garde aux flammes ; en fait, ils ne marchaient pas, mais semblaient glisser ou flotter, ou trembloter comme de mauvais dessins animés. La plupart captaient mal la lumière... les ombres sur leurs visages ne s'alignaient pas sur le cadavre qui brûlait par terre et ceux qui le regardaient n'offraient plus, en guise d'ombres, que des trous béants.

D'autres surgirent du plafond, dont plusieurs étaient de gigantesques nouveau-nés flottant entre deux airs, leurs cordons ombilicaux violacés encore accrochés au ventre, leurs énormes figures rouges vagissant comme des ouragans.

Des embryons de poussins piaillards et sanguinolents griffaient et piquaient le crâne brûlé d'Angelica et tombèrent sur son visage quand elle voulut les chasser.

Au lieu de se précipiter vers les portes envahies par les fantômes, tout le monde se pelotonnait dans les coins, à genoux ou à quatre pattes pour rester sous l'épaisse fumée aux relents de viande grillée. Les vêtements de trois patients, deux femmes et un homme, se déchirèrent pour laisser place à de longs serpents dressés comme des pythons dont les têtes se gonflèrent et se découpèrent soudain à l'image de grimaçants visages humains.

Depuis les faces bouffies des serpents, à celles hâves et creuses des fantômes, ou rouges et boursouflées des bébés géants, aux figures marquées de larmes, de sang et de fumée des patients d'Angelica, toutes criaient, vociféraient, babillaient, pleuraient et riaient à la fois, pendant que Frank Rocha achevait de se consumer au milieu de la salle. Avant que son corps incandescent fût retombé sur le sol, toutes les vitres avaient explosé dans un tourbillon d'éclats de verre et certains patients en avaient profité pour escalader le rebord et sauter dans le massif du jardin. Angelica avait traîné une femme évanouie vers une fenêtre et parvint à la charger sur l'épaule pour sauter à son tour ; l'atterrissage faillit lui coûter la mâchoire et un genou mais lorsque les pompiers arrivèrent, ils la trouvèrent en train de pratiquer la respiration artificielle sur sa patiente.

Angelica se rendit compte qu'elle restait depuis un bon moment immobile sur ce trottoir, frissonnant et transpirant à la fois dans la brise mêlée d'odeurs de diesel.

Ça remonte à deux ans, se dit-elle. Alors qu'est-ce que tu vas faire, maintenant ?

Elle décida de prendre Belmont Avenue puis de rejoindre Lucas Avenue, en empruntant une rue transversale ; le pouce d'Houdini lui démangeait toujours la cheville mais elle avait bien senti que quelqu'un l'avait scrutée, peu de temps auparavant, et elle ne tenait pas du tout à participer à quelque autre événement surnaturel. Elle se détourna et se dirigea vers le restaurant d'où sortaient des flonflons de mariachis, s'y acheta deux *tacos* au poisson rien que pour le grand sac en plastique qu'allait lui donner le serveur, afin d'y ranger ses achats.

La rue suivante était Rockwood Street, un alignement de pavillons gris à peu près tous transformés en garages et ateliers de réparation. Alors qu'elle longeait les palissades d'un pas vif, un jeune homme apparut à côté d'une voiture garée le long du trottoir et lui demanda ce qu'il pourrait faire pour elle, ensuite, ce fut un autre homme qui lui lança quelques obscénités bien senties mais, sachant qu'il ne s'agissait que de dealers de crack, elle haussa les épaules et passa son chemin.

Le matin qui avait suivi la désastreuse séance de spiritisme, elle avait été envoyée directement de l'hôpital en détention préventive, accusée d'homicide involontaire ; elle passa la nuit suivante en prison et, le vendredi, se vit fixer une caution de 50 000 $. Après quoi, elle prit sa petite Honda et traversa tranquillement le désert Mohave pour quitter la Californie. Elle n'avait rien compris à ce qui s'était passé durant cette thérapie de groupe et n'en retenait que deux choses : Frank Rocha et deux de ses patients étaient morts, et elle-même avait subi un violent choc psychotique suivi de graves troubles perceptifs schizophrènes. Elle était certaine d'avoir subi une crise de folie et n'en avait plus douté jusqu'à lundi dernier.

En descendant le trottoir de Rockwood Street, elle se demandait maintenant s'il n'eût pas mieux valu pour elle de se croire toujours folle.

A Lucas Avenue, elle tourna à droite puis de nouveau à droite dans une rue étroite, sinueuse, qui donnait sur l'arrière d'une laverie et d'une boutique d'alcool, qui revenait sur Beverly Boulevard. Raphael's se trouvait juste après le carrefour et Angelica se dépêchait en espérant que Sullivan n'était pas déjà garé là-bas.

Elle jeta un coup d'œil à la boussole qu'elle avait gardée dans la main. L'aiguille pointait derrière elle, c'est-à-dire au nord.

Ce bon vieux nord ! se dit-elle en poussant un soupir de soulagement. Pour le moment, elle n'avait plus à se préoccuper de ce qui avait pu se passer dans les parages. Néanmoins, elle regarda de nouveau et la vit, cette fois, vibrer violemment avant de reprendre sa place.

Crânement, la jeune femme fit volte-face, pour apercevoir une silhouette naine qui venait en titubant dans sa direction.

¡Duende! se dit-elle en prenant appui sur ses deux pieds ; ce doit être un de ces demi-anges malfaisants dont les femmes ont parlé hier sur la plage.

Elle se retourna et repartit vers Beverly Boulevard,

la rétine encore impressionnée par un visage hâve sous un grand Stetson de paille.

C'est alors qu'apparut en face d'elle un vieux camion rouge vif à plate-forme, tout brinquebalant mais lancé à pleine vitesse et, en voyant les cinq ou six moustachus tapis à l'arrière, elle eut l'impression qu'ils avaient un sinistre rapport avec ce qui se passait là.

Elle courut vers l'arrière de la laverie, s'adossa au mur et sortit le vaporisateur de poivre de sa basket ; pourtant les hommes du camion ne semblèrent même pas la voir. Elle se retourna... le *duende* rebroussait chemin et courait vers le nord, mais il boitait tellement fort qu'il ne pouvait aller très vite. Le camion la dépassa, elle puis le *duende,* avant de virer brutalement à droite pour grimper sur le trottoir. Les hommes sautèrent à terre et se penchèrent pour attraper le nain dont la seule résistance consista en quelques coups désordonnés assenés de ses faibles poings.

Le chapeau tomba au moment où les hommes soulevaient le petit être par les épaules et les chevilles, et Angelica s'aperçut alors que c'était un enfant.

Instinctivement, elle avait couru dans leur direction, son sac serré dans la main gauche, son vaporisateur dans la main droite, prêt à l'attaque.

— *¡Déjenlo marcharse!* criait-elle. *¿Qué hacen? ¡Voy a llamar a la policía!*

L'un de ceux qui ne retenaient pas le gamin se tourna vers elle, une grosse main brune levée pour la frapper. Elle l'aspergea de poivre.

Il le reçut en pleine figure et tomba assis par terre en éructant une bordée de jurons ; Angelica en profita pour se tourner vers les autres et appuya de nouveau sur le bouton d'un geste largement circulaire qui couvrit également l'arrière de leurs têtes, puis elle passa par-dessus les corps affalés qui toussaient, crachaient et juraient tout ce qu'ils savaient et servit de même le conducteur du camion à son volant.

De la plate-forme, une voix couina :

— *¡No me chingues, Juan Domínguez!*

Pourtant, elle ne vit personne qu'un sac de toile surmonté d'une casquette noire. A croire que c'était le sac qui avait parlé.

Le petit garçon était de nouveau libre de ses mouvements, pourtant il ne bougeait pas. Angelica commençait à sentir son nez la picoter, ses yeux pleurer ; cependant, elle se pencha sur le groupe encore groggy pour vider au hasard le reste de son vaporisateur. Deux des hommes, qui commençaient à se relever, se mirent à grogner comme des porcs et s'effondrèrent.

Angelica jeta le tube vide et, saisissant l'enfant par l'aisselle, le mit debout. Elle n'avait pas lâché son sac à provisions.

— Va falloir courir, gamin ! Le plus vite possible, d'accord ? *Corre conmigo ¿ bien ?* Jusqu'au bout de la rue. Je reste avec toi mais tu dois faire un effort. *Vayamos.*

Il répondit d'un hochement de tête et c'est alors qu'elle remarqua son œil au beurre noir. Sans s'arrêter pour récupérer le chapeau, elle le fit galoper en direction de Lucas Avenue.

De l'autre côté de la large voie, elle apercevait déjà la camionnette poussiéreuse de Sullivan.

D'un coup d'œil derrière elle, elle put constater que le camion rouge n'avait pas bougé.

L'enfant paraissait capable de marcher, alors elle le lâcha pour consulter sa boussole. L'aiguille pointait à l'est. Le fantôme est devant nous, songea-t-elle anxieuse ; elle tendit le bras devant elle et l'aiguille indiqua le nord.

Elle se retourna, finalement obligée de constater que l'aiguille ne faisait que s'orienter vers le gamin qui boitait à côté d'elle.

Si elle s'accordait le temps d'y réfléchir, elle risquait de s'affoler complètement, et ce n'était pas le moment. Coinçant la boussole entre ses dents, elle pressa le pas, récupéra le bras de l'enfant pour mieux l'entraîner derrière elle et s'interdit toute forme de réflexion afin de ne pas s'arrêter en plein milieu du carrefour et planter là ce petit bonhomme qui lui donnait déjà envie de prendre ses jambes à son cou.

C'est lui le fantôme, criait une petite voix en elle ; Sullivan a dit qu'ils pouvaient accumuler de la masse en se gavant d'ordures organiques, au point de finir par ressembler à de vrais passants.

D'un autre côté, cette idée lui semblait tellement grotesque qu'elle cessa un moment de regarder devant elle pour contempler l'enfant, son visage aux traits tirés, si pâle, si triste... ce n'était pas un fantôme qui pouvait avoir fabriqué de tels yeux brun clair, brillants de peur, encore moins cette arcade bleue et gonflée ! A coup sûr, la fausse peau de ces épouvantails ne pouvait incorporer de vaisseaux capillaires ni de circulation sanguine ! Il devait avoir un fantôme... sur lui, en quelque sorte, comme une invasion de poux.

Un gros fantôme, se rappela-t-elle. L'aiguille avait été formelle alors même qu'elle l'indiquait de loin.

Angelica n'apercevait toujours pas le camion rouge, ni derrière ni devant. Ce vaporisateur de poivre avait du bon !

Ils arrivaient presque au carrefour. Elle laissa tomber la boussole dans son sac à provisions.

— Comment t'appelles-tu ? demanda-t-elle.

A la limite, elle se fût presque étonnée de recevoir une réponse.

— Ce garçon est en état de choc, souffla-t-il pourtant d'une voix enrouée. Il vaut mieux que vous ne sachiez pas son nom, mais appelez-moi... Al.

— Moi, c'est Angelica.

Il vaut mieux que tu ne saches pas le reste de mon nom, se dit-elle.

— J'ai un ami qui m'attend de l'autre côté de la rue, tu le vois ?

Elle le tenait toujours par le bras, aussi désigna-t-elle la camionnette du menton.

— On va tâcher de filer d'ici au plus vite pour nous cacher dans un coin où personne ne nous trouvera. Je te conseille de venir avec nous.

— Vous avez une boussole, maugréa l'enfant méfiant. J'ai déjà suivi d'autres gens dans une voiture et je suis capable d'ameuter toute la rue si je crie.

— Je n'ai pas l'intention de te kidnapper, rassure-toi !

Arrêtés au bord du trottoir, ils attendaient en reprenant leur souffle que le feu passe au rouge. Angelica jeta encore un regard par-dessus son épaule pour vérifier qu'ils n'étaient toujours pas poursuivis.

— D'ailleurs, ajouta-t-elle, je ne sais même pas si mon ami voudra de toi.

Elle se demandait s'il était déjà midi.

— A ta place, reprit-elle, je viendrais. La boussole... tu sais, tous les gens qui savent, dans cette ville, auront vite fait de te repérer.

L'enfant hocha de nouveau la tête. Au moins n'avait-il pas essayé de lui échapper.

— Ben ouais, murmura-t-il. Ça c'est vrai, ma chère. Et si je remets ma lampe sous le boisseau, si je... m'écarte du centre de la lumière, le petit s'effondrera comme un sac de pommes de terre. Alors, comme ça, vous connaissez un endroit sûr ? Même pour nous ? Comment comptez-vous me dégausser ? Cette satanée ceinture électrique ne vaut pas une pastille à la menthe !

Schizophrénie hébéphrénique ? se demandait Angelica ; ou réaction dissociative de névrose hystérique ? Aujourd'hui, on appellerait ça dédoublement de la personnalité.

Elle ne possédait pas encore la réponse à cette question. Qu'avait-il dit ? Dégausser ? Elle avait entendu ce terme à propos de navires de guerre et se demanda s'il avait un rapport avec les radars.

— Je ne sais pas. Mais mon ami te répondra sûrement... c'est un ingénieur en électricité.

Ce qui eut le don de mettre le gamin en colère :

— Ingénieur en électricité, voyez-vous ça ! Monsieur possède tous les diplômes, toutes les distinctions accrochés à son mur ! Et je parie qu'il n'a jamais mis la main à la pâte. Il doit se croire le seul à posséder un titre officiel !

Angelica ne put s'empêcher de poser un regard surpris sur le gamin.

— Je... ça n'a pas l'air d'être son genre... d'ailleurs, moi aussi, j'ai un titre universitaire...

Misère ! pensa-t-elle. Qu'ai-je besoin de me vanter ? Auprès d'un pauvre gosse traumatisé !

— Mais tout ça n'a pas d'importance...

— Et moi, licencié ès sciences ! lança l'enfant non sans fierté. Allons le voir, cet ingénieur !

— Ah oui !

Le feu passa au rouge et ils traversèrent.

37

— Mais cela n'est pas votre faute, ajouta gentiment la Rose : vous commencez à vous flétrir, voyez-vous bien... et dès lors vous ne pouvez empêcher vos pétales d'avoir l'air quelque peu négligé.
Cette idée ne plut pas du tout à Alice...

A travers le miroir
Lewis CARROLL

Sullivan avait vu Angelica traverser la rue et, lorsqu'il se rendit compte qu'elle marchait lentement parce qu'elle aidait un enfant qui boitait, il poussa un juron et sortit de la camionnette.

Voilà une dizaine de minutes qu'il avait remarqué un début d'heure bar, après avoir machinalement freiné une seconde avant de voir surgir le capot d'une voiture à la sortie d'une ruelle. Pour s'en assurer, il avait ensuite glissé une cassette au hasard dans son lecteur poussé à plein tube... non seulement il avait grincé des dents mais reconnu le début de *Sympathy for the Devil* des Stones avant d'entendre le premier hurlement résonner dans les haut-parleurs. Alors, il avait éteint le poste en se demandant anxieusement ce qui pouvait provoquer cette réaction en lui et si Angelica la ressentait aussi.

Et voilà qu'elle arrivait avec ce gosse.

Il les attendit devant le poteau du feu tricolore et prit son sac à la jeune femme.

— Dites au revoir à votre petit ami, lança-t-il. Il faut partir immédiatement. Vous avez senti l'heure bar ?

— Oui.

Elle sourit.

— Nous ne sommes sûrement pas les seuls. Faites comme si de rien n'était.

Elle avait raison. Il s'arracha un sourire et brandit le sac devant elle.

— Vous avez acheté tout ce que vous vouliez ? On peut y aller ?

Deux ados mexicains s'approchèrent, l'air avantageux, et l'un d'eux murmura :

— *Vamos a probar la mosca en la leche.*

— *¿Por qué no ?*

L'autre reprit, plus fort, à l'adresse d'Angelica :

— Vous auriez pas un dollar pour m'acheter des cigarettes ?

— *¿Por qué no ?* rétorqua-t-elle avec un sourire moqueur.

Elle plongea dans sa poche la main qui ne retenait pas l'enfant et leur tendit un dollar.

— Moi aussi, je veux des cigarettes ! piailla l'autre ado.

— Tu partageras avec ton copain, dit Angelica.

Elle se tourna vers Sullivan :

— Voilà, on peut partir.

On ne va pas emmener ce gosse malade ! se dit-il.

— Non, objecta-t-il sans perdre son sourire. Petit Billy doit rentrer chez lui.

— Tante Alden ne veut pas de lui aujourd'hui, rétorqua-t-elle. Il est tard, maintenant.

Avec un soupir d'impuissance, Sullivan regarda l'enfant.

— Tu as envie de venir avec nous ?

Le gamin lui décocha un sourire suffisant.

— Vas-y, branche. Tout seul, tu pourrais te tromper et démonter un interrupteur sans avoir coupé d'abord le courant.

Surpris, Sullivan ne put réprimer une moue. Il avait passé la matinée dans un dépôt de matériel électrique sur la Huitième Rue et se demandait comment le gamin l'avait compris. Fallait-il y voir l'écho d'un piège qui se refermait ?

— Je lui ai dit que vous étiez ingénieur en électricité, précisa Angelica d'un ton impatienté. Allons-y !

Il hésita encore puis finit par lâcher :

— D'accord !

Il les précéda vers le parking du marchand de vin où il avait garé sa camionnette.

— En diminuant, répondit-il au garçon, le champ magnétique induira un fort potentiel qui déclenchera un arc à travers l'interrupteur, d'accord ?

Pourquoi, se demanda-t-il, faut-il que je me justifie auprès d'un gamin ?

— Vous dites ça pour me faire plaisir, rétorqua celui-ci.

Dans la camionnette, les portières fermées, Angelica et Sullivan s'installèrent à l'avant, et l'enfant à l'arrière, sur le lit toujours défait.

— Pourquoi est-ce que vous avez donné un dollar à ce type ? demanda Sullivan agacé.

En même temps, il démarrait et quittait lentement le parking.

— Parce que ç'aurait pu être Elie, répondit-elle d'un ton las. Il erre sur la terre sous plusieurs formes et demande de l'aide et, si vous ne réagissez pas, vous le regretterez, le jour du Jugement dernier.

— Ah oui ?

Sullivan tourna sur la gauche pour s'engager dans Lucas Avenue afin de rejoindre la voie express du Harbor.

— Et si Elie c'était l'autre, celui à qui vous n'avez rien donné ? Vous voyez que vous vous êtes fait avoir ! Au fait, qui est notre nouvel ami ?

— Appelez-moi Al, lança l'enfant de l'arrière. Non, je m'appelle Kootie...

D'un seul coup, sa voix avait pris une intonation apeurée.

— Où est-ce qu'on va ? Ne t'inquiète pas, Kootie, tu te souviens comme je me méfiais des Fussel ? Ces gens-là sont très bien. Je suis content que tu sois de retour parmi nous, mon garçon. Je m'inquiétais pour toi.

Sullivan fusilla Angelica du regard.

— Il est magnétique, dit-elle au bord des larmes. Les boussoles pointent vers lui. Et j'ai vidé tout mon poivre sur un tas de voyous qui voulaient l'emmener de force dans un camion.

— C'est bon, reprit-il en se radoucissant. Je... regrette de ne pas avoir été là pour vous aider.

Seigneur Dieu ! songea-t-il.

— Est-ce que vous avez pu acheter quelques provisions ?

— Oui, soupira-t-elle. Vous avez entendu ce que disaient ces deux *vatos* ? Ils nous ont décrits vous et moi comme *la mosca en la leche*. La mouche dans le lait... deux choses qui ne s'entendent pas vraiment ; comme chien et chat, quoi ! Ils m'ont prise pour une Mexicaine.

— Mais vous êtes mexicaine.

— Oui, mais c'est bien qu'ils s'en soient aperçus. Et vous, vous avez trouvé le matériel que vous cherchiez ?

Sullivan surveillait la route dans son rétroviseur. Une Lincoln neuve venait d'accélérer pour passer à l'orange et se rabattait maintenant sur la voie de droite comme si elle voulait le dépasser.

— Dans un sens, lâcha-t-il sans conviction, parce que je ne savais pas au juste ce que je voulais.

Quand la Lincoln fut à sa hauteur, il freina carrément, laissant l'autre filer devant.

— Ils avaient de vieilles ampoules au carborundum, alors j'en ai acheté quelques-unes ; j'ai aussi trouvé un vieux bobinage pour cinquante dollars, et une machine de Langmuir.

Il faisait mine de se préoccuper plutôt de ce qui se passait devant lui.

La Lincoln avait ralenti tandis qu'une autre, exactement semblable, surgissait derrière.

— Et d'autres trucs, murmura-t-il.

Il se passait là des choses pas catholiques. Les paumes de ses mains devinrent soudain moites.

Un peu plus haut, devant, une rue croisait l'avenue

et il attendit la dernière seconde pour freiner et tourner à droite sur les chapeaux de roue ; les pneus crissèrent et un bref accès de vertige en heure bar lui fit prendre le virage un tout petit peu trop large avant d'accélérer franchement dans la vieille rue piétonne.

Un coup d'œil dans le rétroviseur lui montra la deuxième Lincoln qui arrivait en trombe derrière lui. Il entendit même le vrombissement de son moteur.

— On nous poursuit ! lança-t-il, le souffle court. Attachez vos ceintures, je vais tâcher de la semer. Ils nous veulent vivants.

L'autre Lincoln avait fait machine arrière et surgissait maintenant derrière l'autre qui tentait de les dépasser par la gauche. Sullivan donna un coup de volant dans sa direction : le pied à fond sur l'accélérateur.

Une rafale de détonations retentit tandis que la camionnette bondissait en avant pour éviter les étincelles qui venaient siffler autour d'eux. Sullivan passa le pied de l'accélérateur au frein, envoyant Angelica presque dans le pare-brise. Dans un hurlement de roues, le véhicule fit alors demi-tour et repartit à pleine vitesse en sens inverse.

La Lincoln la plus proche avait escaladé un trottoir puis renversé une poubelle. Sullivan dut chercher l'autre des yeux avant de l'apercevoir, dans sa lunette arrière, parce que ses rétroviseurs latéraux avaient sauté. Il sentait l'arrière balayer brutalement la chaussée et entendit cinq ou six autres coups de feu mais c'est alors que la seconde Lincoln escalada une pelouse pour l'éviter dans sa course folle et, bientôt, la camionnette déboulait au beau milieu de Lucas Avenue.

Un choc sec et violent heurta la camionnette mais, au moment où il se retournait, Sullivan entendit deux bruits de collision plus loin derrière. Il avait calé et dut passer au point mort avant de redémarrer. Des plumes voletaient autour de la cuisinière et du lit, là où il avait vu l'enfant peu auparavant. Enfin, le moteur repartit.

Il passa la vitesse et se pencha pour scruter la chaussée à travers son pare-brise éclaté en redescendant Lucas Avenue à plein tube, obligé de ne se guider qu'à travers une lucarne restée lisse.

A grands coups de volant, il dépassait les voitures les unes après les autres, klaxonnant et grillant les feux sans cesser de surveiller ce qui se passait derrière eux.

Lorsqu'il fut certain d'avoir, au moins momentanément, semé leurs poursuivants, il tourna de nouveau à droite puis aussitôt à gauche dans une ruelle de service, à l'arrière d'une rangée de boutiques. Il trouva une place libre entre deux camions mais ses mains moites tremblaient si fort qu'il dut s'y prendre à deux fois avant de réussir son créneau.

— Hé, gamin ! lança-t-il d'une voix rauque. Ça va ?

Il avait la bouche sèche et un goût terreux sur la langue.

Dans le silence enfin revenu, où seul ronronnait encore le moteur au ralenti, il entendit les sanglots de l'enfant. Pourtant la petite voix qui fusa lui parut assez ferme :

— Pas plus mal que tout à l'heure.

— Ils nous veulent vivants, déclara Angelica.

Elle émergea de sous la boîte à gants et reprit sa place en chassant quelques éclats de verre de sa chevelure en désordre.

— Là, vous me croyez cette fois, bougre d'âne ?

— Vous n'êtes pas blessée ? demanda-t-il d'un ton trop aigu. Et moi, au fait ? Ils nous ont tiré dessus.

Il passa les mains sur sa poitrine, regarda ses jambes puis ses pieds. Il ne vit de sang nulle part et ne sentit aucune douleur particulière.

— Non, dit Angelica. Qu'est-ce qu'on fait, maintenant ?

— Vous... vous avez laissé votre salopette à Solville. Prenez un blouson à moi dans le placard, à l'arrière, et un tee-shirt ou je ne sais quoi pour le gosse. Déguisez-vous. J'ai aussi une casquette de base-ball dans laquelle vous pourrez cacher vos cheveux. Vous allez rentrer tous les deux en bus en faisant comme si vous étiez mère et fils. Quant à moi, je repars dans la camionnette ; je tâcherai de n'emprunter que les petites rues jusqu'à l'autoroute. Là, je devrais être en sécurité mais il vaudrait mieux pour vous que vous ne restiez pas avec moi.

— Et si nous prenions tous le bus ? proposa-t-elle. Si on laissait la camionnette ici ?

— Il faudrait alors abandonner le matériel qu'il a acheté, objecta le gamin sans cesser de renifler. Et, là-dedans, il n'y a pas que de la camelote inutile.

— Merci, fiston ! maugréa Sullivan.

Pas vraiment ravi que ce gosse ait examiné ses achats... Néanmoins, il ouvrit son sac banane.

— Vous savez vous servir d'un .45 ? demanda-t-il à Angelica.

— Non. Je suis contre les armes.

— Croyez-moi, il y en a partout, par ici.

Il souleva la crosse de son pistolet.

— Vous voyez ? En voici une.

— Je sais, vous me l'avez déjà montrée hier soir. Mais je n'aime quand même pas.

— Il s'agit bien de ça !

Sullivan avait dégagé les courroies pour sortir l'arme de son étui ; il la pointa vers le plafond et poussa le bouton de déblocage du magasin, près du cran d'arrêt, seulement le magasin lui échappa et tomba par terre.

— Moi non plus, je n'aime pas, dit-il en le ramassant, pas plus que le dentiste, ou les casques à moto ou les explorations de la prostate.

Il tira la culasse et la cartouche boudinée qui restait dans la chambre sauta et rebondit sur le front d'Angelica.

— Aïe !

— Pardon !

— C'est un Colt, observa le garçon qui venait de surgir derrière eux. Ils l'utilisent dans l'armée depuis 1911.

— Exact.

Sullivan commençait à se demander qui était ce diable de gamin.

Il tira la culasse, exposant le canon brillant, et la laissa revenir en avant. Ensuite, il tendit l'arme à Angelica qu'elle mit un bon moment à prendre.

— Il est déchargé, maintenant. Mais vous pouvez faire comme s'il était chargé. Allez-y, tirez vers le plancher, en le tenant des deux mains. Non, pas comme ça ! Vous devez avoir les pouces sur les côtés. Cette culasse, en haut, revient brutalement, et si vous laissez un pouce sur son passage... ça vous en fera un autre coupé à glisser dans votre chaussure.

Elle reposa les mains puis pointa le pistolet vers le plancher. Son index appuya un instant sur la détente et il y eut un petit clic abrupt lorsque le percuteur claqua.

Elle poussa un long soupir.

— Vous voyez, quand vous voulez ! commenta Sullivan. Attention, il a un fort recul, alors gardez bien le canon braqué sur votre objectif avant de tirer un deuxième coup. Il se recharge tout seul, donc il ne vous reste qu'à appuyer de nouveau sur la détente, autant de fois qu'il le faudra. Vous avez sept cartouches dans le magasin et une dans la chambre, soit huit en tout. Si vous touchez quelqu'un avec, vous le descendez à coup sûr.

Elle saisit la culasse de la main gauche et tâcha de la tirer comme Sullivan l'avait fait mais ne la retint qu'à mi-chemin tant le ressort était puissant. Finalement, elle dut la lâcher.

— Essayez encore mais, au lieu de la tirer de la main gauche, maintenez-la fermement et poussez le pistolet en avant de la main droite.

Il n'aimait pas laisser l'arme si longtemps déchargée mais tenait à ce que la jeune femme comprenne au moins son mécanisme.

Cette fois, elle parvint à l'armer et fit de nouveau mine de tirer par terre.

— Bien.

Il la rechargea et mit la sécurité puis la lui rendit.

— Gardez-la dans le sac banane, sous le blouson et ne laissez pas le gosse jouer avec.

Il se sentait le cœur gros de lui confier un tel objet mais il n'avait pas le choix.

— Vous avez encore de l'argent ? reprit-il.

— Trois ou quatre billets de vingt dollars et de la monnaie.

— Bon. Prenez les vêtements dont je vous ai parlé et filez.

Ce qu'il fit ensuite le surprit lui-même : il se pencha comme pour l'embrasser mais se reprit à temps.

Elle cligna des yeux.

— Entendu.

Puis elle se tourna vers le gamin.

— Alors, tu t'appelles Kootie ou Al ?

Elle vit la bouche de l'enfant se tordre et, finalement, il répondit :

— Kootie.

— Très bien, Kootie. On va se changer et on se casse.

Dans la chambre mal éclairée du motel de Joey Webb, à Venice, Loretta deLarava s'était assise sur le lit et séchait ses larmes avec un mouchoir de soie. L'homme d'Obstadt, ce Canov, l'avait mise en attente et voilà au moins dix minutes qu'elle patientait dans cette pièce qui empestait parce que Joey Webb, méfiant dans ce milieu qu'il ne connaissait pas, avait repris l'habitude de cacher des Big Mac entamés derrière les meubles.

— Salut, Loretta ! lança enfin Obstadt.

Elle avait l'impression de l'entendre de loin, très faiblement.

— Neal, je sais de quoi il retourne, alors ne perdez pas votre temps à me raconter des craques. Qu'est-ce que vous me voulez ? Vous avez envoyé vos gens tenter de tuer Sullivan et le petit Parganas il y a une heure ! Vous devriez remercier Dieu qu'ils s'en soient tirés. Maintenant, je voudrais que vous m'aidiez à les trouver et pas morts, de préférence ! Sinon, j'avertis la police. Je veux immédiatement toutes les informations que vous avez...

Obstadt inspira longuement et toussa.

— Loretta, fermez-la !

— Vous n'avez pas le droit de me parler comme ça ! Je peux appeler des esprits du fond de l'infini...

— Moi également, ma belle, mais ça ne les fera pas venir pour autant. Vous savez aussi bien que moi que personne n'irait parier une crotte de rat sur vos... pouvoirs magiques !

Au bout du fil, elle entendit un éclaboussement continu qu'elle connaissait. Ce type urinait ! Il avait commencé pendant leur conversation ! En même temps, il continuait, d'une voix curieusement enrouée :

— C'est vous, maintenant, qui travaillez pour moi, mademoiselle Keith... pardon, madame Sullivan... oh zut ! On se connaît assez pour que je vous appelle Kelley, non ?

Loretta deLarava restait parfaitement immobile, son mouchoir mouillé devant ses yeux.

— Je sais que vous avez du travail demain, poursuivait Obstadt. Alors c'est moi qui vais rendre visite à votre boutique de fantômes sur le *Queen Mary*. Il faut que je vous interroge sur une difficulté qui peut se présenter quand on mange des fantômes. Et vous me direz tout ce que vous savez.

Il raccrocha. A son tour, elle posa lentement le combiné sur l'interrupteur. Alors ses deux mains se portèrent à ses tempes et appuyèrent, aidant l'élastique à serrer son crâne et à empêcher les parties de son esprit de s'égailler comme une portée d'oisillons lorsque plane l'ombre d'un faucon.

— La camionnette était du côté des canaux, hier, remarqua Webb assis sur la télé.

Elle détourna son attention du fait brutal que sa fausse identité était éventée. (Si Obstadt la dénonçait, si Nicky Bradshaw se pointait et parlait, elle pourrait se faire arrêter pour meurtre ; et, encore pire, tout le monde verrait, à travers la personnalité de Loretta deLarava, l'intrigante fragmentée qu'était Kelley Keith ;

et même si Obstadt ne disait rien à personne, il savait, lui, il pouvait donc la voir... et c'était intolérable.)

— La camionnette...

Elle cligna des yeux.

— Quoi ? Celle de Pete ? Et tu ne m'as pas téléphoné ? Il était là, à Venice ? Qu'est-ce qu'il fichait ?

— Ne vous inquiétez pas, il n'était pas là ! Il a dû prêter sa tire à un copain, un petit gars aux cheveux bouclés, en costard à manches courtes.

— Hein ? Mais c'était Houdini, ça ! Tu n'as rien compris, c'est Sullivan que tu as vu ! Il portait mon masque, ce salaud !

— Ça ? Pete Sullivan ? Il ne ressemblait pas du tout aux photos que vous m'avez montrées de lui.

Webb se troubla avant d'ajouter :

— Enfin... pas à première vue. Parce qu'il a fini par devenir plus grand.

— Merde, je te dis que c'était lui ! Qu'est-ce qu'il fabriquait ?

— Oh ! Il levait une gonzesse. Une Mex, je crois. Elle aussi, elle est devenue plus grande. Elle essayait de discuter avec un amoureux caché dans un égout. Mais quand ce brave Pete s'est pointé avec son costard de rigolo, elle a changé d'avis et ils sont partis bavarder dans un parking en pleine ville, ce qui fait que je n'ai pas entendu ce qu'ils disaient. En attendant, j'ai acheté des légumes frais. Je vais vous préparer une ratatouille.

— Ta gueule, Joey ! Je réfléchis.

Qui pouvait bien être cette « Mex » ? Certainement pas une rencontre fortuite, puisque tous deux avaient pris la précaution de discuter au milieu de la circulation. D'ailleurs, le masque semblait l'avoir protégée elle aussi, lui donnant l'apparence d'une autre personne, sans doute la femme d'Houdini, Bess ! (Quel masque ! Que le fantôme de cette voleuse de Sukie Sullivan se fasse bouffer par une mouche à merde !) Et si Pete était arrivé à Venice pour retrouver le fantôme de son père ? Et si c'était déjà fait ? Qu'est-ce que...

— De la ratatouille, reprit Webb. Ça se fait avec des tomates, des aubergines, des...

— Ta gueule, Joey !

Le petit Parganas, Pete et la « Mex » vont crever de peur, maintenant, et se tapir quelque part... mais je pourrais peut-être encore obtenir des renseignements sur Nicky Bradshaw. Il va falloir que j'aille vérifier mon répondeur, voir si j'ai un appel au sujet de Spooky.

Et, et, et... Obstadt qui va venir sur le tournage sur le *Queen Mary*, demain. Il veut m'interroger au sujet d'une « difficulté qui peut se présenter quand on mange des fantômes ». (Quelle vulgarité de s'exprimer aussi crûment !) Il va falloir que je trouve son point faible et que je reprenne le dessus. J'aurai sous la main des câbles à haute tension, des escaliers abrupts, et l'océan tout autour de nous...

— Vous n'avez pas l'air de joindre grand monde, on dirait, railla Webb.

— Joey, tu vas me la fermer cette gueule, une bonne fois, et me foutre le camp ?

Elle souleva sa masse du lit et se dirigea vers la porte.

— Continue à chercher Arthur Patrick Sullivan. Il doit être là, sinon il touchera terre d'ici à douze heures. Tu n'as pas quitté le coin, tu l'aurais donc senti s'il s'était réveillé par ici, n'est-ce pas ?

— Aussi sûr que je vous vois.

Il sauta de sa télévision, agile comme un vieux singe.

— Il ne peut pas m'échapper... sauf si quelqu'un a ouvert la porte à un cheval de Troie... enfin, ici, ce serait plutôt un hippocampe de Troie !

Elle blêmit et sentit se figer la moelle de ses os.

— Ô mon Dieu ! Ce poisson, ce satané poisson ! Et si Apie s'était caché dedans ?

Je suis complètement dépassée ! songea-t-elle avec un début de désespoir.

Webb la contempla d'un regard qui parut fugitivement lucide.

— Dans ce cas, il a disparu.

— Dans ce cas, répéta-t-elle en appuyant de nouveau les mains sur ses tempes, il est quelque part à Los Angeles.

Haletante, elle se raccrochait à n'importe quoi.

— Et il va sans doute chercher Pete.

— Bon, très bien ! commenta Webb avec un sourire. Trouvez l'un et vous les trouverez tous les deux, voilà tout !

— Voilà tout ! haleta-t-elle encore.

De longues larmes lui coulaient de nouveau sur les joues et elle se dirigea vers la porte d'un pas mal assuré.

38

> *— Qu'aviez-vous à apprendre encore ?*
> *— Eh bien, il y avait les Listes noires, répondit la Tortue « fantaisie » en comptant les sujets sur ses battoirs — Liste noire ancienne et Liste noire moderne, ainsi que la Sous-l'eau-graphie...*
>
> *Alice au pays des merveilles*
> Lewis CARROLL

Sullivan avait garé la camionnette à l'ombre d'un gros caroubier, au fond du parking de Solville, pour pouvoir l'examiner sous tous les angles.

L'arrière était en miettes, l'aile droite enfoncée et marquée de peinture bleue. D'où il conclut que c'était une voiture bleue qui l'avait heurté au moment où il repartait sur Lucas Avenue. Les portières du fond étaient pliées, mais cela remontait à sa collision avec la Honda de Buddy Schenk, Chez Miceli's. Quant au pare-chocs, complètement de travers, il avait l'air d'une grosse cuillère qui aurait fait un séjour dans une poubelle.

Pour couronner le tout, Sullivan trouva quatre trous, du diamètre d'un petit doigt, percés dans les portières du fond.

En ouvrant celle de gauche, la seule qui eût consenti à bouger, il découvrit que le petit réfrigérateur au propane avait arrêté deux balles de 9 mm, aussi le débrancha-t-il après avoir sorti la bière, le Coke et les provisions pour les sandwichs ; il les emporterait plus tard dans le studio. Le placard sous l'évier avait reçu une balle et l'évier lui-même s'en trouvait ébréché ; une autre balle avait ricoché sur le châssis du modulateur de fréquences qu'il venait d'acheter, pour traverser un oreiller et aller se loger dans le dosseret. La lunette arrière présentait un petit trou rond : le projectile avait dû traverser tout l'habitacle pour venir faire exploser le pare-brise. Quant au rétroviseur extérieur, il était parti en mille morceaux dont quelques-uns restaient encore accrochés au support de caoutchouc.

Devant l'étendue des dégâts, Sullivan frissonna en remerciant le ciel que l'enfant se soit plaqué au sol et Angelica cachée à l'emplacement des pieds, car sa tête se fût trouvée dans l'exacte trajectoire d'une des balles. Ils avaient eu de la chance.

Sullivan fit plusieurs aller et retour dans le studio pour y déposer son matériel électronique dans un coin, avec l'attirail d'Angelica, et ranger la nourriture dans le réfrigérateur. Finalement, il boucla la camionnette et la cacha sous une bâche improvisée dans un vieux parachute taché de rouille qu'il avait étiré le mieux possible en songeant d'avance à la désapprobation de M. Shadroe.

Il s'assit sur une bouche d'incendie jaune, au bord du trottoir du Twenty-First Place, l'une des mains d'Houdini sur les genoux, afin de guetter l'embranchement d'Ocean Boulevard. Il y avait un arrêt d'autobus juste à l'angle de Cherry Avenue, à quelques pas. Des nuages s'amoncelaient dans le ciel et une tonne de pensées aussi changeantes lui envahissaient le cerveau.

Sombres : ils se sont fait prendre, le pouce d'Houdini ne suffit pas à détourner l'attraction du gamin ; ils se font torturer, Angelica me trahit, je vais bientôt être capturé à mon tour si je ne fiche pas le camp avant d'avoir vu arriver la terrible Lincoln au coin de la rue.

Ensoleillées : les bus mettent un temps fou, avec les arrêts et tout, Angelica est un don du ciel, quelle chance d'avoir une compagne aussi intelligente et stimulante quand on se trouve dans une telle situation, même si sa séance de spiritisme risque de ne pas marcher ; quant au gosse, Croutille ou je ne sais quoi, j'ai l'impression qu'il n'a pas fini de nous surprendre.

Voilà quand même une heure que je suis assis là, se dit-il enfin.

C'est alors qu'il entendit traîner des pieds derrière lui.

Il fit volte-face en songeant aussitôt qu'il n'avait pas d'arme... mais c'étaient Angelica et le gamin qui débouchaient de la ruelle. L'enfant portait un grand sac blanc de Kentucky Fried Chicken.

— Vous avez encore acheté de la nourriture? demanda Sullivan.

Il voulait prendre un air mécontent mais ne put s'empêcher de rire en étreignant Angelica. Elle le laissa faire un instant puis se dégagea brusquement.

— Pardon, dit-il en s'écartant d'elle.

— Ce n'est pas vous, souffla-t-elle. Donnez-moi juste votre bras gauche.

Il lui passa le bras gauche sur l'épaule et l'attira plus près de lui, la tête sous son menton.

Lorsqu'ils se tournèrent pour traverser la route en direction du vieil immeuble, elle désigna la main de plâtre que Sullivan n'avait pas lâchée :

— Je ne laisse pas n'importe qui poser ses grosses pattes sur moi.

— Et moi, je n'aime pas les gens qui ont trois mains, ricana le garçon derrière eux.

Sullivan lui balança un regard incertain.

— Toi, maugréa-t-il mi-figue mi-raisin, viens te mettre à l'abri pour manger ton poulet. Il va bientôt pleuvoir.

Dans le studio, ils fermèrent l'entrée à clef et remirent les mains d'Houdini sur la poignée. Le petit garçon posa son sac par terre.

— Est-ce que l'un d'entre vous a une quelconque expérience médicale? demanda-t-il.

— Je suis médecin, répondit Angelica méfiante. Pourquoi?

— Très bien.

L'enfant défit lentement sa veste de jean et passa son polo par-dessus sa tête.

Sullivan haussa un sourcil et regarda sa compagne. Sous sa chemise, à même la peau, le gamin portait une sorte de ceinture de fils électriques avec une ampoule clignotante sur le devant.

— Comment vous appelez-vous ? interrogea fermement le petit garçon.

Frappé autant qu'amusé par la componction de cette voix, Sullivan sourit :

— Peter Sullivan, Votre Honneur.

Il s'assit à côté des boîtes qu'il avait montées. En arrivant, il avait ouvert toutes les fenêtres, cependant la chaleur restait étouffante.

— Angelica Elizalde.

— Le gosse... je m'appelle Koot Hoomie Parganas.

Sullivan aperçut alors un bandage ensanglanté juste au-dessus de son étrange ceinture.

— J'ai reçu un coup de couteau, hier après-midi, expliqua l'enfant. Nous avons désinfecté la plaie avec du rhum et elle a l'air saine mais n'arrête pas de saigner.

Angelica s'agenouilla devant lui et souleva le bord du pansement. Le gamin serra les dents mais ne broncha pas.

Bizarrement, elle parut embarrassée, presque furieuse :

— Tu aurais eu besoin de plusieurs points de suture mais c'est trop tard, maintenant, tu garderas une profonde cicatrice. Enfin, ce n'est pas mal, il faudrait seulement essayer autre chose que de la liqueur pour empêcher l'infection.

— Faites ce qu'il faut, ordonna Kootie. Ce garçon est un bon petit gars qui en a beaucoup trop vu, ces derniers temps.

— Faites ce qu'il faut, faites ce qu'il faut... répéta-t-elle en soupirant.

Elle jeta un regard en coin vers Sullivan.

— Peter, pourriez-vous m'apporter... Et zut ! Tâchez de trouver un œuf entier dans mon sac à provisions !

Sans un mot, celui-ci tendit le bras pour attirer le

sac en question vers lui, fouilla parmi les paquets d'herbes séchées et les flacons d'huiles essentielles jusqu'à tomber sur une boîte d'œufs, ouverte. Il en sortit un qu'il lui apporta à genoux avant de retourner s'asseoir.

— Merci. Kootie, s'il te plaît, allonge-toi par terre.

Le petit s'exécuta lentement pour ne pas trop rouvrir sa blessure.

— Vous voulez que j'enlève la ceinture ?

— A quoi est-ce qu'elle sert ? s'enquit Sullivan d'un ton détaché.

— A dégausser, répondit Angelica.

— Alors non, conclut Sullivan. Garde-la.

La jeune femme se pencha sur l'enfant et roula doucement l'œuf sur son abdomen, autour de la blessure, par-dessus le bandage, tout en récitant à voix basse :

— *Sana, sana, cola de rana, tira un pedito para ahora y mañana*.

Elle murmurait la formule comme une chanson, l'air absent d'une serveuse en train de vider les cendriers.

Mal à l'aise, Sullivan changea de position et repoussa le modulateur éraflé pour pouvoir s'adosser au mur.

— Vous êtes certaine qu'on ne ferait pas mieux de l'emmener aux urgences dans un hôpital ?

Elle lui décocha un regard impénétrable.

— *La cura sería peor que la enfermedad*... Le remède serait pire que la maladie. Il ne serait pas une demi-heure en sécurité dans un hôpital. Kootie reste avec nous. *Donde comen dos, comen tres*.

Sullivan comprit que cela signifiait à peu près : « Quand il y en a pour deux, il y en a pour trois. » Il n'était pas d'accord mais il semblait qu'on ne lui demandât pas son avis, aussi se leva-t-il pesamment et se dirigea-t-il vers la cuisine.

— Voilà, Kootie, dit Angelica. Tu peux y aller, maintenant. On enterrera cet œuf dehors, quand le soleil sera couché.

Il se releva en même temps qu'elle, écarta les bras, les remua dans tous les sens.

— C'est du vaudou ! ronchonna-t-il. Ça ne sert pas plus que le fatras de vieux bouts de radio que Pete a achetés.

Sullivan venait d'ouvrir le réfrigérateur.

— Kootie ! lança-t-il en sortant une Coors light. J'ai remarqué que tu parlais de toi aussi bien à la première personne du singulier, qu'à la troisième ou à la première du pluriel ; est-ce que...

Il déboucha la boîte et en avala une gorgée avant de continuer sa phrase ;

— ... Est-ce que tu le fais exprès ?

— C'est de la bière, ça ? demanda Kootie.

La main plaquée sur le côté, il grimaça.

— Ça coûte un dollar la boîte, je crois ? Ne comptez-vous pas en offrir à madame et à moi ?

— Angelica, dit Sullivan, voulez-vous une bière ?

— Je préférerais un Coke, s'il vous plaît.

— Et toi aussi, fiston, acheva Sullivan en se retournant vers le réfrigérateur. Tu es trop jeune pour boire de la bière.

— Je répondrai à votre question, rétorqua Kootie, en commençant par vous dire que l'un de nous a quatre-vingt-quatre ans.

Sullivan avait posé sa bière et il sortit deux boîtes de Coke.

— Bon, ce n'est ni moi ni toi, et je doute que ce soit Angelica. De toute façon, l'âge ne se répartit pas collectivement entre plusieurs personnes. C'est à toi d'accumuler petit à petit les années.

Kootie frappa son torse nu en riant.

— J'ai dit l'un de nous. Première personne du pluriel.

On frappa soudain à la porte et tous trois sursautèrent. Sullivan lâcha les boîtes pour se précipiter vers l'entrée mais il s'arrêta en route, jeta un regard vers Angelica quand il l'entendit armer le .45. Elle avait soigneusement écarté ses pouces de la culasse.

Il se faufila vers la fenêtre, prêt à se jeter au sol pour lui laisser le champ libre s'il fallait tirer, et abaissa une lame du store vénitien.

Alors il soupira de soulagement.
— C'est le propriétaire, murmura-t-il.
Il avait parlé bas, car la fenêtre était toujours ouverte, tout en se demandant si Shadroe avait entendu le déclic de l'arme.
Angelica remit la sécurité avant de ranger le pistolet dans le sac banane qu'elle referma aussitôt.
Sullivan déverrouilla la porte et l'ouvrit en s'excusant :
— Pardon, je reçois quelques amis...
— Je suis un ami, dit sèchement Shadroe en entrant.
Torse nu, il laissait à l'air son gros ventre bronzé qui dépassait sur un short tube. Ses petits yeux plissés dévisagèrent Angelica et Kootie avant de revenir sur Sullivan.
— Vous vous appelez bien Peter Sullivan ? articula-t-il avec difficulté. C'était sur... le bail.
— Oui.
— C'est un nom assez répandu...
Il marqua une pause pour inhaler avant de reprendre :
— Vous ne trouvez pas ?
— Si, et alors ?
— Alors je suis le filleul de votre père.
Sullivan se demanda à quelle distance se trouvait le plus proche marchand de vin.
— Je n'en doute pas, monsieur, mais si vous le voulez bien, nous parlerons plus tard de nos liens... familiaux. En ce moment, je...
Shadroe pointa un doigt sur Kootie.
— C'est lui, n'est-ce pas ? Mes cochons commençaient à... fumer ! J'ai dû leur ôter leurs piles... et j'ai envoyé ma choupette à mon bateau, pour qu'elle fasse la même chose avec les cochons que je garde à bord. Sinon, ils auraient fini par mettre le feu partout.
Il tourna vers Sullivan un regard furieux.
— Maintenant, vous allez tous me suivre dans mon bureau... Vous allez voir ce que ce jeune homme a fait à mon poste de télévision.
Sullivan secouait la tête. Entre sa fatigue et son aga-

cement, il se sentait plutôt désorienté. Shadroe empestait encore la cannelle et sa lèvre supérieure paraissait maculée de poudre brune, comme s'il avait sniffé du Nesquick. Il était certainement incapable de comprendre un mot de ce qui lui serait dit.

— Cet enfant n'a pas quitté la pièce, expliqua Sullivan d'un ton exagérément patient. Quoi qu'il ait pu arriver à votre télé...

— C'est votre... Je veux dire, ton père... coupa Shadroe.

Sullivan faillit s'étrangler de découragement en se demandant ce qu'il faudrait dire pour le ramener à la raison, mais le vieil homme leva la main.

— Je veux dire que ton père... était mon parrain, expliqua-t-il. Mon vrai nom... est Nicholas Bradshaw. Loretta deLarava... me colle aux fesses.

Sullivan se rendit compte qu'il s'était brusquement figé et qu'il grinçait des dents.

— Oh ! lâcha-t-il dans le silence. Pas possible ?

Il examina le vieil homme, sa grosse figure rougeaude, et dut admettre, non sans un frisson, que ce pouvait fort bien être Nicholas Bradshaw avec cent ans de plus.

— Mon Dieu ! Euh... Comment vas-tu ?

— Pas très bien, dit Bradshaw. Je suis mort en 1975.

Cette déclaration secoua Sullivan qui n'était pas encore vraiment convaincu que l'homme fût mort. Tout au moins, il ne lui eût pas donné plus d'un ou deux ans de... décès.

— Amanites phalloïdes, expliquait Bradshaw. En salade. On se prend de méchantes crampes d'estomac... douze heures après les avoir mangées. Ensuite, on se sent mieux, une semaine ou deux... Loretta deLarava m'a téléphoné pendant cette période ; elle ne pouvait pas me cacher sa jubilation... Il était déjà bien trop tard pour moi. Alors j'ai retiré tout mon argent en espèces... et je l'ai caché, et puis je me suis cuité comme une bourrique sur mon bateau... Complètement bituré... J'ai cassé six téléphones pour en manger les aimants… afin de retenir mon fantôme. Et je me suis réfugié dans le réfrigérateur.

Son haleine pesante emplissait la pièce surchauffée d'une odeur de pourriture à la cannelle.

— Une semaine plus tard, j'en suis sorti… mort, mais toujours sur mes deux jambes.

Angelica s'assit au bord de l'évier, posa l'œuf sur le plan de travail et prit la bière de Sullivan qu'elle porta à ses lèvres et vida avant de la laisser tomber par terre dans un bruit métallique. Alors, elle tendit la main droite :

— Je m'appelle Angelica Anthem Elizalde. J'ai la police aux fesses.

Shadroe vint la lui serrer, non sans un sourire oblique vers Sullivan.

— Je te la volerais bien ta señorita, Pete ! Mais dis-moi, qu'est-ce que vous fabriquez ici, tous autant que vous êtes ? Vous vous cachez ? Franchement, je n'y tiens pas. Vous risquez d'attirer Loretta deLarava et la police contre ma choupette et moi.

Il n'avait cessé de sourire ni de serrer la main d'Angelica.

— Ta camionnette est un vrai tas de boue, même sous son parachute. Je ne comprends pas les gens qui n'ont aucun amour-propre.

Sullivan cligna des yeux devant ce feu nourri de critiques aléatoires mais comprit qu'il était sur le point de se faire virer. Il tâcha de se rappeler Nicky Bradshaw, un vague cousin éloigné qu'il avait rencontré à plusieurs reprises, du temps de leur enfance, avec Elizabeth. Leur père l'avait toujours bien aimé, sans parler du fait qu'il lui avait donné le rôle de Spooky dans *Mon fantôme adoré*.

— Ecoute, Nicky, on est en train de construire un appareil et de préparer une séance de spiritisme, pour parler aux morts, aux fantômes… Enfin, à certains, pas à la cohorte ordinaire. Je veux m'entretenir avec mon père, l'avertir que Loretta deLarava consacre toute son énergie à le retrouver dans le but de le manger demain, le jour d'Halloween.

C'est alors qu'une idée jaillit dans le cerveau de Sullivan. Pour le coup, il s'avisa que ce plan pouvait fort bien marcher.

— C'est toi qui devrais lui parler, Nicky ! L'avertir... il t'a toujours bien aimé !

Le cœur de Sullivan battait plus fort. Je devrais peut-être acheter encore un peu de matériel, songea-t-il enthousiaste. Ça change tout.

— C'est à vous de lui parler, Pete, intervint Angelica près de lui.

— Non, non ! Il ne s'agit pas de faire ce que j'aimerais mais ce qui marchera ! La chance nous sourit, il faut en profiter. Mon père écoutera davantage Nicky qui a douze ans de plus que moi. N'est-ce pas, Nicky ? Il t'a toujours pris au sérieux.

Bradshaw le dévisageait, complètement défait. Il avait plutôt l'air d'un vieillard.

— J'aimerais bien lui parler, avoua-t-il. Mais c'est toi qui devrais l'avertir. Tu es son fils.

— Et c'est votre père, renchérit Angelica.

Sullivan ne la regarda pas.

— Ce n'est pas de ça qu'il s'agit, s'emballa-t-il. L'important...

— De plus, continua doucement Angelica, si j'ai bien compris, Nicky n'est pas lié à votre père par un remords obsédant, au contraire de vous.

— C'est vous l'antenne, ajouta Kootie. Le condensateur variable calibré à la bonne fréquence.

Les poings serrés, Sullivan se sentit rougir.

— Mais l'appareillage ne marchera pas si...

Un court instant tout le monde se tut et l'on n'entendit plus que le pétillement d'une boîte de Coke. Sullivan se rendit compte que son front dégoulinait de sueur. *Vous n'êtes pas en sucre,* crut-il entendre, *vous n'allez pas fondre comme ça.*

— Vous n'aviez pas l'intention de le fabriquer, reprit Angelica en souriant. Vous alliez faire ce qu'il fallait, lui donner une apparence parfaitement plausible, de façon que personne, à commencer par vous, ne vous accuse de ne pas avoir fait votre possible.

Mais il restait un facteur que vous alliez omettre, quelque chose qu'on ne pourrait certainement pas vous reprocher d'avoir oublié.

Sullivan crut sentir sa poitrine se creuser de surprise et de désarroi.

— Une lentille de condensation, avoua-t-il d'une voix sourde.

— Comme dans un projecteur de cinéma ? lança Kootie. Entre l'arc et l'ouverture ?

Sullivan ne le regarda même pas.

Sans une lentille de condensation entre la machine de Langmuir et le balai de décharge dans l'ampoule au carborundum, le signal ne pouvait pas être capté par le filament de quartz.

Seulement, n'y aurait-il pas pensé dès qu'il aurait vu la faiblesse et la dispersion des étincelles bleues à l'extrémité des brins du balai dans l'ampoule ? Même si Angelica n'avait pas dit cela ?

En cet instant d'examen de conscience improvisé, alors que tous ses os tremblaient de froid malgré la chaleur ambiante, il était parfaitement certain qu'il n'y aurait pas songé, ou aurait disposé la lentille de travers.

Tandis que, maintenant qu'il avait pris conscience de la tentation, il ne pourrait plus y céder.

Mais peut-être que ça ne marchera quand même pas !... C'était presque une prière.

Kootie s'approcha en boitant et tendit la main droite à Bradshaw :

— Ravi de vous connaître, monsieur ! Je suis deux personnes à la fois, en ce moment... l'une répond au nom de Kootie...

— C'est une ceinture I-ON-A-CO que vous avez là, observa Bradshaw en lui serrant la main. Ça ne marche pas, ce truc-là. Ça vient de Wilshire ?

— Oui, s'étonna le gamin, c'est sur Wilshire Boulevard qu'on était ! Tout près de MacArthur Park !

Sullivan s'avisa que, pour la première fois, il l'entendait s'exprimer comme un véritable enfant.

— Attends, je voulais dire que c'était H. Gaylord

Wilshire qui vous l'avait fourguée, rectifia Bradshaw. Vous vous trouviez sur son territoire personnel, de Parkview Street à Benton Way, entre la Sixième et la Septième Rue. Mon parrain lui en avait acheté une dans les années 20. A quoi il ressemble, ce vieux Wilshire, aujourd'hui ?

— Fumeux, répondit le gamin d'une voix de nouveau ferme et posée. Mais je n'ai pas présenté mon autre personne.

Il regarda ses trois interlocuteurs tour à tour :

— Je suis Thomas Alva Edison. Et je vous assure que je suis à même de faire fonctionner votre téléphone à fantômes, même si Pete n'y arrive pas.

Sullivan eut au moins la consolation de constater que tout le monde regardait l'enfant en ce moment ; il se retourna vers le réfrigérateur et ouvrit sa deuxième dernière bière. Je n'aurais pas dû parler de cette lentille de condensation, songea-t-il amèrement. J'aurais dû toiser Angelica d'un air outré, faire comme si elle m'avait offensé. Edison... Le pire c'est que ce doit être vrai ! Ce gosse est un fantôme, ou il en trimballe un avec lui... encore que le premier macchabée venu, qui s'y connaît un tant soit peu en électricité, puisse s'amuser à se faire passer pour Thomas Edison.

— Emporte ton matériel dans mon bureau, marmonna Bradshaw d'un ton las. C'est la pièce la plus masquée de tout l'immeuble. Des fils électriques dans tous les sens, de l'eau à contre-courant, même des hologrammes dans un aquarium d'eau salée sous lumière noire. Et apportez votre sac de poulet, monsieur Edison !... Johanna aime ces machins-là. Vous avez pris la recette originale ou la formule croquante ?

— La recette originale, lança Angelica par-dessus son épaule.

Là-dessus, elle alla ouvrir le réfrigérateur.

— Bon, dit Bradshaw. C'est ce qu'elle préfère. J'espère que vous en avez beaucoup acheté.

Une heure plus tard, Sullivan était assis en tailleur à même la moquette sale du bureau de Bradshaw, contemplant la lueur blanche du vieux poste de télévision tout en mâchonnant une aile de poulet.

La « choupette » de Bradshaw, une jeune femme grassouillette en caleçon moulant et large pull-over, était entrée en coup de vent peu après qu'ils eurent emporté tous leurs paquets dans le bureau ; une fois les présentations faites (Johanna, dis bonjour à Thomas Edison, monsieur Edison, voici ma choupette, Johanna), elle avait dit à Bradshaw que « les cochons du bateau en étaient toujours à roter, pas encore à fumer ».

Après quoi, Johanna et Angelica étaient ressorties, dans la voiture de Bradshaw, pour faire d'autres courses, des bandages, de l'eau oxygénée, un projecteur d'occasion, une bouteille de tequila pour Angelica, de la bière et encore du Kentucky Fried Chicken, ainsi qu'une boîte de craies réclamées par Kootie.

A leur retour, Angelica avait nettoyé la plaie du petit garçon et refait le bandage, puis ils avaient tous attaqué le poulet de bon appétit, que Sullivan arrosa de plusieurs bières.

Il jeta l'os rongé dans le sac-poubelle, avala une dernière gorgée de Coors.

— Angelica, demanda-t-il, pourriez-vous me passer un beignet ?

Elle lui jeta un regard mauvais :

— N'en profitez pas pour boire encore, vous allez vous enivrer.

Elle se penchait pour lui tendre la boîte, mais il eut un geste de démission.

— Bon, alors gardez-le.

— J'aimerais bien pouvoir m'enivrer, soupira Bradshaw.

Il avait croqué une poignée de bonbons rouges à la cannelle pendant que les autres se passaient poulet, purée et sauce. Maintenant, il se versait un verre de boisson indéfinissable, un fluide rougeâtre qui empestait également la cannelle.

— Mes cochons et ma télé ne servent plus à rien quand M. Edison est là.

Sullivan avait décidé de ne pas l'interroger sur les cochons mais il désigna l'écran blanc.

— Qu'est-ce que vous regardez, là ?

— La chaîne 2, ABC, ma bonne vieille source d'informations.

— Laissez-moi y jeter un coup d'œil, je devrais pouvoir vous obtenir une meilleure image.

Sullivan se sentait tendu, comme si tout mouvement de sa part risquait de casser quelque chose dans ce capharnaüm.

— Ce n'est pas l'image qui m'intéresse, siffla Bradshaw. Les fantômes forment un bruit de fond électrique… dans la bande de 55 mégahertz… celle de la chaîne 2… en est la plus proche. La luminosité de ce poste… est complètement coupée… figurez-vous.

— Ce sont des ondes terriblement courtes, commenta le garçon qui prétendait être Edison.

— C'est vous l'oiseau à ondes courtes, grommela Bradshaw. Et de taille ! Même si vous vous trouviez à quinze kilomètres d'ici… vous ressortiriez sur cet écran en formant une bande blanche. Mais alors là ! Maintenant que vous êtes ici… vous faites tout le spectacle à vous seul. On pourrait avoir le fantôme de… King Kong à la porte que ça n'y changerait rien.

— Et alors, intervint Angelica, vous n'aviez pas un téléphone à nous installer ?

Sullivan lui lança un regard irrité… puis se radoucit en sentant qu'elle était aussi tendue que lui. Il n'avait pas oublié l'empressement qu'elle avait crânement montré à sortir acheter du matériel de sorcellerie, alors que lui ne désirait que rester tapi dans son studio tout le week-end ; un court instant, il éprouva un élan d'amour apitoyé pour elle et du dégoût envers lui-même.

— Ouais, dit-il en se levant. Le courant de l'immeuble devrait suffire. J'ai acheté un transformateur de train électrique, et on a le bobinage.

Angelica s'était levée aussi pour aller sortir du sac à provisions les bougies, les paquets d'herbes et les petites bouteilles.

Quant à Kootie, il s'était perché sur le dossier du canapé comme un oiseau dans son nid.

— Que comptez-vous faire, exactement? interrogea-t-il. Nous ferions mieux de nous dépêcher, il ne nous reste pas douze heures avant minuit et j'ai l'intention de m'enfouir le plus profondément possible, hors de portée d'aucun aimant, quand les horloges sonneront le premier coup d'Halloween.

Vous n'êtes pas en sucre, vous n'allez pas fondre comme ça. J'arriverai avant vous dans l'eau!

C'était une voix d'homme qui lui avait joyeusement lancé cette invective. Sullivan se rappelait les deux boîtes de Coke qu'il avait jetées par terre dans le studio mais ne voulait pas se rappeler celui qui lui avait dit:

— *J'arriverai avant vous dans l'eau!*

— Une ampoule avec un bouton de carborundum au lieu d'un filament, dit-il tout fort, chargé avec l'éventuel balai de décharge électrique... qui convergerait à travers cette satanée lentille de condensation... vers le filament de quartz que nous aurons noirci au carbone, dans une machine de Langmuir. Ça marchera comme les pales d'un radiomètre, qui remuent en fonction de la lumière projetée à travers la lentille. On pourra casser un thermomètre pour recueillir une goutte de mercure qu'on mettra dans la machine et ensuite on l'évacuera dans une assez bonne raréfaction avec un tuyau relié au robinet de l'évier...

Mais les jumeaux ne se sentaient pas bien depuis le déjeuner, au point que même l'odeur du Coppertone leur donnait la nausée; aussi avaient-ils préféré ne pas se baigner pour traîner au soleil sur leurs serviettes, bien au chaud sur le sable de la plage.

Après avoir écouté Sullivan décrire l'appareil qu'il comptait monter, Kootie intervint:

— Vous n'avez pas besoin d'un aimant dans le récepteur. C'est un objet tellement sensible qu'il attirerait les voix de tous les fantômes de Los Angeles. Nous aurons assez de difficultés avec les champs provoqués par les changements de charges électriques.

Prenez plutôt de la craie, j'ai demandé à ces dames d'en acheter.

Il marqua une pause avant de poursuivre :

— Mais on a encore la craie insecticide miracle, monsieur Edison ! Ça ne marchera pas, Kootie, elle doit être ronde comme un cylindre. Néanmoins je te félicite d'y avoir pensé.

Sullivan faisait son possible pour se concentrer.

— De la craie ? répéta-t-il.

Leur père s'était moqué d'eux en leur rappelant qu'ils n'étaient pas en sucre, avant de plonger dans les vagues mousseuses, et le petit Pete avait longtemps suivi des yeux sa tête blanche et ses épaules qui émergeaient de l'eau par à-coups.

— La friction d'un morceau de craie varie en fonction des changements de sa charge électrique, continuait Kootie. Sans charge, elle est rugueuse et comporte beaucoup de points de friction, mais elle devient tout de suite lisse dès qu'il y a du courant...

Les trois cannettes de limonade gisaient telles des grenades d'artillerie, attendant que leur père revienne de sa baignade. Il y en avait une pour lui, une pour Pete et une pour Elizabeth. Leur belle-mère ayant expliqué qu'elle ne buvait jamais de boissons gazeuses, il n'y avait que trois cannettes.

— ... un ressort relié d'un côté au centre du diaphragme, poursuivait Kootie en traçant des dessins dans l'air, de l'autre compressé contre le côté du cylindre de craie en train de tourner. Les fluctuations du courant de votre bobinage changeront la résistance mécanique de la craie, aussi l'aiguille oscillera-t-elle, voyez-vous, selon que la craie sera lisse ou rugueuse, et cette oscillation sera transmise au diaphragme.

— Ça m'a l'air dingue, chevrota Sullivan.

Il s'obligeait à prêter attention à ce que disait l'enfant tout en s'efforçant de ne pas tenir compte de la bouffée de souvenirs qui lui remontaient à la mémoire par vagues de plus en plus puissantes, insupportablement présents, vivants.

— Ça marche, rétorqua froidement Kootie. Un

jeune homme, du nom de George Bernard Shaw, a travaillé pour moi à Londres, en 1879, et vous avez peut-être lu sa description de mon récepteur électromotographique dans son livre, *Le Nœud irrationnel*.

Sullivan frissonna car il était tout d'un coup certain que le fantôme porté par l'enfant était bien celui de Thomas Edison. Alors il répondit d'une voix toute humble :

— Je vous crois sur parole.

Il n'ajouta cependant pas « monsieur ». Car il avait toujours estimé qu'un seul homme au monde était digne de ce titre.

Leur belle-mère ne se donna même pas la peine de paraître surprise lorsque Pete et Elizabeth lui crièrent que leur père semblait se débattre dans l'eau. Le vieil homme avait pourtant nagé loin, de son crawl athlétique habituel, mais il faisait maintenant d'étranges gestes désordonnés, comme s'il appelait à l'aide. Leur belle-mère s'était alors contentée de se lever pour regarder ce qui se passait, en se protégeant les yeux du soleil.

— ...et l'ampoule au carborundum devrait être assez sensible pour capter le fantôme et refléter sa présence dans le balai de décharge. Elle devrait facilement le faire varier, ce qui donnerait un signal qui passerait par la lentille de la machine de Langmuir...

Leur belle-mère n'avait pas touché à la salade de pommes de terre et semblait en pleine forme ; pourtant, elle n'avait seulement pas mis un doigt de pied dans l'eau, aussi les jumeaux s'étaient-ils précipités dans les vagues malgré les crampes qui leur tordaient l'estomac...

Kootie avait posé une question à Sullivan et celui-ci dut se concentrer pour se la rappeler.

— Oh ! dit-il. C'est vrai. Nous allons amorcer le filament de quartz avec une vibration du sol et le faire résonner en passant un aimant devant le petit induit de fer tournoyant dans la machine ; ensuite, il faudra se débarrasser de l'aimant en le sortant de l'immeuble. Le quartz émettra au départ un son aigu et puis la vibration ira diminuant jusqu'à ce que disparaisse son… son *ping* initial. Nous perdrons graduellement du volume mais, même avec les effets atténuants du radiomètre qu'il subit à cause de la lumière convergente et de la friction avec les traces de vapeur de mercure dans la machine, l'émission de la vibration devrait durer un bon moment.

Les deux jumeaux s'étaient arrêtés lorsqu'il leur avait fallu se hisser sur la pointe pour garder pied dans l'eau froide et agitée. Pourtant, Elizabeth se laissa porter par le courant vers son père qui luttait dans le lointain ; alors que Pete, effrayé par ces flots furieux qui effrayaient leur père autant que par la douleur qui lui oppressait l'abdomen, rebroussait chemin vers la plage.

— C'est vous l'antenne, dit Kootie en le dévisageant du haut de son perchoir, mais il va vous falloir quand même une balise d'approche, un leurre.

Finalement, Elizabeth était revenue, épuisée, malade et seule.

— Ce sera aussi moi, lâcha Sullivan d'un air sombre. Je suis toujours son fils.

Evidemment, ils n'avaient pas ouvert les trois cannettes de limonade, quoique les jumeaux fussent destinés à les revoir vingt-sept ans plus tard… encore à Venice.

Le visage de Sullivan blêmit au souvenir de celui de Kelley Keith observant froidement son mari en train de se noyer, qui venait en surimpression de la bouille ronde de Loretta deLarava. Alors seulement, il se rendit compte que c'était la même femme.

— Nicky ! lança-t-il.

D'un ton si effaré qu'Angelica lui jeta un regard inquiet.

— Loretta deLarava est Kelley Keith !

— Gagné ! concéda Bradshaw. Je le sais depuis 1962.

— Quand on avait dix ans ? Tu aurais pu nous le dire !

— Pourquoi ? Tu serais retourné la voir ?

Sullivan revoyait le joli petit visage tourné vers la mer, vers le vieil homme qui se noyait sous ses yeux.

— Sûrement pas !

— Elle a tué ton père, et moi aussi. Maintenant, elle veut effacer ces deux remords, ces deux reproches, ces deux notions. Si nous disparaissons, la réalité suivra automatiquement. Fini ! Pour elle, tout au moins.

— Mais… non ! Il s'est noyé. Elle ne l'a pas tué…

— Elle vous a servi à toi, à ta sœur et à ton père une salade de pommes de terre empoisonnée. Le reste n'avait qu'à suivre, tout naturellement.

Kootie sauta au sol d'un mouvement impatienté et se mit à faire les cent pas en chopant au passage le paquet de Marlboro de Sullivan ; il sortit une cigarette, la colla entre ses lèvres et tâta ses poches vides.

— Qui a du feu ?

— Et les poumons du gosse ? protesta Angelica.

— Rien qu'une ! Je ne crois pas… Ça va, madame Elizalde, j'ai déjà fumé, vous savez. Ah oui ? Pourtant, madame a raison, tu ne devrais pas. Que je ne t'y reprenne plus !

Il enleva la cigarette de sa bouche et la rangea dans son paquet.

— C'est vous qui avez commencé, vous dirigiez mes mains. On ne discute pas avec les grandes personnes, madame a raison. Je ne faisais pas attention… sapristi !

Il leva sur Sullivan un regard vif :

— Je crois que votre projet marchera. Dans un sens, il est meilleur que le mien. J'aime cette idée que ce soit l'ampoule au carborundum qui capte le signal recherché… elle pourrait peut-être nous éviter les interférences de la foule des autres fantômes. Allons, au travail.

Bradshaw proposa de libérer la surface de son bureau et, peu après, Kootie et Sullivan y installaient globes, boîtes et fils. Bradshaw sortit même deux vieux téléphones à cadran d'un placard qu'il les laissa cannibaliser. A deux reprises, Sullivan dut retourner à la camionnette, une fois pour y chercher des outils, la deuxième pour en apporter la batterie qui allait leur fournir du courant direct à 9 volts. Il se laissa aller jusqu'à poser une opération au crayon directement sur la surface d'acajou du bureau. Angelica vint lui secouer légèrement l'épaule. Elle s'était un moment affairée dans la petite cuisine et, bientôt, l'atmosphère déjà parfumée à la cannelle s'emplit de senteurs de menthe et de tequila chaude.

Tout en s'appliquant à la logique des potentiels, des résistances et autres champs d'induction, Sullivan ne pouvait empêcher une autre partie de son esprit de découvrir ce qui se cachait sous cette masse de souvenirs si longtemps enterrés dans l'oubli.

J'étais là quand il s'est noyé! Ce n'est pas avec le tournage de Noël 86 que j'ai fait la connaissance de la plage de Venice... maintenant je comprends cette lancinante impression de déjà-vu. J'étais là quand il s'est noyé, en été 59, et Loretta deLarava est Kelley Keith, notre belle-mère, et elle l'a tué, elle l'a empoisonné puis elle l'a regardé mourir. J'étais là... j'ai regardé mon père mourir! Au moins, Sukie a tenté d'aller le rejoindre et de le sauver... tandis que moi, j'ai abandonné, je me suis enfui.

Jusqu'à l'aube, je boirai... chantait-il dans sa tête en répétant le cantique de Sukie.

Maintenant, il était certain qu'elle n'avait pas oublié, elle, une grande partie de ce qui s'était passé ce jour-là. Si elle buvait (« *Ce que tu as oublié ne peut pas te faire de mal* »), si elle ne s'était pas mariée, si elle avait tenté de l'attirer dans son lit et de faire l'amour avec lui après qu'il lui eut demandé des explications sur ses mensonges à Judy Nording... si elle s'était suicidée... tout cela lui paraissait clair maintenant : c'était parce qu'elle n'avait jamais oublié ce qui s'était passé ce jour-là.

Au milieu de l'après-midi, le dispositif était branché et solidement fixé au bureau et l'ampoule au carborundum vissée à sa place. Edison fit remarquer que, lorsque l'ampoule évacuée se réchauffait, la ligne de son balai de décharge serait sensible au mouvement de toute personne présente dans la pièce, aussi passèrent-ils les fils autour de la porte et dans la petite cuisine éclairée au néon ; puis ils disposèrent le haut-parleur à la craie sur le plan de travail près de l'évier, à l'aide d'un vieux téléphone branché sur une table de télévision au milieu du plancher. Sullivan avait cérémonieusement approché une chaise de cuisine de l'installation.

Angelica avait préparé une décoction fumante de menthe et de tequila, tellement forte qu'elle en piquait les yeux, pour n'éteindre le gaz que lorsque les feuilles avaient presque brûlé. Avec Johanna, elles se tenaient devant le réchaud, encerclées par les fils qui traînaient sur le vieux linoléum.

Elle leva sur Sullivan de grands yeux vides et il se dit qu'il devait arborer à peu près la même expression.

— Quand vous serez prêts, dit-elle, Johanna et moi irons allumer les bougies dans l'autre pièce et répandre partout l'huile de *Vente aquí*. Ensuite, il faudra débrancher tous les détecteurs de fumée et je rallumerai le feu sous cette casserole de *Yerba buena*. Vous devrez parler à la fumée à partir de là.

Sullivan avait pris garde de jeter toutes les boîtes vides de bière à la poubelle avant d'ouvrir la suivante en douce, de façon qu'Angelica ne risque pas de les compter. *M'imbiberai à me péter...* chantait-il d'une voix stridente dans sa tête.

Il prit la dernière bière dans le bureau, fort sombre depuis que Bradshaw avait débranché la télévision pour l'emporter dans un garage, et l'ouvrit doucement tout en surveillant la décharge dans l'ampoule au carborundum. Elle avait effectivement chauffé et la volute d'un bleu fantomatique des électrons se tordait dans le verre, changeant silencieusement de position à mesure qu'il se déplaçait dans la pièce.

— Je crois que nous sommes prêts ! annonça-t-il en retournant dans la cuisine violemment éclairée.

Il passa devant Bradshaw qui se tenait dans l'encadrement de la porte.

39

— (Cette fillette) il faut l'expédier en message télégraphique…

A travers le miroir
Lewis CARROLL

— Je ne me rappelle pas le numéro du vieux, dit Bradshaw. Il va falloir se renseigner auprès d'une bibliothèque de cinéma…

— Je le connais, intervint Sullivan.

Courir et courir, se dit-il, courir avec Sukie depuis 1959, et courir encore plus vite et seul depuis 1986. A travers tout le pays. Pour atterrir ici, dans cette sinistre cuisine, face à ce sinistre téléphone préhistorique.

— Le 1er avril 1898.

Il jeta un coup d'œil vers Angelica.

— La date de naissance de mon père. Avec son nom complet, elle formera son numéro de téléphone.

Il rédigea : 1er avril 1898, A-R-T-H-U-R — P-A-T-R-I-C-K — S-U-L-L-I-V-A-N puis consulta le cadran.

— Voilà, dit-il, ça donne : 411898, 278487 — 7287425 — 78554826.

— Ça en fait des chiffres ! s'exclama Kootie.

Sullivan eut la nette impression que, cette fois, c'était l'enfant qui parlait.

— C'est que… vois-tu, il s'agit plus que d'une communication interurbaine, ou même internationale, intersidérale.

— Je me rappelle, observa Angelica songeuse, enfant je croyais que le numéro de téléphone de Dieu était dans tous ces petits chiffres qui marquent les versets de la Bible mais que personne n'était encore jamais parvenu à le composer.

— Vous pourrez essayer quand j'aurai fini de parler avec mon père.

— Est-ce qu'on peut mettre les appels magiques sur écoute ? s'enquit soudain Bradshaw.

Kootie s'éclaircit la gorge.

— Sans aucun doute.

Le jeune garçon s'était assis sur le plan de travail, à côté de la craie cylindrique montée sur le panneau d'un taille-crayon électrique désassemblé ; il paraissait très pâle et sa poitrine étroite se soulevait avec difficulté chaque fois qu'il respirait ; son bandage, au côté, se maculait de sang frais.

— Vous avez... poursuivit-il doctement, quoi, trois ? quatre ?... antennes dans cette cuisine, qui émettent aussi bien qu'elles reçoivent.

— Ne t'en fais pas, Nicky, intervint Sullivan. On va les brouiller. Angelica, pourriez-vous me passer le pouce d'Houdini ?

La jeune femme sortit de sa chaussure l'organe noir racorni, et le lui tendit. Il le posa sur la table près du téléphone.

— On composera les numéros avec ça.

— Il faudrait faire un essai avant de commencer, suggéra Kootie, pensif. Personne n'a un mort à qui il aimerait envoyer un message ?

— J'ai quelqu'un qui m'a versé une somme d'argent, annonça Angelica, et pour qui je n'ai pas fait le travail qu'il en attendait.

Visiblement émue, elle s'avança en prenant garde de ne pas marcher sur les nombreux fils, et vint s'asseoir sur la chaise.

Kootie sauta à terre.

— Vous connaissez son numéro ?

— Oui.

— Mais il vous faut un leurre. Souvenez-vous, la « balise d'approche ».

Elle se pencha pour sortir son portefeuille de sa poche, l'ouvrit et en tira un morceau de papier froissé plié en quatre.

— Voici son écriture. Son écriture émotionnelle.

Elle se tourna vers Johanna :

— Pourriez-vous, je vous prie, allumer les bougies et... verser l'huile sur le linteau de la porte, et... enfin faire le nécessaire ?

— Certainement mieux que vous, répondit Johanna en souriant gaiement.

Angelica se tourna vers Sullivan :

— Allez-y.

Il lui était reconnaissant de se jeter à l'eau la première.

— D'accord, souffla-t-il avec empressement. Kootie, tu peux allumer.

Lui-même retourna dans le bureau et, pendant que Johanna approchait une flamme des bougies et répandait l'huile en marmonnant des incantations, il sortit de sa poche l'aimant récupéré sur le vieux téléphone. Il s'agenouilla devant la machine de Langmuir et agita l'aimant en face du petit induit de fer ; il entendit alors le faible *ting* au moment où l'aimant heurtait le filament de quartz. Alors, Sullivan ouvrit la porte de l'extérieur et courut dans le soleil éblouissant vers la camionnette bâchée et posa l'aimant par terre, devant la voiture.

Sept secondes plus tard, il avait regagné la cuisine, suffoquant dans les relents de menthe et de cannelle.

Kootie avait branché le taille-crayon aménagé et le haut-parleur résonnait d'un bruit monotone, comme une exhalation retenue. Dans sa casserole, la menthe fumait et crépitait.

Angelica souleva le combiné du téléphone puis, à l'aide du pouce d'Houdini, composa le numéro ; derrière elle, le haut-parleur émit un son palpitant au rythme du cliquetis du cadran. Un peu tard, Sullivan se rendait compte qu'il ne pourrait s'isoler à aucun moment, qu'il lui faudrait tout dire devant les autres. Il en avala une longue gorgée de bière qui vint rafraîchir sa tête brûlante.

Angelica continuait de composer son numéro qu'une voix commençait déjà de s'élever dans le haut-parleur :

— *Cosa mala nunca muere. ¿Me entiendes, Méndez ?*

Sullivan sentit un frisson glacé lui parcourir l'échine dorsale et s'aperçut que ses cheveux se dressaient sur sa tête.

— Ça, lança Kootie d'un ton agacé, c'est une interférence. Ça ne peut pas être déjà votre correspondant. Vous ne reconnaissez pas cette voix, j'imagine ?

Brusquement, il écarquilla les yeux et, d'une voix empreinte de frayeur enfantine, s'écria :

— C'est le sac qui rigole !

Angelica lâcha le téléphone d'un coup et le pouce d'Houdini tomba dans l'évier.

— Nom de Dieu ! Il a raison ! Le sac de toile dans le camion !

Sullivan ne comprenait pas un mot de ce qu'ils racontaient.

— Qu'est-ce qu'il a dit ?

— Un truc comme... « Les... les mauvaises choses ne meurent jamais », murmura Angelica d'une voix blanche. Et puis il a ajouté : « Tu comprends ? »

Elle leva un regard effrayé vers Sullivan :

— Je... ne pourrais pas tout laisser tomber et partir maintenant ?

Il ouvrit les mains d'un geste impuissant.

— Et moi, donc ?

Lui aussi l'implorait du regard, comme s'il se prenait à espérer qu'elle eût le pouvoir de lui dire oui.

Mais, déjà, elle se frottait les yeux du dos de la main.

— Pourriez-vous me passer le pouce, s'il vous plaît ?

Comme Sullivan s'exécutait, Bradshaw derrière lui grommela :

— C'est quelqu'un *(ouf)* que vous avez poursuivi tous les deux ?

Kootie haussa les épaules.

— C'est... oui, quelque chose, ou quelqu'un qui s'intéressait à moi ce matin et qui aura vu Mme Elizalde.

— Mademoiselle, rectifia Angelica.

— Permettez à un mort de vous préparer la voie, proposa Bradshaw.

Il entra dans la cuisine, marchant négligemment sur les fils, son ventre nu ballottant devant lui, prit le combiné et souffla énergiquement dans le récepteur :

— Allô ? Allô ?

Alors il appuya sur l'interrupteur, deux fois, puis reposa le combiné.

— Essayez, maintenant.

Sullivan avait récupéré le pouce et le tendait à Angelica qui refit son numéro en tremblant. Il lui fallut presque une minute pour aligner les date de naissance et chiffres du nom de l'homme qu'elle appelait mais il semblait que le souffle de Bradshaw eût chassé tous les fantômes errants.

Enfin, elle porta le combiné à son oreille d'une main hésitante.

Un grésillement musical retentit dans le haut-parleur, s'arrêta, recommença, s'arrêta encore, recommença de nouveau.

— Mon Dieu ! s'exclama Sullivan. Ça sonne !

— Conditionnement culturel, observa Kootie. C'est bien ce à quoi tout le monde s'attend, même le correspondant de mademoiselle.

Une voix étonnée retentit soudain dans toute la pièce :

— *Qui est à l'appareil ?*

Au passage, Sullivan ne put s'empêcher d'admirer la fidélité du haut-parleur à craie d'Édison...

— Frank ? dit la jeune femme dans le microphone. C'est moi, c'est Angelica.

— *Angelica !*

La surprise de son interlocuteur fit place à l'enthousiasme :

— *Angelica, où êtes-vous ? Qui est ce vieux bonhomme ?*

Les yeux écarquillés, elle interrogea du regard Sullivan puis Kootie.

— De qui parlez-vous, Frank ?

— *Il vient dans votre centre médico-social tous les jours ! Il n'y connaît rien, il lit dans les lignes de la main et... et prend des libertés avec les jolies femmes !*

— Oh ! Ce doit être... Ce n'est plus mon cabinet, Frank, je ne...

— *Je vous ai vue aujourd'hui, d'ici, de la fenêtre. Vous êtes tombée sur le trottoir quand je vous ai vue arriver. J'habite ici et je vous ai fait signe mais vous n'êtes pas entrée.*

— Je suis désolée, Frank, je...

— *Vous n'êtes pas entrée... vous ne me respectez plus... D'ailleurs, vous ne m'avez jamais respecté ! Je ne vous ai pas parlé dans l'égout, et je ne devrais pas vous parler maintenant. Vous n'êtes pas venue me rendre visite quand je me suis blessé dans votre centre. Vous avez d'autres amis, maintenant, dans votre belle maison, et vous ne pensez plus jamais à moi.*

Malgré son air effaré, Angelica gardait une voix ferme :

— Frank, écoutez, je suis désolée, je reconnais que je vous ai négligé. Vous rappelez-vous pourquoi vous êtes venu dans mon centre, pourquoi on vous y a envoyé ?

— *Euh... eh bien, parce que je devais vérifier sans arrêt si mes lacets n'étaient pas défaits, si j'avais bien fermé les portes à clef, si j'avais éteint les phares de ma voiture, même en plein jour... et je me suis couché, et je ne me suis relevé qu'au bout d'un mois... et j'ai tenté de me suicider. Alors, à ma sortie d'hôpital, on m'a dit d'aller vous consulter.*

— Et moi je n'ai pas su vous aider et je le regrette infiniment. Je n'ai pas eu d'autres amis. Je me suis enfuie, cachée. Tous les jours, je pensais à ce que je vous avais fait, comment je vous ai laissé tomber, et je voulais revenir me racheter.

— *Vous pouvez vous racheter maintenant ! On pourrait se marier, comme je l'ai dit dans ma lettre...*

La menthe venait de prendre feu dans la casserole. Sullivan se précipita, la sortit du réchaud et posa un couvercle dessus pour étouffer les flammes.

— Non, Frank, dit Angelica. Vous êtes mort, maintenant. Je pense que vous le savez, n'est-ce pas ? Vous ne pouvez plus vous marier. Vous ne vous êtes pas blessé dans mon centre, vous vous êtes tué. Vous vous rappelez vous être alité un mois entier avant de venir me voir ? A l'époque ce n'était pas le moment de vous reposer, à présent, oui. Vous êtes mort. Il vaut mieux vous endormir, si profondément que… qu'il n'y ait plus de place dans votre esprit pour aucun rêve.

Un long moment, un silence de plomb régna dans la cuisine, ponctué par le sifflement du haut-parleur. Sullivan vit Kootie jeter des regards scrutateurs vers la craie qui tournait toujours sur son axe.

Puis la voix revint, apaisée :

— *J'ai bien pensé que j'étais peut-être mort. En êtes-vous sûre, Angelica ?*

— Malheureusement oui.

— *Vous ne m'avez pas oublié ? Vous m'avez regretté ?*

— Vous avez accompagné chacune de mes pensées depuis ce moment-là. Je suis revenue pour vous demander pardon.

— *Ah !*

Le silence retomba quelques secondes, puis :

— *Au revoir, Angelica. Vaya con Dios.*

— Me pardonnez-vous ?

Le sifflement se prolongea un instant puis Bradshaw remua, toussota et le haut-parleur n'émit plus qu'un triste raclement qui cessa lorsque Angelica appuya sur l'interrupteur et coupa.

Sullivan porta sa boîte de bière devant ses yeux pour éviter d'avoir à regarder quiconque mais il entendit craquer les genoux de Bradshaw qui remuait de nouveau. Une épaisse fumée de menthe s'élevait au plafond.

Repoussant sa chaise, Angelica se leva en balbutiant comme pour elle-même :

— Putain, je ne sais pas…

C'est alors que la sonnerie revint dans le haut-parleur. Elle s'arrêta. Recommença.

La jeune femme se pencha pour décrocher :

— Allô ?

Une élégante voix d'homme demanda :

— *Pourrais-je parler à Don Tay, s'il vous plaît ?*

— C'est pour moi ! s'écria Kootie.

Il vint s'asseoir sur la chaise. Angelica lui tendit le combiné et il s'éclaircit la voix.

— Ici Thomas Edison.

Au bout du fil retentit un violent soupir.

— *Seigneur Dieu ! Vous êtes sur une ligne publique ! Faites un peu attention, je vous prie ! Mon fils...*

— Va bien, dit Kootie.

Il gardait une expression calme malgré les larmes qui lui coulaient sur les joues.

— On a masqué et purgé la ligne de notre côté.

— *Mon Dieu ! Et vous parlez... physiquement ! Avec sa voix ! Qu'avons-nous fait... misère... qu'avons-nous fait ?*

Plus fort encore, la voix appela :

— *Kootie ! Tu m'entends, mon garçon ?*

Le visage de l'enfant s'empourpra, grimaça et il éclata en sanglots.

— Je suis là, papa, mais arrête de crier ou... tu peux faire craquer le haut-parleur, on l'a branché à un taille-crayon. M. Edison s'occupe bien de moi, t'inquiète pas. Mais, papa... dis à maman que je voulais pas faire ça ! C'est moi qui devrais être mort ! J'ai essayé de vous le dire, l'autre jour, mais vous étiez t-t-tous les d-deux i-i-vres !

Toute dignité oubliée, il laissa sa tête tomber en avant pour mieux pleurer.

Angelica s'agenouilla devant lui et posa un bras sur ses petites épaules nues en l'étreignant doucement.

— *Allons, allons, mon garçon,* reprit la voix maintenant tremblante. *Ici, nous sommes fragmentés ; nous nous brouillons et nous cassons, ce qui fait que tu parles parfois à des morceaux extrêmement diminués. Ta mère a continué son chemin et elle a peut-être trouvé, maintenant... la lumière blanche, qui sait ? Elle m'a dit de te rappeler combien elle t'aime, et combien moi aussi je t'aime, et que tu n'étais...*

La voix était toujours forte bien qu'un peu brouillée.

— *... poul lien tans ce qui f'est paffé. Au... voi... Fois... plu... dent... Ecoute... Ante... Tay... Om-Tay...*

Peu à peu, le bourdonnement avait submergé la voix qui se perdait dans divers parasites et disparut complètement alors que Sullivan croyait entendre :

— *¿Te explico, Federico ?*

— Papa, je t'embrasse... papa ?

Kootie avait crié dans le brouhaha du récepteur. Il

attendit un peu puis, lentement, d'une main mal assurée, il coupa la communication. Après un déclic, on entendit une lointaine voix féminine :

— *La ligne de votre correspondant est saturée. Veuillez rappeler ultérieurement.*

Angelica aida Kootie à quitter la chaise et Sullivan eut l'impression qu'elle le bousculait un peu, comme si elle avait hâte de libérer la place afin que lui puisse appeler son père. C'est un psychiatre, se dit-il. Elle doit considérer ces simagrées imbéciles comme une bonne pathologie.

En prenant place sur le siège encore tiède, il remarqua que le petit garçon continuait de pleurer sans qu'Edison reprît les commandes de son corps. Ce qui ne laissait pas de l'inquiéter car il savait que le filament de quartz conserverait un certain temps sa vibration initiale dans l'atmosphère raréfiée de vapeur de mercure, alors qu'il devait enregistrer d'innombrables bruits, d'étranges parasites à en juger par les interférences qui ne cessaient de se produire.

Seulement Edison ne pourrait rien y changer. Au moins le haut-parleur n'émettait-il plus, pour le moment, qu'un sifflement régulier.

Tel un chirurgien en salle d'opération, Sullivan tendit une paume ouverte :

— Pouce !

Par-dessus l'épaule affaissée de Kootie, Angelica lui jeta un regard de dépit épuisé.

— Pouce.

Ce disant, elle lui plaqua le pouce noir d'Houdini dans la main.

Sullivan composa le numéro. *Non, en peau ! En peau de vache ! Père, pardonnez-moi de ne pas vous avoir rejoint dans la mer, ne serait-ce que pour me noyer avec vous. Pourquoi m'avez-vous abandonné ? Que dois-je faire, maintenant ?*

Il acheva de former les chiffres de SULLIVAN et lâcha le pouce.

A côté de l'évier, le haut-parleur grésilla en ramenant la voix féminine :

— *Quel numéro demandez-vous ?*

Elle parlait d'un ton manifestement sarcastique et, le cœur serré, il se rendit compte que, pour la deuxième fois en quatre jours, il entrait en communication téléphonique avec sa sœur jumelle, Sukie.

Impulsivement, il répondit, en adoptant une voix de fausset pour imiter Judy Garland :

— Ô tante Em, j'ai peur !

A quoi Sukie répliqua, assez vite pour embrayer à sa suite : *Tante Em ! Tante Em !* du ton sardonique de la Méchante Sorcière de l'Ouest.

Sullivan jeta un regard en coin pour s'apercevoir que tout le monde, dans la petite cuisine enfumée, avait les yeux fixés sur lui ; Kootie lui-même avait cessé de pleurer pour le contempler bouche bée.

— *Il l'a mise dans une bouteille de Leyde,* chantonnait Sukie, *et il la garde là, tout près, tout loin.*

Quoi ? se demanda Sullivan éberlué. Qui a-t-il mis dans une bouteille de Leyde ? Tante Em dans la boule de cristal du film ? Une bouteille de Leyde était un condensateur primitif destiné à emmagasiner des charges électrostatiques.

— Suke, qu'est-ce que tu fous ?

— *Cette limonade ne mourra pas, Pete. Tu l'as déjà vidée ?*

— Oui.

Le sang lui battait dans les tempes ; il avait l'impression de se tenir derrière son propre corps, de se pencher sur ses propres épaules abattues.

— En tout cas tu as regagné le rivage.

— *On ne regrette pas le passé mais on ne l'oublie pas non plus. Tu aurais dû boire davantage. On boit beaucoup ici, et tous les matins on se promet d'arrêter. Je suis tout à fait dans mon élément.*

Elle se mit à réciter :

— Allons, écoute-moi avant que la terrible
Voix des chagrins amers et des calamités
N'invite à prendre place en un lit abhorré
Une mélancolique et douce jeune fille !
Nous ne sommes, enfant, que des enfants vieillis
Qui pleurnichent, sachant qu'il faut aller dormir.

— C'est dans *Alice*, observa Sullivan.

— *Dans* A travers le miroir, *exactement.*

— Qu'est-ce que vous avez, tous, à sans arrêt citer ces livres ?

— *Ça n'a rien d'extraordinaire, Pete. La petite fille qui tombe dans un puits très profond aux parois recouvertes de placards et d'étagères (appelle ça « voir sa vie entière passer devant les yeux ») c'est l'effondrement de tous les événements de ton existence dans un endroit idiot, situé nulle part... les livres d'*Alice *sont une automortologie. Alors tu te retrouves dans un lieu où ton... ta « taille physique » est une variable complètement irrationnelle, où distance et vitesse deviennent problématiques. Et tu ne peux pas t'empêcher de fréquenter des fous.*

Le volume diminuait sensiblement ; les vibrations du filament de quartz de la machine de Langmuir dans la pièce voisine devenaient de plus en plus aléatoires.

— Je... balbutia Sullivan. En fait, je voulais parler à papa...

— *En fait, il ne veut pas te parler. Tu vas devoir jouer les bons petits soldats. Lewis Carroll n'est pas mort, mais il connaissait une petite fille qui est morte... il l'avait prise en photo et il a enfermé son fantôme dans une bouteille de Leyde, comme Benjamin Franklin le faisait couramment. C'est elle qui a raconté toutes ces histoires à Lewis Carroll et il n'a eu qu'à les transcrire.*

Elle se tut pour reprendre plus doucement :

— *Tu ne serais pas en train de regarder le colonel Embusqué dans les yeux par hasard ?*

En effet. (Il se sentait encore plus éloigné de son corps et il savait que si Angelica refusait de lui rendre le .45, il trouverait facilement une autre solution, par exemple en sortant à deux minutes de là, pour aller nager au bout de l'océan, au bout de ses forces...) Son père n'avait pas oublié, pas pardonné non plus. Par-delà les relents de menthe brûlée, d'haleine à la cannelle pourrie de Bradshaw et de sa propre transpiration mêlée de bière, Sullivan sentait le Coppertone, la mayonnaise et le vent de mer.

— Et alors ? murmura-t-il.

— *Il faut que je t'explique... bon! Ecoute, Pete, s'il refuse de te parler, c'est juste parce qu'il ne veut plus utiliser cette ligne publique. Il veut que tu ailles le chercher. Il dit que Nicky Bradshaw saura où il se trouve; apparemment, il a rêvé de lui, dernièrement.* Dream a little dream of me... *enfin, non!*

La voix de Sukie devenait de plus en plus sourde.

— Beth! cria-t-il. Je t'ai laissé tomber. Il faut me...

En même temps, elle disait :

— *J'ai passé mon temps à t'empoisonner l'existence. Il faut me...*

Ils avaient instantanément récupéré leur aptitude à deviner ce que l'autre allait dire. Sullivan sourit et se dit que Sukie devait en faire autant de son côté... où qu'elle fût. Alors ils reprirent ensemble, parfaitement à l'unisson.

— ... Pardonner.

Un ange passa et ils ajoutèrent :

— Ça va de soi!

Ensemble.

La voix de Sukie disparut dans le sifflement grandissant du haut-parleur; un instant, tout le monde, dans la cuisine, crut entendre un chien aboyer quelque part au cœur de ces abysses, puis tout s'évanouit dans le bruit de fond.

Sans que personne comprît pourquoi, Kootie murmura :

— Fred ?

Puis se remit à sangloter.

Sullivan raccrocha et interrogea du regard la silhouette massive de Bradshaw dans l'encadrement de la porte, impassible.

— Il faut que j'aille chercher mon père, dit-il d'une voix blanche. Il paraît que tu sais où le trouver.

— Débranche-moi ce téléphone! aboya Bradshaw. Tous les médiums de San Fran à San Clam doivent nous écouter.

Sullivan se leva, repoussa ses cheveux sur son front moite.

— Merde ! Ça doit passer en ce moment sur toutes les chaînes de télé et sur toutes les CB.

Il se dirigea d'un pas raide vers le bureau plongé dans l'obscurité et s'accroupit pour débrancher le transformateur. L'air exhalait une violente odeur d'ozone, métallique et huileuse.

Bradshaw l'avait suivi pour ouvrir la porte d'entrée. Une bouffée d'air frais et de soleil s'engouffra dans la pièce, attirant Angelica, Johanna et Kootie qui semblèrent émerger d'un mauvais rêve.

Sullivan continuait de débrancher tout l'appareillage qu'ils avaient si soigneusement installé.

— On est hors d'antenne, observa-t-il.

— Si je suis censé savoir où il se trouve, grommela Bradshaw, je ne vois que sa tombe, au cimetière d'Hollywood. J'y suis souvent retourné, depuis sa mort... et même après la mienne.

Piqué au vif, Sullivan fit volte-face.

— Parfait ! Le cimetière d'Hollywood, je sais où il se trouve, sur Santa Monica Boulevard, juste en face des studios Paramount. Si je m'en vais tout de suite, je serai de retour avant la nuit.

Il aurait même le temps de s'arrêter Chez Max Henry's, sur Melrose Avenue, pour un ou deux coups de Wild Turkey et deux Coors bien glacées, avant de continuer vers le nord, jusqu'au... cimetière.

Sullivan s'avisa que lui, en tout cas, ne s'y était pas rendu depuis l'enterrement de son père, en 1959.

— Euh... demanda-t-il, gêné, où... où est située sa tombe ?

— Au nord, vers le lac... du côté du cénotaphe de Jane Mansfield ; c'est juste un monument, parce qu'elle est enterrée ailleurs.

— D'accord. Est-ce que je pourrais t'emprunter ta...

— Explique-lui, coupa Bradshaw, que je n'ai pas pu venir. Dis-lui que j'attends ici et que... *(ouf)* je pense toujours à lui.

Il leva la main comme pour couper court à toute discussion, ajoutant :

— Tu ne peux pas prendre ta camionnette.

— Non... justement, je voulais te demander...

— Non, la camionnette est fichue. C'est... une infection. Prends ma voiture, une Chevy Nova. Le plein est fait. Elle dévie un peu en ligne droite... mais ça empêche les gens de savoir... où tu vas.

— Merci !

Sullivan brûlait maintenant d'impatience d'aller s'offrir cette bière.

— Très bonne idée, continua-t-il cependant. Merci.

Il jeta un coup d'œil à Angelica, dehors, qui respirait l'air frais à grandes goulées.

— Angelica ? Pourriez-vous me rendre... le truc dans le sac banane ?

Elle le contempla d'un regard indéfinissable... comme si, en son for intérieur, elle ne le voyait pas, puis rentra dans le bureau.

— Qui est le colonel Embusqué ? demanda-t-elle doucement.

— Une expression de ma sœur pour parler de la mort, la Faucheuse. Il est dans le studio ?

— C'est comme ça que vous appelez le pistolet ? Ah, les psychiatres !

— Non. Je parlais du pistolet et vous, vous m'avez posé une question sur un terme utilisé par ma sœur pour désigner la mort, alors je vous ai répondu, et j'ai de nouveau parlé du pistolet. Et je recommence : pourriez-vous me le rendre ?

— Vous m'avez montré comment m'en servir.

Ses grands yeux noirs restaient impénétrables.

— Je sais, maugréa-t-il, et vous m'avez dit que vous étiez contre les armes.

D'un seul coup, il comprit que le patient qui s'était suicidé devant elle, ce Frank, avait dû se tuer d'un coup de feu.

— Kootie serait plus en sécurité ici, objecta-t-elle, dans ces lieux masqués, avec Bradshaw ou Shadroe, ou qui que soit votre « cousin ».

Il commençait à voir où elle voulait en venir.

— Je suis d'accord avec vous. Et j'ajouterai qu'il en serait de même pour le célèbre Dr Elizalde, dont j'ai vu le portrait avant-hier à la télé.

— Je viens avec vous. Ne vous inquiétez pas, je ne m'immiscerai pas entre votre père et vous.

Bradshaw allait parler mais Sullivan lui coupa brutalement la parole pour demander à Angelica :

— Pourquoi ?

— Parce que vous pourriez avoir besoin d'une arme si vous allez là-bas et que je ne vous laisserai pas partir seul avec ce pistolet pour la simple raison que vous regardez toujours « le colonel Embusqué dans les yeux ».

Elle soutenait son regard sans faiblir.

— C'est-à-dire, acheva-t-elle, que je vous crois capable de vous supprimer.

— Non, intervint Bradshaw, inquiet. Je ne veux pas prendre la responsabilité du gosse. Je vous ai dit que je ne voulais pas d'enfants ici.

— Je vous dérangerai pas, monsieur, dit Kootie. Seulement...

— C'est... complètement idiot ! rétorqua Sullivan à Angelica. Donnez-moi ce putain de pistolet !

— Non.

Angelica sauta dehors et traversa le parking en courant ; à dix mètres, elle se retourna, une main sur le front pour se protéger du soleil, et, fixant toujours Sullivan, souleva le bas de son tee-shirt. Alors il s'aperçut qu'elle portait le sac banane.

— Si vous le voulez, lança-t-elle, il faudra venir le chercher, mais je vous préviens que je vous tirerai dans les jambes avant.

Rouge de colère, Sullivan sortit du bureau.

— Avec un .45 ? Vous aurez aussi vite fait de me tirer dans le cœur !

Elle plaqua une main sur l'arme.

— Très bien. Au moins, vous ne mourrez pas suicidé ; ça vous épargnera l'enfer.

Il s'arrêta, lui adressa un sourire fatigué.

— Quoi ? C'est un truc psychiatrique, ça, ou catholique ?

— C'est moi qui ne veux pas que vous mouriez, bougre d'âne ! Qu'est-ce que ça peut vous faire, que je vienne avec vous ?

Bizarrement, son irritation l'avait quitté et c'est d'un mouvement blasé qu'il haussa les épaules.

— Bon, venez, si vous y tenez tant ! J'espère que vous ne m'en voudrez pas si je m'arrête en route pour prendre un verre.

— Je parie que votre sœur buvait.

Le sourire las de Sullivan s'élargit.

— Ouais, ne me dites pas que ça signifie quelque chose...

— Si, si, c'est un point de départ.

Bradshaw apparut derrière eux, sur le trottoir.

— Prenez le gosse ! haleta-t-il. Emmenez-le !

Il semblait à court d'arguments et finit par lâcher :

— Sur la plage de Long Beach, je ne peux rien relier à rien.

— Qu'est-ce qui te prend, Nicky ? rétorqua Sullivan. Kootie peut rester dans mon studio. Il ne vous embêtera pas. En fait, il va sûrement dormir.

— Oui, monsieur, assura l'enfant. J'ai pas beaucoup dormi, cette nuit. Ça me ferait du bien. Je vous embêterai pas.

Démoralisé, Bradshaw secoua la tête puis plongea une main dans la poche de son vieux short grotesque et en sortit un trousseau de clefs qu'il tendit à Sullivan.

— Tiens, c'est la Chevy Nova grise, derrière toi. Les clignotants ne marchent pas très bien, ni les feux de détresse. Tu n'auras qu'à sortir le bras pour faire signe que tu tournes, d'accord ?

— D'accord, marmonna Sullivan, pas convaincu. Je m'arrangerai pour rentrer avant la nuit.

— C'est ça. Et laisse un dollar dans le cendrier pour l'essence.

40

— Ce n'est que le Roi Rouge qui ronfle, répondit Tweedledee.
— Venez donc le voir! s'écrièrent les deux frères en prenant, chacun par une main, Alice, pour la mener là où le Roi dormait.
— N'est-il pas adorable? demanda Tweedledum.
En toute honnêteté, Alice ne pouvait dire qu'elle trouvât qu'il le fût.

A travers le miroir
Lewis CARROLL

En fin d'après-midi, le cimetière grouillait de fantômes et, de prime abord, Sullivan et Angelica tâchèrent de les éviter.

Ils n'avaient pas encore garé la voiture saugrenue de Bradshaw qu'ils apercevaient des silhouettes semi-transparentes rassemblées autour de la grande statue blanche d'un homme ailé en train d'enlever une femme. Peut-être ces fumeux personnages avaient-ils entrepris d'arrêter l'ange ou, au contraire, de lui prêter main-forte, à moins, tout simplement, qu'ils n'eussent songé à épargner cette atrocité au spectacle de la rue.

Sullivan jura entre ses dents et chercha une place. Les larges pelouses dont il avait gardé le souvenir, qui longeaient le Santa Monica Boulevard, avaient disparu pour laisser place à un alignement de boutiques, marché mexicain et restaurant chinois encadrant quasiment l'entrée du cimetière mangée par le lierre, garages et ateliers filant vers l'ouest; pourtant l'on éprouvait encore une impression d'isolement en ces lieux silencieux, peuplés de palmiers, de sycomores et de pierres tombales affaissées. En contemplant, derrière le pare-brise de Bradshaw, ces fantômes capables de conserver un aspect humain dans l'air immobile, Sullivan se prit à souhaiter que le bruit, la fumée et les mouvements versatiles du boulevard pussent charrier jusque-là leur vivifiante turbulence.

Angelica gardait la main droite d'Houdini sur son giron et Sullivan serrait la gauche entre ses genoux. Le pouce séché avait regagné la poche de sa chemise.

Derrière les fantômes s'ouvrait un croisement ; il prit sur la gauche un étroit chemin pavé et se gara.

— Le lac est devant nous, annonça-t-il en soulevant la main de plâtre. On va y aller à pied... le bruit du moteur pourrait effrayer mon père... De toute façon, j'ai l'impression que cette voiture n'a qu'une envie, c'est d'aller gambader dans l'herbe.

En fait, il ne tenait pas vraiment à se rendre là-bas. Le fantôme de son père voulait le rencontrer ? Serait-ce une silhouette transparente comme celles qui escaladaient la statue ?

Je n'avais que sept ans ! se dit-il sans conviction. Ça remonte à trente-trois ans ! Comment peut-il encore m'en vouloir ?

Néanmoins, il regrettait qu'Angelica ne fût parvenue à l'empêcher de s'arrêter en route pour un petit apéritif, et il était vaguement content de savoir que c'était elle qui avait le pistolet.

— D'accord.

Elle semblait assez abattue en sortant de voiture et le double claquement des portières sonna creux parmi les mornes tombes.

— Est-ce que les gens normaux voient cette foule en entrant ? demanda-t-elle.

— Non. Elle n'est visible qu'aux spécimens comme vous et moi.

Devant eux, s'alignaient les lettres blanches d'HOLLYWOOD qui se détachaient sur les collines sombres. Au sud, au-delà des pelouses vallonnées du cimetière, se dressait le mur noir des studios Paramount.

— C'est... quelque part par là, murmura Sullivan en partant vers le nord.

— C'est très joli, murmura Angelica.

Elle étreignait la main d'Houdini comme une torche qui la guiderait.

— Vous voulez dire morbide, rétorqua Sullivan. On enterre des cadavres et on place une jolie stèle au-dessus pour que les survivants puissent venir pleurer dessus. Et si par hasard la stèle était déplacée ? Vous vous retrouveriez à pleurer un inconnu. Et encore, même pas, juste les restes de son cadavre, quelques ongles, ou une chaussure, ou la poussière de l'intérieur d'un rasoir électrique. A quoi sert de venir là pour penser à feu l'oncle Irving quand on peut aussi bien y penser chez soi ? D'accord, ici on peut s'asseoir sur l'herbe, à quelques mètres au-dessus de son corps. A ce moment-là, ce serait encore mieux de creuser un trou pour ne se tenir qu'à un mètre de lui !

Il s'aperçut qu'il tremblait mais n'en continua pas moins :

— Tout le monde devrait se faire incinérer, et toutes les cendres devraient être jetées à la mer sans tambour ni trompette.

— C'est une question de respect, s'insurgea Angelica. Ça crée un lien véritable, tangible. Pensez au Suaire de Turin ! Où en serions-nous si on avait incinéré Jésus-Christ ?

— Je n'en sais rien... ça donnerait le Cendrier de Turin.

Elle lui assena sur l'épaule un coup avec la main d'Houdini, dont l'un des doigts se cassa et rebondit dans l'herbe.

Surpris, Sullivan laissa échapper un brusque *Ah !* et sauta de côté pour ne pas perdre l'équilibre.

— Aïe ! maugréa-t-il en se frottant le bras.

Il revint dans l'allée mais resta à distance respectable d'Angelica.

— Et rendez-moi ce satané pistolet, d'abord ! Si vous nous faites une démonstration théâtrale de ce genre avec ça, vous allez tuer quelqu'un.

Il remarqua le trou dans la main et regarda autour de lui jusqu'à repérer le doigt manquant.

— Bravo ! s'exclama-t-il en se penchant pour le ramasser. Beau travail ! On a eu toutes les peines du monde, ma sœur et moi, à nous procurer ces trucs-là. Allez-y ! Cassez tout pendant que vous y êtes !

— Excusez-moi. On va la recoller. Je suis fatiguée, je voulais juste vous donner une petite tape. Mais vous n'exprimiez pas ce que vous pensiez, non plus, juste ce que vous auriez aimé penser... Tous ces morts dont on devrait se débarrasser, comme si on les balayait de la surface de la terre aussi bien que de nos pensées... Ce sont des fantômes ?

Il crut que cette dernière question faisait partie du discours et ne s'alarma que lorsqu'elle la répéta à voix basse. Alors il s'arrêta de tripoter le doigt de plâtre pour lever la tête.

— Euh... on dirait, oui.

Trois hommes obèses en smoking venaient dans leur direction ; celui du milieu tenait ses compagnons par les épaules et ils marchaient du même pas, sans soulever la moindre poussière ni émettre le moindre son sous leurs pieds. Leurs bouches béaient sur un large sourire.

— Venez, dit Sullivan, on va descendre du côté de la Paramount.

Suivi d'Angelica, il traversa la pelouse d'une démarche aussi assurée que possible.

Le soleil baissait vers le mausolée du fond donnant sur Gower Street, et l'ombre des palmiers s'étirait paresseusement sur l'herbe dorée.

L'heure magique de Griffith, songea Sullivan avec un frisson.

Les stèles piquetaient les basses collines lumineuses par rangées sinueuses, telles des marches de pierre, et certaines sépultures étaient bordées de murets de ciment rose festonné, la surface tapissée de brisures de cailloux blancs ; quelques-unes, où étaient enterrés des enfants, s'ornaient de dinosaures de plastique, de voitures miniatures ou de soldats de plomb qui formaient de pitoyables dioramas.

Des mausolées parés comme des usines à gaz se dressaient le long de l'allée de terre, devant eux, et le soleil cuivré brillait sur l'aigle sans ailes qui couronnait le monument dédié à Harrison Gray Otis ; Sullivan aurait juré qu'il avait des ailes, en 1959. Autour d'eux, les cyprès bruissaient dans la brise légère.

Sullivan et Angelica étaient parvenus dans une zone marécageuse apparemment réservée aux enfants, le long des murs d'aluminium ondulé et des fenêtres brisées des bâtiments Paramount, et dont les pierres tombales disparaissaient à demi dans la terre boueuse.

La main estropiée d'Houdini tremblait au poing d'Angelica.

— On a dépassé les fantômes, murmura-t-elle. On peut aller au lac, maintenant.

A cet instant, un rire plaintif s'éleva du fond des arbres et des tombes derrière eux. D'une paume glacée, Angelica prit la main de Sullivan.

Ils coururent vers l'allée de terre, dévalèrent la pelouse en direction de l'étroite étendue d'eau qui s'étirait entre un escalier de pierre au nord et, au sud, de hautes colonnes blanches autour d'un piédestal sortant de l'eau, surmonté d'un sarcophage.

— Douglas Fairbanks Senior, haleta Sullivan en arrivant au bord de l'eau.

Des formes humaines circonscrites par des tourbillons de feuilles mortes dansaient silencieusement dans l'ombre des marches ; de longues palmes flottaient en agitant leurs nuques fibreuses à la surface des eaux sombres.

— En haut de cette colline, de l'autre côté de la route, annonça Sullivan, commence l'autre lac, celui où mon père...

Il ne put achever sa phrase et entraîna la jeune femme en silence.

Nicholas Bradshaw demeura un moment à regarder dormir le petit garçon pelotonné à même le plancher, avant de s'accroupir pour lui secouer l'épaule.

Kootie ouvrit les yeux mais Bradshaw sut immédiatement que ce regard vif et prudent appartenait à Thomas Edison.

— Il y a une voiture qui vient de passer... lentement, deux fois devant la maison, annonça-t-il. Je ne crois pas qu'ils en aient après nous mais j'ai pensé... que vous seriez plus en sécurité dans le bureau.

Kootie se leva péniblement et jeta un coup d'œil aux stores derrière lesquels brillait une lumière orange.

— Ils ne sont pas encore rentrés ?

— Non, dit Bradshaw.

La salle vide résonnait à chacune de leurs paroles. Il n'aimait pas parler dans cet endroit.

— Le jeune garçon dort, dit Kootie. Je dois pouvoir émerger quelques minutes à découvert... j'ai l'impression que votre immeuble constitue un véritable refuge antichasseurs.

— C'est ce que j'ai essayé d'en faire, se rengorgea Bradshaw en ouvrant la porte. Et le fait que je sois mort ne leur facilite pas la tâche.

— Je m'en doute, approuva Kootie en le suivant.

Des pies voletaient au-dessus de leurs têtes en jacassant et les moqueurs avaient appris les deux notes émises par les alarmes des voitures quand on les activait de loin et qui évoquaient toujours, pour Bradshaw, la marche du *Pont de la rivière Kwaï*.

Cela lui rappelait ses débuts dans *Mon fantôme adoré*, en 55 et 56. CBS avait installé les plateaux de tournage dans de vieux locaux inconfortables et utilisé les éclairages plats et violents qui avaient fait les beaux jours de la télévision de l'après-guerre.

Les deux premières années, Nicky Bradshaw avait eu l'impression de passer à peu près tout son temps dans ces décors vétustes, si bien que, lorsque CBS leur avait attribué l'ancien plateau de *Mais qui a tué Harry ?* d'Alfred Hitchcock, et donné l'autorisation d'utiliser plusieurs extérieurs, y compris la plage, il avait vu son monde prendre soudain des dimensions qu'il ne soupçonnait seulement pas.

Et puis il était retombé dans l'ennui de la vie quotidienne lorsque la série avait été abandonnée, en 1960, un an après la mort de son parrain. (Il poussa Kootie vers son bureau, pressé d'en finir avant l'arrivée du fantôme d'Apie.) Sans parler de la morne routine de ses jours depuis sa propre mort, en 1975.

Par-dessus tout, pis que l'amour, pis que la nourriture, c'étaient les rêves qui lui manquaient. En dix-sept ans, il ne s'était pas laissé aller à dormir un instant, car il craignait trop d'avoir un cauchemar à un moment où il ne contrôlerait plus le fonctionnement de son corps mort, et de ne plus pouvoir se réveiller... au risque, dans son affolement, de se mettre à lancer des grenades fantômes... et, comme il avait continué à occuper son corps, celles-ci n'auraient pas de ligne chargée où revenir en arc.

Elles entreraient en collision, s'effondreraient en interférences discordantes, imploseraient dans d'effroyables rétroactions en spirale.

Il connaissait plusieurs cas où une personne avait subi un violent traumatisme quelques instants seulement après être morte sans le savoir, ce qui l'avait fait exploser dans un jaillissement de flammes. Or, Bradshaw avait accumulé dix-sept années.

Néanmoins, il n'avait pas oublié ce qu'il en était de s'allonger quand on était fatigué, de fermer les yeux, de se laisser aller au sommeil pour s'éveiller parfois la nuit et voir à sa pendule qu'il restait des heures encore à dormir... Et puis l'on remontait lentement à la surface dans le soleil du petit matin, tandis que les images des derniers rêves se dissolvaient, avant d'ouvrir les yeux à la vie, de s'étirer sous la couverture.

Au bout de dix-sept années, il ne savait plus trop à quoi ressemblait un rêve, pas plus qu'il n'avait gardé la sensation du goût. Les rêves étaient... des visions, lui semblait-il maintenant, comme ces rêveries éveillées sur lesquelles l'on n'avait parfois qu'un minimum d'emprise ; effrayants, parfois, à la vérité... mais, d'autres fois, extraordinairement érotiques, ou lumineux d'une transcendante beauté qui devait provenir de quelque souvenir inconscient du paradis perdu. Il se rappelait avoir parlé, dans ses rêves, et ri, avec des êtres aimés qui étaient morts.

Sa main s'était posée sur l'épaule maigre de Kootie pour l'orienter vers le bureau.

Lorsqu'ils furent entrés dans la pièce sombre, il le guida jusqu'à la cuisine où il chercha la bouteille de tequila encore à moitié pleine laissée par Angelica.

— Quel âge avez-vous ? demanda-t-il brusquement.

— Quatre-vingt-quatre ans, dit Kootie.

— Vous avez l'âge de vous offrir à boire...

Bradshaw reprit involontairement son souffle avant d'ajouter :

— Si ça vous tente.

— Un coup ne fera pas de mal à ce jeune garçon. Il semblerait que j'aie pris goût à la chose depuis mon décès.

Comme tous les fantômes ! songea Bradshaw en versant une généreuse dose d'alcool dans un verre des Flinstone.

— Vous n'en prenez pas du tout ? s'enquit Kootie soupçonneux.

— Oh si ! Il faut seulement que je me trouve une tasse.

Il y en avait justement une qui traînait sur une étagère, dans laquelle il fabriquait son breuvage à la cannelle. Il versa un doigt de tequila par-dessus la décoction rougeâtre.

Kootie leva son verre mais attendit que Bradshaw eût pris une gorgée dans la bouche.

Qu'est-ce que j'en fais ? se demanda ce dernier... j'avale ?

Il jeta un coup d'œil à Kootie qui n'avait pas encore porté le verre à ses lèvres, puis avala non sans un soupir. Il sentit passer un liquide froid dans sa gorge et tâcha de se rappeler à quoi ressemblait la tequila : un mélange de poivre et de térébenthine, si ses souvenirs étaient bons.

Ça ira, se dit-il. Ce truc devrait rester dans mon estomac jusqu'à... s'évaporer? Imbiber mes tissus morts comme une marinade? Les deux jours qui viennent, je ferai bien de ne pas roter devant une flamme.

Ce qui lui rappela ces cas de « combustion spontanée » qui se produisaient avec les morts de fraîche date sous le coup d'un traumatisme. Dans bien des cas, justement, ces personnes avaient bu de l'alcool.

Il reposa sa tasse.

— Je suis trop vieux pour la tequila, marmonna-t-il.

Il inhala, ressentant le froid de l'alcool qui s'évaporait dans sa bouche.

— Je risque de regretter cette seule gorgée.

Edison ne fit pas tant d'histoires.

— Moi, j'ai quatre-vingt-quatre ans, mais je profite pour l'instant d'un estomac de onze ans. Le petit va sans doute dormir jusqu'au matin, donc un ou deux petits coups ne risquent pas de lui faire de mal. Et puis, j'ai quelque chose à fêter.

Trop abattu pour parler, Bradshaw se contenta de hausser un sourcil.

— Dimanche, j'ai obtenu ma licence de sciences.

Bradshaw ne comprit pas un traître mot de ce qu'Edison racontait, néanmoins, il hocha la tête tout en remplissant le verre de Kootie.

— C'est bien.

Il inspira une longue goulée d'air.

— Un diplôme, ça peut tout changer, dans la vie.

Un lac plus grand s'étendait au milieu d'une prairie verte, à la surface si tranquile que Sullivan y vit clairement le reflet des hauts palmiers de l'autre rive. Il y avait trois arbres de plus dans l'eau que sur la berge.

Des bancs de marbre s'offraient au visiteur, qui semblaient tous occupés par d'incertaines silhouettes. Certaines regardaient Sullivan et Angelica tandis que d'autres paraissaient rire et parler, dans le plus grand silence; ils en virent même deux occupées à écrire dans des cahiers. Probablement des poèmes. Après tout, c'étaient peut-être là des êtres vivants qui se croyaient seuls et bien tranquilles...

Passé les urnes funéraires, les plaques et les statues, Sullivan pressa le pas, tenant toujours Angelica par la main. Tous deux descendirent la pente douce en direction d'un carré de stèles blanches et, cette fois, il ne douta plus que son père fût par là.

Ils suivaient la rive pour se tenir hors de portée des fantômes, quoique les palmes parussent se pencher parfois trop près d'eux, craquant avec un bruit qui tenait du nasillement de canard. De larges sillons serpentaient sur le fond encore visible du bord du lac, comme si de gros vers venaient d'y tracer leur chemin.

Sullivan contemplait les collines herbeuses autour de lui, reniflant l'air embaumé de jasmin. Tout d'un coup, il s'aperçut qu'un bruit résonnait depuis un certain temps près de lui, une vibration basse, comme si une foule se pressait derrière les stèles les plus proches, et les arbres eux-mêmes murmuraient cette note grave.

A l'extrémité nord du lac, des touffes de nénuphars rouges cachaient les eaux, et la tombe de son père se trouvait exactement derrière un genévrier qui surplombait la surface.

— Il faut que je remonte un peu, annonça-t-il, pour faire le tour de ce buisson.

— Je préfère passer par le bord, murmura Angelica.

Il repensa aux vers et se demanda si ce lac avait seulement un fond, sous ces nénuphars.

— Ce n'est pas loin, insista-t-il en l'entraînant.

Deux fantômes cabriolaient sur la crypte de Cecil B. de Mille mais aucun ne faisait attention ni à Angelica ni à Sullivan.

Sur l'autre rive, il vit qu'une statue blanche de la Vierge Marie avait été ajoutée au rectangle des stèles, et qu'elle portait des fleurs rouges dans les mains et un foulard noir noué autour de la tête.

Le cénotaphe rose de Jayne Mansfield s'étendait à

ses pieds ; sur la pierre avait dû, autrefois, être collé le portrait de l'actrice, mais il avait disparu pour ne laisser qu'un vide rond. A l'ombre du genévrier, Sullivan aperçut deux boîtes vides de whisky et une douzaine de bougies blanches dans un sac de plastique transparent.

A quelques pas de la plaque, apparaissait une pierre tombale noire qui, si sa mémoire ne l'avait pas trompé, en trente-trois ans, devait porter le nom de son père.

La tête de Kootie semblait tanguer au rythme d'une lente pulsation ; Bradshaw se leva pour aller chercher à la cuisine un pot de confiture d'orange quasiment vide.

— Comment allez-vous, monsieur Edison ? demanda-t-il en revenant.

Dans la lueur du soleil couchant qui filtrait à travers les feuillages des fenêtres, Kootie faisait tellement la grimace qu'il ressemblait maintenant à un vieillard.

— Je crains, murmura-t-il avec effort, d'infliger à ce pauvre garçon... ce que j'appellerais... la première gueule de bois de sa vie.

Bradshaw se dit que si ses mains étaient encore vivantes, elles se seraient mises à trembler.

— Le mieux pour lui serait...

Voilà longtemps qu'il avait perdu tout battement de cœur, pourtant c'était comme s'il les sentait s'accélérer.

— ... que vous soyez malade maintenant... tant que l'alcool... n'est pas digéré... que vous vous recrachiez dans ce pot. Le petit se sentira mieux.

— Jamais dans ce pays on n'a produit un vide qui approche ce dont j'ai besoin, articulait laborieusement Edison. Un cent millième d'atmosphère suffisait pour permettre au filament de brûler. Il faut que je trouve mon vide.

— Le pot est sous vide. Sautez dedans. Vous avez trop bu. Versez cette gueule de bois dans ce pot. Pour libérer cet enfant.

— Le physicien et le sphinx sur leurs cimes mystérieuses ! Mes... syllabes sifflantes se portent bien.

Kootie gardait les yeux mi-clos.

— Merde ! s'écria Bradshaw. Monsieur Edison, allez-vous, oui ou non, vous exhaler dans ce pot ?

Mais Kootie piquait du nez ; il releva un instant la tête avec un gémissement interrogateur puis la laissa retomber sur sa poitrine. Il laissa échapper un lourd ronflement qui n'avait rien à voir avec l'exhalation que Bradshaw demandait à Edison.

— Monsieur ! insista-t-il d'un ton ferme. Réveillez-vous. Vous n'avez qu'à sauter. Au lit !

Kootie était inconscient et ne réagit même pas lorsque Bradshaw présenta le pot sous sa bouche.

Une longue larme rouge coula sur la joue flasque du gros homme tandis qu'il reposait doucement le pot sur le bureau.

Il lui restait une dernière solution. Abominable.

ARTHUR PATRICK SULLIVAN
Qu'une légion d'anges chante pour ton repos.
1889-1959

Sullivan chassa un moucheron de son visage et contempla la tombe de son père. Il serrait toujours la main d'Angelica dans la sienne.

Là aussi, on avait fixé un portrait du défunt sur la pierre tombale, une plaque de cuivre de la taille d'une carte à jouer où était gravé son visage. Sullivan reconnut son sourire. Il datait d'une publicité des années 40.

La brise était tombée un instant pour revenir, plus fraîche. Les cygnes balayèrent l'eau en fuyant vers les fontaines qui jaillissaient à la surface. De prime abord, Sullivan avait pris ces jets pour un groupe de canetons et peut-être apparaissaient-ils encore ainsi aux yeux des volatiles piaillants.

Il lâcha la main d'Angelica, s'agenouilla, effleura la plaque... pour s'apercevoir qu'elle était détachée, reposant simplement sur la pierre. Alors il la souleva en y passant un ongle et la glissa dans sa poche puis se releva pour reprendre la main de la jeune femme.

La gorge sèche, mal à l'aise, il s'aperçut, quand il voulut parler, que sa voix s'était enrouée.

— Alors, papa, où es-tu ?

Il savait bien qu'Angelica l'écoutait, pourtant il continua :

— On voudrait rentrer avant les embouteillages du soir.

Un vent léger ondula dans ses cheveux et il crut entendre une petite voix lui souffler à l'oreille :

— *Appelle-moi Guano.*

Sullivan ne bougea pas. Cette voix pouvait appartenir à n'importe quel fantôme. Pourtant, il se rappela que cette citation provenait de *Moby Dick*.

— *Sur les voies express tu t'exprimes.*

Cette fois, le pouls de Sullivan s'accéléra tellement qu'il en eut les épaules secouées. Cette phrase, il la connaissait très bien pour l'avoir souvent entendue dans la bouche de son père, quoique le vieil homme eût vécu juste assez longtemps pour voir apparaître les toutes premières autoroutes du sud de la Californie, la 110 qui allait à South Pasadena et celle qu'il s'était toujours entêté à appeler l'autoroute de Ramona alors qu'elle avait pris le nom de San Bernardino quatre ans avant sa mort.

Sullivan ouvrit la bouche mais il était trop bouleversé pour trouver quoi que ce fût à dire, aussi laissa-t-il seulement s'exhaler un long soupir chuinté.

— *Tu es un gentil garçon*, reprit la petite voix, *et je sais que tu ne me chasseras pas, même si je suis un insecte.*

Sa main tremblait dans la paume d'Angelica. Il sentit qu'elle le regardait mais il garda la tête droite.

— Quelle sorte d'insecte ? demanda-t-il.

— *Bon, alors tu ne vas…*

La petite voix fut interrompue par le grand rire de hyène surgi des arbres derrière eux.

Angelica étreignit sa main.

— C'est le sac rieur, balbutia-t-elle. Le machin

qu'on a vu avec Kootie, ce matin, et puis cette voix qui parlait au téléphone...

— *File vers le sud, après la tombe de Fairbanks, passe le mur de la Paramount ; là il y a un effet tunnel, le champ des films dépasse un peu et brouille la perception : à ce moment-là, tu prendras au nord, vers l'entrée.*

— On retourne sur nos pas, lança Sullivan à l'adresse de sa compagne. Mais il faudra passer par l'autre berge du lac.

— Et votre père ?

— Il est dans mon oreille.

Alors il se souvint de l'épisode du voyage d'Alice en chemin de fer dans *A travers le miroir*, et il ajouta, parfaitement sûr de lui :

— C'est un moucheron.

A l'évidence, Angelica n'avait pas compris ce qu'il disait, néanmoins, elle le suivit sans mot dire vers la rive est du lac.

Tâchant de se déplacer aussi doucement que possible pour ne pas trop remuer la tête et risquer de déloger son père, Sullivan n'en continuait pas moins de surveiller le lac du côté du soleil couchant. Les silhouettes sur le bord commençaient à se fragmenter ; une vieille femme se mettait à trottiner et, au passage, se transformait en petite fille, tandis qu'une créature sur un banc en devenait soudain deux. Un piéton se faisait motocyclette et son motard, filant silencieusement à travers la pelouse, bondissant sur les pierres tombales comme s'il s'agissait d'obstacles.

Plus haut, vers le mausolée cathédrale, Sullivan et Angelica passèrent parmi des rangées de stèles aux noms arméniens, portant chacune une bougie éteinte et un brûleur à encens ; puis ils traversèrent l'allée centrale et se retrouvèrent au sommet de l'escalier qui menait au mausolée lacustre de Douglas Fairbanks.

— On va traverser tête baissée cette petite vallée, murmura Sullivan, et dès qu'on se retrouvera dans les arbres...

Monté du lac, un vacarme aussi violent que soudain

les jeta instantanément à terre, les yeux écarquillés. C'était un lourd grincement métallique qui s'acheva dans un gros rire stupide.

Un engin non identifié arrivait en battant des ailes dans leur direction, progressant rapidement dans l'air du soir ; il passa dans les rayons dorés du soleil couchant et Sullivan aperçut ses longues ailes métalliques, mais son corps n'était qu'un sac de toile surmonté d'une casquette de base-ball.

Le cri strident d'Angelica parut secouer les arbres à leur en détacher les feuilles et elle laissa tomber la main droite d'Houdini... qui disparut.

La paume de Sullivan se retrouvait brusquement vide également mais, en cherchant des yeux par terre, il s'aperçut qu'il portait une élégante veste noire aux manchettes blanches.

Il sentit les manches se détacher de ses bras lorsque le complet le fit tourner vers la gauche et l'entraîna dans l'escalier du lac.

— *Holà ! Cocotte ! Ho !* bourdonna son père dans son oreille.

Angelica aussi s'était dirigée vers les marches de pierre. Elle paraissait soudain plus petite, plus replète, et portait un gros chignon au-dessus d'un col montant de dentelle blanche ; mais, au milieu de ce visage rond inconnu, les yeux demeuraient ceux d'Angelica, agrandis de surprise autant que de terreur.

— C'est le masque, expliqua Sullivan en dévalant l'escalier. Ne vous inquiétez pas. Faisons ce qu'il veut. Je crois qu'on va se baigner.

Ses étranges chaussures l'entraînèrent jusqu'aux chevilles dans la vase tiède ; puis ses bras s'étendirent et il plongea.

Il s'apprêtait à faire un magnifique plat mais ne sentit pas le choc violent de l'eau contre sa poitrine, ni la vase du fond sous ses coudes et ses chevilles, d'ailleurs il n'y avait pas de fond et Sullivan nageait à perdre haleine dans une eau froide et agitée. Et salée.

Chacun de ses mouvements se répercutait en écho sur un mur proche, qui n'était certes pas celui du mausolée mais, à quelques mètres de là, la coque verticale d'un navire trop vaste pour que, de sa position, il le discernât entièrement.

Du pont, quelqu'un lui cria :

— Quitte la ville ce soir !

Il entendait Angelica nager à côté de lui mais ne pouvait la voir dans le crépuscule. Un fort courant le ramenait vers le navire et la jeune femme contre lui, quand même tous deux s'efforçaient de nager autant qu'ils le pouvaient pour s'éloigner de la paroi d'acier. C'est alors qu'il entendit un choc métallique : Angelica venait de heurter une autre coque. Apparemment, ils se débattaient au milieu d'un étroit canal.

Les parois semblaient se creuser de plus en plus, comme pour les envelopper. Toute lumière avait disparu et Sullivan eut l'impression que ses genoux se rapprochaient de son menton, poussés par le métal qui se trouvait maintenant sous lui.

Il tremblait violemment, secoué par la force et la brutalité de ce qui lui arrivait. Et d'un seul coup, tout cessa ; il se retrouvait encastré sous l'eau, dans l'obscurité.

Il sentait Angelica se débattre derrière lui et comprit qu'elle était bousculée par le mur de son côté. Ils étaient désormais complètement emmurés dans cette masse d'eau, sans la plus petite poche d'air pour respirer.

Un sol de métal lui soulevait les pieds et l'écho de ses semelles lui fit comprendre qu'un couvercle s'était fermé tout près de leur tête. Ils étaient pris au piège dans une sorte de cylindre plein d'eau. Ses oreilles résonnaient des bulles qui lui emplissaient les conduits et son cœur battait à tout rompre à l'idée que son père allait de nouveau se perdre dans l'océan.

Il voulut pousser la paroi devant son visage mais s'aperçut qu'il avait les poignets solidement immobilisés par des menottes. Angelica se débattait comme une diablesse contre son dos.

Elle s'agitait tellement qu'il ne pouvait même pas prendre appui sur ses jambes pour tenter de pousser le couvercle avec la tête, et il allait perdre le peu d'air qui lui restait dans les poumons en le rejetant dans un hurlement impuissant, quand il s'aperçut que ses mains s'activaient.

La droite avait plongé dans ses cheveux en broussaille à hauteur de la tempe et il en sortit une sorte d'épingle à cheveux qu'il tendit doucement et redressa. Il prenait d'autant plus garde de ne faire aucun faux mouvement qu'un doigt lui manquait.

Il parvint à envoyer un coup de coude dans les côtes d'Angelica en espérant qu'elle capterait le message: *du calme!*

Lentement mais sûrement, il introduisit la tige de fer dans le mécanisme de la menotte gauche et le fit jouer par à-coups, jusqu'à l'ouvrir et se dégager le poignet; il fit de même avec le droit, encore plus rapidement.

Il repoussa Angelica et rassembla ses pieds, passa les mains par-dessus sa tête en s'aidant des coudes pour se hisser le long des parois étroites de sa prison, puis appuya de toutes ses forces sur le couvercle de métal... et tourna. Le couple de torsion céda et il eut tôt fait de dégager l'ouverture, poussa d'un grand coup, et sentit enfin l'air libre autour de ses poignets. A cet instant seulement, il s'aperçut qu'ils étaient debout et non allongés à l'horizontale.

Tout d'un coup, le haut devint le bas et tous deux tombèrent la tête la première, dans un jaillissement de bulles d'air; il dut encore lutter des épaules pour se tirer complètement de l'étroit tube mais l'eau et une quantité de disques de métal passant devant lui l'aidèrent à se dégager complètement...

Alors il sentit l'air libre, le soleil, et plongea lourdement dans une eau peu profonde, s'enfonçant la nuque et les épaules dans la vase du fond, prenant au passage un coup de genou d'Angelica dans les reins.

Lorsqu'il parvint à s'asseoir, l'eau tourbillonnait autour de sa poitrine et il clignait des yeux, ébloui par la lumière de cette fin d'après-midi. Il était adossé à un mur, à bout de souffle, et, à travers les mèches dégoulinantes de ses cheveux, il apercevait deux troncs d'arbres émergeant de l'eau brune à quelques mètres de lui, devant un muret de ciment couronné de feuillage doré au soleil couchant.

Ses mains s'agrippaient encore convulsivement à la vase sous lui, tâchant de trouver une racine à laquelle s'accrocher au cas où le monde allait de nouveau se renverser sens dessus dessous.

Angelica était assise dans la mare à côté de lui et se tenait à son épaule pour mieux tousser et cracher toute l'eau qu'elle avait avalée. Elle avait retrouvé ses longs cheveux noirs, pleins de boue, et son mince visage aux joues creuses. Quand il comprit qu'il pouvait respirer à peu près normalement, il leva prudemment les yeux pour constater qu'il était assis contre une colonne qui supportait un toit de marbre loin au-dessus de leurs têtes. Il semblait qu'ils fussent parvenus au sud du lac sous le monument de Douglas Fairbanks.

Rien ne bougeait, autour d'eux et il se détendit peu à peu, muscle par muscle.

Son oreille se mit à le démanger et il faillit y introduire le petit doigt pour se gratter ; alors il entendit la voix bourdonnante :

— *Tu dois atteindre le mur de la Paramount... mais d'abord, cherche dans la vase les mains d'Houdini.*

— D'ac, papa.

Il se détacha de la colonne, s'agenouilla pour mieux tâtonner, le visage si près de la surface que son souffle y dessinait des rides, les doigts plongés dans la boue veloutée. Angelica le regardait faire en respirant lourdement.

Il crut entendre un léger crissement de métal et un rire nasillard, mais ces bruits ne venaient pas dans leur direction.

La boue regorgeait de pièces qu'il écarta une à une. Angelica prit une longue inspiration quand elle le vit sortir cette première poignée de monnaie. Enfin, il découvrit la main privée d'un doigt et la lui tendit sans rien dire, puis se mit en quête de l'autre qu'il trouva à côté.

— Vite, on remonte jusqu'au chemin du fond, murmura-t-il. Ensuite, on tourne à droite et on longe le mur plein ouest. La voiture est...

— Vous étiez là-dedans avec moi, coupa Angelica. N'est-ce pas ? Le tube était plein d'eau salée, non ?

Sullivan lécha le poignet élastique de son blouson de cuir et dut convenir qu'il avait un arrière-goût salé.

— Je ne sais pas si ça s'est passé pour de bon, ou pas. Mais j'étais là-dedans avec vous.

Dans son oreille, la petite voix résonna de nouveau :

— *Vous venez de vivre la célèbre évasion d'Houdini de son bidon à lait cadenassé. Il avait beaucoup de succès durant les décennies 10, 20.*

Sullivan aida Angelica à se lever et tous deux se dirigèrent en barbotant vers le muret qu'ils escaladèrent.

— Mon père dit que c'était la célèbre évasion d'Houdini de son bidon à lait, expliqua-t-il d'un ton calme.

— Cette fois, c'était la nôtre, répondit-elle en s'accrochant à sa main. Bienvenue au monde !

Nicholas Bradshaw s'était rendu d'un pas lourd vers la camionnette bâchée de Pete Sullivan pour récupérer, près du pare-chocs arrière, le petit aimant qu'ils avaient pris sur le téléphone. Il le mit dans sa bouche avant de retourner vers l'un des garages.

Je me demande, songea-t-il impassible, si on est responsable des péchés commis après la mort. Avant l'âge de raison, les enfants ne sont pas censés faire la différence entre le bien et le mal ; par exemple, si un gosse de cinq ans tue son petit camarade, personne ne lui dit rien. Ou pas grand-chose. Ce n'est qu'un bambin, après tout. Alors, et les adultes qui ont passé la date... d'expiration ? On n'est que des macchabées, après tout.

Il pensait aux « bestioles », ces fantômes solides qui erraient sur les plages le soir et venaient traîner devant la porte de son bureau, dans l'attente qu'il dépose leurs assiettes de galets. Ces malheureuses créatures arrachaient parfois les plaques des voitures et, de temps à autre, se livraient à d'inexplicables querelles, laissant derrière elles doigts cassés, nez arrachés qu'il fallait balayer avec les rebuts de cailloux et de boîtes de bière... mais il serait fou de les tenir pour responsables de quoi que ce soit. Comment coller à ces frêles noms un adjectif aussi fort que « méchants » ?

Il ouvrit la porte du garage, alla chercher derrière une Chevrolet 55 rouillée une bâche et un large plateau à peinture. Puis il referma derrière lui.

Lorsqu'il eut apporté le tout dans son bureau, Kootie dormait encore, ronflant bruyamment dans un fauteuil.

Bradshaw alla chercher un couteau à steak dans un tiroir de la cuisine.

Il travaillerait sans réfléchir... il étendrait la bâche sur le tapis, le plateau à peinture au milieu ; puis il soulèverait Kootie de son fauteuil...

Cependant, il ne faisait pas partie de cette cohorte de fantômes stupides. Il ne pouvait honnêtement se ranger dans cette catégorie minable. Il était mort (quoiqu'il n'y fût pour rien) mais son âme n'avait pas quitté son corps.

Il sentait son visage froid et, quand il passa la main sur sa joue, elle devint humide de larmes ou de sueur ; il exsudait toujours le jus des bonbons à la cannelle.

C'était décidé, il n'aurait qu'à se pencher au-dessus du visage du gamin, l'aimant du téléphone entre les dents, pour inhaler son dernier souffle.

Ainsi, il tiendrait Edison. Et celui-ci pourrait surveiller son corps durant les longues nuits sur le bateau pendant que lui dormirait... Comme Kootie pouvait se le permettre tandis que le vieux fantôme se déplaçait, parlait et veillait à sa place.

Je n'ai jamais mangé de fantôme, songea Bradshaw ; jusque-là, c'était préférable parce que aucun n'aurait été capable de garder la maison pendant que je dormirais. Mais avec Thomas Edison, c'est autre chose.

C'est certainement le seul à qui je confierais cette mission, et certainement le seul fantôme puissant qui me passera jamais à portée de la main ; le seul qui me permettrait de rêver en paix. Jamais je ne... vendrais mon âme, sauf pour ça. C'est la faute de Dieu, Il n'avait qu'à ne pas le faire croiser ma route.

Bradshaw n'avait pas oublié la promesse du petit garçon : *Je vous embêterai pas, monsieur.*

Debout devant lui, il regardait son pouls battre, à l'orée des boucles noires, sous son oreille ; puis il leva la main droite, armée du couteau à steak.

Pour la première fois depuis sa mort, en 1975, elle tremblait.

Penché à l'ombre des parois rouillées des studios Paramount, Sullivan pensait aux larges allées ensoleillées, aux parkings impeccables et aux immenses plateaux qui s'étendaient de l'autre côté. La dernière fois qu'il y était venu remontait à 1980 ; il s'était alors promené dans une rue de terre bordée de vieilles maisons du Far West et de toiles peintes figurant un immense ciel bleu.

— *Nous avons cent quatre films en 1915*, dit la petite voix de son père dans son oreille. *C'était l'époque de Lasky, de Mille et de Goldfish ; nous venions de déménager des anciens hangars situés entre Vine Street et Selma Avenue. Seize images seconde le vieux standard Lumière. Maintenant, à cause du son, il a fallu passer à vingt-quatre images seconde, quatre-vingt-dix pieds la minute, et personne n'a plus besoin de savoir lire pour voir un film, et la pureté des visages noir et blanc du muet a disparu. Pour nous, les tombes s'étendent largement au-delà de Melrose Avenue.*

Sullivan jeta un regard derrière lui pour revoir le lac Douglas Fairbanks.

— Pas si fort, papa !

Avec Angelica, il avait l'impression que tous trois fuyaient une armée entière. Les ombres à formes humaines qui se dressaient parmi les stèles semblaient leur faire face avec une vigilance accrue, comme si elles gardaient la retraite d'Arthur Patrick Sullivan, dans un grondement de plus en plus sonore.

— Tu as beaucoup d'amis par ici, papa ?

— *Oh oui ! Grimpe jusqu'à l'entrée, maintenant, et frappe à la porte sur l'air de* Shave-and-a-Haircut.

— Attendez-moi ici, dit Sullivan à Angelica.

Il escalada en hâte les marches du mausolée, s'arrêta devant l'entrée et frappa : toc-toc-toc-toc-toc...

De l'intérieur provint la réponse : toc-toc.

Angelica souriait en secouant la tête quand il la rejoignit et ils reprirent leur chemin vers l'allée centrale ; la lumière tombante donnait l'impression que les ombres se rétrécissaient autour d'eux, même s'ils voyaient encore, sur les collines, les lettres familières d'HOLLYWOOD. Quand est-ce que j'en sortirai enfin ? se demanda Sullivan.

— *C'est également une stèle*, observa son père.

Ils marchèrent un moment en silence. Plusieurs voitures étaient garées devant eux et des gens de chair et d'os en ouvraient les portières pour y rentrer ; Sullivan n'eut plus l'impression d'être, avec Angelica, un intrus par trop voyant en ces lieux.

Arrivé à hauteur de la voiture de Bradshaw, il crut entendre le gros rire dans le lointain, mais sans son intonation triomphante ; un peu plus près, une radio égrenait les premières notes de la chanson d'Al Jolson : *California Her I Come*.

Il y a si longtemps que j'étais parti, songea Sullivan.

Ils s'installèrent, refermèrent doucement les portières. Sullivan démarra et ils remontèrent Santa Monica Boulevard pour tourner à droite. En attendant de pouvoir traverser le carrefour, il murmura soudain :

— Papa, je ne sais pas si tu es au courant, mais je n'ai pas essayé de te ramener à la nage.

Angelica regardait par la fenêtre le restaurant chinois qu'ils allaient dépasser.

— *Je sais*, bourdonna le moucheron. *Et nous savons tous les deux que ça n'aurait servi à rien, et nous savons tous les deux que tu ne te réfugieras pas derrière cette excuse.*

Sullivan sortit de son blouson un paquet de Marlboro et porta une cigarette à ses lèvres.

— Est-ce que Sukie... Elizabeth... t'a dit que Kelley Keith te recherche ?

— *Je savais qu'elle m'attendait. C'est pour ça que je j'ai émergé, caché dans un monstre marin. En abordant le rivage, je me suis trouvé réduit à une simple onde magnétique.*

Sullivan enfonça l'allume-cigares.

— Qu'est-ce qui... t'amène en ville ?

Il n'avait pu s'empêcher de laisser passer une intonation de méfiance et ne regardait plus du côté d'Angelica.

— *J'avais un billet gratuit pour la côte,* plaisanta le moucheron en imitant le ton de Sullivan, *et j'ai pensé que je ferais bien de voir ce que vous deveniez, tous les deux.*

Après un silence, la voix ajouta :

— *Il y avait un énorme fantôme qui se promenait par ici et nous l'avions tous senti. Je suis sorti de l'océan au bout de Dieu sait combien de temps, tout cela pour découvrir que les restes brisés d'Elizabeth m'avaient rejoint et que tu n'avais jamais...*

La voix s'éteignit de nouveau.

— Que je n'avais jamais quoi, papa ? demanda doucement Sullivan.

Il jeta un coup d'œil du côté d'Angelica seulement pour vérifier dans quelle direction il se dirigeait.

— ... Cessé de fuir ? L'océan, dois-je dire, Angelica.

Il affichait un sourire contraint quand il ajouta :

— Je ne voulais pas regarder derrière moi, c'est certain. « J'ai dit à l'Aurore : sois preste... au Soir : sois prompt. » Tu te rappelles, papa, ce poème de Francis Thompson ? Je n'ai jamais voulu... quoi ? rien posséder de permanent, rien laisser traîner derrière moi. J'ai toujours détesté les événements... gravés dans la pierre.

— Euh... risqua Angelica, hésitante. Je crois que la voiture est en feu.

Un nuage de fumée s'élevait du tableau de bord.

— Merde ! dit Sullivan.

Il sortit l'allume-cigares de son emplacement et cligna des yeux devant son embout qui sentait le caoutchouc cramé. Puis, tenant le volant de ses doigts libres, il abaissa la vitre de la main gauche et jeta l'objet brûlant sur la chaussée.

— Exit l'allume-cigarettes ! maugréa-t-il, furieux.

Angelica se pencha pour contempler le trou vide qui se consumait encore.

— Non, dit-elle, c'est un allume-cigares. Attendez, il y a écrit LA CIGAR — TOO TRAGICAL. Qu'est-ce que ça signifie ?

Sullivan chassa la fumée qui lui passait encore devant le visage et se rappela le petit cendrier qu'il avait vu s'enflammer mercredi au restaurant Los Tres Jesuses.

— Rappelez-moi de demander à Nicky.

— On arrive sur la voie express.

Et voilà, songea Nicholas Bradshaw en rangeant le couteau intact dans le tiroir de la cuisine, je n'aurai jamais mon renouvellement, ma renaissance. J'ai entendu chanter le marchand de sable, mais ça n'était pas pour moi.

Des larmes de cannelle lui coulaient encore sur les joues et ses mains tremblaient toujours mais, en revenant au bureau, il se pencha pour soulever le corps inerte de Kootie et se redresser sans l'ombre d'un effort. Il se tint même sur son pied blessé pour ouvrir la porte du bureau de l'autre sans éprouver la moindre douleur.

Je m'éteins, songea-t-il.

L'enfant gémit dans son sommeil lorsque l'air frisquet du soir fit voleter ses cheveux humides. Chacun des pas de Bradshaw sur l'asphalte du parking lui donnait l'impression d'un poste de télévision qui s'éteignait, d'une porte qui claquait dans un immeuble vide. Je suis en train de me défaire, songea-t-il. Je regarde un menu et je désigne une ligne qui n'existe pas, je vais droit vers les mégots de cigarettes dans le cendrier.

A part une lointaine tristesse quasi nostalgique, sa décision de ne pas tuer Kootie, et donc de ne pouvoir inhaler le fantôme d'Edison, ne lui faisait rien : pas le moindre remords d'y avoir seulement songé, pas la plus petite satisfaction d'y avoir renoncé. Il avait promené le couteau le long de l'oreille du petit garçon en se disant qu'il pourrait répartir son corps dans plusieurs des glacières qu'il possédait dans ses garages, et que Pete Sullivan et Angelica le croiraient quand il raconterait que le gamin avait dû s'enfuir. En se disant aussi qu'il pourrait de nouveau dormir, enfin, et rêver.

Etait-ce la perspective du genre de rêve qu'il pourrait faire qui avait retenu sa main ? Il n'en était pas certain. Même si tous ses rêves promettaient d'être épouvantables... par exemple comme le jour où il avait appris la mort de son parrain, ou comme cette semaine de l'été 75 qu'il avait passée à boire avant de s'enfermer, tout juste mort, dans le réfrigérateur... ou encore les détails du meurtre de Kootie qui lui reviendraient sans arrêt... Il se sentait capable de supporter tout cela.

En fin de compte, il n'avait tout simplement pas pu augmenter les bornes kilométriques de son autoroute personnelle au prix de celles de ce petit garçon.

Devant la porte du studio, il le mit debout contre le mur et le fit tenir d'une main tandis qu'il ouvrait la porte de l'autre, puis il le souleva de nouveau et le fit entrer à l'intérieur.

Il s'agenouilla pour le déposer sur le plancher, là où il l'avait trouvé endormi. L'enfant se remit à ronfler, tandis que le gros homme se relevait et quittait le studio en s'assurant au passage qu'il avait bien refermé à clef derrière lui.

De retour dans son bureau, il s'assit dans le canapé sans se donner la peine d'allumer la lumière. Il n'y avait plus rien sur sa table. Les restes du téléphone avaient été rangés dans des boîtes en carton et il n'avait pas rapporté sa télévision. Ses cochons calcinés, libérés de leurs piles, ne bougeaient plus dans leur coin. Fugitivement, il se demanda s'il pourrait jamais rassembler ses signaux d'alarme.

Tendant la main derrière le bras du canapé, il attrapa le balai qu'il tint par sa brosse pour donner deux coups de manche au plafond.

Demain, songea-t-il, j'irais bien faire un tour au cimetière d'Hollywood. Je m'allongerais sur une pelouse en pente pour y piquer un petit somme. Mais je suis mort depuis dix-sept ans. Dieu sait ce qui pourrait se passer. L'explosion risquerait de bousiller tous les mausolées.

Il entendit la porte de Johanna claquer au premier étage puis, dans la torpeur du soir, le bruit de ses pas qui retentissait sur les marches métalliques. Un silence s'ensuivit quand elle traversa le parking, puis on frappa à la porte.

— Entre, dit-il. C'est ouvert.

Johanna poussa la porte et pénétra dans le bureau.

— C'est normal? demanda-t-elle inquiète. D'habitude tu fermes toujours. Et tu ne remets pas en marche tes cochons et la télé?

— Je ne crois pas, choupette.

Il inhala et souffla:

— Apporte-moi une boîte de schnouf, tu veux? *(ouf)* et viens t'asseoir près de moi.

Le canapé s'affaissa quand elle y prit place.

— Et pas de lumière, dit-elle.

— Non.

Il lui prit de la main la boîte de tabac à priser, tourna le couvercle.

— Demain, c'est Halloween, reprit-il. Tout ce qu'on aura fait cette nuit disparaîtra. Comme une cloche qui finit par s'arrêter de sonner... Mais, quand l'aube viendra... fais-en une belle journée... retourne vivre dans le monde des vivants... tant que tu y as encore droit... Puisse-t-il te voir heureuse... Et que tu n'aies pas faim, que tu ne souffres pas, que tu ne pleures pas. Tous mes moi-même... veilleront sur toi... Pour t'aider du mieux que je pourrai.

Il versa un peu de schnouf au creux de son poing et renifla. Il eut presque l'impression d'en sentir l'odeur.

Johanna avait appuyé la tête sur son épaule et sa poitrine était secouée de sanglots.

— Laisse-moi au moins pleurer maintenant.

Il jeta la boîte sur le tapis, passa le bras autour du cou de la jeune femme.

— Alors un tout petit peu, dit-il.

Peu après, il entendit crisser les pneus de la Nova, des pas effleurer le ciment craquelé du parking. Il embrassa la jeune femme et se leva. Il savait qu'il risquait d'attraper froid s'il sortait, aussi alla-t-il chercher une chemise dans son placard.

41

— ... alors, vous n'aimez pas tous les insectes? reprit le Moucheron, aussi tranquillement que si rien ne s'était passé.

— Je les aime quand ils savent parler, répondit Alice. Dans le pays d'où, moi, je viens, les insectes ne parlent pas.

— Et quelle sorte d'insectes, dans le pays d'où, vous, vous venez, avez-vous eu le bonheur de connaître?

— Le fait de connaître des insectes ne me procure aucun bonheur, expliqua la fillette. Ils me feraient plutôt peur...

A travers le miroir
Lewis CARROLL

Malgré leurs vêtements maculés de boue, Sullivan et Angelica s'étaient arrêtés pour acheter des pizzas, un paquet d'assiettes en carton ainsi que deux cartouches de Coke et de Coors; quand ils allumèrent le lustre dans le living du studio, Sullivan porta les provisions dans la cuisine. Cette fois, il était content que le chauffage soit mis à fond.

— Réveillez Kootie, voulez-vous? lança-t-il à la jeune femme. Il doit avoir faim.

Angelica se pencha sur l'enfant, le secoua puis releva la tête.

— Il est ivre mort, Pete. A vue de nez, de la tequila.

Sullivan avait défait son blouson détrempé et s'efforçait maintenant de passer les manches.

— Comment ça...? On se saoule déjà, à son âge?

— Il faut croire. Vous aviez remonté la bouteille?

— Non, je n'y avais pas pensé.

Il libéra ses bras et lança le blouson dans un coin où le vêtement atterrit dans un bruit lourd.

A la porte d'entrée restée ouverte venait d'apparaître Nicky Bradshaw.

— C'est moi qui la lui ai donnée, annonça-t-il. C'était Edison. On bavardait et il a voulu boire un coup.

Furieuse, Angelica se leva d'un bond.

— C'est... absolument criminel ! s'exclama-t-elle. Edison aurait pu réfléchir. Il est *in loco parentis*, ici... je suis sûre qu'il n'aurait jamais laissé ses enfants boire, surtout un alcool aussi fort.

Et puis elle fusilla Bradshaw du regard.

— Vous auriez pu l'en empêcher, vous !

— Je ne l'ai pas vu se servir. Je peux entrer ?

— *Nicky!* bourdonna le moucheron dans l'oreille de Sullivan.

Puis il disparut.

— Ouais, marmonna Sullivan. Entre. Où est Johanna ?

— Elle refait son maquillage.

Bradshaw entra lentement, faisant craquer le plancher sous ses pieds.

— Tu as trouvé...

Ses mains voletèrent devant son visage, s'arrêtèrent et, tout d'un coup, ses traits se figèrent, ses yeux s'écarquillèrent.

— Oncle Art !

Sullivan baissa les yeux vers Angelica de nouveau penchée sur Kootie.

— Mon père est allé le voir. Comment va le petit ?

— Je crois qu'il se réveille. Vous avez du café instantané dans votre camionnette ? Pourriez-vous aller le chercher ?

— Tout de suite.

Elle avait apporté les mains d'Houdini et il en prit une avant de sortir quoiqu'il ne se sentît pas en danger dans cet immeuble. Il traversa en tremblant de froid le parking glacial et souleva le parachute pour ouvrir une portière latérale avec sa clef. Dans la totale obscurité qui régnait à l'intérieur, il avança comme un aveugle, trouvant à tâtons le pot à café, la cuillère et deux tasses, la main d'Houdini toujours coincée sous son bras.

Avant de redescendre, il s'arrêta devant le lit pour humer l'air renfermé ; cela sentait la cigarette, cette vague odeur de vanille des livres de poche, et aussi les restes du .45 et de l'équipement électrique qu'il avait acheté le matin. Il se dit que cette camionnette ne roulerait sans doute plus jamais et se demanda combien de temps durerait ce fragile journal olfactif. En partant, il referma soigneusement les portières et tira la bâche.

Quand il rentra dans le studio, Kootie semblait émerger en grognant, devant un Bradshaw assis contre le mur, qui bavardait et riait doucement à travers ses larmes roses. Sullivan fit la grimace mais ne se mêla pas à la conversation entre son père et son cousin. Il y avait plus urgent à faire. Quand il pénétra dans la cuisine, Angelica se leva et l'y rejoignit pour l'aider à ranger les provisions.

L'un après l'autre, ils se lavèrent les mains dans l'évier, puis ouvrirent les boîtes à pizza.

— Edison dit qu'il n'en veut pas, indiqua-t-elle en détachant une tranche chaude qu'elle posa dans une assiette en carton. Mais je crois qu'il changera d'avis quand il verra ça.

Sullivan avait jeté une mesure de poudre de café dans une tasse et attendait impatiemment devant le robinet qui coulait à pleine force.

— Je me demande si cet évier est relié à un tuyau d'eau chaude, râla-t-il en passant un doigt sous le jet encore glacial.

— Vous n'avez qu'à vous servir en amont du cabinet, répondit Angelica en souriant. Là, c'est bien chaud. Et Edison ne mérite pas mieux !

— Kootie est toujours dans les vapes ? demanda tranquillement Sullivan.

— Oui, pourtant c'est lui qui s'est réveillé le premier. Edison a l'intention d'« entrer dans la mer » demain et je crois que c'est rendre service au gosse que de le laisser garder les commandes. Comme ça il peut se reposer.

— C'est vous le médecin.

L'eau coulait toujours également froide, aussi Sullivan reposa-t-il la tasse pour s'ouvrir une Coors.

— Et votre aventure avec Frank Rocha, c'est terminé ? reprit-il.

Voyant qu'elle lui décochait un regard peu amène, il recula :

— Je veux dire... vous savez... est-ce que son fantôme est calmé ? Est-ce qu'il repose en paix ? Pourrait-on envisager... d'acheter une voiture d'occasion et de quitter la Californie ?

— Vous, Kootie et moi ?

— Kootie ? Il fait partie de la famille ?

— Parce que nous formons une famille ?

Elle écarquillait toujours ses grands yeux noirs.

Sullivan se détourna, se servit machinalement une tranche de pizza.

— Je veux dire... une association. Est-ce qu'il fait partie de l'association ?

— Et votre père ?

— Hé ! C'est de la psychiatrie, ça ? Vous avez le droit d'arrêter de travailler, à cette heure !

Il jeta un coup d'œil à travers la pièce à l'instant où Johanna entrait.

— Salut, Johanna ! Un morceau de pizza ?

— Avec une bière, s'il vous plaît.

Son bleu à paupières semblait tout récent, mais elle avait encore les yeux rouges et gonflés.

Sullivan lui passa une assiette et lui ouvrit une Coors. Il n'avait pas envie de parler à Angelica pour le moment. A sa grande gêne, il s'était rendu compte qu'il avait fait exprès d'utiliser cette phrase à double sens à propos de Frank Rocha, même s'il avait joué les innocents quand elle l'avait dévisagé d'un regard furieux. Etait-il jaloux, par hasard ? Il savait qu'il enviait Bradshaw pour sa conversation avec son père dans un coin du living, quoiqu'il n'eût pour rien au monde changé de place avec lui.

Tout d'un coup, son oreille le démangea et il entendit la petite voix du moucheron :

— *Nicky a quelque chose à faire dans une autre partie de son immeuble. Toi et moi allons l'accompagner ; en attendant, ta petite amie pourra papoter avec la petite amie de Nicky.*

Ma *petite amie* ! songea Sullivan.

— Ce n'est pas ça, corrigea-t-il.

Malgré ses vêtements mouillés, il transpirait et reprit sa boîte de Coors.

— *Ta sœur buvait comme un trou, je crois ?*

Il s'interrompit, la bière à mi-chemin de sa bouche.

— Oui.

— *Je l'aurais juré. Tu sais pourquoi je suis sorti de la mer ? Tiens, voilà Nicky. Suis-le.*

Bradshaw se tenait devant l'entrée toujours ouverte.

— Nick ! lança Sullivan en reposant sa bière.

Passant devant Angelica, il sortit de la cuisine.

— Attends ! Je... je vais avec toi.

— Merci, Pete. Ce n'est pas de refus.

Le gros homme boitait lourdement quand il regagna son bureau, Sullivan à ses côtés, les mains dans les poches.

— Nick. Qu'est-ce que ça veut dire : « LA cigar — too tragical » ?

— Merde ! s'écria Bradshaw. Tu as brûlé la voiture ?

— Non, j'ai jeté ton allume-cigarettes sur Santa Monica Boulevard.

Sullivan le suivit dans la cuisine, où Bradshaw sortit une délicate assiette de porcelaine d'un placard.

— C'est... c'est une amulette, expliqua-t-il sans le regarder. Il y a des gens qui ont besoin de ça. C'est un hippodrome, un truc qu'on lit dans les deux sens. Je ne sais pas qui a lancé cette idée, qui s'en sert. Mais tu trouves ça... *(ouf)*... dans les cendriers et les briquets et les cheminées. J'ai vu des boutiques à Rosecrans où... on peut acheter des poêles à frire... avec cette inscription autour.

Il avait ouvert un tiroir d'où il sortit une poignée de jolis galets brillants.

— Les mots en hippodromes attirent les jeunes fantômes. Ils tournent autour en se demandant par quel bout les prendre et, quand une flamme s'allume, ils prennent feu.

Il répandit les galets sur l'assiette de porcelaine qu'il alla déposer au beau milieu du parking.

— Les bestioles ! cria-t-il à mi-voix. Ding-dong, les bestioles ! Remarque, ça vaut mieux pour eux que de traîner comme ça au risque de se faire attraper par des gens du style de Loretta deLarava. C'est Kelley Keith, oncle Art, elle se fait appeler comme ça maintenant. Elle attrape les fantômes, les avale, les digère. Ils ne servent plus qu'à engraisser des parasites de son genre, à ballonner sa personnalité piratée. Et, s'ils ne se font capturer par personne...

Il recula, presque sur le seuil de son bureau, et Sullivan le suivit dans l'ombre.

De derrière un capot de voiture adossé au mur, surgit une silhouette vague qui s'avança en trottinant dans la lumière. Elle portait un imperméable mastic par-dessus la tête, recouvert d'un chapeau qui lui donnait l'air d'un apiculteur aux grosses mains déformées comme des patates douces.

De la palissade, à l'autre bout du parking, s'éleva un grattement qui attira le regard de Sullivan sur d'autres ombres se faufilant vers l'assiette.

Bradshaw se détourna pour rentrer dans le bureau et, quand Sullivan l'y eut suivi, il ferma la porte derrière eux.

— Ils sont timides, expliqua-t-il. Comme ton père. Bon, je retourne voir nos amis.

— Attends, Nicky !

Lorsque le gros homme eut levé vers lui sa face impassible, Sullivan se jeta à l'eau d'un coup :

— Tu as les livres d'*Alice* ? *Alice au pays des merveilles* et *A travers le miroir* ?

Bradshaw alla ouvrir un tiroir où il fouilla un instant avant de lui lancer un livre de poche :

— Tiens.

Sullivan l'attrapa au vol et l'emporta pour l'ouvrir à la lumière de la cuisine ; les deux livres se trouvaient rassemblés dans le même volume.

— Merci, dit-il en le fourrant dans sa poche.

Bradshaw sortit par la cuisine pour ne pas déranger les farouches fantômes et leur festin de galets, tandis que Sullivan s'installait dans le fauteuil au milieu du bureau.

— *Tu as toujours la plaque de cuivre de ma tombe ?* demanda la petite voix de son père.

Sullivan frappa la poche de sa chemise humide.

— Euh... oui !

— *Ne la perds pas, j'y suis attaché. C'est mon fanal dans la nuit. Si je m'en éloigne, je suis perdu.*

Sullivan la sortit de sa poche puis déboutonna sa chemise.

— *Sais-tu pourquoi je suis sorti de la mer ?*

— Parce que Thomas Edison a embrasé le ciel lundi soir.

Il glissa la plaque dans la pochette mouillée de son scapulaire et referma son col.

— *C'est comme ça que j'ai retrouvé mon chemin. Mais pas pour ça.*

Il tremblait de tous ses membres, avec l'impression de sentir l'odeur du Coppertone et de la mayonnaise se mêler à celle de la cannelle.

— D'accord, murmura-t-il à l'insecte. Pourquoi ?

— *Parce que je... vous ai abandonnés, Elizabeth et toi. Je n'étais qu'un vieux fou qui voulait la ramener comme un joli cœur de vingt ans devant cette fille que je venais d'épouser ! A soixante-dix berges, j'avais encore neuf années à vivre avec vous, je vous aurais vus fêter vos seize ans. Mais non, je me prenais pour Roméo et Tarzan à la fois, je voulais battre des records, nager mon... Hellespont. Voilà ce que ça m'a rapporté... et c'est cette semaine seulement que j'ai pu revenir sur la plage.*

Sullivan avait fermé les yeux mais de longues larmes lui coulaient à travers les cils.

— Et j'espérais que... que tout se passerait bien, que Kelley s'occuperait de vous et que vous grandiriez harmonieusement et seriez heureux. J'espérais revenir à terre et vous trouver tous les deux vivants... des vies normales, quoi ! Enfants, maisons, chiens. Alors je me serais rassuré, je me serais dit que je ne vous avais pas fait de mal en mourant un peu plus tôt que prévu.

— Je regrette de ne pas avoir pu te faire ce plaisir.

Sullivan pensait à Sukie ivre et souriant méchamment derrière ses lunettes de soleil dans un bar de nuit, chantant peut-être un de ses cantiques orduriers ; il pensait à la façon dont chacun s'était occupé de l'autre à l'époque des orphelinats et des foyers, au point de pouvoir terminer chacun la phrase commencée par l'autre ; il pensait à leur fuite devant la vision intolérable du portefeuille de leur père sur le trottoir de Venice en 86, leurs fuites séparées, cette fois, leurs vies solitaires et honteuses de fugitifs. Il imaginait Sukie à quarante ans, lui qui ne l'avait plus vue depuis l'âge de trente-quatre ans, accrochée à un téléphone, après l'avoir appelé pour le mettre en garde contre Loretta deLarava... puis portant un revolver à sa bouche.

— Kelley Keith aurait dû être notre belle-mère, dit-il au hasard. Et elle nous a... adoptés, à sa façon, une fois qu'on a terminé nos études.

Il ne savait trop s'il avait eu l'intention de punir son père en lui racontant cela. Puis il sut que c'était effectivement son intention et se demanda pourquoi.

Le moucheron bourdonna un moment sans rien dire puis finit par commenter :

— Qu'est-ce que je dois faire, maintenant ? Qu'est-ce que je dois faire, maintenant ? Je suis revenu, et Elizabeth s'est suicidée ; elle se trouve dans la maison des esprits, parmi les autres morts instables, qui n'arrêtent pas de déblatérer devant leurs pseudo verres et cigarettes. Tu es un clochard sans attache. Je vous avais donné une mère... qui n'était elle-même qu'une enfant, avide, égoïste, méchante, et voilà que je vous ai laissés

entre ses mains. Elle vous a massacrés. Pourquoi suis-je revenu ? Qu'est-ce que je dois faire, bon sang ?

Sullivan se leva.

— Il faut qu'on aille rejoindre les autres.

Il soupira.

— Qu'est-ce que tu dois faire... ? Sukie et moi on t'a laissé tomber, même si ce n'est pas comme ça que tu vois la chose, même ce n'est pas du tout ça. Dis-nous... que tu ne nous en veux pas ; que tu nous as pardonné. Je suis sûr que Sukie t'entendra aussi bien que moi. Dis-nous que... que tu nous aimes quand même...

— *Je vous aime, Pete, et pas « quand même ». Ne m'en veux pas, je t'en prie, de vous avoir abandonnés aux griffes de cette femme.*

— On ne t'en a jamais voulu, papa. Et on t'a toujours aimé. Maintenant aussi.

L'insecte bourdonnait dans tous les sens à l'intérieur de son oreille mais Sullivan finit par saisir une nouvelle phrase :

— *Veux-tu faire un dernier plaisir à ton vieux père ?*

Il s'arrêta devant la porte, une main sur la poignée qu'il s'apprêtait à ouvrir ;

— Tout ce que tu voudras.

— *Assure-toi que je retourne bien dans l'océan demain, pour Halloween. Dis-moi au revoir de bon cœur et je ferai de même. Que nous nous quittions paisiblement et en bons termes, cette fois. Et alors... Seigneur, mon garçon, tu as quarante ans ! Cesse de fuir, fais-toi ta place au soleil.*

— C'est promis, papa. Merci.

Il ouvrit la porte. Les fantômes informes étaient penchés autour de l'assiette, à se gaver de galets ; ils se redressèrent au passage de Sullivan mais ne s'enfuirent pas.

— Tu te demandes pourquoi tu es revenu, reprit-il. A mon avis c'était pour qu'on règle tout ça.

Quand ils entrèrent dans le studio, la première pizza, aux *peperoni*, avait disparu et ils attaquaient la deuxième, au poivron. Sullivan en prit un morceau sans se faire prier et récupéra sa bière.

Bradshaw et Johanna se tenaient devant la fenêtre, Angelica près de Kootie, et tous bavardaient agréablement ; soit l'enfant avait repris les commandes de son corps, soit la jeune femme avait réglé son compte à Edison pour avoir enivré le petit garçon.

— Je peux venir avec vous ? demanda timidement Sullivan.

Son père s'était envolé dès son entrée dans le studio et il l'avait aperçu qui filait dans la direction de Bradshaw, mais il n'en éprouvait plus de jalousie.

— Notre ingénieur en électricité ! s'exclama Kootie.

Apparemment, c'était toujours Edison.

Avec un sourire confus, Angelica leva les yeux sur Sullivan.

— Asseyez-vous, Pete. Pardon de vous avoir enquiquiné tout à l'heure avec mes accès de psychologie mal placée.

— Je l'avais cherché, dit-il en s'asseyant en tailleur à côté d'elle. Et puis, vous avez posé les bonnes questions. J'ai trouvé les réponses.

— Je serai heureuse de les entendre plus tard.

— Je vous le promets.

Il se doutait qu'Edison était encore un peu ivre, à entendre le vieil homme dans son corps d'enfant raconter des histoires sans queue ni tête sur la façon de raccorder les communications à travers une rivière gelée.

Ce dernier finit par lui décocher un clin d'œil provocant.

— Ce n'est pas vrai, monsieur l'ingénieur ? Je n'ai pas oublié une virgule quelque part ?

— Non, ça m'a l'air bon.

Une heure plus tard, le corps de Kootie s'était rendormi et Sullivan rangea dans sa boîte le reste de pizza avant de mettre tout le monde dehors. Ils décidèrent de se retrouver le lendemain pour aller se promener sur la plage, puis Bradshaw et Johanna s'en allèrent bras dessus bras dessous. Angelica dit à Sullivan de fermer à clef puis alla prendre une douche. Lorsqu'il déposa les mains d'Houdini sur la poignée, il s'aperçut que le doigt manquant avait été recollé. Angelica devait avoir emprunté la colle à Johanna.

Sullivan sortit le livre d'*Alice* de sa poche et s'adossa au plan de travail de la cuisine pour commencer à lire. Quand Angelica sortit de la salle de bains, dans sa salopette à peu près propre, elle éteignit le lustre du living et s'allongea par terre près de Kootie.

— La lumière de la cuisine ne vous empêchera pas de dormir ? demanda Sullivan.

— Même un projecteur en pleine figure n'y suffirait pas. Vous ne... venez pas vous coucher ?

Il brandit le livre :

— *Alice au pays des merveilles*. Je viendrai tout à l'heure, quand j'aurai fini mes devoirs.

Elle s'étira en bâillant.

— Quelles réponses avez-vous trouvées à mes questions indiscrètes ?

Il était fatigué et le livre vibrait dans ses mains tremblantes. Adossant la tête au placard, il murmura :

— Pour commencer : nous formons une famille, de préférence à une association, si vous êtes d'accord.

Elle se taisait et il ne put rien lire sur son visage dans l'obscurité. Il eut pourtant l'impression que cette réponse l'avait surprise, mais agréablement... tout en l'effarouchant.

— On verra demain, souffla-t-elle enfin. La nuit porte conseil.

Il reprit le livre.

— Je serai là.

Il regarda la page danser sous ses yeux, incapable de se concentrer jusqu'à ce que la jeune femme eût vraisemblablement trouvé une position confortable car, bientôt, son souffle devint régulier et elle plongea dans un profond sommeil.

ÉPILOGUE

Brûle caoutchouc, doux chariot

S'ils vont plus vite que ma machine, je pourrai dévaler la colline aussi vite qu'eux et, pour remonter, la solution sera le moteur électrique. Sur les routes difficiles, ils n'oseront pas aller plus vite que moi ; quant aux passages sablonneux, je vais installer quatre vitesses que je pourrai passer selon les circonstances et qui me procureront 120 chevaux de puissance de couple, et je passerai sur ce sable et je laisserai tout le monde derrière moi.

Thomas EDISON
Electrical Review, 8 août 1903

42

— J'entends, expliqua-t-elle, qu'un enfant ne peut pas s'empêcher de grandir.

— Un enfant ne le peut sans doute pas, répondit Humpty Dumpty ; mais deux enfants le peuvent, à coup sûr...

A travers le miroir
Lewis CARROLL

L'air du matin résonnait des appels rauques des pies qui se poursuivaient comme des frisbees des fils du téléphone aux branches des vieux caroubiers du Twenty-First Place, mais lorsqu'une porte de l'immeuble s'ouvrit enfin, le gros homme à cheveux gris qui sortit en soufflant ne prit pas plus garde aux turbulents oiseaux que s'il était aveugle et sourd. Il serrait dans la main une liasse d'enveloppes blanches qu'il alla déposer dans la boîte aux lettres toute proche.

Le vieux est ponctuel ! songea J. Francis Strube. On n'est que la veille du 1er novembre mais qui tombe un dimanche, jour où le courrier n'est pas relevé, donc il poste ses factures dès maintenant.

La BMW bleu marine de Strube tournait au ralenti, presque silencieusement, à une trentaine de mètres de l'immeuble, sans se laisser trahir par la moindre fumée d'échappement ; pourtant, il s'était glissé le plus bas possible sur son siège, pour n'apercevoir le vieil homme que par-dessus le tableau de bord.

Encore n'était-il pas sûr de lui. Ce type qui postait son courrier avait peut-être l'âge de Nicky Bradshaw mais Strube gardait de ce dernier le souvenir d'un bel athlète, mince et en bonne santé. Tandis que ce déchet humain... il n'avait pas l'air en forme du tout ; il se déplaçait lentement, à grand-peine, contemplant la rue autour de lui avec une férocité impuissante. Strube se fit plus petit encore sur son siège.

Le vieil homme retournait péniblement vers l'immeuble quand il s'arrêta à mi-chemin, comme s'il tenait à regarder ses pieds.

Strube commençait à souffrir de crampes dans les reins. Il s'assit un peu plus droit.

Le vieil homme replia un bras au-dessus de sa tête et tendit l'autre droit devant lui, les doigts raides, avant d'effectuer un tour complet sur lui-même ; puis il s'arrêta de nouveau, laissa ses bras retomber le long du corps, et repartit pour bientôt disparaître derrière sa porte.

Strube avait maculé son pare-brise de buée en poussant un « Ah ! » de triomphe.

C'était bien Spooky qu'il venait de voir ainsi tourbillonner ; personne d'autre n'était capable de se rappeler comment le héros de *Mon fantôme adoré* avait toujours exécuté ce mouvement, juste avant qu'un trucage primitif de la caméra ne le fît disparaître dans les airs.

Strube s'était mis à chantonner le thème musical du feuilleton, *dou-rout-di-doudly-dout-di-dou*, tout en composant le numéro de la campagne « Trouvez Spooky ». Il y avait des chances que personne ne lui réponde avant neuf heures mais il brûlait d'impatience.

Après deux sonneries, à sa grande surprise, quelqu'un décrocha.

— Avez-vous vu Spooky ? demanda une femme d'une voix singulièrement entraînée à l'amabilité.

— Oui, dit Strube. Je l'ai trouvé.

— Bravo ! Félicitations. Si nous constatons qu'il s'agit effectivement de Nicky Bradshaw, vous recevrez deux billets gratuits pour assister au tournage de l'émission des retrouvailles. Où est-il ?

— C'est lui, vous dis-je. Je m'appelle J. Francis Strube. Je suis avocat à Los Angeles et j'ai travaillé pour lui comme secrétaire juridique quand il avait son cabinet à Seal Beach, pendant les années 70. Et là, je viens de le voir effectuer son tourbillon, si vous vous rappelez comment il s'y prenait.

Un court silence, et la femme reprit :

— Ah bon ? Attendez, je vais vous passer à Loretta deLarava.

Un déclic et Strube entendit une version orchestrale de *Mr Tambourine Man*.

Je pense bien, se dit-il en reprenant sa posture normale sur son siège. Le sourire aux lèvres, il ne quittait pas des yeux la porte par laquelle était rentré Bradshaw. Je parie que Loretta deLarava aura une place pour un avocat à l'esprit vif.

— Loretta deLarava ! lança une autre voix féminine nettement moins aimable. Alors c'est vous le petit génie qui avez retrouvé notre cher Spooky ? Où est-il ?

— Madame, je m'appelle J. Francis Strube et je suis avocat...

— Avocat ?

Un silence peuplé de parasites s'ensuivit, puis :

— C'est lui qui vous envoie ?

— Oui, rétorqua instinctivement Strube.

Toujours se fier à ses impulsions.

— Où est-il ?

— C'est que, nous désirons certaines garanties...

— Ecoutez, Maître, je me trouve en ce moment sur le pont E du *Queen Mary*.

Bien, bien, se dit-il, à même pas trois kilomètres d'ici !

— Je fais un tournage spécial pour Halloween, continua-t-elle, orienté sur les fantômes célèbres qui hantent ce navire et j'aurais aimé trouver Bradshaw à temps pour lui attribuer quelques scènes et lui demander d'effectuer son tourbillon sur le pont-promenade, vous comprenez ?

Elle renifla.

— Vous n'allez quand même pas pisser, j'espère ?

Sans se démonter, Strube se dit qu'il devait s'agir d'un terme d'argot du langage du spectacle, signifiant *nous faire des difficultés*.

— Non, bien sûr, seulement...

— Alors ? Vous voulez qu'on vous interviewe aussi ? C'est ça ? Ce serait un jeu d'enfant. Et ça vous ferait une excellente publicité, pas vrai ? « L'homme qui a retrouvé Spooky. » Ensuite, nous pourrions discuter du rôle possible de votre client dans l'épisode des retrouvailles. Qu'en pensez-vous ?

Strube n'aimait pas ce ton ni cette façon de laisser croire qu'il n'était guidé que par un désir de se faire de la publicité. Il eût aimé pouvoir lui répliquer, d'une phrase glaciale.

Ce qui était hors de question.

— Beaucoup de bien, à première vue.

Malgré lui, il ajouta :

— Vous me le promettez ?

— Vous avez ma parole, Maître. Bon, où est-il ?

— Eh bien... à Long Beach, Twenty-First Place, près de la plage.

Il lui lut l'adresse exacte d'après les numéros marqués au stencil sur le trottoir.

— Je serai là moi aussi, et je suis certain...

— C'est bon ! coupa-t-elle. Je savais bien que quelqu'un serait certain de quelque chose. J'aurais dû me douter que ce serait un avocat.

Elle raccrocha.

Je parie qu'elle ne va pas tarder, songea Strube sans conviction.

Les jacassements des pies réveillèrent Sullivan. Depuis quelque temps, il émergeait très tôt ; il se souvint d'avoir rêvé de la plage de Venice mais ne put dire s'il s'agissait du Venice de 1959, de 1986 ou de 1992, ce qui n'avait d'ailleurs pas grande importance.

Un léger chuintement provenant de la cuisine lui fit lever la tête. Kootie était assis sur le plan de travail, et regardait Sullivan par-dessus le livre d'*Alice* dont il venait de tourner une page. Il posa un index sur ses lèvres.

Sullivan pencha la tête de côté puis de l'autre, faisant craquer sa nuque. Angelica ouvrit les yeux et sourit d'un air endormi.

— Je crois qu'on est tous réveillés, Kootie.

Il avait pourtant parlé doucement, peut-être parce que c'étaient ses premières paroles de la journée. Il se leva lentement, s'étira.

— Comment te sens-tu ?

— Bien, m'sieur... pardon, Pete. Je pourrais avoir de la pizza froide et du Coke pour le petit déjeuner ?

Edison doit cuver son alcool, songea Sullivan en souriant intérieurement.

— Si tu veux. Moi, je n'ai pas faim. On va partir d'ici dans une heure environ... après une balade à la plage. Tu ne préfères pas attendre un peu pour manger quelque chose de chaud ?

— J'adore la pizza froide. Chez moi, on n'en avait jamais.

— Alors sers-toi.

Sullivan bâilla et entra dans la cuisine pour tourner le robinet. Il ne se rappelait plus s'il en avait obtenu ou non de l'eau chaude la veille ; enfin... sinon, il en trouverait dans le réservoir des toilettes.

— Euh... reprit Kootie. Vous pourriez m'aider ? Mon côté me fait mal quand je force. J'étais déjà en train de grimper là-dessus quand je me suis rappelé qu'il fallait pas que je saute.

— Bien sûr.

— Kootie, dit Angelica qui s'était levée à son tour. Je ne t'avais pas dit de ne faire aucun effort ?

— Non, m'dame.

— Ah ! Bon, mais quand tu seras descendu...

Tout d'un coup, une quatrième voix retentit, qui provenait de la porte du living.

— Laisse-le où il est.

Sullivan fit volte-face et s'immobilisa. Un homme se tenait dans l'encadrement et pointait sur eux une arme fabriquée à partir d'un fusil de chasse de calibre 12 à double canon scié. Passé la première surprise, il vit également que leur visiteur était manchot, qu'il portait un large treillis et un blouson élimé, et que sur son visage rond et pâle perlaient des gouttes de sueur. Et qu'il les dévisageait l'un après l'autre, d'un regard mobile comme une mouche à viande.

— Harry Houdini s'est manifesté à Long Beach hier soir, dit-il d'une voix haut perchée. Et moi, j'suis un fan d'Houdini. Mais en arrivant ici, j'reçois cinquante dérivations, impossible de rester en contact avec lui. Alors j'me suis rappelé ce coin perdu près d'la plage, comme le bois où Alice a perdu son nom. Ça rigolait bien, ici, hier soir ! Un type entre dans un restaurant arménien parce que ses amis lui ont conseillé de commander le hareng ; seulement, on lui en sert un vivant qui le regarde dans les yeux. Il s'en va, mais ses amis lui disent d'y retourner le lendemain, alors il y va et il commande encore du hareng. Mais, dans son assiette, son poisson ouvre encore les yeux, alors il s'en va. Le troisième soir, il va dans un restaurant juif et commande du hareng et, quand le serveur lui apporte son assiette, le hareng ouvre les yeux et dit : « Tu n'vas plus au restaurant arménien ? »

Sullivan sentit une goutte de transpiration lui couler le long du dos. Il ne quittait pas des yeux les canons sciés du fusil, chacun assez gros pour y laisser entrer un rat. Angelica s'était placée devant Kootie et personne ne bougeait plus.

— Qu'est-ce que vous voulez ? demanda Sullivan d'un ton qui se voulait assuré.

— Parler à Thomas Edison.

— C'est le bonhomme qui m'a donné un coup de couteau, murmura Kootie en frissonnant.

— Je vous écoute, ajouta-t-il plus haut. De quoi désirez-vous parler ?

— Délivrez-moi. Ce fantôme pourri m'est resté en travers du cerveau et j'peux plus... manger. Quand vous m'avez fait ça en 29, j'ai réussi à m'en débarrasser en m'injectant un fantôme en intraveineuse, mais il m'a pété le bras. J'peux plus recommencer cette plaisanterie, même si j'suis certain que ça fera que m'péter un membre et pas l'cœur. C'est vous qui avez fait ça. Vous devez savoir comment le défaire.

Son souffle bruyant se ponctuait de courts sifflements qui évoquaient des cris montés d'une foule lointaine.

— Et ensuite vous me poignarderez à nouveau, c'est cela ? demanda Edison avec la voix de Kootie. Ou vous me ferez exploser la poitrine avec ce tromblon pour nous inhaler, le petit et moi quand nous rendrons notre dernier souffle ? J'appelle ça une promesse de Mexicain… Pardon, Angelica !

Elle roula des yeux furieux :

— Edison, je vous en prie !

— Non, promit le manchot.

Des voix lointaines montaient de ses poumons.

— J'vous laisserai tranquille et j'me nourrirai de fantômes ordinaires. Qu'est-ce que j'dois faire pour que vous me croyiez ?

Sullivan vit qu'Angelica avait posé le regard sur un coin de la pièce et se tourna dans cette direction. Le .45 restait contre le mur, là où elle avait dormi. Il comprit qu'elle envisageait de plonger pour détourner l'arme du manchot de Kootie et de lui-même.

Seulement, elle n'aurait jamais le temps de se relever et de tirer sans que le fusil parte le premier ; et, avec une arme pareille, il était inutile de viser pour atteindre sa cible et la déchiqueter. Lentement, pour ne pas énerver l'homme, Sullivan tendit les doigts et les referma sur le bras d'Angelica.

Un bourdonnement vint lui chatouiller l'oreille et il se retint à temps de taper dessus.

— *Qu'est-ce que c'est que ce merdier ?* dit la voix du fantôme de son père. *Je ne peux pas aller tout seul à la plage, je dépends de mon portrait de cuivre et il est trop lourd pour moi.*

Sullivan jeta un regard anxieux vers le manchot mais celui-ci ne semblait pas avoir senti la présence d'Arthur Sullivan.

Les canons du fusil s'agitèrent.

— Alors ?

Les petits yeux de l'homme étaient fixés sur le visage de Kootie.

— Je pourrais vous le mettre par écrit, articulait la voix de l'enfant, dès que vous auriez abaissé cette arme, et je déposerais le papier à un endroit que nous définirions ensemble. Seulement, il faudra me faire confiance.

— Pas question, rétorqua le manchot.

Sans quitter Kootie des yeux, il renifla bruyamment.

— Y a un autre fantôme, ici. Si vous me dites comment me libérer, je mangerai juste celui-là. Ça me tiendra en vie jusqu'au prochain.

— Ça ne va pas, contesta Kootie. C'est le père de Pete et Pete est un sentimental qui attache beaucoup d'importance à la famille. D'ailleurs, cette méthode implique un peu de travail de votre part. Il ne suffit pas de loucher et de cracher.

C'était pourtant ce que faisait le manchot en ce moment. Il louchait tellement que ses iris disparurent presque complètement, comme si ses pupilles cherchaient à se toucher derrière le nez, et sa bouche s'ouvrit toute grande.

Les canons du fusil s'élevèrent et se balancèrent de haut en bas. Sullivan s'adossa au plan de travail et interrogea du regard Kootie qui restait bouche bée.

C'était comme si le manchot avait soudain un haut-parleur branché à son larynx... des voix d'hommes en colère, des cris d'enfants, des rires de femmes, un chœur chaotique qui s'élevait de sa poitrine.

Sans doute essayait-il de cracher. Sa mâchoire inférieure se mit à tourner sous son nez, sa langue bondit... et finalement une voix de femme, un cri strident suivi d'un bavardage accéléré par quelque effet Doppler, s'éleva et devint de plus en plus clair.

Alors le manchot cracha... et parut s'étouffer, pris de convulsions comme un pantin désarticulé...

Un serpent rouge brillant jaillit de sa bouche, incandescent et fumant déjà avant d'atteindre le sol. Les relents de soufre et d'ammoniac furent si violents que Sullivan, qui avait involontairement reculé devant cette brutale apparition, tâchait maintenant de se protéger de ces émanations. C'est alors qu'un vent glacial et sifflant le bouscula pour aller se briser contre la fenêtre qui explosa en mille morceaux.

Tout le monde avait bougé, cette fois... Kootie venait de sauter du plan de travail et heurtait Angelica sur le sol, en direction de la fenêtre en miettes et du .45 ; le serpent rouge bondit autour du manchot penché en avant qui vomissait un fleuve de lave gluante, tandis que Sullivan s'extrayait de la cuisine, sautait par-dessus le serpent pour envoyer un coup de pied dans la main qui tenait encore le fusil.

Les deux balles partirent ensemble dans un fracas digne d'un camion passant à travers le plafond. Sullivan avait bondi sans autre objectif que d'envoyer promener l'arme, et l'explosion de l'air comprimé parut le pousser à en faire davantage : du genou, il écrasa la tête du manchot mais sa mâchoire et ses épaules heurtèrent en même temps le chambranle, le faisant rebondir en arrière et atterrir à quatre pattes sur le plancher.

La pièce était pleine d'une brume qui empestait et piquait si fort les yeux qu'il voyait à peine, à travers ses larmes, Angelica et Kootie en train de courir vers la porte d'entrée qu'ils ouvrirent ensemble dans un silence à vriller les tympans. Incapable de respirer, Sullivan rampa autour du serpent rouge qui commençait à se séparer en plusieurs morceaux, et il progressa péniblement vers la lumière, vers la promesse d'un peu d'air frais. Ses paumes tombèrent sur les mains de plâtre d'Houdini qu'il eut le courage de récupérer au passage mais elles disparurent à cet instant précis.

Il parvint enfin à franchir le seuil de la porte pour atterrir sur l'asphalte glacé. La brise lui parut fraîche sur la transpiration astringente qui lui dressait les cheveux et collait sa chemise à son dos.

Nicky Bradshaw, revêtu d'une chemise hawaïenne, se trouvait non loin de lui et le contemplait d'un visage totalement inexpressif. Derrière lui, se tenaient deux hommes souriants, en survêtement, et armés d'un pistolet semi-automatique.

Un de ces nouveaux 9 mm, songea-t-il sombrement, Beretta, Sig ou Browning. Depuis Mel Gibson dans *L'Arme fatale*, tout le monde est fou des 9 mm. Il jeta un coup d'œil à sa ceinture et s'aperçut qu'Angelica était en train de s'agenouiller lentement pour déposer son vieux .45 sur le trottoir, surveillée de près par un autre des jeunes gens souriants et solidement armés.

Une nouvelle odeur vint lui caresser les narines... le clou de girofle brûlé. Et, lorsque s'éleva une voix de femme, à peine audible par-dessus le vrombissement de ses oreilles, il n'eut pas besoin de lever les yeux pour savoir qui c'était. Elle avait été son patron pendant onze ans.

— Je suis contente qu'ils soient venus sans attendre que je le leur demande, dit Loretta deLarava, car je n'aurais jamais su qui il convenait d'inviter ! Attachez-les tous et faites-les monter dans le camion, vite ! Nicky et Pete, je les reconnais tous les deux, et voici certainement le fameux Koot Hoomie Parganas. Enfin !... Mais je veux tout le monde. Et trouvez-moi la camionnette de Pete et fouillez-la, ainsi que son studio pour mon masque. Vous savez quoi chercher.

Sullivan finit par tourner la tête pour la regarder. D'énormes poches tombaient sous ses yeux injectés de sang et ses joues pendaient comme des rideaux plissés autour de sa cigarette incandescente.

— Salut, belle-maman !

C'est à peine s'il entendit sa propre voix. Il n'avait pas voulu lui parler, ni même la contempler, mais il était important que son père comprît à qui ils avaient affaire. Il ne savait pas trop comment le fantôme pouvait la voir, d'autant que Loretta deLarava ne ressemblait en rien à la Kelley Keith de 1959.

Celle-ci se renfrogna, tira sur sa cigarette mais ne dit rien.

A un balcon du premier, un homme à barbe blanche et en tee-shirt examinait avec inquiétude cette foule agitée.

— Sol ! cria-t-il. Qu'est-ce qui se passe ? Qu'est-ce que c'est que cette odeur infecte ?

— C'est vous le propriétaire, Nicky ? lança Loretta deLarava qui ne perdait pas le nord. Je ne veux pas que ces gens soient malades.

Bradshaw leva les yeux vers son locataire inquiet.

— Inspection sanitaire ! grommela-t-il. Restez à l'intérieur. Ces nouveaux locataires… ont, disons, les intestins dérangés.

— Mince ! Je me disais, aussi !

L'homme disparut du balcon et Sullivan entendit une porte claquer.

Ce fut davantage la vibration sur le sol où reposait son dos, que le bruit à proprement parler, qui l'avertit que quelqu'un d'autre arrivait de la rue à grands pas.

— Madame deLarava ? lança gaiement un homme. Je suis J. Francis…

Il n'en dit pas plus et Sullivan n'eut pas besoin de le voir pour savoir que le nouveau venu avait aperçu les pistolets.

— Je suis avocat, reprit-il alors d'une voix étranglée. J'ai l'impression qu'on va avoir besoin de moi, par ici.

— Tu l'as dit, bouffi ! s'écria Loretta deLarava. Emmenez-le avec les autres.

43

— ... *Songez que vous êtes une grande fille. Songez au long chemin que vous avez aujourd'hui parcouru. Songez à l'heure qu'il est. Songez à tout ce que vous voudrez, mais ne pleurez pas!*

A travers le miroir
Lewis CARROLL

Deux hommes de Loretta deLarava hissèrent l'avocat menotté dans une Jeep Cherokee garée sur le trottoir devant l'immeuble; trois autres ouvrirent l'arrière d'un camion pour en sortir d'énormes câbles rouge et noir ainsi que des clapets de métal pour faire de la place à leurs prisonniers: Bradshaw, Kootie, Angelica, le manchot et Sullivan. Ce dernier remarqua que Johanna avait pu s'échapper et se demanda si, en quelque sorte, Bradshaw, ayant anticipé ces événements, ne l'avait pas envoyée se cacher quelque part; il regrettait seulement que son cousin, par la même occasion, n'eût pas fait profiter de ses informations tous les occupants du studio.

Un hublot de plexiglas jetait un éclairage jaune sur l'intérieur du camion. Les prisonniers étaient alignés le long de la paroi, les mains derrière le dos; on leur avait scotché les chevilles contre une longue barre de bois vissée à même le sol. Quant au manchot, les hommes de Loretta deLarava lui avaient attaché le bras le long du corps.

La vieille était montée à l'arrière pour mieux surveiller ses proies et, bientôt, le camion démarra, filant en direction d'Ocean Boulevard.

— Nicky, commença-t-elle, souviens-toi qu'il y a ici

une femme innocente et un enfant. Si tu sens venir la moindre... crise psychique, j'espère que tu auras la charité de m'en avertir à temps, pour que mes hommes puissent t'envoyer dans un endroit où tu ne risqueras de blesser personne.

— Quand je suis réveillé, rien ne m'attise, dit Bradshaw affalé sous des spots. Et ça tombe bien parce que je n'ai pas sommeil.

— Parfait.

Elle plongea une main sur le devant de sa large robe à fleurs pour en tirer un petit semi-automatique de calibre .22 ou .25.

— Le premier qui crie, menaça-t-elle en les regardant un à un, aura affaire à ceci, vu ?

— Madame, risqua faiblement le manchot. J'peux vous aider. Mais il faut que je mange un fantôme, tout de suite. J'viens de dégobiller au moins un kilo d'ectoplasme mort en plus d'un bon fantôme. J'vais crever.

Assis contre la porte à côté de Sullivan, il laissait échapper un souffle digne d'un chœur wagnérien.

Loretta deLarava arborait une moue maussade. Pourtant elle demanda, sans le regarder :

— Qui êtes-vous, au juste ?

L'homme tremblait comme une feuille, son genou droit heurtant la cuisse de Sullivan.

— Dernièrement, je me faisais appeler Sherman Oaks.

— Et que peut faire Sherman Oaks pour moi ?

— Je peux... par exemple, vous dire que ce jeune garçon porte avec lui le fantôme de Thomas Alva Edison.

Loretta deLarava s'esclaffa.

— Ça, je le sais depuis longtemps !

Elle posa néanmoins un regard gourmand sur l'enfant.

Ce qui n'empêcha pas Sullivan, furieux, de reprocher à Kootie :

— Il a fallu que vous lui expliquiez comment se déboucher !

Un rire bref échappa au petit garçon.

— Pas du tout ! Je bluffais. J'aurais juré que c'était irréversible. Je lui ai balancé une recette en précisant bien que ça ne marcherait pas, mais il en a tellement fait qu'il a fini par se débarrasser du fantôme pourri en même temps que d'un bon.

— Qu'est-ce que c'est que cette histoire de tire-bouchon ? demanda Loretta deLarava.

Tous la regardèrent et Sullivan s'avisa qu'il pourrait y avoir là de quoi négocier une sortie.

— Quand on a avalé un fantôme qui a pourri dans une bouteille opaque, expliqua Sherman Oaks, la digestion se bouche. Tout se bloque. On n'peut plus rien manger et les fantômes qu'on a déjà en soi se révoltent. C'est là qu'j'en étais. Maintenant, j'sais comment faire pour s'en débarrasser. Suffit d'cracher un bon coup. Hop ! C'est la purge.

— Est-ce qu'on peut les comparer à des « essences » ? demanda Loretta deLarava. Est-ce qu'on peut en « jouir » ?

— Où va-t-on ? demanda Angelica d'une petite voix.

Loretta deLarava la dévisagea comme si elle ne l'avait jamais vue.

— La petite Mex de Pete ! Un de mes boys m'a dit que c'était toi la psy dingue qui a fait les gros titres des journaux... On va tous sur le *Queen Mary*.

Le blouson de cuir de Sullivan était resté au studio, sans doute toujours roulé par terre ; et voilà qu'à travers sa mince chemise, il sentait des doigts lui parcourir faiblement l'épaule gauche.

Il jeta un regard surpris sur son voisin : Oaks était-il parvenu à libérer son unique bras ? Il put alors constater qu'il n'en était rien, que le manchot s'était cependant tourné dans sa direction, comme s'il faisait mine de tendre vers lui un bras qui n'existait pas.

Dans un mouvement de terreur, Sullivan recula d'un bond en soupirant bruyamment.

— Que... interrogea Loretta deLarava en passant son pistolet d'une main à l'autre. Qu'est-ce que c'est ?

Sullivan se rendit compte qu'une fois de plus elle ne l'avait pas regardé dans les yeux et qu'elle ne semblait pas vouloir prononcer son nom.

Elle a l'intention de me tuer, et aujourd'hui de préférence, alors ça la gêne de me reconnaître.

Les petits yeux de Sherman Oaks restaient fixés sur lui sans la moindre expression ; pourtant, l'homme reniflait âprement.

Tu sens le fantôme de mon père, songea Sullivan. Tu sais qu'il est ici avec nous.

Au moins les doigts fantômes s'étaient-ils écartés de lui.

— Mes épaules me gênent terriblement, dit-il en regardant fixement le manchot.

On fait affaire? tâchait-il de transmettre aux petits yeux. *Je ne lui dirai pas que tu as une main libre si tu ne lui parles pas du fantôme.*

— Nous vous prions de nous excuser pour ce léger contretemps, rétorqua Loretta deLarava, moqueuse.

Sullivan releva les yeux. Elle clignait violemment des paupières comme pour évacuer des larmes.

— Ils n'ont trouvé que le pouce, annonça-t-elle en contemplant le hublot. Où sont les mains ?

— Perdues dans les canaux de Venice, répondit aussitôt Sullivan. J'ai voulu les récupérer mais elles ont fondu dans l'eau salée comme... comme du sucre.

Derrière lui, la main gauche plongeait dans sa poche arrière, celle où il rangeait son portefeuille (qui ne contenait qu'une carte d'identité et deux billets de vingt dollars) et un peigne.

— Pourquoi va-t-on sur le *Queen Mary*? demanda Angelica.

— Pour s'amuser, railla Loretta deLarava.

D'un seul coup, ses cheveux se dressèrent pour former une houppe au sommet de son crâne, arrachant des exclamations d'effroi à Angelica et à Kootie.

Sullivan sentit son oreille droite le démanger, pourtant le fantôme de son père ne disait rien.

La Jeep Cherokee conduisait le cortège et, quand elle quitta Ocean Boulevard pour s'engager dans Queen's Way, les deux camions suivirent.

J. Francis Strube n'osait pas remuer sur son siège car l'homme à l'arrière devait toujours pointer un pistolet sur lui, mais il pouvait tourner les yeux sans risque. C'est ainsi qu'il avait vu le port et les bateaux sous un soleil éclatant. Au-delà des deux kilomètres de quais, il devinait la masse énorme et les ponts blancs du *Queen Mary*.

La radio était branchée sur une station de rock rétro et le chauffeur sifflotait la triste mélodie des *Pleasures of the Harbour* de Phil Ochs.

Depuis cinq minutes, Strube se rappelait les infinies précautions que prenait toujours Nicholas Bradshaw à l'époque où il travaillait pour lui, en 1975... refusant de dire où il habitait, de donner son numéro de téléphone personnel, prenant toujours des chemins différents pour se rendre à son bureau et pour en partir. En fin de compte, se dit-il piteusement, j'aurais peut-être mieux fait de prendre plus au sérieux ce délire que j'estimais paranoïaque. J'ai bien peur d'avoir gaffé quelque part, aujourd'hui.

— Vous allez au *Queen Mary*? demanda-t-il d'un ton humble.

Le chauffeur lui jeta un regard surpris :

— Tu connais pas ? C'est génial !

— Si, j'y suis déjà allé, se défendit Strube dans un sursaut de dignité. J'ai souvent dîné au Sir Winston. Seulement... qu'est-ce qu'on va y faire, aujourd'hui ?

— Loretta deLarava a un tournage là-bas. Si j'ai bien compris, on doit t'interviewer avec ce Nicky Bradshaw. Tu sais, c'était l'acteur qui jouait Spooky, le fantôme adolescent dans ce vieux feuilleton. Tu l'as sûrement vu, il repasse tout le temps. Ce type-là, il doit faire une espèce de danse, à ce que j'ai compris.

Strube fronçait tellement les sourcils qu'il finit par faire mine d'être ébloui par le soleil.

— Mais... alors pourquoi ces menottes ? Et ces armes ?

L'autre rit doucement.

— Oh ! Elle se prend parfois pour Eric von Stroheim. Elle joue les... comment on dit, ça ? Les dominatrices ? Tu sais, le martinet, et tout...

— Mais... qu'est-ce que vous dites ? Qu'est-ce qui s'est passé, là-bas, dans cet immeuble ? Vos collègues ont jeté tout ce matériel, tous ces clapets en plein milieu de la rue ! Et puis il y avait cette effroyable odeur !

— Alors là, tu me poses une colle !

Strube en avait le vertige.

— Et si j'essaie de m'échapper au prochain feu rouge ? Ce monsieur me tirera dessus ?

— Oh oui ! répondit le conducteur. A travers ton siège. Il ne plaisante pas, si c'est ce que tu veux savoir. Les nouveaux automatiques sont prévus pour provoquer le plus de dégâts possible. Tu n'en sortirais pas entier. Au fait...

Il frappa le volant d'un petit coup de main.

— Au fait, si le Sir Winston est ouvert on pourrait demander à la vieille de nous y inviter à déjeuner.

— Tu peux toujours courir ! bougonna son collègue à l'arrière.

Ils avaient roulé une dizaine de minutes, s'arrêtant de temps à autre, sans doute aux feux rouges, tournant lentement pour s'engager dans des voies transversales et, maintenant, Sullivan sentait le camion passer la marche arrière pour descendre le long d'une rampe. Le hublot s'assombrit et il entendit un écho profond répercuter le bruit du moteur, comme s'ils pénétraient dans une grande pièce aux parois métalliques. Puis tout se tut.

Des portières claquèrent non loin d'eux, ensuite, plus proche, celle de leur chauffeur ; des pas résonnèrent sur un sol de ciment et, enfin, l'arrière du camion s'ouvrit. Un courant d'air glacé envahit l'intérieur, qui sentait l'essence et la mer.

— Pont E ! cria un jeune homme.

Il poussait un escabeau à roulettes à travers cette espèce de garage.

— On a viré l'équipage pour le moment et on a posté des vigiles pour nous avertir s'ils reviennent. Ils disent qu'ils ont coupé le courant sur le pont-promenade et sur le R, le chef électricien est prêt à passer sur ses générateurs. On pourra commencer à dix heures.

Tu ferais mieux de te mettre à vérifier le compteur, songea Sullivan dont la main gauche atteignait son peigne de poche. Tu ne vas pas brancher ton régulateur d'éclairage au petit bonheur quand il y a encore 220 volts qui t'attendent gentiment dans le panneau de secours. Derrière la crainte qui lui serrait le cœur, il ne pouvait réprimer une certaine irritation à l'idée que ces jeunes gens apparemment si sûrs d'eux puissent être meilleurs que Sukie et lui.

Loretta deLarava reniflait encore, tout en descendant un à un les degrés de l'escabeau.

— Envoyez deux gars chercher le... gosse et le vieux, qu'ils les montent à l'avant ; quant à Pete Sullivan, c'est celui en chemise blanche... dans cette pièce qu'ils nous prêtent pour servir de bureau. Bâillonnez la femme et le manchot et laissez-les où ils sont.

Sullivan jeta un coup d'œil sur son voisin. Sherman Oaks paraissait à peine conscient de ce qui se passait autour de lui ; son souffle s'était réduit à un râle qui tenait plutôt de la voiture en panne. Mais l'étoffe de son large treillis semblait se rassembler et se serrer autour de sa cuisse gauche, comme pétri par une main invisible.

Et s'il avait des ongles, sur cette main ? se demanda Sullivan. A ce moment-là, est-ce qu'ils sont assez solides pour décoller le chatterton qui retient son vrai bras ? S'il se libère et qu'il reste seul avec Angelica, il va certainement la tuer pour manger son fantôme.

Faut-il en parler à Loretta deLarava ? A ce moment-là, le manchot pourrait lui révéler que le fantôme de mon père se balade autour de moi ; elle n'aurait plus qu'à passer un masque pour l'avaler en un rien de temps.

Angelica était assise à la droite de Sullivan, ses chevilles immobilisées à côté des siennes. Il tourna la tête vers elle ; elle affichait une expression tendue, pourtant, elle parvint à s'arracher un faible sourire en le regardant.

— Je voudrais emmener le Dr Elizalde avec moi, déclara-t-il.

Il sentit une forte douleur lui traverser le bras gauche ; ses doigts tentaient de détacher la dernière dent de son peigne, exercice inutile dans la mesure où l'objet était fait d'aluminium.

— Et pourquoi, s'il vous plaît ? objecta Loretta deLarava.

— Avant d'être psychiatre, c'est un médecin, lança-t-il au hasard.

Sans remuer les lèvres, Sherman Oaks chantonnait à mi-voix, comme accompagné d'un chœur d'enfants :

— *Clair le matin, fringants les coursiers / Et gais les invités de la noce...*

— Bon, alors emmenez-les tous ! cria Loretta deLarava.

En fait, c'était plutôt le chant bizarre d'Oaks qui l'avait décidée. A son tour, elle se mit à vociférer :

— Mettez les chats dans l'huile et les rats dans la bière : / Sois bienvenue Kelley trente fois trois fois.

Sullivan reconnut ce passage d'*A travers le miroir*, où Alice allait se faire couronner reine.

Loretta deLarava gardait son petit pistolet pointé sur ses prisonniers tandis qu'un de ses hommes sautait dans le camion et coupait les liens de tous les pieds.

— Vous voulez aussi l'avocat de la Cherokee ? demanda-t-il.

— Laisse-le où il est. On verra plus tard.

Les doigts de Sullivan exercèrent soudain une pression très forte à l'extrémité du peigne d'aluminium qui finit par se casser dans un petit claquement sec, lui ouvrant au passage une plaie sur le poignet. Il ferma la paume sur le morceau de peigne au moment où l'homme tirait Oaks par les jambes au-dessus du pare-chocs.

Une fois que le manchot se retrouva debout au pied

du camion, ce fut le tour de Sullivan. Quant à Bradshaw, il ne fallut pas moins de deux hommes pour le sortir du camion.

Quand il eut atterri sur le ciment, il sauta sur place comme pour se dégourdir les jambes.

— Je parie que ces types sont homos ! grommela-t-il.

— N'essaie pas de te tailler, Pete !

Cette mise en garde de Loretta deLarava confirma Sullivan dans la conviction qu'elle avait l'intention de se débarrasser de lui au plus vite.

— Moi, patron ? ironisa-t-il. Allons donc !

Lorsque tout le monde fut sorti, la vieille leur ouvrit la route vers un étroit corridor où les hommes poussèrent les prisonniers. Elle chantait toujours, de sa voix aigrelette :

— O vous, gens du miroir, approchez ! / Me voir est un plaisir, m'écouter une joie.

Croisant le regard d'Angelica, Sullivan lui décocha un clin d'œil optimiste.

Ce n'était pas un mouvement vide de tout sens. Il venait de se rendre compte que les mains liées qui sortaient de sa chemise étaient probablement celles d'Houdini. Le masque n'était pas achevé, Sullivan ne portait pas le veston aux manches détachables, mais c'était sans doute parce qu'il ne possédait plus l'ensemble complet : le pouce séché lui avait été subtilisé. Néanmoins, les mains de plâtre avaient disparu au moment où il les avait touchées, dans le studio envahi par la fumée, et, maintenant, sa propre main gauche serrait un morceau de métal.

Titubant en tête du groupe, Sherman Oaks était assez grand pour devoir se pencher afin d'éviter les tuyaux qui couraient au plafond du corridor, mais la pièce où les fit entrer Loretta deLarava était vaste comme un studio de télévision. Des néons projetaient une lumière blanche sur deux canapés bas adossés aux murs et un bureau métallique qui occupait le centre ; des caisses pleines de câbles avaient été rangées dans un coin. Loretta deLarava désigna l'un des canapés puis se dirigea lourdement vers le bureau pour se laisser tomber dans le fauteuil attenant.

— Reliez un câble à leurs poignets, ordonna-t-elle à ses hommes et arrangez-vous pour qu'ils ne puissent pas y toucher, puis faites-les asseoir dans le canapé.

Dès que Sullivan fut ligoté et poussé à s'asseoir, entre Angelica et Oaks, il sentit son pouce tirer sur l'une des dents du morceau de peigne cassé. Pour cacher d'éventuels mouvements de ses épaules, il se pencha en avant et regarda sur sa droite... Angelica et Kootie avaient l'air de bavarder, quant à Bradshaw, au bout du canapé, il faisait une sale tête en contemplant les murs autour de lui, comme s'il désapprouvait le choix de la peinture.

D'un mouvement de son petit pistolet, Loretta deLarava fit signe aux hommes de sortir. Elle ramassa par terre un grand sac de cuir et, de sa main libre, le retourna au-dessus du bureau. Trois cannettes de limonade en tombèrent, dont l'une était vide, suivies d'un portefeuille noir et d'un trousseau de clefs.

— Tu reconnais, Pete ?

44

... et elle avait vaguement idée qu'il lui fallait les secourir et les remettre sur leur banc tout de suite, faute de quoi ils allaient périr.

Alice au pays des merveilles
Lewis CARROLL

Sullivan ne répondit pas. Il respira profondément... et crut humer un relent de bourbon au milieu de l'air conditionné.

— Et j'ai un électro-aimant, continuait Loretta deLarava, et de la musique très étudiée, et un schizophrène qui me fait un bien meilleur masque que ta sœur et toi réunis. Mais je ne veux pas du rab, aujourd'hui, juste ton père... et, tant qu'ils y sont, Thomas Alva Edison et Koot Hoomie Parganas.

Elle leva son visage bouffi et regarda Sullivan dans les yeux.

— Où qu'il se trouve, Apie viendra quand je l'appellerai. Tu savais qu'avec ta mère, ils ont passé leur lune de miel ici, sur le *Queen Mary*, en 1949 ?

— Non.

Leur père n'avait jamais trop parlé aux jumeaux de leur mère morte en les mettant au monde en 1952.

De la main gauche, Sullivan avait cassé une dent du peigne et ses doigts l'introduisaient dans le mécanisme de la menotte qui lui immobilisait le poignet droit.

En même temps, il tâchait de se rappeler ce qu'il avait lu, cette nuit, sur le couronnement d'Alice ; il eût aimé pouvoir poser la question à Kootie, qu'il avait trouvé plongé dans le livre. Ses doigts continuaient de travailler sur les menottes, comme s'ils n'avaient pas oublié les gestes d'Houdini dans son bidon à lait ; mais quand il voulut intervenir à l'aide de ses souvenirs personnels, il fit instantanément un faux mouvement et lâcha la dent qui se perdit entre les coussins du canapé.

Un jeune homme, apparemment le deuxième assistant metteur en scène, passa une tête à la porte.

— Le producteur, Neal Obstadt, est là. Il dit que vous... hé !... l'attendez.

Comme il achevait sa phrase, il fut bousculé par un colosse en costume trois pièces qui entra de force dans la pièce. L'homme portait très courts ses cheveux gris et, à son allure, Sullivan imagina sans mal qu'il devait avoir plusieurs tatouages sur ses larges épaules.

Il sentit son cœur s'accélérer en s'avisant que sa chance pouvait résider dans cette intrusion. Mais ce fol espoir disparut lorsqu'un large sourire se dessina sur le visage bronzé du producteur quand il aperçut les cinq prisonniers.

— Ô Kelley ! s'exclama-t-il. Je parie que ce garçon n'est autre que le fameux Koot Hoomie Parganas ! Que c'est gentil à vous !

En un éclair, le sourire de l'homme se figea et il se retourna vers la vieille :

— Voilà des années que vous avalez des fantômes, je crois ? Vous savez comment ça marche ?

— Ce sera tout, Curtis, se dépêcha de lancer Loretta deLarava au jeune homme à la porte.

Celui-ci ne se fit pas prier pour s'éclipser.

Neal Obstadt désigna les prisonniers d'un geste :

— Ils ne risquent pas de bouger ?

— Menottés à un câble, répondit-elle.

— Bon, je suppose que vos cinq invités seront morts avant le coucher du soleil ?

Elle roula quand même des yeux stupéfaits mais s'en remit vite :

— Si vous tenez absolument à délaisser les circonlocutions civilisées...

— Vous les zigouillez, oui ou non ? Je n'ai pas toute la journée, et vous non plus, je vous le garantis.

— Allez vous faire foutre, Neal ! Oui.

— Bon, alors je peux parler ouvertement. Un certain dealer du nom de Sherman Oaks m'a vendu un fantôme mort. Enfin, ils sont toujours morts, mais celui-ci était pourri et il s'est coincé dans ma tête ; il bloque le passage et je ne peux plus manger un seul fantôme. Chaque fois que j'essaie, j'absorbe le protoxyde d'azote... mais je ne me fais pas une vie. Celle qui se trouve dans la dose fiche le camp ailleurs. Vous avez déjà rencontré ce problème ?

— J'en ai déjà entendu parler.

— Je sais le résoudre, intervint Sherman Oaks.

Sullivan sursauta. Il croyait le manchot dans le coma.

— Moi aussi, dit-il à l'unisson avec Kootie.

— Je m'appelle Sherman Oaksssss...

Le manchot acheva sa phrase dans un sifflement qui tenait plutôt du coup de blizzard dans le Grand Canyon, au milieu duquel s'élevèrent les voix de cinq ou six petites filles :

La jeune Ellen dans la forêt
Regardait s'éloigner le cortège.
Elle vit à peine la superbe traîne,
Les larmes brouillaient sa vision.

Obstadt avait discrètement glissé la main dans sa veste pour en sortir un .45 semi-automatique. A cette vue, Sullivan cligna des yeux vers Angelica qui répondit d'un léger mouvement de la tête. *La même arme,* songea-t-il. *C'est le bouquet !*

Les voix des petites filles continuaient :

La demoiselle épanchait sa peine
Sous le saule avec discrétion.
Oh, Robin, tu m'étais fidèle,
Mais en ce jour de malheur,

Derrière le dos de Sullivan, les doigts puissants de sa main gauche venaient de casser une autre dent et se remettaient à fouailler le mécanisme de la menotte. Cette fois, il ne tenta pas d'aider ses mains.

Elle est venue, dame Isabelle,
Et tu lui as donné ton cœur.
En vain je pleure : je revis
Les jours d'autrefois
Où nos pas se rejoignaient ravis
Sous le saule que voilà.

— Qu'est-ce qu'il fout ? cria Obstadt.

Il pointa son arme sur Oaks en hurlant :

— Ta gueule !

Sullivan vit clairement que la sécurité était enlevée.

Les voix continuaient, pourtant, avec la diligence du rituel enfantin des marelles et du saut à la corde ; Oaks restait la bouche béante ; visiblement, sa gorge ne remuait pas, tandis que les petits soprani martelaient inlassablement leur comptine :

Mais quand je mourrai, je voudrais
Reposer dans l'ombre si chère,
Ainsi il pourra flâner auprès
De ma demeure dernière.
Et je voudrais que sur le marbre blanc,
Il lise ces paroles :
« La demoiselle qui t'aimait tant
Gît maintenant sous le saule. »

Les yeux d'Oaks se croisaient littéralement derrière son nez. Sourcils froncés, il secouait la tête et Sullivan était certain qu'il ne le faisait pas exprès ; peut-être était-ce un après-coup de sa « purge » du studio.

Loretta deLarava s'était levée, la face blême comme du gras de jambon, la bouche tremblante.

— Mes petites filles ! cria-t-elle tout d'un coup. Ce sont elles ! C'est lui qui a mangé les petites filles de ma naissance !

Elle contourna le bureau comme une furie, ses bras violacés battant l'air devant elle, son ventre tressautant sous sa robe fleurie, pour tomber à genoux devant Oaks et plaquer les lèvres contre sa bouche d'où s'exhalait encore un sifflement.

Mais la force de son souffle devait avoir décuplé,

car la tête de la vieille fut projetée en arrière et ses bras lancèrent des moulinets en tous sens, le temps qu'elle retombe assise sur le sol. Une odeur de fleurs et d'herbe verte chatouilla les narines de Sullivan tandis que la pièce s'emplissait d'ombres vibrantes, de galopades et de petits cris anxieux.

D'un seul coup, il aperçut plusieurs petites filles maigres en robes blanches... à moins que ce n'en fût qu'une seule, qui se déplaçait très rapidement... traversant la salle tel un carrousel d'hologrammes tournoyant autour d'une lanterne magique ; et puis l'apparition s'évanouit et il n'entendit plus que des sanglots, des rires et des pas légers s'égaillant à travers le corridor, s'éloignant des camions pour aller se perdre dans le labyrinthe du navire.

Sullivan sentit la petite lame de métal pénétrer dans le mécanisme de ses menottes et les doigts de sa main gauche l'actionnèrent doucement...

— Je vous laisse le petit Parganas, souffla Loretta deLarava.

Laborieusement, elle avait roulé à quatre pattes et ramenait maintenant un gros genou puis l'autre sous elle.

— Et Oaks, ajouta-t-elle.

Le visage rougi par l'effort, les narines palpitantes, elle hissa son corps obèse sur ses pieds.

— Laissez-moi les autres.

Prenant une longue inspiration, elle partit soudain au trot à la poursuite des petites filles fantômes.

— Attendez ! cria-t-elle à travers le corridor. Attendez, je suis des vôtres ! Clair le matin, fringants les coursiers... Bon sang de bois !...

Obstadt pointait toujours le .45 sur la face ronde de Sherman Oaks, mais son doigt n'était plus crispé sur la détente car il regardait Loretta deLarava.

— C'est ça, dit Oaks d'une petite voix.

Obstadt revint au manchot, interloqué :

— Quoi ?

— Ce que j'viens de faire. C'est comme ça qu'on fait. J'viens de cracher ces fantômes. Pour vous purger du pourri, envoyez-en un bon au sommet de votre crâne, louchez, très fort, pour le voir, prêt, sur le plongeoir de votre esprit, et puis exhalez et crachez. Le vivant s'en va et entraîne le pourri avec lui.

Sullivan restait convaincu que la dernière crise d'Oaks était involontaire et que les petites filles lui avaient échappé contre sa volonté. En fait, il se disait que le manchot était désormais incontinent et qu'il perdrait des fantômes chaque fois qu'il éternuerait. Cependant, il était assez surprenant de le voir transmettre une information aussi cruciale sans prendre aucune garantie.

Sullivan avait plié ses pieds sous le canapé et ne perdait pas un seul des mouvements d'Obstadt.

Celui-ci recula, s'adossa au bureau et loucha.

Entendant le canapé craquer sur sa droite, Sullivan se tourna pour voir soudain Bradshaw ramasser son énorme masse, prêt à bondir, comme s'il avait oublié qu'il était attaché. Il parvint à capter le regard du gros homme et lui fit signe de ne pas bouger.

Obstadt exhala, se pencha en avant, le .45 pointé vers le sol, et toussa ; alors il fut secoué de spasmes, ses épaules se soulevèrent, son menton tomba sur sa poitrine et un cylindre noir pourvu de côtes, à moins que ce ne fût de jambes pliées sur les côtés, s'échappa de sa bouche grande ouverte, se balança un instant à ses dents puis tomba sur le sol où il atterrit mollement. Les irrégularités de ses côtés s'étaient séparées ; il s'agissait effectivement de jambes qui s'agitaient maintenant dans l'air en tous sens. Comme s'il ne savait pas s'en servir.

Sullivan avait frémi à l'apparition et bien davantage à l'odeur de l'infâme bestiole ; pourtant, avant qu'Obstadt se fût redressé, il jaillit du canapé, vit sa main lui passer devant la joue et lui assener un coup fulgurant dans la nuque, se servant de la menotte comme d'un poing américain. Encore surpris par son propre mouvement, Sullivan n'en avait réagi que plus violemment.

Le .45 tomba dans un fracas métallique et le coup

de feu partit, explosant le petit monstre noir en mille morceaux suintants, tandis que la balle continuait sa route vers le mur contre lequel elle ricocha avant d'aller se loger dans le canapé, à l'endroit où se tenait Sullivan une demi-seconde auparavant. Obstadt se retrouvait à quatre pattes et, surgi de nulle part, un poing s'abattit à l'arrière de sa tête, envoyant son visage s'écraser sur le sol comme une boule de croquet. Un vent glacial et le hurlement d'un homme s'échappèrent alors de sa bouche.

Sullivan releva la tête... Oaks s'était lui aussi libéré du chatterton. C'était lui qui avait achevé Obstadt.

Encore endolori par le coup qu'il avait assené, le bras droit de Sullivan s'était abattu sur sa poitrine, mais, brusquement, il se détendit comme un ressort pour cueillir de plein fouet le visage de Sherman Oaks qui croyait se pencher sur lui ; la menotte lui déchira la joue tandis qu'un coup de genou dans l'entrejambe venait appuyer son effort. Le manchot se plia en deux et tomba sur le côté dans l'infecte bouillasse qui restait du fantôme pourri exhalé par Obstadt ; l'autre fantôme, celui qui avait crié avec une voix d'homme, tourbillonna un instant à travers la pièce puis s'engouffra dans le corridor comme un cyclone.

Sullivan reprit son souffle mais, dans cet air fétide, ses poumons lui faisaient tellement mal qu'il préféra n'inspirer qu'à demi. Il sortit son peigne de sa poche, en cassa une autre dent et, lorsqu'il eut délivré son poignet droit, il s'accroupit pour relier celui d'Oaks à la cheville gauche d'Obstadt.

Puis, il voulut récupérer le .45 mais ses doigts s'étaient subitement engourdis, si bien qu'il ne put que pousser maladroitement l'arme devant lui. Même en joignant les deux poings, il ne put s'emparer du pistolet. Bordel ! songea-t-il furieux en se relevant.

Le souffle toujours court, les larmes aux yeux, à peine capable de supporter la puanteur du fantôme en décomposition, il se dirigea en chancelant vers le canapé où ses mains redevinrent soudain fortes et habiles quand il se pencha derrière Angelica pour la délivrer (hop !), puis Kootie (hop !) et enfin Bradshaw (hop !).

Il lâcha le peu d'air qui lui restait dans les poumons en criant d'une voix rauque à Angelica :

— Prenez le pistolet !

Les yeux pleins de larmes, le nez pincé, la jeune femme fit cependant ce qu'il lui disait, contourna Oaks et Obstadt, et fourra l'arme dans la ceinture de son jean puis rabattit son tee-shirt dessus.

— On s'en va ! aboya-t-elle en prenant la direction de la porte.

Sullivan n'aurait su faire la part entre cet ordre qu'elle avait hurlé et le vacarme qui lui retentissait encore dans les tympans mais, au moins, l'épouvantable odeur semblait-elle tenir en respect les hommes de Loretta deLarava qui, pas une fois, ne se risquèrent à sortir du garage au bout du corridor.

Alors, il entendit autre chose, du fond de ce même garage... un ricanement grinçant qu'il connaissait bien, maintenant.

Angelica courait dans le corridor, dans la direction déjà prise par Loretta deLarava, Sullivan, Kootie et Bradshaw sur ses talons.

La Jeep avait été garée le long d'un mur, suivie des deux camions. Parmi les bruits de choc et les cris, Strube avait reconnu un coup de feu et ses gardiens s'étaient précipités vers le corridor ; ils avaient été arrêtés par les émanations et, dans un mouvement de retraite général, s'étaient rués vers la sortie, où régnait l'air frais du dehors. C'est alors que d'autres hommes, jeunes et en chemise de corps, étaient apparus, chargés d'un sac de toile coiffé d'une casquette de base-ball, à l'intérieur duquel remuait quelque chose. Eux n'avaient pas hésité à se ruer dans le corridor vide.

Strube se fichait des mauvaises odeurs. A force de tirer sur son bras gauche, il finit par atteindre la poignée de la portière et, lorsqu'il eut réussi à l'entrouvrir, il se glissa au-dehors et descendit sur le pont, avant de s'aventurer à son tour dans le corridor, lentement, au cas où l'un des hommes de Loretta deLarava l'apercevrait. S'il ne courait pas, l'autre lui crierait de s'arrêter au lieu de lui tirer dedans sans sommation.

Mais il semblait que personne ne s'occupât de lui. Il passa le seuil d'une autre pièce, jeta un coup d'œil aux deux hommes qui gisaient dans une mare noirâtre. L'odeur était plus forte que jamais à cet endroit et l'un des blessés n'avait qu'un bras, mais Strube n'était pas curieux. S'il poursuivait son chemin, il était certain de trouver un ascenseur ou un escalier qui le mènerait aux ponts touristiques où il rencontrerait certainement quelqu'un pour appeler la police ; peut-être même aurait-il affaire à un gardien qui pourrait le délivrer.

Et ensuite ? Il pourrait refuser de porter plainte, prendre un taxi qui le ramènerait Twenty-First Place où il avait laissé sa voiture. De là, il regagnerait son bureau et prendrait enfin le temps de réfléchir à son aise. Son entrée dans le droit du spectacle risquait d'être plus hasardeuse que prévu.

45

— Si le Roi ici présent venait à se réveiller, ajouta Tweedledum, vous vous trouveriez soufflée — pfutt! — tout comme une chandelle!

A travers le miroir
Lewis CARROLL

D'après les néons au-dessus de leurs têtes, Sullivan vit que le corridor s'élargissait devant Angelica, suivant l'ouverture de la coque, parcourue de poutrelles verticales rivetées aux parois de métal, et les écoutilles portant encore les traces des portes qu'on avait supprimées. Au fond, derrière une rangée de chariots d'aluminium, il aperçut une petite cabine en retrait, fermée d'un portillon croisé en accordéon.

— Gagné, Angelica! Un ascenseur!

Sans ralentir sa course, elle se précipita dans cette direction et, le temps qu'elle tire sur le portillon, Sullivan l'avait rejointe et la prenait par le bras au moment où ils pénétraient dans la minuscule cabine. Les murs en étaient tapissés de magnifiques panneaux d'orme, rayés à hauteur des chariots qui devaient les heurter systématiquement quand ils y entraient. Sullivan replia un strapontin de bois pour faire de la place à Kootie qui arrivait. Par-dessus la tête du petit garçon, il vit arriver Bradshaw tout essoufflé.

— Vite, Nicky! lui cria-t-il.

Il pensait au sac de toile ailé qu'ils avaient aperçu dans le cimetière.

— Dépêche-toi!

— Peux pas, haleta Bradshaw. Mal au cœur, là-dedans. Je vomirais… si j'y entrais. Je vous retrouverai… en haut.

Le raffut dans les oreilles de Sullivan avait fait place à un gémissement aigu… et il ressentit soudain une sorte d'absence. Il se frappa la poitrine, palpant la plaque de cuivre qu'il gardait dans son scapulaire.

— Mon père ! Il est avec toi, Nicky ?

Bradshaw s'arrêta, secoua la tête.

— Non, mais je vais le chercher. Partez, maintenant.

Sullivan ferma les poings d'Houdini. Son père pouvait être n'importe où, par ici. Loretta deLarava pouvait être n'importe où, par ici.

— Nicky, grimpe dans cet ascenseur !

Bradshaw sourit.

— Tu sais bien que je n'entrerai jamais dans ce truc.

— Bon.

Qu'est-ce que je peux y faire ? se dit Sullivan.

— Comme tu voudras, reprit-il. *Vaya con Dios, amigo.*

— *Y tu también, hermano,* répondit Bradshaw.

Sullivan tira le portillon et le claqua.

— Il faut descendre d'un pont, annonça-t-il.

— Descendre ? souffla Angelica dans un sanglot effrayé. Non, Pete, on doit monter ! Vers le soleil. Vers les gens normaux !

— J'aurais dû y penser plus tôt, reprit-il en suivant son idée. Kootie, tu te souviens comment le couronnement d'Alice a échoué ?

Les yeux du jeune garçon se mirent à briller.

— La nourriture du banquet prend vie et ne veut plus se laisser manger.

— C'est ça. Le gigot bavarde et rit et prend la place de la Reine Blanche, le pudding enguirlande Alice quand elle le coupe et… la Reine Blanche se dissout dans le potage, tu te rappelles ? Même les bouteilles s'envolent en se servant d'assiettes en guise d'ailes et de fourchettes en guise de pattes. Et Alice est éjectée du monde de l'autre côté du miroir.

Il appuya sur le bouton marqué d'une flèche qui pointait vers le bas.

— Il faut trouver la cabine près de l'ancienne timonerie.

Le petit ascenseur fut pris d'une légère secousse et ils virent le pont s'élever derrière les croisillons, tandis que retentissait, tout proche cette fois, le ricanement strident du sac de toile. Ils eurent juste le temps d'apercevoir Bradshaw qui se retournait dans la direction par laquelle ils étaient arrivés.

L'ampoule nue de l'ascenseur donnait à Kootie et Angelica un teint jaunâtre mais Sullivan se doutait qu'il devait leur apparaître sous le même jour.

La jeune femme tremblait de désenchantement.

— Allez au diable, Pete ! Qu'est-ce que c'est que cette cabine près de l'ancienne timonerie ?

— La machine à dégausser, répondit Sullivan en s'efforçant de paraître sûr de lui. Ils ont dû l'installer à l'époque où le *Queen Mary* faisait du transport de troupes, pour empêcher sa coque d'attirer les mines magnétiques, et ils ne se sont certainement pas donné la peine de la démonter par la suite. Cette cabine constitue l'épine dorsale de tout bateau... il devrait s'y trouver un moteur Diesel pour faire fonctionner une sorte de gouvernail électrique, ce qui permettrait de continuer à diriger le navire en cas d'explosion sur le pont. D'ailleurs, je suis sûr qu'ils ne se servent plus du tout de la barre ; c'est pour les touristes. Et je parie qu'il y a encore du courant en bas.

C'est sûrement possible, se dit-il.

— Et alors ? demanda Angelica.

Elle s'était adossée à la paroi de l'ascenseur, ses yeux rouges contemplant les fragiles croisillons qui fermaient leur petit univers.

— Qu'est-ce que vous voulez qu'on fasse de ce fichu matériel anti-mine ? Mon Dieu, Pete, dites-moi ce qu'on va faire là-bas !

— Comment ce matériel pouvait-il empêcher le bateau d'attirer les mines ? demanda Kootie.

— C'est que, expliqua Sullivan, elles possèdent une polarité magnétique bien spécifique. Lorsque les ingénieurs s'en sont aperçus, il leur a semblé clair qu'il suffisait d'inverser le champ magnétique naturel des bateaux en faisant passer un courant dans des câbles installés autour de la coque.

— Mais il est pas branché, en ce moment ?

— Sans doute. N'empêche que les câbles sont toujours là.

— Et vous croyez qu'il y a encore du courant en bas. Alors vous voulez rebrancher pour fabriquer un énorme champ magnétique et...

C'était bien le petit garçon qui s'exprimait, en ce moment, avec ses raisonnements simples mais logiques, et son vocabulaire d'enfant.

— ... et vous allez réveiller tous les goûters à bord.

— Je vais les faire sortir de leur retraite, acquiesça Sullivan en souriant.

Des murs, des placards dans les anciennes cabines, des ponts vieillis par trois décennies de croisières estivales et les tempêtes de l'Atlantique Nord, il allait tirer ces vieux fantômes assoupis parfois depuis un demi-siècle.

— Et, crois-moi, pas un ne tient à se faire manger. Ce sera un exorcisme de masse.

Une fois sortis de leur torpeur, ils iraient se dissoudre dans l'air de Long Beach. Sullivan n'avait pas oublié l'explication de Bradshaw sur les pièges de LA CIGAR et il espérait que ces vieux fantômes comprendraient qu'ils y trouveraient leur... salut ? Leur libération ? Qu'ils finiraient enfin de mourir, en tout cas.

A leurs pieds apparaissait le plafond d'un nouveau pont faiblement éclairé à l'électricité. L'ascenseur descendit lentement se mettre à niveau et Sullivan poussa le portillon pour aboutir dans un ancien corridor complètement silencieux, peint en gris jusqu'à la ceinture, en blanc crème vers le plafond.

— On doit être tout près du niveau de la mer, murmura-t-il instinctivement bas.

Comme intimidé par cette approche du saint des saints du navire.

— La cabine doit se trouver juste derrière nous, au-dessus du gouvernail.

D'anciennes couchettes, encore équipées de couvertures marron, étaient installées à même les parois de métal et, en passant au milieu de ce dortoir, Sullivan frémit à l'idée qu'il leur faudrait peut-être revenir ici lorsque le champ serait inversé, au maximum de son intensité.

— Là, il y a un sacré conduit électrique, dit Kootie en désignant le plafond.

Sullivan leva la tête et vit qu'il avait raison.

— On va le suivre.

Quelques pas plus loin, les conduits tournaient autour d'une écoutille ovale qu'il ouvrit dans un grincement caractéristique. Il comprit alors que le joint d'étanchéité en caoutchouc était complètement mangé par le temps. Il ne lui restait qu'à espérer ne pas être le premier à ouvrir cette porte depuis que le navire était amarré à Long Beach, en 1967.

Mais il y avait de la lumière dans la minuscule pièce, des néons presque neufs, installés au-dessus des anciennes lampes.

Un moteur Diesel de la taille de celui d'une voiture avait été disposé sur une cale entre deux planches, près de la cloison de gauche, accompagné de deux rangées superposées de batteries de réserve, ainsi que d'un chargeur neuf.

— Ça marche! s'exclama-t-il avec un soupir de soulagement. Vous voyez, cet équipement doit maintenant servir de générateur de secours pour le bateau; ils en ont absolument besoin s'ils ne veulent pas perdre toutes les données de leurs ordinateurs à la moindre coupure de courant.

— Super! maugréa Angelica. Branchez-le vite, qu'on fiche le camp d'ici.

— Entendu.

Il regarda autour de lui, à la recherche du réducteur, de la pompe du gouvernail, du large tableau disposé contre la cloison de droite qui devait commander les commutateurs de dégaussement, puis se mit en devoir de dérouler les lourds câbles de secours de leurs bobinages ancrés à la cloison.

Cela lui rappela un autre exorcisme qu'il avait aidé à pratiquer à la centrale nucléaire de Moab, en Utah, en 1989.

La Commission de service public avait déclaré qu'il serait meilleur marché de produire du courant ailleurs plutôt que de dépenser des millions à mettre le réacteur aux standards de sécurité actuels... en réalité, le site était bloqué par les fantômes qu'attirait le haut voltage. Les créatures s'étaient agglutinées autour des grands transformateurs extérieurs et certains s'étaient assez solidifiés pour pouvoir jouer avec les valves et les interrupteurs et voler les voitures des employés.

La ligne à haute tension du tableau de dégaussement avait été coupée, juste sous le disjoncteur, déconnectant ainsi le panneau du reste du bateau ; mais un conduit en sortait par le dessus, que Sullivan suivit jusqu'à tirer la toile poussiéreuse recouvrant la prise de courant triphasé de secours où il aboutissait.

— On appelle ces trucs des biscuits, expliqua-t-il à Angelica.

— Appelez ça des petits fours si ça vous chante, aujourd'hui je ne discute pas.

Il saisit un câble rouge, blanc et noir et dégagea les trois fils qui en sortaient, pour enfoncer le rouge dans le pôle positif du biscuit et le noir dans le pôle négatif. Il trouverait un courant direct dans les batteries, aussi laissa-t-il le fil blanc débranché.

La station de Moab produisait, en son temps, plus de cinquante milliards de kilowatts heure, assez de courant pour éclairer cinq cent mille foyers pendant un quart de siècle. Mais maintenant, de la salle de contrôle, il constatait que les cadrans indiquaient une chute de 50 à 20 à 3 % de capacité. C'est alors qu'une voix lança dans l'interphone : « turbine en quenouille » ; le regard de Sullivan s'était braqué sur les lumières vertes du tableau de bord juste avant qu'elles se mettent à clignoter, indiquant que les commutateurs étaient ouverts et qu'aucune électricité n'était plus produite.

Lorsque le directeur atteignit l'interrupteur qui allait couper la fission de l'uranium, Sullivan fut le seul parmi tous les techniciens de la salle de contrôle à entendre le chœur de gémissements des fantômes qui se dissipaient dans le néant.

Dès que les fantômes seraient réveillés par le courant, ils s'aventureraient timidement hors de leurs refuges, pour s'évaporer et s'annihiler aussitôt que les batteries seraient épuisées, entraînant l'effondrement du champ magnétique.

Sentant peut-être le malaise de Sullivan, Kootie et Angelica sortirent de la cabine lorsqu'il tira le câble rouge et noir sur le sol, en direction des batteries de la paroi de gauche.

Des barres d'acier reliaient chaque batterie à la suivante et il cala l'extrémité du fil rouge sous la barre de la première de la rangée supérieure, puis fit de même avec le fil noir sur la première batterie du bas. Il tenait ainsi son équipement de dégaussement, branché sur le démarreur du moteur Diesel.

Quand il se redressa, il sifflotait les premières notes de la sonnerie de réveil.

Il alla ensuite placer l'interrupteur sur *on*. Un léger déclic retentit à l'intérieur.

L'aiguille du premier voltmètre de courant continu bondit à 30, mais elle ne faisait qu'indiquer que les batteries chargeaient à plein. Alors, il saisit la poignée enveloppée de caoutchouc du rhéostat et la tourna dans le sens des aiguilles d'une montre. La deuxième aiguille se mit à grimper à son tour vers 30 et celle de l'ampèremètre monta plus lentement vers 150. Pour la première fois en plus de quarante ans, le courant passait dans les câbles de dégaussement qui parcouraient toute la coque.

Le pont s'était mis à vibrer sous leurs pieds et un grondement monta, de plus en plus fort ; lorsqu'il eut tourné la poignée au maximum de sa course, le bruit était si fort qu'Angelica dut crier pour se faire entendre.

— Qu'est-ce que vous fabriquez ? Vous avez mis quelque chose en route !

— Mon Dieu ! s'écria Kootie, impressionné. C'est le bruit des boulons. Vous avez réveillé le fantôme du navire lui-même !

46

Son écailleux ami lui répondit : « Qu'importe la distance ? J'entrevois un autre rivage et peut-être une autre espérance. »

Alice au pays des merveilles
Lewis CARROLL

— Oh ! gémit Angelica. Il faut vite partir d'ici !

Sullivan s'écarta du panneau. Même les mains d'Houdini tremblaient.

— Oui, dit-il.

Le corridor empestait maintenant le corps moite et ils entendaient un enregistrement rayé de Kitty Kallen, *It's Been a Long, Long Time*, quelque part au-dessus de leurs têtes.

Des silhouettes osseuses passaient d'une couchette à l'autre quand ils traversèrent l'ancien dortoir ; des mains encore transparentes se tendirent vers Angelica, des voix étouffées par des bouches informes lui murmuraient des mots d'amour.

En arrivant à l'ascenseur, ils purent constater que la cabine revenait vers eux en brinquebalant et, à travers les croisillons, ils aperçurent le sac de toile coiffé de sa casquette de base-ball, qui remuait et braillait furieusement, comme s'il contenait deux chats enragés.

Sullivan n'avait pas eu le temps d'attraper les mains de Kootie et d'Angelica pour s'enfuir, que tout bruit cessait dans le sac qui s'affaissait et, lorsque l'ascenseur s'immobilisa, une jeune femme nue, mince et brune en émergea, clignant des yeux devant Sullivan et ses compagnons. Son corps n'était pas encore solidifié, des côtes apparaissaient légèrement derrière la douceur nacrée de ses seins et ses reins n'offraient qu'un remous d'ombre.

De ses grands yeux noirs étonnés coulaient des larmes.

— *¿Es esto infierno?* demanda-t-elle.

Angelica ouvrit le portillon.

— *No es ninguna parte,* expliqua-t-elle. *Y pasará pronto.*

On est en enfer? avait demandé la jeune créature. A quoi Angelica avait répondu qu'on n'était nulle part et que cela passerait bientôt. Sullivan ne quittait pas des yeux cette apparition car il ne pouvait oublier l'incroyable sac ailé qui les avait survolés la veille, au cimetière. Elle le dévisagea sans paraître le reconnaître, comme si toute malveillance l'avait quittée avec le sac avachi à ses pieds.

Elle sortit de l'ascenseur, regarda autour d'elle puis se dirigea vers l'ancien dortoir. Sullivan voulut l'arrêter, la prévenir, mais Angelica le prit par le bras et l'entraîna vers l'ascenseur.

— Jetez un tas de vieux livres, commenta-t-elle, tellement vieux et fragiles que personne ne peut plus les lire. Les pages s'arracheront et se mélangeront mais qu'est-ce que ça fera?

Il transpirait en entrant dans l'ascenseur et se colla contre la paroi pour faire de la place à Angelica et à Kootie. Ces interminables ponts inférieurs, sombres depuis toujours, avec leurs alcôves oubliées, leurs portes et leurs passages, étaient soudain revenus à la vie.

Il appuya sur le bouton des étages supérieurs.

— Cette fois, on monte jusqu'en haut, soupira-t-il.

— Ainsi soit-il! dit Angelica.

J. Francis Strube avait découvert un corridor recouvert de moquette qu'il suivait en courant avec l'impression de galoper à travers une station spatiale de luxe. A coup sûr, il allait bientôt rencontrer quelqu'un qui pourrait l'aider.

Tout d'un coup, un grondement s'était élevé sous ses pieds et il avait eu l'impression que le bateau remuait légèrement. Dans sa stupéfaction, il était tombé en avant, les mains toujours menottées dans le dos et, bien qu'il eût tout fait pour atterrir sur l'épaule, son menton et sa pommette avaient brutalement rebondi sur le tapis.

Il finit par se relever mais préféra continuer en marchant, appuyant prudemment chaque pied bien à plat pour éviter de se laisser surprendre par un autre coup de roulis.

Par-dessus le grondement du fond du bateau, il croyait maintenant distinguer des rires d'enfants et, en arrivant à un rutilant escalier de bois, il vit une petite fille aux nattes blondes descendre par la rampe, rebondir sur le sol puis sur le mur tel un ballon de plage, sa longue robe blanche gonflée comme une corolle semblait destinée à amortir ses chutes.

Une autre petite fille apparut derrière elle pour effectuer le même exercice, puis une troisième, gracieuse comme une feuille.

— Revenez, revenez ! criaient d'autres voix du sommet.

Strube s'avança pour voir un peu ce qui se passait là-haut et distingua alors trois autres petites filles blondes qui semblaient piaffer d'impatience.

Toutes les six semblaient parfaitement identiques (des sextuplées ?) et âgées d'à peu près sept ans. Comment pouvaient-elles effectuer ces incroyables acrobaties ? Elles avaient l'air d'effleurer le sol, pas tout à fait à la même hauteur que lui. Quand il les recompta, il en trouva sept ; puis cinq ; puis huit.

— S'il vous plaît ! commença-t-il.

Mais, déjà, elles se prenaient par la main pour former une ronde :

— Elle est venue, dame Isabelle, / Et tu lui as donné ton cœur.

Et les quatre ou cinq qui restaient en haut continuaient de crier :

— Revenez, revenez !

— S'il vous plaît ! cria-t-il plus fort.

Celles qui dansaient se lâchèrent et le regardèrent en écarquillant les yeux.

— Il nous voit ! dit l'une à l'autre.

Pris de vertige, Strube ne pouvait s'empêcher

d'imaginer que la transpiration de son cou était en fait du sang, mais, avec ses mains dans le dos, il n'avait pas la possibilité de vérifier.

— Evidemment que je vous vois! Ecoutez. Je suis à la recherche d'un adulte. Où est votre mère?

— Nous n'avons pas de mère, dit l'une des petites filles. Et la vôtre, où est-elle, je vous prie?

Il était bien avancé!

— Comment vous appelez-vous?

Une autre petite fille lui répondit:

— Nous nous appelons toutes Kelley. Nous sommes devenues amies pour ça et parce que nous ne pouvions pas dormir, même quand il faisait complètement noir.

— Dans la plupart des jardins, reprit une autre en face de lui, on prépare des couches trop molles, de sorte que les fleurs y dorment tout le temps.

— Nous venons d'un vilain jardin si bruyant! exposa une troisième.

Elle se laissa glisser lentement sur la rampe.

— Il faut remonter, dit-elle à ses compagnes. Si ce n'est pas le soleil, ce sera la lune.

— Qui veille sur vous? insista Strube. Avec qui êtes-vous venues?

— Nous sommes tombées d'un endroit bien sombre, expliqua une petite fille d'en haut.

Les quatre ou cinq qui étaient descendues remontaient l'escalier en sautant gracieusement sur chaque marche.

— Encore, insista une autre.

Au moins semblaient-elles en bonne forme. Pourtant, lorsque Strube y regardait de plus près, il leur trouvait la peau d'une extrême pâleur, les joues bien creuses. Et puis leurs robes semblaient tissées d'une étrange étoffe qui tenait plutôt de la toile d'araignée.

— Où habitez-vous? demanda-t-il d'une voix plus aiguë qu'il ne l'eût voulu.

Son cœur battait très fort, sa respiration lui semblait difficile. Il comprit qu'il avait peur, mais pas de ces petites filles. Pas directement tout au moins.

— En enfer, répondit l'une des Kelley d'un ton tranquille.

— Mais nous en remontons, ajouta une de ses compagnes.

Strube ne parvenait plus à réfléchir sainement et il se dit que cela devait provenir du choc reçu tout à l'heure sur la tête, en tombant. Jusqu'à son estomac qui devait être retourné. Il lui fallait trouver au plus vite des toilettes pour hommes. Néanmoins, il ne voulait pas laisser ces enfants sans défense seules dans ces rugissantes catacombes.

— Je vais vous montrer la sortie, dit-il en grimpant l'escalier à leur suite.

Il devait s'aider de l'épaule et du bras pour s'agripper à la rampe et ne pas tomber car le bateau tanguait de plus en plus fort.

— Il faut que nous sortions d'ici.

Les petites filles le considéraient d'un air dubitatif.

— Reconnaîtriez-vous le soleil, demanda l'une d'elles, ou la lune, si vous les voyiez ?

Ce n'est pas vrai ! se dit Strube.

— Oui, assurément.

— Alors, venez.

Elles sautaient et virevoltaient autour de lui dans l'escalier et la pesanteur sembla diminuer à mesure qu'ils montaient. Au point qu'il dut se retenir pour ne pas danser avec elles.

Un liftier était apparu dans l'ascenseur, qui semblait s'agripper aux choses avec une conviction sans pareille. C'était un vieil homme en chemise blanche et cravate noire qui demanda d'un ton grognon à Angelica dans quelle classe ils avaient réservé. Elle interrogea ses deux compagnons du regard et Sullivan finit par répondre :

— Oh ! En première.

— Naturellement ! crut bon d'ajouter Kootie.

L'homme les mena jusqu'au pont R après leur avoir dit que la salle à manger des classes touristes se trouvait au fond du corridor devant eux, juste après l'escalier.

— Ne montez surtout pas plus haut! lança le vieil homme lorsqu'ils s'élancèrent dans le corridor.

Le navire bruissait de voix, si bien que Sullivan et ses compagnons eurent l'impression de laisser derrière eux une foule immense.

Nombre de cabines gardaient leur porte ouverte, laissant échapper des rires, des cris amusés, des odeurs de tabac mais, quand ils jetaient un coup d'œil à l'intérieur, ils ne voyaient que des couchettes vides, des coiffeuses dont les miroirs ne reflétaient rien, des murs lambrissés et des rideaux immobiles.

Pourtant, tout le long du chemin, c'était comme si des cohortes d'enfants parcouraient le corridor en se poursuivant gaiement, montant des ponts inférieurs. Des portes de la salle à manger s'échappaient un appétissant fumet de bœuf mais aussi des bruits de couverts et de porcelaine accompagnés de voix paisibles. Sullivan contourna l'escalier et ouvrit les portes.

Le bruit était très fort, très présent mais tables et chaises restaient totalement vides, quoiqu'un certain mouvement agitât parfois l'une ou l'autre comme si d'invisibles dîneurs se tournaient de temps en temps vers leurs compagnons.

Sullivan prit la main froide d'Angelica qui prit celle de Kootie et tous trois passèrent au milieu de la grande salle bruyante, pour aller rejoindre les portes de service à l'autre bout, en faisant de leur mieux pour respecter les allées entre les tables, afin de ne violer l'espace vital d'aucun fantôme.

Ils franchirent les portes de service et se retrouvèrent dans les cuisines. Des plats recouverts de cloches d'argent attendaient dans des chariots; personne ne paraissait faire attention à eux, aussi, comme Sullivan n'avait encore rien mangé de la journée, il tendit la main vers une cloche qui attendait dans un coin. Elle était bien chaude et il la souleva.

Sur un lit de jeunes carottes et d'asperges, un visage de femme lui souriait en le regardant droit dans les yeux. Lorsque ses lèvres s'ouvrirent, dans un relent de bourbon, Sukie lança:

— *Salut, Pete!*

Angelica le prit par le bras mais il la repoussa.
— Salut, Sukie, dit-il.
Il était parvenu à garder un ton tranquille mais il se demandait comment ses jambes pouvaient encore le porter. Il jeta un regard en coin vers Angelica qui les dévisageait d'un air stupéfait, lui et le plat.
— J'ai l'impression qu'elle ne me voit pas, dit le visage de Sukie. Tu as inversé tous les champs, on dirait. Ça peut durer combien de temps, d'après toi? C'est qui, cette poulette, au fait? Celle qui parlait au téléphone hier soir, c'est ça?
— Oui.
Il serra la main d'Angelica.
— Les champs... je ne sais pas. Une heure?
— Quand je vois à quoi j'ai passé ma vie! Bientôt j'aurai disparu et tu le regretteras certainement, mais pas assez à mon goût. Tu l'aimes, c'est ça? J'ai l'air de quoi dans ce halo de légumes? Voyons si je ne peux te souhaiter quelque chose de pas trop méchant avec elle; je ne te promets rien, mais je vais voir ce que je peux rassembler. Casse-toi vite fait, avec elle si tu veux... et vous avez déjà un gosse? Bon, filez sur le pont de la Lune. On sert aussi ceux qui ne font que passer.
Angelica laissa échapper un petit cri et sa main se crispa sur celle de Sullivan; alors le visage disparut pour ne plus laisser qu'une assiette de légumes.
— Vous l'avez vue? demanda-t-il en l'entraînant vers le corridor.
Kootie les suivit derechef.
— Une seconde seulement.
Elle avait dû crier pour se faire entendre par-dessus le remue-ménage des marmitons.
— J'ai vu un visage de femme sur l'assiette! Non, Kootie, on ne retourne pas là-bas!
Elle reprit à l'adresse de Sullivan:
— Vous... C'était à elle que vous parliez?
— C'était ma sœur.
Il aperçut une porte au bout du corridor et s'y engouffra sans lâcher la main d'Angelica.
— Elle dit que je suis amoureux de vous et qu'elle

va tâcher de nous souhaiter autre chose que du malheur.

— Ah bon ! sourit Angelica malgré sa peur. Ravie d'avoir été présentée à la famille. J'espère qu'elle fera de son mieux.

— Oui, moi aussi, malgré tout.

Il jeta un regard par la porte vitrée.

— Tenez bien Kootie, je crois qu'on va devoir traverser une autre salle à manger.

On se serait cru dans une salle aussi vaste que le bateau lui-même. Le plafond d'acajou semblait s'élever à quelque trois ponts au-dessus de leurs têtes ; des plantes vertes et d'énormes lampes Art déco reflétaient sur les côtés l'éclairage impressionnant du milieu. Et, cette fois, les dîneurs étaient parfaitement visibles.

Tous les hommes portaient des cravates noires et les dames des robes décolletées. Les conversations semblaient plus discrètes et l'air pétillait de l'effervescence du champagne. Sur le haut mur qui leur faisait face, une gigantesque peinture dominait toute cette salle-cathédrale, une carte stylisée de l'Atlantique Nord surmontée d'une horloge dont les aiguilles d'or indiquaient minuit moins cinq.

— Je ne suis pas en tenue de soirée, observa Angelica d'une toute petite voix.

Sullivan baissa les yeux sur elle et sourit de la voir, si humble en jean et tee-shirt dans l'encadrement de cette porte d'orme verni. Quant à Kootie, qui contemplait cette scène les yeux écarquillés, il n'avait pas meilleure allure avec son polo maculé de sang ; Sullivan se prit à regretter de n'avoir pu se raser ni la veille ni le matin.

— Ils ne doivent pas nous voir, la rassura-t-il. Venez, ce n'est pas loin.

Mais, comme ils traversaient le large parquet, un monsieur à cheveux blancs, non loin d'eux, jeta un regard perplexe sur Sullivan, haussant un sourcil avant de repousser sa chaise et de se lever lentement.

Sullivan se détourna en poussant Angelica devant lui, content d'entendre Kootie trottiner sur ses talons.

Cependant, d'autres hommes se levaient à d'autres

tables, tous regardant gravement Sullivan et ses deux compagnons qui poursuivaient leur chemin à travers les tables aux nappes de damas blanc, aux cristaux étincelants. Maintenant, les femmes elles-mêmes se levaient en suivant des yeux ces intrus en guenilles.

— On est à mi-chemin, annonça Sullivan entre ses dents.

Il fixait avec entêtement la peinture devant lui. Deux lignes parallèles s'incurvaient à travers les nuages dorés qui représentaient l'Atlantique mais une seule portait quelque chose, un bateau miniature en cristal, perdu au milieu de l'océan métallique.

Comment pouvait-il exister une salle aussi grande dans un bateau ? Des colonnes de bois verni soutenaient le plafond à des hauteurs vertigineuses et il devait bien y avoir une centaine de tables éparpillées sur le sol qui, dans le lointain, semblait descendre jusqu'au pont inférieur.

Parmi les fantômes qui s'étaient levés, l'un d'eux se mit à frapper dans ses mains, aussitôt imité par la plupart des autres et, surgi de nulle part, un orchestre entonna *I'll Be Seeing You*. Toute l'assistance leur donnait maintenant une ovation, tous les visages qu'il croisait souriaient quoique plus d'un parût refouler des larmes et bien d'autres les laisser couler ouvertement.

Lorsqu'ils arrivèrent près des portes du fond, une flûte de cristal, remplie de champagne, fut présentée à Sullivan qui la prit et s'aperçut, moite de sueur glacée, qu'Angelica et Kootie avaient également reçu leur verre. Les applaudissements grandissaient, noyant presque la musique.

Angelica se pressa contre Sullivan pour lui demander à l'oreille :

— Et si c'était du poison ?

— Non.

D'un mouvement lent, il porta le bord de cristal à ses lèvres et but une gorgée glacée de ce vin d'or et de scintillements. Il regretta de ne pas être assez connaisseur pour l'assurer, mais il lui semblait que c'était là un champagne de grande classe. En clignant des yeux, il se rendit compte qu'il pleurait.

— Je crois qu'ils nous remercient de les avoir libérés.

Il leva sa flûte et les applaudissements cessèrent instantanément. Tous les invités imitèrent son geste. Alors la belle lumière tamisée des lampes Art déco diminua, la musique s'arrêta, les murmures et les respirations se turent, les glissements des robes et des souliers sur le parquet s'interrompirent, et ce fut le silence.

La salle à manger était maintenant vide et sombre, les tables avaient disparu, seules restaient des chaises pliantes tassées contre les murs.

Sullivan ne levait plus qu'un bras vide.

— Le champ commence déjà à faiblir, souffla-t-il. Il faut nous dépêcher de monter.

Il poussa la porte dans son dos.

Au fond d'une large entrée s'ouvrait un portail de bronze en demi-lune et, sur le grand plafond de nacre, Sullivan voyait se refléter les mouvements d'une eau brillamment éclairée, d'où montaient rires et clapotis ; il semblait que ce portail ouvrît sur un balcon qui dominait la piscine actuelle, tandis que l'ancienne se trouvait un pont plus bas. Sullivan se dit que les nageurs qu'il entendait devaient être vivants, non des fantômes.

Angelica regardait dans la même direction.

— Mon Dieu, murmura-t-elle, il est plein comme un négrier !

Un imposant escalier d'acajou partait à la gauche de l'entrée, et Sullivan fit signe à ses compagnons de l'y suivre. Les marches en étaient assez larges pour leur permettre de les escalader tous trois de front.

— Vous avez vu les nageuses de Mack Sennett ? demanda Sullivan en entraînant Kootie qui boitait. Bon, d'accord, ce bateau est plein de gens, mais de là à le comparer à un négrier !

— Je parlais de ces couchettes, haleta-t-elle. Entassées comme ça jusqu'au plafond, avec tous ces soldats parqués dedans qui essayaient de dormir. Je n'ai certainement pas vu la moindre « baigneuse » !

— Ah bon ?... Moi je n'ai vu qu'un balcon donnant sur la piscine.

Apparemment, le champ magnétique ne s'était pas encore dissipé mais se déphasait.

— Qu'est-ce que tu as vu, Kootie ?

— Moi, je ne regarde qu'en haut.

Sullivan se demanda qui des deux personnes qui occupaient son esprit avait répondu.

Finalement, il fallait peut-être considérer qu'un ou plusieurs circuits de dégaussement avaient été débranchés. Et Sullivan n'aimait pas cela. J'ai une énorme roue en train de tourner... Est-ce qu'il y manque quelques rayons ? Est-ce qu'elle va s'envoler ?

— On ne peut que filer d'ici, insista-t-il. Allez, vite !

Ils arrivaient en haut de l'escalier d'acajou et s'arrêtèrent juste devant le palier. Sullivan savait qu'ensuite arrivait le pont-promenade et son hall d'entrée qu'on appelait autrefois Piccadilly Circus.

D'où il était, il voyait l'éclairage indirect orienté sur le plafond et entendait des voix bavarder tranquillement. De l'autre côté, beaucoup plus haut, sur le mur du fond de l'escalier, était accroché un énorme médaillon représentant un portrait de la reine Mary.

— Allez, murmura-t-il à Angelica et Kootie, encore un effort. On monte tout en haut. Ensuite, on prend la porte à gauche. On débouchera directement sur le pont des embarcations, qu'on traversera pour nous retrouver dans le parking. Prêts ? Partez !

Ils traversèrent le palier, grimpèrent le dernier étage, coururent le long du couloir, sautant pour éviter les câbles, jusqu'à la grande porte qui s'ouvrait sur le pont des embarcations... Et là, tous trois s'arrêtèrent devant le bastingage.

Aucune ouverture dans ce bastingage et la passerelle avait disparu. Le parking et Long Beach également, car ils ne voyaient plus que l'océan noir, sous un clair de lune blafard.

47

— Je regrette d'avoir tant pleuré ! se disait Alice en nageant et en s'efforçant de gagner la rive. Je vais en être bien punie maintenant, je suppose, s'il me faut me noyer dans mes propres larmes !...

Alice au pays des merveilles
Lewis CARROLL

Un long moment, tous trois s'accrochèrent au bastingage et Sullivan resta le souffle court, refusant de croire qu'avec Angelica et Kootie ils étaient morts depuis quelques instants et que ce vide désolé représentait le monde où vivaient les fantômes ; il avait envie de retourner à l'intérieur, de s'accrocher aux voix qu'ils avaient entendues. N'importe lesquelles.

Des clapotis montaient de l'océan, loin sous leurs pieds et, en cherchant d'où cela venait, il aperçut les minuscules têtes de deux nageurs qui semblaient se débattre dans l'eau, contre la coque monumentale du *Queen Mary*. Leur vue n'égayait en rien son impression de solitude car il se doutait de qui il pouvait s'agir.

En désespoir de cause, juste dans la mesure où cela pourrait briser le cycle, il emplit ses poumons d'air frais et cria aux nageurs :

— Quitte la ville ce soir !

Il regarda Angelica près de lui, à demi couchée sur le bastingage, l'air stupéfaite, elle aussi.

— J'espère, dit-il, que, cette fois, je m'écouterai.

Elle parvint à hausser les épaules.

— Ni vous ni moi ne l'avons fait, hier soir.

Le charme se rompit lorsque des pas lourds, qu'il reconnut pour provenir de talons hauts, résonnèrent derrière Sullivan. Il n'eut pas besoin de sentir la cigarette au clou de girofle pour savoir qui arrivait.

Il secoua Angelica et Kootie par l'épaule puis les fit plonger en avant :

— Réveillez-vous ! cria-t-il. Filez !

Tous deux le contemplèrent en clignant des yeux puis partirent docilement vers les lumières de l'avant, sans se retourner. Il les suivit, plus lentement, le dos glacé, frémissant d'avance à l'idée du coup de feu qui allait claquer du petit automatique de Loretta deLarava.

Mais la lourde silhouette surgit devant Angelica et Kootie et leva négligemment son arme sur eux.

Ils s'arrêtèrent instantanément et Sullivan les saisit de nouveau par l'épaule pour s'arrêter lui-même, se retourna sans comprendre...

Et vit Loretta deLarava qui venait d'apparaître derrière lui.

— Je ne vois pas de passerelle du tout ! crièrent ensemble les deux reflets d'une voix haut perchée. Pour moi, vous êtes tous devant l'entrée du pont-promenade. De votre point de vue, vous pouvez venir ici en avançant ou en reculant. C'est tout comme. De toute façon, je serai là pour vous tirer dessus.

La main d'Angelica effleura son tee-shirt à hauteur de sa ceinture. La brise du soir faisait voler ses longs cheveux noirs et le clair de lune soulignait la ligne fine de son ovale.

— Non, murmura Sullivan. Elle viderait son chargeur avant que vous sachiez seulement où tirer. Gardez-le pour plus tard.

Il contempla l'image de Loretta deLarava qui se tenait devant eux, puis se retourna vers l'autre.

— Je vais vous dire, vous avancez tous les deux et je recule.

— Et je serai en Ecosse avant vous, souffla Kootie.

Sullivan comprit que cette bravade provenait d'Edison.

Alors qu'Angelica et Kootie reculaient vers l'avant, Sullivan retournait sur leurs pas ; il allait ouvrir les portes du Piccadilly Circus quand il vit ses deux compagnons arriver près de lui, clignant tous les deux des yeux, surpris de le voir si près d'eux. Les lampes et les appliques Art déco du plafond projetaient une douce lumière sur la vitrine des petites boutiques.

Loretta deLarava venait à son tour de pénétrer dans l'immense pont intérieur, son arme toujours braquée sur eux, quoique Sullivan pût constater que le canon tremblait.

— Tu savais ça, Pete ? demanda-t-elle. Il y a un gros truc magnétique qui fonctionne par ici et il a cassé le navire, psychiquement. En ce moment, tous les fantômes se sont réveillés et ils l'occupent entièrement de leur espace bidon. Tu vois, ce hall d'entrée forme un cercle vicieux, tu peux t'en aller d'un côté, tu te retrouveras dans l'autre, en train de revenir sur tes pas.

Elle renifla, se gratta le crâne.

— Quel bordel !

La seule autre personne visible dans l'entrée était un petit vieux à cheveux blancs, en veste kaki, entouré de tout un équipement de tournage, spots, projecteurs et câbles, qui ne semblaient pas fonctionner pour le moment. En fait Sullivan ne sentait rien d'autre que le clou de girofle qui empoisonnait tout l'air.

Il avait l'impression que la lumière indirecte avait baissé, du jaune à l'orangé, depuis qu'il était rentré du pont extérieur.

De sa main libre, Loretta deLarava sortit un briquet Dunhill et alluma une autre cigarette.

— Apie est ici, Joey ?

Machinalement, Sullivan effleura la plaque de cuivre toujours dans son scapulaire.

Le vieil homme grimaçait en se balançant sur ses talons.

— Oui, dit-il. Et il ne peut pas plus sortir d'ici que nous. Même de l'autre côté, ce n'est pas le vrai océan, là-dessous. Vous sautez du bastingage et vous atterrissez sur le pont de tribord.

— J'ai l'impression qu'il a essayé, lança Kootie bravement. Et qu'il est tombé sur la tête.

Sullivan s'arracha un sourire tout en regardant les colonnes autour d'eux, et l'escalier et les vitrines obscures. *Baisse la tête, papa,* songea-t-il.

L'éclairage du plafond diminuait encore. Bientôt, il ferait complètement noir... C'est alors que des lumières colorées montèrent de la cage de l'escalier, éclairant le portrait en médaillon et que, des ponts inférieurs, retentit la cacophonie d'une grande fête.

Loretta deLarava se dirigea lourdement vers l'escalier. Un cordage de velours servait occasionnellement à en interdire l'accès ; elle détacha l'une des fermetures de cuivre et la tira de l'autre côté de l'escalier.

— Personne ne passe, lança-t-elle.

Tous ses interlocuteurs sentirent dans son intonation plus une prière qu'une menace.

— Joey, où est Apie ?

Le Piccadilly Circus était à peu près complètement plongé dans l'obscurité, maintenant, l'éclairage indirect n'émettant plus qu'une lueur rouge qui laissait désormais apparaître le clair de lune sur les surfaces de bois verni.

C'est alors que, dans un bruit d'étoffe déchirée, jaillit la lumière aveuglante d'une lampe à arc, projetant la masse de Loretta deLarava contre la paroi du fond de la cage d'escalier.

Derrière la lampe, dans une invisible zone d'obscurité, jaillit une voix puissante, parfaitement maîtrisée :

— Je suis là, Kelley.

Loretta deLarava avait porté les mains à son visage et tâchait de rouler hors de l'éblouissant faisceau tandis que Sullivan cherchait Angelica et Kootie des yeux.

Il s'immobilisa quand il vit Angelica, à l'endroit où se tenait la vieille peu auparavant. Quant à Kootie, il avait disparu de la circulation. Sullivan se demandait qui pouvait être celui qui venait de parler, et d'où il venait.

Il allait parler mais se pencha soudain en avant, une

fraction de seconde avant que retentisse un *bang*. Il sentit ses cheveux se dresser sur sa tête.

Il se laissa tomber au sol, fondant sur les chevilles d'Angelica mais elle plongeait déjà en avant. L'homme qui se tenait entre eux s'était avancé dans la lumière, la queue de sa jaquette noire traînant derrière lui comme s'il glissait sur l'eau.

— Viens par ici, Kelley !

— Va te faire foutre, Apie ! hurla-t-elle d'une voix suraiguë. Je viens de tuer le deuxième de tes sales gosses !

Attrapant Angelica par le bras, Sullivan l'entraîna dans un coin plus sombre, derrière la lampe à arc, et tous deux se blottirent contre le mur.

— Où est Kootie ? lui souffla-t-il à l'oreille.

— C'est lui, répondit Angelica en désignant l'homme au milieu de l'entrée.

Sullivan le regarda et remarqua deux choses : son visage puissant, qui avait plutôt l'air de sortir d'actualités en noir et blanc, ressemblait trait pour trait au portrait qu'il avait vu de Thomas Alva Edison ; et l'ombre qu'il projetait sur le mur d'en face était celle d'un jeune garçon.

C'était donc le fantôme d'Edison, solidifié, et Sullivan comprit que Loretta deLarava ne voudrait pas y toucher.

— Donnez-moi le pistolet, souffla-t-il à Angelica.

Tous deux avaient rampé sous une petite fenêtre du côté du port et la jeune femme s'assit pour tirer le .45 de sa ceinture et le lui tendre.

Mais il ne put fermer les mains dessus.

— Merde ! souffla-t-il dans une sorte de sanglot. Houdini devait être un enfoiré de pacifiste et il ne veut pas que son masque puisse tuer quiconque. Tenez.

Il lui rendit l'arme.

— C'est à vous de le faire. Tuez Loretta deLarava.

Il releva la tête, tâchant de distinguer la vieille femme dans la lumière blanche. C'est alors qu'un mouvement attira son attention, au-dessus de l'escalier.

Un rapide clignotant venait de se mettre en marche et le rayon de lumière de la lampe rétrécit, comme s'il passait maintenant à travers une lentille de projecteur.

Dans un large rectangle noir et blanc sur le mur de l'escalier, Sullivan vit apparaître l'image d'un coin de maison et un gros homme qui secouait un tuyau d'arrosage récalcitrant ; la silhouette de Kootie sur le mur d'en face avait été remplacée par une image de jeune garçon debout au milieu d'une pelouse, un pied sur le tuyau pour bloquer l'arrivée de l'eau. L'homme se gratta la tête et regarda dans l'arrivée d'eau ; à cet instant, l'enfant recula et un jet explosa en pleine figure de l'adulte.

— Plagiat ! s'exclama le fantôme d'Edison.

Il apparaissait clairement dans la lumière mais ne projetait aucune ombre.

— C'est mon *Garnement et le tuyau d'arrosage* de 1903 !

— C'est Lumière qui a fait ça le premier, en 1895 ! rétorqua le fantôme du père de Sullivan.

Sa voix provenait de l'obscurité derrière la lampe à arc, à la gauche de Sullivan.

— Et moi je l'ai arrangé, ajouta-t-il.

L'image montrait toujours un arroseur arrosé mais, cette fois, le visage était celui d'une grosse femme et l'eau des milliers de minuscules formes humaines dont l'impact érodait peu à peu la chair de la femme pour bientôt ne laisser d'elle qu'une tête de mort.

Dessous, Loretta deLarava poussait des hurlements de rage horrifiée. Un autre coup de feu retentit et la lumière s'éteignit.

— C'était de la magie, ça ? criait-elle. C'est moi qui vais sortir d'ici entière, Apie ! Et tout se passera comme je l'entends !

— Tirez, bon Dieu ! souffla Sullivan.

Cependant, Angelica ne voyait certainement pas mieux que lui dans l'obscurité.

— Je ne peux pas... faire ça.

Sullivan sursauta car quelqu'un, qui n'était pas

Angelica, venait de secouer sa chemise; alors il sentit une odeur de bourbon et fut à peine surpris d'entendre la voix de Sukie :

— Viens par ici, Pete.

— Suivez-moi, murmura-t-il à Angelica.

Il la tira par la manche et l'entraîna derrière la silhouette à peine visible de sa sœur vers l'endroit où avait brillé la lumière.

Sukie était assez solide pour inciter son frère à se mettre à genoux... Alors elle lui glissa dans l'oreille :

— Ça craint rien.

Il avança à tâtons et ses mains tombèrent sur un objet qu'il connaissait, une boîte reliée à l'extrémité d'un gros câble, équipée d'un rabat de cuir devant l'ouverture. C'était une rampe de branchement à l'ancienne qui ne servait plus pour ainsi dire car les techniciens avaient trop peur de se prendre les pieds dedans. Mais, avec Sukie, ils n'avaient cessé de s'en servir sur les plateaux.

Mais Sukie avait dit : « Ça craint rien », aussi put-il abaisser le rabat de cuir d'une main puis taper d'un coup sec sur la boîte de l'autre main.

Sukie lui balança une vieille prise de courant qu'il retourna à la verticale et enfonça fermement dans la boîte. Puis il laissa retomber le rabat et retira ses mains.

— Prêt, dit-il.

— Vas-y, répondit Sukie. Ça craint.

De nouveau, une déchirure retentit au milieu du hall, tout près de lui, cette fois, et une autre lampe à arc s'alluma dans un grondement sourd, éblouissant Sullivan.

Il vit alors son père devant lui. Arthur Patrick Sullivan ne semblait pas avoir plus de cinquante ans et portait les cheveux gris plutôt que blancs. Il regarda son fils tapi sur la boîte et lui adressa un clin d'œil.

— Je crois qu'on a besoin d'un gel, ici, dit-il.

Tendant la main, il posa la paume sur les deux morceaux de carbone.

Sullivan frémit et retint son souffle mais rien ne se

passa ; au lieu de se brûler, la main apparut en transparence, les veines bleues et les artères rouges brillant sous la peau. Son père souriait en regardant le hall autour de lui.

Sur le mur de l'escalier, une autre scène se formait, en couleurs, cette fois. Des flocons tombant du plafond se répandaient comme de minuscules météores dans le rayon de lumière.

Le rectangle de lumière avait pris une teinte beige sur le dessus, bleue au-dessous, et Sullivan reconnut la plage de Venice, vue d'hélicoptère (quoique aucun hélicoptère ne fût passé dans le ciel cet après-midi-là). Kootie venait d'apparaître et clignait des yeux, ébloui par le rayon blanc.

— Par ici, Kootie ! cria Angelica.

L'enfant courut dans sa direction et vint s'asseoir près d'elle, un peu essoufflé.

De l'autre côté du hall, Sullivan distinguait, sur l'écran improvisé, quatre petites silhouettes sur la plage, trois dans le patchwork des serviettes de plage tandis que la quatrième, couronnée de cheveux blancs, s'enfonçait dans la masse mousseuse de l'eau.

L'un des flocons du plafond atterrit sur le dos de la main de Sullivan ; il le saisit, le cassa entre ses doigts : c'était un morceau de peinture noire (alors il se rappela ce que son père lui avait raconté sur les studios de verre de Samuel Goldwyn, peints en noir en 1917 et qui, des années plus tard, n'avaient cessé de recevoir cette neige noire desséchée).

Loretta deLarava s'était relevée et s'approchait maintenant de son pas lourd, toujours dans la lumière, son gros corps changeant de couleur suivant les images projetées. Elle pointait son pistolet sur la main brillante dans la lampe.

— Si quelqu'un doit sortir vivant d'ici, ce sera moi et moi seule, Apie ! Tu peux prouver ce que tu veux, toute la nuit, à cette armée de fantômes.

A l'image, la silhouette aux cheveux blancs s'éloignait vers le large.

Un mouvement dans le hall attira l'attention de Sullivan qui se retourna pour apercevoir cinq ou six petites filles en robes blanches, qui dansaient silencieusement devant le ciel noir de la nuit.

Du côté de l'escalier, quelque chose avait remué, qui cognait, geignait et grinçait en montant. Loretta deLarava regarda derrière elle et recula vivement, sans lâcher son arme qui vira aussi vite qu'elle.

Sullivan était assez loin de l'escalier, pourtant il frémit en voyant apparaître une silhouette massive, hérissée de sept ou huit membres battant l'air, et qui eut tôt fait de détacher la corde de velours.

Alors Sullivan se détendit en comprenant qu'il s'agissait en fait de deux hommes, apparemment accrochés ensemble, essayant, chacun à son tour, de se lever, mais le poignet de l'un était attaché à la cheville de l'autre. Il se dit que ce devait être Sherman Oaks et Neal Obstadt, mais l'homme menotté par le poignet avait deux bras dont il se servait pour boxer son compagnon, et celui-ci, un poing libre pour le frapper dans le bas-ventre et l'abdomen, deux épaules pour amortir les coups destinés à son visage.

Derrière eux, comme s'il les gardait, un jeune homme arrivait à son tour dans la lumière, large d'épaules et mince, les cheveux blonds coupés court.

— Kelley Keith, lança-t-il d'une voix de baryton.

Surgi de ses souvenirs d'enfance et des reprises de l'ancien feuilleton, Sullivan reconnut alors la voix juvénile de Nicky Bradshaw.

— Ecoute ce bombyx fumeur de houka... ce champignon est pour toi. Et tu ne t'en sortiras pas.

Au-dessus de la tête de Sullivan, la lampe à arc grondait de plus en plus fort et les flocons noirs tombaient de plus belle. Projetée en plein sur la robe éclaboussée de sang de Loretta deLarava, la petite silhouette se débattait dans le courant.

Tapi près de sa boîte, Sullivan étreignait la main d'Angelica dans sa paume droite, celle de Sukie dans la gauche.

— Ce n'est pas la vraie lune, crièrent plusieurs

petites filles depuis l'ouverture du pont. Celle-ci est peinte. Nous sommes toujours en enfer!

— Non, regardez! cria derrière elles un homme adossé au bastingage.

A son costume maintenant fripé, sa cravate et sa chemise maculées de sang, Sullivan reconnut l'avocat qu'il avait vu emmener le matin dans la Jeep Cherokee par les hommes de Loretta deLarava. Il avait toujours les mains menottées mais devant lui, cette fois, et il brandissait un balai aussi haut que possible au-dessus de sa tête. Les flocons de peinture noire lui tombaient dessus comme des confettis.

— Mes bébés fantômes! s'exclama Loretta deLarava.

Elle sortit du rayon de lumière pour se diriger vers les petites filles mais l'homme au balai avait réussi à pratiquer un trou dans le ciel de nuit et c'était le soleil, maintenant, qui brillait au-dessus de lui. Les fillettes se précipitèrent sur lui pour aussitôt se dissoudre dans une poussière blanche de rires. Emportée par son élan, Loretta deLarava vint heurter directement le bastingage toujours plongé dans la nuit.

La lampe à arc commençait à vaciller et prenait une méchante teinte jaune. Le fantôme du père de Sullivan ôta sa main du rayon qui s'en alla illuminer le mur du fond. Sullivan sentit Sukie remuer près de lui et, dans un claquement, la lampe s'éteignit, pour ne plus laisser voir que deux pointes incandescentes en train de mourir.

Dans le silence qui venait de tomber, la grosse femme voulut quitter le pont extérieur pour revenir vers la porte ouverte et marcher vers Piccadilly Circus. Sur sa robe continuait de luire l'image qui y avait été projetée et le minuscule nageur aux cheveux blancs se débattait dans les flots, sous la ligne de ses seins.

Elle passa lentement le seuil de la porte et rentra dans le hall.

— J'aurai au moins Edison! promit-elle.

48

Allons, écoute-moi avant que la terrible
Voix des chagrins amers et des calamités
N'invite à prendre place en un lit abhorré
Une mélancolique et douce jeune fille !
Nous ne sommes, enfant, que des enfants vieillis
Qui pleurnichent, sachant qu'il faut aller dormir.

A travers le miroir
Lewis CARROLL

Devant l'escalier, l'homme menotté à la cheville s'avança, entraînant son compagnon qui trébucha, dans la faible lumière projetée par la robe de Loretta deLarava et Sullivan put constater qu'il s'agissait d'Obstadt.

— Non, Loretta, cracha-t-il. Vous aviez dit qu'il serait à moi. Vous travaillez pour moi, maintenant. Reculez…

Ecroulé par terre, l'homme à deux bras qui devait cependant être Sherman Oaks râlait tout ce qu'il savait en latin, à ce que crut comprendre Sullivan.

Loretta deLarava pointa son petit pistolet sur le ventre d'Obstadt et tira. Le *bang* retentit comme un coup de marteau sur une bouche d'incendie. Obstadt s'arrêta, se courba en deux, en remuant la bouche. Ce que voyant, l'homme à terre en profita pour lui balancer deux fois son poing dans le bas-ventre, et Obstadt se pencha encore plus fort.

Derrière Sullivan, des rayons de soleil pénétraient maintenant dans le hall d'entrée, réfléchissant le sol comme pour mieux souligner les bajoues de Loretta deLarava. Il s'aperçut alors que le ciel nocturne se déchirait également du côté du port.

— Koot Hoomie Parganas, lança la vieille en revenant vers le centre du hall d'entrée.

Sa robe brillait encore de beige et de bleu et le minuscule nageur agitait les bras sous ses seins.

Sullivan jeta un coup d'œil vers Kootie assis en tailleur sur un tas de câbles, les cheveux maintenant éclairés par un halo de lumière du jour. Il semblait qu'Edison l'ait oublié... ses grands yeux noirs étaient agrandis d'horreur devant cette femme qui s'approchait, et ses lèvres tremblaient.

Angelica se leva.

— Non ! ordonna-t-elle fermement en se plaçant devant le gamin. *Llorona alocada*. Vous ne remplacerez pas vos enfants perdus par ce garçon.

Elle tendit la main en direction du visage de Loretta deLarava, le poing fermé, pour ne laisser pointer que le petit doigt.

— *¡Ixchel se quite !* Que le colonel Embusqué t'emporte !

Et elle cracha.

La salive tomba entre elles et Loretta deLarava recula d'un bond, toussant et agrippant le tissu lumineux devant son estomac comme si la petite silhouette du nageur se noyait dans son diaphragme. Elle releva les yeux vers Angelica et le canon du petit automatique suivit son regard.

Sullivan venait de se redresser à son tour et il s'aperçut qu'Angelica n'avait même pas songé à sortir son .45.

L'arme de Loretta deLarava était pointée à moins de deux mètres du tee-shirt de la jeune femme. Au moment où Sullivan se précipitait pour l'écarter de son champ de tir, son crâne frémit à l'heure bar, sous le choc du coup de feu qu'allait tirer Loretta deLarava.

Aussi, au lieu d'attirer Angelica vers l'arrière, il plongea entre les deux femmes (ses pieds avaient à peine quitté le sol qu'il sentit une bouffée d'huile à bronzer et de mayonnaise arrosée de brise marine et d'un soupçon de bourbon) et le vrai coup de feu lui explosa les tympans en même temps qu'il frappait son bras.

L'impact le foudroya en plein mouvement, le retournant face à la silhouette brillante de Loretta deLarava, et le second coup de feu le cueillit carrément en pleine poitrine.

Ses pieds heurtèrent le sol et il tomba en arrière en croyant entendre le rapide déclic du .45 qui s'armait; lorsque sa hanche s'écrasa contre le tapis, il se recroquevilla sur lui-même et vit les deux mains d'Angelica armées du pistolet se tendre vers Loretta deLarava, les deux pouces soigneusement écartés de la culasse, et le coup partit comme une bombe.

Les genoux ramenés sous son menton, le bras droit replié sur sa poitrine, Sullivan avait cependant rejeté la tête en arrière et pu voir le corps épais de la vieille catapulté en arrière pour aller s'asseoir sur le sol puis dégringoler vers la porte du pont-promenade dans un jaillissement de sang.

Sullivan demeura totalement immobile, à regarder...

En même temps, pourtant, Loretta deLarava faisait encore face à Angelica, le petit automatique toujours dans la main quoique son bras fût transparent; elle considérait alternativement son arme et la jeune femme d'un air surpris tandis que le poids de l'acier entraînait irrésistiblement sa main insubstantielle vers le sol.

D'un seul coup, le sommet de sa tête s'effondra à hauteur des sourcils comme les élastiques implosaient sur le fragile crâne ectoplasmique.

La poitrine de Sullivan se ramollissait, mais il tournait encore la tête pour chercher, à travers le hall, son propre corps tout juste mort. Car le dernier coup de feu de Loretta deLarava l'avait forcément tué et il n'était plus maintenant qu'un authentique fantôme sur le point de se dissoudre dans l'air frais de cette journée d'automne inondée de soleil. Il ne pouvait plus respirer et rien ne bougeait plus en lui que les pulsations de son cœur qui lui secouaient...

Mon cœur bat! songea-t-il avec un frisson d'espoir. Soudain, il se rendit compte qu'il voulait vivre, s'en aller d'ici avec Angelica et Kootie, et vivre...

Le fantôme scalpé de Loretta deLarava continuait de regarder son bras qui s'étirait maintenant jusqu'au sol, allongé par le poids du petit automatique. Sa silhouette transparente allait et venait là où avait brillé la lumière de la lampe à arc et son bras traînait derrière elle, le pistolet rebondissant sur les câbles.

Obstadt s'était traîné jusqu'au bastingage où le ciel noir continuait de s'écarter pour laisser place au soleil et Sullivan voyait apparaître des taches de ciel bleu au milieu de cette nuit artificielle.

Le compagnon de chaîne d'Obstadt était debout, quant à lui, se traînant comme un chien blessé; il n'avait de nouveau plus qu'un bras et Sullivan s'avisa que Sherman Oaks n'avait récupéré son membre coupé que le temps pour le bateau de changer de champ magnétique. Oaks sifflait comme un orchestre d'harmonicas et son large treillis s'agitait autour de ses jambes comme si une horde de rats affamés commençait à le dévorer vivant.

L'avocat qui avait vu fuir les petites filles autour de lui n'avait pas lâché son balai et contemplait stupidement le ciel quand la main droite d'Obstadt l'attrapa par le col et l'attira jusqu'à lui. Il ouvrit alors une bouche grande comme un four sur sa gorge.

Mais Nicky Bradshaw s'était précipité pour écarter Obstadt d'un revers de main. Depuis quelques secondes, ses beaux cheveux blonds poussaient dans tous les sens et se mêlaient de mèches grises tandis que son ventre musclé commençait à se détendre et à se gonfler. Néanmoins, il tenait fermement Obstadt des deux mains et le balançait sur le bastingage où il le fit littéralement asseoir. Puis, rassemblant ses forces, il le poussa par-dessus bord.

Dans un hurlement de terreur, Obstadt battit des

bras et des jambes et Sherman Oaks fut à son tour entraîné sur l'armature de métal qu'il heurta d'abord de l'abdomen, son unique bras tendu en avant, retenant Obstadt qui pendait dans le vide tel un pendule.

— Nicky, siffla-t-il. J'ai travaillé avec vous pour les Productions Stage 5 en 59 ! Je peux vous avoir un fantôme qui vous rendra votre jeunesse !

Dans l'éclatante lumière du jour, Sullivan vit des larmes briller sur la joue de Bradshaw...

Pourtant, celui-ci attrapa Sherman Oaks par la ceinture et l'envoya à son tour par-dessus bord. Oaks battit des pieds mais, sans main pour s'accrocher à quoi que ce soit, il ne put qu'ululer d'horreur, quoiqu'il eût perdu toute capacité de formuler des mots. Alors Bradshaw lâcha sans hésitation le couple enchaîné dans le vide.

Sullivan grinça des dents en entendant s'élever les hurlements de milliers de voix.

Il ne pouvait plus bouger, pourtant il vit Kootie se pencher vers le port pour vérifier si Obstadt et Oaks allaient s'y écraser... mais il n'y eut aucun bruit d'impact dans cette direction. Le champ magnétique surnaturellement amplifié était à l'évidence en train de disparaître et les deux hommes devaient avoir coulé dans le lagon ceint de coques de navires qui s'était ouvert pour les gober comme des mouches.

Sullivan entendit le cri d'Angelica lorsque Bradshaw à son tour grimpa sur le bastingage où il se tint debout, en parfait équilibre, les bras en balancier.

Son corps encore jeune et athlétique quelques instants auparavant était en train de reprendre la forme obèse de Solomon Shadroe et, avec chaque seconde qui passait, il devenait plus étrange de voir ce gros homme jouer les équilibristes.

Il jeta un regard mauvais à l'avocat échevelé qui s'adossait, haletant, à l'encadrement de la porte du hall. A l'évidence, il venait de mouiller son pantalon.

— Ça va, Frank ? railla Bradshaw.

L'avocat cligna des yeux sans comprendre puis leva

des yeux ronds sur le gros homme debout sur son bastingage, comme s'il le reconnaissait soudain.

— Oui, monsieur Bradshaw. Je... j'ai apporté tous ces...

— Bien.

Bradshaw plissa des yeux comme s'il voulait encore voir ce qui se passait dans le hall, bien qu'il ne distinguât rien sans doute au-delà du corps effondré de Loretta deLarava qui se vidait de son sang. Pourtant, il appela :

— Pete, Beth, Angelica, Kootie...

Une brise fraîche souleva ses cheveux gris et il parut tanguer mais se rattrapa au vol.

— ... Edison. Je ne voudrais pas gâcher votre petite sauterie, alors je m'en vais. Tout ça ne va plus durer longtemps.

Il faisait sans doute allusion au champ magnétique mais Sullivan crut qu'il parlait également de son contrôle sur son corps mort et songea à la façon dont avait disparu Frank Rocha, mort depuis si peu de temps, lui.

Tout d'un coup, un sourire illumina le visage de Bradshaw et il replia un bras au-dessus de sa tête, tendit l'autre devant lui et se mit à tourbillonner sur un pied. Presque gracieusement, il parut s'envoler dans le vide et disparut.

Sullivan se prit à guetter le plouf qui s'ensuivrait, ce qui n'avait rien de rationnel puisque l'eau devait se trouver à une bonne trentaine de mètres en contrebas ; d'autant que lui-même était allongé de l'autre côté du hall, plus près du port que de l'océan. Pourtant, trois secondes plus tard, il perçut un *boum* étouffé qui fit vibrer le pont et jaillir un plumet de gouttelettes brillantes jusqu'au bastingage.

L'avocat semblait sangloter, maintenant. Il s'enfuit tout d'un coup et ses pas retentirent sur les planches du pont extérieur.

Sullivan s'aperçut qu'il pouvait s'asseoir, puis qu'il pouvait replier ses jambes sous lui. Angelica s'était précipitée vers lui et l'aidait à se relever. Alors, seulement, il osa regarder son torse.

Un bouton de sa chemise avait éclaté et un petit trou s'était ouvert dans l'étoffe mais il n'y avait pas de sang. Alors, soulagé, il se rappela la plaque de cuivre de la tombe de son père qu'il gardait dans son scapulaire, devant le cœur.

— Votre bras saigne, dit Angelica. Mais je ne crois pas que vous soyez blessé ailleurs.

Elle avait le teint pâle, l'air exténué. Sullivan vit, à la forme de son tee-shirt, qu'elle avait remis le .45 dans sa ceinture.

— Vous êtes médecin, non? Vous savez extraire une balle?

— Si elle n'a pas pénétré dans l'os, sans doute.

— Bon... alors, allons-y.

Il prit une longue inspiration et secoua la tête, comme s'il avait trop bu.

— Heu... où va-t-on?

— Le pont est revenu, annonça Kootie. Celui qui mène à l'escalier et au parking. Il vaudrait mieux que nous quittions ce bateau tant que cela reste possible.

Sullivan regarda autour de lui. Le corps de Loretta deLarava restait étalé au beau milieu du hall d'entrée, mais les spots et la caméra, ainsi que le reste de l'équipement paraissaient de nouveau ultramodernes. Le petit vieux en veste kaki semblait fort occupé à régler ses éclairages en chantonnant. Il ne leva pas la tête lorsque Kootie passa devant lui, lui vola un rouleau de chatterton et revint en courant vers Sullivan et Angelica.

— Kootie a raison, dit Angelica en soutenant Sullivan. Il vaut mieux retourner à Solville avant que les gens s'aperçoivent de ce qui a pu se passer ici.

— *Joey*, lança une petite voix derrière Sullivan, *arrête-les!*

Le fantôme de Loretta deLarava disparaissait. Pourtant, il se redressa et vint en direction de Sullivan, et ses yeux, vitreux comme des blancs d'œuf crus, se posèrent sur les siens.

— *Viens avec moi, Pete.*

Ce dernier ouvrit la bouche... évidemment pour refuser mais la tête lui tournait, il avait mal au cœur dans ce soleil éblouissant et s'appuyait complètement sur Angelica... pourtant le souffle qui lui sortit de la bouche sentait fort le bourbon et murmura :

— *Quel numéro demandez-vous ?*

Le fantôme de Loretta deLarava parut tressaillir à l'odeur et le gros visage se tourna vers Kootie :

— *Mon garçon, veux-tu aider une vieille femme à traverser une rue très large ?*

— *Le physicien et le sphinx sur leurs cimes mystérieuses !* répondit la voix de Kootie. *Je vais aller jusqu'à cette plage et t'abandonner là.*

La fumée qui restait du fantôme de Loretta deLarava se tourna vers Angelica et lança brutalement :

— *Vous n'avez pas de masque.*

L'étoffe du tee-shirt de la jeune femme parut s'aplatir, comme si une main invisible se plaquait sur elle, puis une marque du sang de Sullivan tacha son épaule. Angelica secoua la tête au son d'une faible voix qui soufflait dans son oreille et répondit d'un ton émerveillé :

— Oui, bien sûr.

Sullivan sentit le souffle au bourbon ressortir de sa propre bouche.

— *Elle aussi est de ma famille.*

Puis l'épaule d'Angelica s'abaissa brusquement.

Et de la bouche de Sullivan, s'éleva la voix de Sukie :

— *SDA, les enfants !*

D'un seul coup, ce qui restait du fantôme de Loretta deLarava se dressa devant eux, leur barrant le passage de la passerelle.

— *On ne passe pas.*

Kootie jeta un regard effrayé sur Sullivan. Malgré sa douleur, celui-ci ne put s'empêcher de penser que l'enfant avait besoin d'un bon coup de peigne, et d'un bain.

— Il n'y a personne là, Kootie, regarde.

Il s'avança, abandonnant un instant le bras d'Angelica et passa malgré les protestations lointaines du nuage de fumée qui disparut bientôt, comme aspiré par la mer.

Kootie et Angelica s'avancèrent en hâte derrière lui. L'enfant jeta un regard éperdu sur la jeune femme et lui montra le rouleau de chatterton qu'il avait volé sur le bateau.

— Je croyais que vous vouliez attacher le bras de Pete avec ça, dit-il.

Angelica en resta un instant bouche bée.

— Mais oui ! C'est une excellente idée... Edison ?

— Non, dit Kootie en trottinant entre les deux adultes. C'est moi.

Au milieu de la passerelle, Sullivan déboutonna sa chemise.

— Attendez, dit-il d'une voix rauque. Encore une dernière chose.

Il ouvrit son scapulaire et en sortit la plaque de cuivre de son père. La balle de Loretta deLarava l'avait profondément enfoncée, si bien que le portrait de son père avait presque disparu.

Sullivan se frotta le torse avec précaution en se demandant s'il n'avait rien de cassé. Puis il saisit la plaque entre le pouce et l'index.

— Au revoir, papa, dit-il doucement. Je te reverrai un de ces quatre, dans un coin plus sympathique. Si Dieu le veut.

La plaque de cuivre était encore tiède. Il la tint au-dessus de l'eau, entre le quai et le navire.

— *Donnez-moi ça,* souffla une voix derrière Kootie.

Sullivan fit volte-face, effrayé, mais c'était le fantôme d'Edison qui avait parlé, un autre nuage de fumée, à peine visible dans le soleil ; la main du vieux fantôme se tendit mais elle était tellement inconsistante que Sullivan se demanda si elle pourrait porter la plaque et l'emporter. Néanmoins, il la lui donna et Edison s'en empara.

— *Je m'en vais enfin et je l'emmène avec moi,* dit-il faiblement. *J'espère que ce sera très beau, là-bas.*

Sullivan crut voir le fantôme sourire.

— *En chemin,* continuait Edison, *votre père et moi parlerons cinéma...*

Kootie voulait dire au revoir à Edison mais n'osait prendre d'initiative devant ce grand fantôme qui s'éloignait de lui.

Ce fut ce dernier qui se pencha sur lui et l'enfant sentit une légère pression sur son épaule.

Dans sa tête, une phrase se formula :

— *Merci, mon garçon. Tu as fait du bon travail. Je te souhaite de vivre heureux, maintenant, et de bien travailler, et de beaucoup rire.*

Puis le fantôme d'Edison parut escalader la rambarde et, tenant toujours la plaque du père de Sullivan, disparut dans l'air, comme s'il s'éloignait rapidement dans le lointain ; cette image s'imprima dans l'esprit de Kootie qui eut un instant l'impression de la voir partout autour de lui, à droite, à gauche, à ses pieds. Alors il regarda la mer, l'eau scintillante du port jusqu'à ce que l'image eût complètement disparu.

A ce moment-là seulement, il repartit, prit la main de Pete Sullivan dans sa paume gauche, celle d'Angelica Elizalde dans la droite et tous trois s'en allèrent vers l'escalier qui menait au parking et au repos, à l'abri, à la nourriture et à la vie que ces deux adultes seraient capables de lui prodiguer.

Avec mes remerciements à
Chris Arena, Skot Armstrong, Gloria Bastford, Brian Bilby,
Jim Blaylock, Aaron Dietrich, Phil Dick, Mike Donohue,
Anthony Foster, Kendall Garmon, Tom Gilchrist,
Jaq Greenspon, Ken Lopez, Joe Machuga, Ed McKie,
Denny Meyer, Dean Moody, David Perry, Sam Riemer,
Megan Robb, Randal Robb, Roger Rocha, Lew Shiner,
Fred Spreicher, Kate Sanborne, Roy Squires,
Kirsten Tierney, Ed et Pat Thomas et Dan Volante.

Et avec gratitude à
Al, Art, Bill, Bob, Frank, Dennis, Doug, Greg, Michael,
Nick, Peggy, Tom, Lew, Mac, Mario, Michael, Nick, Peggy,
Tom, Rich et la bande 1924...
et surtout Charlie.

4154

Composition Interligne B-Liège
Achevé d'imprimer en Europe (France)
par Brodard et Taupin à La Flèche (Sarthe)
le 20 juin 1996. 1410P-5
Dépôt légal juin 1996. ISBN 2-277-24154-7
1er dépôt légal dans la collection : mars 1996
Éditions J'ai lu
84, rue de Grenelle, 75007 Paris
Diffusion France et étranger : Flammarion